Jörg Fengler

Hörgeschädigte Menschen

– Beratung, Therapie und Selbsthilfe –

Verlag W. Kohlhammer
Stuttgart Berlin Köln

CIP-Titelaufnahme der Deutschen Bibliothek

Fengler, Jörg:
Hörgeschädigte Menschen : Beratung, Therapie und Selbsthilfe /
Jörg Fengler. - Stuttgart ; Berlin ; Köln : Kohlhammer, 1990
ISBN 3-17-010320-2

Umschlag: Studio 23
Verlagsort: Stuttgart
Gesamtherstellung: W. Kohlhammer
Druckerei GmbH + Co. Stuttgart
Printed in Germany

Inhalt

Vorwort

Zu Beginn dieser Darstellung möchte ich einer größeren Zahl von Personen meinen Dank aussprechen, die mich in unterschiedlicher Weise bei der Manuskriptabfassung unterstützt haben. Eckhard Beste und Barbara Kreutz haben als studentische Mitarbeiter unermüdlich die Literatur zusammengetragen und mir viele hilfreiche Hinweise gegeben. Armin Mühlich gab mir Gelegenheit, seine Quellen mitzubenutzen. Frau Dipl.-Psych. Doris Stankewitz hat die Literaturkartei geführt, zusammen mit Frau Schmitt von der Universitäts-Bibliothek Köln zahlreiche Recherchen in verschiedenen Datenbanken vorgenommen, Übersetzungen angefertigt, Listen und Tabellen angelegt und viele wichtige Detailfragen für mich geklärt. Norbert Franke und Jutta Hanus haben sie dabei tatkräftig unterstützt. Barbara Kreuz und Dipl.-Psych. Irmtraud Schütz haben die Korrekturarbeiten übernommen. Auch viele Studenten haben mit Fragen, Thesen und Erfahrungen meine Überlegungen bereichert. Eine Reihe von Kolleginnen und Kollegen hat aus dem eigenen Erfahrungsbereich namentlich gekennzeichnete Beiträge zum Manuskript beigesteuert. Auch ihnen möchte ich an dieser Stelle meinen Dank aussprechen (vgl. Anhang 1).
Viele Anregungen erhielt ich von Personen, die beruflich und privat Kontakt mit hörgeschädigten Menschen haben oder die Hörschädigung aus dem eigenen Leben kennen: Bernd Ackermann, Georg Althaus, Horst und Elke Bach, Hermann Dreese, Sabine Fischer, Renate Gärtner, Wilhelm Hanning, Lisa Janßen, Claudia Madei, Jürgen Obholzer, Bärbel Obermeier, Günter Panzlaff, Petra Piel, Michael Stengel, Wilderich von Weichs und Gunda Zimmermann; Hinweise gaben mir auch die Mitglieder unseres Arbeitskreises Gehörlosenarbeit in Köln: Horst Heidler, Elly und Siegfried Helmenstein, Christiane Krewett, Waltraud Lier-Steffny, Günther Mertens, Thomas Stichnoth, Gertrud Stock, Karin Wenzler und Reinhold Zirwes.
Mehrere Helfer und Helferteams, die für ihre Arbeit mit Hörgeschädigten bei mir Supervision erhalten, haben mir Einblick in ihre Erfahrungen gegeben. Edeltraud Heuß hat alle Klippen der Manuskripterstellung erfolgreich umschifft.
Am meisten habe ich meiner Frau Astrid für den Rückhalt zu danken, den sie mir die ganze Zeit über gegeben hat. Sie und unsere beiden Kinder – Filia und Fiona – haben mit Liebe, Geduld und Umsicht den Lebensraum geschaffen, gestaltet und dargestellt, in dem es mir möglich war, diese Arbeit in Angriff zu nehmen und durchzuführen.

Köln, im März 1990 — Jörg Fengler

Einleitung

Dieses Buch soll sichtbar machen, welchen Belastungen und Herausforderungen hörgeschädigte Menschen ausgesetzt sind. Es soll zeigen, wie Hörgeschädigte und ihre Bezugspersonen in Privatsphäre, Öffentlichkeit und psychosozialer Versorgung darauf antworten. Ich habe mich bei der Darstellung am menschlichen Lebenslauf orientiert und will verdeutlichen, welche Besonderheiten in den ersten Lebensjahren, in der Schulzeit, in Ausbildung und Beruf, im Erwachsenenalter und höheren Alter zu berücksichtigen sind. Diese Thematik hat im deutschsprachigen Raum bisher aus psychologischer Perspektive noch keine umfassende Würdigung erfahren. Wo immer es möglich war, fußt die Darstellung auf systematischen, empirischen Datenerhebungen und psychologischen Experimenten. Jedoch ist auch die Fallstudie nach wie vor ein wichtiges Mittel der Erkenntnisgewinnung. Deshalb stütze ich mich besonders bei Therapiefragen wesentlich auf solche Quellen. Darüber hinaus vermag manchmal ein Beispiel, ein Zitat oder eine Bemerkung einen Sachverhalt besonders gut zu veranschaulichen. Meine eigene Begegnung mit Hörgeschädigten und ihren Bezugspersonen hat mir oft dabei geholfen, auch in kleinen Ereignissen und Beobachtungen das Charakteristische und Bedeutsame der Situation wahrzunehmen.

Die Darstellung strebt eine Synopse an. Die einzelnen Paradigmata der Psychologie liefern Beiträge zum Verständnis der Hörschädigung und der Hörgeschädigten. Aber keines von ihnen kann allein auf alle Fragen befriedigend antworten. So mag die Zusammenschau sichtbar machen, daß aus unterschiedlichen Perspektiven Wichtiges zum Thema beigetragen worden ist.

Das Buch handelt von Menschen des weiblichen und des männlichen Geschlechts: Klientinnen und Klienten, Patientinnen und Patienten, Schülerinnen und Schülern, Therapeutinnen und Therapeuten, Beraterinnen und Beratern, Helferinnen und Helfern, Lehrerinnen und Lehrern u. a. Es wendet sich an Leserinnen und Leser. Mir ist bisher noch keine Formulierung begegnet, die diesem Sachverhalt zufriedenstellend Rechnung trägt. Stets klingen Berufs- und Rollenbezeichnungen so, als gebe es auf dem Gebiet nur Männer: **Der Helfer, die Therapeuten, manche Lehrer** usw. In Ermangelung einer guten Alternative und um der Lesbarkeit des Textes willen bin ich am Ende doch auf diese Formulierungen zurückgekommen, ohne mit der Lösung ganz zufrieden zu sein.

Das Buch wendet sich entsprechend seinem Untertitel an mehrere Adressatengruppen: Psychologen und Psychotherapeuten, Pädagogen und Seelsorger, Sozialarbeiter und Rehabilitationsfachleute, professionelle und ehrenamtliche Berater, Wissenschaftler und Studenten, Ärzte und Anwälte, Richter und Behördenleiter, Vorgesetzte und Kollegen. Es wäre schön, wenn auch einige Politiker es zur Kenntnis nehmen würden. Nicht zuletzt wendet es sich an Hörgeschädigte und ihre Angehörigen. Es zeichnet sich ab, daß eine neue Generation selbstbewußter Hörgeschädigter damit beginnt, auch in Deutschland ihre Geschicke in die eigene Hand zu nehmen. Auch für sie kann das Buch eine umfangreiche Verstehens- und Argumentationshilfe darstellen.

Hörgeschädigte kennenzulernen scheint für manche Menschen in besonderer Weise prägend zu sein, entweder als starke Attraktion oder als starke Aversion. Helfer ergreifen nach der Begegnung mit Hörgeschädigten oft schnell die Flucht, oder sie bleiben ihnen jahrzehntelang treu. Die Anziehung, die von Hörgeschädigten auf manche Personen ausgeht, wird dabei oft in der Art ihres Verstehens ausgedrückt: **Mit der Seele hören, mit dem Herzen sprechen.** Das Buch ist auch eine Einladung, sich auf diese Begegnung einzulassen.

1. Bestimmung der Zielgruppen

In diesem Kapitel wird es darum gehen, den Begriff Hörschädigung zu definieren. Dabei mag es zunächst dienlich sein, einen Blick zurück in die Etymologie zu werfen. **Hörgeschädigt** ist nämlich eine recht neue Wortschöpfung.

1.1 Taubheit und Hörschädigung

Das Wort **taub** geht etymologisch mit vielen anderen zusammen auf die indogermanische Wortgruppe **Dunst** im Sinne von benebelt, verwirrt, betäubt zurück. Im Althochdeutschen heißt **toub** gehörlos, unempfindlich, ungereimt, stumpf(sinnig), dumm, im Mittelhochdeutschen **toup** nicht-hörend, nichts empfindend, nichts denkend, unsinnig, abgestorben, dürr. Das Gotische **daufs** heißt taub, verstockt; im zeitgenössischen Schwedischen bedeutet **döv** taub, im Englischen **deaf** taub und schwerhörig (Duden, Band 7, 1963). Im Grimmschen Wörterbuch (Grimm und Grimm, 1935) werden für die Gegenwartssprache sechs Bedeutungen von taub unterschieden:

1. Nicht hören können oder wollen;
2. Ohne Gefühl oder Empfindung, betäubt, dumpf;
3. Nichts empfindend oder denkend, stumpfsinnig, närrisch, dumm;
4. Unsinnig, närrisch, toll, tobend, wütend, zornig;
5. Tobend und dadurch betäubend;
6. Worin nichts empfunden oder wahrgenommen wird: abgestumpft, abgestorben, verdorben, inhaltslos, gehaltlos, unfruchtbar, leer, hohl, öde, wertlos, nichtig.

Auch wenn man nicht alle diese Bedeutungen des Begriffs taub kennt, bleibt doch gut sichtbar, daß mit dem Begriff taub eine ganze Theorie der als taub bezeichneten Person entworfen wird, die nicht sehr schmeichelhaft ist und der die Hörgeschädigten vermutlich einen Teil ihrer langen Unterdrückung verdanken, von der der Roman von Harlan Lane (1988) handelt. Die bewußt davon abweichend gewählten neuen Bezeichnungen **hörgeschädigt, schwerhörig, resthörig, mit schwächer werdendem Hörvermögen ausgestattet, früghertaubt, im Sprachbesitz ertaubt, spätertaubt, gehörlos** u. a. zielen durchweg darauf ab, ausschließlich Zeitpunkt und Art der auditiven Beeinträchtigung zu benennen, die durch diagnostische Untersuchungen objektiv belegt werden können. Eine weitere Nuance ist von hörgeschädigten Personen selbst ins Spiel gebracht worden. Sie wehren sich heute dagegen, als **die Schwerhörigen, die Gehörlosen** oder **die Ertaubten** bezeichnet zu werden, mit der zutreffenden Begründung, daß ihr Hörschaden nicht identisch mit ihrer Persönlichkeit ist. Tatsächlich ist es richtiger, sie als gehörlose, schwerhörige und ertaubte **Personen** oder **Menschen** zu bezeichnen. Sie sind ja Menschen mit einer Vielzahl von Eigenschaften, unter denen die Funktionsminderung des Gehörs nur eine ist. Diesem Gedanken entsprechend wird in Arbeiten hörgeschädigter Autoren immer wieder betont, sie hätten nicht Hörprobleme, sondern Kommunikationsprobleme. Damit nehmen sie den hörenden Gesprächspartner mit in die Verantwortung für das Gelingen der Begegnung. Ewing und Ewing (1937) sowie Richtberg (1986 a) geben fünf Funktionen des Hörens im Leben des Menschen an: Alarmierung, Information und Aktivierung, räumliche Orientierung, Voraussetzung für Spracherwerb und seelische Anreicherung. Auf Myklebust (1964) geht die Annahme zurück, das Sehen bilde den Vordergrund unserer Wahrnehmung, das Hören den Hintergrund. Wie die gesamte Hierarchie der sensorischen Organisation sich bei einer Beeinträchtigung der Fernsinne umstrukturiert, geht aus einer entsprechenden Darstellung des Autors hervor (Abb. 1).

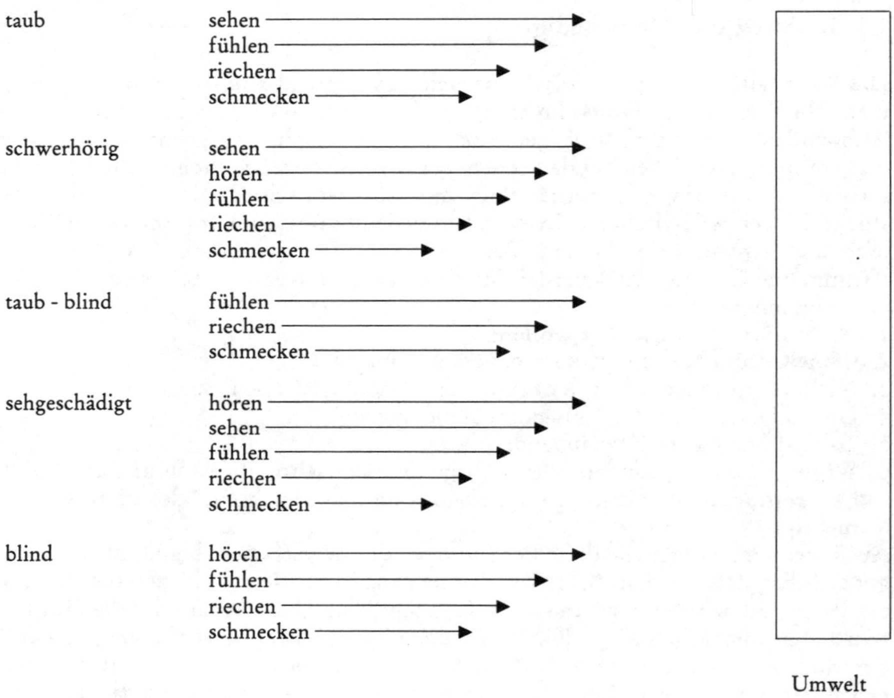

Abb. 1: Änderung der sensorischen Organisation bei Verlust der Fernsinne (nach Myklebust, 1964, S. 50).

Wir müssen also annehmen, daß Hörgeschädigte in allen Bereichen des seelischen Geschehens Besonderheiten und Beeinträchtigungen erleben können. Allerdings ist es nicht sinnvoll, den Blick dabei nur auf die Defiziterfahrungen zu richten, denen sie ausgesetzt sind. Von gleicher Bedeutung sind die ihnen eigenen Formen von Erlebnisverarbeitung, Korrektur und Kompensation. Mir selbst ist der Begriff hörgeschädigt, der mir früher eher verschwommen erschien, im Laufe der Jahre bedeutsam und aussagekräftig geworden. Er läßt offen, welcher Hörrest noch vorhanden ist, und hält zwischen leichtem und schwerstem Hörverlust ein Konti-

nuum für möglich, auf dem auch ein und dieselbe Person zu unterschiedlichen Zeiten sich an verschiedenen Stellen befinden kann.
Harvey und Dym (1988) entwickeln eine ökologische Betrachtung der Hörschädigung und unterscheiden biologische, psychologische, familiäre, berufliche, netzwerkbezogene sowie kulturelle und politische Aspekte derselben. Ein solcher größerer Bezugsrahmen wird in der allgemeinen Entwicklungspsychologie u. a. von Bronfenbrenner (1978) angestrebt. Ward (1983) hat zu Recht darauf hingewiesen, daß bei der Betrachtung der Hörschädigung jedenfalls berücksichtigt werden muß, ob und in welchem Umfang durch sie die alltägliche Lebensbewältigung beeinflußt ist. Erwähnenswert ist, daß in neuerer Zeit auch hörende Autoren sich nicht mehr mit dem Begriff Hörschädigung zufriedengeben, sondern versuchen, ihn anzureichern, indem sie von Kommunikationsbehinderung oder einer gemeinsamen Kommunikationsstörung der Hörenden und der Hörgeschädigten sprechen. Wir werden in der weiteren Darstellung diese Perspektive stets im Auge behalten.

1.2 Formen der Hörschädigung

Dies macht freilich eine Spezifizierung nicht überflüssig. Sinn von Einteilungen ist ja stets, Ereignisse, Gegenstände oder Personen zusammenzufassen und als Gruppen gegeneinander abzugrenzen, von denen man annimmt, daß sie im Binnenvergleich mehr Gemeinsamkeiten aufweisen als mit den ausgeschlossenen anderen. Dies ist für die Gruppen der Schwerhörigen, Gehörlosen und Ertaubten, von denen in diesem Buch hauptsächlich die Rede sein wird, bzw. für die verschiedenen Erscheinungsweisen der Hörschädigung gewiß in vielerlei Hinsicht der Fall. Andererseits werden wir oft feststellen, daß die Abgrenzungen nur von relativer Bedeutung sind und alle Übergänge und Überschneidungen, ja sogar unseren Erwartungen zuwiderlaufende Verhältnisse sichtbar werden.
Als **schwerhörig** kann man in Anlehnung an Heese (1962) solche Menschen bezeichnen, die vorübergehend oder andauernd Einschränkungen ihres Hörvermögens von einer Art erleben, daß eine Auffassung von Sprache über das Gehör beeinträchtigt, jedoch – und sei es mit Hilfe apparativer Unterstützung – noch möglich ist. Entscheidend für die Auswirkungen auf die soziale Teilhabe sind dabei in erster Linie Grad und Zeitpunkt des Eintretens der Hörschädigung. Die Grenze zwischen Schwerhörigkeit und Gehörlosigkeit ist nach Heese da zu ziehen, wo gesprochene Sprache im Satzzusammenhang gerade noch oder gerade schon nicht mehr akustisch und sinnentnehmend aufgenommen werden kann. Werden in einem bestimmten Dezibel-Bereich immerhin noch Töne wahrgenommen, so spricht man von **Resthörigkeit**; jedoch wird diese im folgenden der Gehörlosigkeit zugerechnet, mit der sie unter pädagogischem und psychologischem Aspekt eine größere Verwandtschaft aufweist. Bei manchen Schwerhörigen mit Innenohrerkrankungen führt eine kleine Steigerung der Lautstärke zu einer Empfindung ohrenbetäubenden Lärms.
In den letzten Jahren sind zwei neue Schwerhörigengruppen sichtbar geworden: (1) Jüngere Kinder mit milden Hörstörungen, die man früher irrigerweise als verhaltensauffällig diagnostiziert und entsprechend falsch behandelt hat, und (2) ältere Menschen mit Verschleißschwerhörigkeit, die aufgrund der gestiegenen Lebenserwartung (60jährige Männer: 77;1 Jahre; 60jährige Frauen: 81;6 Jahre lt.

Statistisches Bundesamt, 1988) in Zukunft eine immer größere Gruppe bilden werden (sog. **Altersschwerhörigkeit** oder **Presbyakusis**).
Schwerhörige werden meist als die am wenigsten homogene Gruppe unter den Hörgeschädigten angesehen. Je nach Grad des Hörverlustes können sie in allen Lebensbereichen fast vollständig den normal Hörenden gleichgestellt werden oder in nahezu gleicher Weise Rücksichtnahme und Sondermaßnahmen benötigen wie Gehörlose. Da sie im Prinzip hören können, erfolgt ihre Orientierung meist an den Hörenden; faktisch mag ihre Lebenslage jedoch eher der der Gehörlosen gleichen. Ein Bild mag ihre besondere Situation charakterisieren: Der Schwerhörige – und auch der Spätertaubte – lebt demnach in der Welt der Hörenden wie ein Mensch mit schwachen schulischen Englischkenntnissen in einer Runde von sich lebhaft in ihrem Heimatdialekt unterhaltenden Amerikanern. Er wird manches verstehen und anderes erschließen; einiges wird vorüber sein, ehe er es noch recht begriffen hat. Ob es ihm gelingt, sich selbst am Gespräch zu beteiligen, bleibt ungewiß. Man muß hinzufügen: Vielleicht fühlen sich Schwerhörige und Ertaubte auch im Kreis gebärdender Gehörloser wie in einer Runde schnell sprechender Amerikaner. Personen mit einer **Tinnitus-Symptomatik** leiden an unangenehmen oder quälenden Geräuschempfindungen wie Klingeln, Zischen, Sausen, Knarren, Knallen, aber auch Tonfolgen und Melodien. Die Ursachen sind hier noch weitgehend ungeklärt; in Erscheinungsbild, Belastung und Verlauf spielen psychische Faktoren eine wesentliche Rolle.
Institutionell haben sie sich neben den Schwerhörigen und Gehörlosen als eigenständige Gruppe konstituiert (vgl. Kap. 8.4).
Als **gehörlos** können wir mit Krüger (1982b) Menschen bezeichnen, „... die infolge einer extremen Schädigung ihres Gehörs selbst bei bestmöglicher Schallverstärkung durch elektroakustische Hörgeräte keine oder nur ganz begrenzte auditive Wahrnehmungseindrücke haben, insbesondere Sprache nicht über das Ohr aufnehmen und diskriminieren können; sie sind beim Sprachverstehen und bei der Eigenkontrolle des Sprechens weitestgehend auf optische bzw. kinästhetische Reize angewiesen; wohl können sie häufig noch aus geringen partiellen Gehörresten Nutzen ziehen." (S. 21)

Ertaubung: Im Gegensatz zu den Frühertaubten, die man in der Regel den Gehörlosen zurechnet, bilden die Spätertaubten oder auch im Sprachbesitz Ertaubten eine eigene Gruppe neben den Gehörlosen und den Schwerhörigen. Von Spätertaubten spricht man je nach Stand der Sprachentwicklung bei Personen, die nach dem fünften Lebensjahr ertaubt sind, zu einem Zeitpunkt also, wo sie bereits eine differenzierte Kenntnis von Grammatik und Syntax hatten und über einen großen Wortschatz verfügten. Im folgenden Text werde ich, wenn bei Beginn des Hörverlustes bereits ein nennenswerter Sprachbesitz vorlag, von **Ertaubten** sprechen. Diese müssen von solchen Personen unterschieden werden, bei denen im Sprachbesitz eine Hörminderung im Sinne einer späterworbenen Schwerhörigkeit eintritt.

Hörstummheit und Hörsturz: Die **Hörstummheit** gehört im eigentlichen Sinne nicht zu den Hörschädigungen, sondern zu den Sprachschädigungen. In diesem Fall ist die Hörfähigkeit sicher erhalten, es setzt jedoch keine Sprachentwicklung ein. Dabei ist anscheinend nicht die Fähigkeit zu sprechen beeinträchtigt, sondern die Fähigkeit, Wörter als Sinnträger aufzunehmen (Lempp, 1972). – Der **Hörsturz**

ist eine plötzliche, meist einseitig eintretende Schwerhörigkeit oder Ertaubung, zu deren Ursachen u. a. psychische Streßfaktoren gehören (Stabenow, 1979). Eine medikamentöse Behandlung innerhalb der ersten Stunden, u. u. in Verbindung mit nachfolgender Psychotherapie, die auf die Verringerung der Streßfaktoren hinwirkt, hat hier die beste Aussicht auf Erfolg.
Die Hörleistung ist nach übereinstimmender Auskunft der Betroffenen stets auch von aktuellen seelischen Befindlichkeiten und Umweltfaktoren abhängig. In einigen Fällen zeigt sich jedoch, daß eine Hörminderung ganz überwiegend auf **psychogene Ursachen** zurückgeht. Als Fehlleistung ist das Verhören bekannt, also das Nicht-Hören von unangenehmen, lästigen, peinlichen oder tabuisierten Sachverhalten. Über solche situativen Ausweichmanöver hinaus kann die psychogene Hörminderung alle Abstufungen bis zur völligen Gehörlosigkeit annehmen. Solchen Fällen haftet leicht der Ruch der Simulation, der Drückebergerei oder der hysterischen Übertreibung an. Tatsächlich handelt es sich vermutlich um unbewußte oder halbbewußte Versuche, aus einer unerträglichen Situation heil herauszukommen, ganz so, wie Kinder in Situationen von Vorwurf, Blamage oder Bedrohung stocksteif werden oder sich dumm (doof, taub) stellen; manchmal wird auf diesem Wege auch eine Aufmerksamkeit erzwungen oder eine Entlastung erzielt, die auf keine andere Weise erreicht werden kann. Im Vergleich zu psychogener Blindheit (z. B. Freud, 1973) und Lähmung sowie psychogenen Schock- und Verwirrtheitszuständen wird von psychogenen Hörstörungen jedoch selten berichtet.

Mehrfachbehinderte: Generell besteht eine gewisse Wahrscheinlichkeit, daß eine Hörschädigung mit weiteren Beeinträchtigungen korrespondiert oder solche nach sich zieht. Hörgeschädigte **sind** also nicht generell in mehreren Funktionen behindert, aber einige Hörgeschädigte bringen eine Mehrfachbehinderung mit und einige entwickeln im Laufe ihres Lebens weitere Behinderungen und Beeinträchtigungen. Krüger (1982 b) hat die häufigsten Formen zusammengestellt:
- Gehörlose und Schwerhörige mit intellektuellen Minderleistungen (zahlenmäßig häufigster Fall)
- Gehörlose und Schwerhörige mit anderen Sinnesschäden (Taubblinde, sehschwache Hörgeschädigte; in der schweren Form selten, aber sehr häufig leichtere Sehschäden)
- Gehörlose und Schwerhörige mit Körperbehinderungen (insbesondere cerebrale Lähmungen und Bewegungsstörungen, Mißbildungen)
- Gehörlose und Schwerhörige mit cerebralen Sprachstörungen, Wahrnehmungsstörungen und anderen neurologischen Schäden
- Gehörlose und Schwerhörige mit Verhaltensstörungen und Erziehungsschwierigkeiten
- Gehörlose und Schwerhörige mit dyspraktisch-dysphatischen Störungen. Diese etwa 15–20 % der gehörlosen Kinder ausmachende Gruppe zeigt Störungen des geplanten willkürlichen motorischen Verhaltens einschließlich einer Merkschwäche für sukzessive Daten bei gutem Simultangedächtnis; sie hat erhebliche Schwierigkeiten bei der Lautsprachanbildung (Krüger, 1982 b, S. 17).

Eine genaue Spezifizierung des Personenkreises, den wir im Einzelfall meinen, ist schon dann schwierig, wenn wir von nur einer Behinderung ausgehen. Dies ist aber nicht immer der Fall. Vielmehr müssen wir damit rechnen, daß zusammen mit der Hörschädigung andere Beeinträchtigungen auftreten können. Ist dies der

Fall, so steigt die Zahl der möglichen Merkmalskombinationen sprunghaft an. Wir können uns dies einmal gedanklich vor Augen führen. Wenn wir uns die Hörgeschädigten in den vier Abstufungen leicht, mittel, hochgradig schwerhörig sowie gehörlos vorstellen und vier Entstehungszeitpunkte hinzunehmen (von Geburt an, nach dem Spracherwerb, im Erwachsenenalter, im Alter), so haben wir bereits vier mal vier, also sechzehn Gruppen. Kombinieren wir diese nun mit vier Abstufungen der Sehbehinderung, für die wir die gleichen vier Entstehungszeitpunkte zugrunde legen, so müssen wir 16 mal 16 = 256 Kombinationen berücksichtigen. Zwar sind in diesem Gitter nicht alle Felder gleich stark belegt; es dürfte uns aber auch bei den gutbesetzten Zellen schwerfallen, jeweils spezifizierte Aussagen über Eigenarten und Behandlungsmöglichkeiten zu machen. Ein Ausweg bietet sich hier, indem wir Lern- oder Therapieziele festsetzen und auf der Grundlage der Funktionsprüfung erproben, welche Intervention sich als geeignet erweisen könnte. Wir haben also nicht in jedem Fall die Möglichkeit, gemäß einer gruppenspezifischen Indikation zu arbeiten; vielmehr muß sich das therapeutische Handeln u. a. auf Kontraindikation, Plausibilität sowie das Lernen des Therapeuten aus Versuch und Irrtum stützen.
Wir können die Beschreibung der Zielgruppen an dieser Stelle vorerst beenden. Wir werden auf alle wichtigen Fragen wie Hörrest, Persönlichkeit, Leistungsfähigkeit, Gebärde, Integration u. a. in jedem Lebensalter wieder zu sprechen kommen, denn alle diese Themen stellen sich im Lebenslauf immer wieder neu und anders dar und erfordern unterschiedliche Empfehlungen und Maßnahmen.
Man kann Bedenken gegen die Absicht geltend machen, die verschiedenen Gruppen der Hörgeschädigten in einer einzigen Monographie darzustellen. Die besondere Chance dieser synoptischen Perspektive liegt darin, daß jede Gruppe stets mit jeder anderen verglichen werden kann und Unterschiede wie Gemeinsamkeiten immer wieder hervortreten. Der Blick über den Zaun der eigenen Zielgruppe bzw. Schädigung mag den Leser auch mit Vorgehensweisen bekanntmachen, die in anderen Feldern bereits mit Erfolg praktiziert werden, und ihn anregen, eine Adaptation für den eigenen Bereich zu versuchen.

1.3 Ursachen der Hörschädigung

Zu einer Hörschädigung kann es auf vielerlei Arten kommen. Manchmal wird sie vererbt, jedoch scheint dies der seltenere Fall zu sein. Oft ist von einer Erkrankung der Mutter während der Schwangerschaft das ungeborene Kind mitbetroffen, wobei Röteln der Mutter besonders häufig genannt werden. Nach der Geburt können zahlreiche Allgemeinerkrankungen zu einer vorübergehenden oder dauerhaften Hörschädigung führen. Häufig sind Hirnhautentzündung, Mittelohr-Erkrankungen sowie Schädigungen durch mechanische und akustische Reize ausschlaggebend. In höherem Lebensalter kommt es aufgrund der Alterung des Gewebes zur sog. Altersschwerhörigkeit.
Heese (1961) berichtet von einer Untersuchung an N = 832 Probanden. Unter ihnen wurde bei 20 % eine erbliche Taubheit diagnostiziert, bei 33 % eine erworbene Taubheit, in 44 % der Fälle (!) war die Ursache unbekannt. Eine ausführliche Darstellung möglicher Ursachen von Hörstörungen findet sich bei Heese (1962).
Aus der Vielzahl der Ursachen und der Erscheinungsbilder ergibt sich für For-

schung und therapeutisch-pädagogische Arbeit eine beträchtliche Unübersichtlichkeit. Versucht man eine Orientierung an den Ursachen, so muß man Personen zusammenfassen, die sich in Erscheinungsbild und Leistungsfähigkeit kraß voneinander unterscheiden. Nimmt man eine Zusammenschau nach Erscheinung und Leistung vor, so finden sich darunter Personen mit ganz unterschiedlichen Erkrankungsgeschichten, Verarbeitungsformen und Prognosen. Dies zwingt zur Selbstbeschränkung bei allen Formulierungen. Aussagen können also stets nur als Trendaussagen aufgefaßt werden, die für einige der Angesprochenen gut, für andere weniger gut, für Dritte gar nicht zutreffen werden. Diese Vielfalt der Formen macht aber auch Mut zur Betrachtung des Einzelfalls. Im Einzelfall können Ursachen, Verlauf, Intervention und Erfolg am genauesten studiert werden; über alle diese Gesichtspunkte vermögen Gruppenerhebungen oft nur unscharfe Aussagen zu machen.

1.4 Statistik

Über die Verbreitung von Hörstörungen in der Bevölkerung gehen die Angaben weit auseinander, so daß gesicherte Daten auch heute noch kaum existieren. Das liegt u. a. an den verschiedenen Meßinstrumenten, die aufgrund der Generationenfolge in der Technik oft nicht miteinander vergleichbar sind, der Schwellenfestsetzung und den unterschiedlichen Möglichkeiten, Hörschädigungen zu klassifizieren. Aussagen über die Gesamtbevölkerung hinweg sind aber auch nicht besonders informativ, solange die Alterspyramide nicht berücksichtigt ist, die erkennen läßt, aus welcher Altersgruppe welcher Anteil der Hörgeschädigten kommt.

Darüber hinaus ist zu bedenken, daß solche Angaben ein Politikum ersten Ranges sind: Je mehr Personen tatsächlich oder vorgeblich von diesem Leiden betroffen sind, desto größer ist die Chance, Einfluß auf Entscheidungen politischer Instanzen zu nehmen. Während man früher von etwa 1% Hörgeschädigten ausging (Heese, 1962), Krüger (1982b) etwa 5% angibt (bzw. 14 %; Krüger, 1987) und in amerikanischen Arbeiten regelmäßig von etwa 8 bis 10% berichtet wird, nimmt eine neuere deutsche Arbeit weit höhere Werte an. In einer repräsentativen Erhebung des Hörvermögens, in der medizinische Daten und Interviewäußerungen Berücksichtigung fanden, ergab sich für die Bevölkerung der Bundesrepublik Deutschland ein Anteil von 26,8% Personen mit beeinträchtigtem Hörvermögen (Deutsches Grünes Kreuz, 1986). Wir werden im folgenden Text statistische Angaben jeweils altersgruppenspezifisch machen. Der Leser hat dann die Möglichkeit, für jedes Lebensalter getrennt abzuschätzen, bei welchem Anteil dieser Altersgruppe mit einer Hörschädigung zu rechnen ist.

2. Schwangerschaft, Geburt und Vorschulalter

Alle Eltern hoffen, daß sie ein gesundes Kind bekommen werden. Allerdings hat die Erfahrung, daß aufgrund einer Medikamenteneinnahme Mißbildungen beim Kind entstehen können (z. B. sog. Contergan-Kinder), viele Mütter in ihren Konsumgewohnheiten bewußter gemacht. Auch das Reaktorunglück in Tschernobyl hat bei vielen Paaren, die ein Kind erwarteten, Besorgnis erregt. Von den Gefahren, die mit einer Rötelnerkrankung der Mutter einhergehen, wissen viele Mütter. Es wird in der ersten Schwangerschaftsuntersuchung auch darauf hingewiesen. Ein Teil der schwangeren Frauen entscheidet sich zu einer Fruchtwasseruntersuchung, in der eine Schädigung des Kindes frühzeitig erkannt werden kann. Gleich nach der Geburt wird eine Funktionsüberprüfung des Säuglings in zehn Parametern durchgeführt. So gehen Eltern nach der Geburt in der Regel davon aus, daß sie ein in allen Bereichen gesundes Kind haben.

2.1 Entdeckung der Hörschädigung

Dennoch kommen irgendwann Eltern, Angehörigen oder Freunden erste Zweifel daran, ob mit dem Kind alles in Ordnung ist. Man nimmt heute an, daß in ca. 80 % der Fälle (Fellendorf und Harrow, 1970) Eltern oder andere Angehörige den Hörschaden des Kindes erkennen. Auf die Entdeckung folgt meist ein Schock. Fellendorf und Harrow (1970) befragten N = 500 Eltern hörgeschädigter Kinder schriftlich im Hinblick auf ihre Erfahrungen, nachdem ihnen ein Verdacht gekommen war. Diese erste Beunruhigung trat bei 54 % der antwortenden Eltern noch im ersten, bei 30 % im zweiten Lebensjahr auf. 60 % der Eltern war aufgefallen, daß ihr Kind nicht auf Geräusche und Stimmen reagierte; 28 % wurden besorgt, als es nicht zu sprechen begann und keine Sprache entwickelte. 49 % der Eltern geben an, daß sie mit der ersten Diagnose, die sie von einem Facharzt erhielten, nicht zufrieden waren.
Es kommt sehr darauf an, daß die Hörstörung so früh wie möglich richtig diagnostiziert wird, weil davon erzieherische, medizinische und rehabilitative Maßnahmen abhängen. Etwa die Hälfte aller hörgeschädigten Kinder wird zunächst fälschlich als retardiert, autistisch, hirnverletzt oder schizophren diagnostiziert (Vernon, Griffin und Yoken, 1982). Tatsächlich ist unter retardierten, autistischen, aphasischen und auf andere Weise behinderten Kindern die Prävalenz für das Hinzukommen einer Hörschädigung signifikant erhöht. Jedoch darf dies den Arzt nicht davon abhalten, die Hörstörung als Schädigung eigener Art zu erkennen. In mehr als 50 % der Fälle, in denen Eltern dem Hausarzt sagen, ihr Kind höre nicht, weist dieser diese Diagnose zurück, ohne einen Hörtest mit dem Kind durchzuführen. Bei Pädiatern liegt die Rate mit 36 % etwas niedriger, aber immer noch erschreckend hoch. Zwischen dem Zeitpunkt, zu dem die Eltern den ersten Verdacht schöpfen, und der richtigen Diagnose vergehen acht bis fünfzehn Monate (Vernon et al., 1982; Martin, 1982 b). 5 % der Eltern benötigen zwei Jahre oder länger, um völlige Klarheit zu gewinnen (Fellendorf und Harrow, 1970). Auf diese

Weise kann der günstigste Zeitpunkt für eine Sprachförderung, eine notwendige Operation oder die Anpassung des ersten Hörgeräts versäumt werden. Infektionen werden u. U. zu spät behandelt, progressive Degenerationsprozesse nicht zum frühesten möglichen Zeitpunkt erkannt und angegangen.
Für verfehlte und verspätete Diagnosen der Hörschädigung werden meist vier Gründe angeführt: (1) Vollständige Gehörlosigkeit ist selten. Hörgeschädigte Kinder reagieren also, wenn sie angesprochen werden, oft auch dann, wenn sie nicht verstanden haben, was gesagt wurde. (2) Die Hörschädigung ist unsichtbar. Sie ist auch bei einer gründlichen Untersuchung der Ohren anatomisch meist nicht auszumachen. (3) Eltern vermuten, wenn das Kind Aufforderungen nicht befolgt, eher Ungehorsam („Bei Dir muß man immer alles dreimal sagen!") oder besondere Vertieftheit ins Spiel („Unser kleiner Max ist ein Träumerle") als einen Hörschaden. Wenn das Kind zwei- oder dreimal auf Ansprache nicht reagiert hat, ist es ein selbstverständlicher Impuls, es durch Anfassen aufmerksam zu machen. So verfahren wir auch bei hörenden Gesprächspartnern, die abgelenkt sind. Dieser Vorgang nährt deshalb nicht den Verdacht, das Kind habe einen Hörschaden. (4) Der Kenntnisstand der Allgemeinmediziner auf dem Gebiet der Hörschädigung ist nach wie vor gering (Vernon et al., 1982).
Fellendorf et al. haben, allerdings in einer Untersuchung von 1970, Äußerungen von Eltern über ihre Begegnungen mit Ärzten zusammengestellt, wenn sie diese wegen der Hörminderung ihrer Kinder aufsuchten:

- Ich wartete zweieinhalb Stunden im Wartezimmer. Dann erklärte er mir in fünf Minuten, mein Kind sei gehörlos. Er war kalt und kümmerte sich nicht um mich.
- Er sagte mir ganz knapp, meine Tochter sei gehörlos. Sie werde nie ordentlich sprechen lernen oder eine Regelschule besuchen können.
- Der Ohrenarzt sagte mir, meine Tochter hätte wahrscheinlich einen Hörschaden. Da aber kein Audiologe erreichbar sei, sollten wir ein Jahr warten und sehen, ob sich ihre Sprache entwickle.
- Unser erster Arzt prüfte sie eine Minute lang und sagte, es sei alles in Ordnung. Der zweite Arzt brauchte zwei Minuten, um ihren Hörschaden festzustellen, und riet uns, sie ins Internat zu geben.
- Der Arzt sagte: „Lassen Sie ihm die Mandeln herausnehmen. Warten Sie danach, bis er vier ist, und geben Sie ihn dann in einen Gehörlosen-Kindergarten."
- Er hatte keine Ahnung, was ich als nächstes tun könne.
- Er sagte: „Ihr Kind ist retardiert" (was nicht der Fall war).
- Er sagte: „In diesem Alter kann man sie noch nicht untersuchen" (als sie drei Jahre alt war).
- Er sagte: „Hörgeschädigt sieht er eigentlich nicht aus. Warten Sie einmal sechs Monate."
- Er sagte: „Wir können ihn erst untersuchen, wenn er fünf ist."
- Er sagte: „Das bilden Sie sich ein."
- Er sagte: „Er ist gehörlos. Da können Sie nichts machen. Auf Wiedersehen."
- Er sagte: „Ich halte nichts davon, jüngeren Kindern Hörgeräte zu geben."

Lt. Fellendorf und Harrow (1970) benötigen die Eltern den Kontakt mit 1–3 Fachleuten, bevor sie zufriedenstellend über die Hörbehinderung ihres Kindes informiert werden und diese auch akzeptieren. Die endgültige Sicherheit und die beste Beratung erhielten die meisten Eltern in Beratungsstellen für Hörgeschädigte. Die Autoren regen an, den Beruf eines **Elternberaters** zu konzipieren, weil ihre Erhebung aufgrund der Mittelschicht-Stichprobe eher zu günstige Ergebnisse erbrachte, was die Initiative der Eltern anging, und eine frühe Diagnose in diesem Bereich von besonderer Bedeutung für die weitere Entwicklung des Kindes ist.

Der frühestmögliche Zeitpunkt für die Entdeckung des Hörschadens ist noch aus einem zweiten Grund von größter Bedeutung. Einiges spricht dafür, daß Eltern, die den Hörschaden ihres Kindes früh entdecken, eine andere Einstellung zum Kind haben oder entwickeln als Eltern, die spät merken, daß etwas mit dem Kind nicht in Ordnung ist.
Becker (1976) befragte zehn Elternpaare, die mindestens ein hörgeschädigtes Kind zwischen vier und sieben Jahren hatten. Die Hälfte von ihnen hatte den Hörschaden zwischen dem dritten und dem 16. Lebensmonat des Kindes entdeckt, die andere Hälfte zwischen dem 17. und dem 24. Lebensmonat. Zwischen dem ersten Aufmerken und der wirklichen Sorge vergingen 1–6 Monate. Dies bedeutet, daß die Eltern bis zu einem halben Jahr lang elementare Signale vermißt, nicht wahrgenommen, übersehen oder verleugnet haben mußten. In der Hälfte der Fälle äußerte als erstes die Mutter Sorgen über das Verhalten des Kindes, gefolgt von der Großmutter mütterlicherseits. Der Vater taucht in dieser Liste nicht auf.
Als Gründe für die erste Sorge nannten die Paare, daß das Kind auf Geräusche und auf Ansprache nicht reagierte und daß es nicht sprach. Zwischen der ersten ausgesprochenen Sorge und der ersten Maßnahme bei Fachleuten vergingen dann noch einmal bis zu sechs Monate; die endgültige Diagnose Hörschädigung erfolgte machmal erst nach einem weiteren Jahr. Für die auffallende Verzögerung machten die Paare anfängliche Fehldiagnosen, Versäumnis einer Diagnose, vom Kind ausgehende Schwierigkeiten bei der Hörprüfung, eigenes Warten und reguläre Wartezeiten bei Testuntersuchungen verantwortlich.

Diskussion. Die frühe Entdeckung des Hörschadens hilft den Eltern, dem Kind gegenüber eine realistische Haltung zu entwickeln. Eltern, die früh merken, daß etwas mit dem Kind nicht stimmt, machen damit zugleich sichtbar, daß sie in einer engen sensiblen Beziehung zum Kind stehen: Sie nehmen das Verhalten des Kindes in bezug zu seiner Umwelt und im Kontakt mit ihnen selbst wahr. Sie haben Vertrauen in die eigene Wahrnehmung und Kommunikation und schlußfolgern, wenn das Kind nicht entsprechend reagiert, zutreffend, daß es nicht ganz richtig entwickelt sein könne. Anders die Eltern, die den Hörschaden spät bemerken: Sie haben sich über ein Jahr lang mit der begrenzten Kommunikation begnügt; vermutlich hat sich bei ihnen ein Verleugnungsmuster entwickelt, das Kind für normal entwickelt zu halten, obwohl es dies offensichtlich nicht ist. Während die Gruppe der früherkennenden Eltern nur kurze Zeit ein ‚normales' Baby hatte und sich dann schnell umorientieren mußte, hat die Gruppe der späterkennenden Eltern diese seelische Arbeit später und gegen die selbstgeschaffene Theorie von der Normalität des Kindes zu leisten. Es mag sein, daß die Kinder auf diese Weise von ihren Eltern unterschiedliche Strategien der Problemlösung lernen: realitätsangepaßt und handlungsorientiert oder realitätsverleugnend und auf später verschiebend (vgl. dazu auch Vernon, 1972). Die beiden Stile **rasche bzw. verzögerte Wahrnehmung des Hörschadens** mögen auch durch je einen Partner repräsentiert sein. Und: Annahme des Problems und Entscheidung für notwendige Schritte gehen nicht immer Hand in Hand miteinander, was an gelegentlichen, auf andere Weise nicht erklärbaren Verzögerungen zu erkennen ist.
Um so wichtiger ist es, daß Eltern, aber auch aufmerksame Verwandte die wichtigsten Alltagshinweise kennen, die einen Hörschaden vermuten lassen. Die folgende Liste (Tab. 1) gibt Aufschluß darüber, welche Verhaltensweisen im ersten Lebensjahr von einem normal entwickelten Kind erwartet werden können.

Tab. 1: Hören, Sprechen und allgemeines Verhalten im ersten Lebensjahr (nach Löwe, 1976, S. 34).

Alter

0;0 bis 0;3 Jahre

1. Änderung des Verhaltens bei plötzlichem lauten Geräusch (0;1 Jahre)
2. Beruhigung bei Zuspruch von seiten der Mutter (0;1 Jahre)
3. Anzeichen erster Unterschiede im Stimmgebrauch (0;1 Jahre)
4. Lauschen auf den Ton eines Glöckchens (0;2 Jahre)
5. Suchen der Schallquelle vertrauter Geräusche mit Augenbewegungen (0;2 bis 0;3 Jahre)
6. Beginn der Lallperiode (0;2 bis 0;3 Jahre)

0;4 bis 0;6 Jahre

1. Leichte Kopfbewegung in Richtung auf eine Schallplatte (0;4 Jahre)
2. Stimmhaftes Lachen (0;4 Jahre)
3. Bewußtes Lokalisieren seitlich tiefer liegender Schallquellen mit Kopfbewegungen (0;5 Jahre)
4. Lauschen auf einen Stimmgabelton (0;5 Jahre)
5. Aufhören mit Schreien beim Ertönen von Musik (0;5 Jahre)
6. Aufnahme von stimmlichem Kontakt mit Erwachsenen (0;6 Jahre)

0;7 bis 0;9 Jahre

1. „Babbeln" von vier und mehr verständlichen Lauten, darunter erste Zweisilber (0;7 Jahre)
2. Reaktion auf Zuruf (0;7 Jahre)
3. Gebrauch der Stimme, um Beachtung zu finden (0;8 Jahre)
4. Bewußtes Lokalisieren seitlich höher liegender Schallquellen mit Kopfbewegungen (0;7 bis 0;8 Jahre)
5. Beachten der Unterhaltung Erwachsener (0;8 Jahre)
6. Lauschen auf das Ticken einer an das Ohr gehaltenen Taschenuhr (0;9 Jahre)

0;10 bis 1;0 Jahre

1. Verstehen von Verboten („nein-nein") (0;10 Jahre)
2. Beachten leisen Singens aus 1 m Entfernung durch bewußte Lokalisation (0;10 Jahre)
3. Stimmliche Reaktion auf Musik (0;11 Jahre)
4. Reaktion auf leise Zusprache aus 1 m Entfernung (0;11 Jahre)
5. Verständliches Sprechen von zwei und mehr Worten (0;11 Jahre)
6. Babbelmonologe als Ausdruck der Zufriedenheit während des Alleinseins (0;12 Jahre)

Leider sind Eltern manchmal wie mit Blindheit geschlagen, was das eigene Kind angeht. Infolgedessen kommt auch weiteren Angehörigen sowie Freunden der Familie eine gewisse Mitverantwortung dafür zu, den Hörschaden des Kindes zu bemerken. Sie lernen es zwar meist erst genauer kennen, wenn es schon laufen kann und bereits selbst Kontakt mit dem Erwachsenen aufnimmt. Aber die Frage der rechtzeitigen Diagnose hat auch zu diesem Zeitpunkt noch nichts von ihrer Aktualität verloren. Das Kind selbst weiß oft nichts davon; manche Hörschäden treten auch erst später und allmählich auf. Vernon et al. haben einige Hinweise gegeben, die auch von fernstehenden Personen recht gut beurteilt werden können. Als zentrale Anzeichen für einen Hörverlust in der Kindheit können demnach gelten:

1. Verzögerte Sprachentwicklung
2. Schwache und undeutliche Artikulation
3. Leistungsprobleme in der Schule, vor allem beim Lesen

4. Röteln und Geschlechtskrankheiten der Mutter, Rhesusfaktorkomplikationen, Frühgeburt, Niereninsuffizienz der Mutter, Hirnhautentzündung des Kindes, Gehörlosigkeit in der Familie
5. Ototoxische Medikamente sowie eine Vorgeschichte, in der das Kind anhaltenden lauten Geräuschen ausgesetzt war (z. B. haben einige Inkubatoren für Frühgeborene ein hohes Geräuschniveau) (Vernon et al., 1982).

Milde und mittlere Schwerhörigkeit wird im Gegensatz zur Gehörlosigkeit bei Kindern oft spät, also erst nach Schuleintritt erkannt. Nach einer Untersuchung der Arbeitsgemeinschaft der Eltern und Freunde schwerhöriger Kinder wurde bei der Hälfte der gehörlosen Kinder die Hörschädigung bereits im ersten Lebensjahr richtig erkannt, während über 40 % der Kinder mit mittleren Hörschäden erst im dritten und vierten Lebensjahr zutreffend diagnostiziert wurden und über 25 % noch später (z. n. Piel, 1984). Einige dieser Kinder werden jahrelang als verhaltensauffällig betrachtet und unter Umständen der falschen Sonderschule zugewiesen. Dabei wurde die Verhaltensauffälligkeit wahrscheinlich sekundär erworben, weil das Kind nur unzureichend lernen konnte, wann welches Verhalten angemessen war: Vermutlich wurde es oft für Verhalten bestraft, das es für richtig hielt, und erhielt dann wieder für ein ähnliches oder gleiches Verhalten keine Reaktion oder eine Zustimmung.

Beim Interview mit N = 500 Eltern schwerhöriger Kinder unter der Leitfrage „Was würden Sie heute anders machen, wenn Sie noch einmal von vorn beginnen könnten?“ wurde von den Eltern u. a. der Wunsch nach guter Erziehung für ihr Kind, nach rascher qualifizierter Information über die Hörschädigung und nach zuverlässiger Diagnose genannt (Fellendorf, 1969/70). Fitch et al. (1982) berichten von einem System der Früherkennung aufgrund verschiedener Risikoindikatoren der Hörschädigung, bei dessen Anwendung auf N = 1973 Babys im Laufe mehrerer Kontrollschritte innerhalb des ersten Lebensjahres sechs Kinder als hörgeschädigt eingestuft wurden. Alle sechs Zuordnungen erwiesen sich als valide, eine Fehldiagnose war nicht darunter.

Wir können annehmen, daß irgendwann zwischen den ersten Lebensmonaten des Kindes und dem Schuleintritt die Eltern sich entscheiden, ihr Kind einer Hörprüfung zu unterziehen.

2.2 Hörmessung

Das menschliche Ohr nimmt Schallreize auf und unterscheidet dabei **Tonhöhe** und **Lautstärke.** Das Aufnahmespektrum eines normalhörenden jungen Erwachsenen reicht von etwa 20 Hz (Hz = Hertz = Schwingungen pro sec.) für tiefe Töne bis etwa 20 000 Hz für hohe Töne. Mit fortschreitendem Alter nimmt die Leistungsfähigkeit des menschlichen Ohres für hohe Töne ab; der 50jährige hört sie nur noch bis etwa 13 000 Hz. Verschiedene Vokale schwingen in unterschiedlichen Bereichen. Für einen Menschen, der nur noch im Bereich von unter 1000 Hz hört, klingt die Sprache der Mitmenschen undeutlich, unscharf, verwaschen und natürlich schwer verständlich, etwa so, als wenn man beim Lesen die Buchstaben nur undeutlich sieht oder von jedem Buchstaben nur einen Teil erkennen kann. Die Lautstärke, bei der in den verschiedenen Tonbereichen gerade noch ein akustischer Eindruck zustande kommt, bezeichnet man als **Hörschwelle;** wo Geräusche

zu Schmerzen führen, ist die sogenannte **Schmerzgrenze** erreicht, an der der Mensch reflexartig versucht, sein Ohr vor weiterer akustischer Reizung zu schützen. Die Schallintensitäten werden in Phon, in neuerer Zeit in der Regel in Dezibel (db) angegeben.
Bei einer Dauerbeschallung mit etwa 90 db kann es zu irreparablen Hörverlusten kommen. Bei höheren Lautstärken kann eine Schädigung schon nach einmaliger Einwirkung auftreten. Eine Gewöhnung an lauten Lärm erfolgt nur subjektiv. Dies verführt manche Menschen dazu, im Berufsleben auf Lärmschutzeinrichtungen zu verzichten und Orte weiter aufzusuchen, an denen ohrenbetäubender Lärm herrscht (z. B. Diskotheken, Kirmesveranstaltungen u. a.). Tatsächlich ist der Lärm ohren-betäubend: Man spürt nichts mehr, aber die Schädigung schreitet fort.
In Alltagssprache, Fachgutachten und wissenschaftlichen Publikationen wird oft zwischen leichter, mittlerer und hochgradiger Schwerhörigkeit unterschieden; jedoch werden bei solchen Klassifikationen sehr unterschiedliche Maßstäbe zugrunde gelegt, je nachdem, ob es sich um eine ärztliche, pädagogische oder arbeitsbezogene Untersuchung handelt. Es empfiehlt sich also in jedem Fall, das gewählte Untersuchungsinstrument, die gemessenen Parameter und die Gründe für die Grenzziehung zwischen den Klassen in Erfahrung zu bringen, auf die die Zuordnung des einzelnen Schwerhörigen zurückging.
Man unterscheidet heute sechs Arten der Hörmessung oder Audiometrie. Die sog. **Verhaltensaudiometrie** versucht, aus der Verhaltensbeobachtung des Kindes in natürlichen Situationen auf den Hörstatus zu schließen. Sie kann bei Kindern ab etwa 6 Monaten eingesetzt werden. Die **Elternaudiometrie** sieht, wie der Name sagt, vor, daß die Eltern in der natürlichen Umgebung des Kindes kleine Hörtests vornehmen, was dort streßfrei und in beliebiger Wiederholung geschehen kann. So sind jedenfalls erste Informationen über die Hörleistung des Kindes zu gewinnen (Böhme, 1980; Neumann, 1982, 1984).
Die pauschale Auskunft, daß das Kind hören kann, vermag natürlich weder Eltern noch Berater zu befriedigen, zumal oft doch schon viele Beobachtungen der Eltern vorliegen, bevor sie sich an eine audiologische Untersuchungs- und Beratungsstelle wenden. Man muß also für das kleine Kind Vorgehensweisen finden, die Messung und Beurteilung von Tagesstimmung und Bereitschaft des Kindes zur Mitarbeit möglichst unabhängig machen. Auf Töne, die das Gehirn erreichen, reagiert der Körper mit einer Verringerung des Hautwiderstandes. Das Volumen der Haut an den Fingerkuppen nimmt geringfügig, aber meßbar ab. Die psychogalvanische **Tonaudiometrie** und die Fingerplethysmographie machen sich diese durch das Kind nicht beeinflußbaren Prozesse zunutze; treten die genannten physiologischen Veränderungen nach einer Tondarbietung wiederholt auf, kann man annehmen, daß der Ton gehört worden ist. Die Tonaudiometrie bedient sich frei gewählter Geräusche sowie der Darbietung von acht Tönen, nämlich des Grundtons C, des hohen C's sowie des ein- bis sechsfach gestrichenen C's in verschiedenen, genau abgemessenen Lautstärken, die Schwingungen von 64 bis 8192 Hz aufweisen. Aus Diagrammen, in denen Hz- und db-Werte kombiniert dargestellt werden, sind differentialdiagnostische Schlüsse über Schwere und Art der Hörschädigung ableitbar, die für die weitere Betreuung Orientierung bieten.
Eine kindgemäße Form der audiologischen Untersuchung bedient sich der Paradigmata des klassischen und des operanten Konditionierens und macht sich die kindliche Freude an Bildern zunutze (**Spielaudiometrie**). Das Kind wird vor einen Kasten gesetzt. Nun wird ihm über Lautsprecher ein Ton und gleichzeitig ein

Lichtsignal dargeboten (CS 1 und CS 2). Wenn das Kind nun selbst einen Knopf drückt (CR), erscheint im Guckkasten ein Märchenbild (C+). Drückt das Kind den Knopf ohne vorangegangenes Tonsignal, so erscheint kein Bild – dieses Verhalten wird also gelöscht. Ist die Verbindung zuverlässig eingeübt, so wird das Lichtsignal entzogen (CS 2 gestrichen). Wenn das Kind nun bei der nächsten Tondarbietung (CS 1) ohne Lichtsignal ebenfalls den Knopf drückt (CR), so kann man schlußfolgern, daß es den Ton gehört hat. Danach variiert man systematisch die Lautstärke innerhalb einer Frequenz und die Frequenzen selbst, bis sich ein Bild von den Hörschwellen des Kindes in verschiedenen Frequenzbereichen ergibt. Bei wiederholter Durchführung kommen Kinder meist zu einer begrenzten Verbesserung; wir müssen also mit einem gewissen Übungseffekt rechnen.
Die **Impedanzaudiometrie** zielt nicht auf die Prozesse der Informationsverarbeitung ab, sondern auf den Status des Trommelfells. Sie prüft den Widerstand, der dem Ton am Trommelfell entgegengebracht wird (Böhme und Welzl-Müller, 1988), und liefert Informationen über physiologische Parameter des Hörvorgangs.
In der **Sprachaudiometrie** finden Testwörter, Satzteile und Sätze sowie Redewendungen Verwendung, die aus allen in der Sprache vorkommenden Lautfrequenzen ausgewählt werden. Über die Sprache werden Hörweite, also maximale Entfernung zwischen Prüfer und Hörprüfling, bei der vorgesprochene bzw. vorgeflüsterte Worte noch richtig wiedergegeben werden können, sowie Sprachverständnis geprüft (vgl. die ausführlichen Darstellungen von Plath, 1981 sowie Löwe 1985).
Für Eltern, die nach der Hörprüfung erfahren, daß ihr Kind eine Hörschädigung hat, beginnt vermutlich am Tage dieser Eröffnung eine neue Zeitrechnung. Man kann durchaus vermuten, daß sich für viele von ihnen das Leben ganz neu gliedert, nämlich in die Zeit vor und die Zeit nach dieser Mitteilung.

2.3 Krise und erste Beratung

In ca. 90 % der Fälle hat das hörgeschädigte Kind hörende Eltern. So können wir uns dieser Konstellation vorrangig zuwenden. Generell muß man annehmen, daß die Entdeckung der Eltern, ein hörgeschädigtes Kind zu haben, nahezu immer ein tiefes Erschrecken hinterläßt. Der früheste Zeitpunkt, zu dem eine vollständige Gehörlosigkeit erkannt wurde, lag meinen Quellen gemäß bei drei Monaten, der späteste bei über vier (!) Jahren. Vorherrschende Reaktionen sind Verzweiflung, Verleugnung, Wut, Enttäuschung, Hilflosigkeit, Scham u. a. Manche Eltern glauben an eine Strafe Gottes, andere entwickeln realistische oder abenteuerliche Erb- und Schädigungstheorien. Ein Elternpaar beschrieb sein Empfinden so: „Plötzlich war es wie beschattet in unserem Leben, und wir standen vor einem Berg von Problemen, daß wir gar nicht wußten, wo wir anfangen sollten.“ Eine andere Mutter klammerte sich Zeit ihres Lebens an die Vorstellung, daß ihr Kind bei der Geburt habe hören können und erst später ertaubt sei. Eine dritte bestand in allen Gesprächen darauf, ihr Kind habe noch einen Hörrest, auch wenn dieser nicht zu einer erkennbaren Hörleistung führte.
Die weitere Entwicklung des hörgeschädigten Kindes hängt vermutlich weitgehend davon ab, wie Eltern diese ersten Erfahrungen innerlich verarbeiten und die

ihnen auf diese Weise gestellten Aufgaben annehmen. Mindel und Vernon (1987) fanden heraus, daß selbst das vorsichtige Ansprechen des Themas Gehörlosigkeit bei Eltern gehörloser Kinder eine Trauerreaktion hervorrief – auch noch 40 Jahre nach deren Geburt, als sie längst ein eigenständiges Leben führten. Bei Eltern schwerhöriger Kinder werden vermutlich vergleichbare Gefühle auftreten, jedoch in abgestufter Intensität, je nach Aussicht, daß der Hörschaden instrumentell und durch Übung gemildert oder behoben werden kann. Shontz (1965) hat die Entdeckung von Eltern, ein behindertes Kind zu haben, als krisenhaftes Geschehen dargestellt, das durch die plötzlich auftretende Notwendigkeit gekennzeichnet ist, die eigene psychische Organisation neu zu strukturieren. Diese seelische Umstrukturierung verläuft in den Etappen Schock – Realisierung – Verleugnung – Erfahrung der Tatsächlichkeit – Anpassung und Wandlung. Sie erfolgt einerseits innerhalb weniger Stunden oder Tage; andererseits muß sie im Laufe der Jahre wohl immer wieder durchlaufen werden. Die seelische Verarbeitung erweist sich als Lebensaufgabe.

Väter und Mütter reagieren auf die Hörschädigung des eigenen Kindes wohl teilweise unterschiedlich. So erwähnten in einer Untersuchung von Berger-Schermer (1973) Väter vor allem arbeitsmäßige Belastungen durch die Hörschädigung ihres Kindes, Mütter dagegen seelische und arbeitsmäßige. Generell kann man im Einsatz von Vätern und Müttern von Schülern oft eine Rollenverteilung der Art beobachten, daß die Mütter die unmittelbare Erziehung übernehmen, die Väter dagegen bei Elternabenden dominieren, Beschlüsse fassen, Briefe schreiben und organisatorische Aufgaben übernehmen.

Dabei wird heute immer mehr sichtbar, daß die Eltern hörgeschädigter Kinder der systematischen Begleitung bedürfen. Dabei geht es zunächst um die Einsicht in das Faktum der Behinderung, die Leistung der Trauerarbeit und die Entdeckung der Einzigartigkeit des eigenen Kindes **mit** der Behinderung. Ausschlaggebend dafür, ob die Eltern die neue Situation bewältigen, sind nach Vernon (1972) deren Persönlichkeit, die Beratung, ihre Einstellung dem eigenen behinderten Kind gegenüber, Art und Umfang der Verleugnung sowie Streßbelastung und -bewältigung. Am wichtigsten ist wohl zunächst, daß der Berater die Situation der Familie versteht und akzeptiert, technische Informationen gibt und auf Fragen der Eltern antwortet (Rotter, 1974; Green, 1978).

Williams et al. (1982) befragten N = 25 Eltern hörgeschädigter Kinder und erfuhren, daß diese sich in erster Linie eine bessere Beratung nach der Diagnose der Hörschädigung sowie verstärkte Betreuung bei der eigenen häuslichen Arbeit mit dem Kind wünschten. Blair et al. (1981) untersuchten an N = 96 Familien mit mindestens einem schwerhörigen Kind den Kenntnisstand bezüglich Hörverlust und Hörhilfen. Dabei zeigte sich, daß Eltern von schwerhörigen Kindern im Vorschulalter am besten über diese Fragen Bescheid wußten, Eltern von Kindern im Alter von 12 bis 15 Jahren dagegen nur sehr dürftig informiert waren. Die meisten Eltern wußten nur sehr wenig über das Hörgerät des eigenen Kindes, wobei Eltern, die selbst schwerhörig waren, am schlechtesten abschnitten. Hier mögen abnehmendes Interesse oder ein epochaler Wandel vorliegen, bei den schwerhörigen Eltern auch eine prinzipielle Erschwernis in der Möglichkeit, sich Informationen zu beschaffen.

Schlesinger und Meadow (1972) verglichen die Interaktion zwischen hörenden Müttern und gehörlosen Kindern mit der von hörenden Eltern und hörenden Kindern. Ihre Ergebnisse zeigten, daß die Mütter gehörloser Kinder unflexibel, stark

kontrollierend und entmutigend dem Kind gegenüber wirkten. Diese Mütter behielten ihre Kinder immer unter strenger Aufsicht; jedoch bereitete ihnen dies anscheinend weniger Mühe als den hörenden Müttern hörender Kinder. Die Mütter gehörloser Kinder fanden es belastender, von diesen nicht gehört und verstanden zu werden, als daß ihnen das eigene Nichtverstehen dessen, was ihre Kinder sagten, zusetzte. Stinson (1974) beobachtete N = 64 Mutter-Kind-Interaktionen bei der Lösung sprachlicher und nichtsprachlicher Aufgaben. Dabei fiel auf, daß die hörgeschädigten Kinder sich in erster Linie anstrengten, wenn die Mutter sie unterstützte. Die hörenden Kinder dagegen konkurrierten mehr mit Gleichaltrigen und entwickelten ihre Leistungsmotivation aus dem Vergleich mit ihnen.
Für die erste Beratung von Eltern, die soeben von der Hörschädigung ihres Kindes erfahren haben, kann empfohlen werden:

1. Zunächst sind Zuspruch und Ermutigung ohne floskelhaften Optimismus angezeigt.
2. Die institutionellen Möglichkeiten von Diagnostik, Beratung, Förderung und Unterstützung für jedes Lebensalter des hörgeschädigten Menschen sind aufzuzeigen.
3. Der normale Lebensgang eines hörgeschädigten Menschen kann beschrieben werden.
4. Die Initiative der Eltern, selbst kleine Schritte in Angriff zu nehmen, soll geweckt werden, um den aufkommenden Ohnmachts- und Katastrophengefühlen entgegenzuwirken und die Erfahrung der Eigenwirksamkeit zu stärken.
5. Wenn solche Schritte eine zwingende logische Folge haben, so muß diese Reihenfolge der Maßnahmen den Eltern auch sichtbar gemacht werden.
6. Der angemessene Umgang der Eltern mit dem hörgeschädigten Kind, speziell was die Verständigung angeht, ist zu besprechen und einzuüben.
7. Auf die besonders naheliegenden Elternreaktionen: Verwöhnung, Abhärtung, Ambivalenz oder Vernachlässigung ist besonders einzugehen.
8. Bereiche der sofortigen Elternaktivität können angesprochen werden: Kindergartenbesuche, Beantragung von Mitteln, Kontaktaufnahme mit gleich betroffenen Eltern und Kindern u. a.
9. Fragen, die die Eltern nicht stellen, können vom Berater angesprochen werden, z. B. solche nach Schuld und Vererbung. Hier kann der Berater Informationen geben und bei der Erlebnisverarbeitung behilflich sein, die auch Gefühle der Ohnmacht, Wut, Kränkung und Schuld annimmt. Er kann den Eltern auch helfen, sich mehr auf die zukünftigen Aufgaben als die vergangenen Schicksalsschläge zu konzentrieren.
10. Besonderes Augenmerk ist auf die Darstellung der Bildungseinrichtungen für Hörgeschädigte zu legen (Haus-Spracherziehung, Wechselgruppe, Kindergarten, Schule, Internat, Berufsschule u. a.), verbunden mit dem Hinweis, daß der Abschluß der Sonderschulen dem der Hauptschule entspricht.
11. Ebenso ist auf Maßnahmen für Angehörige von Hörgeschädigten hinzuweisen (Gebärdenkurse, Absehkurse, Artikulationskurse, Selbsthilfegruppen u. a.).
12. Spezielle Beratungsliteratur kann manchen Eltern weiterhelfen, ihre Bereitschaft zur Förderung ihres Kindes in sinnvolle Schritte umzusetzen (vgl. Anhang 2).
13. Eine gut sortierte Adressenkartei, vielleicht auch eine Zusammenstellung von

Antragsformularen sind unverzichtbare Hilfsmittel jeden Beratungsprozesses.

14. Bei manchen Eltern wird es richtig sein, die wichtigsten Punkte des Gesprächs selbst noch einmal kurz schriftlich zusammenzufassen und ihnen mitzugeben. Dies klingt für das Beraterohr ungewöhnlich, erweist sich aber oft als sehr arbeitssparend und förderlich.
15. Es lohnt sich für den Berater, im Jahresrhythmus alle Ratschläge, die er gibt, selbst zu überprüfen, was Rechtslage, Adressen, Leistungen bestimmter Institutionen u. a. angeht. Es kommt sonst immer wieder vor, daß Ratsuchenden Auskünfte erteilt werden, die schon seit Jahren nicht mehr gültig sind.

2.4 Hörgeräte-Anpassung

Eltern bestehen bei ihren Kindern manchmal in rigider Weise auf das Tragen der Geräte in dem Glauben, sie könnten dem Kind auf diese Weise den Besuch der Schwerhörigenschule ersparen, oder um zu unterstreichen, daß ihr Kind nicht gehörlos ist. Kindern selbst ist das Tragen der Geräte oft lästig. Sind sie falsch eingestellt, so verursachen sie manchmal schmerzhaften Dauerlärm, der das Erkennen wichtiger Mitteilungen unmöglich macht. Manche Kinder werden von Gleichaltrigen verspottet. Dem steht ein Nutzen des Hörgeräts gegenüber, der aus der Sicht des Kindes nicht immer erkennbar ist. Es werden deshalb wiederholt Hörgeräte von Kindern einfach „verloren" oder in der Toilette hinuntergespült. Manche Eltern erlauben ihren Kindern, die Hörgeräte zu bestimmten Zeiten des Tages abzunehmen oder abzustellen. Vermutlich ist das Tragen der Geräte um so leichter, je sorgfältiger sie angepaßt und eingestellt sind, je regelmäßiger die Einstellung überprüft wird und je früher (z. B. schon im ersten Lebensjahr) sie dem Kind als fester Bestandteil seines Lebens dargestellt werden, etwa wie ein Kleidungsstück. Auch die Bereitschaft von Eltern, Beratern und Lehrern, jeden kleinsten Hörrest einschließlich der Empfindung von Vibrationen zum Lernen zu nutzen, wird so am besten dokumentiert.

Die Hörgeräteanpassung bei Kindern sollte in folgenden Schritten vor sich gehen:

1. Ermittlung der Hörfähigkeit des Kindes
2. Erläuterung der Hörfähigkeit des Kindes
3. Information über Hörgerätetypen
4. Information über Ohrpaßstücke
5. Information über die Leistungsfähigkeit der Hörgeräte
6. Vorführung und Einübung der Einstellmöglichkeiten der Hörgeräte
7. Probezeit für Hörgeräte
8. Die Gewöhnung an die Hörgeräte
9. Das Hörtraining
10. Pflege und Wartung der Hörgeräte und der Ohrpaßstücke (Hartmann, 1988).

Bei einem fünfjährigen retardierten Mädchen mit einem Hörverlust von 90 db, das sich dem Tragen der Hörgeräte aufs heftigste widersetzte, konnte mit einem Vorgehen in sieben Schritten am Ende doch ein Erfolg erzielt werden: Zunächst wurde dem Kind nur das Ohrpaßstück eingesetzt. Dann wurde ihm der Empfänger am Kopf befestigt. Anschließend wurden beide in die richtige Stellung gebracht. Daraufhin wurde das Kabel mit dem Empfänger und etwas später mit dem Hörgerät verbunden. Wieder eine Weile danach wurde das Hörgerät eingeschaltet. Schließlich wurde schrittweise die richtige Empfangslautstärke eingestellt (Wilson und Moore, 1979). Die Autorinnen warteten dabei mit jedem neuen Schritt, bis der vorangegangene von dem Mädchen ganz akzeptiert worden war – offenbar mit Erfolg.

Einerseits mag sich für die Eltern mit der Anschaffung der Hörgeräte eine gewisse Beruhigung einstellen. Diese dokumentieren nun endgültig, daß bei dem Kind eine Hörschädigung vorliegt. Andererseits wird nun vielleicht der Kampf um die Hörreste beginnen: Trägt das Kind die Geräte? Was hört es? Helfen die Geräte dem Kind? Sind sie richtig eingestellt? Wird es vielleicht doch ganz normal sprechen lernen? Eltern werden also, gerade wenn sie dem Kind – und sich selbst – die Sonderbehandlung ersparen wollen, oft einem Wechselbad von Hoffnungen und Enttäuschungen ausgesetzt sein, zumal eine endgültige sichere Information nicht zu erhalten ist. Jedenfalls wird viele Eltern brennend interessieren, in welcher Weise ihr Kind gefördert werden kann. Dies ist mittlerweile auf vielfältige Weise möglich, wobei pädagogisch-psychologische Institutionen und persönliche Initiative einander ergänzen (Kap. 3). Zuvor soll aber auf einige Probleme des wissenschaftlichen Interesses an den Hörgeschädigten eingegangen und eine Charakterisierung der Altersgruppe versucht werden.

2.5 Probleme des wissenschaftlichen Interesses

Unter hörenden Wissenschaftlern ist ein auffallendes Interesse an der Frage zu erkennen, welche besonderen Merkmale die Hörgeschädigten charakterisieren. In zahlreichen Untersuchungen wurden Hörende und Hörgeschädigte mit Leistungs- und Persönlichkeitstests untersucht und miteinander verglichen. Dies ist ein verdienstvolles Unterfangen, solange solche Erkenntnisse dazu dienen, das Wesen der Hörschädigung besser zu verstehen und Lebensbedingungen behindertengerechter zu gestalten. Zugleich bringen solche wissenschaftlichen Arbeiten aber stets mehrere Gefahren mit sich.

(1) **Reifikation:** Wir vergessen, daß die Ergebnisse von bestimmten Untersuchungsleitern zu bestimmten Zeitpunkten mit bestimmten Tests bei bestimmten Personen erhoben wurden und daß eine bestimmte zeit- und wissenschaftshistorisch bedingte Fragestellung ihnen zugrunde lag. Statt dessen werden die Ergebnisse zu Tatsachen über **Das Wesen der Hörgeschädigten**. Ihre Perspektivengebundenheit gerät aus dem Blick.

(2) **Pseudosicherheit:** Wir wissen nun zu gut, wie **Die Hörgeschädigten** sind und womit wir bei ihnen zu rechnen haben, und rechnen zu selbstverständlich damit, daß bestimmte Eigenschaften bei ihnen gewiß in Erscheinung treten werden.

(3) **Entdifferenzierung:** Wenn wir einige gesicherte Aussagen über **Hörgeschädigte** haben, beginnt das Stereotyp, sich selbst fortzuschreiben. Neue Erfahrungen werden nun nicht mehr berücksichtigt, oder sie werden nach dem Satz **Ausnahmen bestätigen die Regel** assimiliert. Sie korrigieren also die grundsätzliche Haltung den Hörgeschädigten gegenüber nicht mehr, ganz so, wie sich der Antisemitismus früher bisweilen in eine weltoffene Form kleidete („In unserer Stadt gab es aber auch sehr anständige Juden").

(4) **Abgrenzung und Ausgrenzung:** Der nächste Schritt ist, daß die Gruppengrenzen sich schließen: **Unsere Gruppe ist so, und die Gruppe der anderen ist anders.** Die Andersartigkeitsvermutung wird also auf viele andere Lebensbereiche ausgedehnt. Der Kontakt nimmt ab. Tatsächlich macht man nun überwiegend Erfahrungen der Unterschiedlichkeit, die die Grenzziehung nachträglich rechtfertigen und die Prophezeiung bestätigen.
(5) **Prozeßblindheit:** Und zugleich, während der Prozeß der kognitiven, affektiven und beziehungsmäßigen Entfremdung stattfindet, kann völlig aus dem Blick geraten, daß die zunehmende Distanz **gemacht** worden ist, daß also der Hörenden wie der Hörgeschädigten Unfähigkeit oder Untätigkeit zu der jetzigen Situation geführt haben.
(6) **Entindividualisierung:** Dies ist für mich die gravierendste Fehlentwicklung, die aufgrund wissenschaftlicher Erkenntnisse eintreten kann: daß Konzepte und Programme für **die Hörgeschädigten** entwickelt werden, die nicht genügend Raum für die Besonderheiten des Einzelfalls vorsehen. Diese Gefahr besteht bei allen überregionalen Planungen und Angeboten. Entsprechend setzen sich die Selbsthilfeeinrichtungen in der Regel für regionale Maßnahmen und eine Verankerung in Ortsvereinen und kleinen Gruppen ein.

Wenn wir uns diese Gefahren vor Augen halten, wird es uns leichter fallen, Vergleichsuntersuchungen und Beschreibungen hörgeschädigter Personen **auf wissenschaftlicher Grundlage** nicht als Diagnosen, sondern als Ausgangspunkte zum Handeln zu betrachten. Grundlage und Richtschnur aller Maßnahmen sollten stets Entwicklung und Entfaltung der Persönlichkeit, Förderung des Gemeinschaftsgefühls und Psychohygiene aller Beteiligten sein.

2.6 Beschreibung der Altersgruppe

Wie läßt sich nach diesen warnenden Vorbemerkungen das hörgeschädigte Vorschulkind auf empirischer Grundlage beschreiben?

Ammann (1968) schreibt noch, das Sprachvermögen sei nur dem Menschen eigen und erst Sprache mache uns zu Menschen. Dies legt im Umkehrschluß die Folgerung nahe, das der Lautsprache nicht mächtige Kind sei kein vollständiger Mensch. Heute können wir die Sache aus einer erweiterten und freieren Perspektive betrachten und feststellen: Nicht die Lautsprache ist das Menschenspezifische, sondern die Fähigkeit zu differenzierter Verständigung und Begegnung – diese erfolgt freilich auf vielen Ebenen, von denen die Lautsprache nur eine ist. – Köble stellt 1969 fest, ein seelisch normales gehörloses Kind könne es nicht geben. Auch dies ist heute natürlich nicht mehr haltbar, zumal darin Einzigartigkeit und Entwicklungfähigkeit des Kindes nicht berücksichtigt werden. Wir müssen uns heute eher fragen, welche Besonderheiten hörgeschädigte Kinder im Vorschulalter aufweisen, für welche Fehlentwicklungen aufgrund der Hörschädigung es eine besondere Wahrscheinlichkeit gibt, welche Störungen epidemiologisch als gesichert angesehen werden können und welche Präventionsmaßnahmen ergriffen werden können.

Identität entwickelt sich aus allen motorischen und Sinneserfahrungen (Kiphard, 1977) beim hörenden Kind schon in den ersten Lebensjahren über die Sinn- und Bedeutungserfahrung von Sprache. Das hörgeschädigte Kind muß hierin mit

einem verringerten Reizangebot zurechtkommen; es wird sich vorrangig an Bewegungen und Zeichen der Eltern orientieren. In diesem Fall werden Bewegungen und Zeichen für das Kind identitätsstiftend; sie vermitteln ihm, was Wirklichkeit ist. Basilier nennt als Beispiel Kinder, die im Gespräch weit über die Notwendigkeit zur Verständlichkeit hinaus immer wieder die gleichen Gebärden wiederholen, wie um sich selbst mit dem, was sie sagen, zu bestätigen (1965).
In den ersten Lebensjahren scheint die Entwicklung hörender und gehörloser Kinder nahezu gleich zu verlaufen. Dies widerspricht einer in der Psychoanalyse geäußerten Annahme, das Ich entwickle sich über Sprache und müsse folglich beim gehörlosen Kind prinzipiell zurückbleiben. Tatsächlich muß offenbar zwischen dem Denken und Fühlen und ihrer sprachlichen Wiedergabe unterschieden werden (Freedman, 1976). Oder auch: Verlust von Sprache bedeutet nicht den Verlust von Inhalten (Affolter und Bischofberger, 1982). Das Ich scheint jedenfalls nicht primär an Wortrepräsentanzen gebunden zu sein. Vielmehr entwickelt sich das gehörlose Kind in allen Lebensbereichen auch ohne Sprache, und die hinzukommende Sprache liefert dann eher Bezeichnungen für seelische Sachverhalte, die sich im Kind bereits gebildet haben. Freedman beobachtete in einer Längsschnittstudie sechs gehörlose Mädchen, beginnend zwischen deren 29. und 36. Lebensmonat und dann über fünf Jahre hinweg. Er stellte fest, „... nichts was darauf hingewiesen hätte, daß die Prozesse der Introjektion und der Identifikation durch den Ausfall des Gehörs und der Sprache signifikant beeinträchtigt worden seien" (1976, S. 953) – eine gewiß für Eltern hörgeschädigter Kinder tröstliche Information, die nicht oft genug wiederholt werden kann. – Bei hörenden Kindern nimmt man an, daß der Übergang von „Lisa will" zu „Ich will", der meist im dritten Lebensjahr erfolgt, einen wesentlichen Schritt in der Ich-Entwicklung anzeigt. Gehörlose sprechen oft im Jugendalter, manche auch als Erwachsene in der dritten Person von sich. Daraus kann man offenbar nicht den Schluß ziehen, ihr Ich sei bis in dieses Alter unzulänglich entwickelt. Vielmehr ist anzunehmen, daß die dem Hörenden eigene grammatische Form des Ausdrucks nicht gefunden wird, die Entwicklung aber in vielen Bereichen ähnlich voranschreitet wie bei Hörenden.
Bei einer Untersuchung von N = 17 gehörlosen Vorschulkindern gehörloser Eltern zeigte sich, daß diese in allen untersuchten Verhaltensbereichen hörenden Kindern gleichen Alters entsprachen. So protestierten Kinder unter 3 Jahren in dieser Untersuchung, wenn die Eltern den Untersuchungsraum verlassen wollten, und ließen, wenn dies doch geschah, Unbehagen erkennen. Kinder im Alter von 3 bis 5 Jahren konnten einer Trennung überwiegend zustimmen, freuten sich aber bei der Rückkehr der Angehörigen (Meadow et al., 1984). Prinz und Prinz (1985) konnten anhand von Videoaufnahmen gehörloser dreijähriger Kinder in Spielsituationen zeigen, daß diese sich in gleicher Weise wie hörende Kinder miteinander über Regeln, Unterbrechungen, Rollentausch, Aufmerken, Behandlung bestimmter Themen sowie Herstellung und Aufrechterhaltung des Blickkontakts einigen konnten.
Neben diesen Gemeinsamkeiten treten anscheinend etwa zwischen dem dritten und fünften Lebensjahr auch einige gravierende Unterschiede hervor, die u. a. Über-Ich-Entwicklung, Impulskontrolle, Kommunikation und Selbstkontrolle betreffen. Kinder übernehmen elterliche Gebote meist leicht, auch solche, an die sie sich selbst gar nicht immer halten. Jedenfalls geben sie Weisungen im Spiel oft an ihre Puppen weiter, wobei sie Tonfall, Mimik und Gestik der Eltern präzis

übernehmen und die Gebote dabei zugleich selbst internalisieren. In dieser Hinsicht sind gehörlose Kinder gewiß im Hintertreffen. Weder können sie die genaue Bedeutung des Verbots aufnehmen, noch können sie es spezifizieren, variieren und relativieren. So mag bei ihnen ein globaler Eindruck zurückbleiben, bestimmte Verhaltensweisen seien **verboten.** Eltern gelegentlich aber auch Lehrer, Erzieher und Vorgesetzte nutzen dieses Verständnis aus eigener Bequemlichkeit gelegentlich aus, indem sie in Wort und Gebärde nur noch **„Verboten!"** ausdrükken. Auf diese Weise entwickelt sich das Über-Ich des Kindes aber u. U. nicht nuanciert, sondern wird zu einer übergeneralisierenden, starren Instanz.

Im Rorschach-Test und dem Baumtest unterschieden sich hörgeschädigte Kinder von hörenden bis zum Alter von drei bis vier Jahren nicht. Danach wurde bei vielen eine traumatisierende Kommunikationsbarriere sichtbar (Ozawa et al., 1967). Seifert (1972b) gibt für gehörlose Kinder im Vorschulalter einen erheblichen Rückstand in der Fähigkeit an, kleine Aufgaben ohne fremde Hilfe selbst zu erledigen. Generell kommt es bei hörenden Kindern zwischen dem zweiten und dem dritten Lebensjahr zu einem sprunghaften Anstieg des aktiven Wortschatzes (Nickel, 1976), der oft von 200 auf 800 Wörter hochschnellt. Hörgeschädigte Kinder eignen sich in diesem Alter ebenfalls zahlreiche neue Begriffe an, jedoch sind diese naturgemäß weniger sprachlich als bildhaft gespeichert und können weniger gut oder gar nicht in Lautsprache ausgedrückt werden. Dennoch entdecken und benutzen auch hörgeschädigte Kinder sprachliche Regeln, und zwar z. T. die gleichen wie normalhörende Kinder, z. T. andere (Affolter und Bischofberger, 1982). Für das Hineinwachsen in eine hörende Welt ist die Beeinträchtigung des Hörens, Verstehens und Sprechens der gesprochenen Sprache in diesem Alter jedenfalls bereits von entscheidender Bedeutung.

In einer Untersuchung von Grohnfeldt (1977) an N = 85 hörgeschädigten Kindern im Alter von 3 – 7 Jahren zeigte sich, daß diese signifikant unruhiger, aggressiver und regressiver, sozial weniger gut angepaßt und weniger ausdauernd waren als eine Vergleichsgruppe hörender Kinder. Innerhalb der Hörgeschädigten-Gruppe waren die schwerhörigen Kinder in mehreren Parametern auffälliger als die gehörlosen.

Heute scheint die Zahl der hörgeschädigten Kinder dank besserer medizinischer Versorgung ständig leicht zurückzugehen (Heese, 1961). Eine amerikanische Statistik gibt für die ersten 5 Lebensjahre einen Hörgeschädigtenanteil von 6.3 % an (National Center for Health Statistics, 1982). Die Sterilisation Hörgeschädigter von 1936 bis 1945 in Deutschland hat offensichtlich keine nennenswerte Senkung der Zahl Hörgeschädigter bewirkt. Tatsächlich rechnet man heute damit, daß ca. 90 % der Kinder hörgeschädigter Eltern normal hören. Erbfaktoren können entsprechend, wenn man Schädigungen während der Schwangerschaft und Geburt abrechnet, bei weniger als 10 % der Fälle in Betracht kommen. Und andererseits haben 90 % der hörgeschädigten Kinder hörende Eltern, so daß auch hierin Erbfaktoren offenbar eine geringe Rolle spielen (Treesberg, 1988).

3. Förderung und Therapie im Vorschulalter

Es wurde bereits erwähnt, wie wichtig die frühe Diagnose der Hörschädigung ist, damit möglichst rasch übende, korrigierende, kompensierende und therapeutische Maßnahmen eingeleitet werden können. Tatsächlich kann bereits im ersten Lebensjahr mit einigen Schritten begonnen werden (vgl. dazu ausführlich Breitinger, 1979; Ohlmeier, 1983; Salz und Breitinger, 1985; Ding und Horsch, 1986 a, 1986 b).

3.1 Hausspracherziehung und Hauserziehung

Institutionen der Frühförderung sind heute die Hausspracherziehung, die Wechselgruppe (Wiechmann, 1971), der Sonderkindergarten und die Beratungsstelle. Unter ihnen nimmt die Hausspracherziehung durch einen auf Frühförderung spezialisierten Gehörlosenlehrer eine besondere Rolle ein, weil hier die Verantwortung weitgehend bei den Eltern liegt und ein Erfolg in erster Linie von deren Ausdauer, Phantasie und Belastbarkeit abhängt. Die Hausspracherziehung soll gleich nach der Diagnose beginnen, mindestens einmal pro Woche stattfinden und bis zum Eintritt des Kindes in Kindergarten oder Schule fortgesetzt werden. Hier geht es darum, daß das Kind zum richtigen Sprechen angeleitet und angehalten wird und die Angehörigen sich ihm gegenüber auf ein angemessenes Kommunikationsverhalten einstellen. Eltern, die die Hausspracherziehung praktizieren wollen, können sich nach folgenden Hinweisen orientieren:

1. Die Antlitzgerichtetheit des Kindes kann am besten gefördert und selbstverständlich gemacht werden, wenn es noch auf dem Arm getragen wird.
2. Je mehr die Mutter mit dem Kind spricht, desto besser ist es.
3. Dabei ist auf deutliche Artikulation und gute Sichtbarmachung des Mundbildes zu achten.
4. Die Lautstärke soll normal sein.
5. Es sollen einfache, aber stets vollständige Sätze gebildet werden.
6. Die Mutter sollte Fehler in der Nachahmung und Wiederholung des Kindes nicht mit Tadel oder Korrekturen beantworten, da diese dem Kind das Sprechen verleiden können. Vielmehr lernt das Kind am besten, wenn es ohne Drill immer wieder den richtigen Klang und die richtige Ausdrucksweise hört.
7. Wenn das Kind Äußerungen der Mutter nicht versteht, soll die Mutter während der Übungsstunde nicht auf bedeutungshaltige Gesten und Gebärden ausweichen.
8. Außer der Antlitzgerichtetheit gilt es, die Hörgerichtetheit des Kindes zu fördern, also seine Bereitschaft, akustischen Signalen seine volle Aufmerksamkeit zuzuwenden. Daraus ergibt sich eine gute Chance, daß Hören und Sehen vom Kind schon in frühen Jahren in einer integrierten Sprachaufnahmeleistung zusammengefaßt werden.
9. Mutter und Berater können gemeinsam Mittel der sprachlichen Anregung in

Betracht ziehen. Diese dienen der Wortschatz- und Begriffserweiterung sowie der Aneignung eines grammatisch-syntaktischen Gerüsts der Sprache.

10. Stammelfehler, die bei schwerhörigen Kindern sehr häufig sind, bedürfen in diesem Alter keiner besonderen Aufmerksamkeit oder Korrektur, da sie auch bei normalhörenden Kindern oft auftreten und die systematische Sprachkorrektur Zeit bis zum Schuleintritt hat.
11. Gelegentliche Artikulationshilfen oder Korrekturen bei bestimmten Lauten sollten vom Berater vorgenommen werden.
12. Es hat sich bewährt, den Sprachaufbau beim hörgeschädigten Kind soweit wie möglich in der gleichen Weise vorzunehmen wie beim hörenden Kind (nach Heese, 1962, S. 68 f.).

Die brisanteste unter den Empfehlungen an die Eltern ist der Rat, nicht mit Gebärden zu operieren. Er war in der deutschen Pädagogik lange Zeit unangefochten, wird aber seit einigen Jahren mit großer Vehemenz diskutiert und in Frage gestellt. An ihm entzündet sich eine sehr grundlegende Diskussion, auf die wir in Kap. 4 ausführlicher eingehen werden. Schmid-Giovannini (1980) hat in dieser Frage die konsequente alltagsbezogene Benutzung der Lautsprache empfohlen; dagegen befürworten u. a. Prillwitz et al. (1977, 1984) Lautsprache und Gebärde. Manche Erfahrungen sprechen dafür, daß die Selbstbeschränkung der Eltern auf die Sprache und die Forderung an das Kind, sich stets lautsprachlich zu äußern, neben den bekannten Vorzügen doch auch sichtbare Nachteile aufweist. Dagegen scheint die Einbeziehung der Gebärde den Lautspracherwerb nicht zu behindern und die Verständigung zwischen Eltern und Kind sichtbar zu verbessern.

Über das regelmäßige deutliche Sprechen hinaus können Eltern ihren Kindern u. a. schon früh Märchen in Sprache und Gebärde erzählen (z. B. Liebsch und Mandt, 1983, 1984) und sie so an vielen Erlebnissen teilnehmen lassen, von denen man früher annahm, daß sie hörgeschädigten und besonders gehörlosen Kindern generell verschlossen seien (Ding, 1988). Horsch und Ding (1981) entwickelten ein sensomotorisches Vorschulprogramm. Jussen und Neumann (1985) haben Bilderbuch- und Textmaterialien konzipiert, anhand derer Eltern und Erzieher mit hörgeschädigten Kindern Alltagssituationen betrachten und besprechen können. Weitere Lernangebote haben Jussen et al. (1985) sowie Jussen, Neumann und Holdau (1988) mit den Kölner Sprachlernspielen vorgelegt (vgl. auch Jussen, 1987).

Interessanterweise heißt die Hausspracherziehung im angloamerikanischen Sprachraum Hauserziehung, Hausunterricht oder Eltern-Kind-Programm, legt also bereits im Namen den angestrebten Elterneinfluß auf das hörgeschädigte Kind weiter aus als die deutsche Bezeichnung und beschränkt sich nicht auf die Sprachförderung (vgl. dazu auch Neumann, 1982). Tatsächlich muß der Nutzen von Früherziehungsmaßnahmen, die sich ausschließlich der Sprachförderung widmen, als zweifelhaft gelten (Wisotzki, 1980). Dagegen wird die Intensivierung der Eltern-Kind-Beziehung, zu der es auf diese Weise kommt, der Entwicklung des Kindes und seiner Integration in die Familie gewiß dienlich sein. Für Lehrer, die als Berater Eltern und Kinder besuchen und die Hauserziehung begleiten, gelten folgende Empfehlungen:

1. Echtes Interesse an den Eltern haben und auf ihre Bedürfnisse eingehen;
2. Den Eltern gegenüber so geduldig sein, wie man von den Eltern Geduld mit dem Kind verlangt;
3. Vermeiden, moralische Urteile zu fällen;

4. Sich auf die Entwicklung der Fähigkeiten des Kindes und auf die Eltern als wahre Lehrer des Kindes konzentrieren;
5. Darauf achten, daß die Beratung nicht unmerklich in eine Psychotherapie der Eltern übergeht;
6. Die Eltern ermutigen und etwas von der eigenen Zuversicht an sie weitergeben;
7. Nach jeder Sitzung für die Eltern eine Zusammenfassung machen, damit sie sich darüber klar werden können, was erreicht wurde und was noch getan werden muß;
8. Über jede Sitzung ein Protokoll führen und jede Information so rasch wie möglich noch am gleichen Tag aufzeichnen (gekürzt und modifiziert nach Simmons-Martin, 1980, S. 107).

Proctor (1983) hat eine Liste von Situationen erstellt, in denen Berater das Verhalten von Kind und Eltern in der häuslichen Situation studieren können. In einem Sammelreferat über Eltern-Kind-Programme kommt Simmons-Martin (1983) zu der Feststellung, daß Fortschritte der Kinder in enger positiver Beziehung zum Grad der Anteilnahme stehen, die die Eltern für ihre Erziehung aufbringen. In einem Drei-Stufen-Programm wurden Eltern mit Erfolg angeleitet, zunächst auf Hinweise zum Entwicklungsstand ihrer zwei- bis dreijährigen Kinder zu achten, dann ruhig und sicher mit ihnen umzugehen und ihnen zuletzt spezielle Förderübungen in den Bereichen Sprechen und Hören anzubieten (Wilson, 1981).
Greenberg und Calderon (1984) stellten in einem Sammelreferat über Vorschulprogramme mit hörgeschädigten Kindern fest, daß, wenn außer Lautsprache auch Gebärde, Gestik und Mimik sowie private, in der Familie entwickelte Zeichen benutzt wurden, Verstehen und Produktion gesprochener Sprache in der Verständigung zwischen Eltern und Kind besser gelangen. Familien mit einem stark schwerhörigen Kind im Vorschulalter, die an einem entsprechend konzipierten Förderprogramm teilnahmen, wiesen danach eine reifere familiäre Kommunikation, weniger Streß sowie Kontakte von höherer Qualität auf (Greenberg, 1983). Dies bestätigte sich auch bei einer Gruppe von Kindern mit mittleren und schweren Hörstörungen (Greenberg et al., 1984). Die hier aufgeworfenen Fragen werden uns in Kap. 4.6 unter den Stichwörtern **total communication** und **multidimensionale Kommunikation bzw. Multikomm** noch ausführlicher beschäftigen.

3.2 Artikulationstraining

Eine sprachliche Förderung kann auch außerhalb des häuslichen Bereichs in Kindergarten und Vorschule erfolgen, wenn geschultes Personal zur Verfügung steht sowie die räumliche und materielle Ausstattung dies zuläßt. Das im folgenden beschriebene Gerät und die dazugehörende Vorgehensweise mag als Beispiel für mögliche Hilfen und ihren erfolgreichen Einsatz stehen.

Fall 1: Vierjähriges Mädchen, Artikulation

Das stark schwerhörige vierjährige Mädchen, von dem hier die Rede ist, sprach die Vokale **A, O, O', E'** extrem nasal. Wilson und Holbrock (1974) arbeiteten zunächst einmal wöchentlich mit ihr, später zwei- bis dreimal pro Woche, insgesamt 65 Sitzungen lang. Sie sprach in ein Mikrofon; daraufhin leuchtete ihr gegenüber gut sichtbar als Belohnung ein weißes Licht auf. Die unerwünschte nasale Sprechweise wurde über einen kleinen Sensor direkt von ihrer Nasenspitze abgeleitet und führte zum Aufleuchten eines roten Lichts. Die Lehrerin, die sie anleitete, trug, um die Akzeptanz des Mädchens für das Gerät zu erhöhen, ebenfalls einen solchen Sensor auf der Nase. Weißes und rotes Licht leuchteten nur abwechselnd auf. Zusätzlich kam bei richtiger Artikulation ein kleines elektrisch gesteuertes Püppchen auf das Kind zumarschiert, während es sich bei nasaler Sprechweise von ihm zurückzog. Das Mikrofon wurde später durch einen Sensor am Kehlkopf ersetzt, damit nicht Äußerungen der Lehrerin zu einer Fehlverstärkung des Kindes führten, wie dies anfänglich einige Male geschehen war. Zusätzlich erhielt das Mädchen bei richtiger Sprechweise kleine Spielmünzen, die es in Süßigkeiten eintauschen konnte. Um sicherzustellen, daß das Kind nicht lernen würde, nasale Laute zu vermeiden, da es für sie ja ‚bestraft' wurde, wies die Lehrerin es in ein Spiel ein, bei dem es durch abwechselndes **A – M – A – M** die Puppe veranlassen konnte, abwechselnd vor- und zurückzugehen. Um sprachliche Reaktionen des Kindes zu evozieren, wurden ihm gemalte Bilder, Wörter und kurze Sätze auf Karten dargeboten. Die Lehrerin zeigte dem Mädchen jeweils eine Abbildung und sprach den dazugehörenden Satz. Das Mädchen konnte noch nicht lesen; dennoch wurden in den Wörtern die Buchstaben, die das weiße Licht hervorrufen würden, weiß geschrieben, diejenigen, die zum Aufleuchten des roten Lichts führen würden, rot, damit das Kind wußte, womit es zu rechnen hatte. Die Lehrerin saß links vom Kind; so konnte sie mit der rechten Hand zeigen, mit der linken die Feineinstellung des Geräts vornehmen, ohne das Kind abzulenken. Nach 3 Monaten brauchte das Mädchen die Verstärkung durch die Puppe nicht mehr. Das A und das O lernte es schnell artikuliert zu sprechen, dagegen bereiteten ihm das O' und das E' längere Zeit Schwierigkeiten. Später wurden die Buchstaben M und N zusammen mit Hörtraining-Übungen eingeführt, dann T, F, L und W, schließlich in Verbindung mit Atemübungen und Zungengymnastik das SCH. Dabei mußte das Gerät manchmal in seiner Empfindlichkeit nachgestellt werden, um die jeweilige Sprechweise des Kindes deutlich zu diskriminieren. Als die Übungen einmal 10 Tage lang wegen einer Erkrankung des Kindes ausfielen, sanken die Sprechleistungen erkennbar ab. Insgesamt verbesserte sich bei dem Mädchen die Unterscheidung vokaler und nasaler Laute während der Übungszeit beträchtlich. Auch ihre Spontansprache und ihre Aufmerksamkeit für richtige Sprachproduktion nahmen zu.

Diskussion. Den Fortschritt in der Artikulation kann man dem Gerät und seinem umsichtigen Einsatz durch die Lehrerin zuschreiben. Oft geschieht ja das Gegenteil: Geräte werden angeschafft, bereiten in der Handhabung zuviel Mühe, führen nicht zu schnellen Unterrichtserfolgen und verstauben dann in Magazinen. – Jedenfalls muß bei solchen Geräten darauf geachtet werden, daß sie die erwünschte Sprechweise zuverlässig und sofort erkennen und unmißverständlich zurückmelden. Unverzichtbar ist auch, wie bei allen Biofeedback-Geräten, die Möglichkeit, eine Neueinstellung und Anpassung an die Sprechgewohnheiten des Kindes vorzunehmen. – Artikulationsunterricht ist Knochenarbeit. Er begleitet und beansprucht Lehrer und Schüler während der gesamten Schulzeit. Oft unterbricht die artikulatorische Korrektur das lebendige Sprechen und führt so zu ständigen Störungen des Rede- und Kommunikationsflusses. Wenn also hier eine Möglichkeit gefunden wurde, diese Arbeit ökonomischer zu machen und schon im Vorschulalter zu beginnen, so werden Kräfte des Lehrers frei für andere lohnende Aufgaben im Klassenzimmer. – Vielleicht leistet das Gerät dabei sogar etwas für die Psychohygiene der Lehrerin: Sie braucht sich nicht mit jedem Artikulationsfehler des Kindes zu identifizieren, weil sie nicht selbst entscheiden muß, was richtig und was falsch ist. Das Gerät zeichnet objektiv auf, was das Kind gesprochen hat. Dabei wird auch sichtbar, daß im eigentlichen Sinn keine Bestrafung des Kindes erfolgt; vielmehr überwiegt der Hinweischarakter der Rückmeldung, ohne das Kind einer Belastung auszusetzen. – Man könnte einwenden, es handele sich hier um eine mechanische Lernanordnung ohne Lehrer-Schüler-Bezug. Jedoch muß diese Frage im Kontext des sonstigen Lebens von Kindern in der Gegenwart gesehen werden. Viele Kinder sind im Alltag lieblos gekauften mechanischen Spielsachen, belanglosen und destruktiven Fernsehsendungen, aggressiven Videospielen und desinteressierten oder erschöpften Eltern ausgesetzt; da erscheint das vorliegende

Arrangement, bei dem **eine** Lehrerin mit **einem** Kind arbeitet, allemal die bessere Alternative. Denkbar ist auch, daß Eltern in die Handhabung des Geräts eingewiesen werden und mit dem eigenen Kind bzw. ehrenamtlich mit anderen Kindern in den Räumen der Vorschule arbeiten. Inzwischen sind auf diesem Gebiet noch wesentlich wirksamere Verfahren entwickelt worden, so z. B. die Zungensonographie (Böchler et al., 1988; Klajmann et al., 1988).

3.3 Rollenspiel

In dem Moment, in dem die Hörschädigung erkannt ist, kommt auch die Frage auf, wie das Kind trotz, mit und unter besonderer Berücksichtigung der Behinderung in seiner Gemeinschaftsfähigkeit gefördert werden kann. Unter den verschiedenen methodisch-didaktischen Impulsen verdient dabei das Rollenspiel besondere Beachtung.

Das Rollenspiel ist die spielerische, zeitlich befristete Übernahme eigener und fremder, realer und fiktiver Rollen oder Eigenschaften durch Einzelne, Paare und Gruppen in spontaner oder angeleiteter Form. Zu den Anlässen und Zielen des Rollenspiels gehören Diagnostik, Verhaltens- und Rollenaneignung, Spontaneitäts- und Kreativitätsentfaltung, Einfühlung, Entlastung, Konfliktregulierung, Erweiterung der sprachlichen Kompetenz und allgemein die Gewinnung und Vertiefung von Kenntnissen und Einsichten. Das Rollenspiel scheint hörgeschädigten Kindern aufgrund seiner Betonung des Visuellen, Motorischen und Interaktionellen sehr gemäß zu sein. Es bietet in seiner ganzheitlichen Zugangsweise alle Möglichkeiten abgestuften pädagogischen und therapeutischen Einwirkens. Es findet auch spontan statt und macht Kindern jeden Alters viel Freude. Im **angeleiteten Rollenspiel** besteht die Chance, Erleben und Verhalten des hörgeschädigten Kindes gezielt zu bereichern und zu erweitern (Wygodskaja, 1982).

Vorbereitung, Durchführung und Auswertung des Rollenspiels erfolgen bei Wygodskaja in zahlreichen wohldurchdachten, aufeinander aufbauenden Schritten. Zum Thema **Autobus** gehören z. B. Beobachtung eines Busses an der Haltestelle – Erklärung – Zeichnung – Spiel mit dem Spielzeugbus – Fahrt mit einem echten Bus – Erklärung – Erarbeitung von Regeln zwischenmenschlichen Umgangs – Gespräch zu einem Bild – Herstellen der Requisiten zum Thema Bus – Diafilm – Erklärungen – Bauen eines Busses aus Stühlen – Rollenübernahme – Rollenwechsel – Gespräch im Bus – Einführung neuer Rollen (Kontrolleur, Polizist) – Verknüpfung der Erfahrungen mit ausgewählten Themen aus dem Berufsleben der Gesellschaft. Auf diese Weise gewinnt das Rollenspiel den Charakter von kindgemäß angelegtem Unterricht. Das folgende Programm ist auf den russischen Kindergarten abgestimmt, der vom zweiten bis zum sechsten Lebensjahr dauert. Es sieht für jedes Jahr einen neuen Schwerpunkt vor, wobei dem gehörlosen Kind auf dem Weg vom Spiel zum Rollenspiel immer komplexere Aufgaben angeboten werden:

1. Hantieren mit Spielzeug;
2. Verwenden von Spielzeug in verschiedenen Funktionen und in Handlungsketten; Benennung von Gegenständen;
3. Imitation und Rollenübernahme, Regelbefolgung und sprachliche Verständigung der Kinder untereinander;
4. Spiel und Tätigkeiten in Nachahmung Erwachsener; Aneignung gesellschaftlicher Normen; Spiel mit Ersatzgegenständen und vorgestellten Gegenständen;

5. Identifikation mit Gefühlen und Beziehungen Erwachsener; Wortschatzerweiterung, Förderung des Gruppenzusammenhalts (nach Wygodskaja, 1982).

Es kann in diesem Alter also durchaus damit begonnen werden, hörgeschädigte Kinder mit Hilfe des Rollenspiels zur Aneignung bestimmter Stimmungen und Haltungen, Fähigkeiten und Fertigkeiten, sozialer Kompetenzen und Rollen hinzuführen.

3.4 Pädagogische Verhaltensmodifikation

Ob das verhaltenstherapeutische Paradigma geeignet ist, in der Arbeit mit Hörgeschädigten gute Dienste zu leisten, bedarf der Prüfung. Als Vorzüge der Verhaltenstherapie bei Hörgeschädigten ist ins Feld zu führen:

1. Es wird immer das **sichtbare Verhalten** angegangen. Das innere Erleben des Menschen ist nur aus seinen Äußerungen und seinem Verhalten erschließbar. Es bleibt uns schon beim Hörenden oft ungewiß – beim Hörgeschädigten mit seinen verminderten sprachlichen Mitteilungsmöglichkeiten sind wir in dieser Hinsicht um so häufiger auf das Abspüren oder Raten angewiesen. Das sichtbare Verhalten dagegen ist einer Mehrzahl von Personen zugänglich und damit in gewissem Umfang objektivierbar, kommunizierbar und beeinflußbar.
2. Die Verhaltenstherapie geht von einer **Kontinuitätshypothese** aus, was tierisches und menschliches Verhalten angeht. Es wird auf die gemeinsamen biologischen Wurzeln von Mensch und Tier Bezug genommen, die jedenfalls nicht in der gesprochenen Sprache liegen. Lernen und Verhaltensänderung benötigen daher in diesem Paradigma nicht zwingend verbale Instruktion und das Verständnis des gesprochenen Wortes, ja nicht einmal akustische Reize. Sie sind dadurch Hörgeschädigten leichter zugänglich und vermutlich von unmittelbarerer Wirkung als sprachliche Ausführungen, wie sie in anderen Therapieformen vorherrschen.
3. Dank des lerntheoretischen Paradigmas ist es heute möglich, viele Unterrichtsstoffe in programmierter Form darzubieten. Diese Arbeitsweise mag sich bei Hörgeschädigten, denen das Feedback über das eigene innere Sprechen weniger als hörenden Menschen zur Verfügung steht, als die geeignetste Form des Lernens überhaupt herausstellen.

Dem werden häufig zwei Einwände entgegengehalten:

1. Die Beschränkung auf sichtbares und meßbares Verhalten verkürzt den Blickwinkel. Dies kann jeder Leser im Selbstversuch überprüfen: Wenn wir uns fragen, was uns im Laufe eines Tages beschäftigt, so ist dies eine Fülle äußerer und eine ebensolche Fülle innerer Vorgänge. Viele der inneren Prozesse schlagen sich aber nicht in Verhaltensweisen nieder und sind erst recht nicht meßbar.
2. Manchmal wird Verhalten in der Verhaltenstherapie ungeschickt operationalisiert. Konzentration auf Rechenaufgaben kann man z. B. dadurch messen, daß man die Zahl der Minuten registriert, die das Kind über Buch und Heft gebeugt still sitzt – dies ist sein Verhalten. Klüger ist es aber, am Ende der Stunde die Zahl der richtig gerechneten Aufgaben festzustellen. Dann mag das Kind gern unruhig auf dem Stuhl herumgerutscht sein – unter dem entscheidenden Gesichtspunkt war es offenbar doch relativ konzentriert, wenn es eine größere Zahl richtiger Lösungen abliefert. Lindsley (o. J.) hat für dieses Problem im

Scherz den Begriff „The dead man's test" geprägt, will heißen, daß manchmal totes, also ungeeignetes Verhalten als Meßkriterium benutzt wird, das nicht in valider Beziehung zum Phänomen steht.

Mittlerweile ist das Thema in einigen Übersichtsreferaten dargestellt worden (Salzinger, 1970; Webster und Green, 1973; Belcastro, 1979), die zu diesen Stärken und Grenzen des Paradigmas ausführlich Stellung nehmen.

Gegenwärtig wird in allen Altersgruppen bei hörgeschädigten Personen mit Verfahren der Pädagogischen Verhaltensmodifikation bzw. der Verhaltenstherapie gearbeitet (vgl. Rost, Grunow, Oechsle, 1975; Fengler, 1987). In Menschenbild, Technik und Methodik unterscheiden sich diese beiden Verfahrensgruppen nicht. Man spricht aber von Pädagogischer Verhaltensmodifikation in erster Linie, wenn es sich um Probleme und Korrekturen im Rahmen von Heim, Schule und Ausbildung handelt; Verhaltenstherapie dagegen zielt auf alle Altersstufen, Problem- und Lebensbereiche ab. Die folgenden Untersuchungen lassen erkennen, welch vielfältiges Interventionsrepertoire hier zur Verfügung steht.

Fall 2: Teilen im Kindergarten

Barton und Osborne (1978) nahmen eine Intervention im Kindergarten vor. Es handelte sich um fünf schwerhörige Kinder, die sich oft um Spielzeug stritten. Jedes wollte immer ausgerechnet die Dinge haben, mit denen ein anderes gerade spielte. Die Maßnahme fand jeden Tag während einer 30minütigen Freispielphase statt. Zunächst wurden als erwünschte Verhaltensweisen **tatsächliches Teilen** von Spielzeug sowie Sprechen über das Teilen von Spielzeug **(verbales Teilen)** definiert. Die Untersuchung wurde im Rahmen eines A-B-A-B-Versuchsplans in 32 Sitzungen durchgeführt. – Nach der Erhebung der Grundrate schlug einer der beiden Autoren innerhalb der fortlaufenden Beobachtung jedem Kind, das selbst nicht teilen wollte, sofort vor, mit einem anderen Kind über das Teilen von Spielzeug zu sprechen (verbales Teilen). Dabei konnte es sich aussuchen, ob es selbst bitten oder die Bitte des anderen Kindes entgegennehmen wollte. Beiden wurde ein Standardsatz angeboten:

> „Kann ich mit dir zusammen mit dem Spielzeug spielen?" bzw. „Ja, du kannst mit mir zusammen mit dem Spielzeug spielen!"

oder es erfolgte eine Einladung:

> „Hast du Lust, mit mir zusammen mit diesem Spielzeug zu spielen?" bzw. „Ja, ich spiele gern mit dir mit diesem Spielzeug!"

Dies wurde nun jedesmal, wenn ein Kind nicht teilte, dreimal gemacht. Der Lehrer gab Hilfestellungen dabei. Wenn es dem Kind nicht gelang, seine Rolle zu übernehmen, erfolgte ein Rollenwechsel. Wenn ein Kind danach nicht teilte, mußte es in die Ecke. Jedoch kam es dazu nur einmal in der 24. Sitzung und nur für vier Minuten. – Beim Übergang von der Grundrate zur positiven Verhaltensübung nahm der Anteil an tatsächlichem Teilen von 16% auf 72% zu. Der Durchschnitt in der ganzen B 1-Phase betrug 67%. Während der Aussetzung der Verhaltensübung sank der Anteil auf 36%; er stieg in der B 2-Phase auf 81%. Das verbale Teilen nahm demgegenüber nicht zu. 15 Wochen später kam das tatsächliche Teilen immer noch dreimal so häufig vor wie vor der Behandlung. Es wurde auf einen neuen Lehrer, eine größere Klasse mit ungeübten Kindern und andere Spielzeuge übertragen.

Diskussion. Das Vorgehen scheint den schwerhörigen Kindern dieses Alters angemessen gewesen zu sein. Sie wurden nicht durch Ermahnungen angehalten, ihr Verhalten zu ändern, sondern hatten Gelegenheit, Vorbilder zu beobachten und deren Verhalten dann selbst auszuführen. Die Vorschaltung des verbalen Teilens ist dabei vermutlich ein wichtiger Schritt zur Vermittlung der kognitiven Selbstkontrolle des Teilens, auch wenn sich dies später im Verhalten nicht zeigt. Das Angebot, mit festen Standardsätzen zu operieren, mag dabei zu einer Ritualisierung führen, die den Vorgang des Teilens überschaubar und selbstverständlich macht. Die Ausschlußbedingung wird, auch wenn die Autoren nicht dieser Auffassung sind, ein übriges getan haben: Besser, als während der Freispielphase in der Ecke zu stehen, ist das Teilen allemal. Sie berichten, daß in zwei weiteren Gruppen von nichtbehinderten und mehrfachbehinderten Kindern des gleichen Alters die positive Verhaltensübung zu vergleichbaren Ergebnissen führte.

Auch bei anderen Problemen haben sich Pädagogische Verhaltensmodifikation und Verhaltenstherapie als wirksam erwiesen. Bei vier hörgeschädigten Vorschulkindern gelang es mittels Verstärkung, die Länge der von ihnen gesprochenen Sätze sichtbar zu verlängern, während die Syntax dieser Bildungen fehlerhaft blieb (Pirreca und Fitch, 1973). Altman et al. (1978) gelang es in zwei Fällen, durch kontingente Verabreichung eines Ammoniakgeruchs selbstverletzendes Verhalten von hörgeschädigten Kindern zu beenden. Ein vierjähriges retardiertes Mädchen unterließ es nach einer solchen Behandlung, sich weiter ständig an den Haaren zu ziehen; ein 3;7 Jahre alter Junge hörte auf, sich immer wieder in beide Zeigefinger zu beißen. Bei beiden Kindern waren die Erfolge nach zwei Jahren noch stabil.

Fall 3: sechsjähriger Junge

Benassi und Benassi (1973) versuchten, eine Verhaltensmodifikation mit einem sechsjährigen retardierten hörgeschädigten Jungen mit einer Cerebralparese, der ohne Hilfe weder gehen noch sitzen konnte und deshalb auf Bauch oder Rücken lag oder in einem Stuhl festgeschnallt saß. Um etwaige Hörreste noch aufnehmen zu können, war er mit einem Hörgerät ausgestattet. Der Junge schaute meist durch die Fingerritzen zum Licht, manchmal sah er zu Personen hin oder griff nach ihnen, oft schrie er, schlug mit dem Kopf oder biß sich in den Arm – zehn Minuten lang oder noch länger. Seine Lautproduktion beschränkte sich auf ba, ma und einige Vokale. – Die ersten sechs Sitzungen dauerten 15 bis 30 Minuten und fanden zwei- bis dreimal pro Woche statt. Zunächst sollte der Junge lernen, die Untersuchungsleiterin anzusehen. Zu diesem Zweck wurde er auf den Rücken gelegt; für seinen Kopf wurde eine Art Kiste hergestellt, die in eine Röhre einmündete. Durch diese Verengung seines Blickfeldes konnte er nur noch die Decke, die Lichter und das Gesicht der Untersuchungsleiterin sehen, wenn er aufschaute. Jedes Hinsehen zur Untersuchungsleiterin wurde sofort mit einem Häppchen verstärkt, nachdem ihm zuvor nur ein sehr karges Frühstück verabreicht worden war. Außerdem streichelte die Untersuchungsleiterin jedesmal das Gesicht des Jungen und lächelte ihn an. Auf Wutanfälle reagierte sie während der ganzen Untersuchung, indem sie sich wegwendete, bis dieses Verhalten aufhörte. – Als nächstes sollte der Junge jedesmal, wenn die Untersuchungsleiterin einen Laut von sich gab, mit einem eigenen Laut antworten und dabei den Blickkontakt beibehalten. Um diese Reiz-Reaktionskette vorzubereiten, wurden nun zunächst solche Blickkontakte verstärkt, die $>$ 5 Sekunden lang dauerten – 3 Sekunden sind für Hörgeschädigte dieses Alters erforderlich, um nach dem Blickkontakt mit einem Laut zu reagieren, wie aus einer Voruntersuchung bekannt war (Sitzungen 7–13). – Nach diesen Vorbereitungen setzte die Untersuchungsleiterin immer, wenn der Junge sie anblickte, mit dem Ton **Ah!** an und hielt ihn 5 Sekunden lang. Wenn der Junge innerhalb dieser 5 Sekunden mit einem eigenen Laut reagierte, wurde er sofort verstärkt, andernfalls nicht (Sitzungen 14 bis 36). So gelang es, den Jungen zu ersten Vokalisierungen zu veranlassen. Zu dieser Zeit nahmen aber seine Zornanfälle, die weniger geworden waren, wieder sehr zu, und er versuchte, sich aus der ihn beengenden und behindernden Kiste zu befreien. Deshalb wurde er in einen Stuhl gesetzt und lag nun in einer Schräglage von 20 Grad ohne weitere Einengung seines Gesichtsfeldes. Daraufhin hörte sein Ärger schnell auf, und die Vokalisierungen erreichten wieder das ursprüngliche Niveau. – Von Sitzung 37 bis 45 wurde kontingent jede zweite Vokalisation verstärkt, in Sitzung 46 irrtümlich wieder jede Reaktion, von Sitzung 47–52 variabel, d. h. dem Zufallsprinzip folgend nach dem ersten, zweiten oder dritten Auftreten des Verhaltens. Der Junge schaute die Untersuchungsleiterin anfänglich pro Minute durchschnittlich eineinhalbmal an, gegen Ende etwa zweimal pro Minute. Die längeren Blickkontakte (> 5 Sekunden) nahmen im Laufe der Zeit entsprechend dem Verstärkungsplan zu; dies wurde von der Mutter und dem Bewegungs- und Beschäftigungstherapeuten nach eigenen Beobachtungen bestätigt. Die Untersuchungsleiterin hielt diese Bezugspersonen auch an, ihn dafür zu verstärken. – Die Zahl der Vokalisationen nahm zunächst zu, nach der Einführung der intermittierenden und variablen Verstärkung aber wieder geringfügig ab. – Der Junge faßte anfänglich etwa einmal pro Minute nach dem Gesicht der Untersuchungsleiterin, gegen Ende ziemlich stabil in 2 Minuten je dreimal. Die Untersuchungsleiterin reagierte darauf gelegentlich mit einem zustimmenden Laut. Im Prinzip wurde diese zunehmende Kontaktaufnahme begrüßt. – Die Zahl der unangepaßten Verhaltensweisen (Beißen in den eigenen Arm, Kopfschlagen, Zudrücken der Augen, Wutanfälle) nahmen mit wenigen Ausnahmen zum Ende hin in allen Bereichen ab. Insgesamt konnte auf drei Gebieten eine kleine Verhaltensänderung erreicht werden: Blickkontakt, Kontaktaufnahme durch Berührung, Lautproduktion.

Diskussion. Von dem namenlosen Jungen als einer lebenden Person wird kaum etwas sichtbar, außer darin, daß er Blickkontakte, Laute und Wutanfälle emittiert; es wurde nur ein winziger Verhaltensaspekt angegangen, nicht aber, wie die Autoren schreiben, das Verhalten modifiziert. Jedoch scheint dies angesichts der Mehrfachbehinderung des Jungen, die den Helfer daran zweifeln lassen mag, ob es hier überhaupt etwas zu beeinflussen gebe, realistisch. Bereits dieses bescheidene Beginnen macht das Menschenbild sichtbar, das der Intervention zugrunde liegt: Ein Kind, das für Belohnungen gewisse Lebens- und Kontaktäußerungen zeigt, ist einem völlig passiven und sich selbst verletzenden Kind vorzuziehen. Auf solche ersten Schritte können dann weitere Maßnahmen aufbauen. – Blickkontakt und Vokalisation begannen bereits auf einem recht hohen Niveau (1.50 Blickkontakte pro Minute; 60,25 % Vokalisationen), so daß eine Steigerung nur begrenzt möglich war. Nachdem die Änderung der Verstärkungskontingenz ein Absinken der Häufigkeit nach sich zog, muß man entgegen der Auffassung der Autoren eine verlängerte Phase kontingenter Verstärkung empfehlen, auch wenn so die Anbindung an die Lebenswirklichkeit des Alltags sich verzögert, in der weit seltener und weit unsystematischer Verstärkungen erteilt werden. – Das Fixieren des Kopfes bleibt eine problematische Maßnahme, auch wenn sie durch den Untersuchungsplan legitimiert erscheint. Bemerkenswert ist, daß die Untersuchungsleiterin sich durch die Wut des Jungen leiten ließ, sich nach einer Alternative umzusehen, und daß die dann praktizierte Variante sich als erfolgreich erwies. Insofern mag die Wut des Jungen tatsächlich nicht nur spontan aufgekommen sein, sondern Mitteilungscharakter gehabt haben. – Insgesamt macht die Untersuchung sichtbar, daß es selbst bei sehr schwer behinderten Personen nicht ausgeschlossen ist, eine Verhaltensmodifikation zu beginnen, daß man sich dabei aber auf sehr kleine Schritte, sehr begrenzte Erfolge und lange Belohnungszeiten einrichten muß. Die wirklich übergreifenden Veränderungen sind die Aufnahme des Blickkontaktes ohne Fixierung und das Abnehmen der Wutanfälle, die freilich teilweise untersuchungsinduziert gewesen sein mögen. Jedenfalls lohnt es sich auch zu fragen, was in 52 Sitzungen hätte erreicht werden können, wenn man einen ganz anderen Therapieansatz gewählt hätte, z. B. Massage, Gespräch, Berührung, Umhertragen, Darbietung von Vibrationen aus Musik- und Klanginstrumenten u. a..

Auch Kinder, Jugendliche und Heranwachsende mit einer kombinierten Hör- und Sehschädigung werden häufig verhaltenstherapeutisch behandelt. Sie bilden therapeutisch eine Sondergruppe, weil der Zugang zu ihnen besonders erschwert ist und das gewählte Vorgehen oft problematisch erscheint. Von dieser Gruppe soll, mehrere Altersstufen zusammenfassend, in Kap. 6.8 berichtet werden.

3.5 Verhaltensmodifikation mit Eltern und Kind

Oft ist es erforderlich, die Eltern in eine Behandlung einzubeziehen, weil sie für Entstehung und Behebung einer Verhaltensstörung ausschlaggebend sind. Die verhaltenstherapeutische Sichtweise vermag tatsächlich manche Besonderheiten in der Beziehung von Eltern und Kind in besonderer Weise zu beleuchten. Zunächst ist zu fragen, wie es zu problematischen Verhaltensweisen von hörgeschädigten Kindern kommt und wie sie aufrechterhalten werden (vgl. hierzu Salzinger, 1970).

1. Eltern führen problematische Verhaltensweisen des hörgeschädigten Kindes gern auf die Hörstörung zurück, auch wenn sie bei hörenden Kindern in gleicher Weise in Erscheinung treten. Sie erklären sich damit in gewisser Weise für nicht mehr zuständig, denn eben: Das Kind ist ja leider hörgeschädigt. Sie entwickeln also für hörgeschädigte und für hörende Kinder unterschiedliche Kontingenzen. Am Ende wird das Störverhalten zumindest durch das Fehlen von Strafe verstärkt.
2. Eltern nehmen für ihr hörgeschädigtes Kind oft an: Das und das wird es nie lernen! Damit beschränken sie, ohne einen Versuch unternommen zu haben, ihr eigenes Einflußspektrum dem Kind gegenüber. Das gleiche wird oft von Helfern hörgeschädigter Kinder geäußert (Benassi und Benassi, 1973). Therapeuten haben es dann schwer, Unterstützung für ihre Arbeit mit hörgeschädigten Kindern zu finden.
3. Mütter hörgeschädigter Kinder neigen vielleicht dazu, auf Enttäuschungen ihrer Kinder im Kontakt mit Gleichaltrigen tröstend und überbehütend zu reagieren („Du hast ja noch mich!"). Manche Mütter behindern geradezu den Kontakt ihres hörgeschädigten Kindes mit hörenden Gleichaltrigen, um dem Kind weitere Enttäuschungen zu ersparen. Es gibt aber auch die entgegengesetzte Variante der Art, daß Eltern den Kontakt ihres hörgeschädigten Kindes mit hörenden Kindern geradezu forcieren. Eine Mutter sagt stolz: „Unser Hansi spielt nur mit hörenden Kindern!" – hier werden die anderen hörgeschädigten Kinder in subtiler Weise entwertet, nur das eigene wird in den Rang eines gleichsam hörenden Kindes befördert.
4. Hörende Kinder mögen schnell den Kontakt zu Hörgeschädigten abbrechen, wenn sie ein paarmal auf ihre Ansprache keine rechte Antwort erhalten haben. Wenn das hörgeschädigte Kind seinerseits hörende Kinder anspricht, werden diese es vielleicht schlecht verstehen, den Kontakt schnell anstrengend finden und ihm ebenfalls ausweichen. Daraus mag sich beim hörgeschädigten Kind eine generalisierte Neigung zum Rückzug vom Kontakt mit Hörenden ergeben, den man landläufig als Schüchternheit bezeichnet.

Bei einem dreijährigen hörgeschädigten Mädchen mußten, bevor mit einer Sprachbehandlung begonnen werden konnte, zunächst Therapeut und Mutter trainiert werden, das Kind umsichtig zur Behandlung hinzuführen (Garrard und Saxon, 1973). Mira (1972/73) zeigte, daß die Einweisung von Eltern in Therapeutenaufgaben auch bei Disziplinfragen, beim Tragen der Hörgeräte und bei der Bewältigung zusätzlicher anderer Behinderungen Verhaltensänderungen bei hörgeschädigten Kindern herbeiführen konnte. – Generell nehmen Verfahren der Verhaltensmodifikation in der Behandlung Hörgeschädigter aller Altersgruppen breiten Raum ein. Manche Vorgehensweisen werden sich, wiewohl für eine bestimmte Gruppe entwickelt, auch für Personen anderer Altersstufen eignen (vgl. dazu Kap. 5.2 und 6.6).

3.6 Musiktherapie

Auf den ersten Blick mag es überraschen, daß auch Musiktherapeuten sich mit hörgeschädigten Kindern befassen. Die beiden folgenden Fallstudien mögen aber illustrieren, daß über die Musik eine besondere Ansprache erfolgen kann, die sprachgebundenen Therapien oft weniger gegeben ist.

Fall 4: Aya

Die gehörlose Aya war zu Beginn der Behandlung fünf Jahre alt. Sie wurde auf Empfehlung eines Therapeuten gebracht, der mit Artikulationsübungen bei ihr nicht mehr weiterkam. Sie konnte bereits gut vom Mund absehen, kannte Buchstaben und Zahlen und konnte ein wenig lesen und schreiben. Die musiktherapeutische Behandlung begann mit Atemübungen an der Melodika und Tambourinschlagen nach dem Rhythmus von Puls- und Herzschlag. Danach folgten einfache Musikstücke auf Melodika und Klavier, zunächst nach Handzeichen, dann nach Noten. Die Rückmeldung von Musik scheint bei Gehörlosen u. a. über Schwingungen zu erfolgen. Aya nahm die hohen Töne als Vibrationen im Brustraum, die tiefen im Bauchraum auf. Als nächstes brachte die Therapeutin Aya in einer Kombination von Singen, Spielen und Dirigieren Kinderlieder und Volkslieder bei – in einer Art Singsang aus halb gesungenen, halb gesprochenen Tönen und Worten in sehr guter Rhythmik. Daraus wurde im Laufe der Zeit ein Fundus von 30 Liedern. Als Hilfsmittel wurde das Tonbandgerät eingesetzt. Aya sang und spielte ein Stück, es wurde aufgenommen und mehrmals wieder abgespielt. Aya ertastete es mit einer Hand auf dem Gerät und verfolgte mit der anderen Hand das Notenbild. Dabei war sie bei falsch gespielten Tönen für eine Hilfe zugänglich. Nach der erfolgreichen Arbeit am zweiten Band einer Klavierschule, mit der sie auch die Begleitung für eine gleichaltrige Flötistin übernahm, wollte sie selbst mit dem Flöten beginnen und ließ sich dies auch nicht ausreden, obwohl die Therapeutin es als aussichtslos ansah. Mittlerweile spielt sie eine kleine Sopranflöte. Sie greift die Töne nun auch nicht mehr, wie anfänglich, mit der Kehle, sondern bildet sie richtig mit der Zunge. Gegenwärtig, d. h. also nach 4 Jahren Musiktherapie übt sie mit der Therapeutin zusammen ihren ersten Kanon auf der Flöte (Becker, 1984).

Diskussion. Menschen, denen jeglicher Höreindruck fehlt, sind selten. Vielleicht vermag Aya außer den Schwingungen auch einige Laute zu unterscheiden oder jedenfalls in einem Teilbereich der musikalischen Laute Sinneseindrücke über das Ohr zu gewinnen. Der Beschreibung zufolge handelt es sich um ein besonders aufgewecktes Kind, das auf vielen Gebieten schnell Fähigkeiten entwickelte und dessen mehrdimensionale Förderung natürlich geboten ist. Dabei verliert der ursprüngliche Anlaß, nämlich die Überweisung von einem Therapeuten, bei dem das Artikulieren nicht weiterging, immer mehr an Gewicht, und dies zu Recht. Musiktherapie kann im Einzelfall zur Unterstützung von Rhythmisierung und Artikulation herangezogen werden. Sie hat aber auch ganz eigenständige Ziele, die hier der künstlerischen und ausdrucksmäßigen Entfaltung des Kindes dienen. Die Behandlung ist nun nicht mehr eine zeitlich befristete Intervention, die bald auf ihre Effizienz geprüft werden müßte („Was bringt das denn eigentlich?"). Statt dessen gewinnt sie den Charakter einer persönlichkeitsfördernden Maßnahme, die parallel zu Schule und elterlicher Erziehung als Dauereinrichtung betrachtet werden kann. Diese und auch die Fallstudie über Tilo (in diesem Kapitel), über Claudia (Kap. 5.5) und über Oliver (Kap. 6.4) zeigen, daß in der Arbeit mit gehörlosen Kindern und Jugendlichen Medien der musischen und sportlichen Bildung eine besondere Bedeutung gewinnen können, und sie ermutigen auch zur Pflege der Gebärde.

Fall 5: Tilo

Tilo war zu Beginn der Behandlung sechs Jahre alt, gehörlos und kaum ansprechbar. Er nahm keinen Blickkontakt auf und sah anfänglich nicht vom Mund ab. In der Musiktherapie erregten zunächst die Wanduhren sein Interesse, dann das Metronom, mit dem er sich viele Stunden lang beschäftigte. Die Therapeutin malte ihm die Notennamen auf die Klaviertasten, er machte es nach. Das System der Oktaveinteilung begriff er anscheinend ohne Erklärung auf Anhieb. Dann folgte die erste Liedzeile: „Kuckuck, Kuckuck, ruft's aus dem Wald". Diesen Satz sprach Tilo wochenlang im Takt des Metronoms, das er immer schneller stellte. Zu Hause übte er nicht. Statt dessen alberte er dann, hämmerte wie ein Wilder auf den Klaviertasten herum oder schlug mit solcher Heftigkeit auf das Tamburin, daß es bald nicht mehr zu gebrauchen war. An dieser Stelle stagnierte der Unterricht. Die Therapeutin bot ihm mehrere Male andere Lieder an, er spielte sie einmal fehlerlos nach, dann kehrte er zu seinem „Kuckuck, Kuckuck" zurück. Eine andere Musiktherapeutin war nicht greifbar; die Arbeit schien in eine Beschäftigungstherapie überzugehen. Aber nach den Sommerferien spielte er alle Lieder fehlerlos mit und ohne Metronom und begleitete die Therapeutin auf Triangel und Tamburin. Offenbar hatte er sich dies alles in den Monaten zuvor doch angeeignet, während er so unbeteiligt wirkte. Als nächstes wurde die Arbeit mit amerikanischen Liederbüchern in Angriff genommen, die speziell für gehörlose Kinder abgefaßt sind und für alle Anlässe des Alltags Kompositionen enthielten: Begrüßung, Geburtstag, Kleidung, Tageslauf, Regen, Einschlafen usw. Jetzt hat sich Tilo beim Aufbruch von der Musikstunde zum ersten Mal umgedreht und noch einmal zurückgewinkt (Becker, 1984).

Diskussion. Die Darstellung von Tilo macht sichtbar, daß der Therapeut sich des kindlichen Bezugsrahmens bedienen muß und sich so in dessen Interesse einschleichen kann (Wanduhren, Metronom, Tamburin). Der Begriff **Beschäftigungstherapie**, der hier für eine Therapiespanne benutzt wird, in der wenig geschieht, hat in der Alltagssprache die etwas abfällige Nebenbedeutung, hier werde Zeit totgeschlagen oder in Ermangelung sinnvoller Aufgaben Überflüssiges getan – vermutlich fußend auf Erfahrungen mit manchen Beschäftigungstherapien in psychiatrischen Kliniken, Rehabilitationszentren und Behinderteneinrichtungen. Aber oft erweist es sich, daß die Beschäftigung ihren Sinn in sich trägt und keiner zusätzlichen Legitimation bedarf. Ich selbst spielte einmal über ca. zehn Sitzungen mit einem 14jährigen gehörlosen Mädchen ihre liebsten Spiele, Memory, Kniffel u. a. Das war keine Therapie, vielmehr war das Spiel selbst unsere Form der Beziehungsaufnahme, die auf diese Weise tragfähig wurde. Solche Phasen scheinbarer Einflußlosigkeit müssen vom Therapeuten durchgestanden werden. Oft begegnet er in solchen Zeiten eher dem eigenen Problem, mit mangelndem Fortschritt schlecht umgehen zu können, als einem solchen des Klienten. – Bei Tilo kommt es während dieser Periode offenbar zu einem latenten Lernvorgang, der erst viele Wochen später sichtbar wird. Auch dies ist in Therapien nicht selten. Oft fallen dem Klienten Äußerungen des Therapeuten erst Jahre später wieder ein; aber dann gewinnen sie plötzlich eine tiefe Bedeutung für ihn. So scheint es auch bei Tilo erforderlich, daß zwischen Aufnahme und Wiedergabe eine Zeit der Verarbeitung vergeht und eingeräumt wird. Daß er am Ende der letzten Sitzung, von der berichtet wird, der Therapeutin erstmalig zuwinkt, wird die weitere Arbeit vermutlich für beide sehr inspirieren.
Sehr viel später teilte die Autorin mir in einem Brief mit: „Sicher interessiert es Sie zu hören, was aus Aya und Tilo geworden ist. Aya hat mit viel Nachhilfestunden die Mittlere Reife geschafft und ist in einem Hörgeschädigten-Internat, um dort das Abitur zu machen. Sie spricht sehr lebhaft, ausdrucksvoll und deutlich und fühlt sich unter ihrer Gleichart sehr viel wohler als an der herkömmlichen Schule. Tilo machte die Mittlere Reife an einer Gehörlosen-Schule und ist seit dem Sommer in dem gleichen Internat wie Aya. Tilo spricht sehr wenig, aber er ist glücklich in seiner Welt."

Auch in der Schulzeit wird mit hörgeschädigten Kindern und Jugendlichen musiktherapeutisch gearbeitet, u. a. mit dem Orff-Schulwerk. Solche Verfahren eignen sich für Bewegungserziehung und psychomotorische Förderung ebenso wie für Einzel- und Gruppentherapie und den Einsatz im Unterricht.

Die Darstellung des Vorschulalters hörgeschädigter Kinder kommt hier zum Abschluß. In den Therapieverläufen war es naturgemäß mehrfach erforderlich, einen Vorgriff auf die Schulzeit zu tun. Jedoch soll diese Lebensspanne in den folgenden Kapiteln gesondert dargestellt werden.

4. Einschulung und Grundschulzeit

In diesem Kapitel soll zunächst das hörgeschädigte Kind im Grundschulalter, also zwischen etwa 6 und 10 Jahren beschrieben werden. Fragen der Einschulung, der Hörgeräteanpassung und der Verständigung kommen zur Sprache. Die besondere Situation des Lehrers an Schulen für Hörgeschädigte wird behandelt. Das hörgeschädigte Kind innerhalb einer Familie hörender Eltern und Geschwister sowie Eltern-Kind-Programme finden Erwähnung. Kapitel 5 wird sich dann den verschiedenen Behandlungsverfahren widmen, die in diesem Alter zum Tragen kommen. Der Eintritt in die Sonderschule stellt oft eine besondere Belastungszone dar, weil er die Behinderung endgültig dokumentiert. Spätestens hier muß auf seiten der Eltern die Auseinandersetzung mit der Behinderung des eigenen Kindes beginnen, die sie bisher vielleicht haben umgehen können.

4.1 Beschreibung der Altersgruppe

Was läßt sich über hörgeschädigte Kinder in den ersten Schuljahren aufgrund empirischer Untersuchungen aussagen?
Bei der Untersuchung der Motorik von N = 65 schwerhörigen Kindern im Alter von 6 bis 14 Jahren zeigte sich nur im Bereich der Gleichgewichtserhaltung eine Unterlegenheit im Vergleich zu hörenden Kindern, nicht aber in fünf anderen motorischen Parametern (Althoff und Eggert, 1975). In Raven, HAWIK und anderen Intelligenz- und Leitungstests erreichten N = 31 schwerhörige Kinder im Alter von 5 bis 9 Jahren unterdurchschnittliche Werte (Ritter, 1976). – Im Bender-Gestalt-Test erwiesen sich N = 50 hörende Kinder im Alter von 6 bis 11 Jahren im Vergleich zu einer Gruppe von N = 50 Hörgeschädigten als überlegen (Gilbert und Levee, 1967). – Balow und Brill (1975) fanden bei der Untersuchung von 16 Jahrgängen der California School of the Deaf, Riverside, heraus, daß gehörlose Kinder mit wenigstens einem gehörlosen Elternteil in IQ und Leistungstests höhere Werte erreichten als Kinder mit hörenden Eltern. Kinder, die schon ein Vorschulprogramm absolviert hatten, schnitten besser ab als Kinder ohne diese Vorbereitung.
In einer weiteren Untersuchung (Balow und Brill, 1975) wiesen gehörlose Kinder, deren Eltern ebenfalls gehörlos waren, höhere Werte in einem Intelligenztest und einem Schulleistungstest auf als Kinder hörender Eltern. Von verschiedenen Autoren wird die Vermutung geäußert, die Kombination gehörlose Eltern **und** gehörlose Kinder sei der Kommunikation und in Verbindung damit der Entwicklung der intellektuellen Leistungsfähigkeit förderlicher, als wenn das gehörlose Kind in einer hörenden Familie aufwachse. Ein deutlicher Unterschied zwischen gehörlosen Kindern hörender und gehörloser Eltern wird jedenfalls oft genannt: Während die Kinder gehörloser Eltern bei Schuleintritt schon gebärden können und sich auf diese Weise untereinander gut verständigen, haben die Kinder hörender Eltern diesbezüglich oft einen Nachholbedarf, eignen sich das Gebärden aber rasch von den Mitschülern an.

Eine generelle Unterlegenheit Hörgeschädigter im intellektuellen Bereich, die man früher vermutete, läßt sich heute nicht mehr behaupten (Krüger, 1987). Wohl aber schneiden Hörgeschädigte in an (laut-)sprachliche Instruktionen und (laut-) sprachliche Leistungen gebundenen Tests häufig schlechter ab. Dies jedoch ist keine Leistungsfrage allein, sondern weist auf Probleme der Testdarbietung hin. Besonders schwer sind für Hörgeschädigte folgende Instruktionen zu entschlüsseln: Konditionalsätze, Vergleiche, Negationen, unbestimmte Pronomina und zu lange Sätze (Rudner, 1978); entsprechend machen sie hier besonders häufig Fehler im Test, die sich im Gesamtscore leistungsmindernd auswirken. Viele Untersuchungen widmen sich der Frage, bei welcher Darbietungsform hörgeschädigte Kinder die besten Testergebnisse erzielen können. Bei einem Lesetest schnitten innerhalb einer Gruppe von N = 82 gehörlosen Schülern diejenigen signifikant besser ab, denen über der Textzeile zusätzlich die jeweilige Gebärde angeboten wurde (Robbins, 1983). Bei einer HAWIK-Darbietung in Multikomm erreichten N = 12 gehörlose Kinder im Alter von 6 bis 12 Jahren durchweg höhere Werte als bei der herkömmlichen Testanleitung (Sullivan, 1982). In einer Befragung von N = 178 Psychologen, die mit Gehörlosen arbeiteten, gaben 52 % an, daß sie sich bei diagnostischen Untersuchungen nur oder hauptsächlich der Sprache bedienten. 31 % berichteten, daß sie die Instruktionen ausschließlich oder im wesentlichen in Gebärde gaben (Levine, 1974). Bei Gruppenuntersuchungen kann eine sinnvolle Testvorbereitung auch im Unterricht erfolgen (Niedrig, 1979). Sisco und Anderson (1978) legten eine gehörlosenspezifische Neustandardisierung des HAWIK vor. Auch andere Tests wurden der Zielgruppe mit Erfolg angepaßt.

Eine Darstellung von Besonderheiten in der Lebenssituation hörgeschädigter Kinder in Relation zum Grad der Hörschädigung gibt Tab. 2.

Zur Frage seelischer Beeinträchtigungen bei Hörgeschädigten sind die Auffassungen geteilt. Hundert (1982) vertritt die Meinung, daß die Hörschädigung nicht der ausschlaggebende Faktor für Verhaltensauffälligkeiten Hörgeschädigter sei, sondern betont, daß bei hörenden und hörgeschädigten Kindern die gleichen Verhaltensprobleme auftreten. Freilich, fährt Hundert fort, wird von Eltern oft die Hörstörung des Kindes als Ursache seiner weiteren Auffälligkeiten ins Feld geführt. Dies wieder hat zur Folge, daß Eltern ihre hörenden und ihre hörgeschädigten Kinder bei gleichem Betragen ungleich behandeln. Das Problemverhalten mag infolgedessen beim hörgeschädigten Kind sekundär verstärkt werden und sich verfestigen. Meadow und Trybus (1979) dagegen nehmen nach einer Sichtung der entsprechenden Literatur an, daß hörgeschädigte Kinder etwa drei- bis sechsmal so oft bzw. so viele emotionale und Verhaltensprobleme aufweisen wie hörende. In dem Sammelreferat von Cohen (1980) wird diese Darstellung in allen wichtigen Aussagen gestützt. Lehrer und Schulberater gaben in einer Untersuchung von Meadow und Schlesinger (1971) die Zahl der tiefgreifend emotional gestörten und besonderer Betreuung bedürftigen Schüler in einer Gehörlosenschule mit 12 % an; bei weiteren 20 % wurden mittlere Störungen angenommen. Jedenfalls erschienen die Zahlen wesentlich höher als die entsprechenden Zahlen in der Regelschule. Dabei scheint die Einstellung der Eltern zum Kind und zu seiner Behinderung von größter Bedeutung für dessen Entwicklung bzw. Fehlentwicklung zu sein (Neuhaus, 1968/69).

Die durchgehende Stimmungslage schwerhöriger Kinder kennzeichnet ein Zitat von Hartmann (1983): „Nach meinen Erinnerungen und nach meinen Beobachtungen an meinem schwerhörigen Sohn und an anderen schwerhörigen Kindern

Tab. 2: Folgen des Hörverlustes bei Kindern (SHHH, 1982).

Grad des Hörver- lustes	Hörminde- rung	Auswirkung	Weitere Maßnahmen
0–15 db.	keine	keine	keine
15–40 db.	gering- fügig oder leicht	Möglicherweise Schwierigkeiten mit leiser oder entfernter Sprache und in Gruppensituationen. Kann bei sehr jungen Kindern zu Sprach- und Sprachaneignungsverzögerung und/oder zu Lern- und Aufmerksamkeitsstörungen führen.	Häufige Ohr- und Hörkontrolle; In-Betrachtziehen eines Hörgerätes; möglicherweise Ablese- und Hörtraining, Sprech- oder Sprachtherapie, Vorzugsplätze. Familienberatung kann angezeigt sein.
40–65 db.	mittel	Sprechprobleme, Sprach-Retardation, Lern- und Aufmerksamkeitsstörungen; Sprache muß laut sein, um verstanden zu werden, Schwierigkeiten in Gruppensituationen, gesteigerte Schwierigkeiten in der Schule.	Hörgerät, Hörtraining, Ablesetraining, Sprech- und Sprachtherapie. Evtl. Privatunterricht und/oder Sonderkindergarten/-schule. Familien- und Einzelberatung kann angezeigt sein.
65–95 db.	stark	Möglicherweise wird laute Sprache gehört; evtl. Fähigkeit, Umweltgeräusche zu identifizieren; evtl. Identifikation von Vokalen, nicht von Konsonanten, möglich; Sprechen und Lautsprache entwickeln sich evtl. nicht spontan, wenn der Verlust vor dem 3. Lebensjahr eingetreten ist; Sprech- und Sprachprobleme.	Hörgerät. Sonderkindergarten oder Sonderschule mit besonderer Berücksichtigung von Sprachentwicklung, Begriffsbildung, Ablesen, Sprechen, Hörtraining. Evtl. „total communication". Früherziehungsprogramme sind notwendig. Familien- und Einzelberatung kann angezeigt sein.
95 db. +	fast oder ganz vollständig	Möglicherweise Hören von lauten Geräuschen, eher aber Wahrnehmen der Vibration; Sehen als wichtigster Kommunikationskanal; Sprechen und Lautsprache entwickeln sich nicht spontan.	Sonderkindergarten oder Sonderschule mit besonderer Berücksichtigung von Sprecherziehung, Begriffsbildung, Ablesen, Sprechen, Hörtraining. Evtl. „total communication". Möglicherweise Nutzen durch Hörgerät. Familien- und Einzelberatung angezeigt.

erlebt das hörbeeinträchtigte Kind sich als dauernd angespannt und als dauernd darum besorgt, es möge Kommunikation nicht so gut verstehen wie andere. Da dieses Gefühl das Kind permanent begleitet, lebt es vermutlich sein Leben lang in einer Art existentieller Unsicherheit" (S. 35). Voit (1986 a, 1986 b) betont die Plötzlichkeit, der hörgeschädigte Kinder ständig ausgesetzt sind: Plötzlich streiten sich zwei Menschen; plötzlich beißt ein Hund zu; plötzlich ist jemand aus dem Raum verschwunden, der eben noch da war; plötzlich lachen alle. In Ermangelung ankündigender akustischer und anderer kontextueller Signale erfährt der Hörgeschädigte immer wieder, daß Dinge unangemeldet und unverständlich geschehen. Merkt (1987) betont die kaum zu bändigende Kommunikationslust hörgeschädigter Kinder. Reivich und Rothrock (1972) identifizierten bei der Untersuchung von N = 327 hörgeschädigten Schülern im Alter von 6 bis 20 Jahren in einer faktorenanalytischen Darstellung ihrer Ergebnisse Auffälligkeiten in Lebensführung, Persönlichkeitsentwicklung, Reifestatus sowie in Kontaktverhalten und Kommunikation.

Dabei gilt es gewiß, pauschalen Urteilen gegenüber vorsichtig zu sein. Das hier Gesagte mag durch Gegenbeispiele in Frage gestellt werden. Wir können also aus den empirischen Daten und Einzelbeobachtungen nur Hypothesen gewinnen, die wir in jeder Einzelsituation der Arbeit mit Hörgeschädigten neu zur Disposition stellen müssen.

Über die Zahl der hörgeschädigten Schulkinder gibt es keine einheitlichen Angaben. Barr et al. (1978) fanden bei einer Erstauslese unter N = 30 000 Schulkindern rund 0,5 % mit einer Hörschädigung. Eine amerikanische Quelle (National Center for Health Statistics, 1982) nennt für die Altersgruppe der 5- bis 14jährigen einen Anteil von 1,63 %. Krüger (1982 a) nimmt nach einer eingehenden Analyse verschiedener Quellen etwa 3 bis 5 % hörgeschädigte Schulkinder an. Die Zahl der in Sonderschulen unterrichteten hörgeschädigten Kinder, nicht identisch mit ihrer absoluten Zahl, scheint in den letzten Jahren zurückzugehen.

Die Ursachen von Hörschädigungen im Kindesalter sind vielfältig; quantitative Angaben können hier stets nur Schätzungen sein. An erster Stelle stehen mit 40 bis 60 % genetische Faktoren, an zweiter (!) Stelle folgen unbekannte Ursachen (30 bis 40 %). Mit 12 bis 17 % Häufigkeit folgen Schäden durch Frühgeburt, Röteln der Mutter (8 bis 35 %) sowie Hirnhautentzündung des Kindes (8 bis 10 %) (Vernon et al., 1982). Im EG-Vergleich werden Kinder mit einem Hörverlust von 50 db oder mehr bis zu einem Alter von acht Jahren in größter Zahl aus Dänemark, am seltensten aus Frankreich gemeldet. Die Bundesrepublik liegt zusammen mit Belgien im unteren Bereich (Martin, 1982 a). Hier wie auch in anderen Untersuchungen (z. B. Günter et al., 1984) beträgt die Zahl der Jungen etwas über 50 %. Röteln der Mutter werden unter den Ursachen von Martin an erster Stelle genannt, danach folgen unbekannte Ursachen.

Von der Hälfte der Kinder wurde nicht gebärdet, wobei Luxemburg und Irland die meisten nichtgebärdenden Kinder aufwiesen, Italien und Frankreich die wenigsten. Angaben über deutsche Kinder ließen eine Stellung im Mittelbereich erkennen (Martin, 1982 b).

Kinder mit einer kombinierten Hör- und Sehschädigung bilden eine Sondergruppe, weil ihre sensorische Beeinträchtigung für die Erziehung besondere Zielsetzungen und Maßnahmen erforderlich macht. Dabei ist die Gruppe in sich sehr heterogen, weil sie sowohl Schüler umfaßt, die auf beiden Sinnesgebieten nur wenig beeinträchtigt sind und noch fast am Unterricht der Regelschule teilnehmen können, und auch solche, denen beide Sinne völlig fehlen. In der Regel ist eine Beschulung in getrennten Klassen anzustreben, da die sehr personalintensive Einzelförderung in den herkömmlichen, auf eine Behinderung spezialisierten Sonderschulen nicht hinreichend gelingen kann.

4.2 Hörminderung und Hörverlust nach Spracherwerb

Kinder, deren Gehör erst nach erfolgtem Spracherwerb nachläßt, befinden sich in einer ganz anderen Situation als die zuvor beschriebenen. Die Eltern erkennen den Hörschaden oft zunächst nicht und kommen zu ganz falschen Schlüssen, z. B. indem sie das nachlassende Hören für nachlassenden Gehorsam halten („Holger hört in letzter Zeit einfach nicht mehr auf das, was man ihm sagt!"). Wird der Hörverlust erkannt, so mag ein Impuls, das Kind zu beschützen, den Ärger ablösen; aber zugleich melden sich in manchen Familien gewiß Enttäuschung, Trauer und unterdrückte Vorwürfe zu Wort. Im Tageslauf werden zahlreiche Umstellungen notwendig; die ganze Familie muß sich auf die Hörschädigung einstellen. Berufspläne, die die Eltern für das Kind entwickelt haben, lassen sich u. U. nicht mehr realisieren. Auch bei aufgeklärten Eltern mag ein Rest von Scham bestehen, sich in der Öffentlichkeit zu der Hörbehinderung des Kindes zu bekennen.
Menschen, die nach Abschluß des Lautspracherwerbs ertauben, erleben zunächst eine extrem starke Einschränkung ihrer Erlebenswelt. Sie werden von der Umgebung noch verstanden, verstehen selbst aber nicht mehr. Die Aneignung der Gebärdensprache lehnen viele (zunächst) ab, weil sie sich der Gruppe der Gehörlosen nicht zugehörig fühlen und auch nicht fühlen wollen. Das Erlernen des Lippenablesens ist mühsam und gelingt nicht jedem. Andererseits nimmt ihre Möglichkeit, an der Welt der Hörenden teilzunehmen, schnell ab. Freunde ziehen sich zurück, „... weil man ja doch nichts Vernünftiges miteinander bereden kann". Die familiären Gespräche mögen sich auf die wichtigsten organisatorischen Fragen reduzieren ("Wann kommst du? Wer kauft ein? Wer holt die Kinder von der Schule ab?" usw.). Anders als die Gehörlosen, die oft einen eigenen Bekanntenkreis von Gehörlosen haben, geraten Ertaubte leicht zwischen alle Stühle. Heese (1962) nimmt an, daß für Kinder und alte Menschen das Eintreten einer Gehörlosigkeit leichter verkraftbar ist, weil sie entweder noch formbar sind und es ihnen leicht fällt, sich auf die neue Situation einzustellen, oder weil sie das Arbeitsleben schon hinter sich haben und extreme Belastungen und Konkurrenzsituationen im Leistungsbereich nicht mehr erleben. Demgegenüber sind nach Heeses Auffassung Menschen im Berufsleben von einer plötzlich eintretenden Gehörlosigkeit am schwersten betroffen: Sie haben in allen Lebensbereichen ihre Form gefunden und müssen sich folglich in jeder Hinsicht neu orientieren, gewiß oft verbunden mit Verzicht und Selbstbescheidung. In neuerer Zeit ist dem oft widersprochen worden. Die Arbeit von Fischer (1988) läßt erkennen, daß auch kleine Kinder den Hörverlust schon sehr genau erkennen und unter ihm leiden, und daß es viele Jahre dauert, bis eine reife Anpassung an die neue Situation erfolgt.
Eine Sozialarbeiterin hat für diese Monographie ihre Ertaubung im Kindesalter dargestellt:

„Es war Mai 1964, als ich taub wurde. Sieben Jahre alt; gerade war in der Schule die ‚I-Dötzchen-Klasse' überstanden. Auf dem Heimweg von der ärztlichen Untersuchung meinte meine Mutter,

ich hätte mich beim Bücken aber recht dumm angestellt. Meine Antwort war damals: ‚Du hast gut reden, dir tut das auch nicht weh.' Erst ein paar Tage später wurde meine Hirnhautentzündung festgestellt; als ich ins Krankenhaus kam, galt ich bereits als taub. – Die Bewältigung der Taubheit besteht bei weitem nicht nur aus ‚Ablesen können', auch wenn dieses gelegentlich als Allheilmittel mißverstanden wird. Vor allem mußte meine vorhandene Sprache erhalten bleiben. Noch im Krankenhaus waren die ersten Bücher zum Lesen da. Meinen Eltern zufolge habe ich in der ersten Zeit das Sprechen verweigert, wich auf Zeichen aus. Meine Mutter holte sich Rat in der Schwerhörigenschule. Dort hieß es: ‚Das Kind kann sprechen und **muß** sprechen.' Fortan reagierte niemand auf Zeichen; was blieb mir übrig? – In meinen Erinnerungen haben Bücher einen extremen Stellenwert. Immer wieder dieselbe Szene: Ich liege/sitze auf dem Sofa, ein Buch in der Hand, und lese laut. Kaum ist etwas falsch ausgesprochen, steht auch schon meine Mutter vor mir: ‚Nicht so – sondern so aussprechen.' Notfalls mußte alles x-mal wiederholt werden, bis es richtig war. Zeitweise dürfte ich auf diese Weise meine Mutter einfach bewußtlos geredet haben. Ich hatte diese Verbesserungen bald satt, Abneigung und Gereiztheit stellten sich ein. Dieses ewige Wiederholen ... Bücher wurden aber auch schnell zur Flucht vor der Realität. Ich tauchte ein in die Welt der Kinderbücher, phantasierte mich durch Abenteuer, Zauberwelten etc. Bücher – davon hatte ich niemals genug, stets war ein Vorrat an Kinderbüchern im Haus.
Die Realität, was bot sie mir noch? Bei meinen alten Spielkameraden ließ ich mich nicht freiwillig blicken. Dazu wurde mütterlicher Druck notwendig. Zu viele Spiele liefen damals bereits über Sprache; einer älteren Nachbarin den neuesten, frechen Schlager nachzusingen – wohl wissend, daß sie dies ärgerte –, tuscheln, Geheimnisse austauschen – das alles ging nicht mehr. Was sollte ich dort noch? Ich bemühte mich, diesen Kontakten auszuweichen, und, soweit ich mich erinnere, war ich dabei auch recht erfolgreich. – Außerdem lief ja die Tour von Arzt zu Arzt und zuletzt zum Heilpraktiker, immer in der Hoffnung, vielleicht ...? Das erste Hörgerät – da war doch irgendein Geräusch? Erst kamen Hoffnungen hoch – dann der Zorn. Ich wollte hören können, *hören*, und nicht dieses ‚Brummen' in den Ohren haben. Hören wollen ... Warum ausgerechnet ich? Elterliche Trostversuche wurden beiseitegefegt. ‚Du hast gut reden, **du** kannst hören!' – Sehr früh taucht in meinen Erinnerungen die elterliche Formulierung auf: ‚Stell dich nicht so an, es hätte schlimmer kommen können.' Anforderungen wurden an mich gestellt, meine Ängste beiseitegeschoben. ‚Stell dich nicht so an – du kannst das, versuch es wenigstens.' Und ich erlebte, daß es klappte ... Mitleid verbargen meine Eltern vor mir, verboten es anderen. ‚Mitleid hilft dem Kind nicht – es **muß** selbständig werden, wir leben nicht ewig.' Sie lebten das Beispiel, so schwer es ihnen manchmal auch gefallen sein mag.
Erst viele Jahre später erzählte meine Mutter, mit welchen Ängsten sie meine ersten Gehversuche in Richtung Selbständigkeit verfolgte. – Meine Eltern setzten auch durch, daß ich zur Schwerhörigenschule kam. Für sie dürfte das keine Entscheidung gewesen sein, Gehörlosen- oder Schwerhörigenschule. Ich sollte in der Familie bleiben, und eine Schwerhörigenschule gab es an unserem Wohnort. Damit wurden die ersten Weichen gestellt. Pünktlich zum neuen Schuljahr saß ich in der Schwerhörigenschule. Damals bedeutete dies: Vier Klassenräume in einer Regelschule (‚Volksschule'). ‚Mama, die Kinder sind dumm. Sie können nicht hören.' ‚Du kannst auch nicht hören!' Das saß. – Meine früheste Erinnerung an die Schwerhörigenschule verbindet sich mit dem Artikulationsunterricht. Da griff mir doch tatsächlich ein fremder Mann ins Gesicht, zwang mir beim ‚A' das Kinn herunter, preßte beim ‚O' meine Wangen zusammen ... und ich konnte mich nicht dagegen wehren, es sollte doch alles zu meinem Besten sein! Zu meinem Besten? – Ich weiß nicht, wann ich begriffen habe, daß ich wirklich nicht mehr hören kann. Aber meine Taubheit hinzunehmen, Bereitschaft entwickeln, damit zu leben, das dauerte viele Jahre und hatte eine gewisse Ähnlichkeit mit der Echternacher Springprozession." (Petra Piel, ertaubte Sozialarbeiterin, Münster).

Die Einschulung, von der die Sozialarbeiterin hier zuletzt berichtet, ist wohl für alle Kinder in diesem Alter der entscheidende Einschnitt in ihrem Leben. Von ihr soll jetzt die Rede sein.

4.3 Einschulung

Die Einschulung behinderter Kinder erfolgt in der Bundesrepublik Deutschland auf der Grundlage des Sonderschulaufnahme-Verfahrens SAV. Für die Zuweisung zur Schwerhörigenschule wird meist ein Hörverlust von 30 db zugrunde gelegt, die Gehörlosenschule wird bei 90 db Hörverlust empfohlen. Die Entscheidung fällt aufgrund der Daten aus der audiometrischen Untersuchung in Verbindung mit den Ergebnissen aus Intelligenztests und weiteren Parametern in Abstimmung von Eltern und Schule. Dabei wird heute berücksichtigt, daß für die schulische Prognose nicht ausschließlich die Hörleistung von Bedeutung ist. Vielmehr spielen Belastbarkeit, Konzentration, Verständnis, Kombinationsgabe, Ergänzungsfähigkeit und sprachliche Leistungen sowie viele andere Faktoren eine Rolle, die in der Tonaudiometrie nicht und in der Sprachaudiometrie nur begrenzt erfaßt werden. So hat man später nicht selten mit Schülern zu tun, die trotz guter Hörreste nur wenig vorankommen, und mit anderen, die ohne nennenswertes Gehör gute Leistungen erbringen. – Je nach örtlichen Gegebenheiten muß oder kann die Zuweisung eines Schülers zu einer bestimmten Schule aber auch vom regionalen Schulangebot und von der Länge der Verkehrswege abhängen, oder zwischen den Leitern verschiedener Schulen nach informellen Absprachen erfolgen.
Die Festlegung der db-Grenze hat weitreichende Konsequenzen für die Art, wie der Unterricht in beiden Schulformen gestaltet werden kann bzw. muß. Wird sie niedriger angesetzt, so kann der Unterricht in der Schwerhörigenschule weitgehend dem der Regelschule angeglichen werden; in der nächstgelegenen Gehörlosenschule hat man dagegen für weitreichende innere Differenzierung zu sorgen, weil völlig gehörlose Schüler neben solchen mit nennenswerten Hörresten zu betreuen sind. Wird die Grenze dagegen höher angesetzt, so erhält die Gehörlosenschule eine homogenere Zielgruppe; dagegen hat in diesem Fall die Schwerhörigenschule sowohl mit Schülern zu rechnen, die recht gut hören, als auch mit solchen, die nahezu taub sind. Als Einwand gegen alle Klassifikationen ist zu bedenken: Zwar ist die Einteilung der Schüler in Schwerhörige und Gehörlose im wesentlichen zweckmäßig und wirtschaftlich; aber die Variation innerhalb jeder Teilgruppe ist in der Regel ebenso groß wie die zwischen den Gruppen, so daß über die Art der notwendigen Förderung doch weitgehend anhand des Einzelfalls entschieden werden muß. – Eine Einteilung der Schüler in Schwerhörige und Gehörlose und eine Zuweisung zu unterschiedlichen Schulen gibt es nur in der Bundesrepublik und in den Ländern Osteuropas (Kröhnert, 1983; Günther et al., 1984). Nach Landesgesetzgebung ist bei hinreichender Förderungsmöglichkeit der Besuch der Regelschule zulässig (z. B. in Nordrhein-Westfalen), wovon jedoch ausschließlich schwerhörige Schüler Gebrauch machen.
Viele Angaben über das Leben hörgeschädigter Schüler verdanken wir der Untersuchung von Günther, Strauß und Schulte (1984). Die Autoren führten zu mehreren Teilfragen eine sorgfältige Literaturanalyse durch und erhoben selbst Repräsentativdaten von N = 501 hörgeschädigten Schülern aus allen Bundesländern. Demzufolge stammen hörgeschädigte Schüler überwiegend aus der unteren Mittelschicht und Unterschicht. In einem Fünf-Schichten-Modell sind sie dort jeweils etwas stärker repräsentiert als der Durchschnitt der Bevölkerung, ebenso in einem Drei-Schichten-Modell. – Es gibt einen deutlichen Überhang von Jungen in den Hörgeschädigtenschulen, während Mädchen mit gleichem Hörverlust anscheinend häufiger die Regelschule besuchen. Dieses Ergebnis findet Bestäti-

gung durch Angaben des Statistischen Bundesamtes (1983): Wie in allen anderen Sonderschulen gibt es auch in den Schulen für Hörgeschädigte mehr Jungen als Mädchen; das Verhältnis beträgt hier 13 zu 10. Es scheint eine Neigung zu geben, intelligentere, angepaßtere Mädchen mit geringerem Hörverlust eher der Regelschule zuzuweisen als entsprechende Jungen, während bei ausgeprägtem Hörverlust die Verhältnisse zwischen den Geschlechtern sich angleichen.
Gehörlose machen an allen Hörgeschädigtenschulen über Länder und Jahrgänge hinweg ziemlich konstant einen Anteil von 42% aus. Dabei ist allerdings zu bedenken, daß der größere Teil der schwerhörigen Schüler (77%) nicht an Sonder-, sondern an Regelschulen unterrichtet wird (Günther et al., 1984). Lehrer an Regelschulen werden also immer wieder vor der Aufgabe stehen, **ein** hörgeschädigtes Kind mitunterrichten zu müssen; dabei können folgende Empfehlungen eine Hilfe sein (nach Heese, 1962, 1987):

1. Der schwerhörige Schüler soll nicht in der ersten Reihe sitzen, sondern in der Mitte der Klasse, am besten mit dem Rücken zu einer Seitenwand, so daß er Lehrer und alle Mitschüler sehen kann.
2. Bei einseitiger Hörschädigung soll sein intaktes Ohr der ganzen Klasse zugewandt sein.
3. Der Lehrer spricht nicht lauter als ohne diesen Schüler, aber stets besonders deutlich zur Klasse gewandt, nicht dagegen zur Tafel und zum Fenster hin.
4. Der Lehrer trägt, wenn der Schüler entsprechend ausgestattet ist, das Sendegerät um den Hals, das mit dem Empfangsgerät des Schülers korrespondiert. Es ist dabei allerdings der Nachteil zu bedenken, daß die Äußerungen der Mitschüler weniger gut gehört werden.
5. Der Lehrer sichert möglichst oft das Verständnis des schwerhörigen Schülers durch stoffbezogene Kontrollfragen (nicht durch: „Hast du auch verstanden, Max?!").
6. Er leitet den Schüler an, selbst Rückfragen zu stellen, wenn er nicht sicher ist, daß er verstanden worden ist, und äußert sich anerkennend, wenn der Schüler dies tut, nicht etwa ungeduldig.
7. Der Lehrer macht keine besondere Sache aus der Schwerhörigkeit des Schülers.
8. Er empfiehlt dem Schüler, in der Schwerhörigenschule regelmäßig an Kursen zur Verbesserung der Absehfähigkeit teilzunehmen.

Van Dyke (1982) hat aufgezeigt, wie eine zentrale Höranlage installiert und genutzt werden kann, auch wenn nur ein hörgeschädigtes Kind in einer Klasse von Hörenden zu berücksichtigen ist. Freilich muß bei der Ausnutzung aller Hörreste bedacht werden, daß das stark schwerhörige Kind, wenn es sich hauptsächlich unter Hörenden aufhält und sich an ihnen orientiert, den Kontakt zu seiner hörgeschädigten Bezugsgruppe verlieren mag. Etwas über die Hälfte der hörgeschädigten Schüler in Sonderschulen wohnt während der Schulzeit im Internat, der Rest im Elternhaus, allerdings nimmt die Zahl der Fahrdienste zu. Dagegen kommt das früher verbreitete Wohnen in einer Pflegefamilie (vgl. Wallisfurth, 1979) heute nicht mehr vor. Gehörlose Schüler leben häufiger im Internat als alle Schwerhörigengruppen, ebenso Schüler der Unterschicht und unteren Mittelschicht. Für eine Stichprobe amerikanischer Kinder gibt Kröhnert (1983) einen Anteil von 30% Internatsschüler an.

4.4 Hörgeräte-Anpassung und Verständigung

In der Regel geht man heute davon aus, daß bei Hörschädigungen das Tragen von Hörgeräten generell empfohlen werden kann. Davon gibt es nur wenige Ausnahmen:

1. Bei nur einseitiger Hörschädigung;
2. Bei Personen mit zu geringen Hörresten, deren Ausnutzung nur unter unverhältnismäßig großem Aufwand gelingen würde;
3. Wenn der Höreindruck unmittelbar von Schmerz begleitet ist;
4. Bei abnormer Hörermüdung.

In den Sonderschulen wird das Tragen der Hörgeräte meist gefordert und gefördert, und auch die Eltern werden angehalten, bei ihren Kindern auf das Tragen der Hörgeräte zu achten. Dagegen werden die kostspieligen elektroakustischen Anlagen, mit denen die Schulen meist aufwendig ausgestattet sind, nur von einem Teil der Lehrer regelmäßig und systematisch zum Einsatz gebracht.

Hörgeschädigten Menschen stehen viele Möglichkeiten der Verständigung zur Verfügung:

1. Sprechen und Hören;
2. Schreiben und Lesen;
3. Sprechen mit und ohne Ton und Absehen vom Munde; beides wird in Artikulations- und Absehkursen gelehrt;
4. Deutsche Gebärdensprache (DGS), eine Sprache mit eigener Grammatik;
5. Lautsprachbegleitende Gebärde (LBG): Es wird mit oder ohne Ton gesprochen und simultan gebärdet, und zwar Wort für Wort oder jedenfalls in den wichtigsten Begriffen jeden Satzes. Die LBG dient oft der Verständigung zwischen Hörenden und Gehörlosen. DGS und LBG werden von Gehörlosen-Dolmetschern benutzt;
6. Kurze Lautsprache (KLS): eine gesprochene Sprache in einfachen Sätzen, unterstützt von Gebärden, in der manche Hörgeschädigte sich mit Hörenden verständigen, vergleichbar auch der älteren sog. Einfachen Sprache (Winnewisser, 1978);
7. Gemik, Verbindung aus **Gestik** und **Mimik:** die gesprochene Sprache wird sparsam mit Gesichtsausdruck und Handzeichen unterstrichen, verdeutlicht und gegliedert (z. B. Breiner, 1985);
8. Lautgebärde: weist auf die Bildungsweise von Einzellauten und Lautverbindungen hin und unterstützt das Absehen (Phonembestimmtes Manualsystem);
9. Fingeralphabet (Jussen und Krüger, 1975): dient zur Bezeichnung von Begriffen, für die es keine Gebärde gibt und die nur schwer vom Munde abzusehen sind, z. B. Eigennamen und geographische Bezeichnungen. Tauchen die Namen dann immer wieder auf, so wird nur noch der erste und letzte Buchstabe gefingert, z. B. für EIFEL nur noch **E – L;** für Prof. Jussen die Gebärde **Professor** und der Buchstabe J. Die ausschließliche Verständigung über das Fingern ist die Ausnahme;
10. Natürliche Gebärden: Bewegungen der Hände, verbunden mit Mimik und Pantomimik, die Sachverhalte in etwa so darstellen, wie sie sich dem Auge darbieten, oder wichtige Teile derselben, so daß das Ganze erschlossen werden kann;
11. Nonverbale Zeichen: Gebärden, die nur in einem bestimmten engen Kontext

- eine bestimmte enge Bedeutung haben und dadurch Dauer gewinnen, daß sie in einer fest umrissenen Gruppe von allen verstanden werden;

12. Totale Kommunikation oder Multidimensionale Kommunikation (Multikomm).

Als Elemente der Multikomm nennt Garretson (1976) Gebärdensprache, Lautsprache, Fingeralphabet und Gemik sowie Dialektgebärden. Dabei ergeben sich folgende Korrespondenzen von Zeichen und Bezeichnetem:

ein Zeichen	=	ein Begriff
ein Lippenzeichen	=	ein oder mehrere Phoneme
eine Handstellung	=	ein Buchstabe
eine Gebärde	=	ein Begriff, Aussage, Frage
eine Gebärde	=	ein Wort oder Affix, eine Proposition

Ich selbst ziehe den Begriff **multidimensionale Kommunikation** als Übersetzung von total communication vor. Die wörtliche Übersetzung totale Kommunikation erinnert etwas an totalen Krieg. Auch hat für mich die Aussicht, total zu kommunizieren oder einer totalen Kommunikation ausgesetzt zu sein, eher etwas Gewalttätiges als etwas Bereicherndes. Im folgenden werde ich den Begriff in der Abkürzung **Multikomm** benutzen. Multikomm erscheint mir auch zutreffender als der sich ebenfalls ausbreitende Begriff Multisensorische Kommunikation (z. B. Schulte, 1971). Letztere zieht nur den sensorischen Vorgang und damit ausschließlich den Empfänger der Kommunikation in Betracht. Aber Kommunikation ist weit mehr als Informationsaufnahme. Sie ist ein sensorischer, motorischer, affektiver, kognitiver, expressiver, appellativer, interaktioneller Vorgang, der eine subtile Feineinstellung beider Kommunikationspartner auf die Sende- und Aufnahmekapazitäten des jeweils anderen erforderlich macht.

Es gibt Gebärdendialekte und Gebärden von regional begrenzter Gültigkeit; dennoch ist der Schatz weltweit gemeinsam verstandener Zeichen offenbar groß genug, daß sich deutsche Gehörlose auf Auslandsreisen mit Gehörlosen aus dem Gastland gut verständigen können.

Für Schwerhörige sind in der Regel nur die ersten drei dieser zwölf Verständigungsmodi von Bedeutung, dagegen können Gehörlose in allen Modi eine Erweiterung ihrer Kommunikationsmöglichkeiten erreichen. Ertaubte nehmen hier wie in vielen anderen Bereichen eine eigene Stellung ein. In der Sprachkompetenz stehen sie den Schwerhörigen näher, in der Sprachauffassung den Gehörlosen. Viele von ihnen weigern sich, die Verständigungsmodi der Gehörlosen zu benutzen, weil sie nicht als von Geburt gehörlos gelten wollen. Während bis vor wenigen Jahren der Primat des Lautspracherwerbs in den Sonderschulen für Hörgeschädigte noch unbestritten war, ist hier in den letzten 15 Jahren eine lebhafte Diskussion wieder in Gang gekommen, die auch heute noch anhält und in der erst langsam vermittelnde Standpunkte gefunden werden (vgl. Kap. 4.6). Es handelt sich dabei u. a. um Kontroversen der Lehrer, von deren besonderer Situation an den Hörgeschädigten-Schulen in dem nun folgenden Abschnitt die Rede sein soll.

4.5 Belastung und Psychohygiene der Lehrer

Die Wahl des Lehrerberufs geht vermutlich stets auf eine ganze Reihe von Motiven zurück, unter denen pädagogische Vorbilder, Freude am Unterrichten, Umgang mit Jugendlichen und eine sichere Dauerstellung nur einige sind. Die Sonderschullehrer nehmen hierbei eine herausgehobene Stellung ein, weil man bei ihnen meist ungeprüft annimmt, sie seien einer überdurchschnittlichen Belastung ausgesetzt. Generell läßt sich dies wohl kaum nachweisen. Auch besteht nicht die Absicht, den Sonderschullehrern als Gruppe im Vergleich zu anderen Lehrern, die es wahrhaftig auch nicht leicht haben, eine Sonderrolle als Helden oder Märtyrer zu schaffen, obwohl dies in der Öffentlichkeit manchmal geschieht: Wenn jemand sich in Gesellschaft als Sonderschullehrer zu erkennen gibt, so stößt er oft auf eine Reaktion, in der Mitleid und Bewunderung sich paaren. Vielmehr soll in diesem Abschnitt herausgestellt werden, worin die spezifische Belastung von Lehrern an Sonderschulen für Hörgeschädigte besteht und welche Maßnahmen geeignet sind, hierin eine Linderung herbeizuführen. Dabei ist zu berücksichtigen, daß Erzieher, Heim- und Pflegepersonal sowie Berater in Fortbildungswerken, die mit diesen Zielgruppen Kontakt haben, den gleichen Belastungen ausgesetzt sind.
Scott (1983/84) ging der Frage nach, ob Hörgeschädigtenlehrer heute andere Kompetenzen benötigen als früher. Sie legte N = 235 Probanden eine Liste von 92 diesbezüglichen Aussagen vor, die bereits 1956 in einer Untersuchung von Makkie einmal von Gehörlosenlehrern beurteilt worden waren. Die Lehrer nannten als wichtige Fähigkeiten für ihre Lehrerrolle zunächst Sprachanbahnung, Induvidualisierung und Förderung der Persönlichkeitsentwicklung des Kindes sowie interdisziplinäre Zusammenarbeit bei der Beratung von Eltern und Kind. Geringes Gewicht maßen sie dem Absehen vom Munde, dem Fingeralphabet und der Vermittlung der Gebärdensprache bei, ferner den Kenntnissen über Diagnostik, Akustik, Hörhilfen und die Unterrichtung von Kindern mit anderen Behinderungsarten. Im Vergleich zu der früheren Untersuchung schätzten sie die Bedeutung von Gesetzeskenntnis und Teamorientierung höher ein.

Diskussion. Das Interesse der befragten Lehrer an Rechtsfragen mag darauf zurückgehen, daß in den letzten Jahren für schulische Fragen vermehrt verbindliche rechtliche Regelungen getroffen worden sind, insbesondere für Sonderschulen. Man kann wohl sagen, daß in der Schule neben einer Bürokratisierung und einer Psychologisierung auch eine Juristifizierung eingetreten ist. Lehrern scheint dies aber eher Last als Klärung zu bedeuten; jedenfalls deutet die oft galgenhumorig zitierte Äußerung „Mit einem Bein stehen wir Lehrer bei allem, war wir tun, im Gefängnis" darauf hin. Auch die Erfahrung, daß behinderte Menschen und ihre Angehörigen sich heute weniger denn früher als Bittsteller fühlen und häufiger – auch mit Unterstützung ihrer Selbsthilfeorganisationen – ihre Ansprüche gerichtlich durchsetzen, mag zu diesem Interesse an Rechtsfragen beitragen. – Der Gedanke der interdisziplinären Arbeit und der Teamarbeit hat sich in den letzten 30 Jahren fest in den Köpfen von Wissenschaftlern aller Fachrichtungen verankert und so gewiß auch in den Überzeugungen der Hochschulabsolventen Raum gegriffen. Komplexe menschliche Aufgaben, wie Erziehung eine ist, lassen sich heute nur durch Zusammenarbeit von Fachleuten aus verschiedenen Disziplinen lösen; allerdings verrät die geäußerte Priorität der befragten Lehrer nicht, ob es sich hier um eine Überzeugung oder um ein der sozialen Erwünschtheit Rechnung

tragendes Lippenbekenntnis handelt. – Überraschend ist demgegenüber die geringe Wertschätzung von Absehen, Fingeralphabet und Gebärdensprache in einer Zeit, in der Multikomm doch ein wichtiger neuer Impuls in der Hörgeschädigtenerziehung zu werden verspricht. Auch das geringe Interese an Diagnostik, Akustik und Hörhilfen sowie der Unterrichtung von Kindern mit anderen Behinderungen ist nicht ohne weiteres verständlich. Soll eine Individualisierung des Unterrichts gelingen, so ist u. a. eine ursachenergründende Einzelfall-Diagnostik (im Gegensatz zur Reihen- und Gruppenuntersuchung) unverzichtbar. Schulen empfehlen heute in der Regel, auch kleine Hörreste mit Hilfe von Hörgeräten zu bewahren und zu pflegen. So sind Kenntnisse von Akustik und Hörhilfen unerläßlich. Schließlich machen neuere Überlegungen zur Integration Behinderter es notwendig, daß Lehrer einen Blick über den Zaun der eigenen behinderungsspezifischen Methodik und Didaktik hinweg riskieren, um für solche Aufgaben gerüstet zu sein. Vielleicht ist diese bewußte Abweisung einiger wichtiger Themen aber auch ein Anzeichen zunehmender Überforderung und Verweigerung: Wenn man spürt, daß trotz aller Qualifikation der eigene Kenntnisstand stets hinter Ansprüchen und Anforderungen zurückbleibt, mögen sich irgendwann Fortbildungsermüdung oder generelles Desinteresse einstellen. Auf diese Weise werden die Weichen hin zu einer Burnout-Entwicklung gestellt (Fengler, 1988 b).
Worin besteht das Burnout im Lehrerberuf? Es ist eine Erschöpfung in körperlicher, gefühlsmäßiger und einstellungsbezogener Hinsicht. Die Freude am Unterrichten geht Schritt für Schritt verloren; zu den Symptomen gehören Müdigkeit, Schlaflosigkeit, Depression und Abgeschlagenheit. Es kommt zu kleineren Krankheiten wie Schüttelfrost, Kopfschmerzen, Benommenheit, Durchfall u. a. Das Selbstbild solcher Lehrer erreicht, wenn sie an den Wert des eigenen Unterrichtens denken, einen Tiefpunkt. Ihrer eigenen Arbeit mit Schülern und Kollegen messen sie wenig Wert und Bedeutung bei. Der Lehrer fühlt sich schuldig, als Erzieher inkompetent und am Ende als Person fehl am Platze (Hendrickson, 1979). Wie wir noch sehen werden, hat das Burnout mit Ansprüchen und Pflichten zu tun, die die Person an sich selbst richtet bzw. deren Erfüllung sie von sich selbst fordert. Die folgenden Untersuchungen geben darüber einigen Aufschluß.
Stedt und Palermo (1983) untersuchten N = 69 Lehrer der California School for the Deaf mit dem Purdue-Teachers Opinnionnaire, der in zehn Subskalen die Arbeitsmoral, also Gefühle und Einstellungen der Lehrer bezüglich ihrer Arbeit erfaßt. Die Autoren formulierten die Arbeitshypothese, daß bei Lehrern von hörgeschädigten und mehrfachbehinderten Kindern aufgrund der starken Belastung die Arbeitsmoral niedriger sein werde als bei Lehrern in der Regelschule. Diese Erwartung bestätigte sich nicht. Vielmehr wurde gerade das Gegenteil sichtbar. Die Lehrer an der Sonderschule wiesen höhere Werte für Arbeitsmoral auf als die Eichstichprobe von Lehrern aus allen Schulformen. Die Lehrer wiederum, die mit mehrfachbehinderten Schülern arbeiteten, übertrafen die anderen Sonderschullehrer bezüglich ihrer Kontaktrate im Kollegium und der Übernahme zusätzlicher Verpflichtungen. Dies galt besonders ausgeprägt, wenn sie mit jüngeren Schülern arbeiteten.

Diskussion. Die Autoren folgern aus diesen Ergebnissen, man könne nunmehr der verbreiteten Meinung entgegentreten, an den Schulen für mehrfachbehinderte Kinder herrsche eine schlechtere Arbeitsmoral als an regulären Gehörlosenschulen. In empirischen Arbeiten ist mir eine solche Vermutung bisher nicht begegnet;

vielleicht handelt es sich also um eine regional begrenzte (und dort vielleicht begründete) Auffassung. Die Unterschiede zwischen den Lehrergruppen, bei denen man vielleicht eine abgestufte Belastung annehmen kann (Regelschule, Sonderschule, Mehrfachbehindertenschule), erklären die Autoren mit dem Einfluß von Persönlichkeitsmerkmalen und dem Arbeitsklima der Schule, an der die Untersuchung durchgeführt wurde, nicht mit den Besonderheiten der Hörgeschädigten. Dies ist möglich. Belastung und Engagement der Lehrer gehen u. U. nicht auf eine besondere Behinderungsart ihrer Schüler zurück, sondern auf die für alle Behindertenschulen charakteristischen Arbeitsbedingungen Hoher Einsatz und Geringer Erfolg. – Insgesamt sind die Ergebnisse ein interessanter Beitrag zur gegenwärtigen Burnout-Diskussion, wenn wir uns für einen Moment den etwas übermäßig popularisierten Begriff **Helfer-Syndrom** vor Augen führen. Schmidbauer (1985) nennt fünf konstituierende Merkmale des Helfer-Syndroms: Abgelehntsein in früher Kindheit, Identifizierung mit Über-Ich und Ich-Ideal statt mit Ich, Fehlen der Gegenseitigkeit in Beziehungen, verborgene narzißtische Bedürftigkeit und indirekte Aggression. Die Untersuchung von Stedt und Palermo bestätigt vor allem den Aspekt Orientierung an Über-Ich und Ich-Ideal'. Tatsächlich mag die Arbeitsmoral der Sonderschullehrer angesichts des besonderen Aufforderungscharakters der Zielgruppe besonders hoch sein - dies wird auch gängig als erste Stufe der Burnout-Entwicklung erwähnt (Aronson et al., 1983; Fengler,1988 b). Es droht dann die Gefahr, daß die nächsten Etappen der Burnout-Entwicklung nicht lange auf sich warten lassen werden: Auf (1) Freundlichkeit und Idealismus folgen (2) Überforderung, (3) weniger Freundlichkeit der Zielgruppe gegenüber, (4) Schuldgefühle, (5) vermehrte Anstrengung ohne Erfolg, (6) Hilflosigkeit und Hoffnungslosigkeit („Ein Faß ohne Boden"), (7) Erschöpfung, Ablehnung der Zielgruppe, (8) Selbstbeschuldigungen, Flucht, Wut, Zynismus, Unfälle, psychosomatische Erkrankungen, Selbstmord oder Korrektur. – Es ist den Autoren zuzustimmen, daß bei Verhütung und Behebung einer solchen Entwicklung der Institution mit ihren Entscheidungs- und Gestaltungsräumen hier eine ganz besondere Bedeutung und Verantwortung zufällt.

Während in dieser Untersuchung eine übermäßige Belastung sich nur andeutet und droht, tritt sie in einer anderen Arbeit deutlich zutage. Meadow (1981) untersuchte N = 240 Personen, die als Lehrer, Berater, Internatsmitarbeiter und Verwaltungsangestellte mit Hörgeschädigten täglich zu tun hatten, mit dem Burnout-Fragebogen von Maslach sowie mit einigen eigenen Fragen und erhob einige sozialstatistische Daten. Dabei ergaben sich eine Reihe bemerkenswerter Befunde. Lehrer hörgeschädigter Schüler äußerten in signifikant höherem Maß als Lehrer von Regelschulen, sie seien gefühlsmäßig erschöpft. Auch in den anderen Burnout-Maßen (Depersonalisation, berufliches Bemühen und berufliches Engagement) wiesen sie tendenziell ausgeprägtere Werte auf als jene. Die Lehrer erscheinen stärker belastet als die anderen Mitarbeiter der Schule; möglicherweise sehen sie besonders deutlich, wie langsam die Schüler Fortschritte machen, und auch, daß ein Teil ihres eigenen Tuns tatsächlich vergeblich ist. Die seelische Erschöpfung tritt am stärksten bei jüngeren Lehrern hervor – hier mag die erste Enttäuschung nach einem zuversichtlichen Berufsanfang den Ausschlag geben. Als besonders erschöpft bezeichnen sich aber auch Lehrer, die seit sieben bis zehn Jahren in dieser Sonderschulform arbeiten. Sie bilden möglicherweise die Gruppe, die sich nicht zu einem (rechtzeitigen) Berufswechsel entschlossen hat und sich nun darauf einstellt, ihr Leben lang mit dieser Zielgruppe zu arbeiten oder arbeiten zu müssen. – Lehrer, die selbst hörgeschädigt sind oder hörgeschädigte Angehörige haben, tun sich leichter mit der beruflichen Beanspruchung als andere. Dagegen ist die Belastung besonders groß, wenn die beruflichen Erwartungen enttäuscht wurden und gegenwärtig keine Möglichkeit besteht, auf die Arbeitsbedingungen Einfluß zu nehmen.

Diskussion. Daß die Arbeit mit hörgeschädigten Schülern eine besondere Belastung mit sich bringt, geht aus der Untersuchung deutlich hervor. Diese Belastung scheint um so größer zu sein, je unmittelbarer die Begegnung mit den Schülern ist, also im Unterricht stärker als im Internatsbetrieb und in der Verwaltung. Die Autorin vermutet bei manchen Helfern, die diesen Beruf wählen, eine ‚missionarische Motivation', die erklären könnte, warum Personen in geradezu religiös anmutender Weise von ihrer Arbeit sprechen und sich auch für sie verzehren. Frühzeitige Information und die Schaffung demokratischer Möglichkeiten, auf die Institution einzuwirken, können zu einer Milderung der Mitarbeiterbelastung beitragen. Dies ist aus anderen Bereichen des Helfens unter Dauerbelastung, z. B. der Suchttherapie, bereits verschiedentlich nachgewiesen worden (Fengler, 1988 a, 1988 b).

Meadow (1980) nennt eine ganze Reihe von Belastungen im Lehrerleben. Zunächst sind hier strukturelle Gesichtspunkte zu nennen, wie zunehmender gesellschaftlicher Druck auf die Sonderschulen, knapper werdende Staatsmittel, schneller sozialer Wandel, das Auftauchen neuer Randgruppen, wie der Trend zur Ein-Eltern-Familie und zur Berufstätigkeit der Mütter. Als spezifische Belastungen führt sie an

(1) die notwendige Rollenvielfalt der Lehrer,
(2) die Kluft zwischen Werten der Schüler und der Lehrer,
(3) Die Zunahme von Drogenkonsum und Gewalt in Schulen,
(4) die hinter den eigenen Erwartungen zurückbleibenden Unterrichtserfolge der Lehrer,
(5) der Kampf mit den enttäuschten Elternerwartungen,
(6) die Mehrfachbehinderung vieler Schüler, die das Lerntempo zusätzlich bremst und für das Lehren zusätzliche Vorkehrungen erforderlich macht,
(7) die Notwendigkeit, die Schüleraufmerksamkeit ständig über den Blickkontakt aufrechtzuerhalten,
(8) die pädagogikinternen Kontroversen z. B. über Multikomm und die richtige Gebärdensprache, die die Autorin als Ursachen, aber auch als Folgen der Dauerbelastung betrachtet.

Gewiß sind einige dieser Gesichtspunkte in Amerika stärker ausgeprägt als in Deutschland. An ihrer prinzipiellen Gültigkeit auch für unsere Schulen jedoch ist nicht zu zweifeln. Eine der Dauerbelastungen von Lehrern mag darin bestehen, daß viele Schüler mit der Lautsprache geringe Erfolge erzielen und ihnen die Integration in die Gesellschaft der Hörenden faktisch nicht gelingt. Eine Umstellung auf die Gebärdensprache, die von Lehrern zum Teil heimlich bejaht wird, jedoch im gegenwärtigen Schulsystem nicht möglich erscheint bzw. auf absehbare Zeit curricular nicht durchzusetzen sein wird, mag ebenfalls ins Gewicht fallen (Schulmeister und Prillwitz, 1980).

Dr. Horst Heidler, der Rektor der Gehörlosenschule in Köln, hat für dieses Buch fünf Besonderheiten in der Arbeit des Gehörlosenlehrers herausgestellt, in denen zugleich dessen Beanspruchung hervortritt:

1. Besonderheit: Der Gehörlosenlehrer ist in der Regel ein primär akustisch-auditiv geprägter, der Gehörlose dagegen ein primär optisch-visuell gerichteter Kommunikator. – Da in der Kommunikation mit Gehörlosen hauptsächlich der optische Kanal für die Vermittlung von Informationen herangezogen wird, muß der Gehörlosenlehrer sein kommunikatives Verhalten weitgehend auf die andersartigen Funktionsbedingungen des optischen Kanals um- und einstellen.
Ein Informationsfluß zwischen zwei über den optischen Kanal miteinander verbundenen Kommunikatoren kann nur über Blickkontakt zwischen Sender und Empfänger zustandekommen. Das bedeutet, daß Kommunikation mit Gehörlosen nur dann funktionieren kann, wenn die optische Signalquelle im Sehbereich ist. Für den Hörenden erfordert das Einhalten dieser Bedingung eine rigide Einengung der Möglichkeiten, an die er durch die habituelle Ausnutzung der offeneren Bedingungen des akustischen Kanals gewöhnt ist. Die optische Ausrichtung verlangt ihm große willentliche Steuerung seiner Körperhaltung ab und damit hohe Konzentration. Er kann es sich beispielsweise nicht erlauben, mit dem Rücken zur Klasse stehend weiterzusprechen oder dozierend vor der Schülergruppe hin- und herzugehen. Die dauernde optische Zuwendung zu Gehörlosen wird vom Gehörlosenlehrer besonders in Situationen als belastend empfunden, wenn er längere Zeit, etwa bei Schullandheimaufenthalten oder auch in Gehörlosenheimen, als einziger Hörender mit Gehörlosen zusammen ist. Es kann aber auch davon ausgegangen werden, daß diese besondere Art der Zuwendung im Verlaufe eines Unterrichtsvormittags als mehr oder weniger große Belastung bewußt oder unbewußt erlebt wird.

2. Besonderheit: Der Gehörlosenlehrer muß seine Sprechakte auf die Ablesbarkeit von Sprache der individuell unterschiedlichen Empfangskapazitäten des Gehörlosen einstellen. – Wie jeder Hörende hat auch der Gehörlosenlehrer Sprachgewohnheiten, die im Laufe seiner individuellen Sprachentwicklung entstanden sind: Sprachgeschwindigkeit, Artikuliertheit der Sprechbewegungen, Stimmstärke usw. Da der gehörlose Schüler im Laufe seines Spracherwerbsprozesses (von der Früherziehung bis zur Beendigung seiner Schulpflicht) lernen muß, gesprochene Sprache vom Mund abzulesen, muß der Gehörlosenlehrer seine Sprechweise der Ablesbarkeit und der Ablesefähigkeit gesprochener Sprache des Gehörlosen anpassen.
Die optischen Merkmale an den Absehgestalten werden, soweit sie semantische Funktion tragen, Kineme genannt. Während das deutsche phonologische System rund 40 Phoneme für den Aufbau des gesamten Sprachzeichenmaterials aufweist, enthält das kineologische System nur 11 bis 12 Kineme. Damit sinkt nach Alich der Grad der Merkmalhaftigkeit bei der Perzeption von Sprache über das Absehen auf 30% herab (Alich, 1960, 1977). – Die Absehfähigkeit der gehörlosen Schüler nimmt im allgemeinen während der Schulzeit quantitativ und qualitativ zu, zeigt aber individuell unterschiedliche Leistungsniveaus. Intelligenz, Kombinationsfähigkeit und eine gut funktionierende zentrale Wahrnehmungsverarbeitung sind einige der wesentlichen Voraussetzungen für die Ableseleistung Gehörloser. Die eingeschränkte Ablesbarkeit gesprochener Sprache vom Munde und die unterschiedliche Ablesefähigkeit der gehörlosen Schüler erfordern die bewußt reflektierte Gestaltung von Sprechbewegungen seitens des Lehrers. Seine gewohnte Sprechweise, d. h. das Gesamt an habituell eingespielten größtenteils unbewußt produzierten phonatorischen und artikulatorischen Bewegungsvorgängen wird

zu einem bewußt gesteuerten Bewegungsprozeß, der während des Sprechens ständig dem Ableseresultat seitens des Gehörlosen angepaßt werden muß. Die Lükkenhaftigkeit in der Ablesbarkeit wird auf seiten des Gehörlosen durch Kombinatorik, auf seiten des Hörenden durch kontextuelle Hilfen teilweise kompensiert. Dadurch ist der Lehrer gehalten, länger bei einem bestimmten Thema zu bleiben. Ohne zusätzliche Hinweise darf sich der Lehrer keine schnellen thematischen Wechsel erlauben. Zur Erleichterung des Ablesens werden ergänzende manuelle Zeichensysteme wie phonem- und/oder graphembestimmte Zeichen und/oder Gebärden eingesetzt. Weiterhin muß der Gehörlosenlehrer die Interaktion mit Gehörlosen so gestalten, daß er durch Handlungsausführung und/oder sprachliche Reaktion des Gehörlosen eine Rückmeldung erhält über das Resultat der Ablese- bzw. der Verstehensleistung.

3. Besonderheit: Der Gehörlosenlehrer muß den sprachlichen Äußerungen Gehörloser ein hohes Maß an auditiver Aufmerksamkeit schenken. – Es wird deutlich, daß die Sprechleistung des Gehörlosen u. a. von der auditiven Analysefähigkeit, von einer sehr großen Konzentrationsleistung und einem geduldigen und konsequenten Arbeiten des Lehrers abhängt. Phonetische Kompetenz, Lehrgeschick und Energie sind unabdingbare Anforderungen an das Lehrverhalten, die darüber entscheiden, ob ein Gehörloser so sprechen lernt, daß er auch von unvoreingenommenen, nicht mit der Problematik der Gehörlosigkeit vertrauten Hörenden einigermaßen gut verstanden werden kann. Die besondere Rolle des Lehrers als steuernde Instanz in einem offenen Regelkreissystem kann zu unterschiedlichen Erfolgen und psychischen Reaktionen des Lehrers führen. Im folgenden seien einige Reaktionstendenzen herausgestellt:

1. Die Analyse- und Kontroll-Leistung des Lehrers lassen im Laufe der Schulzeit nach. Der Lehrer akzeptiert eine Sprechweise, die ihm selbst gerade noch verständlich ist. Andere Hörende verstehen den Gehörlosen kaum noch oder gar nicht.
2. Das Anforderungsniveau des Lehrers ist zu hoch. Die Spontaneität der sprachlichen Äußerung wird gedrosselt. Der Kommunikationsfluß wird gebremst. Dem Sprechen wird im Unterricht eine derartige Dominanz eingeräumt, daß die Vermittlung von Sprach- und Unterrichtsinhalten übermäßig eingeschränkt wird.
3. Der Lehrer ist unzufrieden mit den erzielten Sprechleistungen. Er ist ständig auf der Suche nach Mitteln und Wegen, die zu einem besseren Resultat führen könnten. Die Unzufriedenheit kann sich bis zu einer Beeinträchtigung seines Selbstwertgefühls im Sinne eigenen Versagens steigern.
4. Eine übergroße Identifikation mit dem sprachlichen Leistungsverhalten **seiner** Schüler kann seitens des Lehrers zu einer übersteigerten Empfindlichkeit gegenüber kritischen Bemerkungen von Kollegen, Eltern oder anderen externen Zuhörern und Beobachtern führen.

4. Besonderheit: Der Gehörlosenlehrer muß den Einsatz seiner sprachlichen Mittel der Sprachkompetenz der Schüler anpassen, die von Klasse zu Klasse und von Schüler zu Schüler in Abhängigkeit von dem Stand des Spracherwerbsprozesses unterschiedlich sein kann. Seine gewohnte Performanz gerät dadurch unter einen ständigen Selektions- und Restriktionsdruck.

Der Gehörlosenlehrer ist einer einmaligen pädagogischen Situation ausgesetzt: Gleichzeitig muß er mit den zu vermittelnden Unterrichtsgegenständen und -inhalten das zu vermittelnde Medium, die Sprache, erarbeiten.
Für die Planung und Durchführung des Unterrichts ergibt sich eine dreifache Strategie:

1. Ein Unterrichtsinhalt ist nach sachimmanenten Kriterien in Lehr- und Lernsequenzen zu zergliedern. Die Sequenzen setzen sich aus kleinsten Schritten zusammen, die dem Auffassungsvermögen der Schüler entsprechen müssen.
2. Die den Schritten und Sequenzen zuzuordnenden sprachlichen Mittel müssen transformiert werden auf den jeweiligen Stand des Spracherwerbs hinsichtlich Lexikon, Grammatik und Syntax.
3. Die für die adäquate Darstellung der Unterrichtsinhalte sprachlichen Ausdrucksmittel müssen erarbeitet werden. Je nach Klassenstufe bedeutet dies auch die Einprägung und Festigung der lautlichen und schriftlichen Struktur der neuen Sprechmittel in Form spezieller Sequenzen.

Die aus der allgemeinen Didaktik bekannte ‚Kunst der kleinen Schritte' gerät durch diese Strategie nicht selten zur ‚Kunst der kleinen und mikroskopisch kleinsten Schritte'. Die unter 2. erwähnte Transformation spiegelt sich in der Konzipierung speziellen Textmaterials wieder, welches den Schülern verständlich bzw. gerade noch verständlich sein muß. Die aus 3. folgenden Unterrichtsschritte müssen so beschaffen sein, daß sie den Unterrichtsfluß nicht übermäßig hemmen und/oder die sachliche Zielstellung verfehlen.
Es versteht sich, daß ein Unterricht, welcher einer solchen Strategie verpflichtet ist, besonders im Hinblick auf die nicht selten schwer kalkulierbaren Verstehensprozesse auf seiten der gehörlosen Schüler störanfällig ist. So kann es durchaus vorkommen, daß selbst ein erfahrener Klassenlehrer zu seiner Überraschung erfahren muß, daß ein Wort, eine Sprachform oder gar ein ganzes Satzschema, die er als hinlänglich eingeübt und verfügbar ansieht, dem Schüler unbekannt vorkommen. Ist das aus dem Gedächtnis des Schülers getilgte Sprachmittel für den Unterrichtsfortgang von entscheidender Wichtigkeit, muß der Lehrer zur Neuerarbeitung des fehlenden Sprachmittels übergehen. Unvorhergesehen kann damit eine Fachstunde (in Mathematik, Biologie usw.) partiell zu einer Sprachstunde geraten.
Die skizzierte Grundproblematik des Unterrichtens an einer Gehörlosenschule wirkt auf die Lehrer belastend. Die tägliche unterrichtliche ‚Kleinarbeit' wird in Gesprächen mit Kolleginnen und Kollegen meist an erster Stelle genannt, wenn man sich über die Besonderheiten der pädagogischen Situationen unterhält. Oft genug ist der Gehörlosenlehrer unzufrieden mit dem Unterrichtsergebnis. Gerade bei Lehrern mit großem Verantwortungsbewußtsein, verbunden mit einem hohen unterrichtlichen Anspruchsniveau, können die unterrichtsimmanenten Spannungen Konflikterlebnisse entstehen lassen. Frustrationen bis hin zur Manifestierung eines Leidensdruckes können daraus resultieren. Diese Entwicklung kann dadurch gesteigert werden, daß ein beträchtlicher Anteil gehörloser Schüler im Elternhaus nicht die notwendige Hilfe und Unterstützung findet. In diesen Fällen fühlt sich der Lehrer zu Recht als der einzige, von dessen Einsatz die Förderung des Gehörlosen als Gesamtpersönlichkeit maßgeblich abhängt.
In der Doppelung der Vermittlungsebenen nimmt die kommunikative Ebene die zentrale Stellung innerhalb der Arbeit des Gehörlosenlehrers ein. Dadurch ent- und besteht ein sehr enges Beziehungsgefüge zwischen Lehrer und Schüler, das

mehr oder weniger Merkmale von Eltern-Kind-Beziehungen aufweisen kann. Die selbstkritische und interkollegiale Analyse dieses besonderen Beziehungsgefüges muß vom Lehrer geleistet werden, wenn er der Gefährdung entgehen will, die in der Entstehung zu enger identifikatorischer Bindungen an seine Schüler zu sehen ist.
Selbst wenn diese Leistung erbracht wird, muß gesehen werden, daß diese besondere Lehrer-Schüler-Beziehung den Lehrer in eine außerordentliche Dominanzposition gegenüber Schüler und Eltern bringt. Denn der Lehrer ist nicht nur im Besitz einer reflektierten Sprachkompetenz, ihm stehen auch die Mittel und Wege zu Gebote, den Gehörlosen zu einem sprachlichen Kommunikator zu bilden und zu erziehen.
Daß Dominanz dem Dominierenden zu einem belastenden Problem werden kann, sei hier erwähnt, jedoch nicht weiter ausgeführt.

5. Besonderheit: Die Inhomogenität innerhalb der Schülerpopulation erzeugt eine belastende Spannung zwischen individuellen Fördernotwendigkeiten einerseits und kollektiven Gruppeninteressen andererseits. Den ‚Gehörlosen' gibt es nicht. Die Streubreite der Schülerschaft an Gehörlosenschulen hinsichtlich verschiedener Variablen wie Intelligenz, Hörrest, Verhalten, zentraler Verarbeitung von Signalen verschiedener Sinnesmodalitäten u. a. ist evident. Aus der Kombinationsmöglichkeit derart unterschiedlicher Variablen (z. B. ein intelligenter Schüler kann aufgrund einer zentralen Wahrnehmungsschwäche nur sehr schlecht ablesen lernen) ergeben sich differierende Leistungsprofile der Schüler, die sich auf den Spracherwerb und/oder einzelne Fächer und/oder auf alle Leistungen auswirken. Individuelle und differenzierende Maßnahmen und Verfahrensweisen müssen eingesetzt werden, will der Lehrer dem Richtziel einer ‚optimalen' Förderung des Schülers gerecht werden.
Der Befriedigung individueller Förderungsbedürfnisse sind enge Grenzen gesetzt. Die schulgesetzlichen Vorgaben der Lehrer-Schüler-Relation von derzeit 1:6 z. B. in Nordrhein-Westfalen, z. B. sowie die Unterrichtszeit einer Halbtagsschule machen die in vielen Fällen angezeigten Einzelfördermaßnahmen unmöglich. Dadurch sieht sich der Lehrer gezwungen, Individualförderung innerhalb der Unterrichtszeit auf ein Minimum zu reduzieren. Die Berücksichtigung der kollektiven Förderansprüche der Lerngruppe verlangt von dem Lehrer einen Verzicht auf Einzelförderung gleichsam wider bessere Einsicht.
Der Gehörlosenlehrer befindet sich durch diese restriktiven Möglichkeiten schulorganisatorischer Bedingungen in dem nicht aufzulösenden Widerstreit zwischen dem Erkennen dringend notwendiger Einzelförderung und der Vernachlässigung von Individualförderung zugunsten kollektiver unterrichtlicher Maßnahmen, denen er durch curriculare Planungsvorgaben verpflichtet ist. (Dr. Horst Heidler, Rektor der Gehörlosenschule Köln)

Gerade die Darstellung von Heidler macht sichtbar, daß Lehrer an Hörgeschädigtenschulen nicht nur Probleme des eigenen Erlebens und Verhaltens bewältigen müssen, sondern auch zahlreichen strukturellen Belastungen unterliegen, für die keine Abhilfe in Sicht ist. So werden die Antworten auf die Frage, was einer möglichen Burnout-Entwicklung entgegenzustellen ist, konzeptionell und zugleich pragmatisch ausfallen müssen.
Beste hat in Zusammenarbeit mit H. Voit eine Langzeitbegleitung der Lehrer kon-

zipiert (Beste, 1988), die bereits vor Beginn des Studiums mit Studienberatung und betreutem Vorpraktikum einsetzt; während des Studiums sollen Einzel- und Gruppenberatung sowie reflektierte Selbsterfahrung bezüglich des pädagogischen Handelns folgen; für das Referendariat empfiehlt er Angebote von Balint-Gruppen und Beratung durch spezielle Beratungslehrer. Der Schuldienst soll dann durch interne und externe Beratung, Fortbildung und Gespräche mit Experten verschiedener Disziplinen begleitet werden.

Im Schuldienst scheint es besonders wichtig zu sein, daß es gelingt, für jedes Kollegiumsmitglied ein stabiles soziales Unterstützungssystem zu etablieren. Der rasche Wechsel zwischen verschiedenen Tätigkeiten wird oft als Belastungsfaktor genannt; er mag aber auch eine Entlastung darstellen. Die Lehrer sollten Gelegenheit finden, sich manchmal wieder neu ihre ursprüngliche Motivation zur Wahl dieses Berufs vor Augen zu führen. Sitzungen und Begegnungen, die der seelischen Gesundheit dienen, sollten vermehrt Raum finden. Eine der wichtigsten Maßnahmen ist regelmäßige Supervision (Fengler, 1986 b). – In einem Schulversuch wurde Lehrern Gelegenheit gegeben, nach mehrjähriger Praxis in der Hörgeschädigtenschule ein Jahr lang andere Dinge zu tun: Lehreraustauschprogramme, Mitarbeit in einem Forschungsprojekt, Entwicklung von Unterrichtsmaterialien u. a. (Meadow, 1980). – Wenn solche langfristigen Planungen nicht möglich sind, so verdienen doch auch kleine Schritte Beachtung und Respekt. Ältere Schüler und Freiwillige aus der Elternschaft können in Ganztagsschulen Lehrer davon entlasten, am Mittagessen teilzunehmen, und ihnen so Gelegenheit zu einer Pause geben. Lehrerkonferenzen können langweilig, destruktiv oder aufbauend sein; sie können auch dazu gemacht werden. Lehrer sollten ein sorgendes Auge auf sich selbst und die Kollegen haben, was die Burnout-Gefahr angeht. Wenn ein Kollege den Impuls verspürt, einen anderen wegen dessen offensichtlicher beruflicher Überlastung einmal anzusprechen, so ist dies in der Regel ein valider Indikator dafür, daß eine solche Belastung tatsächlich besteht. Lehrer mögen daraus unterschiedliche Konsequenzen ziehen, u. a. auch die innere und äußere Kündigung oder Beschuldigung der Institution. Da die strukturellen Belastungen und die Zielgruppe jedenfalls kurzfristig nahezu unbeeinflußbar sind, liegt es nahe, daß Lehrer und Institution gemeinsam Unterstützungssysteme etablieren. Im günstigsten Fall könnte dafür die Mitarbeit der vorgesetzten Schulbehörde und der Gewerkschaften gefunden werden. Der erste Schritt dazu ist, sich selbst die Burnout-Gefährdung einzugestehen und Solidarität zu üben: Alle Lehrer machen nahezu identische Erschöpfungsprozesse durch, aber keiner spricht besonders gern davon. Dies mag mit Wahl und Gestaltung des Lehrerberufs zu tun haben: Lehrer haben in der Schule stets die Verpflichtung, Vorbild zu sein – da ist es nicht leicht, die eigene Begrenztheit und Verwundbarkeit einzugestehen.

Weiter ist daran zu denken, regelmäßig Erholungstage einzurichten, die nicht als freie Tage mißverstanden werden sollten. Vielmehr können sie der dienstlichen Fortbildung, Supervision, Teamberatung u. a. dienen und jedenfalls eine vorübergehende Distanzierung vom Fließbandunterrichten bewirken. Ein außenstehender Berater, nach meiner Auffassung besser geeignet als ein festangestellter, mag dabei eine große Hilfe sein. – Lehrer benötigen auch Unterstützung durch die Eltern der Schüler. Dies ist in Deutschland vermutlich ein noch etwas fremder Gedanke. Eher wirkt die Haltung der Eltern hier oft ansprüchlich und fordernd („Dazu sind Sie doch schließlich Lehrer geworden!"), keineswegs dankbar oder unterstützend. In den USA, in denen Schulen zumindest teilweise durch

Gemeinde, elterliches Schulgeld und Fonds (**Fund-Raising** als Bestandteil der Kultur) finanziert werden, liegen diesbezüglich die Dinge etwas anders. Lehrer-Eltern-Vereinigungen streben hier Maßnahmen gegenseitiger Unterstützung an; jede der Teilgruppen bemüht sich, die Belastung und die Beiträge der anderen anzuerkennen.

4.6 Lautspracherwerb, Gebärde und Multikomm

Der Einsatz von Gebärden ist in der Gehörlosenpädagogik umstritten. Auf der einen Seite wird befürchtet, daß dadurch, daß Kinder lernen, mit Gebärden zu kommunizieren, die Motivation verlorengeht, Lautsprache und Absehen zu lernen, das Gedächtnis für Wörter beeinträchtigt wird sowie Integration in die Welt der Hörenden nicht mehr gelingt. Auf der anderen Seite wird betont, daß Lautsprache nicht den einzigen Weg zum Sprachaufbau darstellt, Gebärdensprache eine differenziertere Kommunikation von Anfang an ermöglicht und damit einer Isolation des Kindes entgegenwirkt, die Entwicklung sozialen Verhaltens unterstützt und durch den wesentlich höheren Sprachumsatz das Lernen von Begriffen erhöht wird. Kriterien bei der Entscheidung für oder gegen lautsprachbegleitende Gebärden sind u. a. die Fragen, wieweit ihr Einsatz in der Erziehung die Begriffsbildung und die Entwicklung des Denkens fördert, das Lernen von sozialen Normen und Werten erleichtert und Selbstbewußtsein und Durchsetzungsvermögen weckt.
Ob im Lehr-Lern-Prozeß Lautsprache, Deutsche Gebärdensprache, Lautsprachbegleitende Gebärde, Gemik, Fingeralphabet oder eine Kombination aus allem den Vorrang haben sollen, darüber gibt es in der pädagogischen Diskussion gegenwärtig keinen Konsens. Dabei erscheint die Kontroverse manchmal schärfer als notwendig, weil die **gemeinsamen** Überzeugungen der Parteien weniger hervortreten. Solche gibt es aber durchaus. Es herrscht Einigkeit, daß alle Kinder die Lautsprache lernen sollen und daß die Gebärdensprache nicht in Konkurrenz zur Lautsprache treten soll (z. B. Rammel, 1977). Andererseits wird das früher streng gehandhabte Gebärdenverbot heute gelockert und in Abhängigkeit von Stoff, Schülern und Unterrichtssituation relativiert. Dennoch bestehen Divergenzen um ein Mehr oder Weniger, und eine Parteinahme für die eine oder andere Position hat weitreichende Konsequenzen für Charakter und Arbeitsweise einer Schule. Eine knappe Ideengeschichte des Konflikts hat Jussen (1981) vorgelegt. Indem er Gehörlosigkeit als **kommunikative Beziehungsstörung** konzipiert, erweitert er dabei den Blick über den Sprachaspekt hinaus. Zugleich wird es bei dieser Begriffswahl aber schwer, den gehörlosen Mitmenschen in seiner nicht-kranken Eigenart und Einzigartigkeit noch im Blick zu behalten, da er à priori und generell als Element eines gestörten Systems betrachtet wird.
Die Psychologie kann der Pädagogik die hier notwendigen Entscheidungen nicht abnehmen. Wohl aber vermag sie aufgrund ihrer empirischen Orientierung Fragestellungen und Untersuchungsmethoden zur Verfügung zu stellen sowie Ergebnisse zu erarbeiten und zu interpretieren, die bei curricularen und methodisch-didaktischen Entscheidungen Orientierungshilfe liefern. Dabei muß sie sich jedoch ihrer eigenen Perspektivengebundenheit bewußt sein. Tendenziell ist sie am meisten an Entwicklung und Selbstentfaltung des einzelnen interessiert und erweist hierin auch ihre beste Kompetenz. Die Pädagogik mit der Schule als wich-

tigster Sozialisationsinstanz dagegen ist in gewisser Weise viel mehr als die Psychologie Gesellschaftswissenschaft und sieht viel mehr darauf, daß eine hinreichende Anpassung an gesellschaftliche Notwendigkeiten erfolgt. Diese notwendig normative Perspektive steht der Psychologie weniger nahe.
Möglicherweise fallen Forschungsergebnisse nicht ganz unabhängig von Wünschen der Forscher aus, die sie erheben, und passen sich deren Theorie von Überlegenheit oder Schwäche einer bestimmten Lehrmethode an. – Denkbar ist auch, daß die jeweiligen Ergebnisse richtige und zutreffende Aussagen über Teil-Populationen machen, aber auf die Grundgesamtheit nicht verallgemeinert werden können. Vielleicht werden hörgeschädigte Schüler späterer Generationen die Möglichkeit haben, zwischen einem lautsprachlichen, einem gebärdensprachlichen und einem Multikomm-Zweig der Schule zu wählen, so wie man heute Schülern nach Fähigkeit und Neigung die Möglichkeit gibt, zwischen altsprachlichem, neusprachlichem und mathematisch-naturwissenschaftlichem Zweig des Gymnasiums zu entscheiden. In einigen Teilen der USA wird bereits heute für bestimmte Programme geworben. Eltern entscheiden sich dann nach regionalen Gegebenheiten, Expertenrat und eigenen Grundüberzeugungen für Lautsprache, Gebärde oder gemischte Programme. – Jussen (1967) fordert u. a. einen Unterricht, der die urtümliche Freude des gehörlosen Kindes mit und an lautsprachlicher Gestaltung erhält und zur Entfaltung bringt. Freilich scheint dies nur einem Teil der Lehrer und nur bei einem Teil der Schüler zu gelingen. Bei den meisten erwachsenen Gehörlosen ist diese gewünschte Freude jedenfalls verschwunden, und sie haben sich weitgehend für die Gebärdenkommunikation entschieden. Fischer (1983) hat darauf hingewiesen, daß ausschlaggebend für die Entscheidung u. a. sein muß, vor welchen gesellschaftlichen Aufgaben das hörgeschädigte Kind steht und welche Erfolge es mit welchem Verständigungsmodus in seiner unmittelbaren Umgebung erzielen kann. Oft ist ja die Diskussion von der Frage nach Wert und Unwert, Überlegenheit und Unterlegenheit einer bestimmten methodisch-didaktischen Position geprägt, während das allein ausschlaggebende Kriterium sein sollte, daß die Entscheidung dem Kind die Entfaltung seiner besten Anlagen und Entwicklungsimpulse im Kontext seiner gesellschaftlichen Bindungen ermöglicht.
Welche Argumente sind also zu prüfen, und welche Stellungnahme kann aus psychologischer Sicht dazu abgegeben werden?
Hilfssprache oder Muttersprache. Vielleicht gehen manche unüberbrückbare Gegensätze darauf zurück, daß beide Parteien von unterschiedlichen Prämissen bezüglich des Wesens der Gebärdensprache ausgehen. Manche Oralisten fordern von der Gebärdensprache, sie müsse Wort-für-Wort-Abbildungen gesprochener Sprache liefern. Sie schließen, weil die Gebärdensprache dies nicht leisten kann, auf deren mangelnde Differenziertheit. Die Vertreter der Gebärdensprache dagegen betrachten diese als eigenständige Sprache, die Übersetzungen nur im Rahmen ihrer eigenen Kultur und Ausdrucksmittel liefern könne – so wie jede andere eigenständige Sprache., Sie führen ins Feld, daß man ja auch „I love you, baby!" nicht ins Französische und „Je t'aime, mon amour" nicht ins Englische übertragen könne, ohne eine Bedeutungsveränderung in Kauf zu nehmen, und dennoch beiden Sprachen keine sprachliche Dürftigkeit unterstellt. Wenn wir also die Gebärde als eigenständige Sprache betrachten, die für eine bestimmte Population den Charakter einer Muttersprache hat, so müssen wir einräumen, daß sie sich ihrer eigenen Ausdrucksmittel bedient. Ein paar Beispiele mögen dies erläutern.

Wenn wir sagen

„Da läuft mir das Wasser im Munde zusammen!"

„Rutsch mir den Buckel runter!"

„Das finde ich wunderbar!"

„Rede nur, ich höre dir doch nicht zu!"

„Den X kann ich nicht leiden!"

„Mir steht nicht der Sinn danach!" u. a.,

so wird ein Gehörloser dies, Wort für Wort gebärdet, wahrscheinlich oft nicht verstehen. Er verfügt aber für alle diese Sätze über sehr kurze, ausdrucksstarke Gebärden, die den Sachverhalt ausgezeichnet ausdrücken. Auch in anderen Sprachen suchen wir ja für bildhafte Ausdrücke der deutschen Sprache eher eine Umschreibung als eine wörtliche Übersetzung und spüren sicher, daß eine Übersetzung von „Rutsch mir den Buckel runter!" mit „Slide me the back down!" irgendwie nicht das Richtige ist. Mit dem auf sieben Bände angelegten Gebärdenlexikon (Maisch und Wisch, 1988 a/b), ist ein wichtiger Schritt dahin getan worden, den Eigenständigkeitscharakter der Gebärdensprache zu belegen.

Verzögerung oder Beschleunigung des Lautspracherwerbs. Von vielen Autoren wird die Sorge geäußert, die Benutzung der Gebärde im frühen Lebensalter werde den Erwerb der Lautsprache behindern, verzögern oder unmöglich machen. Diese Vermutung ist nach dem Stand der empirischen Forschung heute nicht mehr aufrechtzuerhalten. List (1988) konnte bei der Sichtung des Forschungsstandes überzeugend belegen, daß aus neuro-psychologischer Perspektive Lautsprache und Gebärdensprache von den gleichen Hirnregionen zentral gesteuert werden – eine weitere Einladung dazu, die Gebärdensprache als eigenständige sprachliche Leistung zu betrachten, nicht als Notbehelf bei Mängeln in der verbalen Sprachproduktion, und ein weiterer Hinweis darauf, daß Lautsprache und Gebärdensprache als korrespondierende, nicht als interferierende Tätigkeiten betrachtet werden können. Prillwitz (1985) berichtet diesbezüglich von einem Einzelfall: „Wie leistungsfähig diese Kommunikationsmethode ist, sollen einige Daten von Rainer im Alter von knapp dreieinhalb Jahren zeigen, nachdem er fast zwei Jahre mit der lautsprachbegleitenden Gebärde gelebt hat. Er beherrscht ca. 700 Gebärdenzeichen, kann nachweislich 280 Mundbilder ablesen und 20 Wörter artikuliert sprechen. Darüber hinaus begleitet er seit dem Alter von ca. drei Jahren fast alle Gebärden mit Lauten, die durchweg den dominanten Vokal oder markante Konsonanten der entsprechenden Wörter wiedergeben. Die kommunikative Situation in der Familie ist entspannt und anspruchsvoll. Das Klima in der Familie (der Vater ist Arbeiter) ist liebevoll, und die Gesamtentwicklung von Rainer verläuft, auch im Vergleich zu hörenden Kindern, „normal" (S. 84). Auch andere Autoren vermuten, daß die Gefahr, die von der Gebärde für den Erwerb der Lautsprache ausgeht, überschätzt wird oder zu regelrechten Fehlurteilen führt, so z. B. Wisch (1985).

In einer Sprachleistungsuntersuchung an N = 26 heranwachsenden Gehörlosen, von denen die Hälfte gehörlose, die andere hörende Eltern hatte, schnitten die Kinder gehörloser Eltern signifikant besser ab. Die Autoren schlossen daraus, daß gesprochenes Englisch für gehörlose Kinder den Charakter einer Zweitsprache habe und daß die frühe Erfahrung mit der Gebärdensprache das spätere Lernen des Englischen erleichtern könne (Charrow und Fletcher, 1974). Generell wird bei hörenden Kindern von niemandem der Erwerb von Fremdsprachenkenntnissen für ein Hindernis bei der Ausbildung der Muttersprache gehalten. Auch die Tatsache, daß in den Freien Waldorfschulen z. B. bereits in der ersten Klasse (!) Englisch **und** Französisch unterrichtet wird, hat noch nicht zu pädagogischen Protesten geführt; für hörgeschädigte Schüler dagegen fallen hier die Urteile oft skeptisch aus und lassen gelegentlich eine diffuse, schwer greifbare Besorgtheit erkennen. In einem Sammelreferat über verschiedene emprirische Arbeiten kommt Vernon (1969) zu dem Ergebnis, daß die Unterrichtung in Gebärdensprache den Lautspracherwerb **in keinem Fall** behinderte; vielmehr zeigte sich bei den mit Gebärde aufgewachsenen Kindern in jedem Fall eine Überlegenheit in Sprache, anderen Schulfächern und verschiedenen Parametern des Sozialverhaltens. Zu den gleichen Schlußfolgerungen kam Moores (1978) in einem weiteren Sammelreferat über neuere empirische Arbeiten.

Generell spielen bei der Frage nach dem Erfolg einer bestimmten Unterrichtsmethodik und -didaktik vermutlich Überzeugungen des Lehrers eine ausschlaggebende Rolle. So wird fast jeder Lehrer mit der Methode erfolgreich sein, die er selbst bejaht und die ihn inspiriert. Jedenfalls hat sich im klinischen Bereich erwiesen, daß die Identifikation des Therapeuten mit seiner Methode ein wichtiger Wirkfaktor in der Behandlung ist. In Untersuchungen zum Unterricht werden daraus resultierende Erfolge jedoch leicht fälschlich der Methode zugeschrieben. Auch der sogenannte Pygmalioneffekt (Rosenthal und Jacobson, 1976) wird vermutlich wirksam werden. Lehrer greifen mit ihren Erwartungen (etwa über die Erfolgsaussichten ihrer Schüler) dem Lernprozeß der Schüler vor und rufen ihn in einigen Fällen hervor.

Identätsentwicklung. Über die Fragen der Leistungsfähigkeit im Sprachlichen hinaus interessiert eine ganzheitlich orientierte Pädagogik natürlich, welcher Verständigungsmodus der Identitätsentwicklung des Kindes besonders förderlich ist, wobei u. a. Ich-Identität und Selbstverantwortlichkeit als anerkannte Erziehungsziele betrachtet werden. Dieser Bereich ist der empirischen Untersuchung weniger gut zugänglich als Leistungsparameter. Aber auch Einzelbeispiele vermögen manchmal zur Beurteilung eines Sachverhaltes etwas beizutragen.

Man stelle sich folgende Situation vor: Das Kind will den Eltern in Gebärdenform etwas mitteilen, was es sehr bewegt, beunruhigt, traurig macht u. a. Die Eltern bestehen darauf, daß es spricht, und lehnen es ab, auf die gebärdete Mitteilung einzugehen. Vermutlich wird unter dem affektiven Druck und der Enttäuschung über die Zurückweisung die Sprache vollends versagen – zwischen Eltern und Kind hat in diesem Moment gewiß eine Erfahrung der Entfremdung stattgefunden. Basilier (1965) berichtet folgende erschütternde Situation: Ein Vater kommt abends ins Schlafzimmer seines gehörlosen Sohnes, den er schlafend wähnt. Tatsächlich gebärdet der Sohn im Bett sitzend einen Sachverhalt, offenbar ins Selbstgespräch vertieft, wie auch manche hörende Kinder vor dem Einschlafen noch Selbstgespräche führen oder singen. Als der Sohn den Vater bemerkt, läßt er blitzschnell die Hände unter der Decke verschwinden, weil er weiß, daß ihm das Gebärden streng verboten ist. Es werden ihm damit freilich zugleich ein Teil von Selbstbegegnung, Selbstklärung und Selbstentwicklung untersagt. Vermutlich wird dies nicht dazu führen, daß der Sohn in Zukunft darauf verzichtet, wohl aber dazu, daß er die Eltern davon ausschließt.

Bei gehörlosen Kindern im Internat, die einen Brief von zu Hause bekommen, kann man beobachten, daß sie das Geschriebene sich selbst immer wieder in Gebärdenzeichen übersetzen, vielleicht so, wie wir einen schwierigen fremdsprachigen Text, den wir beim ersten Lesen nicht sicher verstehen, Satz für Satz in gesprochenes Deutsch übertragen. Während wir also in Situationen höherer intellektueller Komplexität auf die gesprochene Sprache rekurrieren, ist für sehr viele Gehörlose die Gebärde ein solches Heimatterrain. Ähnlich weiß man von Menschen, die erst im Erwachsenenalter operativ von ihrer Blindheit befreit wurden, daß sie sich in unklaren Situationen durch Schließen der Augen auf das Gehör zurückziehen, das ihnen zuverlässige Informationen vermittelt. Für Gehörlose sind also Bewegung und Gebärde erkennbar identitätsstiftende Informationsquellen und Ausdrucksmedien. Dies muß im Unterricht bedacht werden.

In der Arbeit von Bachmann (1987) wurden in drei Fallstudien von neunjährigen Mädchen, von denen eins ohne Gebärden, zwei mit Gebärden – in einem Fall als Kind gehörloser Eltern – aufwuchsen, untersucht, wie es um den sprachlichen und kognitiven Stand der Kinder, ihr Verständnis der Funktion von Sprache, ihre Kenntnis von Regeln sozialen Umgangs, ihre Kritikfähigkeit und ihr Durchsetzungsvermögen bestellt ist. Das Verhalten der Kinder wurde in der Schule beobachtet; mit Lehrern und Eltern wurden Gespräche geführt. Das Leistungsverhalten aller drei Kinder – bezogen auf den Stand ihrer jeweiligen Schulklasse – war überdurchschnittlich. Im Bereich der kognitiven Entwicklung konnten die beiden Kinder, die mit LBG aufwuchsen, Vergangenes und Zukünftiges erfassen und von Konkret-Gegenständlichem abstrahieren. Das Kind, das ohne Einsatz von Gebärden aufwuchs, war dagegen konkreten Situationen verhaftet. Der Wortschatz der beiden Kinder, die mit LBG erzogen wurden, war deutlich größer; sie waren auch in der Lage, die Funktion von Sprache als Kommunikationsmittel zu sehen und ihren kommunikativen Ausdruck je nach Adressat zu wechseln. Der kleinere Wortschatz des rein lautsprachlich aufwachsenden Kindes war allerdings sauberer artikuliert. Bei den beiden Kindern, die LBG beherrschten, bestand ein größeres allgemeines Wissen; sie erfragten Zusammenhänge; bei dem dritten Kind fielen Antworten oberflächlicher aus. Im sozialen Bereich waren alle drei Kinder hilfsbereit und integriert. Die Internalisation sozialer Normen verlief bei dem Kind ohne LBG verspätet; Normen waren wegen der mangelhaften Kommuniktion nicht begründbar und hinterfragbar. Das Kind bemühte sich zwar, Regeln zu folgen, wirkte aber kindlicher als die anderen beiden Kinder; enge Freundschaften hatte es noch nicht aufgebaut. Die familiäre Kommunikation war bei den beiden mit LBG aufgewachsenen Kindern deutlich dichter; die Eltern waren über den Wissensstand und die Gefühle des Kindes informiert; am entspanntesten war die Kommunikation in der Familie mit gehörlosen Eltern. Die Eltern des Kindes ohne LBG-Erziehung beklagten, wenig über die Emotionen des Kindes und sein Leben außerhalb der Familie zu wissen.

Diskussion. Insgesamt zeigte sich der Einsatz lautsprachbegleitender Gebärden in der Erziehung als fördernd in allen angesprochenen Bereichen. Allerdings gründet die Untersuchung ausschließlich auf Beobachtungen und Niederschriften der Autorin. Zu fragen bleibt auch, inwieweit die Kinder tatsächlich vergleichbar sind. So wurde bei dem Kind ohne LBG-Einsatz die Hörbehinderung später festgestellt, so daß die Förderung erst zu diesem Zeitpunkt einsetzen konnte. Die familiäre Situation war ebenfalls nicht vergleichbar; so stellte sich der Einsatz der Eltern bei der Förderung der Kinder und die Akzeptanz der Hörbehinderung durchaus unterschiedlich dar.

Wenn der Gebärde der Vorzug gegenüber der gesprochenen Sprache gegeben wird, so nimmt die Möglichkeit einer Begegnung mit Hörenden mangels gebärdenkundiger hörender Gesprächspartner u. U. ab. Aber zugleich ermöglicht die Gebärde es dem Gehörlosen, sich in seinem eigenen Körper stimmiger zu erleben und den ihm gemäßen Ausdruck zu finden. Und er hat eine bessere Chance, an Erbe und Kultur der Gehörlosen teilzunehmen und sie in der gegenwärtigen Gehörlosengemeinschaft mitzugestalten (Clemens und Prickett, 1986). Weber (1983) hat berichtet, daß in Ländern, in denen die Gebärde als eigenständige Kommunikationsform der Gehörlosen akzeptiert ist, diese Gruppe über ein ganz anderes, offensives Selbstvertrauen verfügt, als dies hierzulande der Fall ist. Man kann heute durchaus sagen, daß das strikte Verbot der Gebärde ein Stück Gewalt gegen Hörgeschädigte ist (Basilier, 1965; Lane, 1988). Rammel hat 1988 in einem Interview einmal vom „Recht des Gehörlosen auf die Gebärde" gesprochen – dies wird von den Gehörlosen selbst gewiß genauso gesehen. Und van Uden, ein eindeutiger Befürworter der rein oralen Erziehung, konzediert am Ende seiner Ausführungen die Notwendigkeit, sich am Einzelfall zu orientieren (van Uden, 1987).

Haltung der Eltern. Ein Teil der Eltern wünscht anscheinend, daß ihr hörgeschädigtes Kind „richtig sprechen" lernt (Ganster, 1983). Auf Lehrer, die der Lautsprache im Bildungsprozeß nicht mehr die erste Priorität zuweisen, kommt hier also eine neue Situation zu. Sie müssen u. U. die anfänglichen Ansprüche der Eltern enttäuschen und sie von einer relativ bequemen rezeptiven Haltung („Mein Kind wird in der Schule wieder ganz normal. Hauptsache, es lernt ordentlich sprechen!") zu einer aktiven Mitarbeit begleiten, in der deutlich wird, daß die Möglichkeit zur Verständigung wesentlich von ihrem eigenen Einsatz abhängt. Andere Eltern gehen immer mehr dazu über, die Rolle als Ratsuchende und Bittsteller abzustreifen. Eine Mutter, die jahrelang vergeblich versucht hat, aus ihrer gehörlosen Tochter eine hörende zu machen, schreibt am Ende in neuer Einsicht: „(Die Gehörlosigkeit) ... war keine Pathologie und auch kein Erziehungshindernis, sondern eine normale menschliche Form" (Treesberg, 1988, S. 1).

Sie leitet daraus drei Forderungen ab:

1. Eltern hörgeschädigter Kinder sollen so früh wie möglich Gelegenheit haben, mit hörgeschädigten Erwachsenen Kontakt aufzunehmen.
2. Eltern und ihre hörgeschädigten Kinder sollen von Anfang an angeleitet werden, kommunikative und kulturelle Brücken zueinander zu errichten.
3. Institutionen der Hörgeschädigtenversorgung dürfen nur von hörgeschädigten Personen kontrolliert werden.

In offenen Interviews mit gehörlosen Interviewern (!) äußerten N = 162 erwachsene Gehörlose übereinstimmend: Gehörlose Kinder sollten vor der Lautsprache bereits das Gebärden lernen; die Spracherziehung solle bilingual erfolgen; die Kinder sollten Gelegenheit haben, sich mit ihren Lehrern in Lautsprache und Gebärde zu verständigen; die Gemeinschaft der Gehörlosen solle bei Formulierung und Umsetzung der Erziehungsmaßnahmen ein Mitspracherecht haben (Stewart, 1983).

Die hier dargestellten Ergebnisse, die eindeutig eine stärkere Einbeziehung verschiedener Kommunikationsmodi in den Erziehungsprozeß nahelegen, sind in besonderer Weise auf eine Neuorientierung der Lehrer und Eltern sowie der Gesellschaft angewiesen. Dies wird nur schrittweise gelingen. Weber (1983) nimmt an, die Gebärde werde sich erst dann zu einer gleichberechtigten Kommunikationsform entwickeln können, wenn Eltern und Entscheidungsträger sich von dem Wunsch freimachen, die Gehörlosen möchten sich doch in ihrer Sprachform der Mehrheit der Hörenden anschließen.

Garretson (1976) hat fünf Bedingungen genannt, auf die eine Erziehung nach dem Konzept der Multikomm angewiesen ist:

1. Akzeptanz der Auffassung, daß alle Mitteilungen auf allen Kanälen einander ergänzen
2. Frühe Erkennung und vollständige Akzeptierung des Kindes in seiner hörgeschädigten Einzigartigkeit
3. Überzeugung, daß die multidimensionale Verständigung alle Lernchancen am besten auszunutzen hilft und auch das Lernen in informellen Situationen am besten ermöglicht
4. Bereitschaft, dem Lehrpersonal Gelegenheit zur Aneignung aller Verständigungsmittel zu geben
5. Bewußtsein von der weit über das schulische Lernen hinausweisenden Bedeutung der Lehre von der Multikomm für alle Bereiche der gesellschaftlichen Teilhabe Hörgeschädigter und ihrer hörenden Bezugspersonen.

Für die Zeit von 1965 bis 1976 erwähnt Garretson (1976) eine kontinuierliche Zunahme in der Zahl von Schulprogrammen, die der Erziehungsphilosophie der Multikomm folgen.

Gewiß kann nur bei einem Teil der Eltern damit gerechnet werden, daß sie Zeit, Kraft und persönliche Möglichkeiten finden, sich die verschiedenen Verständigungsmodi anzueignen und im Alltag mit dem Kind einzusetzen. Jedenfalls muß um ihre Mitarbeit beharrlich geworben werden. Dem steht die Tatsache gegenüber, daß schon zu ganz normalen Elternabenden oft nur ein einziges Elternpaar erscheint, dazu oft noch dasjenige, bei dessen Kind sich die Lehrer um die familiäre Förderung die geringsten Sorgen machen.

1982 ist eine gemeinsame Erklärung des Präsidenten des Deutschen Gehörlosenbundes, des Vorsitzenden der Bundesarbeitsgemeinschaft der Elternvertreter und Förderer Deutscher Gehörlosenschulen, eines Lehrstuhlinhabers für Gehörlosen- und Schwerhörigenpädagogik, des Vorsitzenden des Bundes Deutscher Taubstummenlehrer, des Leiters der Arbeitsstelle Behindertenseelsorge der Deutschen Bischofskonferenz und des Vorsitzenden der Deutschen Arbeitsgemeinschaft für Evangelische Gehörlosenseelsorge erschienen. In ihr wird in moderater Weise empfohlen, Lautsprache, Gebärde und Lautsprachbegleitende Gebärde in Abhängigkeit von Alter, Situation, Kommunikationspartnern, Lernstoff u. a. zu verwenden. Sie ist weit liberaler formuliert, als dies noch 1980 die Ständige Konferenz der Kultusminister getan hatte. Meiner Auffassung nach können in der weiteren Diskussion jedenfalls drei Impulse zur Klärung beitragen:

1. Die Besinnung auf die Frage, was den Hörgeschädigten in anthropologischer Perspektive wirklich gemäß ist
2. Die Einbeziehung von Hörgeschädigten sowie von Eltern hörgeschädigter Kinder in die Entwicklung von Curricula, gleichsam als „Experten in eigener Sache“
3. Die Berücksichtigung von Untersuchungen, die Hörgeschädigte über längere Zeiträume und jedenfalls bis in die ersten Jahre von Berufsleben und Partnerschaft hinein begleitet haben.

Auf schulischem Gebiet ist z. B. an

1. die innere und äußere Differenzierung der Hörgeschädigten-Klassen nach Feststellung von Neigung und bester Fördermöglichkeit auf diese oder jene Weise

2. die Abstufung von mehr oder weniger Gebärde je nach Unterrichtsstoff, Kenntnisstand, Alter und situativen Lehrerfordernissen
3. die Entscheidung für eine Unterrichtsform nach einer zweijährigen Orientierungsstufe, je nach Fähigkeiten und Neigungen des Kindes, zu denken.

4.7 Elternhaus und Eltern-Kind-Interaktion

Es wurde schon erwähnt, daß etwa 90% der hörgeschädigten Kinder normal hörende Eltern haben. Einige von ihnen haben zwar hörgeschädigte Geschwister, jedoch ist dies die Ausnahme. Im Regelfall lebt also ein hörgeschädigtes Kind in einer Familie hörender Angehöriger. Dies hat viele Konsequenzen:
1. Das hörgeschädigte Kind erlebt sich innerhalb der Familie ständig als anders als die übrigen Familienmitglieder.
2. Es findet sich mit seiner Behinderung in aller Regel als einzelner einer hörenden Mehrheit gegenüber.
3. Es findet sich in einer Umgebung, deren Gegebenheiten und Abläufe fast vollständig auf akustische Wahrnehmung und sprachliche Verständigung ausgerichtet sind.
4. Alle Kommunikation mit den Angehörigen ist nur mit großen Anstrengungen und immer neuem Bemühen in Gang zu setzen und aufrechtzuerhalten.
5. Alle Kommunikation ist daher immer in Gefahr, unterlassen oder vermieden zu werden.
6. Die erschwerte Kommunikation führt zu Mißverständnissen, Frustrationen und Konflikten, zu Aggression und Abwendung.
7. Die Kommunikation bewegt sich u. U. im Vordergründigen; Ursachen und Hintergründe von Geschehnissen können in Ermangelung einer hinreichenden Verständigungsbasis kaum angesprochen werden. (Gekürzt nach Hennig, 1976).

Markowicz und Woodward (1978) haben darauf hingewiesen, daß zwischen hörgeschädigten Kindern und Kindern aus ethnischen Minoritäten zwei Unterschiede bestehen: Das Hineinwachsen in die Subkultur erfolgt nicht unbedingt im eigenen Elternhaus, z. B. wenn die Eltern hören können; und es stehen von der Geburt an zahlreiche Helfer aus verschiedenen Disziplinen zur Unterstützung bereit. Letzteres ist eine Hilfe bei der Entwicklung und Versorgung, bewirkt aber zugleich eine Pathologisierung des Hörschadens. Aus dem Hörbehinderten wird so leicht ein in allen Lebensvollzügen Behinderter.
Vermutlich hat sich die Familie in der Grundschulzeit auf die Hörschädigung des Kindes eingerichtet und ein neues Äquilibrium gefunden. Borel-Maisonny (1972) nimmt sogar an, daß mit der Einschulung des Kindes eine gewisse familiäre Beruhigung eintritt, weil dadurch die Behinderung auch institutionell anerkannt und dokumentiert ist.
Die Darstellung eines Elternpaares mit einem gehörlosen und zwei hörenden Kindern macht sichtbar, daß alle Bereiche des familiären Lebens von der Hörschädigung betroffen sind, und zeigt, wie sich die Famiie darauf einstellen kann:

„Der Schulalltag beginnt damit, daß Vater, Mutter und Nina (Nina D.) zwischen 6 und 6.15 Uhr aufstehen müssen, weil Nina um 7 Uhr mit dem Bus zur Schule abgeholt wird. Während Nina

von ihrer Mutter geweckt wird, sich wäscht und anzieht, habe ich das Frühstück und das Schulbrot zubereitet. Wenn Nina dann zum Frühstückstisch kommt, stürmt sie (manchmal auch weniger stürmisch) freudig auf mich zu, setzt sich auf meinen Schoß, wir umarmen und drücken uns. Wir reden kaum miteinander, was mir als Morgenmuffel sehr lieb ist; andererseits kann ich mir unsere morgendliche Begrüßung kaum schöner vorstellen: sich ohne Worte ganz nah sein können. Dann kommt der Schulbus und holt sie ab; sie fährt gern in die Schule. Ich verlasse zur selben Zeit etwa das Haus und fahre zur Arbeit. Mittags wird Nina mit dem Bus oder Taxi zurückgebracht, worüber meine Frau nun berichtet.
Meistens erzählt Nina mir – der Mutter – irgendetwas ganz Wichtiges aus der Schule, wenn sie zur Tür hereinkommt, läßt Mantel und Schultasche fallen und sucht ihre Geschwister. Sie stürmt oft so auf Svenja (1 3/4 Jahre alt) zu, daß diese Angst bekommt und schreit, was Nina, wenn sie es nicht sieht, natürlich nicht davon abhält weiterzumachen. Andererseits spielen die beiden Schwestern auch manchmal stundenlang zusammen und verstehen sich bestens in Svenjas Zimmer, wo Svenja nicht durch andere Geräusche von Nina abgelenkt wird. – Die Verständigung zwischen Nina und Henning (8 Jahre) klappt recht gut, wobei Henning meist den ‚vernünftigen‘, zurechtweisenden großen Bruder und Nina die aufmüpfige, trotzige kleine Schwester ‚spielt‘. Obwohl Henning sich beim Sprechen und Gebärden mit Nina schnell verkrampft, versteht Nina ihn normalerweise gut; Henning hat eher Probleme, wenn Nina nicht ganz deutlich spricht und zu schnell gebärdet. Schön ist es für mich zu sehen, wie die beiden zusammen spielen, z. B. letztens in den Weihnachtsferien. Denn das geschieht in der Schulzeit nicht sehr häufig, weil Henning dann seine Schulfreunde bevorzugt. Manchmal habe ich ein ungutes Gefühl, wenn Nina längere Zeit (ein bis zwei Stunden) allein ist, obwohl ich weiß, daß sie sich nicht langweilt, vor allem, seitdem sie lesen und schreiben kann. Meine Bemühungen, dann etwas mir ihr oder für sie zu tun, werden aber oft zurückgewiesen. Sie braucht ihre Ruhe und kommt von allein, wenn sie etwas möchte. Heute zum Beispiel hat sie sich gefreut, als ich kam, und wir haben lange über Geographie, Vulkane (ihr derzeitiges Lieblingsthema) usw. gesprochen. Sie weiß genau, wo was in welchem Buch steht, und ich war erstaunt, daß ich ihr etwas vorlesen sollte. Die Zeit des meist abendlichen Vorlesens ist nämlich ansonsten vorbei. Sie liest selbst, und unsere Zweifel, ob sie das Gelesene auch verstünde, sind größtenteils zerstreut, da sie manche Bücher wörtlich kennt und mir auch unbekannte Texte mit lautsprachbegleitenden Gebärden richtig vorliest. – Schwierig waren mit ihr Kleidungskäufe, da sie meinte, das erste Kleidungsstück, das sie anprobierte, würde ich sofort kaufen, und Wutanfälle bekam, wenn sie sich noch andere anschauen sollte. Nach dem letzten Mal habe ich versucht, mit ihr vorher eine Regelung zu treffen, daß wir sofort gehen, wenn sie anfängt zu schreien. Einmal hat es geklappt.
Regelmäßigen Kontakt zu gleichaltrigen Kindern hat sie außerhalb der Schule kaum, scheint ihn aber auch nicht sehr zu vermissen. Ihre frühere Kindergartenfreundin (hörend) besucht sie ab und zu; und wenn wir Freunde und Bekannte besuchen, ist Nina natürlich auch immer dabei, aber sie spielt auch öfter für sich oder schaut zu oder verlangt ihre Eltern als Dolmetscher. Da sie noch nicht Fahrrad fahren kann, sitzt sie auch bei schönem Wetter eher drinnen, während Henning mit seinen Freunden draußen herumkurvt. Zunehmend wird sie sich wahrscheinlich mit Svenja beschäftigen. – Wenn ich (Vater) abends gegen 18 Uhr nach Hause zurückkehre, werde ich von drei Kindern empfangen, die mir möglichst gleichzeitig etwas vom Tage erzählen wollen. Ich versuche, diese Gespräche nacheinander zu legen, was vor allem beim Kontakt mit Nina wichtig ist. – Mit Nina zu kommunizieren, verlangt eine hohe, ungestörte Konzentration: ich muß versuchen, gleichzeitig auf ihre lautsprachlichen Äußerungen, ihr Mundbild und ihre lautsprachbegleitenden Gebärden zu achten, um sie zu verstehen, was öfters nicht auf Anhieb gelingt. Ich muß dann nachfragen, sie um Wiederholung bitten, oder sie schreibt mir etwas auf.
Nina selbst achtet auf mein Mundbild und meine, teilweise ungenauen, lautsprachbegleitenden Gebärden, wenn ich mit ihr spreche. Mein Eindruck ist, daß ihre lautsprachlichen Fähigkeiten sich noch verbessern werden. Wenn bei Tisch gesprochen wird, fragt Nina öfters mal bei Mutter und Vater nach, was gesagt worden sei; denn Gruppengesprächen kann sie nicht folgen. Sie ist im wesentlichen auf den Zweierkontakt angewiesen. Zu beobachten ist, daß Nina ihrer kleinen Schwester das Sprechen (!) beibringt: „Svenja, sag mal Puppe!“, und daß umgekehrt Svenja viel

von Ninas Art und Weise der Kommunikation abgeguckt hat, also auch mit den Händen zu anderen zu sprechen. – Der Kontakt zu Nina ist natürlich besonders schwierig im Dunkeln, beim Autofahren – wenn man selbst fährt und Nina hinten sitzt – und bei der Verständigung über verschiedene Wohnungsetagen hinweg. Da wird ihre Behinderung dann ärgerlich und lästig, weil sie eben mit besonderen Umständlichkeiten verbunden ist: ich kann sie eben nicht aus ihrem Spielzimmer nach unten ins Eßzimmer zum Essen rufen, sondern muß zu ihr gehen. Ansonsten gehört ihre Behinderung zum familiären Alltag; denn die Verständigung mit ihr klappt ja doch recht gut, und ihre Entwicklung ist einfach sehr erfreulich. Nach dem Abendessen werden die Kinder etwa ab 19 Uhr ins Bett gebracht, zunächst Svenja, die allein schläft, dann die beiden „Großen", die ein Etagenbett „beschlafen". Beide lesen meistens noch etwas, und wenn Henning dann seine Bettleuchte ausschaltet, ist das das Signal für Nina, die unten schläft, auch ihre Lampe auszumachen. Um als Hörender Kontakt und Beziehung zu Nichthörenden zu bekommen, muß ich mich mehr zeigen, mehr von mir zeigen; das sonst übliche Medium Lautsprache reicht nicht aus, mundbildmäßig einfach nur deutlicher zu sprechen auch nicht. Das ist für mich ziemlich ungewöhnlich gewesen, aber nach wie vor sehr spannend und reizvoll. Ich sehe das als Erweiterung meiner Möglichkeiten an." (Persönliche Mitteilung von Ulla und Ernst Dombrowski, Lehrerin und Diplom-Psychologe.)

Jussen (1986 b) hat in einer Feinanalyse der Mikrostrukturen familiärer Interaktion nachweisen können, daß die Beobachtung sehr kurzer Kommunikationssequenzen bereits sehr aufschlußreich für den Umgang der Familienmitglieder sein kann. Der Fall Andreas zeigt eine beziehungsarme Kommunikation, der dann folgende Fall Nina J. (nicht identisch mit dem zuvor beschriebenen Kind Nina Dombrowski) eine auch im Konfliktfall enge Beziehung zwischen Erwachsenen und Kind.

Der gehörlose Andreas befindet sich mit seinen gehörlosen Eltern und seiner Schwester auf dem Spielplatz. Er beginnt, im Sandkasten einen Eimer zu füllen, während sein Vater im Sand ein Loch schaufelt. Der Vater beginnt damit, Sand in Förmchen zu füllen und sie umzustürzen. Andreas schaufelt zunächst weiter, beobachtet aber zwischendurch aufmerksam die Handlungen des Vaters. Er versucht mehrmals, beim Füllen der Förmchen mitzumachen. Der Vater verhindert dies, läßt jedoch zu, daß Andreas in den Sandkuchen greift. Der Vater steht auf, wirft die Schaufel fort und geht weg. Andreas versucht, verschiedene Förmchen zu füllen, was ihm jedoch nicht gelingt. Die Mutter greift in die Handlung ein, indem sie Andreas das Förmchen fortnimmt und es mit Sand füllt. Der Junge reagiert darauf mit demonstrativem Abwenden, dann mit Drohgebärden und Schlagen nach der Mutter. Die Mutter fährt zunächst damit fort, ein Förmchen mit Sand zu füllen, überläßt es dann aber schließlich ihrem Sohn. Andreas zeigt es seinem zurückkehrenden Vater und lächelt dabei. Der Vater nimmt ihm das Förmchen fort, eine neue Konfliktsituation zeichnet sich ab (Jussen 1986 b, S. 195 ff.).

Nina läuft in die Küche. Adressiert an G. spricht sie: „pel" und „mal" und gebärdet: „Malen". Sie stellt ein Fläschchen auf den Tisch, blickt G. beziehungsvoll an und holt Papier. Nina läuft erst in das Wohnzimmer, dann in Richtung Flur und Küche, um den Malkasten zu holen. Die Mutter kommt und fragt: „Was willst du?" und lehnt dann ein Malen mit Wasserfarben im Wohnzimmer ab. Nina drückt ihren Unwillen mit dieser Entscheidung aus. Die Mutter wiederholt ihre Ablehnung. Nina verstärkt ihre Wunschaufforderung, indem sie die Mutter anschaut, auf die Malsachen zeigt und „Malen" gebärdet. Auf die erneute Ablehnung der Mutter gebärdet Nina noch mal „Malen" und „Rot", wobei sie laut Äußerungen artikuliert. Die Mutter macht einen Alternativvorschlag, den Nina ablehnt. Nina erkennt kopfschüttelnd, daß sie ihren Wunsch nicht durchsetzen kann. Sie holt ihr Zeichenpapier aus dem Wohnzimmer in die Küche. Die Mutter gibt ihr Pinsel zu den Wasserfarben. (Jussen, 1986 b, S. 200 ff.).

In Schweden wurde durch den nationalen Hörgeschädigtenverband in den Jahren 1976–79 eine Beratung für hörende Eltern gehörloser Kinder mit therapeutischem Akzent angeboten und in verschiedenen Landesteilen durchgeführt (Backenroth,

1984). Dabei zeigte sich, daß für Verlauf und Erfolg der Gruppen das soziale Netzwerk der Eltern und die Reaktion der Eltern auf die Diagnose ausschlaggebend waren. Therapeutisch wirkte sich vor allem die Gruppenkohäsion aus. Die Akzeptanz der Behinderung nahm während der einjährigen Gruppe nicht zu. Jedoch entwickelten die Eltern in dieser Zeit ihr soziales Netzwerk weiter und fanden eine bessere Möglichkeit, sich mit den Tatsachen der Behinderung auseinanderzusetzen. Jedenfalls kam bei Eltern, die an dem Programm teilnahmen, bezüglich ihrer familiären Lebensgestaltung mehr in Bewegung als bei Mitgliedern einer Kontrollgruppe ohne Behandlung.
Manchmal ist es zweckmäßig und auch notwendig, zunächst den Eltern die Fertigkeiten und Handlungsweisen beizubringen, die sie dazu befähigen, einen angemessenen Umgang mit dem eigenen Kind zu entwickeln. Von einer solchen Intervention handelt der folgende Fall. Manche Eltern tragen selbst dazu bei, daß ihr hörgeschädigtes Kind verhaltensauffällig wird, indem sie es bei der Erziehung an Klarheit und Konsequenz fehlen lassen. In diesem Fall kann ein Verhaltenstraining der Eltern von Nutzen sein.

Fall 6: John

Forehand, Cheney und Yoder (1974) wollten, daß die Eltern erwünschtes Verhalten verstärkten und an zweiter Stelle unerwünschtes Verhalten ihres Kindes bestraften. – John war sieben Jahre alt und seit der Geburt schwerhörig (70 db; mit Hilfe von Hörgeräten auf 30 db gemildert). John hatte gelernt, vom Munde abzusehen, und verließ sich nach Auskunft seiner Eltern ganz auf diese Form der Verständigung. In letzter Zeit fiel sein zunehmender Ungehorsam den Anordnungen seiner Mutter gegenüber auf. Wenn sie ihm etwas auftrug, lief er weg oder drehte sich um, so daß er sie nicht sehen konnte; oder er gab an, er höre nicht, was sie sagte. Des weiteren kam es zu Wutanfällen; Aufgaben, die er begonnen hatte, brach er mittendrin ab. Außerdem ärgerte er immer wieder seinen jüngeren Bruder. Während der Behandlung saßen John und seine Mutter in einem Raum, der Therapeut in einem angrenzenden Raum hinter einer Einwegscheibe; letzterer gab der Mutter über ein drahtloses Mikrofon Hinweise. Zunächst wurde für John Gehorsam als Befolgung elterlicher Aufforderung innerhalb von fünf Sekunden definiert. Auf seiten der Mutter wurden Aufforderungen, Fragen und Lob beobachtet. Es wurde dann ein A-B-Design entwickelt. A-Phase: Die Mutter wurde gebeten, zunächst fünf Minuten lang mit John das zu spielen, was er wollte (Behandlung 1), dann fünf Minuten lang das Spiel mit eigenen Regeln zu strukturieren (Behandlung 2). Diese Abfolge wurde in den weiteren Sitzungen beibehalten. B-Phase: Danach folgten 13 Sitzungen, in denen die Mutter übte, John gezielt Lob und Anerkennung auszusprechen und auf Aufforderungen und Fragen soweit wie möglich zu verzichten. Der Therapeut achtete darauf, daß die Mutter sich vor allem solcher Verstärkungstechniken bediente, die Johns Hörminderung entgegenkamen, also Lächeln, Berührung, Kopfnicken, in die Hände klatschen u. a. In vier weiteren Sitzungen wurde die Bestrafung eingeübt: Berührung – Anweisung mit lauter Stimme – ermahnender Blick – drohende Geste. Wenn John dann gehorchte, wurde er in den Arm genommen und gelobt; gehorchte er innerhalb von fünf Sekunden nicht, so wurde ihm mit dem Ausschluß gedroht. Wenn auch dies nichts fruchtete, wurde er in einen besonderen Stuhl in einer Ecke des Raumes gesetzt; stand er daraus auf, wurde ihm mit einem Klaps gedroht, den er bei weiteren Versuchen dann auch wirklich bekam. Nach zwei Minuten in dem Ausschlußstuhl wurde er wieder zu der abgebrochenen Tätigkeit zurückgebracht. Wenn er sie dann zu Ende führte, wurde er gelobt. Während dieser letzten Phase wurde die Mutter angewiesen, John eine Reihe von Anweisungen zu geben, auf die er bisher meist mit Ungehorsam reagiert hatte. Die Verlegung von John in den Ausschlußstuhl führte jedesmal dazu, daß John gehorchte. In keinem Fall war es erforderlich, ihm einen Klaps zu geben. – Die Mutter verstärkte John am Ende deutlich mehr und operierte mit weniger Aufforderungen und Fragen als am Anfang. In der Ausschlußphase nahm Johns Gehorsam sichtbar zu, und die Mutter verstärkte ihn dafür häufiger. Diese Verhaltensänderungen waren in einer Nachuntersuchung nach drei Monaten noch stabil. Johns Mutter teilte in einem Fragebogen mit, daß Johns Anpassung in Elternhaus und Schule sich gebessert habe. Auch die Einstellung der Eltern John gegenüber erschien zu diesem Zeitpunkt versöhnlicher, zugewandter und zufriedener.

Diskussion. Die Arbeit zeigt, daß Eltern in relativ kurzer Zeit lernen können, auf das Verhalten ihres Kindes gezielt und systematisch Einfluß zu nehmen. Zwar scheint Johns Verhalten sich nicht von dem vieler anderer Kinder zu unterscheiden, so daß eine Intervention nicht zwingend wirkt; aber wenn Eltern, Kind und Geschwister sich in eine Streitlage hineinmanövriert haben, aus der keiner mehr herausfindet, ist eine Hilfe von außen doch manchmal dienlich. Dennoch mag sich der Leser fragen, **warum** John nicht gehorcht, Wutanfälle hat und mit dem Bruder zankt. Freilich muß man dazu manchmal sagen: Man weiß es nicht, und es fällt einem auch nichts ein, was der Streiterei abhelfen würde, oder man hat schon alles mögliche ohne Erfolg erprobt. – Verstärkung, zumal noch durch eigene Angehörige, bleibt immer etwas künstlich. Dies spricht freilich nicht dagegen, sich ihrer notfalls zu bedienen. Ebenso ist die Entscheidung, Angehörige in einer Bestrafungsprozedur zu unterweisen, stets problematisch. Als Legitimation kann man dem nur gegenüberstellen: Gezielte Verstärkung ist das A und O geplanter Lernprozesse, und gerade wenn es daran mangelt, wird in der Erziehung vieles besonders falsch gemacht. Immerhin verstärkt und bestraft die Mutter nicht wahllos, sondern in feiner Abstufung, die auch John immer wieder die Möglichkeit einer Entscheidung beläßt. – Johns Verhalten wurde nur im Versuchsraum und nur im Spiel studiert und beeinflußt, nicht aber zu Hause und in der Schule bei Pflichten und Spiel. Einige Äußerungen der Mutter weisen aber darauf hin, daß auf diese Bereiche eine Generalisierung erfolgte. – Wenn am Ende doch ein Unbehagen zurückbleibt, ob John nicht zugunsten der elterlichen Bequemlichkeit zurechtgebogen wurde, so ist dem zu entgegnen: Auch mit der ständigen elterlichen Wut und Enttäuschung ist John keineswegs gedient. So ist die Intervention am Ende weniger ein Elterntraining als vielmehr eine Korrektur der familiären Interaktion. Das ganze familiäre System hat eine neue Kalibrierung erfahren, die allen Beteiligten Vorteile und ein verbessertes Gemeinschaftsleben gebracht hat.

Dieses Kapitel behandelte das konkrete Lebensumfeld des hörgeschädigten Kindes in der Grundschulzeit. Wir werden uns nun den speziellen Problemen zuwenden, die in diesem Alter auftreten können, sowie den Therapiemaßnahmen, die in solchen Fällen erfolgversprechend sind.

5. Therapie im Grundschulalter

Hörgeschädigte Kinder im Grundschulalter haben und bereiten die gleichen Probleme wie hörende Schüler diesen Alters: Sie passen im Unterricht nicht auf oder lenken sich gegenseitig ab; sie sind in ihrer Gesamtentwicklung zurückgeblieben oder haben sich wichtige gesellschaftliche Normen und Rollen nicht hinreichend angeeignet. Dazu kommen hörgeschädigtenspezifische Fragestellungen, die u. a. wesentlich mit der Förderung des Spracherwerbs zu tun haben.
In der Arbeit mit hörgeschädigten Vorschul- und Schulkindern hat die Pädagogische Verhaltensmodifikation mehrere Vorzüge. Sie kommt dem kindlichen Bedürfnis nach Anleitung und Struktur entgegen. Sprache wird nicht vorrangig benötigt. Die Verhaltensformung ist besonders praktisch, weil auch kleinste Schritte in die richtige Richtung verstärkt werden können. Lehrer und Eltern, die Verstärker austeilen, werden im Laufe der Zeit selbst zu diskriminativen Reizen für Belohnung und gewinnen dann an Attraktivität für die Kinder. Kinder lernen wesentlich durch Imitation. Dies kann in Elternhaus und Schule genutzt werden, indem Modelle gewünschten Verhaltens gezielt vorgeführt und belohnt werden.

5.1 Zusammenarbeit von Psychologen und Lehrern

Verhaltensmodifikation in der Schule erfolgt meist in der Weise, daß Schulpsychologen und Schulberater Programme abfassen, die Lehrer in der Klasse anwenden sollen. Dies hat oft den Nachteil, daß trotz aller Vorgespräche das fertige Programm dem Lehrer doch leicht als etwas Fremdbestimmtes gegenübersteht. Selbst wenn er ursprünglich Auftraggeber des Psychologen war, wird er nun leicht dessen Weisungsempfänger. Hundert (1982) setzte, um dem entgegenzuwirken, darauf, alle Aufgaben an die Lehrer zu übergeben. Der erste Schritt eines solchen Unterfangens ist stets, daß der Lehrer selbst das Zielverhalten definiert und die Grundrate erhebt – dies ist bereits eine sehr einschneidende Intervention, die Lehrer oft veranlaßt, ihr eigenes Verhalten zu verändern.

Fall 7: Zwei Lehrerinnen

Hundert ging bei seinem Projekt folgendermaßen vor: Er arbeitete mit zwei erfahrenen Lehrerinnen einer Gehörlosenschule zusammen. Bei den Kindern handelte es sich um sechs mehrfachbehinderte gehörlose Schüler im Alter von acht bis zehn Jahren, die aufgrund von Wutanfällen, selbstverletzendem Verhalten und Lernstörungen aus dem regulären Unterricht der Sonderschule hatten herausgenommen werden müssen. Jede der beiden Lehrerinnen unterrichtete, als die Untersuchung begann, drei dieser Kinder. Von diesen sechs Kindern wurden die vier schwersten Fälle für die Untersuchung ausgewählt, aus jeder der beiden Klassen zwei. Der Unterricht folgte dem Konzept **Multikomm,** d. h. zur Verständigung wurde mit Gesten, Fingeralphabet, Schreiben, Sprechen und Absehen operiert. Jede der beiden Lehrerinnen wählte für einen ihrer beiden Schüler **ein** Zielverhalten aus, für den zweiten **zwei** Verhaltensweisen. – Alle Verhaltensweisen wurden operationalisiert. Danach nahmen jeden Tag Beobachter eine fünfzehnminütige Verhal-

tensbeobachtung der Kinder vor, während die Lehrerinnen eine der drei Zielverhaltensweisen ihrer beiden Kinder zu beeinflussen versuchten.
Nach Erhebung der Grundrate begannen die Lehrerinnen, selbst Programme der Verhaltensmodifikation abzufassen, indem sie zunächst jeden Tag nach der Schule 20 Minuten lang schriftlich beschrieben, wie sie bei einem der Verhaltensprobleme vorgegangen waren. Dabei folgten sie neun Leitfragen, die ihnen auf neun Blättern vorgegeben wurden: Ziele – Messung – Lehrplan – Arbeitsmaterial – Konsequenzen für richtiges Verhalten – Konsequenzen für Fehler – Hilfen – Instruktionen – Umgang mit Unterbrechungen. Danach wählten die Lehrerinnen selbst die geeigneten verhaltenstherapeutischen Techniken, in denen Freude und Zustimmung, Hilfestellung, Anweisung und Korrektur vorherrschen sollten. Nunmehr wurden die Lehrerinnen selbst im Unterricht unter dem Gesichtspunkt beobachtet, ob sie in ihrer Unterrichtsgestaltung diesen Kriterien entsprächen. – Die Lehrerinnen wurden mit Hilfe eines kurzen Manuskripts instruiert, wie man quantifizierbare Zielverhaltensweisen formuliert und die Ergebnisse graphisch darstellt. Beide schätzten ihre drei Schüler vor und nach der Trainingsphase nach Merkmalen einer Skala über Verhaltensanpassung ein. Ferner arbeiteten sie ein Manuskript über die Abfassung verhaltenstherapeutischer Programme durch, wobei sie (1) Klassenprobleme in quantifizierbaren Begriffen definierten, (2) ihr eigenes Lehrerverhalten bezüglich der Ursachen dieser Probleme beurteilten, (3) eine Lösung festlegten, die auf eine Änderung des Lehrerverhaltens abzielte und (4) diese Lösung im Klassenzimmer durchführten und bewerteten. Der Untersuchungsleiter gab zu jedem der Lernschritte Hinweise über richtige und falsche Lösungsansätze. – Die von den Lehrerinnen abgefaßten Niederschriften wurden zunächst mit 0 %, nach dem Meßtraining mit 14 % bis 33 % als richtiges Vorgehen im Sinne der Verhaltenstherapie eingeschätzt. Nach dem Programmtraining stieg dieser Prozentsatz auf 78 % bzw. 100 %, und zwar bei beiden Lehrerinnen für alle drei Zielverhaltensweisen. Bezüglich der Schülerleistungen ergaben sich folgende Veränderungen (Tab. 3):

Tab. 3: Verhaltensänderung der Schüler durch Programm-Training der Lehrer.

Schüler/in	Verhalten	Leistung vorher	Treatment	Leistung nachher
Laura	Arbeitsverhalten	36,3 %	Programmtraining	95,5 %
	Schreiben	10,7 %	Programmtraining	79,9 %
Art	Arbeitsverhalten	41,0 %	Programmtraining	96,0 %
–				
Linda	Buchstabieren	1,7 %	Programmtraining	fehlt
	Kopfschütteln	85,5 %	Programmtraining	10,0 %
rob	Arbeitsverhalten	29,5 5	fehlt	50,3 %

In einem Summen-Score der Anpassungsskala sanken die Werte der vier behandelten Kinder für Fehlanpassung von 57.7 % auf 39,3 %. Die restlichen zwei bleiben nach ursprünglich 55 % bei 55,5 %. Die beiden Lehrerinnen äußerten sich auf einer 5-Punkte-Skala zufrieden bzw. sehr zufrieden mit dem Programm.

Diskussion: Im Gegensatz zur sonst üblichen Rollenverteilung in der Pädagogischen Verhaltensmodifikation wurden die Programme von den Lehrerinnen selbst abgefaßt. Dabei gelang es dem Autor, die Pädagoginnen schnell in die Mitarbeit einzubeziehen, ohne sie zunächst durch das Nadelöhr eines Grundkurses in Verhaltenstherapie zu zwingen. Die Lehrerinnen erhielten Feedback immer nur zu ihrem Umgang mit einem der drei Probleme, jedoch vermochten sie diese Hinweise anscheinend auf die beiden anderen Probleme zu generalisieren. – Das Schreiben der Programme wurde nach Maßstäben der Verhaltenstherapie schrittweise sachgemäßer, das Verhalten der Lehrerinnen gleichfalls. Jedes Programm unterschied sich grundlegend von jedem anderen, auch bei den gleichen Problemen; diese Individualisierung kann man nur begrüßen. – Daß mit nur drei Schülern gearbeitet werden konnte, ist selbst für die Gehörlosenschule eine Ausnahme. Bei größeren Klassen sind vermutlich andere Trainingsformen erforderlich. Die Beziehung zwischen dem Leiter der Untersuchung und den beiden Lehrerinnen wird vermutlich für das Ergebnis von Bedeutung sein: sein Engagement, seine Fachkompetenz, seine Art und Weise, auf Fragen zu reagieren, sein Wunsch, das Ergebnis der Zusammenarbeit zu veröffentlichen u. a.. Dieser nach einer klassischen Untersuchung aus der Sozialpsychologie „Hawthorne-Effekt" genannte Einfluß gibt keinen Anlaß, an der Wirksamkeit des verhaltenstherapeutischen Intervenierens in diesem Projekt zu zweifeln. Vielmehr stellt er einen wichtigen Teilaspekt der Gesamtwirkung dar. – Die Instruktion zum Schreiben der verhaltenstherapeutischen Programme und das Schreiben selbst wurden nicht getrennt untersucht, vermutlich hat aber die Instruktion eine eigene Bedeutung für den Enderfolg. Die Anleitung zum Protokollieren des Schülerverhaltens allein nahm schon Einfluß auf das Verhalten der Lehrerinnen, allerdings nicht in der Art einer verhaltenstherapeutischen Intervention, sondern gleichsam spontan und unsystematisch. Dieser Effekt ist sehr häufig zu beobachten, wenn eigenes oder fremdes Verhalten quantitativ erhoben wird. Es scheint, daß es durch die Protokollierung zu einer verfeinerten Wahrnehmung des Verhaltens kommt, die auch das Verhalten selbst seiner Art und Intensität nach verändert. Ähnliches konnte ich selbst an einer Untersuchung an N = 179 sowie N = 181 Studenten mit Hilfe eines Selbstkontrollprogramms feststellen (Fengler, 1980). – Meßtraining und Programmtraining in Kombination erweisen sich nicht als wirksamer als Programmtraining allein. Diese Feststellung sollte allerdings nicht verallgemeinert werden. Oft zeigt sich, daß kombinierte Interventionen eine höhere Wirkung haben als einzelne. Andererseits sind Effekte nicht durch Kombination von Interventionen beliebig zu steigern. – Pro Lehrerin wendete der Schulpsychologe 12 Stunden Zeit auf; hinzu kam die Arbeit der Beobachter und Rater, die man unter Schulassistenten und Praktikanten finden kann, und der Einsatz der Lehrerinnen selbst. Gemessen an den Änderungen im Verhalten der vier Schüler und dem generalisierten Lerneffekt der Lehrerinnen, Schülerprobleme nunmehr deutlich unter verhaltenstherapeutischer Perspektive zu betrachten und anzugehen, scheint dieser Aufwand gerechtfertigt. Es wird sich angesichts der Regelbelastung von Hörgeschädigten-Lehrern durch ihre Schüler (vgl. Kap. 4.5) u. U. schon sehr bald auszahlen, wenn die vier Problemkinder in Zukunft regelmäßiger am Unterricht teilnehmen und die Disziplinprobleme nicht mehr mit solchem Gewicht in Erscheinung treten.

5.2 Verhaltensmodifikation mit einzelnen Schülern

Manchmal stehen Lehrer vor der Situation, daß ein Kind in der Klasse der besonderen Förderung oder Bändigung bedarf, ohne, daß der Unterricht dadurch allzusehr beeinträchtigt werden soll. Solche Kinder werden oft Praktikanten zur weiteren Versorgung zugewiesen, die mit dieser Aufgabe in der Regel überfordert sind. Deshalb gehen in neuerer Zeit viele Überlegungen dahin, Interventionen zu finden, die sich in den Unterricht wie selbstverständlich einfügen, statt ihn zu blockieren oder zu unterbrechen. Manche dieser Interventionen sind von verblüffender Einfachheit und Wirksamkeit (vgl. dazu Fengler, 1987).

Fall 8: Andrea

Andrea war ein 7jähriges gehörloses Mädchen, das während der Schulstunden sich selbst, Mitschüler, die Lehrer und auch Besucher der Klasse ständig biß, kniff und knuffte. Sie war so unbeherrscht, daß es unmöglich war, sie zu unterrichten. Auch für den Unterricht der anderen Kinder stellte sie eine schwere Belastung dar. Der Lehrer ging nun dazu über, jedesmal, wenn sie auf diese Weise sich selbst oder jemand anderen belästigte, sofort auf sie zu zeigen und gut sichtbar „Nein!"

zu artikulieren. Während der nächsten 18 Tage nahm das Kneifen und Beißen dramatisch ab. Während es ursprünglich täglich 72mal auftrat, kam es am Ende der Intervention nur noch 5mal pro Tag vor. Nachdem der Lehrer aufgehört hatte, Andrea ständig zu bewachen, nahmen die aggressiven Handlungen rasch wieder zu und stiegen auf 30 pro Tag an. Nach erneuter Überwachung sank die tägliche Rate auf 3. Im Zuge dieser zweiten Besserung nahmen auch die Mitschüler häufiger Kontakt mit Andrea auf.

Diskussion. Die Autoren (Hall et al., 1971) weisen darauf hin, daß uneingedenk aller Proteste von Lehrern und Psychologen die Bestrafung einen festen Platz in allen Erziehungsprozessen einnimmt und ihn auf absehbare Zeit auch behaupten wird, u. a. auch deshalb, weil sie die einzige Form der Ansprache ist, auf die manche Kinder sofort reagieren; und eine sofort wirkende Maßnahme ist manchmal erforderlich, wenn das Kind sich selbst oder Mitschüler gefährdet. – Bestrafungen wie die hier beschriebene sind einfach zu handhaben, werden rasch verstanden, stellen für das Kind, das andere Kinder bedroht, eine vertretbare Beeinträchtigung dar (etwa im Vergleich zu Ausschluß, Schulverweis oder körperlicher Züchtigung) und führen rasch zu einer Unterlassung des Problemverhaltens. Dies ist zugleich der am wenigsten akzeptable Punkt: Das Verhalten wird unterdrückt, aber offenbar nicht kuriert, wie seine rasche Wiederkehr bei Verzicht auf die Bestrafung erkennen läßt. Natürlich ist hier eine konfliktzentrierte Sichtweise des Lehrers erwünscht, die die Hintergründe von Andreas beharrlicher Destruktion beleuchtet, versteht und korrigiert. Jedoch sind Lehrer dazu in der Regel nicht ausgebildet; sie haben keine Legitimation zu einer therapeutischen Intervention, die auch eine andere Rolle von ihnen erfordern würde; meist haben sie nicht den entsprechenden Zugang zum Kind und zur Familie; nicht zuletzt werden sie von der Institution Schule für solche Aufgaben nicht freigestellt. Unter diesem Blickwinkel mag der eingeschlagene Weg doch legitimierbar sein, auch wenn zunächst **nur** Symptome angegangen wurden. Generell ist auch die symptomorientierte Intervention nicht weniger wertvoll oder weniger tiefgreifend als eine konflikt- oder ursachenbezogene. Vielmehr muß man im Rahmen eines ganzheitlichen dynamischen Menschenbildes annehmen, daß eine Änderung in einem wichtigen Teilbereich der Person, hier also Andreas Verhalten, Bewegung und Umstellung auch in anderen Bereichen der Person nach sich ziehen kann (Fengler, 1987). Die zunehmende Kontaktdichte zwischen Andrea und ihren Mitschülern weist in diese Richtung. Wenn der Lehrer es also, während er die Intervention in aller Konsequenz praktiziert, zugleich nicht an Wärme und Zuneigung fehlen läßt, so mögen auf seiten des Kindes nicht Impulse von Aversion, Ressentiment oder Flucht auftreten. Vielmehr wird es vielleicht eine bessere Impulskontrolle in Verbindung mit befriedigenderen Kontakten zu den Gleichaltrigen entwickeln.

Johnson und Kaye (1976) konnten mit symbolischer und sozialer Verstärkung einen neunjährigen gehörlosen retardierten Jungen dazu bringen, vom Mund abzusehen, der sich früher diesbezüglichen Bemühungen stets widersetzt hatte. – Beylich (1988) stellte einen 8jährigen gehörlosen Jungen vor zahlreiche Aufgaben und verstärkte erwünschte Verhaltensweisen stets kontigent. Sie erreichte auf diese Weise, daß der Junge länger am Tisch sitzen blieb, sich dauerhafter mit Spielmaterial beschäftigte, seltener Material zerstörte und sich selbst verletzte, häufiger Aufgaben mit Erfolg löste und seltener Aufgabenstellungen zurückwies. Auch verließ er am Ende nicht mehr so oft den Raum und nahm häufiger Kontakt mit der Therapeutin auf.

Wenn eine Person noch gar nicht spricht, ist der erste wichtige Schritt, sie dahin zu bringen, daß sie einen ersten Laut von sich gibt. Dabei kann man sich der Kerze, des Spiegels, der Pfauenfeder, der Puppe, der Anzeigenadel in einem Meßinstrument und jedes anderen Gegenstandes bedienen, der dem Hörgeschädigten ein unmittelbares Feedback auf seine Lautproduktion gibt. Wichtiger ist aber wohl meist, daß der Helfer Freude und Zustimmung gegenüber dem kleinsten Schritt und Fortschritt des Probanden zum Ausdruck bringt. Ich selbst mußte einmal bei einer Überprüfung der Sprechfähigkeit eines jungen Mädchens mit einer Dysarthrie schallend lachen, als sie „und" sagen sollte, nur einen unartikulierten Laut von sich gab und dann stolz in die Runde blickte. Da wies mich der die Untersuchung leitende Sonderschullehrer ernst zurecht – natürlich zu Recht. Er selbst hatte eine ausgeprägte Gabe, seine Schüler konzentriert heranzunehmen und zugleich Zuversicht und sofortige Anerkennung zum Ausdruck zu bringen. Der wichtigste Verstärker neben der Anerkennung ist stets die gelungene Kommunikation selbst, auch wenn diese zunächst nur aus wenigen Tönen oder Lauten besteht. Daneben kommt dem Ausblenden der Verstärkung und den diskriminativen Reizen, die das Sprechverhalten evozieren, besondere Bedeutung zu.

5.3 Verhaltensmodifikation der ganzen Klasse

Günstig ist es, wenn es gelingt, Maßnahmen der Pädagogischen Verhaltensmodifikation nicht auf einzelne Schüler zu beschränken, sondern sie im Kontext von Klasse, Klassenraum und Unterricht anzusiedeln. Beabsichtigen Psychologen und Lehrer, mit ganzen Klassen oder Gruppen im Sinne der Pädagogischen Verhaltensmodifikation zu arbeiten, so tritt eine ganze Anzahl neuer Fragen auf.

(1) Hier, wie bei der Verhaltensmodifikation mit einzelnen Schülern, ist darauf zu achten, daß nicht nur offenes Verhalten, sondern zumindest u. a. auch Leistungsparameter als Kriterien der Veränderung herangezogen werden.

(2) In manchen Untersuchungen zur Verhaltensmodifikation von Gruppen werden Mittelwerte berechnet und nur Mittelwertsveränderungen berücksichtigt. Dabei geht verloren, wie solche Vorher-, Nachher-Unterschiede zustandekommen: Tüchtige Schüler mögen durch die Intervention eine hohe Leistungssteigerung erfahren, schlechte eine geringe. Die erfolgreichen Schüler versperren dann den Blick auf die erfolglosen, die es am meisten nötig hätten. Oder einige Schüler machen Fortschritte, aber einer fällt in den Leistungen sogar zurück. Auch dies wird in Mittelwertangaben nicht sichtbar. Es empfiehlt sich daher, bei Gruppenmodifikationsplänen außer den Statistiken stets auch die quantitativen Daten für jedes Gruppenmitglied gesondert aufzuführen.

(3) Wenn man für die ganze Klasse ein gemeinsames Veränderungsziel formuliert, so nimmt man an, daß Problemverhalten und Zielverhalten für alle Schüler ziemlich homogen ausfallen. Dies ist gewiß nur selten der Fall. Richtiger ist es, das infragestehende Verhalten in vielen Konkretisierungen zu formulieren und über alle hinweg einen Summenscore für jeden Schüler zu bilden. Der Summenscore aus diesen, aus pragmatischen Gründen als gleichrangig zu behandelnden Einzelkategorien, mag dann durchaus valide sein.

So mag man Störverhalten in folgenden Verhaltensweisen repräsentiert sehen: der Schüler ist nicht mehr auf seinem Platz; steht auf; geht umher; wippt; springt auf; lehnt sich im Stuhl zurück; bewegt die Arme; bewegt die Beine; knipst mit den Fingern; schlägt mit der Hand aufs Pult; spricht laut; hebt den Pultdeckel hoch; wirft ein Buch; schlägt Mitschüler mit Gegenständen; schlägt Mitschüler mit Hand und Faust usw. (Webster und Green, 1973). Die Autoren schlagen im Falle, daß man sich einer solchen Sammeloperationalisierung zu bedienen gedenkt, dem Untersuchungsleiter vor, sich folgende Fragen zu stellen:

1. Wieviele dieser Verhaltensweisen werden wahrscheinlich bei allen untersuchten Kindern vorkommen?
2. Wieviele Kinder werden keine dieser Verhaltensweisen zeigen?
3. Könnte es nicht sein, daß einige der angeführten Verhaltensweisen (z. B. lautes Sprechen) für einige Schüler eher wünschenswert und förderungswürdig sind, statt daß man versucht sie zu eliminieren?

Dabei wird klar, daß ein Gruppenprogramm alle diese Fragen nicht beantworten kann, wenn nicht den Daten der einzelnen Probanden nachgegangen wird.

Fall 9: Mathematikkurs

Simon et al. (1982) untersuchten die Auswirkung von Verstärkung und ihrem Entzug auf Arbeitsverhalten und Störungen im Klassenzimmer bei N = 7 mittel bis stark schwerhörigen Schülern in einem Mathematikkurs. Das Klassenzimmer bestand aus drei Arbeitsarrangements mit je acht Stühlen, in denen drei Schülergruppen gleichzeitig und rotierend Aufgaben in Angewandter Mathematik, Programmierter Darbietung mathematischer Probleme und Computerfragen lösten. Anfangs- und Abgabezeiten wurden auf dem Arbeitsblatt stets vermerkt. Wenn ein Schüler mit seinem Arbeitsblatt fertig war, gab er es ab und holte sich ein neues. Die Arbeitseinheiten dauerten 20 Minuten. Die Schüler wurden dabei, um das operationalisierte Störverhalten einschätzen zu können, gefilmt. Es wurde mit einem A-B-A-B-Design gearbeitet. Zunächst erfolgte der Unterricht so wie immer (A-Phase, Grundrate). In der ersten B-Phase wurden in allen drei Bereichen für richtige Lösungen Punkte verteilt, die die Schüler später in Süßigkeiten umtauschen konnten. In der zweiten A-Phase wurden nur im Bereich Angewandte Mathematik Belohnungen vergeben. Dies wurde durch große Schilder mit der Aufschrift HIER BELOHNUNG bzw. HIER KEINE BELOHNUNG unterstrichen. In der zweiten B-Phase wurden die Belohnungen wieder in allen drei Bereichen ausgeteilt. Die Behandlungsphasen dauerten 14, 12, 17 bzw. 12 Sitzungen. – Die Leistungen in Angewandter Mathematik nahmen in der ersten B-Phase zunächst zu und verdoppelten sich in der zweiten A-Phase erneut. Die Leistungen in der Programmierten Unterweisung nahmen zuerst zu, sanken ohne Belohnung ab und stiegen nach der Neuetablierung der Belohnung wieder an. Ähnlich war es bei den Computeraufgaben. Der Verlauf des Störverhaltens zeigte eine entgegengesetzte Tendenz: Je besser die Leistungen ausfielen, desto weniger trat das Störverhalten in Erscheinung. Als die Verstärker entzogen wurden, nahm das Störverhalten in den entsprechenden Teilbereichen zu, nach der Wiedereinführung der Belohnung dagegen wieder ab.

Diskussion. Die Untersuchung macht sichtbar, daß je nach Fragestellung für eine ganze Klasse einheitliche Verhaltensparameter gewählt werden können (Leistung, Störverhalten) und daß eine gleichzeitige Einwirkung auf alle Schüler möglich ist. Interessant ist dabei, daß nicht jede Verhaltensweise, die als änderungsbedürfig angesehen wird, auch angegangen werden muß. Vielmehr gelingt es hier, auf ein Verhalten (Leistung) einzuwirken und das andere (Störverhalten) mit zu beeinflussen. Dies läßt vermuten, daß Arbeitsverhalten und Störverhalten sich gegenseitig ausschließen. Es entspricht auch der Alltagserfahrung von Lehrern, daß meist schlechtere Schüler gehäuft den Unterricht stören, und regt dazu an, bei Interventionen im Klassenzimmer häufiger zu versuchen, in dieser Weise zwei Fliegen mit einer Klappe zu schlagen. Zu dem erfreulichen Ergebnis der Untersuchung mag auch die milde Drohung beigetragen haben, die dem Versuchsplan innewohnte: Der dezente Hinweis, daß die Verstärkung jederzeit entzogen werden könne (u. U. werde), mag durchaus dazu beitragen, daß die Schüler sich Mühe gaben, die Belohnung zu verdienen.

Fall 10: Visuelle Aufmerksamkeit

Craig (1970) erprobte unterschiedliche Formen der Verstärkung, um das visuelle Aufmerksamkeitsverhalten hörgeschädigter Kinder zu beeinflussen. Im ersten Experiment wurden Schüler untersucht, die als störend bzw. unaufmerksam galten. Sie erhielten immer dann symbolische Verstärker, wenn sie zum Lehrer oder zum momentanen Lehrgegenstand hinschauten. Am Ende des Programms hatte das Aufmerksamkeitsverhalten von durchschnittlich 25 % auf 85 % der Übungszeiten zugenommen. – Im zweiten Experiment unterbrach Craig die Behandlung zwischendurch, um die Wirkung der Intervention nachzuweisen (A-B-A-B-Plan). In dieser Gruppe nahm das Aufmerksamkeitsverhalten während der Verstärkungsperiode von 26 % auf 83 % zu und sank während der Löschungsperiode auf 32 % ab. Dies konnte als Hinweis auf die Wirksamkeit der Verstärkung betrachtet werden. – Im dritten Experiment kamen in einer Klasse von 6- und 7jährigen Schülern symbolische und soziale Verstärker zum Einsatz. Hier nahm die visuelle Aufmerksamkeit bei symbolischer Verstärkung von 45 % auf 65 % der Übungszeit zu. In Sitzungen, in denen soziale Verstärkung und Berührung eingesetzt wurden, stieg die Aufmerksamkeit auf 80 % der Zeit.

Diskussion. Die Ergebnisse zeigen, daß die Verstärkung eines gewünschten Zielverhaltens auf vielfältige Weise erfolgen kann und eine gute Chance dafür besteht, dabei zugleich ein Problemverhalten zu verringern, ohne daß es einer weiteren Intervention bedarf.

Eachus (1971) untersuchte die Wirkung von symbolischer Verstärkung auf Zahl, Treffsicherheit und Länge geschriebener Sätze in einer Gruppe von 10 hörgeschädigten Kindern einer vierten Klasse. Tatsächlich schrieben die Schüler danach mehr Sätze und mehr richtige Satzkonstruktionen nieder. – Webster und Green (1973) gelang es in einer Gruppenkontingenz, N = 15 Schüler zu vermehrtem spontanem Sprechen anzuregen. Lennan (1970) berichtet von einer Gruppenkontingenz bei 16 mehrfachbehinderten hörgeschädigten Jungen im Alter von 7 bis 12 Jahren mit Leistungs- und Disziplinproblemen, von denen nach einem Jahr drei in die Regelschule zurücküberwiesen werden konnten, nach zwei Jahren sechs weitere. – Evans und Taylor (1980) nahmen Sequenzen des Lehrerverhaltens in einer Schulklasse hörgeschädigter Kinder auf Videoband auf und zeigten sie deren Eltern. Dies diente zur Kontaktvertiefung zwischen Elternhaus und Schule, machte die Unterrichtspraxis sichtbar und zeigte, wie man mit problematischen Situationen umgehen kann.

5.4 Rollenspiel und Spieltherapie

In der Schulzeit wie auch im Vorschulalter (vgl. Kap. 3.3) ist das Rollenspiel ein Instrument von besonderem Wert. Es kommt der Imitationslust der Kinder entgegen und spricht alle Sinnesmodalitäten an; es kann eingesetzt werden, um im Rahmen einer Diagnoseerstellung Fähigkeiten und Verhaltenslücken eines Kindes zu identifizieren; im Rollenspiel können problematische Situationen durchgespielt werden, z. B. wie das Kind im Laden sich vordrängenden Erwachsenen gegenüber auftreten kann, oder wie es sich, wenn ihm der Bus weggefahren ist, am besten nach der nächsten Verbindung erkundigt. Das Rollenspiel kann dazu dienen, Spontaneität und Ausdrucksfähigkeit zu üben, z. B. in Pantomime und Theaterspiel, wo das Kind in fremde Rollen schlüpft, deren Eigenschaften es sich auf diese Weise aneignet. Im wiederholten Rollenspiel sind Frustrationen abzubauen;

Für Konflikte der Klasse können neue Lösungen gefunden werden. Nicht zuletzt gewinnt das Rollenspiel bei der Erarbeitung von Unterrichtsstoffen Bedeutung: Schüler können im Sprachunterricht die Rolle von einzelnen Wörtern oder Wortgruppen übernehmen, in Erdkunde Gebirge und Flüsse spielen, im Geschichtsunterricht in historischen Kostümen auftreten und in Mathematik Glieder einer Funktionsgleichung darstellen. Anregung zum Rollenspiel und Einleitung desselben mögen aus Bilderbuch, Geschichte eines Kindes, gemeinsamer Beobachtung, Spaziergang, Film, Theaterbesuch, Requisiten oder Aktion des Spielleiters kommen. In die Durchführung können Elemente aus Bewegungs- und Nachahmungsspiel, Partner- und Wettbewerbsspiel und vieles andere einfließen. – Als Erschwernis im Vergleich zu Einzeltherapien ist zu bedenken, daß die Mundbilder der Rollenspieler stets für alle Mitspieler und auch für die Zuschauer zu sehen sein müssen, damit diese dem Spielverlauf folgen können und auch den eigenen Einsatz richtig treffen. Die Fähigkeit, vorübergehend in fremde Rollen hineinzuschlüpfen und zugleich den Als-ob-Charakter der Spielhandlung zu erkennen, ist bei hörenden wie bei hörgeschädigten Kindern sehr unterschiedlich ausgeprägt und muß gewiß immer wieder geübt und ins Bewußtsein der Schüler gebracht werden (Pirnke, 1987).

Sisco et al. (1979) konnten in einem dreijährigen Projekt mit N = 10 gehörlosen Schülern zeigen, daß 50minütige spieltherapeutische Sitzungen mit einzelnen Kindern (mindestens 10 pro Kind) sich als wirksame Intervention erwiesen. Sie leiteten daraus folgende Erfahrungen ab:

1. Hörgeschädigte Kinder reagierten auf Spieltherapie genauso wie hörende und behandelten die gleichen Konfliktthemen.
2. Die ersten 6 bis 8 Sitzungen waren erforderlich, um eine stabile Beziehung zwischen Therapeut und Kind zu entwickeln.
3. Zur Festigung der Beziehung trug bei, daß der Therapeut die Sitzungen ganz regelmäßig einhielt.
4. Nach einer Anfangsphase von Mißtrauen und Testung der Grenzen begannen die Kinder, sich mit Themen auseinanderzusetzen, die für ihre sozialemotionale Entwicklung von Bedeutung waren. Manchmal machten die Kinder den Eindruck, als erwarteten sie ein Verbot des Therapeuten, z. B. wenn sie die Geschlechtsmerkmale von Puppen untersuchten, und waren dann sichtbar überrascht, wenn solche Verbote ausblieben.
5. Wiederkehrend trat das Thema Arzt/Patient in Erscheinung, besonders wenn die Kinder schlechte Erfahrungen bei ärztlichen Untersuchungen gemacht hatten.
6. Oft bezogen die Kinder den Therapeuten in ihr Spiel ein und nahmen einen Rollentausch vor, indem sie ihn vermehrt kontrollierten.
7. Die hörgeschädigten Kinder machten im Spiel verschiedene Entwicklungsstufen durch, ähnlich wie hörende Kinder, aufgrund der sprachlichen Begrenzung jedoch langsamer.
8. Die Art ihres Spiels war dem von hörenden Kindern ähnlich, die zwei bis vier Jahre jünger waren.
9. Gehörlose Kinder im Alter von vier bis sechs Jahren spielten nahezu völlig ohne gesprochene Sprache. Die Sprache der älteren Kinder bestand aus einzelnen Worten und war nur schwer zu verstehen.
10. Wenn sie entsprechend angeleitet wurden, begannen die Kinder während des Spiels mit Sprache zu spielen, benutzten Worte in verschiedenen Kontexten

und auch, um kleine Späße zu machen. Dies steht im Gegensatz zu der Belastung, die von der Sprachbenutzung in der herkömmlichen schulischen Lernsituation ausgeht.

11. Die Einbeziehung von Sprache ins Spiel erweiterte die Handlungsmöglichkeiten der gehörlosen Kinder, ermöglichte die Bezeichnung von Gefühlen und erweiterte Kommunikation und Rapport zwischen Kind und Therapeut.
12. Die Spieltherapie ermöglichte es den Kindern, zu einem zuverlässigen Erwachsenen eine wichtige Beziehung einzugehen. Vertrauen und Respekt erleichterten den therapeutischen Prozeß. Das Spiel erschien als geeignetes Instrument der Therapie.

Auch die analytische Gruppenspieltherapie innerhalb des Schulsettings scheint bei hörgeschädigten Kindern mit Verhaltensauffälligkeiten eine geeignete Intervention (Bokelmann, 1984). – Einer Kontraindikation für die Spieltherapie, wie sie von Bodenheimer (1968 b) ausgesprochen wird, kann jedenfalls nicht zugestimmt werden. Möglich ist, daß ein Kind mehr vom Sprechen, das andere mehr vom Spiel, das dritte mehr von gemeinsamem Tun profitiert – eine existentielle Begegnung kann in jedem der drei Fälle stattfinden.

5.5 Therapie mit künstlerischen Medien

Wenn einerseits in der Spieltherapie das Sprechen leichter fällt als in der Schule und nicht der schulischen Sprechanstrengung unterliegt, so ist man andererseits doch bestrebt, in der Therapie auch solche Vorgehensweisen zu entwickeln, in denen das Tun eine größere Rolle spielt als die Lautsprache. Hier bieten sich Ausdrucksformen an, die der musischen Erziehung nahestehen. Tatsächlich sind solche Therapien in allen Behinderungsarten und Altersstufen mit eindrucksvollen Ergebnissen eingesetzt worden.

Fall 11: Claudia

Die elfjährige Claudia leidet an einer hochgradigen Schwerhörigkeit, die im Alter von zweieinhalb Jahren erkannt wurde. Bald nach der Einschulung und etwa zeitgleich mit der Geburt der jüngeren Schwester traten erstmals Absencen, später Sturzanfälle auf. Claudia bedrohte die jüngere Schwester, die nach der Scheidung der Mutter von Claudias Vater aus einer neuen Ehe stammte, verschloß sich anderen Menschen gegenüber weitgehend und sprach, als die Behandlung im zwölften Lebensjahr begann, mit Erwachsenen nahezu gar nicht mehr. Die Mutter fürchtete, ihre zweite Ehe werde durch Claudias Verhalten gefährdet. Die Therapeutin und Autorin der Arbeit (Hoffmann, 1978) dagegen erkannte in Claudias Verhalten vor allem deren Forderung, angenommen und verstanden zu werden. „Sie beanspruchte die **ganze** Liebe, nicht eine solche mit Einschränkungen" (S. 202). – Der erste Kontakt zur Therapeutin kam zustande, als Claudia wegen der Neuverschreibung antikonvulsivischer Medikamente in der Klinik war. Nach diesem Aufenthalt begann Claudia, sich zu Hause äußerst provokativ zu verhalten, forderte ständig alles mögliche, akzeptierte ihrerseits aber keine Forderungen der Eltern und drohte, wegzulaufen. Diese Situation konnte dadurch entspannt werden, daß der Stiefvater sie mit deutlichen Zeichen seiner eigenen Zuneigung am Fortgehen hinderte. Damit war äußerlich die Ordnung wiederhergestellt; Claudia blieb aber der Lehrerin gegenüber verschlossen, attackierte Schulkameraden und die Schwester und plagte die Familie mit ihrem Redeschwall.

Sieben Monate nach diesem Klinikaufenhalt wurde Claudia von der Mutter zur Therapie gebracht. Zunächst wirkte sie ängstlich und verspannt; im freien Malen, das die Therapeutin ihr anbot, vermochte sie es, sich etwas zu lösen: Claudia malte die Therapeutin mit Sonne, Wolke und Blumen. Da sie sich aber Bemühungen, mit ihr ins Gespräch zu kommen, konsequent verschloß, wurde für die weitere Therapie die Methode des **Kommunikativen Zeichnens und Malens** (KZM) gewählt. So konnte sie ihre Probleme in bildhafter Form ausdrücken. Therapeutin und Kind gaben Impulse und nahmen die Ansätze des jeweils anderen auf, ein Schneckenhaus, das dabei mehrfach auftauchte, erwies sich als Chiffre für Claudias Situation, nicht aus ihrem Schneckenhaus herauszukönnen. In den folgenden Sitzungen malte Claudia verschlossene Häuser und leere Schulräume, sich selbst und die Mutter unter Regenschirmen, die kleine Schwester im Regen stehend; eine Käferfamilie, die von dem kleinsten Käfer dominiert wurde; einen Vogel, der zum Fenster hinausflog. Die Zeichnungen kreisten immer wieder darum, daß sie sich innerhalb der Familie allein und ausgeschlossen fühlte und mit der Schwester rivalisierte, die nach ihrem Eindruck von den Eltern besser als sie selbst versorgt und mehr geliebt wurde. In den Zeichnungen konnte Claudia ihre Wut zum Ausdruck bringen, andererseits aber an den gezeichneten Reaktionen der Therapeutin auch erkennen, daß sie in der Familie das größere Kind ist, das der Mutter nahesteht, daß aber die Schwester als die Kleinere ebenfalls Anspruch auf Schutz hat. Je mehr Claudia erlebte, daß sie sich mitteilen konnte und verstanden wurde, desto mehr sprach sie auch in der Therapie; ihr Verhalten in der Familie besserte sich, die Beziehung zwischen Mutter und Tochter wurde entspannter. – In der letzten Phase der Therapie bleibt der Rückzug von anderen Erwachsenen allerdings weitgehend bestehen; auch das schulische Verhalten ist weiter problematisch. Claudia spielt in den folgenden Wochen oft mit dem Sceno-Kasten. Als Motive werden hier Macht und Durchsetzung einerseits, Kontakt und Begegnung andererseits sichtbar. In einer weiteren Zeichnung tötet sie einen bösen Mann gleich auf mehrfache Weise, ebenso eine Frau und eine Schnecke. – Um das Gefühl von Sicherheit und Angenommensein in der Familie zu verstärken, werden die Eltern an dieser Stelle in die Behandlung einbezogen. Der Stiefvater führt mit Claudia ein Gespräch über ihre Herkunft und versichert ihr seine Liebe. Claudia nimmt die Mitteilung interessiert, aber gelassen auf. Hauptsächlich die Mutter fühlt sich am Ende durch Claudias Wünsche noch überfordert. In zwei gesonderten Therapiestunden bestätigt die Mutter Claudia im gemeinsamen Zeichnen noch einmal, daß sie in der Familie beschützt und angenommen werde.

Diskussion. Das Kommunikative Zeichnen und Malen leuchtet als Technik unmittelbar ein. Es kann, auch wenn der Therapeut weniger als im Gespräch den Verlauf versteht, unter therapeutischem Gesichtspunkt als bemerkenswertes Äquivalent des Gesprächs betrachtet werden: Der freie Ideenfluß ist gewährleistet; der Therapeut führt fort und regt an, verstärkt und ändert die Richtung des Themas wie auch im Gespräch; der Klient bedient sich eines Ausdrucksmittels, das ihm liegt, und hat gewiß Gelegenheit zu affektbegleiteten Gestaltungen. Allerdings sind die Gefühlsqualitäten der Darstellungen nicht ohne weiteres erschließbar, sondern allenfalls während der Entstehung des Bildes zu erkennen oder abzuspüren. So wirkt beim Lesen des Falles manches behauptete Erleben des Kindes eher herbeiargumentiert denn nachgewiesen. Die Autorin betont, daß es notwendig war, Claudia Gewißheit über ihr vorbehaltloses Angenommensein zu geben, und daß dies in der Zusammenarbeit von Therapeutin und Eltern gelungen sei. Es wird allerdings über weiter bestehende Konflikte mit der kleinen Schwester berichtet, und aus der Schule liegt keine Mitteilung über eine Besserung vor, so daß die global angegebene seelische Gesundung wenig überzeugend wirkt. Möglicherweise liegt der Wert der Arbeit also nicht so sehr in der lückenlosen Dokumentation eines Einzelfalles als vielmehr in dem Aufweis, daß das Kommunikative Zeichnen und Malen in der Arbeit mit hörgeschädigten Kindern diesen Alters im Prinzip eine beachtenswerte Intervention ist. Generell ist eine therapeutische Kommunikation über Zeichnen und Malen bei hörgeschädigten Kindern deshalb angezeigt, weil hier mit Form und Farbe Empfindungen mitgeteilt und Ordnungsimpulse entwickelt werden können, Alltagserlebnisse zur Darstellung kommen, eine Verknüpfung mit lautsprachlichen Mitteilungen ermöglicht wird und auch, weil das bildnerische Arbeiten sich gut mit anderen Therapiemaßnahmen verbinden läßt (vgl. dazu Merkt, 1985, sowie Fall 19 in diesem Buch).

5.6 Psychoanalytische Therapie

In den letzten Abschnitten wurden solche Verfahren und Fälle dargestellt, in denen Sprache eine untergeordnete Rolle spielte. Dies sollte freilich nicht zu dem Schluß führen, daß sprachgebundene Therapien im Grundschulalter nicht durchführbar seien oder daß für sie eine Kontraindikation bestehe. Mit einer psychoanalytischen Behandlung rechnet man in diesem Lebensalter bei hörgeschädigten Kindern vielleicht nicht, nimmt man doch in der Regel an, daß dazu ein besonders fein nuanciertes Verstehen sprachlicher Mitteilungen erforderlich sei, das beim hörgeschädigten Kind der Grundschule nicht ohne weiteres vorausgesetzt werden kann. Dem muß aber entgegengehalten werden, daß bereits bei 2- bis 3jährigen Kindern, also gewiß in einem Stadium geringer sprachlicher Kompetenz psychoanalytische Spieltherapien mit Erfolg durchgeführt wurden. Auch ist zu bedenken, daß die tiefenpsychologische Deutung oft nicht auf Lautsprache angewiesen ist, sondern im Grundschulalter durchaus schon in Gebärden und Zeichnungen ausgedrückt werden kann und einem intuitiven Verständnis des Kindes zugänglich ist. Der folgende Fall (Radford, 1973) macht u. a. sichtbar, wie die Therapeutin sich Schritt für Schritt einen Kommunikationsmodus mit ihrem jungen Klienten erarbeitet, in dem die gesprochene Sprache erst relativ spät eine bedeutsame Rolle zu spielen beginnt.

Fall 12: David

David war zu Beginn der Behandlung neun Jahre alt. Er hatte berserkerhafte Wutanfälle; ihm drohte der Verweis von der Gehörlosenschule. Er konnte sich weder konzentrieren noch lernen – bei einem IQ von 135. Er log und stahl; auf seinen Bruder war er in pathologischer Weise eifersüchtig. – David wurde gleich nach der Geburt adoptiert; der Hörverlust trat mit dreieinhalb Monaten durch eine Hirnhautentzündung ein. Während seines Klinikaufenthaltes wurde ein weiteres Baby adoptiert. Ein Adoptivbruder von David starb mit drei Jahren, ebenso seine Adoptivmutter. Der Adoptivvater war monatelang krank, so daß David von einer Pflegerin betreut werden mußte. Dann kam die Stiefmutter ins Haus; sie sorgte für stabile Verhältnisse in Davids Leben. Bis zum fünften Lebensjahr verfügte David trotz entsprechender Förderung über keinerlei Sprache; mit neun Jahren hatte er kaum Kontrolle über seine Impulse und lebte weitgehend im primärprozeßhaften Denken. Die diagnostische Konferenz der Hampstead Clinic ließ zunächst offen, ob seine Aggressivität auch den Charakter der Depressionsabwehr haben könne, und empfahl eine Therapie, in der seine neurotischen Konflikte geklärt werden könnten.
In der ersten Sitzung verhielt sich David wie ein wildes Tier. Man konnte nicht von seinem Mund absehen, weil er nie stillsaß. Stattdessen fegte er durch das Zimmer und hinterließ eine Verwüstung. Der Therapeutin kam es so vor, als wolle er die gleiche Bestrafung erzwingen, die er sonst erhielt. Während er so wütete, fertigte die Therapeutin Zeichnungen an, in denen sie versuchte, seine Situation anzudeuten: David allein in einem Raum; David und Therapeutin in verschiedenen Räumen; beide traurig u. a.. Zuerst zerriß er diese Zeichnungen; später zeichnete er sie um, entwickelte eine große Bandbreite von Gefühlen der Therapeutin gegenüber und baute ihr aus Pappe ein Haus, das er ihr mitbrachte und gleich wieder zu zerstören versuchte. – Beide machten Plastilinfiguren voneinander; David brach seine Figur der Therapeutin entzwei und warf sie aus dem Fenster. Sie dagegen bewahrte ihre Figur von ihm heil auf. Später deutete er, wenn er hereinkam, ein wenig Freude und beim Abschied etwas Bedauern an und wollte gern Spielzeug anderer Kinder mitnehmen – vermutlich ein Ausdruck seines geringen Selbstwertgefühls und seines Neides auf diese Kinder. Er versuchte, deren Spielzeug im Spielzimmer zu zerstören, und konnte dann

auch die Fürsorge der Therapeutin nicht ertragen. Jedoch beobachtete er genau, was sie mit seinem Teddybären machte, und begann schließlich, ihr vom Mund abzusehen.
Als nächstes bemühte sich die Therapeutin, sein Selbstwertgefühl zu stärken. David selbst kam dem entgegen, indem er sich mit den Kindergartenkindern verglich und seine eigene Überlegenheit hervorhob. Aber als er ein paar Sitzungen später ausrutschte und hinfiel, war es gleich wieder vorbei mit seiner Sicherheit, die nicht von innen kam. Seine Eifersucht auf die Kindergartenkinder, die täglich im Haus waren, blieb; aber er verband sie langsam mit seiner Hörschädigung, von der er annahm, daß sie ihn unterlegen sein ließ. Er begann zu lesen und zu schreiben und beherrschte bald 50 Wörter. Dies wurde nun auch ein Verständigungsmittel zwischen ihm und der Therapeutin. Er mußte weniger agieren. Andererseits schnitt er der Therapeutin nun manchmal das Wort ab, indem er ihr Malheft nahm oder sich wegdrehte. Als nächstes bekämpfte David seine Unterlegenheitsgefühle, indem er pantomimisch Geld stahl, Feuer legte und mit Steinen warf. Die Therapeutin kroch dabei als Kumpanin mit ihm am Boden umher. – Dann kaufte er sich eine Brille, so wie die Therapeutin eine trug, und forderte diese auf, sich ein Hörgerät anzuschaffen. Sie lehnte dies ab und versuchte ihm klarzumachen, daß sie beide mit unterschiedlichen Unzulänglichkeiten fertigwerden müßten.
Mit elf Jahren durfte David in die Sonderschule zurückkehren. In Tests wies er Leistungen auf, wie sie der Durchschnitt der 13jährigen erreicht. – Eine Krankheit der Therapeutin, die zu einer Unterbrechung der Sitzungen führte, stürzte ihn in eine tiefe Krise. Er erlebte nun noch einmal die Gefühle, die er mit drei Jahren hatte, als seine Mutter starb. Die Therapeutin mußte sein verängstigtes Ich stützen, auf seine aktiver werdende Sprache eingehen, die sie meist nicht verstand, und der Hörschädigung begegnen, die er zunehmend als Widerstand einsetzte. In Zeichnungen zeigte sich, daß er sich eine innere Gleichung **Hörverlust = Liebesverlust = Potenzverlust** geschaffen hatte. Gegen diese Unterversorgung und Ohnmacht hatte er nun anzukämpfen. Zugleich wurde sichtbar, daß David vermutete, er sei hörgeschädigt, weil er Böses getan habe. Immerhin erschien er in dieser Zeit zunehmend integriert, indem er die Realität seiner Behinderung annehmen und Schritte zu ihrer Kompensation unternehmen konnte. – Mit zwölfeinhalb Jahren kam er auf eine Realschule. Rückfälle blieben auch hier nicht aus. Die Autorin, durchaus von Zweifeln geplagt, ob die Analyse der richtige Zugang zu David sei, beschloß, die Behandlung dennoch fortzuführen.

Diskussion. Bei dieser wie bei anderen Therapien besteht eine der wichtigsten Bereitschaften des Therapeuten darin, sich der Belastung auszusetzen, die von dem Klienten ausgeht. Außer den physischen Attacken und der Aggressivität gegen Gegenstände ist eine Sprachbarriere zu bewältigen, die zu einer Verständigung auf sehr unsicherem Boden zwingt. Was also in Therapien mit Hörenden schon ein beträchtliches Quantum an Einfühlung fordert, wird hier zu einer nahezu unlösbaren Aufgabe: Die Therapie ist nur in einer Kombination von Spielen, Sprechen, Schreiben, Zeichnen und Pantomime anzugehen (vgl. dazu Fall 18 in Kap. 6.5). – Die meisten Therapeutenäußerungen können sich naturgemäß nur auf Davids Gefühlslage beziehen, nicht auf seine Gedanken. Oft interveniert die Therapeutin intuitiv, wobei das psychoanalytische Paradigma ihr offenbar ein Rückhalt ist, und trifft genau den Punkt. Manche Veränderungen treten ein, die sie erst ex post facto verstehen, nicht aber vorhersehen kann. Einige Vorgänge kann sie akzentuieren und verstärken, nachdem sie in Andeutungen sichtbar werden. Insgesamt wirkt die Behandlung so, als komme bei David eine blockierte Entwicklung langsam wieder in Gang. Dabei mag vielleicht mehr als die Deutungen, die nicht immer nachvollziehbar sind, Davids jahrelange Erfahrung mit Zuverlässigkeit und Akzeptanz der Therapeutin von ausschlaggebender Bedeutung für seine Gesundung gewesen sein.

Die Behandlung des hörgeschädigten Kindes im Grundschulalter kommt hier zum Abschluß. Wir wenden uns nun der Entwicklung des hörgeschädigten **Jugendlichen** in Familie, Schule und Freizeit und Therapie zu.

6. Die weitere Schulzeit

In diesem Kapitel wird von der weiteren Schulzeit der hörgeschädigten Jugendlichen in Sonderschule, Hauptschule, Realschule, Gymnasium und anderen schulischen Einrichtungen die Rede sein. Es handelt sich dabei um die Altersspanne vom etwa 10. bis 20. Lebensjahr. Eine Beschreibung dieser Altersgruppe fällt naturgemäß nicht leicht, weil sie sowohl Kinder wie auch junge Erwachsene umfaßt. Wir wollen es hier dennoch versuchen, weil die Schulzeit für alle eine gemeinsame Klammer und Rollendefinition darstellt und bestimmte Rahmenbedingungen in der Lebensführung mit sich bringt, die anders ausfallen, als in der sich anschließenden Phase der Ausbildung.

6.1 Beschreibung der Altersgruppe

Die Annahme, Diagnostik und Begegnung schlössen einander aus und infolgedessen müsse die Testung gehörloser Kinder unterbleiben (Bodenheimer, 1968 b), ist nicht haltbar. Vielmehr erfordert es vom Erwachsenen besonderes Geschick, beide Aufgaben in seiner Person glaubwürdig zu verbinden, und manchen Pädagogen und Therapeuten gelingt dies. Die Diagnostik umfaßt Leistungsparameter, Persönlichkeitsmerkmale sowie das Sozialverhalten.
Besonders häufig wurde die Frage untersucht, ob und wie sich hörgeschädigte Jugendliche von hörenden in ihrer Intelligenz unterscheiden. Ross und Hoemann (1975) untersuchten das Verhalten hörender und gehörloser Jugendlicher im Durchschnittsalter von 17 Jahren bei formalen Operationen. Dabei zeigte sich, daß Hörende und Gehörlose bei leichteren Aufgaben die gleichen Leistungen erbrachten; bei schwierigeren Aufgaben und wenn es auf die Befolgung von Regeln ankam, machten die Gehörlosen mehr Fehler. Auch fiel es letzteren schwerer, Wahrscheinlichkeitsinformationen aus zwei Quellen miteinander zu verbinden. Bei manchen Aufgaben wiesen sie den Hörenden gegenüber einen Leistungsrückstand von zwei bis drei Jahren auf. Weitere Untersuchungen weisen für hörgeschädigte Jugendliche im Vergleich zu hörenden teils gleiche, teils geringere Leistungen aus. Der Kausalitätsgedanke scheint sich bei einem Teil der hörgeschädigten Jugendlichen später, bei einem anderen Teil nur unscharf, bei einem dritten Teil normal zu entwickeln (Affolter und Bischofberger, 1982).
Der passive Wortschatz Gehörloser ist nennenswert geringer als der aktive Wortschaft Hörender (Wisotzki, 1980). Basilier (1965) gibt an, daß gehörlose Jugendliche nach acht Jahren Schulzeit in Norwegen über eine geringere Zahl von Begriffen verfügen als hörende Sechsjährige zu Beginn ihrer Schulzeit. Allerdings sind diese Angaben interpretationsbedürftig. So mag die Aussage richtig sein, was gesprochene und aufgrund lautsprachlich oder schriftlich dargebotener Begriffe erkannte Wörter angeht. Aber nicht minder wichtig ist die Zahl der gebärdeten und in Gebärde verstandenen Wörter, da diese viel eher die Kenntnis der Gehörlosen von der Welt sichtbar werden lassen. Es ist auch zu bedenken, daß rein quantitative Angaben nur von begrenzter Aussagekraft sind. Die Gebärde steht nicht in

direkter Entsprechung zum gesprochenen Wort. Vielmehr muß sie wie eine Art Morphem betrachtet werden (Prillwitz, 1986), aus dem sich in Kombination mit anderen Morphemen eine sehr große Zahl von Wörtern generieren läßt. – Im Aufzähltest nach Busemann erwiesen sich gehörlose Schüler hörenden gegenüber als unterlegen (Seifert, 1972b). Auch hier ist freilich nicht ohne weiteres zu folgern, daß sie in ihrem frei verfügbaren Vorstellungsmaterial weniger leistungsfähig seien als jene. Vielmehr mag das Ergebnis methodeninduziert zustandegekommen sein. Da bei Gehörlosen die Begriffe gewiß nicht primär lautsprachlich gespeichert sind, hätte ein **gebärdeter Aufzähltest** u. U. ganz andere Ergebnisse erbracht. – Dennoch ist der Rückstand in Verstehen und Verwendung der gesprochenen Sprache in diesem Alter eine unabweisbare Tatsache. Sie macht zumindest **gehörlosen** Jugendlichen im Umgang mit Hörenden viel zu schaffen, trägt zur gegenseitigen Abgrenzung der Gruppen bei und erschwert später die Ausbildung.
In einer Vergleichsuntersuchung an gehörlosen und hörenden Jugendlichen konnte Altshuler (1978) feststellen, daß die gehörlosen stärker zu impulsivem und unkontrolliertem Verhalten neigten. Diese größere Impulsivität mag auf Erlebens- und Verhaltensprobleme der Eltern mit ihrem gehörlosen Kind zurückgehen, auf das Fehlen von Geräuschen, darauf, daß das Kind Sprache und Ausdrucksmöglichkeit vermißt, oder von der Erfahrung herrühren, daß es sich oft nicht verstanden fühlt. Dierig (1980) fand in einer Stichprobe von N = 7 977 hörgeschädigten Schülern 16,5 % psychosozial auffällige Probanden (definiert als beeinträchtigt im Leistungs- und Sozialbereich). Unter den schwerhörigen Schülern lag der Anteil bei 13,7 %, unter den gehörlosen bei 16,5 %. Die mehrfachbehinderten Schüler wurden von ihren Lehrern zu 39,4 % als psychosozial auffällig bezeichnet. Allerdings ist dieses Ergebnis zumindest teilweise tautologisch: Als mehrfachbehindert werden Schüler u. a. klassifiziert, wenn sie über eine der klassischen Behinderungen hinaus im Leistungs- und Sozialbereich zusätzliche Probleme bereiten. Dies wird von den befragten Lehrern dann systemimmanent bestätigt.
Schwerhörige und gehörlose Schüler unterscheiden sich in der Struktur ihrer zusätzlichen Verhaltensauffälligkeiten nicht voneinander. Bei beiden Gruppen werden Konzentrationsstörungen und Aggressivität an erster Stelle genannt (Dierig, 1980), eine Einschätzung, die auch für Schüler von Regelschulen ausgesprochen wird (Hanke et al., 1976). Dagegen nehmen Mißtrauen und depressive Züge entgegen einer verbreiteten Erwartung in diesem Alter keine herausragende Position ein. Die Merkmalskombination männlicher Schüler, schwerhörig, in Stadtstaaten sowie an Schulen mit einem Psychologischen Dienst wies die höchste Rate an Verhaltensauffälligkeiten auf; für die Merkmalskombination Schülerin, gehörlos, in Flächenstaaten sowie an Schulen ohne Psychologischen Dienst war diese Rate am niedrigsten. An den Schulen, die über einen eigenen Psychologischen Dienst verfügten, betrug die Zahl der psychosozial auffälligen Schüler 26,7 %, in den Schulen ohne einen solchen Dienst nur 13,6 %. Nun kann man wohl nicht annehmen, daß die Anwesenheit eines Psychologen die Kinder veranlaßt, doppelt so häufig auffällig zu werden. Vielmehr ist zu vermuten, daß die enge Zusammenarbeit zwischen Lehrern und Psychologen innerhalb der Institution zu veränderten Wahrnehmungseinstellungen und in der Folge zu anderen Einschätzungen von Schülerauffälligkeiten führt. An Schulen mit eigenem Psychologischen Dienst besteht eine etwa dreimal größere Chance für ein Therapieangebot als in Schulen ohne einen solchen Dienst.

Hörgeschädigte beenden ihre Schulzeit häufiger als hörende Jugendliche ohne Abschluß oder mit Hauptschulabschluß, seltener mit Realschulabschluß oder Abitur. Es kommt bei gehörlosen Schülern manchmal vor, daß sie aufgrund schwerer Verhaltensauffälligkeiten von der Schule verwiesen werden müssen und dann unbetreut bleiben. Manche werden straffällig, andere landen in Heim oder Psychiatrie und werden dort nur unzulänglich versorgt (Vernon, 1980). Gehörlose besuchen seltener als Schwerhörige weiterführende Schulen. Sie unterscheiden sich von Schwerhörigen nicht in ihren Noten für die Fächer Mathematik und Deutsch; jedoch kann man daraus nicht, wie die Autoren (Günther et al., 1984) es tun, schließen, die sprachlichen Leistungen beider Gruppen seien gleich. Vielmehr ist die Notengebung immer eine sehr komplexe Definitionsleistung, in die u. a. Vorgaben des Lehrplans und der Leistungen des Klassendurchschnitts eingehen. Ein Leistungsvergleich kann also nur über standardisierte Aufgaben erfolgen, deren Darbietungsform behindertenspezifisch angepaßt wird. Die Frage des Schulabschlusses ist für hörgeschädigte Schüler von größter Bedeutung, weil auf ihm die Möglichkeit basiert, einen qualifizierten Beruf zu ergreifen. Innerhalb der 10jährigen Schulpflicht ist dieses Ziel für einige von ihnen schwer zu erreichen. Es erscheint daher heute unabweisbar, die Schulzeit zumindest für gehörlose Schüler zu verlängern – eine Forderung, die auch in den Hörgeschädigten-Verbänden regelmäßig erörtert wird.

Von allen hörgeschädigten Jugendlichen tragen, allerdings je nach Hörvermögen, Alter und Umfeld variierend, nur knapp 50 % ihr vorhandenes Hörgerät; die Schüler mit stärkeren Hörschädigungen bedienen sich seiner häufiger, während nahezu gehörlose Schüler sowie Schüler mit leichten Hörschädigungen es seltener benutzen. In der Untersuchung von Günther et al. (1984) fanden sich in der Gruppe der mittelgradig schwerhörigen Schüler gehäuft solche mit niedrigen, unter den hochgradig schwerhörigen vermehrt solche mit hohen Intelligenzleistungen. Jedoch kann nicht entschieden werden, ob hier ein ursächlicher Zusammenhang mit dem Tragen der Hörgeräte besteht.

Bei der schriftlichen Befragung von N = 118 gehörlosen Schülern im Alter von 11 bis 17 Jahren zeigte sich, daß der Kontakt mit anderen Menschen lebendiger war, wenn ihre Eltern ebenfalls hörgeschädigt waren. Die Schüler selbst fühlten sich in allen Gruppen von der Mutter am besten verstanden. Als Favoriten für gemeinsame Unternehmungen nannten die Jugendlichen gehörlose Freunde. 77,6 % der Schüler gaben an, sie wollten **nicht** mit hörenden Kindern zusammen zur Schule gehen (Kammerer und Göbel, 1982). Eine Überführung gehörloser Schüler in die Schwerhörigenschule erfolgt in den letzten Jahren recht häufig. Dagegen ist es weiterhin schwer, sie in den Unterricht der Regelschule zu integrieren (Neumann, 1987).

Auch in diesem Alter ist es notwendig, Schwerhörige und Gehörlose von Ertaubten zu unterscheiden. Wie kraß diese Unterschiede von den Gruppen selbst wahrgenommen werden können, läßt die folgende Darstellung erkennen:

„Mit 12 Jahren kam ich dann zur Realschule för Hörgeschädigte; erstmals sah ich dort Gehörlose. Schnell stellte sich heraus, daß ich dem Unterricht in der Schwerhörigenklasse nicht folgen konnte. Erstmals die Erfahrung: Sprache ist nicht alles, meine Ablesefähigkeiten reichten einfach nicht aus. Kommunikation kann auch zur Einbahnstraße werden ... Also wurde ich in die Gehörlosenklasse versetzt. In jenem Alter tauchten Fragen in mir auf: Wer bin ich, wohin gehöre ich, wie sehen mich andere Menschen? Auf die Konfrontation mit Gehörlosen war ich nicht vorbereitet, sie traf mich wie ein Schock. Diese Gleichaltrigen waren genauso taub wie ich, aber sie waren

anders. So wenig Sprache, so wenig Wissen, diese unästhetische Ausdrucksweise mittels Gesicht und Hände? – Der Unterricht war im Wesentlichen eine Wiederholung des Stoffes meiner alten Schule, zäh, quälend langweilig. Später kam Sonderunterricht hinzu, und endlich wurde Lernen wieder spannend. Ich weigerte mich anzuerkennen, daß meine Klassenkameraden genauso taub waren wie ich, sie mußten auch dumm sein, eine andere Erklärung gab es einfach nicht. Es hat lange gedauert, ehe ich diese fand.
Neue Erfahrungen auch im Schulinternat: Ich war nicht länger Einzelkind, Mittelpunkt der Familie. Anpassung und Durchsetzungsvermögen waren gefragt ... Ich paßte mich äußerlich an, Gebärden waren schnell gelernt, doch nur, weil es bei den Schulkameraden nicht anders ging. **Ich** hatte das ja eigentlich nicht nötig ... – Wohin gehörte ich? Gehörlos war ich in diesem Sinne nicht, schwerhörig auch nicht, hörend, so ungern ich es einsah, ebenfalls nicht. Ich war nur ‚taub', mit voller Sprache. Gehörlose und schwerhörige Schulkameraden konnten mich ebenfalls nicht so recht einordnen, hörende Gleichaltrige waren längst außerhalb meines Beziehungskreises. Wer war ich? Jahrelang habe ich einen Menschen gesucht, mit dem ich mich hätte identifizieren können, doch ich fand niemanden. Nirgendwohin zu gehören, zwischen allen Stühlen zu sitzen, das wurde zum vorherrschenden Lebensgefühl. – Im Laufe der Jahre fand ich wieder gute Kontakte zu schwerhörigen Schulkameradinnen und auch zu Hause Anschluß an eine Schwerhörigen-Jugendgruppe. Meine Isolierung außerhalb der Schule nahm ab; Altstadtbummel, Discos, Feten etc. wurden möglich. Trotzdem, Gesprächspartner für all das, was mich interessierte bzw. bewegte, waren knapp. Im nachhinein ganz normale Pubertätserscheinungen, mit der Hörbehinderung als ‚Tüpfelchen auf dem i'? Oder war es doch mehr? Ich zog mich zurück, Selbstmitleid und Minderwertigkeitsgefühle nahmen zu. Wieder wollte ich verzweifelt hören können, versprach mir davon die Lösung aller Probleme ..." (Petra Piel, ertaubte Sozialarbeiterin).

Besonders im Bereich des Sprachverhaltens lassen sich zwischen Schwerhörigen, Gehörlosen und Ertaubten charakteristische Unterschiede nachweisen (Tab. 4):

Tab. 4: Mögliche Besonderheiten der Sprache schwerhöriger, gehörloser und im Sprachbesitz ertaubter Menschen (gekürzt und modifiziert nach Heese, 1961, 1962).

Schwerhörige	Gehörlose	Im Sprachbesitz Ertaubte
1. Eigene (Laut-)Sprachproduktion		
Wortschatz		
Wortschatzminderung besonders bei angeborener oder früh, d. h. vor dem 8. Lebensjahr erworbener Schwerhörigkeit; speziell betroffen: Synonyme.	Geringer Wortschatz, Fehlen synonymer abstufender Bezeichnungen, Unsicherheit in Wortwahl und Wortfindung.	Wortschatz leidet kaum, um so weniger, je später die Ertaubung eintritt.
Grammatik		
Dys- und Paragrammatismus, also syntaktisch-grammatische Strukturen, werden unvollständig oder fehlerhaft benutzt.	Verringerte Möglichkeit zur Bildung vollständiger grammatisch richtiger Sätze; dysgrammatische Sprache; abgehackte Sätze; Telegrammstil.	Grammatik leidet kaum, um so weniger, je später die Ertaubung eintritt.

Schwerhörige	Gehörlose	Im Sprachbesitz Ertaubte
Artikulation		
Artikulationsmängel: durch die verringerte auditive Rückkoppelung werden manche Konsonanten und Vokale weniger prägnant artikuliert, so daß die Sprache verwaschen klingt.	Artikulation weniger präzise wegen der fehlenden Rückmeldung über das Ohr; Verlust oder Vertauschung von Lauten.	Die Artikulation wird unschärfer und undeutlicher, bleibt aber bei aufmerksamem Zuhören verständlich.
Sprechstil		
Entstellung im melodischen, dynamischen und rhythmischen Akzent der Sprache: das Sprechen klingt manchmal zu hoch, zu leise oder zu laut, zu langsam oder abgehackt.	Sprechmelodie, -tempo und -stärke sind, mit dem gewohnten Höreindruck Hörender verglichen, mehr oder minder stark verändert.	Sprechmelodie, -tempo und -stärke nehmen andeutungsweise Merkmale der Gehörlosensprache an, bleiben aber im wesentlichen erhalten.
2. (Laut-)Sprachauffassung		
Nichtverständnis und Mißverständnis der gehörten Sprache	Erfolg über das Absehen vom Mund, das in der Gehörlosenschule gelehrt wird. Gehörlose können nur solche Wörter und Satzmuster absehen, die ihnen bekannt sind; da die deutsche Sprache ca. 40 Phoneme (Laute), aber nur über 11–12 Kineme (mit Lauten korrespondierende sichtbare Mundbewegungen) verfügt, können Mißverständnisse nicht ausgeschlossen werden (BABY kann z. B. verstanden werden als PAPPI, MAMMI, PAPPE, MEMME, MAMPE, BAMBI, PAMPE, BARBE, BLEIBE, BREMSE).	Das Verstehen ist so lange sehr erschwert, bis Ertaubte das Absehen lernen. Gegenüber Gehörlosen sind sie u. U. im Nachteil, weil sie damit erst spät in ihrem Leben beginnen, im Vorteil, weil sie aus der eigenen Sprachproduktion längere und auch verschachtelte Sätze kennen.
3. Lesen und Schreiben		
In der Regel nicht beeinträchtigt, außer z. B. durch Hörfehler im Diktat.	Leistungen entsprechen in etwa den lautsprachlichen Leistungen; die Rechtschreibung wird zum Teil recht sicher beherrscht. Komplexere Sachverhalte in sprachlicher Darstellung sind für Gehörlose oft nicht leicht zu verstehen und auch nicht leicht zu formulieren. Hörende tun sich manchmal schwer, Texte von Gehörlosen auf Anhieb zu verstehen.	In der Regel ungestört.

Schwerhörige	Gehörlose	Im Sprachbesitz Ertaubte
4. Mimik und Gebärde		
In der Regel kein Unterschied gegenüber Hörenden.	Gehörlose verständigen sich untereinander in der Regel mit Gebärden in Anlehnung an die oder Variationen der deutschen Gebärdensprache (DGS).	Gebärdensprache wird von Ertaubten zum Teil gelernt, um den Kontakt mit Gehörlosen zu ermöglichen, ihr Medium bleibt aber meist das gesprochene Wort.

Auch in ihrem weiteren Leben grenzen sich die verschiedenen Hörgeschädigtengruppen voneinander ab. Institutionell wachsen die Jugendlichen in verschiedene Vereine und Verbände mit eigenen Jugendorganisationen hinein (vgl. dazu Kap. 9.8). Die Gehörlosen, die Schwerhörigen und Spätertaubten sowie die von Tinnitus Betroffenen sind in unterschiedlichen Zusammenschlüssen mit eigenen Traditionen organisiert. Tatsächlich haben alle Hörgeschädigten einige gemeinsame Interessen zu vertreten, daneben aber auch solche, für die nur innerhalb des eigenen Verbandes ein Engagement besteht.
Die menschliche Entwicklung läßt sich u. a. unter der Perspektive der Aufgabenübernahme betrachten. Jeder Mensch steht in jedem Lebensalter vor bestimmten reife- und gesellschaftsbedingten Aufgaben, die es anzunehmen und zu lösen gilt. Für das Jugendalter wird hier u. a. genannt:

1. Umgang mit der eigenen Sexualität und Hineinwachsen in Geschlechtsrollen;
2. Loslösung von der Familie;
3. Annahme des Größerwerdens und Hineinfinden in den eigenen wachsenden Körper;
4. Entwicklung eines Lebensentwurfs;
5. Entwicklung intellektueller Fähigkeiten;
6. Rekurs auf Werte und ein ethisches System;
7. Übernahme sozialer Verantwortung;
8. Aufnahme intensiverer Beziehungen zu Gleichaltrigen (Bernard, 1966).

Die folgenden Abschnitte werden davon handeln, welche Verzögerungen, Beeinträchtigungen und Fehlentwicklungen in diesen Bereichen bei hörgeschädigten Jugendlichen auftreten können und welche Möglichkeiten zur Korrektur und Therapie es dabei gibt.

6.2 Beratung

Jüngere hörgeschädigte Kinder können noch mit Spiel, Musik, Zeichnung und Pantomime angesprochen werden; manche Korrektur erfolgt in diesem Alter noch über eine Beratung der Eltern. Dies ändert sich nun; Lautsprache und Gebärde kommen jetzt hinzu; vermutlich wird der hörende Helfer den hörgeschädigten Jugendlichen auf Dauer nur erreichen können, wenn er auch mit ihm spricht oder gebärdet. Aber damit ist nur die Gesprächsgrundlage gesichert. Das Gespräch selbst erfordert vom Helfer viel Präsenz, Geistesgegenwart, Geduld und eine wirklich klientenzentrierte Haltung. Zwei Gesprächsausschnitte mögen dies belegen.

Fall 13: 19jähriger gehörloser Klient

Klient: Mich traurig, traurig. Schmerz Körper. Kopfschmerz, fühlen nicht gut. Weiß nicht falsch … (Pause)
Berater: Du bist sehr traurig. Das kann im Körper Schmerzen verursachen. Dann machen deine Schmerzen dich noch trauriger. Es ist ein Kreislauf. Traurigkeit, Schmerz, mehr Traurigkeit, mehr Schmerz. Aber du kannst nicht verstehen, warum du traurig bist, und die Schmerzen im Körper beunruhigen dich.
Klient: Ja, ja (mit deutlicher Zustimmung). Mag sein etwas schlecht falsch Körper (schaut verwirrt).
Berater: Ich denke, du fühlst dich schlecht … enttäuscht … und traurig … weil dein Körper schmerzt, und du weißt nicht, warum.
Klient: (nickt mit dem Kopf ja) … (zeigt auf die Hüften und gebärdet Schmerz, zeigt auf den Magen und gebärdet Schmerz, gebärdet Kopfschmerzen, schüttelt sich dann voller Verzweiflung) … (lange Pause)
Berater: Tom, letzte Woche sagtest du mir, du gingst zum Arzt zu einer Untersuchung. Du sagtest mir, er sagte, nichts ist falsch. Er sagte, du nervös. Verstehst du Arzt?
Klient: Ja, verstehe Doktor sagte (macht ein Gesicht, das Widerwillen ausdrückt) … Arzt dumm … wirklich Schmerz Magen, Hüfte, Kopfschmerz … mich nervös, ja, ja, aber wirklich Schmerz. Brauche Krankenhaus.
Berater: Ich glaube dir. Wenn du sagst, es schmerzt, dann schmerzt es. Ich weiß, der Arzt glaubt dir. Er denkt nicht, du lügst. Aber vielleicht du verstehst nicht, was Arzt meint. Er meint nichts Böses, Falsches. Er meint, er kann dir nicht helfen mit Medizin, Operation oder anderen Dingen. Arzt denkt, du Schmerzen, weil du traurig … nervös … Arzt denkt, wenn du aufhörst traurig, dein Körper stoppt Schmerz … du denkst, Arzt richtig?
Klient: Vielleicht (scheint unsicher) … wie stopp Schmerz?
Berater: Du, dein Arzt und ich können zusammen arbeiten und dir helfen, Schmerz stoppen. Du kannst dir selbst am meisten helfen durch Denken über das, was der Arzt sagt … Befolge, was Arzt sagt … und verstehe, warum du Sorgen viel. Kannst du mir sagen, was Arzt sagte, du stopp Schmerzen?
Klient: Geben Medizin (zeigt dem Berater eine Flasche mit Beruhigungsmitteln). Dreimal jeden Tag … Morgen, Mittag, Nacht … (Pause)
Berater: Du nimmst Medizin richtige Zeit jeden Tag nach Besuch Arzt?
Klient: Ja.
Berater: Arzt sagte dir, nimm Medizin. Du nimmst Medizin richtige Zeit jeden Tag. Was noch Arzt erzählte dir?
Klient: Doktor sagte, nicht sorgen … sagte, komm dir sprechen … (Anderson, 1979).

Diskussion. Der Berater versucht, dem jungen Mann in einfachen Worten das Vertrauen in den Arzt wiederzugeben, ihm den Zusammenhang zwischen körperlichem und seelischem Leiden zu verdeutlichen und ihm Verhaltensregeln für den Alltag zu vermitteln. Man spürt, daß der Klient noch nicht ganz die Auffassung des Helfers teilt – es wird also u. U. noch mehrerer Gespräche bedürfen, bis eine Klärung zustande kommt. Der Berater ist in seiner Wortwahl keineswegs besonders geschickt und spricht nicht so einfach, gegliedert und verständlich, wie dies vielleicht möglich wäre. Aber er bezieht sich auf das Anliegen des Klienten und hilft ihm in Orientierung und Verhalten weiter.

Ein Gespräch kann aber auch ganz anders verlaufen, wenn der Therapeut starr an seinem Beratungskonzept festhält.

Fall 14: Jimmy

Berater: Was ich beabsichtige, ist, dir zu helfen, dich selber anzuschauen und dich selbst als Person zu verstehen. Wer ist Jimmy? Was ist Jimmy hinter der Oberfläche? Ich möchte mehr über Jimmy erfahren.
Klient: Hinter? (schaut umher und hinter sich) Wer hinter? (schaut verwirrt)
Berater: Ich meine, wer du wirklich bist? Wer ist Jimmy?
Klient: Mich? Mich Jimmy (nickt zustimmend mit dem Kopf) Name Jimmy.
Berater: Aber ich kenne dich nicht wirklich, Jimmy. Vielleicht ist die Art, wie du oberflächlich erscheinst und wie du innerlich bist, von ganz verschiedener Art. Also: Wie ist der wirkliche Jimmy? Wer ist der Junge hinter Jimmy?
Klient: Hinter (schaut wieder umher, dann wieder zum Berater, ein Stirnrunzeln der Verwirrung auf seinem Gesicht). Mich Jimmy ... ich bin ein Junge.
Berater: Das ist nicht das, was ich meine. Ich möchte wissen, was du wirklich denkst und was du wirklich fühlst, wer du innerlich bist. Ich denke, daß ich nicht weiß, was du denkst und was du fühlst. Kannst du mir das erzählen?
Klient: (offensichtlich verwirrt, frustriert und ein bißchen ärgerlich) Nicht verstehen! Wie fühlen? Wie denken? Über was? (Anderson, 1979).

Diskussion. Dieser Berater hat offenbar ein Menschenbild, das der Humanistischen Psychologie verbunden ist, und versucht, es dem Klienten aufzuzwingen; und der Klient, der diese unangemessene Feinsinnigkeit nicht versteht, verliert zunehmend Geduld und Gesprächsbereitschaft.

Generell kann man sagen, daß es sich in solchen Gesprächen empfiehlt,
- nach dem Alltag zu fragen
- einfache Formulierungen und kurze Sätze zu benutzen
- das zentrale Thema des Klienten und den lebendigen Affekt zu suchen
- Bericht und Lösungsvorschläge zu erfragen
- selbst Erklärungen abzugeben
- klar zu sagen, was man selbst für wichtig hält, und
- die Freiheit des Klienten zu betonen, seine Entscheidung eigenständig zu fällen.

Gegen Ende der Schulzeit benötigen hörgeschädigte Jugendliche u. a. Berufsberatung. Auf sie wird in Kap. 7.2 eingegangen.

6.3 Verhaltensmodifikation

Im Jugendalter wie auch mit jüngeren Kindern ist oft mit Verfahren der Pädagogischen Verhaltensmodifikation gearbeitet worden. Es seien hier zwei Untersuchungen ausführlich dargestellt, in denen die Stärke und zugleich die Problematik dieser Gruppe von Interventionen hervortritt.

Fall 15: Brian

Johnson und Kaye (1979) wählten ein Diskriminationstraining mit differentieller Verstärkung, um zwei schwerhörigen Kindern das Mundbild von 18 Begriffen beizubringen. Brian war ein 12jähriger retardierter Junge, bei dem andere Techniken, ihm das Absehen vom Mund beizubringen, versagt hatten. Sprachlich war er weit zurück; das Verstehen seiner Sprache fiel schwer. Sein

Hörrest auf dem besseren Ohr lag bei 55 db im Frequenzbereich von 250 bis 4 000 Hz. Das Training fand in einem schalldichten Raum statt. Als Lernstoff waren sechs Früchtenamen (Apfel, Banane, Apfelsine, Pfirsich, Birne, Pflaume), sechs Farben (blau, grün, orange, purpur, rot, gelb) und sechs Zahlen (eins bis sechs) vorgesehen. – Zunächst wurde Brian angeleitet, immer auf eines der Objekte (Plastikfrüchte, Karten mit den Farben bzw. Zahlen) zu tippen, wenn der Verhaltenstherapeut ein Wort aussprach. Wenn Brian dies tat, machte der Therapeut das Gebärdenzeichen für **gut**, unabhängig davon, ob Brians Zuordnung richtig war. Danach wurden die Grundraten für die drei Wortgruppen erhoben. Brian erhielt bei jeder richtigen Zuordnung von Mundbild und Symbol einen Verstärker für die Früchte und die Farben, nicht jedoch für die Zahlen. In Phase 2 wurden nur richtige Antworten bei den Früchten verstärkt, nicht aber bei den Farben und den Zahlen. Die Untersuchung hätte danach eigentlich noch weitergehen sollen, jedoch wurde Brian zu diesem Zeitpunkt in eine andere Einrichtung überwiesen, so daß die Arbeit nicht fortgeführt werden konnte. – Bezüglich der Zahlen war Brian nicht verstärkt worden; hier blieb die Rate der richtigen Zuordnungen konstant niedrig bei etwa fünf bis sechs richtigen Antworten, was bei 36 möglichen Punkten der Zufallswahrscheinlichkeit von einem Sechstel entspricht. Bei den Farben war die Zahl der richtigen Zuordnungen bereits in der Grundratenphase relativ hoch. In der Verstärkungsphase ergab sich hier eine geringfügige Verbesserung, als die Verstärkung ausgesetzt wurde, eine deutlich sichtbare weitere Verbesserung. Bei den Früchten war der Zuwachs an richtigen Zuordnungen in der ersten Verstärkungsphase hoch, jedoch sprunghaft und unstet. In der zweiten Verstärkungsphase kam es zu einer weiteren Steigerung und Stabilisierung der richtigen Zuordnungen.

Diskussion. Die Untersuchung macht sichtbar, daß ein Lernzuwachs nur da stattfindet, wo eine kontingente Verstärkung erfolgt. Freilich besteht im vorliegenden Fall die Verstärkung vermutlich aus zwei Komponenten: einer Belohnung und einem Hinweis. Die stabil niedrige Anzahl richtiger Zuordnungen bei den Zahlen kann nicht verwundern: Wo keine Gelegenheit zum Lernen besteht und das Raten nicht zum Erfolg führt, kann nicht gelernt werden. Auf Brians Zuordnungen zu den Früchten und den Farben dagegen folgte eine Antwort; so konnte er hier in beiden Bereichen Konzepte entwickeln. Daß sich die Zuordnungsleistung bei den Farben steigerte, nachdem keine Verstärkung mehr erfolgte, überrascht nicht: Wenn Brian die entsprechenden Konzepte in Phase 1 gelernt hat, wird in Phase 2 die Zuordnung vermutlich bereits von innen gesteuert und belohnt; sie bedarf der Bestätigung von außen nicht mehr oder nicht mehr so sehr. Für diese Überlegung spricht, daß die Lernleistung bei den Früchten, die in den Phasen 1 **und** 2 verstärkt wurden, absolut am höchsten war. Die Autoren vermuten, daß sich in Phase 1 ein sogenanntes **learning set** gebildet hat, eine Lernstrategie, die in Phase 2 auf die Farben angewendet werden kann, auch wenn die Verstärkung ausbleibt. – Bemerkenswert für die Arbeit mit Hörgeschädigten ist noch besonders, daß die Arbeit mit kontingenter Verstärkung da zu einem Lernergebnis führt, wo andere Verfahren offenbar ohne Erfolg geblieben sind. Unter diesem Aspekt erscheint auch die recht hohe Anzahl von Sitzungen, nämlich 40 bis zum Ende von Phase 2, vertretbar.

Die Behandlung konnte mit Brian nicht in voller Länge durchgeführt werden. In einem zweiten Fall dagegen war es den Autoren möglich, sie entsprechend dem ursprünglichen Plan umzusetzen.

Fall 16: Lori

Lori war ein 10jähriges schwerhöriges Mädchen, retardiert und emotional beeinträchtigt. Sie hörte ab 90 db im Frequenzbereich von 250 bis 4 000 Hz. Lori lebte in einem sonderpädagogischen Internat, seit sie 8 Jahre alt war; sie galt als hyperaktiv und aggressiv gegen sich selbst und andere. Ihre Behandlung war so aufgebaut wie bei Brian, jedoch durchlief sie mehr verschiedene Stadien (Tab. 5).

Tab. 5: Phasen in der Behandlung der 10jährigen Lori

Phase 1: Verstärkung für Früchte und Farben
Phase 2: Verstärkung für Früchte (bis hier ging Brians Lernprozeß)
Phase 3: Verstärkung für Früchte und Farben
Phase 4: Verstärkung für Früchte
Phase 5: Verstärkung für Früchte und Farben
Phase 6: Verstärkung für Früchte, Farben und Zahlen
Phase 7: wie Phase 6. Die 18 Reizwörter wurden jetzt nicht mehr nach Gruppen geordnet, sondern in Zufallsfolge dargeboten.
Phase 8: wie Phase 7, aber Lori mußte die Gegenstände nicht antippen, sondern gebärden.

Die Zahl der richtigen Zuordnungen stieg bei den Früchten, wo stets verstärkt wurde, am schnellsten und erreichte in Phase 6 die 100%-Marke. Die Zahl der richtigen Zuordnungen bei den Farben stieg etwas verzögert, aber fast parallel ebenfalls an und erreichte die 100%-Marke gegen Ende von Phase 6. Beide blieben dann bis zum Ende von Phase 8 im wesentlichen auf diesem Niveau. Die Zahl der richtigen Zuordnungen bei den Zahlen blieb von Phase 1 bis Phase 6 konstant niedrig, sprang dann aber noch in Phase 6 auf 100% und blieb danach in diesem Bereich. In den Phasen 2 und 4, in denen die Farben nicht verstärkt wurden, stieg die Zahl der richtigen Zuordnungen für die Früchte etwas stärker an.

Diskussion. Wie bei der Behandlung von Brian wird sehr schön sichtbar, daß die Verstärkung der richtigen Antworten als verantwortlich für den Lernvorgang in Anspruch genommen werden kann. Es scheint, daß dieses Vorgehen auch da noch Erfolge zustandebringen kann, wo andere Methoden nicht mehr greifen; hierdurch kann auch die extrem hohe Zahl der Sitzungen (N = 177!) gerechtfertigt werden, zumal dieses Übungs-Setting sich auch bei der Erarbeitung ähnlicher Lernstoffe bewähren mag und den behandelten Kindern den Weg zu einer minimalen sprachlichen Verständigung mit hörenden Mitmenschen eröffnet. – Die Verstärkung selbst enthält vermutlich zwei Komponenten: eine Belohnung und ein Feedback. In Untersuchungen an Sprachbehinderten konnte gezeigt werden, daß nicht nur Bestrafung, sondern auch Belohnung zur Verminderung des Stotterns führte. Ein solches Ergebnis entspricht nicht den Grundannahmen des operanten Konditionierens, macht aber Sinn, wenn man annimmt, daß der Hinweischarakter der Konsequenz von größerer Bedeutung war als der Belohnungswert.
Die Autoren stellen mit unverhohlenem Stolz heraus, daß der soziale Kontakt mit Lori und mit Brian auf das Minimum beschränkt wurde. Sie äußern die Vermutung, daß andernfalls, also bei einer Kombination von symbolischer mit sozialer Verstärkung, das Lernergebnis von 100% richtiger Zuordnungen schneller eingetreten wäre. Vermutlich haben sie recht. Um die Wirkweise symbolischer Verstärkung bei Lernprozessen Schwerhöriger nachzuweisen, ist es legitim, eine solche molekulare Versuchsanordnung zu wählen. In einem Schul-Setting dagegen müßte man dem Lehrer wünschen, daß er sich über methodische Bedenken der Puristen hinwegsetzt und diejenigen Verstärker wählt, die dem Lernprozeß und der Person des Schülers am besten dienen. So transportiert die Untersuchung nebenher noch eine recht unangenehme Botschaft: Auch der Verhaltenstherapeut, der sich auf keinerlei Kontakt mit dem Schüler einläßt, kann ganz respektable Lernfortschritte erreichen. – Die Autoren erwähnen, daß Lori nach einer langen Stagnation hinsichtlich der Farben Rot und Grün von einem anderen Verhaltenstherapeuten diesbezüglich unplanmäßig zusätzliche Hilfen erhielt und danach beide Farben richtig zuordnete. Für den Versuchsaufbau war dies natürlich eine ärgerliche Störung – für die pädagogisch-psychologische Praxis aber ein wichtiger, nützlicher Hinweis: Mit solchen wohlgeplanten, wohlplazierten und wohldosierten Hilfen zusätzlich zur reinen Verstärkung, die bei dieser Behandlungsdauer doch recht mechanisch wirkt, ist die Zahl der notwenigen Durchgänge bis zur sicheren Beherrschung u. U. beträchtlich zu verringern, ohne daß dabei Prinzipien der Pädagogischen Verhaltensmodifikation aufgegeben werden müßten.

Mit Interventionen aus Verhaltenstherapie und Pädagogischer Verhaltensmodifikation sind bei hörgeschädigten Jugendlichen auch zahlreiche andere Probleme erfolgreich angegangen worden, so Bettnässen, Leistungsstörungen, Verhaltensstereotypien sowie halluzinatorisches Verhalten. Auch Arbeitsverhalten und Sozialverhalten konnten auf diesem Wege eine Besserung erfahren.

6.4 Psychogene Hörstörungen

Es wurde bereits erwähnt, daß Hörleistung bzw. Hörverlust oft einen psychogenen Anteil haben, der in manchen Fällen sogar ganz allein ausschlaggebend für das Hörvermögen ist. Manche derartige Beeinträchtigungen sind Episoden von nur kurzer Dauer; andere dagegen erweisen sich als unbeeinflußbar.

Fall 17: Lora

Lora wird vom Studienberater zum Sprachtherapeuten überwiesen, weil sie wegen ihrer Gehörlosigkeit einen Collegekurs nicht bestanden hat; sie selbst hat kein Interesse an dieser Hilfe. Die Untersuchung ergibt, daß sie auf beiden Ohren vollständig gehörlos ist. Ihre Sprache ist allerdings so perfekt artikuliert, die Ausdrucksweise so gut, wie es bei einem von Geburt an tauben Menschen nicht möglich erscheint. Auch das Absehen vom Mund gelingt ihr ausgezeichnet; selbst während der Therapeut Pfeife raucht, kann sie ihn verstehen. Es spricht also vieles dafür, daß Lora in der Lage ist zu hören, allerdings nur, wenn sie dabei das Gesicht des Sprechers sehen kann. – Im Alter von einem Jahr hatte eine Großtante von Lora bemerkt, daß das Kind nicht sprach, und Taub- und Stummheit diagnostiziert. Ein gehörloses Ehepaar in der Nachbarschaft übernahm es, ihr Absehen und Gebärdensprache beizubringen. Kurz darauf begann Lora zu sprechen. Auf ihre überraschenden Erfolge waren die Gehörlosen sehr stolz. Lora erlebte das Paar deutlicher elternartig als ihre leiblichen Eltern. – In der Therapie wird versucht, Loras Abhängigkeit von visuellen Reizen zu löschen. Sie beobachtet statt des Mundes Fingerbewegungen, die in immer größerem Abstand von den Lippen ausgeführt werden, bis sie schließlich auch dann hören kann, wenn sie sich die Fingerbewegungen des Therapeuten, später die Lippenbewegungen anderer Sprecher bei geschlossenen Augen nur vorstellt. Doch dieser Therapieerfolg ist nicht von langer Dauer; Lora bricht die Behandlung ab. Alle ihre Freunde sind gehörlos, sie fühlt sich den Gehörlosen zugehörig; sich der Welt der Hörenden anzupassen ist ihr zu mühevoll; sie ist in dieser Welt nicht zuhause. Lora will gehörlos bleiben (van Riper, 1982).

Diskussion. In diesem Fall war die psychogene Hörschädigung offenbar besonders tief im Lebenskontext der Klientin verwurzelt. Dann mag alles Bemühen erfolglos sein, da es nicht möglich ist, zusammen mit der Wiedergewinnung des Hörvermögens eine klientengerechte Lebenssituation zu schaffen. Eher würde eine solche vielleicht erzwungene Kur der Klientin die sozialen Unterstützungssysteme nehmen, in denen sie groß geworden ist – ein zweifelhafter Therapieerfolg.

Wenn die Hörstörung dagegen situativ auftritt und rasch angegangen wird, so besteht eine gute Aussicht auf Erfolg. Bei einem 9jährigen und einem 15jährigen Mädchen berichteten die Eltern von einem Hörverlust, der sich in der Höruntersuchung nicht bestätigte. In beiden Fällen waren die psychischen Auslösesituationen relativ eindeutig identifizierbar. Die Therapeutin entschied sich beide Male, den Mädchen Höraufgaben zu stellen, die sie zu Hause auszuführen hatten, und eine baldige Besserung des Hörstatus in suggestiver Form in Aussicht zu stellen. Zugleich wirkte sie auf Korrekturen in den häuslichen Verhältnissen hin. Tatsächlich trat bei beiden Mädchen innerhalb eines Monats eine Wiederherstellung der ursprünglichen Hörleistung ein (Veniar und Salston, 1983).

6.5 Krisenintervention und existentielle Begegnung

Bei manchen hörgeschädigten Jugendlichen wird es in diesem Alter immer schwerer, mit Kontingenzverträgen zu arbeiten. Sie erkennen, daß verhaltenstherapeutische Kontrakte, an die sie sich binden, ihnen eher Pflichten auferlegen als ihnen Freiheiten zu schenken. Es ist nicht mehr so leicht wie bei Jüngeren, attraktive Verstärker zu finden. Viele Jugendliche denken schon intensiv und vielschichtig über sich selbst nach. Viele ihrer Probleme sind nicht allein unerwünschte Verhaltensweisen; vielmehr tauchen Fragen nach der eigenen Identität auf; die innere Orientierung bedarf der Unterstützung und Entwicklung. Vor eine solche Situation fand ich mich selbst vor ca. 16 Jahren einmal gestellt, als ich noch über sehr wenig Kontakt und Erfahrung mit Hörgeschädigten verfügte.

Fall 18: Oliver

Oliver war ein 16jähriger, großer, schlanker, gutaussehender junger Mann, der die 9. Klasse einer Gehörlosenschule in Süddeutschland besuchte. Die Schule wandte sich mit der Bitte an mich, Kontakt mit ihm aufzunehmen, weil die Gefahr bestehe, daß er sich, seine Mutter, seine Freundin Helga oder deren Mutter umbringen werde. Diese Sorge war keineswegs aus der Luft gegriffen. Einige Tage zuvor hatte er Anstalten gemacht, sich aus dem dritten Stockwerk des Schulgebäudes auf den Schulhof zu stürzen. In den letzten Wochen hatte er seine Freundin bei verschiedenen Gelegenheiten mit einem feststehenden Messer bedroht. Ihrer Mutter war er einige Male von deren Arbeitsstelle bis zu ihrer Wohnung nachgegangen, hatte ihr das Messer gezeigt und Drohungen ausgestoßen. Mit seiner eigenen Mutter war es zu tätlichen Auseinandersetzungen gekommen. – Im ersten Gespräch sagte ich ihm, ich würde mich nun jede Woche einmal mit ihm über alles unterhalten, was er erlebt, denkt, fühlt und wünscht. Ich sagte ihm auch, daß ich kein Lehrer bin. Jedoch mußten die Gespräche während der Schulzeit und in wechselnden freien Klassenräumen stattfinden. – Zunächst war die Frage der Verständigung zu klären. Ich konnte nicht gebärden, war nicht erfahren im artikulierten Sprechen und vermochte auch meine Wortwahl nicht hinreichend zu begrenzen. Olivers Sprechen war mir sehr schwer verständlich; auch das Absehen vom Munde war mir nicht geläufig. Am Ende einigten wir uns darauf, abwechselnd in ein Schulheft zu schreiben. Olivers schriftlicher Ausdruck war ungewöhnlich sicher, und mir selbst gab diese Verständigungsform Gelegenheit, in der ungewohnten Situation etwas länger über meine Antworten nachzudenken.

Anfänglich sprachen wir fast nur über seine Beziehung zu Helga, einem etwas jüngeren gehörlosen Mädchen aus einer anderen Klasse. Er mochte Helga sehr gern, lud sie manchmal zu einem Glas Limonade ein oder kaufte ihr Süßigkeiten. Sie nahm das auch an, ging aber auf seine Forderung, die Pausenzeiten auf dem Schulhof mit ihm zu verbringen und mit ihm zu plaudern, nur manchmal ein und dann wieder nicht. Er schwankte zwischen Liebe, Wut, Enttäuschung, Ohnmacht, Rückzug und Verzweiflung. Er schrieb mir auf: „Ich bin nervös. Ich bin einsam. Ich bin jeden Tag traurig. Ich mache mir jeden Tag Sorgen. Ich habe große Probleme. Ich bin immer wütend. ... Helga möchte, daß sie Bonbon, Eis, Limo bekommen will ... Das ist meine falsche Freundin Helga. Dann werd ich wütend. Ich möchte mit Helga schlagen, treten und bedrohen.

Ich bin nervös, weil ich nur Helga gedenkt habe. Ich möchte Selbstmord machen." Ich antwortete ihm gleich in der ersten Sitzung, daß ich wünsche, daß er am Leben bleibe, und daß ich mich bemühen werde, sein Freund zu sein.

In den folgenden Sitzungen berichtete er, Helga mache sich über ihn lustig und verspotte ihn. Fragen und Einwänden, mit denen ich antwortete, hörte er aufmerksam zu, sprach dann aber immer wieder von seinen Selbstmordgedanken und schrieb über seine Wut bezüglich Helga, deren Mutter und seiner eigenen Mutter. Die Selbstgefährdung und die Bedrohung für Helga schienen mir zunächst am größten. Ich ließ mir deshalb am Ende jeder Sitzung von ihm in die Hand versprechen, daß er sich bis zur nächsten Sitzung nichts antun werde; Helga und die beiden Mütter schloß ich in dieses Versprechen ein. Ich schrieb ihm auf ein gesondertes Blatt auch meine private Telefonnummer und sagte ihm, daß, wenn er gar nicht mehr weiter wisse, seine Mutter mich unter dieser Nummer anrufen könne. – Mehrmals sprach ich an, daß Helga, ihre Mutter und auch seine Mutter Angst vor ihm hätten, und erwähnte seine immer wieder auftretenden physischen Attacken gegen sie. Das leugnete er meistens halb ab, halb gab er es zu. Er sagte: „... weil mein Kopf zu verrückt und wütend ist. Mein Kopf kann manchmal unruhig sein." Ich hatte verschiedentlich den Eindruck, daß er sich etwas paranoid von Personen umgeben sah, die schlecht über ihn sprachen, und stellte mich selbst mit einer Gegenposition zur Verfügung: „Ich weiß: Oliver ist nicht dumm. Oliver ist nicht verrückt. Oliver ist kein Mörder." Das schien ihn zu entlasten und ihm gutzutun. Er schrieb als Antwort auf: „JA, DAS STIMMT."

Nachdem er in der Folgezeit Helga ein paarmal auf dem Schulhof angegriffen und geschlagen hatte, wurde ihm von seiten der Schule der Kontakt mit Helga offiziell verboten und ein Schulverweis in Betracht gezogen. Über dieses Verbot unterhielt er sich lange mit mir, vielleicht in der Hoffnung, daß ich, so wie er, die Maßnahme ungerecht finden und ihn ermutigen würde, dagegen zu verstoßen. Ich unterstützte aber die Entscheidung der Schule, weil sie mir situativ unabweisbar erschien. Unsere Beziehung hat dies offenbar nicht belastet. Jedenfalls fragte er in der gleichen Sitzung, ob er mich einmal privat besuchen dürfe, und kam dann nach einer langen Zugfahrt mit mehrmaligem Umsteigen für einen Nachmittag zu mir nach Hause. Er erkundigte sich bei diesem Besuch u. a. ausführlich nach meinem Alter, meinem Beruf und meinen familiären Verhältnissen und fuhr dann zufrieden wieder in seine Heimatstadt zurück. In den nächsten Sitzungen erzählte er mir häufig voller Stolz von seinem Vater, der, von Olivers Mutter geschieden, in einer anderen Stadt lebte. Er besuchte den Vater oft und half ihm dann bei seiner Arbeit in dessen Werkstatt. Verschiedentlich machte er sich auch über meine geringen Kenntnisse der Autotechnik und mein bescheidenes Auto lustig und erzählte von den PS-starken Autos seines Vaters; darüber konnten wir dann immer herzlich lachen.

Der Konflikt mit Helga blieb virulent. Anscheinend konnten beide nicht voneinander lassen. Jedenfalls suchte auch Helga seine Nähe, lächelte ihn an, ließ sich von ihm einladen und wies ihn dann wieder zurück, wenn er mit ihr plaudern wollte und versuchte, dies als sein Recht durchzusetzen. Nach einer neuerlichen Attacke bat ich Helga in einem separaten Gespräch, sich auf dem Schulhof nicht in seiner Nähe aufzuhalten. Er wieder opponierte gegen das Kontaktverbot, weil er ja nur mit Helga plaudern wolle und sie nur deshalb schlage, weil sie darauf nicht eingehe. Ich blieb ihm gegenüber dabei, daß das Verbot richtig sei und auch ihm selbst helfen werde, mit der Situation besser fertigzuwerden.

Nach den Sommerferien schienen die Verhältnisse entspannter. Oliver berichtete, Helga habe ihm erzählt, daß sie nun einen Freund habe. Er wirkte dabei weniger betroffen als vor der Sommerpause. Ich traute dem Frieden aber nicht und ließ ihn weiter am Ende jeder Sitzung versprechen, daß er Helga, deren Mutter und seine eigene Mutter nicht angreifen und auch sich nichts antun werde. Dies sagte er mir jedesmal zu, aber manchmal mit einer Miene, als wolle er ausdrücken: ‚Laß mich doch mit diesen blöden Versprechungen in Ruhe. Ich halte mich ja schon daran!' Tatsächlich ließ er in der Folgezeit Helgas Mutter und auch seine eigene Mutter in Ruhe; Angriffe auf Helga traten nur noch selten auf.

Parallel zu unseren Sitzungen begann in dieser Zeit eine sporttherapeutische Behandlung bei einem Diplom-Sportlehrer, über die später in diesem Kapitel berichtet wird. In meinen Gesprächen mit Oliver begannen Fragen der Berufswahl eine große Rolle zu spielen. Er hatte ein Prakti-

kum in einem Ingenieurbüro absolviert und wollte technischer Zeichner werden. Er erzählte mir jetzt oft vom Angeln, seiner liebsten Freizeitbeschäftigung für einsame Stunden, und vom Freizeitsport im Freundeskreis. Er begann, sich mehr für mich zu interessieren, und fragte nach meinen Tätigkeiten in der Universität. Oft blätterte er neugierig in meinem Terminkalender und fragte mich dann ungeniert nach der Bedeutung einzelner Eintragungen. Mit Helga kam es zwischendurch doch wieder zu unerfreulichen Begegnungen, bei denen sie ihn auslachte und er sie beschimpfte und gelegentlich auch schlug. Ich empfahl ihm zu seiner (und meiner!) Entlastung, er solle sich von Helga ganz fernhalten. Ich versuchte auch, ihm mit einfachen Sätzen die Situation zu verdeutlichen, indem ich z. B. sagte: „Liebe kann man nicht erzwingen! Du liebst Helga, aber Helga liebt Dich nicht. Du hast mehrere Freunde, nicht nur Helga. Lachen und Weinen gehören zum Leben!“, spürte darin aber in erster Linie meine Hilflosigkeit seiner tatsächlich betrüblichen Lebenssituation gegenüber. Ich war mir in dieser Zeit auch im unklaren darüber, welchen Teil meiner schriftlichen Äußerungen Oliver überhaupt verstand und wie Oliver mich wahrnahm. Aber eines Tages sagte er stolz: „Alle Kinder denken: Ich habe mein Papa oder Bruder Fengler.“ Das machte mich in unserer Beziehung wieder sicherer, und ich entschied mich, ihn erneut mit seiner Gewalttätigkeit gegen Helga zu konfrontieren. Da schrieb er auf: „Ich will niemals Helga verletzen, schlagen, zanken, treten, bedrohen. Ich wollte immer Helga lieben. Du hast mich gesprochen. Warum hat Helgas Eltern Angst, daß ich Helga verletzt?“ – Seine Stimmungslage war seit den Sommerferien nicht mehr so verfinstert wie davor; manchmal war er ausgesprochen fröhlich, und wir konnten über kleine gemeinsame Späße lachen.
Zu Weihnachten schenkte er mir einen schönen, wertvollen Kugelschreiber. Ich nahm dies als Hinweis darauf, daß unser gemeinsames Schreiben für ihn einen Wert darstellte, und benutzte diesen Stift während unserer folgenden Sitzungen regelmäßig. Er freundete sich in dieser Zeit mit einer 16jährigen hörenden Gymnasiastin an, die aber nach wenigen Wochen einen anderen Freund fand. Oliver berichtete davon traurig, aber nicht verzweifelt. Er sprach über Ina, wie dieses Mädchen hieß, ärgerlich und enttäuscht, aber auch mit Zuneigung. Die Zurückweisung nahm ihn diesmal weit weniger mit als das Hin und Her mit Helga. Er schrieb mir auf: „Ich finde einfach viele Freunde. Aber man findet schwer eine Freundin.“ – Die nächsten Sitzungen verliefen ruhig. Oliver erkundigte sich nach meinen Reiseplänen, nachdem er in meinem Terminkalender die Eintragung „Nepal“ gesehen hatte. Er erzählte, daß er mit seinem Vater in den Osterferien in die Schweiz fahren wolle, und berichtete später ausführlich darüber. Immer wieder sprach er das Thema Autos an, ein Gebiet, auf dem er mir überlegen war und mich etwas gönnerhaft belustigt belehren konnte. Inzwischen hatte seine Bewerbung in dem Ingenieurbüro Erfolg gehat, so daß er mit dem Ende des Hauptschulabschlusses und nach den bevorstehenden Sommerferien dort mit der Ausbildung beginnen konnte. Damit fand auch die Therapie ein natürliches Ende. In den letzten Sitzungen sprachen wir hauptsächlich über unsere bevorstehenden Urlaubsreisen. – Drei Jahre später hatte Oliver die Ausbildung zum technischen Zeichner mit Erfolg abgeschlossen. Bei einer erneuten Kontaktaufnahme nach weiteren drei Jahren erfuhr ich, daß er inzwischen in einer eigenen kleinen Wohnung lebt und in der Firma als zuverlässiger Mitarbeiter geschätzt ist. Ich selbst erhielt etwa zeitgleich folgende Karte aus Kolumbien von ihm: „Lieber Jörg, Hier habe ich schön erlebt, mache ich viel unterwegs ES IST SCHÖNES WETTER NÄCHSTE WOCHE REISE ICH AUCH NACH MEXIKO, TSCHÜSS, Oliver.“

Diskussion. Als die Aufgabe, mit Oliver zu arbeiten, auf mich zukam, war ich darauf zwar durch eine allgemeine therapeutische Ausbildung vorbereitet, nicht aber durch besondere Kenntnisse über hörgeschädigte Personen. Dennoch erschien es in dem Moment notwendig, sofort etwas zu unternehmen, wenn vielleicht auch fehlerhaft, statt eine Intervention auf einen späteren Zeitpunkt zu verschieben, zu dem ich eventuell besser gerüstet gewesen wäre. So galt es zunächst, einen praktikablen Verständigungsmodus zu finden und eine positive Übertragung herzustellen; eine durchgehend positive Übertragung halte ich in der Arbeit mit Hörgeschädigten nahezu ausnahmslos für unerläßlich, während in der Arbeit mit hörenden Erwachsenen von manchen Therapeuten Phasen einer überwiegend negativen Übertragung in Kauf genommen werden (vgl. dazu Fengler, 1986 a). Oft war ich nicht auf Anhieb sicher, daß ich ihn und er mich verstand. Dann

waren mehrfache Rückfragen und Wiederholungen notwendig. Das Versprechen, das ich Oliver immer wieder abnahm, nämlich weder sich noch den durch ihn bedrohten Menschen seiner Umgebung etwas anzutun, erschien mir bisweilen wie das Stopfen von Löchern in einem Staudamm: Wenn man an einer aufbrechenden Stelle einen Sandsack vorgelegt hat, sprudelt das Wasser an einer anderen Stelle hervor – bis zur Erschöpfung des Retters. Dennoch mag dieses Versprechen von Woche zu Woche eine gewisse Strukturierungshilfe für Olivers Leben dargestellt haben. Auch die Anonymen Alkoholiker geloben ja keine generelle Abstinenz, sondern nur den Verzicht auf das erste Glas.
Wenn Oliver über Themen sprach, die mit den Konflikten nicht unmittelbar zu tun hatten, so ging ich in der Regel darauf ein. Solche Abschweifungen kamen oft vor, wenn ich ihn direkt auf seine physischen Attacken ansprach; dann waren sie mir ein Hinweis darauf, daß er sich dieser Thematik in diesem Augenblick nicht gern widmen wollte. Manchmal bildeten sie auch den Ausklang unserer Gespräche, gleichsam das Vergnügen nach der Pflicht. Ich bemühte mich, mich durch dieses phasenweise elastische Eingehen auf seine Gesprächsimpulse für ihn zu einem attraktiven und unentbehrlichen Gesprächspartner zu machen. Dies schien zu gelingen. Jedenfalls fragte er mich oft nach meinen Einstellungen und Auffassungen zu verschiedenen Themen, ganz so, als wolle er mein Urteil erfahren, um mit der eigenen Meinungsbildung in einer bestimmten Sache weiterzukommen.
Neben solchen Auskünften, Ratschlägen, Regeln und Anweisungen spielten in unseren Gesprächen Verbalisierungen von Olivers Gefühlen eine gewisse Rolle. Ich versuchte, mich in sein Erleben schrittweise hineinzufinden und es ihm selbst, der die Situation anfänglich recht stereotyp und immer wieder mit den gleichen Begriffen beschrieb, vertrauter, verständlicher und beeinflußbarer zu machen. Bei Voit (1986 b) heißt es dazu: „Es geht um das Benennen von Gefühlen, um das Aufzeigen von Ursache-Folge-Zusammenhängen, um das Vergleichen mit anderen, um das Bewußtmachen von Alternativen" (S. 186). Dabei zeigte sich bald, daß bei den Verbalisierungen eine gewisse Vorsicht am Platze war (Fengler, 1986 a). Manche meiner Formulierungen schien Oliver zunächst als Bestätigung seines Affekts und als Legitimation desselben zu betrachten, z. B. wenn ich sagte: du bist jetzt sehr wütend auf Helga; jedenfalls kam es zu Beginn der Behandlung mehrmals in der ersten Pause, die unserem Gespräch folgte, zu Gewalttätigkeiten gegen Helga.
Die private Telefonnummer zur Verfügung zu stellen, wird von vielen Therapeuten skeptisch beurteilt. Besonders Helfer von Hörgeschädigten klagen oft, sie würden dann zu sehr vereinnahmt. Ich habe bei Oliver und auch mit anderen Klienten entgegengesetzte Erfahrungen gemacht: Gerade die Erreichbarkeit des Therapeuten führt dazu, daß von dieser privaten Beanspruchung nur sehr sparsam und nur in wirklich sehr kritischen Momenten Gebrauch gemacht wird. Gegen Ende der Therapie, die insgesamt 38 Sitzungen in anderthalb Jahren umfaßte, gewannen die Gespräche zunehmend freundschaftlichen, familiären Charakter. Ich hatte den Eindruck, daß die Krise bewältigt war; nun bestand für Oliver keine weitere innere Notwendigkeit mehr, sich mit diesen schweren Themen zu befassen.
Der Erfolg der Therapie, die von Heuveldop (1986) einer ausführlichen Analyse unterzogen worden ist, bestand am Ende darin, daß ein bestimmtes sich abzeichnendes Unglück **nicht** eintrat. Wenn man in Therapien mit Besserungen rechnet, so ist dies zunächst nicht viel. Aber zugleich mit dem Ausbleiben der Katastrophe wurde sichtbar, daß Oliver es im Laufe der Behandlung gelernt hatte, im Umgang mit möglichen Partnerinnen die eigenen und die fremden Wünsche sensibler aufeinander abzustimmen und auf eine Zurückweisung reifer zu reagieren. Auch die gute berufliche Entwicklung, mit der man bei hörgeschädigten Jugendlichen keineswegs selbstverständlich rechnen kann, weist auf eine umfassendere Nachreifung hin. – Insgesamt stellte die Therapie in teils lenkender, teils nichtlenkender Weise ein tiefenpsychologisches, gesprächstherapeutisches und verhaltenstherapeutisches Angebot zur Verfügung, von denen jedes für sich vermutlich nicht ausgereicht hätte, Oliver durch die Krise zu begleiten. Gegen ein solches kombiniertes Vorgehen können theoretische, konzeptionelle und rollenbezogene Einwände geltend gemacht werden. Dennoch muß am Ende die Angemessenheit des Vorgehens für diesen einen Klienten das entscheidende Beurteilungskriterium sein.

Erweiterung der Behandlung

Begleitend zu den psychotherapeutischen Einzelgesprächen wurde ein therapeutisch orientiertes Sportprogramm mit Oliver durchgeführt (Mennekes, 1983). Sport ist eine Möglichkeit, durch Erfolgserlebnisse ein positives Selbstkonzept zu entwickeln, das Vertrauen in die körperliche Leistungsfähigkeit zu steigern, das Selbstbewußtsein zu stärken und kooperatives Verhalten im Umgang mit anderen zu lernen. Bei Hörgeschädigten ist er zudem ein sehr wichtiger Aspekt der Freizeit. Eine Sporttherapie kann somit zu einer Ausweitung der Freizeitmöglichkeiten führen. In der Eingangsdiagnostik bezüglich der motorischen Leistungsfähigkeit (Trampolin-Körperkoordinationstest, Motorik-Test zur Grob- und Feinmotorik) zeigte Oliver weder fein- noch grobmotorische Schwächen. Beobachtungen im Sportunterricht ergaben ebenfalls ein altersangemessenes Bewegungskönnen. Die Sporttherapie erstreckte sich über einen Zeitraum von sieben Monaten. Sie fand zweimal wöchentlich mindestens zwei Zeitstunden lang abwechselnd in Turnhalle bzw. Lehrschwimmbecken der Schule und außerhalb statt. Wegen Olivers Außenseiterrolle und der Ablehnung durch die Schulkameraden wurde sie fast ausschließlich mit ihm allein durchgeführt. So sollte eine intensivere Beziehung ermöglicht werden und Oliver das Gefühl persönlichen Akzeptiertwerdens erfahren. Unbekannte Sportarten wurden methodisch neu eingeführt, bereits bekannte abwechselnd unter kooperativen und Wettkampfaspekten geübt, wobei Oliver sowohl Siege als auch Niederlagen erleben sollte. Dabei wurde versucht, kooperatives Verhalten zu üben, und darauf abgezielt, daß sich durch erhöhte Sportleistungen sein Status innerhalb der Schulklasse verbessern könne. Außerdem wurden Radtouren zu Seen unternommen, an denen Oliver auch sonst seinem Hobby Angeln nachging.
Befragungen und ein Aufsatz zu den Sportstunden ließen einen positiven Kontakt zu dem Sporttherapeuten und Spaß am Sport erkennen. Dabei stellten die Sportereignisse, die in Olivers vertrautem Freizeitumfeld an Seen stattfanden, die nachhaltigsten und wichtigsten Erlebnisse dar. Die teilnehmende Beobachtung ergab während der meisten Sportstunden positive Erfahrungen. So war eine große Bereitschaft zur aktiven Teilnahme festzustellen; die z. T. deutlich gesteigerten Leistungen wurden von Oliver zufrieden registriert. Im Mannschaftsspiel mit seinen Schulkameraden zeigten sich hingegen keine wesentlichen Verbesserungen des Sozialverhaltens. Olivers aktuelle Stimmungslage blieb uneinheitlich. Es kann hierbei nicht festgestellt werden, welchen Anteil an der Gesamtwirkung die Sporttherapie und welchen die allgemein vermehrte Zuwendung neben den therapeutischen Einzelgesprächen hatte.

Diskussion. Die Untersuchung kann vorerst nur als Pilotstudie angesehen werden, die einige Arbeitsschritte einer Sporttherapie erprobte. Es scheint aber erfolgversprechend, auf diese Weise wie auch durch andere therapeutische Impulse, die über die Motorik einen Zugang zu seelischen Prozessen suchen, z. B. therapeutisches Reiten, Bewegungserziehung, psychomotorische Förderung, Konzentrative Bewegungstherapie, Eutonie, Heileurythmie, Atemtherapie u. a., einen Zugang zu Jugendlichen zu suchen. Entscheidend mag über etwaige Änderungen im Erleben und Verhalten hinaus auch sein, daß in der sportlichen Betätigung hörgeschädigten Jugendlichen Gelegenheit zu einer spielerisch-konstruktiven Kontaktaufnahme und -gestaltung gegeben wird. Auch im Präventivbereich erscheint diese Form der Ansprache von besonderem Wert.

Viele Hörgeschädigte haben das Gefühl, daß sie von der hörenden Welt ausgeschlossen werden und sich ein Kontakt nicht herstellen läßt. Diese wechselseitige Sprachlosigkeit können auch Hörende spüren, wenn sie sich bemühen, eine Verbindung zu ihren gehörlosen Mitmenschen in deren Verständigungsmodus herzustellen. Jedoch haben Hörende in der Regel im Kontakt mit anderen Hörenden zufriedenstellende Ausweichmöglichkeiten, so daß der Wunsch nach der Begegnung bei ihnen weniger vital ist. Bodenheimer (1968 a) sieht gerade in der Verweigerung der Begegnung, in Mitleid, Schonung und Versorgung die Ursachen für Entstehung und Aufrechterhaltung seelischer Beeinträchtigungen bei gehörlosen

Kindern und Jugendlichen und sucht in seiner Therapie hier eine radikale Neuorientierung.

Fall 19: Doris

Doris ist zum Zeitpunkt des Behandlungsbeginns 15 Jahre alt, ein gehörloses, häßlich entstelltes uneheliches Internatskind. Im Kindergarten und den ersten Schuljahren erschien ihr Verhalten noch drollig und angepaßt. Aber mit Beginn der Pubertät treten Angstreaktionen auf, hämisch-bösartiges Verhalten, danach Abwendung und Flucht, schließlich schwerste Ängste und Alpträume, in denen der Teufel und entgleisende Züge vorkommen. Versuche, mit den Mitschülerinnen Kontakt aufzunehmen, mißlingen. Noch später wird Doris trotzig und böse, klammert sich an der Erzieherin fest und schreit unverständliche Worte; schließlich zieht sie sich ganz in sich zurück, wird unvermittelt starr und lacht in seltsam fremder Weise; einzig in den Unterrichtsphasen ist sie noch zeitweilig ansprechbar. – Bodenheimer (1968 a) diagnostiziert diese Entwicklung als Psychose in Form einer existentiellen Beziehungsstörung: Wer sich selbst erst in der Begegnung mit dem Gegenüber finden will und ohne Antwort bleibt, stößt nun selbst zurück, um diese Erfahrung nicht immer wieder machen zu müssen. Die Behandlung wird durch die Hypothese geleitet, daß Doris nicht nur erfahren müsse, daß sie behütet, sondern vor allem, daß sie ernstgenommen werde. Sie soll über die gleichwertige Auseinandersetzung mit einem anderen Menschen zur Selbstannahme in ihrem Anderssein gelangen. Bodenheimer berät die Erzieherin, die sich regelmäßig Notizen über Doris macht und die Hauptlast der erzieherischen Arbeit mit Doris trägt. „Alles was Frl. Hüberli tat, sollte den Charakter von Unmittelbarkeit und Direktheit behalten, ausdrücklich nicht ausgenommen die Regungen von Sympathie oder Antipathie“ (S. 22). Für die Behandlung nennt Bodenheimer im Laufe der Supervision einige Regeln, an die er sich selbst auch hält:

- Möglichst in der gegebenen Umgebung bleiben
- Streit mit dem Kind ist besser als Mitleid
- Kosmetisch-chirurgische Korrekturen sind keine Hilfe für die Psychotherapie
- Man soll nicht so tun, als habe man Doris verstanden, wenn dies nicht der Fall ist. Stattdessen ist dem Kind in dem Sprachduktus zu antworten, in dem es selbst spricht
- Keine Sonderrolle für Doris innerhalb der Internatsgruppe: Isolation ist schlimmer als Frustration
- Keine Handlung in bezug auf Doris wählen, zu der sich Erzieherin und Therapeut zwingen müssen
- Reziprozität in der Beziehungsgestaltung hat Vorrang; Einseitigkeit ist schädlicher als Versagung
- Nicht der Situation die Spannung nehmen
- Wichtig ist die Anwesenheit des Therapeuten, nicht sein Wirken
- Direkte Begegnung und homologe Beziehung sind gefragt
- Teilhabe ohne Parteinahme ist das Gebot der Stunde.

Die Sitzungen, die Bodenheimer selbst mehrmals während der Woche mit Doris abhält, beginnen mit dem gemeinsamen Reden; danach zeichnen beide an der Tafel, oft Porträts von ihm, die sie dann in Karikaturen verwandeln; später machen sie manchmal gemeinsam Doris' Schulaufgaben.

Zunächst tritt keine Besserung in Doris' Verhalten ein. Immerhin kann sie erstmalig ihrem Leiden in Träumen und Zeichnungen Ausdruck geben: Doris mit abgewandtem Gesicht in einer Kinderschar; Bedrohung durch Hörende; Rückzug; das Ausgeliefertsein in der Röntgenuntersuchung; Vogelgesichter; Männer, die junge Frauen bedrohen und töten. Später wird Doris depressiv und sehr anlehnungsbedürfig. Dann beginnt eine Wandlung von Abhängigkeit zu partnerbezogener Beziehungsaufnahme, in der Doris Forderungen stellen (z. B. im Zimmer der Erzieherin zu schlafen) und auch wieder zurücknehmen kann. – Zu dieser Zeit konfrontiert der Therapeut sie mit ihrer Andersartigkeit im Aussehen ("Du bist anders als die andern Kinder und wir haben dich

doch gern"). Danach treten erstmalig Träume auf, in denen das Bedrohliche zurücktritt und Möglichkeiten von Spiel und Kontakt sichtbar werden. Auch die Existenz des Schalles, der Doris unzugänglich bleibt, wird nun nicht mehr verleugnet; vielmehr versucht sie zunächst mit unzulänglichen Ausdrucksmitteln, ihn in ihr Leben einzubeziehen.
Die Vergegenwärtigung des unbeeinflußbaren Andersseins schreitet fort. In Träumen erscheinen Therapeut und Erzieherin, die Doris mit ihrer Andersartigkeit konfrontiert haben, als gütige Helfer. Sich selbst malt sie jetzt erstmalig mit ihrer Hörbehinderung und Entstellung, ringt sich also zu einem Bekenntnis zu ihrer Eigenart durch ("Ich bin so"; nicht nur: „Ich bin anders"). In der Folgezeit zeichnet Doris nicht mehr, sondern sucht verstärkt die Auseinandersetzung mit Personen ihrer Umgebung. Dann kommt es zu Rückfällen. Doris entwendet Geld und Tabletten und sagt, als sie zur Rede gestellt wird, ohne Verlegenheit die Unwahrheit. Sie reagiert auf Aufforderungen mit Trotz und lenkt dann wieder ein. Die Erzieherin macht Doris gegenüber ihre eigenen gesunden Affekte sichtbar; diese Auseinandersetzung scheint Doris gutzutun. – In den nächsten Monaten werden Schulleistungen und Einordnung besser. Eine gewisse Unsicherheit in Kontaktsituationen bleibt bestehen. „Zwischen dem Abschluß des Manuskripts und der Drucklegung sind zwei Jahre vergangen. Doris wurde inzwischen konfirmiert. Sie ist ein gesundes, eingeordnetes Mädchen geblieben und steht vor der Berufswahl" (S. 76). Doris hat einen „Zustand wissender Gesundheit" erreicht, d. h. sie weiß, wie sie ist, wer sie ist und weiß auch, wer sie niemals sein kann.

Diskussion. ‚Psychose' gilt heute generell nicht mehr als hinreichende diagnostische Charakterisierung des Einzelfalles, so daß diese Diagnose von Bodenheimer nicht sonderlich klärend ist. Grundsätzlich muß aber gefragt werden, ob es sich im vorliegenden Fall überhaupt um eine Psychose handelt oder nicht vielmehr um stärkere Anfälle von Angst, Entfremdung und Desorientierung, die in der Umbruchsituation der Pubertät allerdings auch bei hörenden Jugendlichen nicht selten sind. Psychologen und Sozialarbeiter klagen oft, daß Gehörlose aufgrund ihres für Hörende irritierenden Verhaltens teils mit falschen Diagnosen, teils auch aus Ratlosigkeit der Helfer in psychiatrische Kliniken eingewiesen werden und dann große Mühe haben, diese institutionelle Pathologisierung wieder rückgängig zu machen. Bodenheimer sagt im gleichen Atemzug, in dem er die Diagnose Psychose ausspricht, eine psychiatrische Diagnose sei nicht zu stellen gewesen, weil sie keinerlei Wegweisung für die Therapie zu leisten vermocht hätte.
Therapien, bei denen zwischen Therapeut und Klient eine zusätzliche Person eingeschaltet ist, haben Tradition. Stets muß aber geprüft werden, ob die Person, die die eigentliche Therapie durchführt, dabei ein klares Rollenverständnis ihres Tuns entwickelt, und ob Anleitung und eigene Überzeugung miteinander vereinbar sind. Bodenheimer gibt an, Erzieherin und Lehrer verkörperten für Doris das mütterliche und das väterliche Prinzip, während der Lehrer kaum in Erscheinung tritt. Tatsächlich übernimmt aber er selbst weitgehend väterliche Funktionen. Daß der Supervisor gleichzeitig Mit-Therapeut ist, macht das Rollengeflecht zwischen den beteiligten Personen noch komplexer. Da Bodenheimer bei Verständnisunsicherheiten nicht nachfragt, bleibt ihm vieles von Doris' inhaltlichen Äußerungen verborgen (vgl. hierzu den Bericht des gehörlosen Diagnostikers in Kap. 8.1). Zwar ist bei Doris der analoge Mitteilungsmodus von besonderem Gewicht; aber dies macht die digitalisierten Mitteilungen nicht belanglos. Die Einfälle des Autors zu seinen eigenen Beschreibungen von Doris' Verhalten und zu ihren Zeichnungen sind teilweise überraschend, teilweise sehr spekulativ und nur unzulänglich belegt und begründet. In dieser Hinsicht steht er sich streckenweise selbst im Weg, denn eben: „Während der therapeutischen ‚Gespräche' verstand ich nach wie vor oftmals nur Bruchstücke von dem, was Doris sagte" (S. 34); ein genaues Verstehen ihrer Mitteilungen hätte aber seine Interpretationen realistischer machen können, die so oft im Bereich ästhetisch-sprachlichen Assoziierens bleiben, ohne Bezug zum Kind (vgl. dazu die intensive Verstehensbemühung bei Fall 12, Kap. 5.6).
Die Praxis, sich durch Spiegeln des Klientenverhaltens unmerklich dessen seelischen Prozessen zu nähern und sie am Ende therapeutisch zu beeinflussen, wird in neuerer Zeit u. a. von Autoren der Neurolinguistischen Programmierung (NLP) dargestellt. Es nimmt nicht wunder, daß auf diese Weise schnell eine vertraute Beziehung zwischen Therapeut und Klientin zustandekommt; jedoch

müßte glaubhaft gemacht werden, daß dieses Vorgehen während der existentiellen Begegnung nicht als Technik mißbraucht wird. – Eigentlich wird nicht recht deutlich, worin die Therapie besteht, und jedenfalls ist der Leser nach der Lektüre des Falles nur wenig gerüstet, mit eigenen Patienten in entsprechender Weise zu verfahren. Aber vielleicht ist diese Forderung in sich ein Widerspruch zu einer Behandlung, die sich als existentielle und das heißt ja auch: einmalige Begegnung versteht. – Die Besserung am Ende kommt überraschend und ist aus der Darstellung des therapeutischen Handelns nicht erklärbar. Um im Bilde zu sprechen: Es entsteht der Eindruck, Doris sei innerhalb ihrer Entwicklung in ein Wildwasser geraten, habe sich, mit Unterstützung von Therapeut und Erzieherin, mühsam vor dem Ertrinken bewahren können und sei nun nach den Stromschnellen wieder in ruhige Gewässer gelangt, in denen sie aus eigener Kraft schwimmen könne. Das würde zu der Vermutung passen, es habe sich bei Doris' Erkrankung nicht um eine Psychose, sondern um eine aktuelle Pubertätskrise gehandelt, bei der manches sich auch spontan wieder richtet. – Immerhin stellt Bodenheimer mit der Darstellung des Falles Doris viele Prinzipien gängiger Psychotherapie auf den Kopf – teilweise mit originellen Begründungen, die auch dann zum Innehalten zwingen, wenn man ihnen nicht zustimmt. Jedenfalls wird sichtbar, daß die existentielle Begegnung mit Gehörlosen möglich ist und daß sie in erster Linie eine Herausforderung an den Therapeuten darstellt.

6.6 Gruppenpsychotherapie und Psychodrama

Früher wurde die Gruppenpsychotherapie manchmal wie eine Behandlungsform minderer Güte betrachtet, für deren Einsatz in erster Linie ökonomische Gesichtspunkte den Ausschlag gaben: Wenn Einzeltherapieplätze rar waren, so konnte man durch Gruppentherapie doch noch ein weiteres Klientenkontingent versorgen. Mittlerweile ist diese Auffassung revidiert worden. Man betrachtet die Gruppenpsychotherapie heute nicht mehr als Notbehelf; vielmehr ist bekannt, daß sie eine größere Gruppe therapeutischer Verfahren mit eigenständigen Zielen und Indikationen umfaßt. Wichtig ist u. a., daß Klienten in der Gruppentherapie Gelegenheit haben, ein multiples Beziehungs- und Übertragungsgeflecht zu entwickeln, in der Resonanz der Gruppe die eigenen Impulse deutlicher zur Entfaltung bringen können und an der Erfahrung der Mitklienten im Sinne der Gruppenselbsthilfe partizipieren (Fengler, 1977).

Fall 20: Hörgeschädigte Jugendliche

Bonham et al. (1981) begannen eine Gruppenpsychotherapie mit fünf schwerhörigen und gehörlosen Jugendlichen beiderlei Geschlechts zwischen 13 und 16 Jahren, die nicht psychopathologisch auffällig waren, wohl aber so wie andere Heranwachsende auch mit den üblichen Pubertätsproblemen zu tun hatten. Die Maßnahme wurde auf 12 Sitzungen begrenzt. Das Therapeutenpaar wußte etwas über Hörstörungen und verfügte über Grundbegriffe des Gebärdens. Zunächst wandten sich die Heranwachsenden mit der Bitte um Übersetzung der Äußerungen stets an die beiden Gruppenleiter; jedoch forderten diese sie mit Erfolg dazu auf, sich gegenseitig anzusprechen. – Nach anfänglicher Scheu wurden schnell folgende Themenkreise angesprochen: Umgang mit Freunden und Familie, Leben mit der Hörschädigung, Zukunftsplanung, Isolationsgefühle, Verantwortung in der Gesellschaft, Umgang mit Frustration, Ausdruck von Gefühlen, Wahrnehmung der Erwartungen anderer Menschen, Weiterentwicklung von Gebärde und Verständigung, Umgang mit Langeweile, eigener Einsatz für sich und die Gemeinschaft der Hörgeschädigten u. a. Eltern und Lehrer wurden ebenfalls eingeladen, an den Sitzungen teilzunehmen, und kamen wirklich einige Male. – In der Folgezeit wurde aus der Umgebung der Jugendlichen berichtet: Diskussionen in der Familie wurden lebendiger; Spontaneität entfaltete sich; die Jugendlichen kamen insgesamt besser mit dem Leben zurecht; in der Schule gewannen sie mehr Interesse aneinander; Konflikte traten zurück; es wurden bei der Arbeit und in der Freizeit mehr Kontakte geknüpft. Den Gruppenleitern fiel auf, daß Gefühle viel freier geäußert werden konnten als zu Beginn der Therapie und daß die lautsprachliche, gebärdete und tätigkeitsbezogene Kommunikation sich verbesserte. – Die Jugendlichen betrachteten die Gruppenleiter als idealisierte Eltern, ohne daß diese es deuteten. Als das Ende des Programms nahte und die Jugendlichen dies bedauerten, wiesen die Gruppenleiter darauf hin, daß es jedem Teilnehmer freistehe, sein Leben entsprechend dieser Erfahrung zu gestalten. Die kontrollierte Gegenübertragung half den Gruppenleitern, den Gruppenprozeß zu verstehen und zu reflektieren. Im Vergleich zur Leitung anderer Therapiegruppen hatten sie den Eindruck, daß sie hier wacher, intuitiver und zupackender sein und sich ihrer nonverbalen Mitteilungen stets bewußt sein mußten.

Diskussion. In der Regel gründet sich ein Therapieangebot auf einen Leidensdruck des Klienten. Dies war hier nicht das Fall. Folglich mußte eine Form gefunden werden, die die Heranwachsenden nach Art einer Jugendgruppe ansprach. Man hätte ein Kommunikationstraining in Betracht ziehen können; jedoch erschien die gewählte Form den Jugendlichen gemäßer. Die Themen der Sitzungen entsprechen recht gut dem Aufgabenkatalog, den Bernard (1966; vgl. Kap. 6.1) für dieses Lebensalter angibt. Dabei mag sich die zeitliche Befristung der Therapie als Vorteil erweisen: Es wird keine Heilung angestrebt, zumal keine Pathologie diagnostiziert worden war, sondern ein Anstoß gegeben. Die weitere Verantwortung verbleibt bei den Heranwachsenden. Mit vergleichbaren Angeboten von begrenzter Dauer sind in Deutschland mit Studenten gute Erfahrungen gemacht worden. Die Angaben der Eltern, Lehrer und Gruppenleiter verweisen ebenfalls darauf, daß die Maßnahme erfolgreich war.

Sarlin und Altshuler (1968) berichten von einer Gruppentherapie mit neun Jugendlichen im Alter von 15–16 Jahren im Rahmen der Schule, in der sie recht ähnliche Erfahrungen machten. Die meisten der Schülerinnen und Schüler stammten aus einer gemeinsamen Klasse. Die Gruppe sollte ihnen Gelegenheit geben, Übungsschritte beim Erwerb von Erwachsenen- und Geschlechtsrollen zu absolvieren. Die Gruppe traf sich einmal pro Woche; die Teilnahme war freiwillig, betrug aber 90 %. Nach einigen Sitzungen der vorsichtigen Annäherung begannen die Jugendlichen darüber zu klagen, daß in der Schule zu wenig für sie getan werde. Dann wurden Beziehungsfragen innerhalb der Gruppe angesprochen, die zu mancherlei Polarisierungen führten. Auch die Autorität der Lehrer wurde in Frage gestellt. Als ein Gruppenmitglied einen Traum berichtete und der Therapeut diesen deutete, stieß dies auf Überraschung. Dann aber schien die Gruppe erleichtert, daß dem Therapeuten eine so gute Idee zu einer so kniffligen Frage gekommen war (vgl. zu dieser Frage auch Kap. 10.2). In der abschließenden Bewertung des Therapieverlaufs stellen die Autoren folgende Erfahrungen heraus:
1. Der Therapeut muß ständig ungemein wach und präsent sein.
2. Er muß die besonderen Reiferückstände und eine gewisse Naivität der Jugendlichen dem Leben gegenüber in Betracht ziehen.
3. Alle Äußerungen müssen auf einer konkreten erfahrungsbezogenen Ebene interpretiert werden.
4. Das Interesse der Jugendlichen an sexuellen Fragen war groß, der Kenntnisstand aber gering. Es war schwer, Grundgedanken aus dem herkömmlichen Aufklärungsunterricht zu vermitteln.
5. Mehrfache Wiederholung ist unerläßlich, wenn man eine Vertiefung des Gewahrseins erreichen will.

Hörgeschädigten Gruppenmitgliedern wird, zumal wenn die Gruppe hinsichtlich der Hörfähigkeit inhomogen ist, empfohlen,

- auf eine für das Absehen vom Munde gut geeignete Sitzposition zu achten
- die anderen Gruppenmitglieder über Art und Grad der eigenen Hörbehinderung zu informieren
- sich zu entspannen und sich selbst Mut zu machen
- die Verantwortung für alles zu übernehmen, was ihnen widerfährt, statt in eine Haltung des Beschuldigens zu verfallen
- zwischen Dominanz und Flucht einen Mittelweg zu finden und
- den anderen bezüglich der eigenen situativen Verstehensmöglichkeit Feedback zu geben.
- Als wichtige Hilfe hat es sich erwiesen, wenn ein Freund ebenfalls als Mitglied an der Gruppe teilnimmt (Stinson, 1971).

Laitmon (1979) ging von der Annahme aus, daß hörgeschädigte Jugendliche in Fragen von Sexualität und Partnerschaft nur unzureichend informiert und auf entsprechende Situationen nicht genügend vorbereitet seien. Sie erprobte mit solchen Heranwachsenden eine gruppenzentrierte Form der Gesprächsführung, in die sie folgende Themen, Spiele, Tätigkeiten und Übungen selbst einbrachte: Begriffe für Gefühle sammeln – Gefühle identifizieren – In überraschenden Situationen richtig reagieren – Fragen und Antworten zur eigenen Identität formulieren – Fragebogen über Einstellungen zur Sexualität ausfüllen und besprechen – Problemlösungen im Rollenspiel einüben. Sie berichtet auch von guten Erfahrungen mit Gruppen von Eltern solcher Jugendlicher. – Swink unterscheidet als gruppentherapeutische Techniken das **Psychodrama,** das konfliktzentriert arbeitet, die **social skill group,** in der soziale Grundfertigkeiten eingeübt werden, und das **video replay,** das Gelegenheit zur Betrachtung des eigenen Verhaltens auf dem Bildschirm gibt. Alle drei Verfahren erscheinen seiner Darstellung zufolge bei Jugendlichen (Swink, 1985) wie bei erwachsenen Hörgeschädigten (Swink, 1983) geeignet, Selbsteinsicht zu vertiefen, Konflikte zu klären und die Handlungskompetenz zu erweitern.

6.7 Familie und Familientherapie

Das hörgeschädigte Kind stellt die hörende Familie vor zahlreiche neue Aufgaben. Es scheint, daß dabei außer den Eltern auch die Geschwister sich schon früh auf die besondere Situation einstellen und in ihrem eigenen Leben manche Haltungen und Abläufe so einrichten, daß das hörgeschädigte Geschwister darin Raum findet. Die folgende Darstellung läßt einiges davon erkennen.

„Hans war der älteste von uns fünf Geschwistern. Unsere Eltern stellten seine Hörschädigung fest, als er zweieinhalb Jahre alt und das zweite Kind bereits geboren war. Bedingt durch die Wohnsituation einer Zwei-Zimmer-Wohnung haben Hans und ich nahezu ausschließlich miteinander gespielt. Als Hans fünfeinhalb Jahre alt war, kam er in die 80 Kilometer entfernte Gehörlosenschule und wurde im gleichen Ort in einer Pflegefamilie untergebracht. Unsere Mutter erzählte mir, daß ich über einen längeren Zeitraum abends geweint hätte, weil ich ohne Hans nicht schlafen wollte. Da es mir durch meinen häufigen Umgang mit ihm leicht fiel, seine Äußerungen, die zum größten Teil mimisch und gestisch und nur zu geringen Teilen verbal waren, zu verstehen, dolmetschte ich ihn oft, manchmal sogar innerhalb der Familie. Damals versuchte ich

unbewußt, ihn auf diese Art bei meinen Spielkameraden, d. h. bei Spielen auf der Straße, zu integrieren. Manchmal fragte Hans mich, wieso die anderen hören könnten und er nicht, was er als ungerecht empfand, weshalb er auch nicht an einen Gott glauben konnte. Das waren Momente, in denen ich ratlos und verzweifelt war und geweint habe, denn wie hätte ich ihm sein nicht selbstverursachtes Leid erklären, geschweige denn einen Sinn geben können? So entstanden in der Familie Märchen von Wunderheilern, der Glaube an ein ‚später wird alles besser' etc. – ... Alle seine Schwierigkeiten begründete er mit seiner Behinderung, in die er sich einerseits flüchtete, die er andererseits seiner Familie zum Vorwurf machte. Als ich zum Beispiel mit 16 Jahren einen Freund hatte, lehnte er diesen ab. Da ich jetzt weniger Zeit mit ihm verbrachte, drohte er mir mit Selbstmord, was mich in Angst versetzte und mir ein schlechtes Gewissen machte. Er wußte, daß ich mich in solchen Augenblicken ihm wieder voll widmen würde. Zum ersten Mal wurde mir die psychische Abhängigkeit, die er besonders mir gegenüber hatte, bewußt. Erst nach einem halben Jahr akzeptierte er meinen Freund, und wir konnten wieder etwas gemeinsam unternehmen" (Bericht einer Diplom-Volkswirtin) (siehe Anhang 1).
Entsprechend dieser Betroffenheit der ganzen Familie durch die Hörschädigung des Kindes ist in Problemfällen oft eine **Therapie in der Familie** oder eine **Therapie der Familie** angezeigt.

Fall 21: 13jähriger Junge – Eßverweigerung

Der Junge, von dem hier die Rede ist, war schwerhörig und retardiert (White, 1982). Es wurde berichtet, er sei aggressiv, laufe von zu Hause weg und neige zu Selbststimulation. Mit neun Jahren kam er in ein örtliches Internat für retardierte Kinder; mit elf Jahren kehrte er nach Hause zurück. Im Internat hatte er begonnen, manche Speisen zurückzuweisen; zu Hause wurden daraus allabendliche Dramen am Eßtisch. Ein Jahr später wurde er wegen Magersucht und Gewichtsverlust in eine Klinik eingeliefert, nach ein paar Tagen ohne organischen Befund entlassen, nach vier Tagen aber erneut eingewiesen, weil er in dieser Zeit nichts gegessen hatte. In Tests wies er ein Intelligenzalter von 4,6 Jahren und einen Sozialquotienten von 39 auf. Er konnte nicht gebärden, verstand aber fünf Zeichen. – Das Gewicht des Jungen wurde wöchentlich ermittelt, und die Mutter wurde gebeten, seine Kalorienaufnahme genau zu notieren – denn manchmal aß er eine Kleinigkeit. Dann wurde eine Behandlung in drei Etappen (Grundrate, Behandlung, Nachuntersuchung) angesetzt. Zunächst ging der Therapeut mehrere Abende lang um 17.00 Uhr in die Familie, um an der Abendmahlzeit teilzunehmen und das Zielverhalten festzusetzen. Am Ende der Woche wurde der Behandlungsplan mit der Familie besprochen und in maschinenschriftlicher Form in der Küche aufgehängt.
Die Abendmahlzeit wurde zum Ort der Intervention gemacht. Zunächst wurden dem Jungen zu diesem Zweck nach 15 Uhr sowohl Nahrung wie Getränke vorenthalten. Als angemessenes Essen wurde definiert, daß der Junge das, was auf seinem Teller lag, in der Zeit aufaß, den auch der Rest der Familie brauchte, ohne daß Aggressionen, Zurückweisung von Speisen, Herunterwerfen von Tellern u. a. auftraten. Als Verstärker wurden der Kontakt mit der Familie am Abendbrottisch sowie Kekse, Lutscher und Kaffee benutzt. – Am ersten Abend wurden ihm 50 Kalorien angeboten, dann jeden Abend 25 Kalorien mehr. Der Junge wurde an einen kleinen Tisch neben dem Familientisch gesetzt; die Familienmitglieder sprachen – jedoch nur, wenn er aß – freundlich mit ihm; andernfalls wurde er nicht beachtet. Sobald die Familie mit dem Essen fertig war, wurde sein Teller ebenfalls abgeräumt, auch wenn er noch nicht fertig war. Er wurde in diesem Fall weiter ignoriert. Wenn er dagegen alles aufgegessen hatte, wurde er gelobt und zum Nachtisch an den Familientisch geholt. Er durfte sich dann, begleitet vom Lob der Familie, selbst eine Süßigkeit aussuchen, jedoch bestand für ihn keine Verpflichtung zum weiteren Verzehr mehr.
12 Monate vor der Behandlung und auch während der Erhebung der Grundrate wog er 27 Kilogramm; am Ende der Behandlung betrug sein Gewicht 30,5 Kilogramm, ein Jahr später brachte er 36 Kilogramm, zwei Jahre später 46 Kilogramm auf die Waage. Dies entspricht im Vergleich zum Durchschnittsgewicht Gleichaltriger einem Aufstieg vom dritten ins zehnten Perzentil; seine Körpergröße lag gleichbleibend im 25. Perzentil. Die Eßmenge nahm gleichmäßig zu, ebenso der

Anteil der hochwertigen Nahrungsmittel, die er zu sich nahm. Während der ersten Behandlungswoche stiegen Aggression und Opposition bei dem Jungen sprunghaft an; am Ende der zweiten Woche dagegen waren diese Phänomene verschwunden, und die gesamte Interaktion der Familie am Abendbrottisch hatte sich grundlegend verwandelt. Nach 12 Wochen war das Abendessen für den Jungen und für die ganze Familie ein erfreuliches Ereignis geworden; der Junge aß seine Mahlzeit an seinem Tischchen, wurde zum Nachtisch in den Familienkreis aufgenommen und gebärdete, sich selbst meinend: „Guter Junge!". An dieser Stelle wurde die weitere Behandlung in die Hände der Familie gelegt.

Diskussion. Die Untersuchung erinnert anfänglich ein wenig an die Geschichte vom Suppenkasper aus Hoffmanns Struwwelpeter. Am Ende „... [er] wog nur noch ein halbes Lot und war am nächsten Tage tot". Der Autor richtet sein Augenmerk auf das Verhalten des Jungen und auf die Reizbedingungen in der Umgebung, die es auslösen. Dabei scheint die Situation oft dadurch festgefahren, daß die Eltern ausschließlich das unerwünschte Verhalten bestrafen und das erwünschte Verhalten damit zugleich blockieren. Oder Eltern verlegen sich auf's Betteln („Ein Bissen für Mami, ein Bissen für Papi, ein Bissen für Oma, ein Bissen für Kater Felix ...") und rükken das Kind damit immer wieder in den Mittelpunkt des familiären Interesses. – Der Autor beläßt die Verhaltensmodifikation in der Familie, wo das reguläre Essen stattfinden soll, und versucht, hier neue Verhaltensabläufe zu etablieren. Dabei ist ein besonders zu erwähnender Verdienst, daß er selbst in die Familie hineingeht – viele Verhaltensmodifikationen finden in der Praxis des Therapeuten statt und müssen dann mühsam auf die häuslichen Verhältnisse übertragen werden (vgl. z. B. Fall 6, Kap. 4.7). – Zunächst muß in solchen Plänen oft mit einer Verknappung angenehmer Dinge (hier: Essen, familiäre Zuwendung) operiert werden, um eine Motivation zu schaffen. Dies ist vertretbar, solange dem Kind dabei kein Unrecht geschieht. Im vorliegenden Fall ist die vorübergehende Nichtbeachtung durch die Familie gewiß nicht schlimmer als die allabendlichen heftigen Szenen um Essen und Essensverweigerung.
Es ist vielleicht kein guter Beleg für die Eßkultur der Familie und des Therapeuten, daß der Junge mit Dauerlutschern und Kaffee belohnt wurde. Aber möglicherweise konnte nichts anderes gefunden werden, was ihn lockte, kleine Speisemengen zu sich zu nehmen. – Der Versuchsleiter hat kleine, aufeinander aufbauende lösbare Aufgaben gestellt, denen eine spürbare Anerkennung folgte. Dies entspricht der Philosophie der Verhaltenstherapie. Es kann nicht überraschen, daß dabei Aggression und Opposition zunächst zunehmen: Vermutlich entwickelt jeder Mensch gegen Veränderungen, die ihm aufgezwungen werden, einen Gegendruck. Hier kommt es darauf an, daß Therapeut und Familie einen hinreichend langen Atem haben. Insgesamt zeigt die Arbeit eine originelle, umsichtige therapeutische Vorgehensweise, die nicht nur dem Jungen, sondern auch der Familie eine Hilfe brachte.

Shapiro und Harris (1976) wählten für die Familientherapie ein Setting mit einem hörenden und einem gehörlosen Therapeuten und einem Dolmetscher. In einem Fall, den sie schildern, wird zunächst die verleugnete Kommunikationsbarriere zwischen den hörenden Eltern und der gehörlosen 17jährigen Tochter sichtbar, danach auch die Geschwisterbeziehung und die problematischen Einflüsse aus der Verwandtschaft. Die Autoren betonen, daß die Systemintervention u. a. dann angezeigt ist, wenn die Einzeltherapie des Indexpatienten (oft das hörgeschädigte Familienmitglied) aussichtslos ist, und weisen auf die besondere Dynamik hin, die in dem Dreieck des Therapeutenpaares und des Dolmetschers herrscht. – In Kap. 10.4 wird erneut auf das Thema Familientherapie eingegangen werden.

6.8 Behandlung von mehrfachbehinderten Jugendlichen

Auch bei der Arbeit mit mehrfachbehinderten hörgeschädigten Jugendlichen überwiegen Interventionen aus dem Repertoire der Verhaltensmodifikation. Diese Verfahren weisen im Vergleich zu anderen therapeutischen Maßnahmen bei dieser Gruppe ganz offensichtliche Vorzüge auf. Sie haben eine bemerkenswerte Bandbreite, Variabilität und Wirksamkeit aufzuweisen.
Leboef und Boeverts (1981) wollten mit ihren Fallstudien (Fall 22, Fall 23) vor allem die Lösung eines methodischen Problems aufzeigen: Manche Verhaltensweisen treten selten auf, so daß weder Quantifizierung noch Intervention mit vertretbarem Aufwand durch Personal geleistet werden kann. Für solche Fälle stellen sie zwei Formen eines instrumentellen Vorgehens vor. Da die beiden Klienten u. a. hörgeschädigt waren und beide Vorgehensweisen lehrreich für die Arbeit mit Mehrfachbehinderten sind, werden sie hier dargestellt.

Fall 22: Calwin

Calwin war ein 12jähriger retardierter hörgeschädigter Junge mit der Diagnose Mikrozephalus. Er sprach nicht. Calwin ging nicht gerade; manchmal war er um 70 bis 80 Grad vorgebeugt, so daß sein Oberkörper fast eine waagrechte Stellung einnahm. Dabei war klar, daß er gerade stehen und sogar ein paar Schritte gehen konnte, wenn er wollte, z. B. wenn ihn etwas interessierte oder wenn man ihn dazu anhielt. Der jetzige Haltungsschaden hatte sich in den letzten 12 Monaten trotz eines Gymnastikprogramms entwickelt. Man hoffte aber, jetzt eine Korrektur zu erzielen, indem man Ansätze richtiger Haltung verstärkte. Da man Calwin nicht Tag und Nacht beobachten und verstärken konnte, kam man auf die Idee, eine instrumentelle Überwachung einzuführen. – Das Gerät enthielt einen in Quecksilber gelagerten Stift, der auf Lageveränderungen ansprach. Die jeweilige Abweichung von Calwins Körperhaltung gegenüber der angestrebten Vertikalen wurde registriert. Wenn Calwin eine aufrechtere Position einnahm als die, auf die der Stift eingestellt war, ertönte ein vernehmlicher Summton. Der Stift wurde so eingestellt, daß eine Haltungsänderung um etwa 10 Grad den Summton auslöste. Stift und Summer waren in einer kleinen Dose mit den Maßen 9 × 6 × 5 cm untergebracht, die Calwin auf dem Rücken trug. Die jeweilige Abweichung von Calwins Körperhaltung gegenüber der angestrebten Vertikalen war auf einer Skala abzulesen.
Zunächst wurde 18 Tage lang jeweils vor den Mahlzeiten eine 15minütige Messung der Grundrate durchgeführt. Calwin trug das Gerät 10 Stunden lang pro Tag, jedoch war der Summer nur während der Meßzeiten in Funktion. Der Stift wurde nun so eingestellt, daß Calwin sich 10 Grad aufrichten mußte, bevor der Summer ertönte. Praktisch geschah dies in etwa 10 % der Behandlungszeit. Wenn der Summer 30 Sekunden lang ohne Unterbrechung ertönte, erhielt Calwin von einer Schwester einen Schluck Fruchtsaft und ein Lob. Dauerte der Summton kürzer, so war die Schwester angewiesen, Calwin nicht zu beachten. Im Prinzip sollte die Verstärkung fortgeführt werden, solange der Summer ertönte; jedoch wurde später festgesetzt, daß nach 15 Minuten der Hebel neu eingestellt wurde, so daß Calwin, wenn er sich wieder eine Belohnung verdienen wollte, sich erneut um 10 Grad mehr aufrichten mußte. Die Behandlung ging jeden Tag von 8–11 Uhr, von 13–16 und von 17–20 Uhr. Die Datenerhebung von 15 Minuten Länge erfolgte stets am Ende der Behandlungsperiode. In der Grundratenphase 1 ergab sich keine Veränderung in Calwins Haltung; dagegen änderte sich seine Haltung während der Behandlungsphase Schritt für Schritt und mündete schließlich bei etwa 20 Grad Abweichung von der aufrechten Haltung in einer Art Asymptote ein, d. h. die Untersuchungsleiter gewannen den Eindruck, daß Calwin mit diesem Vorgehen keine weiteren Fortschritte erzielen würde. Grundrate 2 zeigte keine davon nennenswert abweichenden Ergebnisse. Dies läßt den Schluß zu, daß der relativ aufrechte Gang nunmehr

auch ohne weitere Verstärkung aus eigenem Antrieb beibehalten werden konnte – vermutlich ergänzt durch Verstärkung aus der Umgebung. Auch in einer Nachuntersuchung nach drei Monaten fielen die Werte entsprechend aus. Calwin fing auch an, einige Alltagsverrichtungen selbst auszuführen, die er in der gekrümmten Haltung nicht hatte erledigen können. Einige Zeit danach begann man physiotherapeutisch mit ihm zu arbeiten.

Diskussion. Eine Intervention war bei Calwin zweifelsfrei angezeigt. Vermutlich bereitete die verbogene Körperhaltung ihm Schmerzen und Spannungen. Der Haltungsfehler hielt ihn davon ab, wichtige elementare Lebensfunktionen zu übernehmen. Man spricht ja auch im übertragenen Sinne von der Notwendigkeit, den ‚aufrechten Gang' zu lernen. Zusätzlich gab es Hinweise darauf, daß die Korrektur im Bereich von Calwins Möglichkeiten lag, da er für kürzere Zeitspannen auch ohne Behandlung eine aufrechtere Haltung einzunehmen vermochte. Die Prozedur setzte ihn keinen besonderen Belastungen aus; sie war zuverlässig durchzuführen, ohne daß die Untersuchungsleiter auf Schätzungen oder irrtumsanfällige ad hoc-Entscheidungen angewiesen waren. Besondere Beachtung verdient die Tatsache, daß die Untersuchungsleiter sich mit einem Teilerfolg zufriedengaben. Das verdient gewiß Zustimmung. Alternativ oder in Kombination mit dieser Verstärkungskontingenz hätte u. U. eine Behandlung mit Massage, Bioenergetik oder structural balancing vorgenommen werden können.

Wenn mehrfachbehinderte Jugendliche in Heimen oder anderen öffentlichen Einrichtungen leben, so müssen neben therapeutischen Konzepten auch regionale Ressourcen entwickelt und gepflegt werden, u. a. durch offensive Werbung für die Einrichtung. Andernfalls kommt es von seiten der Bevölkerung und Geschäftswelt manchmal zu Zurückweisung und Behinderung der Arbeit. Pawelski und Groveman (1982) stellten ein Programm vor, das dazu diente, mehrfachbehinderten Heranwachsenden mit Hörstörungen ein eigenständiges Leben zu ermöglichen. Zur Unabhängigkeit rechneten sie Selbständigkeit in bezug auf Kleidung, Kochen, Geld, Lebensmitteleinkauf, Reisen, Gesundheits- und Geschlechtserziehung, Haushaltsführung und Freizeit. Sie stellten dem als notwendige Fähigkeiten Anpassung, Arbeitsfähigkeit, Arbeitssuche in eigener Regie, geordnete Lebensführung, Verantwortungsbewußtsein, Arbeitshaltung und Kollegialität gegenüber. Für die Durchführung von Kommunalprogrammen sprachen sie folgende Empfehlungen aus:

1. Klein beginnen – mit zwei bis drei Gruppen;
2. Arbeitsziele vorab festsetzen und sie beharrlich verfolgen;
3. Unterstützung von Eltern, Gemeinde und Geschäftswelt gewinnen;
4. Gemeinde eingrenzen auf die tatsächliche Lebensumgebung der Zielgruppe;
5. Es nicht allein machen (der sog. 24-Stunden-Lehrer).
6. Den Schneeballeffekt eines guten Starts bedenken und darauf eingerichtet sein, daß die Dinge u. U. plötzlich sehr schnell in Bewegung kommen;
7. Daran denken, daß die Zielgruppe aus Halbwüchsigen besteht;
8. Frühzeitig bedenken, daß so etwas nicht ohne Fehler, Pannen und Rückschläge abgeht;
9. Kommunikation im Team als A und O der Sache betrachten und pflegen;
10. Dokumentation allen Tuns sicherstellen;
11. Im Team arbeiten heißt, flexibel sein. Jeder muß ersetzbar sein, jeder muß zumindest vorübergehend alles machen können; keine zu starre Aufgabenverteilung, weil dann bei Ausfall oder Stellenwechsel Lücken entstehen;
12. Es ist keine leichte Arbeit. Erfahrung und Einsatz sind unerläßlich.

Manche Menschen mit einer kombinierten, aber milden Hör- und Sehschädigung können ihr Leben nahezu in gleicher Weise bewältigen wie Normalsichtige und

Normalhörende. Aber in dem Maße, in dem beide Sinnesleistungen schwächer ausfallen, ist eine verstärkte Sonderförderung erforderlich, die bei gehörlosen blinden Personen nahezu ein 1:1-Verhältnis von Helfern und Behinderten erforderlich macht.
Heese (1961) gibt für die schulische Erziehung gehörlos-blinder Kinder als mögliche kommunikative Ziele den Gebrauch von Fingersprache, Lautsprache und Blindenschrift an. In der Literatur über die therapeutische Arbeit mit hochgradig hör- und sehgeschädigten Personen finden sich vorwiegend Interventionen aus der Verhaltensmodifikation.

Fall 23: Wendy

Wendy war ein 16jähriges retardiertes hörgeschädigtes blindes Mädchen, dessen besondere Angewohnheit darin bestand, nachts mit dem Finger im After zu bohren (Leboeuf und Boeverts, 1981). Sie tat dies schon seit vielen Jahren, aber in letzter Zeit auffallend häufiger. Organische Gründe für dieses Verhalten waren nicht auszumachen. Ein den After abschließender Pyjama, den man ihr anzog, erwies sich wegen der Hitze in den Sommermonaten als untauglich. Da das Verhalten nicht sehr häufig auftrat und man Wendy nicht ständig beobachten konnte, um den rechten Moment für die Korrektur zu finden, wurde folgende Konstruktion gewählt: Wendy wurde ein 15 cm breiter Plastikgürtel mit einem Kupferfaden um die Hüfte gebunden, ein Kupferband um das Handgelenk. Beide waren an einen Schwachstromkreis angeschlossen. Wenn Wendy nun im Schlaf nach ihrem After tastete, schloß sich der Stromkreis; es ertönte dann ein Signalton, der so lange anhielt, wie die Verbindung der beiden Drähte bestand. Der Signalgeber befand sich in einem kleinen Kasten mit den Maßen 5×5×7 cm, der an dem breiten Gürtel befestigt war. – Zunächst wurde das Verhalten drei Wochen lang allnächtlich registriert. Immer wenn der Signalton 30 Sekunden oder länger anhielt, galt das Kriterium als erfüllt. Im Nachbarzimmer zeichnete jemand diese Daten auf. Danach wurde mit der Behandlung begonnen. Immer wenn der Summer 30 Sekunden lang ertönte, zerbrach die Untersuchungsleiterin eine Ammoniakkapsel und hielt sie Wendy unter die Nase. Das Einatmen des stechenden Geruchs führte stets dazu, daß Wendy mit dem Afterbohren sofort aufhörte. Diese Behandlung dauerte sechs Wochen lang; währenddessen nahm das Verhalten sichtbar ab. In einer zweiten Grundratenerhebung blieb es auf niedrigstem Niveau. Dies bestätigte sich in zwei Nachuntersuchungen. Auch bei Tage trat das Verhalten seltener auf.

Diskussion. Wendys Verhalten hat sich in der Weise verändert, wie die Untersuchungsleiter es anstrebten. Somit kann man nun zufrieden sein. Die Autoren selbst betonen die Praktikabilität des Verfahrens für eine Vielzahl von Verhaltensproblemen. Daran ist kein Zweifel erlaubt. Ein solches Gerät kann jemand, der etwas technisches Verständnis hat, für ca. 30,– DM nachbauen; eine Bauanleitung liegt der Originaluntersuchung bei.
Zugleich bleibt diese Betrachtung aber ganz im Technischen stecken. Wendys Verhalten ruft aber ganz andere Probleme auf. Zunächst ergibt sich die Frage der Behandlungsbedürftigkeit. Ihr Verhalten führt offenbar nicht zu Verletzungen, Entzündungen, Infektionen oder Hygieneproblemen; vielmehr ist anzunehmen, daß es sich dabei um eine Art nächtlicher Masturbation handelt, also einen selbsterzeugten Lustgewinn – der After ist bekanntlich eine stark ansprechende erogene Zone. Es scheint also, daß das Personal sich durch diese kleine erotische Selbstversorgung des blinden hörgeschädigten Mädchens so sehr gestört oder belästigt fühlt, daß es eine Behandlung für notwendig hält. Möglicherweise besteht von seiten der Helfer die Annahme, Wendy sei durch das Masturbieren in ihrer Persönlichkeitsentwicklung blockiert oder daran gehindert, lebenspraktische Aufgaben zu übernehmen. Dies müßte aber überzeugend sichtbar gemacht werden. – Alternativ zu der beschriebenen Behandlung wäre zu prüfen, ob es möglich ist, Wendy eine tägliche Fürsorge angedeihen zu lassen: Körperkontakt, soziale Aktivierung, Begegnung mit der

Natur, Bewegung, Kennenlernen von Wohlgerüchen, pfleglicher Umgang mit dem eigenen Körper usw. Möglicherweise ist das Bohren im eigenen After zwar eine für den Betrachter unappetitliche Angewohnheit, aber für das junge Mädchen selbst der kleinste Trost in einem extrem reduzierten Leben und das offenste Zeichen für seine Bedürftigkeit. Beim Lesen der Untersuchung bleibt ein Gefühl der Enttäuschung zurück. Man fragt sich: Was ist nun gewonnen? Was soll also mit dem jungen Mädchen, vermutlich mitten in der Pubertät, geschehen, nachdem es diese Angewohnheit abgelegt hat? Zu dieser Frage wird in der Untersuchung nicht Stellung genommen.

Maßnahmen der Verhaltensmodifikation sind in der Arbeit mit gravierend hör- und sehgeschädigten Personen aller Altersgruppen oft eingesetzt worden, u. a. bei Daumenlutschen, Kratzen am eigenen Körper, selbstverletzendem Verhalten, Aggression, Verhaltensstereotypien, Passivität, Beschädigung von Gegenständen u. a. Im Überblick über zahlreiche solche Untersuchungen erscheint eine **Kombination verschiedener Techniken** wirksamer zu sein als ein Verfahren allein. Manche Vorgehensweisen wirken allerdings ausgesprochen unakzeptabel. Man muß sich wohl fragen, ob Therapeuten es sich bei sehenden, hörenden Menschen mit klarem Bewußtsein erlauben würden, sie einer Therapie mit einem scharf stechenden Geruch zu unterziehen, oder ob sie bereit wären, sich selbst einer solchen Therapie zu unterwerfen. So scheinen hier Gleichberechtigung, Partnerschaftlichkeit und Reversibilität zwischen Therapeut und Klient oft außer Kraft gesetzt. Dem steht die Belastung des Personals gegenüber: Wutanfälle, tätliche Angriffe, Anspucken, Werfen mit harten und spitzen Gegenständen sind Konfrontationen, über die auch erfahrene Pflegekräfte nicht einfach hinwegsehen können. Zuweilen mag auch die Verzweiflung des Therapeuten eine Rolle spielen, daß man einen Klienten auf keine andere Weise überhaupt erreichen und zu einer Reaktion veranlassen kann. Dies ist aber in erster Linie das Problem seiner eigenen nur unzulänglich kontrollierten Rollenklärung, Gegenübertragung und Erlebnisverarbeitung, die der Supervision bedürfen.
In manchen Fällen ist es erforderlich, die Art des Vorgehens erst in der Begegnung mit dem Jugendlichen schrittweise zu entwickeln. Der Therapeut muß sich dann zu mehr eigener Unsicherheit, Intuition und Improvisationskunst bereitfinden, wird aber dem Klienten u. U. besser in seiner Einzigartigkeit, Ganzheitlichkeit und Veränderlichkeit gerecht.

Fall 24: Mark

„Die Therapie mit dem 13jährigen gehörlosen, mehrfachbehinderten Mark findet in der Psychologischen Beratungsstelle einer größeren Hörsprachbehinderten-Einrichtung statt. Marks Mutter entschied sich während der Schwangerschaft für einen Abbruch, weil der Fötus geschädigt war und es fraglich war, ob das Kind lebend zur Welt kommen werde. In ihrer streng katholischen Umgebung fand sie jedoch kein Krankenhaus. Mark kommt mit einem schweren Herzfehler zur Welt. Nach und nach stellt sich heraus, daß er gehörlos, fast blind und in seiner Bewegungssteuerung durch eine Spastik behindert ist. Die ersten fünf Lebensjahre verbringt Mark wegen einer Reihe von Operationen fast ununterbrochen im Krankenhaus. – Mit etwa 7 Jahren wird Mark in eine Sonderklasse der Gehörlosenschule am Ort aufgenommen. Trotz gewisser schulischer Erfolge bleibt er stets eine Belastung für seine Mitschüler, Lehrer und privaten Bezugspersonen. Die Eltern sind vom Zusammenleben mit Mark vollkommen überfordert, die Gehörlosenschule kann ihn unter den zunehmenden Beschwerden der Mitschüler-Eltern nicht mehr halten. Es wird deshalb dringend eine neue Förderungsmöglichkeit, verbunden mit einem Internat, gesucht. Die o. g. Einrichtung bietet dafür günstige Bedingungen.

Mark zieht hier mit seinem ängstlich-aggressiven Verhalten in kurzer Zeit alle Aufmerksamkeit der Lehrkräfte und der Mitschüler auf sich. Er provoziert handfeste Auseinandersetzungen, in die selbst erfahrene Lehrkräfte verwickelt werden. Als Psychologe der Einrichtung erkläre ich mich zu einer zehn Schulstunden pro Woche umfassenden Therapie mit Mark bereit, unter den Bedingungen, daß ich in der Therapie nicht die schulische Aufsichtspflicht fortführen muß und ein regelmäßiger und auch spontaner Informationsfluß mit allen Bezugspersonen gewährleistet ist. Beide Abmachungen helfen später, einige stürmische Szenen mit Mark in dem Bewußtsein zu überstehen, mit anderen an einem Strang zu ziehen.

Die ersten 10 Therapiestunden sollen dem gegenseitigen Kennenlernen dienen. Sie werden völlig von Marks Aktivitäten bestimmt. Mark stürmt – fast immer pünklich – in mein Büro, steuert auf irgendeinen Gegenstand zu und macht ihn zum Thema. Ich entschließe mich nach anfänglicher Überraschung, unseren Kontakt meinerseits mit einem formellen Händedruck zu eröffnen. Dann gehe ich auf sein Thema ein. Soweit wir uns nicht nonverbal (d. h. vor allem durch Vormachen oder auf etwas Hinweisen) verständigen können, benutzen wir schriftliche Mitteilungen. Verstehe ich Marks Mitteilungen nicht, finde ich meistens den Mut, dies zu zeigen. Das Annehmen im Nichtverstehen und im Verstehen bildet zusammen mit klaren Grenzziehungen – ‚Hier bin Ich, dort bist Du' – und dem festen zeitlichen Rahmen den Boden für unsere Beziehung. Meine Versuche, Marks Aufmerksamkeit zu erlangen, scheitern in der ersten Phase meist oder sind nur sehr kurze Zeit erfolgreich. Anfangs lasse ich ihn gewähren, wenn er sich mit anderen Dingen im Raum beschäfigt, und lasse sein Verhalten auf mich wirken: Ich will ihn verstehen lernen. Ich mache ihm allerdings nach einiger Zeit klar, daß manches **mein** Bereich ist, in den er nur mit meiner Zustimmung eindringen darf. Nach wenigen Stunden beginnt Mark damit, auch einmal auf mich zuzugehen: Ich bemerke, daß meine aufmerksame Anwesenheit genügt; früher oder später wendet er sich mir zu.

Ich gehe davon aus, daß die Erfahrungen des Abgelehntseins und der Schmerzen durch die Operationen weiterhin in irgendeiner Weise in Mark vorhanden sind. Danach müßte jede von außen kommende Erfahrung für Mark rasch die Qualität einer Bedrohung erhalten und entsprechend aggressive selbstverteidigende Verhaltensweisen auslösen. Solange dies der Fall ist, wird seine soziale Kontaktfähigkeit, seine Gruppenfähigkeit, sein Vertrauen in seine Umwelt sehr beeinträchtigt sein. Für die Therapie erfordert dies eine eher empfangende und annehmende Haltung meinerseits, die Marks Abwehr wenig reizt und ihm selbst genug Raum läßt. Es geht eher darum, seine Impulse aufzugreifen, als eigene Impulse zu setzen. Dabei kann meine Aufnahmebereitschaft für ihn zum Modell werden.

Die Therapie tritt in eine neue Phase ein, als Mark eines Tages beim Stöbern im Spielzimmer einen Schuhkarton mit billigen kleinen Plastikfiguren entdeckt. Darin findet er zu seiner Freude zwei gleichaussehende Krokodile mit drohend aufgerissenen Mäulern. Diese Tiere bestimmen von nun an das weitere Geschehen. Mark macht mir klar: Krokodile leben **allein.** Sie sind stark und fürchten niemand. Sie sind unangreifbar. Mark identifiziert sich mit diesen Tieren; ihm ist vor allem ihre Unbesiegbarkeit bewußt. Von der weichen, verletzlichen Bauchseite weiß er anscheinend nichts. Mark selbst will stark sein, unangreifbar und unabhängig von anderen. Ich ergreife die Gelegenheit, Mark auf dieser symbolisch-spielerischen Ebene zu begegnen und ihn dort mit meiner Realitätssicht zu konfrontieren: Ich identifiziere mich mit dem zweiten Krokodil. Unversehens hat Mark ein gleich starkes, ebenso unverletzliches Wesen neben sich, das sich auf der wirklichkeitsanalogen Ebene des Spiels ganz anders als er bzw. als sein Krokodil bewegt und sich eigenwillig behauptet. Mark findet urtümlich klingende Namen für die Krokodile: Taurus und Tila. Ganz selbstverständlich ist Taurus „sein" männlich-aktives, angreifendes Krokodil, während „meines" den weiblich klingenden Namen erhält. Taurus greift sofort heftig an, und Tila muß lernen, sich Respekt zu verschaffen. Ihre bloße Existenz ist für Taurus einerseits eine massive Bedrohung, andererseits eine ebenso starke Anziehung. In einem Wechselspiel von Angriff, Kampf und Rückzug wird Spiel-Raum in Besitz genommen, begrenzt und verteidigt. Eigener Raum, Nachbarschaft und Annäherung werden möglich.

Nachdem Tilas Verhalten und Kraft in einigen Sitzungen überschaubar geworden ist – sie ist mindestens so stark und kampfbereit wie Taurus, startet aber von sich aus keine Angriffe, ist insgesamt freundlicher und spielbereiter – entwickeln sich erste gemeinsame Aktivitäten der beiden Krokodil-Individuen. Dabei gibt es selten Probleme, wenn Taurus seiner Wege geht. Umgekehrt kann Tilas Selbständigkeit äußerst heftige Angriffe auslösen. Fast verzweifelt versucht Taurus dann, Tila seinen Willen, seinen Weg aufzuzwingen. Als Mark erkennt, daß Tilas eigenwilliges Verhalten ihn (Taurus) nicht gefährdet (auch nicht durch Verlassen), werden die Reibereien weniger. Die Begegnungen der Krokodile verlaufen entspannter.

Mark identifiziert sich so stark mit Taurus, daß er ihn nach der Therapiestunde mitnehmen will. Als ich dies verweigere, kommt es zu einem tiefgreifenden Konflikt. Mark ist trotz meiner Argumente nicht bereit, das Krokodil, das er eingesteckt hat, herzugeben. Ich demonstriere meine Unnachgiebigkeit, fürchte mich vor der Auseinandersetzung, sehe aber keine Alternative und bin entschlossen, meinen Standpunkt zu vertreten. Auch Mark setzt alles ein, um seinen Willen durchzusetzen. Er drückt seine Wut aus, indem er laut schreiend auf den Tisch schlägt, Zeitungen herumwirft und dann mit beiden Beinen auf den am Boden liegenden Matratzen herumspringt. Ich signalisiere durch meine Bewegungen und Gebärden: ‚Ich sehe, daß Du wütend bist'. Diese Botschaft wiederhole ich mehrmals, bis ich sicher bin, daß Mark sie wahrgenommen hat., Er hält den Kontakt mit mir und setzt zugleich sein Schreien und seine Bewegungen fort. Ich wiederhole meine Botschaft erneut und füge mit Gesten und Gebärden hinzu: ‚Du willst Taurus haben, aber ich sage nein! Das tut Dir weh! Ich verstehe. Bin auch traurig. Tila und Taurus wohnen hier!' Mark stößt einen wilden, verzweifelten Schrei aus, schleudert Taurus in die Ecke und stürmt an mir vorbei aus dem Zimmer. Er schlägt die Tür mit einem lauten Krach hinter sich zu. Als ich sie öffne, höre ich ihn mit den gleichen, halb wütenden, halb klagenden Schreien durchs Treppenhaus stürmen. Im Sinne des Ziels, Mark auf seinem Weg zu mehr Selbstvertrauen und Selbständigkeit zu begleiten, war es mir nicht möglich, ihm über seine (und meine) tatsächlichen Grenzen hinaus Raum zu geben. Das Krokodil gehörte nicht ihm, und das Therapiezimmer war kein Selbstbedienungsladen. Mich durch sein Geschrei und seine Wut erpreßbar zu zeigen, hätte meine Position als Partner (dem er sich zumuten konnte, wie er war) entwertet.

Den Wunsch, die Krokodile mitzunehmen, äußert Mark noch in vielen Stunden. Jedesmal entstehen aufs neue Spannungen, doch ihre Intensität wird schwächer. Mark findet neue, eigene Wege: Er versucht, sich von seinem Taschengeld Krokodile zu besorgen, und überlegt mit mir, wo er sie bekommen kann. Und tatsächlich kommt er eines Tages mit **seinen** Krokodilen, es sind zwei stattliche Exemplare, neben denen sich die Therapie-Krokodile recht winzig ausnehmen. Ich zeige, wie beeindruckt ich bin, bitte um eins der Krokodile und darf es tatsächlich eine Weile – mit Vergnügen – benutzen. Wir kommen darauf, auch diese beiden ‚Taurus' und ‚Tila' zu nennen, aber im Unterschied zu ‚meinen' Krokodilen mit Marks Nachnamen. Ein paarmal sind alle vier zusammen in der Stunde. In dieser Zeit behaupten sich die kleinen neben den großen Krokodilen, werden schließlich ganz normal behandelt und in ihrer Art respektiert.

Parallel zu diesen Ereignissen wird Mark offener. In der Therapiestunde ist er damit einverstanden, daß ich manchmal über längere Strecken das Spielgeschehen bestimme. Er vertraut sich häufiger meiner Führung an. Wir können regelrechte Übungen zusammen machen, in denen es mir vor allem darum geht, seine Aufmerksamkeit auf sich selbst zu lenken. Viele Übungen haben etwas mit dem Atem zu tun, genauer gesagt: mit dem Fühlen der eigenen Atembewegungen. In der 64. Therapiestunde läßt sich Mark zum ersten Mal für wenige Minuten so weit auf diese Körperarbeit ein, daß er in eine tiefe Entspannung gelangt. Er macht darin eine Erfahrung, die völlig im Gegensatz zu seinem überaktiven Verhalten steht, mit dem er sich sonst die gefährliche Umwelt vom Leib zu halten sucht. Trotz der damit für ihn subjektiv verbundenen Gefahren erneuten Schmerzerlebens hat er eine neue Blickrichtung gewagt: nach innen, auf sich selbst ‚hörend'. Er verfügt nunmehr über die Erfahrung, sich in Gegenwart eines anderen Menschen öffnen zu können, ohne von diesem abhängig zu sein oder ‚angegriffen' zu werden. Er hat seine Verletzlichkeit riskiert, obwohl seine alten Erfahrungen ihn in dieser Hinsicht ängstigen, und es ist gutgegangen.

Wenige Wochen später fährt Mark in den Sommerferien nach Hause. Ich selbst und die Kollegen wissen seit einiger Zeit, daß ich etwa drei Wochen danach aus der Einrichtung ausscheiden werde. Marks Klassenlehrer hat ihm anhand des neuen Stundenplans mitgeteilt, daß er in diesem Schuljahr anstelle der Therapie mehr Zeit in der Klasse verbringen wird. Mark habe das gerne angenommen, berichtet er mir. Die Verabschiedung fällt Mark nicht schwer. Auch in den Tagen danach deutet nichts darauf hin, daß Mark etwaige Trennungsprobleme unterdrückt. Er scheint unter den gegebenen Bedingungen stabil genug, um ohne weitere Psychotherapie auszukommen. Etwa 3 1/2 Jahre später treffe ich einen Kollegen aus meiner früheren Einrichtung. Er erzählt, daß Mark nach wie vor dort ist und sich gut zurechtfindet" (Jürgen Oberholzer, Dipl.-Psych.).

Diskussion. Die Therapie beginnt mit einer gegenseitigen Erkundung von Therapeut und Mark. Der Junge sondiert das neue Terrain in Hinblick auf Spielmöglichkeiten, Grenzen und die Regulierung von Nähe und Distanz. Der Therapeut versucht herauszufinden, wie eine Verständigung erfolgen und wie er Marks Aufmerksamkeit binden kann; er prüft Marks Belastbarkeit bei kleinen und mittleren Frustrationen. Im Spiel mit den Krokodilen findet diese Erprobung ihre Fortsetzung unter schonenden Bedingungen: Mark übt sich in Expansion und Elastizität, schiebt seinen Einflußradius vor und läßt zu, daß er korrigiert wird, behauptet sich und lernt die Eigenart des anderen zu respektieren. Die Krise der Therapie tritt ein, als der Therapeut Mark den scheinbar kleinen Wunsch konsequent abschlägt, das Krokodil mit nach Hause zu nehmen. Die Heftigkeit von Marks Affekt zeigt, daß er am Nerv getroffen ist: Kann eine Versagung ausgehalten werden, ohne daß die Beziehung kollabiert? Marks Lösung des Problems stellt eine reife Bewältigung dar und kündigt zugleich die Ablösung an: Er muß sich nicht auf das Krokodil aus dem Büro des Therapeuten fixieren, sondern kann sich selbst ein Krokodil-Paar besorgen, das nun sein eigenes ist; von diesem neuen, Marks Identität symbolisierenden Besitz muß er den Therapeuten nicht ausschließen; vorübergehend darf dieser daran Anteil haben. Die Körperübungen weisen darauf hin, daß es Mark möglich ist, ein höheres Maß an Nähe zu ertragen und neben den Reaktionsmustern der Vergangenheit, nämlich Angst und Aggression, auch Ruhe und Entspannung zu entwikkeln.
Der Therapeut hat sich, ohne anfänglich einen festen Therapieplan zu konzipieren, mit gutem Gespür auf seine eigene Resonanz Mark gegenüber verlassen – man könnte auch sagen: auf seine kontrollierte Gegenübertragung. Er entscheidet und handelt im Einzelfall rasch und sicher und legt dabei als Richtschnur seine eigene Stimmigkeit und Glaubwürdigkeit zugrunde. Mark macht in dieser Begegnung offenbar einige zentrale Erfahrungen, die ihm helfen, die biographisch erworbenen Einseitigkeiten zu mildern und eine bessere Integration nach innen und außen zu finden.

In den letzten Jahren der Schulzeit beginnen die Jugendlichen selbst und ihre Familien sowie die Schulen und Arbeitsämter, sich auf den näherrückenden Übergang der hörgeschädigten Schüler ins Berufsleben einzustellen und entsprechende Maßnahmen zu treffen. Von diesen und anderen berufsbezogenen Fragen wird im nächsten Kapitel die Rede sein.

7. Ausbildung

In diesem Kapitel soll der Übergang von der Schulzeit ins Berufsleben dargestellt werden, also die Zeitspanne vom etwa 16. bis 30. Lebensjahr der jungen Hörgeschädigten. Eine gewisse altersmäßige Überschneidung mit der Schulzeit ist dabei in Kauf zu nehmen. Die Ausbildung bringt einen erkennbaren Rollenwechsel mit sich und ist als Funktionseinheit zu betrachten, die sich sowohl von der Schulzeit wie vom weiteren Berufsleben klar unterscheidet.

7.1 Beschreibung der Altersgruppe

Diese Lebensspanne umfaßt mehrere Lebensabschnitte und wichtige prägende Ereignisse. Ein Teil der Jugendlichen verläßt 16jährig mit oder ohne Haupt- und Realschulabschluß die Schule und beginnt mit Ausbildung, Anlernberuf, Hilfsarbeit oder Arbeitslosigkeit. Einem anderen Teil gelingt drei Jahre später das Abitur, wenn Mitglieder der ersten Gruppe ihr Ausbildungsziel bereits erreicht haben und gesellschaftlich als Erwachsene betrachtet werden. Für diejenigen, die ein Studium aufnehmen, ist die Übernahme dieser Rolle meist erst nahe dem 30. Lebensjahr möglich.
Als besondere Chancen Hörgeschädigter im Berufsleben können ihre manchmal überdurchschnittlichen Leistungen auf visuellem und haptischem Gebiet sowie ihre Konzentration und Leistungsbereitschaft betrachtet werden. Als Erschwernisse sind die Beeinträchtigung in der Kommunikation und in der Möglichkeit zur Selbstinformation, Entwicklungsrückstände und zusätzliche Behinderungen zu bedenken. Linz (1985) fand bei der Untersuchung von mehreren hundert Jugendlichen mit dem Durchschnittsalter von 16 Jahren in einem Berufsbildungswerk eine deutliche Überlegenheit der Schwerhörigen im Vergleich zu resthörigen und gehörlosen Probanden in mehreren Parametern, die den Wortschatz betrafen. Schulte et al. (1988) weisen ebenfalls darauf hin, daß Gehörlose in der Entwicklung der Sprache am stärksten behindert sind, bei entsprechender Förderung aber auch die größten Fortschritte erzielen. Wer sich früh Kommunikationstechniken angeeignet hat (vgl. Kap. 7.5), kann viele Ausbildungen und Studiengänge absolvieren. Für andere wird dies leicht zum entscheidenden Hindernis und zur Ursache von Ausbildungsabbrüchen.
Schulte, Strauß und Günther (1985) haben eine repräsentative Stichprobe schwerhöriger und gehörloser Jugendlicher 3 1/2 Jahre nach der 9. Klasse zum zweiten Mal untersucht. Dabei zeigte sich, daß über 75 % der Jugendlichen eine Ausbildung in einem anerkannten Ausbildungsberuf absolvierten. Nur 3 % der Gruppe wurden in besonderen Ausbildungsgängen gefördert. Knapp drei Viertel der Jugendlichen, die aufgrund anfänglich mangelnder schulischer Qualifikation zunächst an berufsvorbereitenden Maßnahmen teilnahmen, konnten danach eine Berufsausbildung aufnehmen. Etwa 25 % derjenigen Jugendlichen, die ihre Schulzeit in einer Hörgeschädigtenschule absolvierten, besuchten während der Ausbildung den Unterricht einer Regelberufsschule. Angesichts dieser positiven Ergeb-

nisse muß einschränkend gesagt werden, daß die Daten noch keine Auskunft darüber geben, welcher Anteil der hörgeschädigten Jugendlichen die Ausbildung mit Erfolg beendet und danach eine Dauerstellung findet. So kann aus den Ergebnissen der Untersuchung geschlossen werden, daß die Ausbildungschancen hörgeschädigter Jugendlicher, soweit Schule und Ausbildungsstätten dafür die Verantwortung tragen, relativ günstig sind. Allerdings ist damit zu rechnen, daß die Belastung, die die Jugendlichen dabei auf sich zu nehmen haben, beträchtlich ist, und daß die Aussicht, später eine diesen Fähigkeiten entsprechende Stelle zu finden, ungewiß bleibt.

7.2 Berufsberatung, Berufswahl, Lehrzeit

Lange bevor die Berufsberatung des Arbeitsamtes einsetzt, haben die Lehrer Gelegenheit, mit der Berufsvorbereitung der Jugendlichen zu beginnen und für realitätsgerechte Vorstellungen zu sorgen. Im einzelnen kann folgendes empfohlen werden:

1. Alle Fachlehrer, vor allem aber der Klassenlehrer der letzten Schuljahre, können durch regelmäßige Eintragungen in den Schülerbogen eine Vorbereitung auf die Berufsberatung schaffen, was Interessensschwerpunkte, besondere Fähigkeiten, Arbeitshaltung, Problembereiche u. a. angeht.
2. Im Vorfeld der Beratungen muß im Schüler ein ungefähres Bewußtsein von Bedeutung und Tragweite der anstehenden Entscheidung geweckt werden, damit diese nicht nur an Äußerlichkeiten orientiert wird.
3. Dabei können Betriebsbesichtigungen, Praktika und Gespräche mit ehemaligen Schülern der Schule wichtige Funktionen übernehmen.
4. Jedenfalls muß schon im Vorfeld der Berufsberatung sichtbar gemacht werden, welche Berufe wegen der Hörschädigung der Schüler keinesfalls in Betracht kommen.
5. Für die geeigneten Berufe sollen Licht- und Schattenseiten in realistischer Weise verdeutlicht werden, um späteren Enttäuschungen und dem Impuls, eine Ausbildung abzubrechen, vorzubeugen.
6. Es ist auch zu zeigen, daß im Berufsleben mit dem Maß an Rücksicht, das in der Schule auf die Hörschädigung genommen wurde, nicht gerechnet werden kann.
7. Der Lehrer sollte an psychologischen Eignungsuntersuchungen und Einzelgesprächen zwischen dem Berufsberater und dem hörgeschädigten Jugendlichen stets teilnehmen, um bei Testauswahl, Durchführung und Interpretation sowie zur Verhinderung von Mißverständnissen seine guten Dienste zur Verfügung stellen zu können.
8. Der hörgeschädigte Jugendliche soll also seine Berufsentscheidung im Rahmen der bestehenden Angebote und Möglichkeiten unbeeinflußt, aber beraten und unterstützt fällen (zusammengestellt aus Heese, 1961, 1962).

Praktika in Betrieben bieten vielen Hörgeschädigten erstmalig in ihrem Leben die Gelegenheit, über längere Zeit hinweg Kontakt mit Hörenden zu unterhalten. Diese Erfahrung machen die Praktikanten aber nur, wenn sie einzeln in die Betriebe gehen. Während also eine Praktikumsvermittlung an ganze Gruppen hörgeschädigter Schüler deren Zusammenhalt und gegenseitiger Unterstützung

dienen würde, ermöglicht die Einzelzuweisung eine besonders realistische Erfahrung mit den zukünftigen Arbeitsbedingungen.
Die Bundesanstalt für Arbeit empfiehlt heute, daß behinderte Schüler etwa 1 1/2 Jahre vor der voraussichtlichen Schulentlassung Kontakt mit der Berufsberatung der Arbeitsämter aufnehmen, damit alle Möglichkeiten von Diagnostik, Beratung, Praktikumsvermittlung, Arbeitsproben, Mittelbeantragung, Korrespondenz mit Sondereinrichtungen u. a. ohne Zeitdruck ausgeschöpft werden können. Sie hat eine größere Zahl von Broschüren und Büchern in ausgezeichneter Qualität herausgebracht, die hörgeschädigten Jugendlichen und ihren Angehörigen bei der Orientierung zu helfen vermögen.
In standardisierten Leistungstests, deren Ergebnisse in die Berufsberatung des Arbeitsamtes einfließen sollen, schneiden auch heranwachsende und erwachsende Hörgeschädigte oft unverhältnismäßig schlecht ab. Die zunächst naheliegende Schlußfolgerung, dies liege an ihren mangelhaften Fähigkeiten, geht aber teilweise ins Leere. Vielmehr ist das Ergebnis oft damit zu erklären, daß Instruktion, Aufgabendarbietung und Normierung (nicht: Aufgabenschwierigkeit!) nicht behinderungsgerecht erfolgen, die Testleistung deshalb nicht das Fähigkeitsniveau abbildet und nun eine falsche diagnostische Klassifikation erfolgt. Realistischer werden die Ergebnisse jedenfalls, wenn ein Dolmetscher hinzugezogen wird. Dem wird manchmal entgegengehalten, ein solcher stehe auch im Arbeitsleben nicht ständig zur Verfügung. Mit diesem Argument wird aber allenfalls der gegenwärtige Zustand der Ausbildung Hörgeschädigter legitimiert und für natürlich erklärt, nicht aber eine zutreffende Diagnostik im Einzelfall unterstützt, die natürlich auch der Forderung nach Dolmetscher-Begleitung im Arbeitsleben Auftrieb geben würde. Seit einiger Zeit sind immerhin zahlreiche Leistungs- und Persönlichkeitstests behinderungsspezifisch angepaßt und erprobt worden, so daß die Testergebnisse von Hörgeschädigten in absehbarer Zeit aufschlußreicher zu werden versprechen.
Innerhalb der Berufsberatung für hörgeschädigte Schulabgänger ist es in den letzten 30 Jahren zu einer Neuorientierung gekommen. Früher nahm man an, bestimmte Berufe seien für Hörgeschädigte geeignet, bedingt geeignet oder ungeeignet (z. B. noch Heese, 1961, 1962). Dagegen erfolgt heute weitgehend eine Orientierung am Einzelfall, indem Anforderungsprofile bestimmter Berufe mit den Fähigkeiten des Bewerbers verglichen werden. In dieser funktionsbezogenen Beratung sind zwar immer noch global-orientierende Aussagen sinnvoll, etwa der Art, daß Berufe, in denen Gespräche und Telefonate den Hauptteil der Arbeit ausmachen, in der Regel für Hörgeschädigte besondere Probleme aufwerfen. Zugleich bleibt dabei aber Raum für die Ausnahme. So gibt es mittlerweile hörgeschädigte Behördenleiter, Ärzte, Psychologen, Schriftsteller, Regisseure, Schauspieler, Sozialarbeiter und Lehrer; allen diesen hätte man es früher nicht zugetraut, daß sie so kommunikationsintensiven Berufen gerecht werden könnten. In einer Broschüre der Bundesanstalt für Arbeit wird aus diesen Gründen ganz auf Berufslisten verzichtet, gewiß zum Besten der hörgeschädigten Schulabgänger. Andererseits wird, anscheinend unausrottbar, immer noch empfohlen, aus Sicherheitsgründen keine Berufe zu ergreifen, die das Führen von Fahrzeugen notwendig machen. Dies ist für den Personentransport richtig, weil hier der Fahrer in ständigem Funk- oder Telefonkontakt mit der zentralen Leitstelle stehen muß, gewiß aber nicht für den Güterverkehr. Hörgeschädigte legen seit vielen Jahren erfolgreich die Führerscheinprüfung ab. Die heutige Verkehrsführung ist vollständig

auf optische Signalgebung eingerichtet. Ausnahmen bilden nur Martinshorn, Läuten an Bahnschranken und Hupen anderer Verkehrsteilnehmer; jedoch ist auch hier die Verbindung mit einem optischen Signal möglich und üblich. Über besondere Unfallhäufigkeiten Hörgeschädigter im Vergleich zu entsprechenden Gruppen Hörender ist mir nichts bekannt.

Auch in einem Teil der Berufe, in denen man früher ein gutes Gehör für unerläßlich hielt, sind inzwischen Kompensationsmöglichkeiten gefunden worden, dank derer sie heute auch Hörgeschädigten offenstehen.

Arbeiten in der Landwirtschaft sind entgegen landläufiger Auffassung für Hörgeschädigte oft wenig geeignet. Bei vielen dieser Aufgaben wird wegen der Verständigung durch Zuruf das Gehör gebraucht. Die Arbeit in landwirtschaftlichen Gebieten führt leicht zur Isolierung der Hörgeschädigten. Das Prestige dieser Arbeiten ist gering, u. a. deshalb, weil in Heimen und Kliniken auch Geistigbehinderte und psychotische Patienten hier als Hilfskräfte eingesetzt werden. Vorschläge, für Hörgeschädigte Berufe in diesem Bereich zu beschaffen, lassen u. U. noch einen Rest der Gleichsetzung von **taub und doof** erkennen, etwa so, als wolle man sagen: „Für eine Arbeit als Knecht reicht es gerade noch".

Die Verantwortung der Schule endet mit dem Beginn der Lehrzeit nicht. Vielmehr zahlt sich eine weitere enge Kontaktpflege zwischen Schule und allen Institutionen der beruflichen Bildung für den einzelnen Auszubildenden wie auch für die nachrückenden Schülerjahrgänge aus.

1. Für die hörgeschädigten Jugendlichen ist es von Nutzen, wenn die Sonderschule engen Kontakt zu Industrie- und Handelskammer, Arbeitsamt, Berufsinnungen und Gewerkschaften, vor allem aber zu den Ausbildungsbetrieben hält.
2. Manche Betriebe entwickeln eine Tradition in der Einstellung Hörgeschädigter, so daß neue Lehrlinge von den guten Erfahrungen profitieren, die mit ihren Vorgängern gemacht wurden.
3. Eine Haltung gesunder Wettbewerbsfreunde kann bei hörgeschädigten Jugendlichen in der Ausbildung durchaus akzeptiert oder gefördert werden.
4. Zugleich ist darauf zu achten, daß Erfolg nicht in Selbstüberschätzung, Mißerfolg nicht in Resignation übergehen.
5. Eine möglichst häufige und regelmäßige Leistungsbewertung, verbunden mit der Möglichkeit, ggfs. rasch mit Fördermaßnahmen zu reagieren, kann gewährleisten, daß der hörgeschädigte Jugendliche jederzeit einen realistischen Eindruck von seinem Kenntnis- und Fähigkeitenstand hat.
6. Gelegentlich müssen Jugendliche davor geschützt werden, daß der Ausbildungsbetrieb, um Kosten zu sparen, die Ausbildungszeit unnötig verlängert (nach Heese, 1961, 1962).

In der Regel wird davon ausgegangen, daß die Ausbildung Hörgeschädigter in den gleichen Einrichtungen stattfindet wie für Hörende. Ausnahmen bilden einige Berufsschulen für Hörgeschädigte (vgl. dazu das Gehörlosen-Taschenbuch, das alle einschlägigen Adressen für alle hörgeschädigten Personen enthält: Gehörlosen-Verlag, 1987; Adolfstraße 3, Postfach 34 02 31, 4300 Essen 1). Für Hörgeschädigte, die eine reguläre Ausbildung aufgrund von Art und Schwere ihrer Behinderung nicht absolvieren können, sorgen Berufsbildungswerke in Husum, Neuwied, Nürnberg, Olzberg/Bigge und Winnenden. Die Zahl der jugendlichen Rehabilitanden dieser Art wird von der Bundesanstalt für Arbeit für 1986 mit 5 729 angegeben. – In einer Untersuchung von Schulte et al. (1983) äußerten sich Arbeitgeber überwiegend positiv über ihre hörgeschädigten Mitarbeiter – übrigens in guter Übereinstimmung mit deren Selbsteinschätzung ihrer beruflichen Komptenz. Im Zuge von Rationalisierungen am Arbeitsplatz wird allerdings damit zu rechnen sein, daß stets auch an der Zeit für Erklärungen und für zwischenmenschliche Kontakte gespart wird. Dies fällt für Hörgeschädigte stärker als Belastung ins Gewicht als für hörende Mitarbeiter.

7.3 Ausbildung Mehrfachbehinderter

Mehrfachbehinderte haben die gleichen Rechte auf schulische und berufliche Qualifizierung wie Nichtbehinderte. Jedoch müssen hier naturgemäß viele Anpassungen vorgenommen werden. Dabei ist heute das Spektrum der angebotenen Ausbildungen unverhältnismäßig größer als früher. Egan et al. (1985) zeigten anhand von fünf Einzelverläufen, daß Mehrfachbehinderte, darunter auch Personen mit kombinierter Hör- und Sehschädigung, in einem Förderprogramm Grundfertigkeiten lernen konnten, die sie zur Vermittlung in Stellen der Öffentlichen Verwaltung qualifizierten. Busse et al. (1985) berichteten über die erfolgreiche Eingliederung von drei schwerhörigen, sehbehinderten Heranwachsenden in den Arbeitsprozeß (Montieren von elektronischen Bauelementen) in einer großen Firma. Die Probanden wurden täglich eine Schulstunde lang von einem Lehrer in Übungsaufgaben eingewiesen. Eine weitere Stunde lang arbeiteten sie unter Anleitung eines normalsinnigen Gleichaltrigen am Arbeitsplatz. Alle drei konnten am Ende der Übungsperiode in die Produktion übernommen werden. In einem weiteren Programm mit 26 gehörlos-blinden Auszubildenden arbeiteten am Ende 18 von ihnen unter regulären tariflichen Bedingungen auf dem freien Arbeitsmarkt, die restlichen 8 mit 3–15 Stunden pro Woche (McGinnity, 1985). Die Mehrfachbehinderten übten Tätigkeiten in der Küche, im Restaurant, auf dem Bau, in der Bank, in der Wäscherei, in der Backstube, beim Tellerwaschen, in den Umkleideräumen eines Sportclubs und bei der Vorbereitung von Eßpaketen aus. Als entscheidend erwies sich die tägliche Anleitung, die sie am Arbeitsplatz erhielten.

In stationären Einrichtungen für erwachsene Hörgeschädigte (Heime, Rehabilitationszentren) hat sich die Gebärde als unerläßlich erwiesen, ebenso bei der Verständigung in Beratung, Erwachsenenbildung und beruflicher Fortbildung. Für die Arbeit in einem Berufsbildungswerk äußert eine Sozialarbeiterin: „Wir plädieren für die Gebärdensprache in allen Lebensbereichen, da sie beiden Welten die Kommunikation und die Integration erleichtert“ (Schnug, 1988, S. 10). Sie setzt sich für einen differentiellen aufgabenbezogenen Einsatz der verschiedenen Verständigungsmittel ein. Für die theoretische Unterweisung empfiehlt sie die Lautsprachbegleitende Gebärde, für die konkreten anschaulichen Arbeitsabläufe die Deutsche Gebärdensprache.

7.4 Bewerbung und Vorstellungsgespräch

Wenn sich Hörgeschädigte auf eine Stelle bewerben, so machen sie vermutlich in vielen Berufen ähnliche schlechte Erfahrungen wie Frauen, Ausländer und Ältere. In wenigen anderen Berufen mögen sie dagegen wie jene relativ gute Chancen haben. Der Gesetzgeber hat der Bereitschaft von Arbeitgebern, Behinderte einzustellen, ein wenig nachgeholfen, indem er diesbezüglich eine Behindertenquote vorschreibt. Aber manche Firmen ziehen es vor, stattdessen eine Ausgleichsabgabe zu entrichten, statt dem Gesetz Folge zu leisten. Stets werden Hörgeschädigte im Vorstellungsgespräch und auch später noch mit Zweifeln bezüglich ihrer Leistungsfähigkeit zu rechnen haben. Folgende Empfehlungen haben sich für solche Gespräche bewährt:

- Sagen Sie bezüglich Ihrer Hörschädigung nie die Unwahrheit.
- Geben Sie dem Gespräch einen positiven Akzent („Was ist zu tun? Welche Möglichkeiten gibt es?").
- Erklären Sie Ihre speziellen Bedürfnisse.
- Sprechen Sie schon einige Tage nach der Einstellung mit den Kollegen über Ihre Hörschädigung.
- Machen Sie aber keine große Sache daraus, und gehen Sie mit Ihrer Hörschädigung nicht hausieren.
- Geben Sie den Kollegen Gelegenheit, einmal eine Hörschädigung am eigenen Leib zu erfahren (Geräuschkassetten, die jedes Gespräch übertönen, gibt es inzwischen).
- Informieren Sie Ihre Kollegen über Kommunikationstaktiken (vgl. hierzu Kap. 7.5).

Neu eingestellte Mitarbeiter, die das Thema Hörschädigung in der Firma ansprechen, stoßen oft auf Verständnis und Hilfsbereitschaft der Kollegen. Häufig berichtet dann jemand spontan von eigenen Erfahrungen mit hörgeschädigten Bekannten, Nachbarn oder Angehörigen. Der Hörgeschädigte selbst muß andererseits auch später im Berufsleben immer wieder prüfen, ob der gewählte Beruf und die gegenwärtige Tätigkeit wirklich seinen Bedürfnissen und Möglichkeiten entsprechen, und ggfs. eine Änderung anstreben.

Häufig ist es notwendig, daß Dolmetscher oder Sozialarbeiter den Hörgeschädigten zum Vorstellungsgespräch beim neuen Arbeitgeber begleiten (Goodwin, 1985). Ihnen gelten die folgenden Hinweise:

1. Lassen Sie den Gesprächspartner in der Firma Ihre eigene Faszination dieser speziellen Behindertengruppe gegenüber spüren.
2. Bereiten Sie eine Liste von bekannten Firmen aus der Umgebung vor, in denen bereits Hörgeschädigte angestellt sind.
3. Seien Sie darauf vorbereitet, daß man Sie fragt, wie man sich im Arbeitsprozeß mit dem Bewerber verständigen kann, in welchen Bereichen er einsetzbar ist und welcher Hörrest besteht. Man wird vielleicht auch fragen, wie schnell Sie selbst im Krisenfall erreichbar sind und was Sie dann tun werden.
4. Machen Sie dem Gesprächspartner von sich aus Mut, das erste Gespräch als Vorerkundigung anzusehen.
5. Sprechen Sie nicht nur über den Einzelfall des Bewerbers, sondern auch über grundsätzliche Fragen von Behinderung und Behindertenbeschäftigung.
6. Sagen Sie dem Gesprächspartner, daß er auch nach Ihrem Gespräch gewiß noch viele Fragen haben werde. Rufen Sie ihn, wenn er sich nicht selbst meldet, nach ein paar Stunden noch einmal an.
7. Versuchen Sie nicht, Ihren Kandidaten um jeden Preis zu „verkaufen".
8. Rufen Sie ein bis zwei Tage nach dem Arbeitsbeginn Ihres Klienten an und erkundigen Sie sich, wie es bisher gegangen ist. Sie machen auf diese Weise u. a. deutlich, daß Ihr Engagement mit der Vermittlung nicht endet.

9. Sagen Sie zu, daß Sie weiter jederzeit ansprechbar sind und bei Bedarf auch in die Firma kommen.
10. Rufen Sie dann ab und zu an, um sich zu erkundigen, bis Sie den Eindruck haben, daß es nicht mehr nötig ist.
11. Drängen Sie sich dabei nicht auf. Manche Arbeitgeber sagen sich auch: „Jetzt machen wir das firmenintern".
12. Rufen Sie nach ein paar weiteren Wochen an, um einen weiteren Hörgeschädigten in die Firma zu vermitteln.

7.5 Studium

Verglichen mit anderen Ausbildungen nimmt das Studium an Universität, Hochschule und Fachhochschule eine besondere Stellung ein, weil es wesentlich später beginnt, oft mit einer Trennung vom Elternhaus verbunden ist und ein weit höheres Maß an Eigenständigkeit erfordert. Früher hielt man es für nahezu ausgeschlossen, daß Gehörlose ein Studium absolvieren könnten; für Schwerhörige fiel die Ablehnung zum Teil weniger skeptisch aus. Auch heute noch sind hörgeschädigte Studenten in der Bundesrepublik Deutschland nur selten anzutreffen. Immerhin sind mittlerweile die gesetzlichen Bestimmungen zur Unterstützung eines solchen Vorhabens günstiger als früher, und im Einzelfall ist oft eine beträchtliche Hilfsbereitschaft von seiten der Umgebung zu erkennen. Eine Betroffene beschreibt ihre Erfahrungen folgerdermaßen:

„Während der Vorlesungen kann der Sichtkontakt zum Dozenten, der für das Mundabsehen wichtig ist, auch bei günstiger Plazierung nicht immer vorausgesetzt werden. Oft dreht sich der Dozent zur Tafel um, um etwas anzuschreiben, und redet weiter. Manche Dozenten haben eine flache Aussprache mit geringen Lippenbewegungen, reden zu schnell, verdecken durch gestische Ausdrucksbewegungen ihr Mundbild oder sind Bartträger. Eigene Notizen kann man nur stichpunktartig in Sprechpausen anfertigen; man ist auf Mitschriften oder Manuskripte angewiesen, die aber nicht immer vorhanden und vollständig sind. Die Mikroportanlage ist in Vorlesungen schon eine Hilfe, der Empfang wird jedoch durch die in der Fakultät stehenden Computer gestört, so daß sie nur in einigen Räumen einsetzbar ist.
In den Seminaren sind die Verständigungsschwierigkeiten noch größer. Bevor ich in überfüllten Räumen einen Sprecher ausgemacht habe, hat er seinen Beitrag schon fast wieder beendet. Außerdem ist auf größere Entfernung oder bei Plazierung an langen Tischen kein Mundabsehen mehr möglich. So bekomme ich den Diskussionsverlauf meistens nur bruchstückhaft mit, bestenfalls die Zusammenfassung des Ergebnisses durch den Dozenten. Das Absehen vom Mund ist für mich mit hoher Konzentration und Anstrengung verbunden, außerdem kann nicht alles abgesehen werden. Aus wenigen Schlüsselwörtern muß ich die Zusammenhänge kombinieren, es bleibt immer eine Unsicherheit, ob ich dabei nicht völlig in die falsche Richtung ‚verstehe'. Durch die Konzentration auf den Hörvorgang ist eine inhaltliche Verarbeitung gleichzeitig selten möglich, so daß ich sehr viel Zeit für eigenständige Vor- und Nachbereitung aufbringen muß. Diese Zeit fehlt aber sehr oft, da ich längere Regenerationsphasen als Normalhörende brauche. So bin ich auf Studienhelfer und Tutoren angewiesen, die für mich Mitschriften anfertigen und die Seminare aufarbeiten. Die Kosten hierfür sind nach langer Bearbeitungszeit vom Landschaftsverband im Rahmen der Eingliederungshilfe übernommen worden, so daß ich im nächsten Semester auf diese Hilfen zurückgreifen kann. Es ist jedoch schwierig, einen Studienhelfer zu finden, der fachlich kompetent ist, genügend Zeit hat und sich auf meine Hörbehinderung einstellen kann.
Im sozialen Bereich stoße ich oft auf Unsicherheiten, Vorurteile und Unverständnis bei meinen

normalhörenden Kommilitonen. Zum Beispiel ist es für viele schwer zu verstehen, daß das Zusammensitzen und Unterhalten in den Pausen zwischen zwei Veranstaltungen für mich keine Entspannung, sondern ‚Schwerarbeit' ist. In größeren Gesprächsrunden wird meine Hörbehinderung relativ schnell wieder vergessen; das Gespräch geht über mich hinweg, und nach einiger Zeit habe ich manchmal keine Energien mehr, nachzufragen und immer wieder um Rücksichtnahme zu bitten. Ebenso werden die technischen Hilfsmittel (Mikroport, Richtmikrofon) von vielen als die Lösung aller Hörprobleme angesehen. Immer wieder mache ich die Erfahrung, daß ich damit als Normalhörende eingestuft werde, obwohl die Hörschädigung auch mit diesen Hilfsmitteln bei weitem nicht ausgeglichen werden kann. Ich weigere mich auch, sozialen Umgang und Kommunikation nur über Technik ablaufen zu lassen; in dem Augenblick, wo die Technik aus irgendwelchen Gründen versagt, ist die Kommunikation abgeschnitten. Ich weiß, daß ich aufgrund meiner Hörschädigung über eine geringe kommunikative Kompetenz verfüge und die Normvorstellungen der Kommilitonen nicht erfüllen kann (und will) und daß das soziale Umgehen für beide Seiten ein Lernprozeß ist. Ich sehe aber bei vielen Leuten wenig Bereitschaft, die Kommunikation zum Beispiel mit Hilfe des Fingeralphabets und lautsprachbegleitender Gebärden, die für mich eine sehr große Hilfe sind, zu verbessern. Als ‚Einzelkämpfer' sich mit diesen Problemen auseinanderzusetzen ist auf die Dauer nicht möglich. Daher habe ich mich der Landesarbeitsgemeinschaft hörbehinderter Studenten und Absolventen (LHSA Nordrhein-Westfalen) angeschlossen, um aktiv die Interessen Hörbehinderter zu unterstützen" (schwerhörige Studentin der Schwerhörigen-Pädagogik).

Die Probleme, denen sich Hörgeschädigte gegenüber sehen, wenn sie ein Studium beginnen wollen, sind tatsächlich von mannigfaltiger Art; jedoch ist nur ein Teil derselben hörgeschädigtenspezifisch. Mit allen Studienanfängern teilen Hörgeschädigte in der neuen Lernsituation zunächst Isolation, Desorientierung, Fehlen von Information und Rückmeldung, überflüssige Wege, zeitraubende Materialbeschaffung, konfuse und unverständliche Lehrveranstaltungen, versäumte Termine und vieles andere, was auch hörende Studenten in den ersten Semestern zermürbt. Mit anderen behinderten Studenten gemeinsam erleben sie Erschwernisse im Verstehen des Stoffes, zeitaufwendige Therapien, lange Antragslaufzeiten für Vergünstigungen, das Aushandelnmüssen von Sonderregelungen für Prüfungen, die wechselseitige Befangenheit im Umgang mit nichtbehinderten Kommilitonen u. a. Darüber hinaus gibt es aber einen Bereich von Belastungen, denen in ganz spezieller Weise hörgeschädigte Studenten ausgesetzt sind. Diese beginnen schon vor dem eigentlichen Studium und bei der Auseinandersetzung mit den Rahmenbedingungen des Studiums.
Es ist gegenwärtig nur an Schulen in Essen, Frankenthal und München möglich, als Hörgeschädigter die Fachhochschulreife zu erwerben und nur in Essen, Hamburg und Stegen bei Freiburg, zur Hochschulreife zu kommen. Viele Hörgeschädigte fühlen sich gedrängt, die Entscheidung für ein Studium in ihrer Umgebung besonders zu begründen, ganz so, als stehe ihnen dieser Schritt eigentlich nicht zu. Die von der Schule mitgebrachten Fähigkeiten, einschließlich der Sprachkompetenz, werden oft von gehörlosen Studenten selbst als unzureichend für die Bewältigung eines Studiums angesehen. Viele Hörgeschädigte haben sich bis zu diesem Zeitpunkt noch wenig mit ihrer Behinderung auseinandergesetzt und noch nicht gelernt, ihre Wünsche und Forderungen zur Verbesserung ihrer Studienmöglichkeiten zu artikulieren. Alle Arbeitsbedingungen an der Hochschule sind härter als an den relativ behindertengerecht eingerichteten Sonderschulen, aus denen sie kommen. Diese Umstellung fällt vielen schwer. Der u. U. kleinere Wortschatz und die Besonderheiten der Wissenschaftssprache erfordern bei hörgeschädigten Stu-

denten längere Auseinandersetzungen mit dem Stoff. Dafür reichen die normalen Leihzeiten für Bücher in den Bibliotheken oft nicht aus.
Eine besondere Belastung stellt offenbar der Besuch von Lehrveranstaltungen dar. Der ständige Wechsel von Dozenten und Kommilitonen ist für jemanden, der auf das Mundbild angewiesen ist und sich auf jeden neuen Sprecher erst einstellen muß, schwer zu verkraften. Aufgrund der Notwendigkeit, sich in Vorlesungen ganz auf die Stoffaufnahme zu konzentrieren, bleibt dem hörgeschädigten Studenten kaum Zeit zum Mitdenken und zu kritischer Auseinandersetzuung. In Seminaren erleben hörgeschädigte Studenten eine Kombination von akustischen und inhaltlichen Verstehensschwierigkeiten. Fehler, die sich in ihr Verständnis der Sachverhalte einschleichen, bemerken sie oft erst, wenn sich später Widersprüche zu anderen Aussagen ergeben, durch Hinweis der Kommilitionen oder in der Prüfung.
Viele hörgeschädigte Studenten finden keine Arbeitsgruppe, obwohl gerade die Arbeitsgruppe durch ihr häufiges Tagen am ehesten die Chance zu einem vertieften Lernen bietet. Gelingt dies doch, so wird der hörgeschädigte Student aufgrund seines häufigen Rückfragens und anderer Verzögerungen, die durch ihn eintreten, dennoch von der Gruppe oft als Belastung empfunden und empfindet sich auch selbst so. Manche hörgeschädigte Studenten entwickeln, um nicht als Schweiger oder lästiger Frager aufzufallen, eine Strategie der Tarnung, indem sie oft genug unverfängliche Fragen stellen und ungefährliche Beiträge leisten, die aber am Kern ihres Sachinteresses vorbeigehen. Viele hörgeschädigte Studenten ziehen sich aus diesen Gründen ganz auf das Literaturstudium zurück. Damit entgehen ihnen aber Diskussionen, Kontakte und weitere Informationen. Vor allem von dem informellen Wissen, das zwischen den Kommilitonen kursiert und Wohnen, Einkauf, Dozenten, Bibliotheken, Kopiermöglichkeiten, Scheinerwerb, Arbeitskreise, Klausuren, mündliche Prüfungen, Haus- und Diplomarbeiten u. a. betrifft, bleiben sie so ausgeschlossen.
Auch das Freizeitleben hörgeschädigter Studenten unterliegt manchen Besonderheiten. Pausen und freie Zeiten, die der Erholung dienen sollen, stellen für hörgeschädigte Studenten eine Fortsetzung der Beanspruchung dar, wenn sie sie im Kontakt mit anderen Menschen verbringen wollen, weil in diesem Fall die gleichen Verständigungsprobleme zu bewältigen sind wie in den Lehrveranstaltungen. Wenn sie sich mehr an hörende Kommilitonen anschließen als an Studenten mit der gleichen Behinderung, verlieren sie u. U. die eine Bezugsgruppe, ohne die andere zu gewinnen. Viele Hörende wollen aber, gerade wenn sie hörgeschädigte Mitglieder in der Arbeitsgruppe haben, jedenfalls in der Freizeit unter sich sein, und umgehen die Kontaktfortsetzung, so daß der hörgeschädigte Student auch hierin eine Enttäuschung erlebt. Generell ist das Bewußtsein, in zahlreichen Lebensbereichen von der Hilfsbereitschaft Hörender abhängig zu sein, für viele hörgeschädigte Studenten eine Dauerbelastung.
Enge Kontakte mit den Professoren und Dozenten würden sich empfehlen; bei hörenden Kommilitonen mag dies aber zu dem Eindruck führen, der hörgeschädigte Student sei ein Streber. Hörgeschädigte Studenten unterlassen es manchmal, ihre Dozenten über ihr Handicap zu informieren, um sich nicht dem Verdacht auszusetzen, sie wollten Vorteile erschleichen. Die Durchsetzung von Sonderbedingungen erfordert zudem viel Aufwand an Gesprächen, Einholen und Vorlegen von Bescheinigungen, Nachfragen, Anmahnungen u. a. Bei mündlichen Prüfungen kann es durch den beschränkten Wortschatz und die erhöhte Wahrscheinlich-

keit von Mißverständnissen zu Minderleistungen des hörgeschädigten Studenten kommen, die nicht auf einen unzulänglichen Kenntnisstand zurückgehen.
Als knappe Übersicht über einige Probleme, denen hörgeschädigte Studenten begegnen, mag diese Darstellung vorerst genügen. Es lassen sich daraus konkrete Konsequenzen herleiten, und zwar sowohl für die hörgeschädigten Studenten selbst wie für die Kommilitonen, die Dozenten und die Hochschulverwaltung. In der Regel ist aber wohl ein gewisser Druck oder ein spektakuläres Ereignis von seiten der Hörgeschädigten selbst erforderlich, damit etwas geschieht.
In einer schriftlichen Befragung äußerte in der allerdings kleinen Stichprobe von N = 40 hörgeschädigten Studenten über die Hälfte, sie erhielten keinerlei Unterstützung. Vom Rest wurde am häufigsten ‚Zusammenarbeit mit Kommilitonen' genannt, gefolgt von ‚Tutor', ‚Skripten von Professoren/Kopien' sowie ‚Buchempfehlungen, Zusatzlektüre'. Als eigene Wünsche nannten die Hörgeschädigten an erster Stelle ‚Betreuung durch Tutor', dann ‚Technische Hilfen', ‚Schriftliche Unterlagen von Dozenten' sowie ‚Gebärdensprach-Dolmetscher' (Piel, 1984). Daß die Dolmetscherfrage hier erst auf dem vierten Platz erscheint, während sie in Gesprächen sehr oft an erster Stelle steht, muß zunächst verwundern. Eine Erklärung mag darin liegen, daß viele Hörgeschädigte wissen, wie schwer es ist, auch nur für wenige Stunden pro Woche diese Unterstützung zu erhalten, etwa noch kostenlos, und deshalb diesen Wunsch gar nicht erst äußern. Gewiß ist jedenfalls, daß die Möglichkeit der Dolmetscherbegleitung das Leben hörgeschädigter Menschen in vielen Bereichen selbständiger, freier und selbstbewußter machen würde.
Piel (1984) hält es für notwendig, daß hörgeschädigte Studenten an erster Stelle fortlaufend an Hörtraining und Absehkursen teilnehmen. Darüber hinaus empfiehlt sie, daß die Hörgeschädigten sich eine differenzierte **Kommunikationstaktik** aneignen und sich der Multikomm bedienen, d. h. also sich selbst mit Mimik und Gestik, Blickkontakt, Zeigen, Zeichnen, Schreiben, Sprechen und Absehen, Fingeralphabet und Mund-Hand-System, natürlichen und künstlichen Gebärden verständigen. Die Kommunikationstaktik entspricht in vielerlei Hinsicht den Empfehlungen, die von den Hörgeschädigtenverbänden generell für den Umgang Hörgeschädigter mit ihren Mitmenschen ausgesprochen werden (vgl. dazu Kap. 9.1):

1. Bewußt einen Platz dem Gesprächspartner gegenüber wählen; Mut, diesen später auch noch zu wechseln.
2. Dafür sorgen, daß der Gesprächspartner nicht im Gegenlicht sitzt.
3. Die Körpersprache des Sprechenden wahrnehmen und auswerten.
4. Schnell unterbrechen, wenn man nicht verstanden hat.
5. Deutlich machen, welchen Teil der Mitteilung man nicht verstanden hat.
6. Klären, warum man etwas nicht verstanden hat (z. B. wegen der Uneindeutigkeit des Mundbildes beim Gegenüber).
7. Vorschläge machen, die es dem Gesprächspartner erleichtern, verständlich zu sprechen (z. B. durch Verzicht auf manche Worte und Wahl von verständlichen Worten).
8. Ruhig bleiben und auch zur Ruhe und Gelassenheit des Partners beitragen.
9. Mitdenken und kombinieren, also den Kontext berücksichtigen.
10. Die Grenzen der eigenen Kommunikationsfähigkeit erklären und Vorschläge zur Verbesserung der eigenen Möglichkeit der Teilnahme machen (Piel, 1984).

Über diese situativen Erleichterungen hinweg sind grundlegende Verbesserungen in der Situation hörgeschädigter Studenten wohl am besten im Zusammenwirken von Studenten, Dozenten und Hochschulverwaltung zu erreichen, u. a. auch dadurch, daß man die Unzulänglichkeiten immer wieder anmahnt, öffentlich macht und diesbezüglich für Aufsehen sorgt. Im einzelnen sind folgende Gesichtspunkte zu berücksichtigen:

1. Der angehende Student soll bereits einige Zeit vor Beginn des Studiums Aufbau und Organisation des gewählten Studiengangs, den Studienort und die Institute seines Faches kennenlernen, auch schon einmal als Gast an Lehrveranstaltungen teilnehmen und alle Anträge (z. B. finanzielle Unterstützung bei technischen Hilfen, Tutor, Gebärdendolmetscher) so rechtzeitig stellen, daß zu Beginn des Studiums bereits ein Bescheid vorliegt.
2. Er soll mit allen Einrichtungen, die während des Studiums als Teil eines vielgestaltigen sozialen Unterstützungssystems in Erscheinung treten können, schon frühzeitig und aus eigener Initiative Kontakt aufnehmen (Beratungsstelle, Studentenvertretung, Behindertenbeauftragte, zukünftige Professoren, hörgeschädigte Absolventen des Faches, Selbsthilfegruppen). Behindertenberatung muß dabei imstande sein, individuelle Studien- und Lebenshilfe zu leisten. Die Studentenvertretung ist bei Behindertenfragen oft noch überfordert; die Funktion des Behindertenbeauftragten ist vorerst manchmal ein reines Repräsentationsamt ohne Fachkenntnisse und Kompetenzen.
3. Die Hochschule kann Studenten aus sozialwissenschaftlichen Disziplinen Gelegenheit geben, diese Kontaktaufnahme zu begleiten und als praktikumsgültigen Lernprozeß zu organisieren. Dagegen erscheinen spezielle Informationstage weniger effektiv zu sein.
4. Professoren können den Stoff und das Material der jeweils nächsten Sitzung einer Lehrveranstaltung dem hörgeschädigten Studenten vorab zur Verfügung stellen und ihm so Vorbereitung und Verständnis erleichtern (wenn sie die Lehrveranstaltungen früh genug planen und übersichtlich genug gliedern).
5. Bei der Erarbeitung schriftlicher Materialien benötigen Studenten mit geringen Hörschäden eher Unterstützung bei der Literaturbeschaffung, Studenten mit schweren Hörschäden eher Interpretations- und Erklärungshilfe.
6. Schwerhörigen Studenten kann mit dem Einsatz von drahtlosen Höranlagen, Infrarotanlagen und Konferenzmikrofonen das Verstehen erleichtert werden, allen Hörgeschädigten mit dem Einsatz von Tageslichtschreibern, die es dem Dozenten ersparen, sich zur Tafel umzudrehen – so bleibt sein Mundbild stets sichtbar.
7. Dozenten können, wenn sie die Kriterien des Verständlichkeitskonzepts (Langer, Schulz von Thun, Tausch, 1981) beherzigen, nämlich Einfachheit, Gliederung, Kürze, Prägnanz und zusätzliche Stimulanz, den hörgeschädigten Studenten das Verstehen erleichtern. Stichworte auf dem Tageslichtschreiber oder vorbereitete Folien erleichtern zusätzlich das Folgen.
8. Der Verzicht auf imposante Literaturlisten und die Angabe ausgewählter kurzer und gut lesbarer Quellen hilft dem hörgeschädigten Studenten, seine Nacharbeit auf das Wesentliche zu konzentrieren.
9. In der National Technical Academy for the Deaf in Rochester/USA werden gegenwärtig maschinelle Simultanmitschriften zum Vortrag erprobt, die sofort vervielfältigt und als Manuskript ausgehändigt werden können.
10. Einige Zeit vor Prüfungen soll der hörgeschädigte Student sich Klarheit darüber verschaffen, ob und ggfs. in welcher Hinsicht er eine Sonderregelung anstreben will und in welchem Umfang die für ihn gültige Prüfungsordnung

dafür Raum gibt. Entsprechende Anträge sollen früh gestellt werden. Eine persönliche Kontaktaufnahme mit dem Vorsitzenden des Prüfungsausschusses und dem Leiter des Prüfungsamtes ist oft dienlich.

11. Bei mündlichen Prüfungen empfiehlt sich oft die Heranziehung eines Gebärdendolmetschers, das schriftliche Stellen der Fragen und die Verlängerung der Prüfungszeit, evtl. auch die Ersetzung der mündlichen durch eine gleichwertige schriftliche Prüfung.
12. Jedenfalls sollte der Kandidat den Prüfer vorab (und nicht erst in der Prüfung selbst!) über die besonderen Probleme informieren, die sich für ihn in einer mündlichen Prüfung ergeben (nach Piel, 1984).

In den USA ist mit der Gallaudet-University eine einzigartige Einrichtung speziell für hörgeschädigte Studenten geschaffen worden. Für etwas Vergleichbares gibt es in Deutschland vorerst keinen hinreichenden quantitativen Bedarf; manche Hörgeschädigte lehnen es auch ab, erneut in eine, wie sie es ausdrücken, ‚Sondereinrichtung' abgeschoben zu werden. Wohl aber gibt es in neuerer Zeit Überlegungen, Angebote für hörgeschädigte Studenten an einigen Universitäten und Institutionen zu konzentrieren, die personell und technisch dafür in besonderer Weise qualifiziert sind oder qualifiziert werden können, wie dies in den USA schon an einer größeren Zahl von Universitäten der Fall ist.

7.6 Beratung und Selbsthilfe der Studenten

Gegenwärtig bestehen an allen Universitäten und Hochschulen Beratungsstellen, die sich der vielfältigen Anliegen der Studenten annehmen. Allerdings sind deren Leistungen meist auf Beratung und in geringerem Umfang auf Einzel- und Gruppentherapie beschränkt. Darüber hinaus haben viele Studenten aber mit Problemen zu kämpfen, bei denen Beratung wenig hilft. Dabei sind mehrere ganz unterschiedliche Personengruppen zu berücksichtigen: Studienanfänger, Studienfachwechsler, Studenten nach nichtbestandenen Prüfungen sowie Park- und Langzeitstudenten. Dazu kommen alle die, die mit den Finanzen, der Unterkunft, der Familie, der Partnerschaft, dem Studium oder dem Leben insgesamt nicht zurechtkommen.

Grundprobleme scheinen fast immer Informationsmangel und der Eindruck eigener Ohnmacht zu sein. So wie allen anderen Studenten kann man also auch hörgeschädigten Kommilitonen stets empfehlen, viel Zeit vor den Schwarzen Brettern in der Universität zu verbringen und ohne Scheu überall nach Informationen zu fragen. Flexer et al. (1986) bildeten Gruppen schwerhöriger Studenten und leiteten diese durch Rollenspiel und Selbstsicherheitstraining an, sich jederzeit rasch und beharrlich mit allen sie betreffenden Informationen zu versorgen. Als Ansprechpartner treten dafür außer der Universitätsverwaltung Fachschaften und Asten sowie politische, konfessionelle und musische Studentenvereinigungen in Erscheinung. Von Student zu Student ist die Hemmschwelle meist niedriger; das informelle Wissen dominiert; die Verständigung gelingt leichter. Der Verwaltung gegenüber besteht bei vielen Studenten eine gewisse Scheu. Dafür herrschen hier meist mehr Kontinuität und feste Sprechzeiten; es können Auskünfte mit Rechtsverbindlichkeiten erteilt werden. Hörgeschädigte Studenten geraten hier wie auch auf vielen anderen Gebieten leicht ins Hintertreffen. Es ist als besonderer Glücksfall zu betrachten, wenn jemand, der Beratungsaufgaben wahrnimmt, gebärden kann. Die Teilhabe an Freizeitkontakten mit Hörenden ist, wie in Kap. 7.5 beschrieben wurde, meist erschwert. So stellt die Gründung der Bundesarbeitsgemeinschaft Hörgeschädigter Studenten und Absolventen (BHSA) einen wirklichen Durchbruch dar: Hier werden die Probleme und Möglichkeiten von Studium und Beruf unter der ureigensten Perspektive Behinderter angegangen. Die BHSA ist ein Zusammenschluß von Selbsthilfegruppen, die in vielen Universitätsstädten entstanden sind. Eine Gruppe von Betroffenen hat für diese Monographie die eigene Arbeit dargestellt, in der sich Studenten und andere Hörgeschädigte zusammengefunden haben:

„Zwei schwerhörige Studenten und eine gehörlose Berufstätige hatten unabhängig voneinander die gemeinsame Idee, eine Arbeitsgruppe zu gründen. Dabei sollte Selbsthilfe im Vordergrund stehen. Später kamen ein Gehörloser und eine Hörende hinzu und hatten ebenfalls Interesse daran. Die Probleme der Hörgeschädigten waren uns sehr gut bekannt, und wir wußten, welche Defizite vor allem im Beratungsbereich bestanden. Es gab bis dahin eine (wöchentlich 2 Std.) Möglichkeit für Hörgeschädigte, Hilfe zu suchen. Ein Hörender gab sie ihnen, Probleme wurden durch ihn und von ihm aus der Welt geschaffen. Wir wollten jedoch versuchen, die Hilfe zur Selbsthilfe anzubieten. Uns war nicht klar, welche Schwierigkeiten wir dadurch bekommen. Im April 1987 gründeten die vier oben genannten Hörgeschädigten und eine Hörende die Selbsthilfegruppe Hörgeschädigter in Aachen und Umgebung. Die Selbsthilfegruppe ist eine Arbeitsgruppe, wo Hörgeschädigte sich und anderen in schwierigen Situationen helfen können. Sie ist somit für alle hörgeschädigten – gehörlose, schwerhörige, ertaubte – Menschen da, die Beratung oder Hilfe brauchen. Sie will also Interessen und Bedürfnisse der hörgeschädigten Menschen vertreten. Aber sie will auch den Hörenden, also Eltern, Erziehern oder einfach Personen, die mit Hörgeschädigten zu tun haben, Informationen und Hilfen anbieten.
Die Selbsthilfegruppe hat Kontakte zu verschiedenen Vereinen der Hörgeschädigten in Aachen und Umgebung aufgenommen und ihnen eine Zusammenarbeit angeboten. Es gab eine Sitzung in Aachen, an der alle Vereine teilnahmen, um über das große Ziel eines „Gehörlosenzentrums" zu sprechen. Die Selbsthilfegruppe hat dafür ein Konzept ausgearbeitet. – Es sind uns viel mehr Gehörlose als Schwerhörige bekannt, die hier leben. Das mag daran liegen, daß es hier Gehörlosenvereine gibt. Es existiert kein einziger Schwerhörigenverein. Hinzu kommt wahrscheinlich auch, daß Schwerhörige ihre Hörbehinderung verstecken und so tun, als seien sie normalhörend. – Das Informationsdefizit der Hörgeschädigten ist recht groß. Auffällig ist auch ihre Unselbständigkeit, besonders die von älteren Gehörlosen. Die Ursache ist in der schulischen Erziehung zu suchen. Oft glauben die Gehörlosen, die Hörenden seien allwissend. Sie können sich nicht vorstellen, daß Hörende auch ihre Probleme haben können oder in manchen Situationen auch nicht weiterwissen. Durch Informationen wissen Hörgeschädigte, daß es hier eine Beratungsstelle für sie gibt. Leider haben viele Hörgeschädigte schlechte Erfahrungen gemacht, z. B. daß ein Sachbearbeiter nicht gebärden und auch die Gebärdensprache nicht verstehen konnte. Dadurch wurde die Vertrauensbasis zerstört. Wenn Hörgeschädigte Rat oder Beratung brauchten, fuhren sie oft nach Köln zur Beratungsstelle in der Zentrale für Gehörlose. Das tun sie heute noch.
Die Selbsthilfegruppe hat sich viel Mühe gegeben, das Vertrauen zwischen den Hörgeschädigten und den hörgeschädigten Mitarbeitern aufzubauen. Diese können alle gebärden. Viele, nicht sehr viele, Hörgeschädigte fanden auch den Weg zur Selbsthilfegruppe. Wir helfen ihnen, wo es nötig ist, aber nur soweit, daß sie auch lernen, sich selbst helfen zu können. Wenn z. B. ein Formular ausgefüllt werden muß, so sollen die Hilfesuchenden dies erst selbst versuchen. Bei Fragen können sie sich an uns wenden. Wir sehen dann das ausgefüllte Formular durch und erklären ihnen Fehler. Auf diese Weise lernen sie, wie man ein Formular ausfüllt. Würden die Mitarbeiter ihnen die ganze Arbeit abnehmen, was vielleicht schneller geht, dann würden die Hörgeschädigten nie etwas dazu lernen. Genau das wollen wir vermeiden. – Die große Schwierigkeit besteht darin, das Interesse bei den Hörgeschädigten zu verschiedenen Aktivitäten zu wecken!" (Selbsthilfegruppe

Hörgeschädigter in Aachen und Umgebung in der Arbeitsgemeinschaft zur Förderung Hörgeschädigter e.V.)

In gewisser Weise wird in der BHSA bereits jetzt praktiziert, was die Hörgeschädigten insgesamt anstreben: eine von außen unterstützte, aber in eigener Entscheidung und Regie durchgeführte Arbeit der Betroffenen in ihren eigenen Fragen und Problemen mit den von ihnen selbst gewählten Mitteln und Methoden (vgl. dazu Kap. 12). Eine ertaubte Studentin beschreibt, wie die Erfahrungen in der BHSA ihr weit über die Alltagsbewältigung hinaus einen Impuls bei ihrer Identitätsentwicklung vermittelten:

„Und nicht zuletzt wurde in jener Zeit die BHSA gegründet; ich traf dort andere hörbehinderte und nichtbehinderte Studenten, fand Rückhalt in der Gruppe und lernte vor allem, hörbehinderten-typische von ganz normalen Studienproblemen zu unterscheiden. In ‚meiner BHSA-Zeit' lernte ich noch etwas anderes, was mindestens ebenso wichtig war: Ich fand endlich den Zugang zur Gebärde, begriff diese endlich als Kommunikationshilfe für mich, begann, das zu akzeptieren, was für mich zuvor eben nur für Gehörlose notwendig war. Eine lockere Unterhaltung ohne allzu große Konzentration aufs Ablesen, ohne schnelle Erschöpfung, das wurde endlich möglich. In der BHSA fand ich auch den Menschen, den ich lange gesucht hatte, den Hörgeschädigten, der ähnlich über Taubheit reflektierte, wie ich; endlich konnten Gespräche stattfinden, die nicht der Versuch waren, jemandem Taubheit zu erklären, sondern die in einen Gedanken- und Erfahrungsaustausch mündeten. Endlich das Erlebnis: Da weiß jemand, wovon ich rede, da versteht jemand, wo andere versuchen zu begreifen ... Das war wichtig für einige Jahre. Während meiner BHSA-Zeit begann sich meine Einstellung zu Taubheit, zu Behinderung zu wandeln, auch durch den Kontakt zu andersbehinderten Studenten" (Petra Piel, ertaubte Sozialarbeiterin).

7.7 Therapeutische Behandlungen

Die Selbsthilfe wird aller Voraussicht nach die Therapie nicht ersetzen. Sie hat ihr gegenüber teils gleiche, teils deutlich unterschiedliche Ziele und Methoden. So können beide einander in geradezu idealer Weise ergänzen. In den Gründungszeiten von Selbsthilfegruppen besteht teilweise eine ausgesprochen ablehnende Haltung der herkömmlichen Therapie gegenüber, die oft auf tatsächlich schlechten Erfahrungen mit Therapien und Therapeuten fußt. Später werden daraus häufig widerwilliger oder anerkennender Respekt, gegenseitiges Interesse oder Zusammenarbeit. Im günstigsten Fall ist der Kontakt zwischen beiden so gut, daß wechselseitig Überweisungen vorgenommen werden können. Dieser Abschnitt dient zur Darstellung von drei Therapieverläufen. Der erste handelt von der Ablösung eines jungen Mädchens, das einen Beruf finden muß, aus der Familie; die beiden anderen von Problemen zweier Studenten.

Fall 25: Edith

Die von Geburt an gehörlose 19jährige Edith wurde wegen hyperaktiven und bizarren Verhaltens in die Klinik eingeliefert. Sie hatte konfuse Sätze über Jungen, Jesus, Kämpfen, Messer und Gewehre aufgeschrieben. Nach Auskunft ihrer Mutter begann Edith damit, als sie neunjährig von zwei gehörlosen Jungen vergewaltigt worden war. Sie hatte damals versucht, Polizisten den Vorgang zu schildern, und dabei in der Polizeiwache nach einem Gewehr gegriffen. Später hatte sie versucht, sich das Leben zu nehmen, indem sie aus dem zweiten Stock eines Hauses auf die Straße sprang. Unmittelbar vor der Einlieferung in die Klinik fing sie beim Mittagessen ohne erkennbaren Anlaß an zu schreien, lief davon und kam erst fünf Stunden später weinend zurück. Sie schlug im elterlichen Haus eine Scheibe ein und schnitt sich mit den Scherben die Pulsadern auf; da wurde sie in die Klinik gebracht.

Edith hatte einen IQ zwischen 70 und 79; ihr Hörschaden wurde bemerkt, als sie vier Jahre alt war, in der Sonderschule für Gehörlose war sie eine schwache Schülerin. Sie war sexuell nie aufgeklärt worden, aber seit der Vergewaltigung war die Mutter in ständiger Unruhe, was Ediths Sicherheit anging. Mit 18 Jahren ließen die Eltern aus Furcht, Edith könnte schwanger werden, eine Tubenligatur an ihr vornehmen, ohne daß sie von der Bedeutung des Eingriffs erfuhr.

Der erste Schritt der Therapeuten bestand darin, Edith mit ihren verschiedenen Behinderungen (gehörlos, retardiert, desorientiert) in den Blick zu nehmen und realistische Therapieziele festzusetzen. Es wurde also nicht eine tiefgreifende Persönlichkeitsänderung ins Auge gefaßt, sondern eine bessere Anpassung und eine besser zufriedenstellende Lebensführung für sie angestrebt. Mit ihren Eltern sollte die Enttäuschung, ein gehörloses Kind zu haben, besprochen werden. Weder Edith noch ihre Eltern beherrschten die Gebärdensprache, wohl u. a. weil diese an Ediths Schule verpönt war, sogar im Kontakt der Gehörlosen untereinander. Die Beziehung zwischen Ediths Eltern war durch Schweigen gekennzeichnet. Auch zwischen ihnen und Edith herrschte weitgehend Sprachlosigkeit. Zwei ältere Brüder von Edith lebten nicht mehr im elterlichen Haushalt. Die Therapeuten nahmen an, daß diese Unmöglichkeit, sich zu verständigen, die wichtigste Ursache von Ediths Psychose war.

Die Therapeuten entschieden sich für eine Familientherapie, in der ein Dolmetscher die Übersetzung für Edith besorgte. Edith zeigte sich sehr aufgeschlossen, aber auch ängstlich und verwirrt. Ihre Mutter unterbrach häufig das Gespräch oder versuchte, es in andere Geleise zu lenken. Bezüglich Ediths bisherigem Leben wurden von den Therapeuten folgende Hypothesen formuliert: In der Familie herrscht keine klare Kommunikation. Edith ist extrem isoliert. Vermutlich haben die Eltern wenig Einblick in Ediths Konflikte. Ediths Beziehung zu ihrer Mutter ist durch die Hörstörung enger als dies bei hörenden Kindern üblich ist. Demgegenüber tritt der Vater als Bezugsperson nicht nennenswert in Erscheinung. Edith ist jetzt in einem Alter, in dem ihr eigenständige Entscheidungen abverlangt werden. Möglicherweise war die näherrückende Trennung von den Eltern ein Auslöser der Psychose. – Zwischen den Eltern wurde während der Therapie viel Feindseligkeit sichtbar. Weder für Ediths Zukunft noch für die ihrer eigenen Ehe hatten sie klare Vorstellungen; Ediths Mutter zumindest blieb u. a. der Tochter zuliebe bei ihrem Mann. Eines der Therapieziele bestand darin, Edith in einer Ausbildungs- und Arbeitseinrichtung unterzubringen, in der sie mit gleichaltrigen Gehörlosen zusammensein konnte, und die Unterstützung ihrer Eltern dafür zu gewinnen. Die Eltern wurden darauf hingewiesen, daß etwa 90% der Gehörlosen untereinander heiraten und daß dies auch für Edith keine schlechte Lösung sei. Eine zweite Aufgabe der Therapie sahen die Autoren darin, die Eltern dahingehend anzuleiten, daß sie sich mehr als bisher gegenseitig unterstützen und dabei Edith loslassen konnten. Edith sollte aus der Entscheidung der Eltern, weiter zusammenzuleben oder sich zu trennen, soweit wie möglich herausgehalten werden. Außerdem sollten die Eltern das Gebärden lernen, gerade in der Zeit, in der Edith begann, sich von ihnen abzulösen. – Edith konnte nach einiger Zeit nach Hause zurückkehren und ist seitdem nicht wieder auffällig geworden (Arana et al., 1978).

Diskussion. Diese Familientherapie ist nicht besonders hörgeschädigtenspezifisch, da beide Eltern hören können und die Entwicklung der gehörlosen Tochter zum Indexpatienten ganz auf der Linie anderer Fälle liegt. Ungewiß bleibt, wie auch bei Doris (Kap. 6.5) die Diagnose ‚Psychose', zu der die Autoren keine konkretisierenden Angaben machen. Jedenfalls wird sichtbar, daß die Neukalibrierung des gesamten Familiensystems hörbehindertenspezifische Gesichtspunkte zu berücksichtigen hat, und daß die Therapeuten diesbezüglich Kenntnisse haben oder erwerben müssen. Sie streben nicht die Heilung des jungen Mädchens an, sondern eine Verbesserung der familiären Kommunikation; dies erscheint notwendig und möglich. Darüber hinaus stellen sie der Familie die Aufgabe, für Ediths Entwicklung den notwendigen nächsten Schritt einzuleiten. Auch dies mag zu einem besseren Umgang miteinander beitragen.

Eine um sich greifende Angst der letzten Jahrzehnte ist die Prüfungsangst. Die Stoff-Fülle wirkt erdrückend; ein Feedback hinsichtlich des Leistungsstandes und Fortschritts fehlt; über den voraussichtlichen Verlauf der Prüfung besteht Unklarheit. Dies führt manchmal dazu, daß es nicht nur in der Prüfung selbst zu schweren Angstreaktionen kommt, sondern schon die Prüfungsvorbereitung durch Ängste belastet und behindert ist.

Fall 26: 36jähriger Student

Die Systematische Desensibilisierung ist das klassische verhaltenstherapeutische Instrument zur Behandlung von Ängsten. Jedoch bedarf ihre Anwendung bei hörgeschädigten Klienten einer Reihe von Anpassungen. Im vorliegenden Fall (Heaton und Berberich, 1973) ging es um die Behandlung der Prüfungsangst eines älteren gehörlosen Studenten. Er konnte kaum mehr als ein paar Minuten lang zusammenhängend arbeiten. In Prüfungen vergaß er oft vollständig, was er gelernt hatte. Zunächst wurde ihm, da der Versuchsleiter nicht gebärden konnte, Wolpes schriftliche Instruktion zur Selbstentspannung ausgehändigt, verbunden mit der Bitte, diese viermal täglich zu Hause zu praktizieren. Die Angsthierarchie wurde entlang einer standardisierten Skala konstruiert, mit deren Items der Klient vollauf zufrieden war. In 40 dieser Items nannte er eine Angstreaktion von mehr als 10 von 100 möglichen Sud-Punkten (Sud = Subjective unit of discomfort). Diese Items wurden mit grüner Tinte auf Karten geschrieben, da Grün für ihn mit Spannung assoziiert war; dagegen wurden die Entspannungsinstruktionen mit blauer Tinte geschrieben, eine Farbe, die für ihn Entspannung signalisierte. Bei 21 der auf den Items basierenden Szenen gelang die Entspannung auf Anhieb, neun Szenen wurden zweimal vorgeführt; sieben mußten mehrmals dargeboten werden, weil die Angst anfänglich nicht abnahm; drei Szenen mußten geändert werden, weil in ihnen zunächst mehr Angst auftrat als ursprünglich angenommen. Nach 21 Sitzungen war die Behandlung abgeschlossen. Im Nachtest zeigte sich, daß die durchschnittliche Angstbesetzung der 40 Items sich von ursprünglich 28,2 auf 15,0 Punkte verringert hatte. Damit war der Klient zufrieden, weil er so mit Prüfungssituationen gut umgehen konnte. In einer Angstskala, in der er zunächst einen Wert von 63 gehabt hatte (fast zwei Streuungseinheiten über dem Mittelwert), wies er im Nachtest einen Wert von 41 auf, der knapp durchschnittlich war.

Diskussion. Die Untersuchung macht sichtbar, daß die Systematische Desensibilisierung für gehörlose Personen geeignet ist, wenn man einige Anpassungen vornimmt. Problematisch wird aus sprachlichen Gründen vermutlich oft die Erstellung der individuellen Angsthierarchie bleiben. Die Auskunft des Versuchsleiters, der Klient sei mit der vorgegebenen Hierarchie einverstanden gewesen, kann nicht ganz befriedigen. Möglicherweise sah der Klient vielmehr, da der Versuchsleiter nicht gebärden konnte, keine Möglichkeit, seine ganz individuellen Ängste mitzuteilen. Immerhin mag die Desensibilisierung gegenüber solchen Ängsten, die in Prüfungssituationen regelmäßig vorkommen, doch einen therapeutischen Nutzen haben, da dabei gewiß jedenfalls einige Ängste des Klienten angesprochen werden. Anstelle der lautsprachlichen Instruktionen wurde anscheinend mit der schriftlichen Darbietung und einem Lichtsignal bei halboffenen Augen eine befriedigende hörgeschädigtenspezifische Form gefunden, die zur Nachahmung einlädt.

Ob es möglich ist, mit erwachsenen Hörgeschädigten tiefenpsychologisch zu arbeiten, war lange Zeit ungewiß. Probleme könnten jedenfalls mit der Möglichkeit des freien Assoziierens, dem Liegen auf der Couch und der Verständigung erwartet werden. Freedman (1976) hat einmal selbstkritisch angemerkt, Analytiker hätten wohl nur zum gesprochenen Wort Vertrauen und würden sich ungern auf andere Modi der Mitteilung einlassen. Mittlerweile ist die Praxis über diese Bedenken hinweggegangen. Eine Reihe von Darstellungen macht sichtbar, daß tiefenspsychologische Therapien mit Hörgeschädigten erfolgreich durchgeführt werden konnten, wenn der Therapeut sich in technischer und psychodynamischer Hinsicht auf die Besonderheiten des Falles einstellte (vgl. z. B. auch Fall 12, Kap. 5).

Fall 27: Gehörlose Studentin

Die Klientin war 21 Jahre alt; ihre Gehörlosigkeit hatte mit 15 Monaten eingesetzt. Der aktuelle Anlaß für die Therapie war, daß sie Probleme hatte, Beziehungen zu Männern befriedigend zu gestalten. Sie löste solche Bindungen stets nach einiger Zeit von sich aus. Eine frühere Therapie hatte sie wegen der Verständigungsprobleme mit dem Therapeuten abgebrochen. Der Therapeut, zu dem sie nun kam, beherrschte die Gebärdensprache. Er hatte früher bereits einmal eine Gruppentherapie mit gehörlosen Klienten durchgeführt. In der ersten Sitzung legte sich die Klientin spontan auf die Couch und begann zu gebärden, jedoch in einer Weise, daß der Therapeut mehrmals den Faden verlor. Ein Versuch, sie zum Sitzen im Sessel zu bewegen, schlug fehl. Im Liegen freilich konnte sie auch die Deutungen des Therapeuten nicht wahrnehmen. Er schloß daraus vorsichtig, sie versuche, ihn so gehörlos und so sprachlos zu machen, so wie sie es selbst seit ihrer Kindheit sei. Nach dieser Deutung willigte sie ein, ihm im Sessel gegenüberzusitzen. In der Folgezeit begann sie, Bilder zu malen, darunter eine Zeichnung von zwei Häusern, zwischen denen kein Sprechkontakt möglich war. Ein anderes Haus war unterirdisch gebaut worden, damit es die schöne Landschaft am Strand nicht verschandelte, und mußte über Rohre mit Licht und Luft versorgt werden. Der Therapeut bot als Deutung an, die beiden Häuser ohne Kontakt glichen ihnen beiden in der Therapie, beide gehörlos und ohne Sprache. Das Haus am Strand sei sie selbst, die fürchte, im Kontakt mit anderen Menschen diese zu verletzen.
Die Klientin berichtete von ihrem Plan zu heiraten, bedauerte aber, daß sie zu dem vorgesehenen Termin die Regel haben werde und deshalb in der Hochzeitsnacht mit ihrem Mann nicht werde verkehren können. Dahinter verbarg sich nach der Vermutung des Therapeuten jedoch die Angst vor der Defloration. Es schien, daß die Gehörlosigkeit sie anfänglich vor der Analyse und die Monatsblutung vor der ehelichen Begegnung mit ihrem Mann schützen sollte. Generell lag dem, wie der Therapeut annahm, die unbewußte Erwartung zugrunde, Personen der Umgebung würden sie verletzen, sobald sie einen engen Kontakt zulasse. Zwei Monate nach dieser Sitzung und anderthalb Jahre nach Beginn der Behandlung heiratete die Klientin, setzte die Analyse danach aber mit Erfolg fort (Blay Neto, 1972).

Diskussion. Es ist schwer, die Feinarbeit eines tiefenpsychologisch arbeitenden Therapeuten in wenigen Sätzen zusammenzufassen, wie es hier geschieht, ohne daß ein Klischee von dieser Arbeit entsteht. Immerhin wird vielleicht deutlich, daß der Wahl des Arbeitssettings besondere Aufmerksamkeit gewidmet werden muß und daß sich in der Mitarbeit des Klienten bei dieser Frage schon seine Grundproblematik zeigen mag. Jedenfalls ist es erforderlich zu klären, welche Bedeutung die Hörbehinderung (hier: Verletztwerden) für die Entstehung der Störung hat. Wenn der Therapeut außerdem das Verständigungsmedium beherrscht, in dem der Klient zu Hause ist, mag eine Analyse gute Aussichten auf Erfolg haben.

Wir schließen an dieser Stelle das Thema Ausbildung ab und wenden uns im nächsten Kapitel dem Erwachsenenalter Hörgeschädigter zu.

8. Hörgeschädigte im Erwachsenenalter

Das Erwachsenenalter ist keine ganz streng definierbare Zeitspanne. Entsprechend der bisherigen Darstellung lassen wir es beginnen, wenn der Einstieg in das Berufsleben vollzogen ist, was meist zwischen dem 20. und 30. Lebensjahr geschieht. Der Übergang zum höheren Lebensalter mag relativ willkürlich beim 60. Lebensjahr angesetzt werden. In dieser Zeit rückt für die meisten Personen das Ende des Arbeitslebens näher. Von ihren Mitmenschen werden sie als **Ältere** wahrgenommen. Beides trägt zu einer veränderten Form der gesellschaftlichen Teilhabe bei.

8.1 Beschreibung der Altersgruppe

Generell nimmt der Anteil der Hörgeschädigten an der Gesamtbevölkerung mit wachsendem Alter zu. Eine amerikanische Statistik (National Center for Health Statistics, 1982) nennt folgende Anteile Hörgeschädigter innerhalb der jeweiligen Altersgruppe:

15 – 24 Jahre:	2,32 %
25 – 34 Jahre:	4,29 %
35 – 44 Jahre:	5,82 %
45 – 54 Jahre:	9,79 %
55 – 64 Jahre:	15,35 %
65 – 74 Jahre:	24,10 %
75 und mehr Jahre:	38,55 %.

Was läßt sich zur Charakterisierung erwachsener Hörgeschädigter aufgrund von empirischer Forschung und reflektierter persönlicher Erfahrung aussagen? Am auffallendsten ist im Erwachsenenalter wie auch schon früher die Begrenztheit von Wortschatz und gesprochener Sprache; dies gilt besonders für die Gehörlosen. Heidler verglich die gesprochene Sprache von drei nahezu gehörlosen und drei hörenden Erwachsenen anhand von vier vorgegebenen Texten mit Hilfe des Sonogramms nach Zeit, Frequenz und Intensität. Dabei zeigte sich, daß die akustischen Strukturen der vokalischen Segmente in der Sprache der Gehörlosen meßbar und unterscheidbar anders ausfielen als in der der Hörenden (Heidler, 1976). Hier wie auch schon früher muß aber betont werden, daß die Untersuchung der sprachlichen Leistungen nicht auf Laut- und Schriftsprache beschränkt werden darf, sondern alle Modi von Verstehen und Ausdruck des Hörgeschädigten einbeziehen muß, wenn ein realistisches Bild seiner Fähigkeit entstehen soll.
Auch im Erwachsenenalter wirft die Untersuchung mit Tests besondere Probleme auf. Eine Übersicht über eine große Zahl von hörgeschädigten-angepaßten Tests und über Prinzipien der hörgeschädigtenspezifischen Testkonstruktion findet sich bei Bragman (1982). Dabei wird u. a. sichtbar, daß Neuformulierung der Aufgaben, Visualisierung, Darbietung in Gebärdenform sowie die Möglichkeit zu schriftlicher oder gebärdeter Antwort unerläßlich sind, wenn man eine valide Einschätzung von Persönlichkeit und Leistungsniveau des hörgeschädigten Proban-

den gewinnen will. Diese Überlegungen werden von Sachs (1976), einer gehörlosen Diagnostikerin, für den Bereich der projektiven Verfahren bestätigt. Sie fordert, der Diagnostiker müsse dem hörgeschädigten Klienten Gelegenheit geben, sich in seiner eigenen Sprache, also z. B. der Gebärdensprache, auszudrücken, und selber fließend gebärden; auch müsse er nach Art der Hörgeschädigten zu denken imstande sein („Think deaf!"), um die vom Klienten gewählten Formulierungen in ihren personspezifischen Bedeutungen erkennen zu können. Ein Beispiel aus Sachs mag dies verdeutlichen. Einem hörenden Diagnostiker wird der gehörlose Klient beim Blick auf eine der Rorschach-Tafeln vielleicht in gesprochener Sprache lustlos antworten: »Schmetterling"; dies ist eine Vulgärantwort, die konventionelles Denken vermuten läßt. In der Gebärdensprache dagegen mag er sagen: „Ein leuchtend gelber Schmetterling, der von Blume zu Blume taumelt" – Eine solche Antwort gilt als Form-, Farb- und Bewegungsantwort, die auf Vitalität, gedanklichen Reichtum, Kreativität und Phantasieentfaltung in Beziehung zur äußeren Welt hinweist.
Dies führt uns zu einem weiteren Gedanken. In einer umfassenden Betrachtung müssen wir davon ausgehen, daß alle Kommunikationsvorgänge Hörgeschädigter in besonderer Weise erschwert sind. Was heißt das? In Anlehnung an ein neueres Modell (Schulz von Thun, 1981) können wir vier Seiten jeder Kommunikation unterscheiden: Sachinhalt, Selbstdarstellung, Beziehung und Appell. Bei den eingeschränkten kommunikativen Möglichkeiten Hörgeschädigter bedeutet dies:
Sachinhalt: Sie können andere Menschen über Sachgegebenheiten nicht hinreichend informieren und werden selbst oft nur unzulänglich informiert. Dies gilt für den alltäglichen Informationsfluß ebenso wie für Vereinbarungen, Aufgaben, Aufträge und verbindliche Zusagen. Ein Beispiel: Der Rechtsanwalt sagt: „Wenn Ihr geschiedener Mann den Unterhalt für Sie nicht bezahlt, können Sie ihn bei Gericht verklagen." Die gehörlose Ratsuchende versteht beim Absehen der Sprache vom Munde etwa dieses: „Geschiedener Mann – nicht bezahlt – Gericht verklagen", und sie wird nachher nicht sicher sein, ob der Mann sie verklagt habe, ob das Gericht ihn verklagt habe bzw. von sich aus verklagen werde oder ob sie ihn verklagen solle. Falls sie etwa meint, das Gericht habe den Mann verklagt (der rechtsunkundigen gehörlosen Frau könnte so etwas möglich erscheinen), wird sie zufriedengestellt und in der Hoffnung nach Hause gehen, die Sache werde nun ohne ihr Zutun in Ordnung gebracht. Die Beratung hätte ihren Zweck völlig verfehlt (Heese, 1961, S. 104 f.).
Selbstdarstellung: Hörgeschädigte können in der Art ihrer Selbstdarstellung oft lückenhaft, fehlerhaft, unverständlich oder mißverständlich in Erscheinung treten und Mitmenschen damit Anlaß zu Mißverständnissen geben. Ein gehörloser Mann erschien eines Tages mit einem großen Hammer in der Hand in einer Behörde, von der ihm nach seiner Auffassung ein Unrecht zugefügt worden war. Der Sachbearbeiter betrachtete sein Leben als gefährdet und weigerte sich, den Fall weiter zu bearbeiten. Auch später sprach der gehörlose Mann verschiedentlich Drohungen aus; seitdem stand in seiner Gerichtsakte „Gefährlich, neigt zu Gewalttätigkeiten". Tatsächlich hatte es in all den Jahren der Auseinandersetzung aber nie eine wirkliche Gewaltanwendung gegeben; die Drohgebärden sollten wohl nur verdeutlichen, wie sehr dem Mann an einer raschen und gerechten Bearbeitung seines Falles lag. Hörende hätten dies vielleicht in Form von wiederholten Mahnbriefen oder einer mündlichen Beschwerde bei dem Vorgesetzten des Sachbearbeiters zum Ausdruck gebracht.

Beziehung: Hörgeschädigte setzen in der Definition, Aufnahme und Gestaltung von Beziehungen anderen Personen gegenüber mißverständliche Signale und mißverstehen ihrerseits Signale des Partners. So lud ein 16jähriger gehörloser Schüler bei verschiedenen Gelegenheiten eine etwas jüngere hübsche Mitschülerin zu einem Glas Limonade ein und bezahlte sie für das Mädchen. Für ihn war es der Versuch, eine Freundschaft mit dem Mädchen anzubahnen; nachdem sie die Einladung einige Male angenommen hatte, betrachtete er dies als Zustimmung und verlangte nun, daß sie in den Pausen auf dem Schulhof regelmäßig mit ihm „plaudere". Für das Mädchen war es aber eher eine unverbindliche Freundlichkeit und die Gelegenheit zu einem kleinen Flirt, nicht mehr, und jedenfalls kein Liebesversprechen (vgl. Fall 18, Kap. 6.5).

Appell: Hörgeschädigte werden in dem, was sie von anderen Menschen erwarten, vielleicht nicht verstanden und verstehen ihrerseits nicht, was von ihnen selbst erwartet wird. Eine Studentin berichtete folgende Episode: Sie hatte sich zum Abend mit einem gehörlosen jungen Mann aus einer anderen Stadt verabredet, wollte den Besuch aber nicht zu lang werden lassen, weil sie am nächsten Tag schon früh Lehrveranstaltungen hatte. Sie hatte ihm deshalb einen Zug herausgesucht, der um 10 Uhr ihren Wohnort verließ. Als sie das dem jungen Mann sagte (und durch die Blume zugleich: „Länger will ich nicht mit Dir zusammen sein!"), antwortete er unbekümmert und ohne den Appell zu erkennen: „Gibt noch Zug später, habe gesehen, 12 Uhr, nehme ich."

Verschiedene Autoren haben herausgestellt, daß diese Kommunikationsprobleme nicht nur der Hörgeschädigte habe, sondern auch der Hörende, der mit ihm in Kontakt trete. Jedoch muß man sagen, daß der Hörgeschädigte die Behinderung in der Regel als gravierender empfinden wird und sie größere Bereiche seines Alltagslebens beeinflussen wird. Hörgeschädigte können täglich eigene und fremde Irrtümer, Mißverständnisse und Fehlentscheidungen erleben, von denen sie manche erst bemerken, wenn unerwartete Konsequenzen auf sie zukommen. Ein paar Beispiele mögen dies illustrieren:

- Der Nachbar beschwert sich über das Rasenmähen in der Mittagspause.
- Eine Gruppe fragt den Gehörlosen in der Runde, ob er am Wochenende seinen **Bus** zu einem gemeinsamen Ausflug zur Verfügung stellen werde. Dieser hat **Prost** verstanden, hebt sein Bierglas und antwortet mit **Prost!**
- Ein Hörender fährt auf einem Waldweg einem Gehörlosen mit dem Auto in die Kniekehlen, weil dieser auf sein mehrmaliges Hupen hin nicht Platz gemacht hat.
- Auf dem Bahnsteig wird per Lautsprecherdurchsage mitgeteilt, daß der Zug auf einem anderen Gleis einlaufen werde. Die Gehörlose bleibt allein auf dem Bahnsteig zurück und versteht nicht, warum der Zug nicht kommt.
- Ein Gehörloser wird nach einem Unfall aufgrund der ungewohnten sprachlichen Modulation für betrunken gehalten und von dem Polizisten mit zur Wache genommen.
- Eine Runde von Menschen lacht über eine Bemerkung oder ein Wortspiel. Der Gehörlose in der Runde fragt nach, aber der Scherz ist absolut nicht übersetzbar und nicht wiederholbar.
- Wenn gehörlose Eltern und hörende Kinder zusammen sind, beginnen nach einiger Zeit die Kinder doch, sich lautsprachlich und nur noch untereinander zu unterhalten.
- Als ein Gehörloser sich im Supermarkt lautstark über falsch herausgegebenes

Wechselgeld beschwert, ruft die Leitung des Hauses die Polizei, weil sie ihn für verwirrt und gefährlich hält.

Von zahlreichen Autoren werden als Eigenschaften Gehörloser angegeben: Geringe Einfühlung; Unreife und oberflächliche Beziehungen; Egozentrik; geringe Einsicht, besonders in die Folgen des eigenen Verhaltens; Abhängigkeit und impulsives Verhalten; geringe Frustrationstoleranz; Neigung zum Projezieren (zusammengestellt in Arlow, 1976). Rodda (1984) berichtet von N = 43 gehörlosen und N = 32 schwerhörigen Erwachsenen, daß in 70 % bzw. in 72 % der Fälle mit der Hörschädigung weitere Verhaltensauffälligkeiten einhergingen. Thomas (1988) berichtet, daß in einer britischen Untersuchung unter schwerhörigen Erwachsenen dreimal so häufig seelische Beeinträchtigungen vorkamen wie unter hörenden. Richtbert (1986 b) gibt an, daß in seiner Untersuchung 50 % der Hörgeschädigten unter psycho-vegetativen Störungen litten, für die u. a. die mangelnde Informiertheit und Orientierung über akustische Signale und die daraus resultierenden Schreckreaktionen verantwortlich zu machen waren.

Von dem Begründer der modernen Psychiatrie, Emil Kraepelin, wird in sehr einfühlsamer Weise und mit vielen Beispielen der **Verfolgungswahn der Hörgeschädigten** beschrieben (Kraepelin, 1915). Kraepelin nimmt an, daß schlechtes Verstehen und irritierende Geräusche dafür ursächlich seien. Er berichtet von der Relativierung des Wahns, die viele Kranke vorzunehmen imstande sind, zumal wenn sie in der Klinik eine gute Versorgung erhalten. In einer späteren Auflage des gleichen Lehrbuches (1920) äußert er allerdings, daß Ohrenleiden anscheinend einen Einfluß auf die Entstehung von Psychosen hätten. Dieser Auffassung wird heute von verschiedenen Autoren (z. B. Altshuler und Rainer, 1958; Altshuler, 1971) widersprochen. Sehr viel gröber ist die Sprache bei Bleuler (9 Aufl. 1955): „Der Taube bleibt also, auch wenn er intelligent ist, ohne besonderen Unterricht in den wichtigsten Beziehungen ein geistiger Krüppel und, da er das Verhalten der Umgebung nicht richtig einschätzen kann, wird er reizbar, zornmütig und mißtrauisch. Auch erworbene Schwerhörigkeit verändert oft den Geist in diesen Richtungen, wobei das Mißtrauen am häufigsten auffällt und sich sogar bis zu Wahnideen steigern kann" (S. 26). In neueren Lehrbüchern der Psychiatrie erfolgt in der Regel nur eine Beschreibung seelischer Beeinträchtigungen in Verbindung mit Hörschädigungen, ohne daß charakterologische Bewertungen vorgenommen werden. Eine unmittelbare Beziehung zwischen Hörminderung und Gefühlen des Verfolgtwerdens wird heute nicht mehr angenommen (Basilier, 1965).

Altshuler (1971) stellt nach 16jähriger Beobachtung an gehörlosen psychiatrischen Patienten fest: Schizophrenie trat bei diesen Patienten nicht häufiger auf als beim Durchschnitt der Bevölkerung. Zwangserkrankungen und psychotische Depressionen waren selten. Impulsives Verhalten trat häufiger auf. Dies veranlaßt den Autor zu der Annahme, daß Sprache u. a. der Affektkontrolle dient und Affektausbrüche bei Gehörlosen darauf zurückgehen, daß ihnen die gesprochene Sprache nur begrenzt zur Verfügung steht. Vermutlich ist der Zorn Gehörloser oft dadurch bedingt, daß sie sich nicht verständlich machen können und mit ihren Impulsen, Wünschen, Kontaktaufnahmen, Mitteilungen u. a. immer wieder stekkenbleiben.

Arana et al. (1978) erwähnen demgegenüber aus eigener Würdigung der Literatur, daß unter Hörgeschädigten die sogenannte agitierte Depression gehäuft auftrete. Die Diagnose Schizophrenie wird diesen Autoren zufolge bei Hörgeschädigten etwas zweieinhalb mal so oft ausgesprochen wie bei Hörenden. Dagegen werden

klassische Neurosen bei Hörgeschädigten selten gefunden. Bezüglich paranoider Formen halten sie das Datenmaterial für uneinheitlich, äußern jedoch die Auffassung, die Hörschädigung im höheren Lebensalter sei eine der drei wichtigsten Grundlagen der Paranoia. Ohne hier abschließend Stellung nehmen zu können, wird doch schon sichtbar, daß nicht nur die Häufigkeit der Erkrankung, sondern auch Besonderheiten der Diagnoseerstellung bei Hörgeschädigten unsere besondere Beachtung verdienen. Es wurde bereits erwähnt, daß Helfer von Hörgeschädigten häufiger über Fehldiagnosen, Falscheinweisungen sowie falsche Behandlungen ihrer Klienten klagen. Es ist gut vorstellbar, daß psychiatrisches Personal ohne Vorerfahrung mit Hörgeschädigten ein Verhalten als verwirrt, autistisch oder halluzinatorisch bezeichnet, das für den im Umgang mit Hörgeschädigten Erfahrenen keinerlei klinische Bedeutung hat.
Zimbardo, Andersen und Karbat (1981) gingen der Frage nach, wie paranoide Gefühle entstehen. Als Ausgangspunkt nahmen sie eine hypothetische Abfolge von Schritten: Der Mensch bemerkt seine beginnende Schwerhörigkeit nicht. Andere Menschen sprechen in seiner Gegenwart, und er versteht es nicht. Er fragt, ob über ihn gesprochen werde – dies wird verneint. Der Hörgeschädigte hält das für eine Lüge, weil er etwas anderes gesehen hat. Frustration und Ärger über das subjektiv erlittene Unrecht steigen in ihm auf. Nun ist er in ressentimenthafter Weise geradezu sicher, daß über ihn gesprochen wird. Von diesem eigensinnigen bizarren Verhalten ziehen Mitmenschen sich zurück. Daraufhin fehlt die soziale Rückmeldung, die zu einer Korrektur der irrigen Annahmen unabdingbar wäre. Im Zuge der weiteren Isolation wuchern diese fort und werden nach einiger Zeit gegen neue Eindrücke resistent. Die paranoide Interpretation des Geschehens wird von den Autoren also als ursprünglich rationaler Erklärungsversuch, als kognitiver sozialer Mechanismus betrachtet, zu dem der Mensch greift, da er seine beginnende Schwerhörigkeit nicht bemerkt.
Zur Prüfung dieser Annahme führten sie ein Experiment durch, in dem drei Gruppen von Studenten miteinander verglichen wurden. Die Versuchsgruppe erhielt eine hypnotische Schwerhörigkeitsinduktion ohne Bewußtheit, die eine Kontrollgruppe eine ebensolche mit Bewußtheit, die andere Kontrollgruppe eine harmlose hypnotische Aufgabe, die nicht mit einer Hörbehinderung zusammenhing. Nach der Induktion hatten die Studenten gruppenweise eine kleine Denkaufgabe zu lösen, bei der sie beobachtet wurden und sich auch gegenseitig beobachteten. Im anschließenden Vergleich der drei Gruppen wies die Versuchsgruppe in drei Skalen des MMPI und in einem TAT-Kriterium signifikant höhere Werte bezüglich einer paranoiden Haltung auf als die beiden Kontrollgruppen. Sie bezeichneten sich selbst als weniger kreativ, entspannt und freundlich, dagegen als stärker konfus, unruhig, irritiert und feindselig – Urteile, die von neutralen Beobachtungen in allen Punkten bestätigt wurden.

Diskussion. Die Untersuchung ist originell konzipiert, sorgfältig angelegt und gut kontrolliert worden. Der Nachweis, daß die Versuchsgruppe, die keine Kenntnis ihrer induzierten Schwerhörigkeit hatte, sich von den beiden Kontrollgruppen auf den Ebenen Kognition, Emotion und Verhalten in so vielen Parametern signifikant unterschied, stellt eine übezeugende Bestätigung der Hypothese dar: Paranoide Impulse können zumindest u. a. durch Unkenntnis der eigenen Hörstörung verursacht sein und stellen einen Versuch dar, für eine unerklärliche Situation eine Erklärung zu finden. Dies gewinnt um so mehr Gewicht, wenn man bedenkt, daß

das Schwächerwerden des Gehörs im Alltag meist zunächst verleugnet wird und daß im Durchschnitt 7 bis 10 (!) Jahre vergehen, bevor nach dem ersten Verdacht einer Hörstörung bei Erwachsenen das erste Hörgerät angeschafft wird. Die Ergebnisse sind auch dann noch eindrucksvoll, wenn man einen Teil der Unterschiede zwischen den Gruppen darauf zurückführt, daß jeder Student der Versuchsgruppe mit zwei eingeweihten Versuchspersonen zusammenarbeiten mußte und eine irreführende Instruktion erhielt.
Die Untersuchung zeigt auch, daß es sinnvoll ist, Routineuntersuchungen des Hörstatus allen Bürgern kostenlos anzubieten, z. B. als Reihenuntersuchung in Schulen, Ausbildungsinstituten und Betrieben sowie in Fußgängerzonen und ambulanten Untersuchungswagen, um die Zeitspanne zwischen Hörminderung und ersten Maßnahmen nach Möglichkeit zu verkürzen. Fatal bleibt die Situation des Hörgeschädigten allerdings u. U. auch dann, wenn er seine Behinderung erkennt. Manche Menschen können sich dann von ihren paranoiden Erklärungen distanzieren, wie dies von Kraepelin (1915) anhand vieler Einzelbeispiele illustriert wurde. Aber andere mögen dabei vollends das Vertrauen in die Welt der Hörenden verlieren („Gerade jetzt, wo ich nicht mehr so gut hören kann, flüstern sie hinter meinem Rücken!").
Gehörlose tun sich nicht leicht, sich selbst so anzunehmen, wie sie sind. In ihrem Selbstbild zeichnen sie sich wenig schmeichelhaft. So waren von 44 Typisierungen, die Gehörlose über die Gruppe der Gehörlosen abgaben, 37 negativ. Wenn Gehörlose sich über Hörende äußern, so zeigt sich eine ambivalente Einstellung. Hier fielen von 35 Typisierungen 18 negativ, 13 positiv aus. Es bestätigt sich hier eine alte Erfahrung: Personen, die sich selbst nicht akzeptieren, tun sich in der Regel schwer damit, andere in deren Eigenart anzunehmen (Fabert und Weber, 1986).
Im Erwachsenenalter verständigen sich die Gehörlosen untereinander in aller Regel mit Hilfe der Gebärde, die Schwerhörigen und Ertaubten über Lautsprache und Absehen. Den Kontakt mit Hörenden gestalten alle drei Gruppen überwiegend lautsprachlich. Im nächsten Abschnitt sollen einige weitere Besonderheiten dieser drei Gruppen vergleichend und in Beziehung zur Schwere der Hörminderung dargestellt werden.

8.2 Vergleich der Hauptgruppen

Es wurde schon verschiedentlich betont, daß stets vom Einzelfall ausgegangen werden muß. Unabhängig von Art der Hörstörung, Intensität und Zeitpunkt des ersten Auftretens zeigt die vergleichende Darstellung aber doch, daß mit sinkendem Hörvermögen in der Regel spezifische Erschwernisse der Kommunikation eintreten, die besondere Maßnahmen erforderlich machen (Tab. 6).
Besonders häufig werden Schwerhörige und Gehörlose miteinander verglichen, vor allem von Laien. Es mag dann heißen: „Ach so, nur schwerhörig – na, dann ist es ja nicht so schlimm!" Von außen betrachtet klingt dies plausibel – tatsächlich haben ja Schwerhörige immerhin mehr Teilhabe am Leben der hörenden Welt als Gehörlose. Diese Betrachtung ist jedoch oberflächlich und irreführend, da sie Belastung gleichsetzt mit Minderung der Hörleistung oder umgekehrt annimmt: „Wer besser hört, ist besser dran". Tatsächlich ist dies insofern richtig, als bei

Tab. 6: Folgen des Hörverlustes bei Erwachsenen (SHHH, 1982).

Grad des Hörverlustes	Hörminderung	Auswirkung	Weitere Maßnahmen
0–15 dB.	keine	keine	keine
15–40 dB.	geringfügig	Möglicherweise Probleme in schwierigen Hörsituationen (Gruppen, Geräusche).	Häufige Ohr- und Hörkontrolle; Überlegung, ob ein Hörgerät notwendig ist; möglicherweise Ablese- und Hörtraining, Sprech- oder Sprachtherapie, Vorzugsplätze.
40–65 dB.	mittel	Möglicherweise Sprechprobleme; Konversation muß laut geführt werden, damit sie verstanden wird. Probleme in Gruppen und anderen schwierigen Hörsituationen; Angewiesensein auf visuelle Hinweise.	Hörgerät in Betracht ziehen. Sprechtherapie, Ablesetraining. Spezielle Rücksichtnahmen (Sitzplatz, Lichtverhältnisse, Geräusche). Familien- und Einzelberatung kann notwendig sein.
65–95 dB.	stark	Hört keine Sprache; eventuell Möglichkeit, Umgebungsgeräusche zu erkennen; Sprache kann sich verschlechtern; starkes Angewiesensein auf visuelle Hinweise.	Alles Vorstehende. Persönliche Beratung; Stimmkontrolle und -wiederherstellung kann angezeigt sein. Dolmetschen und andere Hilfen sind evtl. erforderlich. Familienberatung ist notwendig.
95 dB. +	fast oder ganz vollständig	Möglicherweise Hören von lauten Geräuschen, eher aber Wahrnehmen der Vibration; Sehen als wichtigster Kommunikationskanal; Sprache kann sich verschlechtern.	Alles Vorstehende.

Schwerhörigen alle vertretbaren Schritte unternommen werden sollen, Hörreste zu erhalten und zu schulen. Andererseits leiden Schwerhörige anscheinend besonders häufig darunter, daß sie nicht ganz zu den Hörenden und auch nicht ganz zu den Gehörlosen gerechnet werden; eine schwerhörige Identität und eine gemeinsame Kultur zu entwickeln fällt aufgrund des breiten Spektrums an Personen, die der Schwerhörigkeit zugerechnet werden, schwer. Dies wird auch in der Selbsthilfe sichtbar. Die deutsche Dachorganisation heißt Deutscher Schwerhörigen-Bund (DSB); aber unter seinen Mitgliedern sind Schwerhörige und Ertaubte, die neben gemeinsamen auch viele unterschiedliche Lebensbedingungen aufweisen

(vgl. dazu Kap. 9.8). Auch für Hörende ist es nicht leicht, sich von Schwerhörigen ein schlüssiges Bild zu entwickeln.
Das immer wieder auftauchende Schlagwort von den **zwei Welten**, in denen man als behinderter Mensch lebe, hat also bei Schwerhörigen eine besondere Facette: Keine der beiden Welten ist ihre eigene (Harvey, 1985). Ein schwerhöriger Mann beschreibt sich selbst als mit ausgestreckten Armen stehend, nach rechts und links auseinandergerissen, aber ohne zu einer Seite hingelangen zu können. Dies hat mehrere Ursachen. Die Behinderung der Schwerhörigen ist noch unsichtbarer als die der Gehörlosen, weil manche ihrer Gespräche erfolgreich verlaufen. Damit erübrigt sich oft die Notwendigkeit, sich zu der Schwerhörigkeit zu bekennen; man kann unter den Hörenden unauffällig bleiben. Auf die Dauer gelingt dies jedoch nicht. Andererseits wird man nicht Mitglied der Gemeinschaft der Gehörlosen, wenn man nicht bekennt: „Ich bin gehörlos!" und die Gebärdensprache beherrscht. Aber dieser Satz mag manchem Schwerhörigen schwer über die Lippen gehen. Das Gebärden empfindet er für sich selbst vielleicht als unangemessen, als Theater oder als Täuschungsversuch, so wie wenn man ohne Not im Rollstuhl führe; oder er kann sich in der Gebärde nicht seinen Bedürfnissen gemäß ausdrükken.
Eine Entsprechung zu dieser Heimatlosigkeit der Schwerhörigen scheint es in der Forschung zu geben, die sich der viel kleineren Gruppe der Gehörlosen viel intensiver zuwendet als der größeren der Schwerhörigen. – Das Fehlen einer eindeutigen Bezugsgruppe führt bei manchen Schwerhörigen zu Rückzug, mangelnder Annahme der Behinderung, Unterwürfigkeit und Resignation, unterdrückter Feindseligkeit, Ängstlichkeit und depressiven Reaktionen. In solchen Fällen mag Psychotherapie zu einer Klärung beitragen (Harvey, 1985). – Einige Schwerhörige entscheiden sich gleichsam, ‚gehörlos' zu werden, lernen das Gebärden und eignen sich die Einstellungen und Werte der Gehörlosen an – möglicherweise nicht die schlechteste Entscheidung, was ihre Psychohygiene angeht. In einem Vergleich der Häufigkeit psychovegetativer Beschwerden schnitten Gehörlose in den Symptomen Wetterfühligkeit, Nervosität/Reizbarkeit, Kopfschmerzen, Schwindel, Schlafstörungen, Herzbeschwerden, Konzentrationsstörungen, Vergeßlichkeit und Depression günstiger ab als Ertaubte (Richtberg, 1986 b).
In Kap. 8.1 und 8.2 wurde eine Charakterisierung der Hauptgruppen erwachsener Hörgeschädigter versucht. Wir wenden uns nun drei Sondergruppen zu, die in Erörterungen oft zu kurz kommen: Personen, bei denen eine Hörminderung erst im Erwachsenenalter einsetzt (Kap. 8.3), von Tinnitus Betroffene (Kap. 8.4) und Menschen mit psychogenen Hörstörungen (Kap. 8.5).

8.3 Hörminderung im Erwachsenenalter

Personen, die erst im Erwachsenenalter eine Hörminderung erfahren, unterscheiden sich von allen bisher beschriebenen Gruppen in grundlegender Weise, ohne daß man ihr Schicksal unbedingt als leichter betrachten könnte. Sie haben jahrzehntelang ohne Hörprobleme gelebt. Jetzt tritt die Beeinträchtigung schleichend oder plötzlich ein und macht einschneidende Neuorientierungen und Umstellungen in allen Lebensbereichen erforderlich. Unter den erwachsenen Schwerhörigen machen sie 78 % aus (SHHH, 1987 a).

Gemeinhin nimmt man an, die Minderung des Gehörs im Erwachsenenalter gehe, wenn nicht besondere Krankheiten dafür ausschlaggebend sind, auf einen organisch bedingten Verschleiß zurück. Tatsächlich sind die Ursachen der Hörminderung aber sehr komplex. Physiologische, psychologische und gesellschaftliche Faktoren spielen hier eine Rolle. Der Lärmpegel in unserer Gesellschaft scheint zuzunehmen. Mittelohrentzündungen führen oft zur Hörminderung, und die dem folgende Erfahrung der Hilflosigkeit trägt zusätzlich dazu bei, daß der Hörverlust nur schwer ausgeglichen werden kann. In manchen Fällen spielt Vererbung eine Rolle, so daß eine genetische Beratung angezeigt sein kann. Eine Beeinträchtigung der Hörfähigkeit im sprachrelevanten Bereich oberhalb von 2000 Hz tritt bei Männern generell häufiger auf als bei Frauen, besonders oft bei älteren Männern (Vernon et al., 1982).
Im Erwachsenenalter sind die Hinweise, die eine Hörschädigung vermuten lassen, von anderer Art als im Kindesalter. Hier wie dort ist aber eine frühzeitige Diagnose von größter Bedeutung. Als Symptome des Hörverlusts, die von Angehörigen und Freunden beurteilt werden können, gelten in diesem Alter:

1. Tinnitus oder Vorgeschichte einer Ohrinfektion
2. Wörter werden gehört, aber falsch verstanden (z. B. Haus als raus, Fisch als Tisch)
3. Sozialer Rückzug
4. Häufige Bitten um Wiederholung des Gesagten, Vorwürfe an den Gesprächspartner, er artikuliere schlecht
5. Laute Sprache
6. Mangelndes Verstehen in Gruppen, d. h. Unfähigkeit zur akustischen Figur-Grund-Bildung
7. Fernseher und Radio werden sehr laut eingestellt
8. Der Mund des Sprechers wird intensiv beobachtet – oft Aufsetzen der Brille in der Unterhaltung als Hinweis auf unbewußtes Angewiesensein auf das Lippenlesen (Vernon et al., 1982).

Wenn Kollegen oder Familienangehörige plötzlich Irritierbarkeit oder eine pessimistische resignative Haltung an einer ihnen nahestehenden Person bemerken, die bis dahin als optimistischer Mitmensch galt, so ist dies ebenfalls ein ernsthaftes Anzeichen (Meadow, 1980).
Erweist eine audiologische Untersuchung, daß wirklich eine Minderung der Hörleistung vorliegt, so erfolgt oft zunächst eine abweisende Reaktion des Betreffenden in Form von Verleugnung, Bagatellisierung oder Untätigkeit; oder er argumentiert, sein Hörschaden sei nur sein eigenes Problem. Auch jetzt hängt für die weitere Entwicklung sehr viel davon ab, ob Angehörige rasch die Intitiative ergreifen. Der erste Schritt besteht darin, umfassende Informationen einzuholen. Dem Hörgeschädigten fällt es leichter, selbst etwas zu unternehmen, wenn ihm konkrete Vorschläge unterbreitet werden. Dagegen hilft die Aufforderung „Tu endlich was!“ in der Regel nichts. Ganz konkret benötigt er also die Adressen der örtlichen HNO-Ärzte, der Beratungsstellen für Hörgeschädigte, der Selbsthilfegruppe und des Schwerhörigen- bzw. Gehörlosenvereins am Ort; und er muß angehalten werden, sie alle aufzusuchen.
Dem Angehörigen wird hier ein recht direktives Vorgehen nahegelegt. Das mag denjenigen überraschen, der – durchaus auch in Respekt vor der Entscheidungsfreiheit des Partners – einen eher gewährenden, nichtdirektiven Umgang mit dem Partner pflegt. Aber manches spricht dafür, in diesem speziellen Fall davon abzu-

rücken. Die Zeit läuft; jede Verzögerung macht die Anpassung an die Hörminderung schwerer. Betroffen ist tatsächlich nicht nur der Mensch, der nun schlechter hört; sondern Partner, Freunde und Arbeitskollegen werden sich in vielfältiger Weise umstellen und auf die Hörminderung einstellen müssen; folglich haben sie ein ganz eigenes Interesse an einer Schadensbegrenzung. Last not least steht der Betroffene oft wie gelähmt vor der Diagnose und weiß nicht, womit er beginnen soll – wie es übrigens oft auch von Eltern berichtet wird, die gerade erstmalig von der Hörschädigung ihres Kindes erfahren haben. Da ist es sinnvoll und vertretbar, ein gewisses Maß an Strukturierungshilfe zu geben; dies mildert die Ohnmachtsgefühle und führt in der Regel zur Wiedergewinnung der Handlungsfähigkeit.
Auch derjenige, der selbst den Eindruck hat, mit seinem Hören sei etwas nicht in Ordnung, kann sich zunächst an einer kurzen Checkliste orientieren.

1. Nehmen Sie eine Änderung in Ihrem Hörvermögen wahr?
2. Bitten Sie Mitmenschen, noch einmal zu wiederholen, was sie gesagt haben?
3. Stellen Sie Radio und Fernseher lauter als andere Menschen ein?
4. Verstehen Sie am Telefon auf einem Ohr besser als auf dem anderen?
5. Haben Sie Mühe, am Telefon überhaupt richtig zu verstehen?
6. Hören Sie, daß Menschen sich unterhalten, verstehen das Gesprochene aber nicht Wort für Wort?
7. Spüren Sie Benommenheit, Schmerzen oder Klingeln im Ohr?
8. Haben Sie im Theater und im Kino Schwierigkeiten, alles zu verstehen?
9. Bereitet es Ihnen Mühe, Sprache zu verstehen, wenn Sie den Sprechenden nicht sehen?

Wer nur eine dieser Fragen mit Ja beantwortet, mag dies bereits als Warnsignal betrachten (SHHH, 1986, S. 3 f.).
In der Regel vergehen bei Erwachsenen fünf Jahre zwischen dem Eintreten des Hörschadens und dem ersten Gespräch mit dem Arzt (Vernon et al., 1982). Auch eigene Maßnahmen werden erst nach dieser Verzögerungsspanne in Angriff genommen (Gilmore, 1982). Bis zur Anpassung des ersten Hörgeräts vergehen dann im Durchschnitt noch einmal zwei weitere Jahre. Die SHHH empfiehlt, wenn jemand den Eindruck hat, sein Gehör lasse nach, folgende Maßnahmen, wobei je nach Auskunft der nächste Schritt getan werden sollte oder unterlassen werden kann: 1. Besuch beim Hausarzt, 2. Besuch beim Hals-Nasen-Ohren-Arzt, 3. umfassende Hörprüfung, 4. Auswahl des richtigen Hörgeräts, 5. Beschaffung desselben, 6. Beurteilung des Hörgeräts. – Dabei sind Schritt für Schritt vielfältige praktische Überlegungen anzustellen. Zur Wahl des Hörgeräte-Akustikers etwa empfiehlt die SHHH, zu prüfen, ob er fachlich ausgewiesen ist, in erreichbarer Entfernung wohnt, tatsächlich ansprechbar ist, einen guten Ruf hat und als Persönlichkeit dem Hörgeschädigten zusagt. Insgesamt werden vor allem Handlungsfähigkeit, Schamüberwindung, Selbstverantwortlichkeit und Solidarität der Hörgeschädigten betont (SHHH, 1986).
Je nachdem, von welcher Art die Schwerhörigkeit ist, sind solche Hörgeräte am dienlichsten, die alle Töne gleichmäßig verstärken, oder solche, die selektiv Töne bestimmter Frequenzbereiche unterstützen. Der Hörgeräteakustiker muß hierbei zwei Herren dienen, dem Bedürfnis des Schwerhörigen und seinem Geschäftsumsatz. So kommt es manchmal vor, daß Geräte empfohlen werden, die für den Schwerhörigen keine optimale Hilfe darstellen. Man geht heute davon aus, daß auch geringe Hörreste noch genutzt werden sollen, wenn dies für den Schwerhörigen nicht mit starken Schmerzen oder übermäßiger Ermüdung verbunden ist.

Viele Erwachsene widersetzen sich dem Tragen von Hörgeräten, weil sie sich genieren oder fürchten, mit einem Hörgerät für dumm, begriffsstutzig oder gebrechlich gehalten zu werden. Die Hersteller leisten dem in gewisser Weise Vorschub, indem sie in der Werbung die Unsichtbarkeit ihrer Geräte beharrlich herausstellen. Dem ist nur offensiv zu begegnen, indem man jede Gelegenheit ergreift, die Öffentlichkeit über die Hörschädigung zu informieren, und die Betroffenen ermutigt, sich zu ihrem Hörschaden zu bekennen. Tatsächlich nimmt die Mitteilung der Behinderung an Freunde und Bekannte dem Hörgeschädigten selbst bereits einen Teil seiner Last ab.
Es empfiehlt sich nicht, ein Hörgerät ohne vorausgegangene medizinische und audiologische Untersuchung zu kaufen. Aber mancher Schwerhörige mag dazu neigen, weil die Werbung den Spontankauf als natürlich und unserem Lebensgefühl entsprechend darstellt und den Spontankäufer, der nicht lange nachdenkt, am liebsten hat („Hol dir die neue Frühlingsfrische von ...!"). Manch einer will die lästige und peinliche Sache auch möglichst schnell hinter sich bringen und zahlt dann rasch den geforderten Preis für ein ungeeignetes Gerät. Für die Erprobung des Hörgeräts empfiehlt die SHHH (1986), zunächst allein die Geräusche in der eigenen Wohnung zu studieren, sich dann mit einer einzigen Person zu unterhalten, später Radio und Fernseher anzustellen, im weiteren mit ein paar Personen ein Gespräch zu führen und am Ende eine größere Gruppe aufzusuchen. Vermutlich wird dabei die Unterhaltung über mehr als zwei bis drei Meter hinweg weiter problematisch bleiben; zumindest lernen viele Schwerhörige aber im Laufe der Zeit, unerwünschte Geräusche abzuschirmen.
Verliert der Mensch das Hörvermögen auf nur einem Ohr, so reagieren Gesprächspartner oft mit dem etwas unqualifizierten Trost, das sei ja nicht so schlimm. Tatsächlich ist dies eine Fehleinschätzung. Der Verlust ist in diesem Fall so wie der Verlust eines Auges oder eines Arms ein tiefer Einschnitt in Lebensgefüge und Tageslauf der Person. Das Hören wird anstrengender, die Hörschärfe nimmt ab. Wird der Betreffende von der falschen Seite angesprochen, so merkt er u. U. nicht, daß er gemeint ist; sitzt er in einer größeren Menschenansammlung ungünstig und mit dem hörenden Ohr von der Geräuschquelle abgewandt, so bilden die Töne im Raum unidentifizierbare Geräuschschlieren. Die einseitige Hörprüfung mag das Hörvermögen günstiger erscheinen lassen als die Hörleistung im Alltag wirklich ist. Berufe, die ein ausgezeichnetes Hörvermögen erfordern, sind einem einseitig Ertaubten verschlossen. Berufe, in denen es zu starker Geräuschentwicklung kommt, muß er meiden, um das Risiko eines weiteren Hörverlustes zu senken. Sein Denken mag um die Sorge kreisen, daß er stärker als andere gefährdet ist, vollständig zu ertauben.
Heese (1961) hält das Hadern für ein typisches Kennzeichen der im Erwachsenenalter Ertaubten, weil sie wissen, was ihnen entgeht, nimmt dagegen an, daß der Hörverlust in Kindheit und Alter leichter verschmerzt wird. Jedoch wird dies gewiß in jedem Einzelfall unterschiedlich aussehen (vgl. dazu Kap. 12). In einer Untersuchung von Beattie (1984) an N = 96 Erwachsenen mit einer Minderung des Hörvermögens zeigte sich, daß die Bedeutung der Hörgeräte weit überschätzt wurde und andere Formen und Institutionen der Hilfe für Hörgeschädigte nahezu unbekannt waren. Als besonders belastet durch die Hörminderung traten in dieser Untersuchung Ältere, von den eigenen hörenden Kindern Gemiedene, Männer im Arbeitsleben und solche Erwachsene in Erscheinung, die viel Kontakt mit Kindern pflegten.

8.4 Tinnitus

Wie bereits in Kap. 1 erwähnt, ist Tinnitus („Klingeln") eine Hörschädigung eigener Art, die durch eine lästige oder quälende Geräuschentwicklung im Ohr oder im Kopf gekennzeichnet ist. Einige Autoren beschreiben Tinnitus als Hörempfindung, die nicht auf eine Schallquelle außerhalb des menschlichen Körpers zurückgeführt werden kann. Man schätzt heute die Zahl der Tinnitus-Erkrankten in der Bundesrepublik auf etwa 6 Millionen – dies wären mehr als Schwerhörige, Gehörlose und Spätertaubte zusammen (Mitteilung der Tinnitus-Liga, 1989).
Tinnitus tritt bei intaktem Hörvermögen auf, gehäuft allerdings zusammen mit einer Hörschädigung und, wenn diese einseitig ist, in der Regel auf dem geschädigten Ohr. In manchen Fällen stammen die Geräusche recht genau aus dem Frequenzbereich, der aufgrund der Hörschädigung nicht mehr gehört wird, ganz so, als habe das Gehirn hier einen dysfunktionalen Ersatz geschaffen. Tinnitus geht auf anatomische, physiologische und psychische Ursachen zurück. Gelegentlich ist es als Nebenwirkung einer Medikamenteneinnahme zu beobachten. Seine Intensität unterliegt tageszeitlich und seelisch bedingten Schwankungen. Häufig beginnt Tinnitus erst im Laufe des Lebens; dagegen wird eine bestehende Tinnitus-Symptomatik nur selten schlimmer. Bei der Befragung von N = 97 Mitgliedern einer Tinnitus-Selbsthilfegruppe gaben 93 % von ihnen an, daß ihr Leben insgesamt beeinträchtigt sei. 70 % nannten emotionale Probleme, 56 % gesundheitliche Beeinträchtigungen; 53 % gaben Hörprobleme an. Im einzelnen wurden am häufigsten Schlafstörungen erwähnt (Tyler und Baker, 1983). In der Literatur wird Tinnitus oft mit chronischem Schmerz verglichen. Jedenfalls zieht die Symptomatik bei vielen Betroffenen quälende Erscheinungen wie Konzentrationsmangel, Schlafstörungen, Muskelverspannungen und Unruhe nach sich. Bemerkenswert ist die große Zahl persönlich entwickelter Bewältigungsstrategien, über die die in der Tinnitus-Liga Zusammengeschlossenen einen regen Austausch pflegen.

Die medizinisch-psychologische Behandlung der Tinnitus-Symptomatik erfolgt auf vielfältige Weise: mit maskierenden Geräuschen, Akupunktur, elektrischer Reizung, Yoga, Autogenem Training, Progressiver Muskelentspannung, Biofeedback, Imaginationsverfahren, Bewegungstherapie, Kognitiver Verhaltenstherapie, Änderungen in Ernährung und Lebensgewohnheiten u. a.. Auch operativ und medikamentös versucht man, der Sache Herr zu werden, wobei die guten Erfolge von Placebo-Behandlungen ins Auge springen. Kombinierte Verfahren bewähren sich in der Regel am besten. Die störenden Geräusche verschwinden nur in einem Teil der Fälle vollständig; wohl aber werden sie nach Behandlungen oft als leiser oder als weniger bedrängend empfunden, und die Bedeutung, die sie für das Leben des Betreffenden haben, relativiert sich. Physiologische Streßkorrelate zeigen oft nach Behandlungen niedrigere Werte an (Doyle et al., 1987). Viele der Behandlungen zielen auf Lebensführung und Psychohygiene ab. Auf dieses Konzept, das in der Tinnitus-Behandlung eine besondere Rolle spielt, soll hier in Form eines kleinen Exkurses eingegangen werden.
Zur Charakterisierung der Lebenssituation Hörgeschädigter wird in der Literatur generell immer wieder das Streß-Konzept herangezogen. Dabei wird Streß in Anlehnung an Sarason als komplexe psychophysiologische Reaktion beschrieben, die personen-, situations- und gesellschaftsabhängig auftritt (Vernon, 1984). Geringer und mittlerer Streß können für den Organismus und das Erleben etwas

Anregendes haben, hoher und langdauernder Streß zu neurotischen Reaktionen, zu psychosomatischen Reaktionen, und Erkrankungen sowie zu Psychosen führen. Das Hörvermögen scheint mit der erfahrenen Streßdosis invers zu korrelieren, und zwar im Tages- und Lebenslauf der einzelnen Person, im Vergleich zwischen verschiedenen Personen und Lebenskontexten. Vernon erwähnt die Mabaan, einen sudanesischen Volksstamm, in dem 70jährige Männer das gleiche Hörvermögen aufweisen wie 20jährige US-Amerikaner. Streß scheint eine zusammengesetzte Größe zu sein, zu der neben Alter, Rollendruck, Armut, Angst, Langeweile, Isolation, Krankheit u. a. auch der Hörverlust als Stressor eigener Art beiträgt.
Trychin (1987) lädt zu einem kleinen Gedankenexperiment ein: „Welche Begriffe fallen Ihnen zum Begriff Streß als erstes ein?" und gibt gleich die Antwort: Spannung, Druck, Angst, Kummer, Ärger, Unwohlsein, Leistungsdruck, Unruhe, Umtriebigkeit, Schuld, Depression u. a. Viele Menschen orten Angst und Streß als Unwohlsein, Beengung und Schmerzen im Körper oder als Gefühl von Verunsicherung und Ruhelosigkeit. Bei anderen ist das Denken blockiert, konfus oder grüblerisch kreisend. In der Folge von Angst und Streß kann eine Tinnitussymptomatik auftreten oder stärker werden. Viele Menschen können dann schlechter hören, schlechter verstehen und schlechter antworten.
Nun scheint das Leben des hörgeschädigten Menschen besonders streßreich zu sein. Kommunikation mit Hörenden wird für ihn zu einem Synonym für Streß: Die Mühe des Zuhörens und Absehens, Kombinierens und Ratens, die Suche nach dem rechten Begriff in der eigenen Antwort, die Anstrengung des Sprechvorgangs und die Ungewißheit, ob Mißverständnisse oder Lächerlichkeit bevorstehen, mögen zu einem Streßzirkel führen: Aus schlechtem Hören und Sprechen wird auf diese Weise schlechteres Hören und Sprechen. In einer Folge von Experimenten zur Evozierung von Streß, von denen Vernon (1984) berichtet, war der Abbruch der zuvor intakten Kommunikation derjenige Reiz, der am zuverlässigsten Streß auslöste. Mit dieser strukturellen Bürde treten Hörgeschädigte bei Gesprächen mit Hörenden generell an.
Die eigene Streßbelastung kann jeder Mensch einschätzen, indem er sich eine Skala von 1 bis 10 vorstellt, auf der die 1 völlige Ruhe und Entspannung bedeutet, die 10 höchste Belastung und Erregung darstellt. Auf dieser Skala kann man sich selbst mit seinem gegenwärtigen Leben zuordnen (Trychin, 1987). Der nächste Schritt ist dann, eine Liste aller durch Streß charakterisierbaren Situationen aus dem eigenen Leben zusammenzustellen sowie zu prüfen, auf welche von ihnen die Person selbst Einfluß nehmen kann. Manchmal führen bei einer solchen Form der Selbstkontrolle bereits kleinere Korrekturen in Lebensführung und Lebensgestaltung zu beeindruckenden Verringerungen der Streßbelastung (Fengler, 1980; 1983). Viele Streßindikatoren äußern sich körperlich. Will man ihnen auf die Spur kommen, so geht man am besten folgendermaßen vor: Man geht in einer ruhigen Sitz- oder Liegeposition den Körper einmal von Kopf bis Fuß gedanklich und fühlend durch und achtet auf Signale, die auf Streß hinweisen: gespannte Kopfhaut und Stirn, verpreßter Mund, verhärteter Hals und Nacken, hängende oder verspannte Schulter, flache Atmung oder Atmung im Brust- und Schulterraum, Druck auf den Magen, verschlossenes Gesäß, harte Bauchdecke, Spannung im Unterleib, angespannte Ober- und Unterschenkel, Füße, die nicht zur Seite fallen wollen u. a.. Entspannungsinstruktionen, die es in Form von Lehrbüchern, Bild- und Tonkassetten für Klienten und Therapeuten gibt, können zu einer schnellen Verringerung des momentanen Streßniveaus führen.

Dabei wird sichtbar, daß Streß die **Reaktion auf eine Situation** ist, nicht die Situation selbst. Die Selbstbeobachtung allein mag bereits dazu führen, daß der Streß geringer wird, wie dies aus Verfahren der Selbstkontrolle bekannt ist. In der Regel ist es jedoch erforderlich, selbst Schritte zur Streßregulierung zu unternehmen. Solche Schritte sind:

- Körperliche Maßnahmen: Muskelentspannung, Ruhigstellung der Atmung, Biofeedback-Verfahren, Autogenes Training, Yoga u. a.
- Kognitive Maßnahmen: Beendigung oder Loslassen quälender Gedanken und falscher Schlußfolgerungen, Einführung von konstruktiven, entspannenden und ermutigenden Gedanken u. a.
- Verhaltensbezogene Maßnahmen: Aufsuchen und Vermeiden bestimmter Situationen, Einübung neuer Verhaltensweisen u. a.

Diese Maßnahmen sind für jedes Lebensalter geeignet. Sie weisen besondere Vorzüge auf, weil die einzelnen Schritte in ihrer Komplexität beliebig variierbar sind und stets dafür gesorgt werden kann, daß am Ende ein kleiner Erfolg eintritt.

Unter den verschiedenen Tinnitus-Behandlungen soll hier eine exemplarisch erwähnt werden, die die Symptome gezielt angeht. Ince et al. (1987) erzeugten entsprechend den Angaben ihrer Klienten die Geräusche, die diese in ihrer Tinnitus-Symptomatik hörten, auf synthetische Weise und spielten sie den Klienten vor. Dann senkten sie die Lautstärke stufenweise ab und forderten die Klienten auf, ihre inneren Geräusche entsprechend einzustellen – mit gutem Erfolg.

Hohe Bedeutung hat die Selbsthilfe. Die Deutsche Tinnitus-Liga (Anschrift: Erbschlöerstr. 22, 5600 Wuppertal 21) informiert, berät, knüpft Kontakte, sucht das Gespräch mit Wissenschaftlern und Politikern, betreibt aktiv Interessenvertretung und schafft durch Korrespondenz, Zeitschrift und regelmäßige Treffen ein Band der Solidarität zwischen ihren Mitgliedern.

Abschließend soll eine Betroffene zu Wort kommen, die ihre eigene Symptomatik, Selbstbehandlung und Neuorientierung im Leben darstellt:

„Im Herbst 1986 büßte ich bei einer Operation ca. 60 % meiner Hörfähigkeit auf dem rechten Ohr ein. Bei der Operation sollte ein vermuteter Tumor entfernt werden, der sich jedoch im OP-Verlauf als meine Hauptschlagader erwies, die einen anormalen Verlauf durch das Mittelohr nimmt. Zusätzlich zu dem Hörverlust trat nach der Operation ‚Ohrensausen' auf – ein permanentes Rauschen, von dem sich – mal mehr und mal weniger laut – ein hochfrequentes Pfeifen abhebt. Begleitet werden diese Geräusche gelegentlich von einem pulssynchronen Klopfen, das ebenfalls in der Lautstärke variiert. Jede Operation verändert das Verhältnis zum eigenen Körper; er bekommt eine Qualität der Fremdheit und der Eigenmächtigkeit. Plötzlich ist man nicht mehr ‚Herr im eigenen Hause', man ist konfrontiert mit der eigenen Störbarkeit und Unzulänglichkeit. ‚Das Ohr' steht für diese Erfahrung, es ist für mich ein bleibender Fremdkörper, etwas unermüdlich Störendes. Ein belastender Sinn, der durch seine Gegenwart den Wert der anderen Sinne über die Selbstverständlichkeit hinaushebt – dies ist allerdings auch schon die einzige ‚Bereicherung', die damit verbunden ist. Die Belastungen sind deutlich vielfältiger: Für mein ‚Leben mit mir' kommt dem Ohrensausen die größere Bedeutung zu. Die permanente Gegenwart eines inneren/äußeren Geräusches macht ein aktives Ausblenden, eine ständige Auseinandersetzung mit dem Geräusch notwendig. Gerade bei ‚stillen Tätigkeiten' drängen sich Rauschen und Pfeifen häufig in den Vordergrund und erschweren die Konzentration auf anderes (wobei es neben der tatsächlichen Störung sicherlich auch Träger aller möglichen Arbeitsstörungen wird). Daraus entwickeln sich alle denkbaren Stufen der Gereiztheit; alle Nebengeräusche wie auch andere Personen, die im Raum sprechen, können mich dann regelrecht aus der Haut fahren lassen. Ein weiterer Aspekt des Ohrensausens ist es, zu wissen, daß ich nie wieder ‚vollkommene Ruhe' finden kann, nie wieder die Erfahrung von ‚Stille' machen werde. Vollkommene Ruhe und Stille sind inzwischen

Begriffe, die mit einer ungeheuren Sehnsucht verbunden sind. Ich habe einmal gehört, daß das ständige Tropfen eines Wasserhahnes als Foltermethode eingesetzt werden kann – und so kommt es mir in ganz extremen Momenten auch vor, wie eine Folter, die aus mir kommt. Diese Momente sind inzwischen immer seltener geworden; indem ich insgesamt gejagter lebe, weniger die Stille suche, halte ich die Störung im Hintergrund. Ich habe daneben noch einen kleinen Trick entwikkelt: ich versuche, mich durch die Konzentration auf das Geräusch zu entspannen, nicht gegen es. Dabei stelle ich mir das Rauschen und Pfeifen als ‚Lebensstrom' vor – dieses Bild ist eine nette Hilfskonstruktion, es hat etwas Beruhigendes und steht gleichzeitig für das Gefühl, ‚unter Strom zu stehen'.

Für mein ‚Leben mit anderen' kommt dem Hörschaden die größere Bedeutung zu. Durch die Einschränkung des Hörvermögens ist meine räumliche Orientierung beeinträchtigt – ein Umstand, durch den ich mich häufiger verunsichert fühle. Wer spricht mich an, woher klingelt das Telefon, war der Lärm gerade in meiner Wohnung ...? So desorientiert in der Welt zu stehen ist manchmal ärgerlich, manchmal peinlich, häufig fühle ich mich einfach ‚dumm'. Ähnliche Gefühle sind mit dem Schlechthören verbunden – dieses ständige Nachfragen ‚Was hast Du gesagt?', das Verpassen von Gesprächsfetzen ‚Warum lachen jetzt nur alle?' und das schlichte Überhören, durch das ich mich in einigen Situationen einfach ausgeschlossen fühle. Zudem habe ich mir dieses eigentümliche Kopfdrehen angewöhnt, mit dem ich meinem Gesprächspartner immer das richtige Ohr zuwende – eine Geste, die mich schrecklich ans Alt-sein mahnt. Alles in allem stelle ich jedoch fest, daß das Ausmaß der Belastung im Laufe der Zeit abgenommen hat. Daraus leite ich auch einen gewissen Optimismus ab, daß ich in der Zukunft weitere Verarbeitungs-Strategien entwikkeln werde, durch die sich die Beeinträchtigungen weiter reduzieren" (Bericht einer Diplom-Psychologin).

8.5 Psychogene Hörstörungen

Es wurde bereits erwähnt, daß bei verschiedenen Hörstörungen das aktuelle Hörvermögen von seelischen Einflüssen wesentlich mitbestimmt ist. Dennoch ist es sinnvoll, die im engeren Sinn psychogenen Hörstörungen von den vorgenannten abzugrenzen, wie wir dies auch in Kap. 6.4 für Kinder und Jugendliche getan haben. Psychogene Hörstörungen werden meist als aktuelle oder chronische Möglichkeiten von Flucht oder Rückzug angesehen. In der Regel sind sie gut behandelbar. Es kommen dabei alle Abstufungen von gelegentlicher Fehlhörigkeit über habituelles Nachfragen-Müssen und Mißverstehen bis hin zu tatsächlichem Mangel an Sinneseindrücken vor. Fritz Perls hat gelegentlich von ‚Menschen ohne Augen und ohne Ohren' gesprochen – dies findet gewiß im Alltag vielfältige Bestätigung.

Im Ersten Weltkrieg konnte man bei manchen Soldaten eine vorübergehende oder langdauernde psychogene Hörschädigung beobachten, die meist einer hysterischen Disposition zugeordnet wurde. Allerdings trat sie oft nach einer wirklichen Explosion, Kampfhandlung oder Verschüttung ein. Im Zweiten Weltkrieg trat dieses Phänomen seltener auf. Heute ist es praktisch ausgestorben; man kann es wohl als zeitbedingte psychische Notfallreaktion betrachten. Stabenow (1979) schlägt eine Unterteilung in psychogene und psychoorganische Taubheit vor, wobei sie bei der ersteren eine vollständige, bei der letzteren eine nur partielle Restitution annimmt. Daneben gibt es offenbar manchmal Fälle, in denen der Betreffende sich durchaus noch der Tatsache bewußt ist, daß er hören kann, sich aber in der Welt der Hörgeschädigten soweit eingerichtet hat, daß das Gehör in seinem Leben eine immer geringere Rolle spielt oder nur noch ganz sparsam und selektiv eingesetzt wird. Ein solcher Fall wird von Schützenberger (1976 b) berichtet:

„Ein weiteres Beispiel aus einer Gruppe von erwachsenen Gehörlosen: Wir nehmen Gruppenübungen mit dem Videorecorder auf, und mehrere aus der Gruppe helfen der Lehrerin, die als Regisseurin und Aufnahmeleiterin fungiert. Diese bemerkt, daß derjenige, der die Kamera bedient, die ihn betreffenden psychologischen Deutungen offenbar zu hören beginnt, denn er dreht jedesmal die Kamera sofort zu dem entsprechenden Punkt. Nach einigen weiteren Sitzungen besprechen wir das Problem mit ihm, und seine Gehörlosigkeit erweist sich als psychosomatisch bedingt, als die Zuflucht eines ungeliebten Kindes, das unbewußt lieber noch gar nichts hören wollte als von den Erwachsenen in einer Ecke vergessen oder aber angeschrieen und belästigt zu werden. Diese Art psychosomatischer Taubheit ist häufiger als man glaubt, denn das Kind lernt, daß es in der Rolle des Kranken oder Taubstummen zumindest diejenige Aufmerksamkeits- und Zuneigungsbestätigung erhält, die man den Unglücklichen entgegenbringt" (Schützenberger, 1976 b, S. 87).

Pankratz et al. (1975) forderten einen Klienten, bei dem der Verdacht einer psychogenen Hörstörung hysterischen Charakters bestand, auf, über Kopfhörer dargebotene Töne entweder als kurz oder als lang zu bezeichnen. Dies gelang ihm nur bei 36 der 100 Durchgänge richtig. Die Autoren schlossen daraus, er müsse wohl etwas gehört und dann bewußt falsche Aussagen gemacht haben, da dieses Ergebnis signifikant von der bei wirklicher Gehörlosigkeit erwartbaren 50 %-Treffer-Quote abwich. Allerdings muß man sagen, daß die Abweichung von der Zufallswahrscheinlichkeit nicht besonders eindrucksvoll ausfiel.
In Experimenten wird manchmal hypnotisch eine Hörstörung induziert (z. B. Zimbardo et al. in Kap. 8.1), um bestimmte Effekte zu prüfen. In diesen Fällen handelt es sich natürlich nicht um eine echte Hörstörung, wohl aber wird durch solche Interventionen erneut bestätigt, daß das Hörvermögen wesentlich von psychischen Faktoren abhängig sein kann und dann einer entsprechenden Beeinflussung zugänglich ist.

8.6 Eindrücke Hörender über Hörgeschädigte

Wie alle Minoritäten sind auch Hörgeschädigte den Meinungen, Urteilen und Vorurteilen ihrer zur Majorität gehörenden Mitmenschen ausgesetzt. Dabei steht im Vordergrund offenbar ein erheblicher Informationsmangel (Jansen, 1987). Hörgeschädigten Kindern und Jugendlichen gegenüber mögen Bestürzung und Mitleid überwiegen, die diesen gewiß nicht guttun. Im Verhältnis zu erwachsenen Hörgeschädigten dagegen scheinen mir Einstellungen und Eigenschaftszuschreibungen vorzuherrschen, in denen in erster Linie Befremden und Distanz zum Ausdruck kommen.
Wenn man versucht, allgemeine Aussagen darüber zu treffen, wie Hörgeschädigte im Kontakt wirken, so begegnet man mindestens vier begründeten Einwänden:
(1) Die Aussage sei nicht typisch für alle Hörgeschädigten-Gruppen, sondern vielleicht nur für Schwerhörige, Gehörlose oder Ertaubte.
(2) Die Aussage treffe nur für einige Angehörige diese Subgruppe zu, keinesfalls aber für alle.

(3) Die Aussage sei andererseits für viele Menschen ohne den geringsten Hörschaden ebenfalls gültig, so daß sie hörgeschädigtenunspezifisch sei.
(4) Die Aussage gelte nur auf der Grundlage des ganz speziellen Standpunkts und Maßstabs dessen, der sie mache. Sie könne keinerlei Objektivität beanspruchen.

Alle vier Argumente sind zutreffend. Tatsächlich ist es erforderlich, immer wieder zu betonen, daß es **Den Hörgeschädigten** nicht gibt, sondern immer nur Individuen, von denen wir zunächst nicht mehr wissen als ihre Funktionsminderung. Gleichzeitig werden wir aber im Gespräch mit Personen, die in engem Kontakt mit hörgeschädigten Menschen stehen, ab und zu die Äußerung hören „Typisch gehörlos!" oder „Typisch schwerhörig!". Wir können dies nicht einfach in den Bereich der Vorurteile verweisen, sondern müssen einräumen, daß in einem Teil dieser Fälle langjährige Erfahrung der Äußerung zugrunde liegt. Vielleicht verhält es sich dabei ähnlich wie bei der Äußerung „Typisch deutsch!". Es wird etwas aktuell Lästiges oder Anziehendes allen Merkmalsträgern zugeschrieben. Jedoch wird bei Nachfragen nicht ernsthaft behauptet, die Aussage könne für alle Mitglieder der Gruppe Gültigkeit beanspruchen. Problematisch ist jedoch, daß es in der Regel negative Eigenschaften sind, die in dieser Weise etikettierend zugeordnet werden. Ich will im folgenden einige Eindrücke schildern, die Hörende von Hörgeschädigten haben können. Dabei ist es erforderlich, der Herkunft des Eindrucks nachzugehen und einer Pauschalierung entgegenzutreten.

Konkretismus und Irrtümer im Denken: Einige Hörgeschädigte können Sprache in ihrem wörtlichen Sinne gut verstehen, weniger aber in ihren bildhaften Ausdrucksformen und in ihren übertragenen Bedeutungen. So bleiben Unterhaltungen leicht auf der Ebene konkreter Ereignisse und einiger weniger mitteilbarer Grundgefühle. Es fehlt ihnen Spannweite, Esprit und Nuancenreichtum im Ausdruck. In Hanna Greens Roman (1987) schreien die streikenden Arbeiter die gehörlose Heldin an, sie stehle ihnen mit ihrer Heimarbeit das Brot, und sie antwortet verwirrt: „Nein, ich habe kein Brot gestohlen!". Manchmal kommen Hörgeschädigte im Denken zu falschen Schlüssen, die sie dann hartnäckig verteidigen. So sah ein Gehörloser einen Polizisten (dachte vielleicht an eine Geschichte, die er einmal gelesen hatte), blickte sich aufgeregt nach allen Seiten um und fragte: „Wo ist der Dieb?". Ein anderer kam auf die Idee, in einer finanziellen Notlage die Unterstützung von Verwandten zu erbitten, fand im Telefonbuch einen Herrn, der den gleichen Namen wie er selbst trug, und war nicht davon abzubringen, daß dieser mit ihm verwandt und zu seiner Unterstützung verpflichtet sei. Ein Dritter, der in einer Montagehalle arbeitete, hatte bemerkt, daß, während er und seine Kollegen graue Monteurskleidung anhatten, der Werkstattmeister einen grünen Kittel trug. Er kaufte sich nun auch einen grünen Kittel, ging damit in die Werkstatt und erklärte: „Ich auch grüner Kittel, ich auch Meister. Mehr Geld und befehlen, was tun." .Hier mögen die reduzierte Gelegenheit zum Erproben der Lautsprache und die bereits erwähnte Mühe bei der Aneignung des Kausalitätskonzeptes eine Rolle spielen.

Sprachliche Manierismen und Stereotypien: Ausdrucksverhalten, Wortwahl und Sprechen Hörgeschädigter wirkt auf Hörende manchmal manieriert oder in bestimmten Wendungen festgefahren. Der stille Tadel, der diesem Eindruck innewohnt, verliert sich aber, wenn man sich die Besonderheiten des Ausdrucks- und Spracherwerbs Hörgeschädigter vor Augen führt. Da in der Regel der Wortschatz geringer ist als bei Hörenden, kommt bei gleicher Kommunikationsrate allein statistisch jede Wendung häufiger vor als in der unendlichen Formulierungsvielfalt Hörender. Wenn mehrere Synonyme zur Verfügung stehen, kennen Hörgeschädigte in der Regel dasjenige, das sich leicht aussprechen und leicht absehen läßt. Manche Wortwahl mag ihnen auch Beifall und Anerkennung von Gesprächspartnern eingebracht haben. So ist ein Hörgeschädigter leicht verführt, sie zukünftig gehäuft zu benutzen, ohne zu wissen, daß Menschen mit feinem Sprachgefühl sie als nicht ganz treffend empfinden. Das Aussprechen mancher Wörter ist für Hörgeschädigte sehr anstrengend. Es kommt dann zu unterstützenden oder die Anstrengung verratenden Mitbewegungen, Grimassen oder Begleitgeräuschen, die den Hörenden irritieren; oder der Hörgeschädigte zieht es vor, solche Worte zu vermeiden. Daneben kommt es manchmal aber auch zu sehr witzigen, originellen oder poetischen Formulierungen, die ein Gespräch ungemein beleben können.

Unsicherheit in der Selbsteinschätzung: Manche Hörgeschädigte erhalten im Vergleich zu Hörenden wenig Feedback über ihre Wirkung auf andere, ihre Leistungsfähigkeit, ihre Stellung in Familie und Freundeskreis u. a. Das kann darauf zurückgehen, daß ihnen weniger entsprechende Informationen zukommen, daß sie weniger davon aufnehmen, einen Teil davon mißverstehen oder falsche Schlüsse daraus ziehen. So können sowohl Selbstüberschätzung wie Entmutigung entstehen. Ein mit sieben Jahren ertaubter Mann war während der ganzen Schulzeit der Vorführ-Gehörlose seiner Schule. Später, in dem veränderten Bezugsrahmen von Beruf und hörender Nachbarschaft, versuchte er anfänglich, wie früher anderen Menschen seinen Willen aufzuzwingen, und tat sich schwer damit, seine Begrenzungen anzunehmen. Andere Hörgeschädigte trauen sich nicht soviel zu, wie sie leisten könnten, und bedürfen der Ermutigung und Anleitung, um ihre Fähigkeiten zur Geltung zu bringen. Den einen wie den anderen fehlt ein Stück zuverlässige und gültige Realitätsdefinition, wie sie auch Hörende in der Regel nur im lebendigen Austausch mit Familie und anderen vertrauten Mitmenschen gewinnen.

Anstrengung: Hörgeschädigte wirken im Umgang manchmal anstrengend und angestrengt. Wer als Anfänger eine Stunde mit Hörgeschädigten verbracht hat, merkt rasch, wie seine Spannkraft nachläßt. Das übergenaue Zuhören, das Erschließen aus dem Kontext und das Raten, das überlaute eigene Sprechen (auch da, wo es nichts bewirkt) und das richtige oder übertriebene Artikulieren, das Umschreiben-Müssen von Sachverhalten, der Wechsel von Sprechen, Gebärden und Fingeralphabet sind kräftezehrend. Selbst Hörende, die mit dem Gebärden aufgewachsen sind, finden als Erwachsene den Umgang mit Hörenden in der Regel weniger beanspruchend als den mit Hörgeschädigten. Eine Gebärdendolmetscherin stieß während einer Reise, die sie im Kreis von lauter Gehörlosen machte, nach den ersten Tagen einen Stoßseufzer aus: „Jetzt muß ich erst einmal wieder mit jemandem reden!" – Dieser Eindruck des Anstrengenden beruht übrigens auf Gegenseitigkeit. Auch Hörgeschädigte empfinden den Kontakt mit Hörenden meist als besondere Belastung. Eine gehörlose Frau, die in beiden Kulturen zu Hause ist und sich ausgezeichnet verständigen kann, sagte einmal: „Zu den Hörenden zu gehen, ist für mich immer Streß." Wir können also sagen: Nicht die Hörgeschädigten oder die Hörenden sind anstrengend, sondern ihre Kommunikation miteinander ist es.

Starre Gewissensinstanz: Hörende empfinden Hörgeschädigte bisweilen als rigide in ihren Auffassungen von Recht und Moral, Pflicht und Ordnung. Um diesen Eindruck zu verstehen, lohnt es sich, sich vor Augen zu führen, wie dieser Teil der menschlichen Meinungen entsteht. Nach psychoanalytischer Auffassung entsteht das Über-Ich, also die Gewissensinstanz des Menschen, in den ersten fünf bis sechs Lebensjahren, ist also mit dem Beginn der Schulzeit schon weit entwikkelt. Das Über-Ich entsteht aus einer unendlichen Vielzahl von elterlichen und gesellschaftlichen Anweisungen. Wer selbst einmal Kinder erzogen hat, weiß, daß er im Laufe eines einzigen Tages leicht auf 50 oder 100 Anweisungen an sein noch nicht schulpflichtiges Kind kommt („Sag guten Tag! Nein, nicht jeden Fremden grüßen! Gib der Tante die Hand! Nein, nicht jede Frau ist eine Tante, nur Deine Tante Birgit! Nimm keine Süßigkeiten, außer von Vati und Mutti! Doch, von der Lebensmittelhändlerin darfst Du doch was Süßes nehmen! Sag danke und gib die Hand! Ja, sie ist nicht Deine Tante, aber gib ihr trotzdem die Hand! Aber sonst nimmst Du von niemandem etwas Süßes, verstanden!?“ usw.). Im Laufe einer solchen mehrjährigen gleichmäßigen Berieselung mit Anweisungen entsteht im Kind ein sehr nuancenreiches Bild von richtigem und falschem Verhalten. Das hörgeschädigte Kind muß auf diesem Gebiet mit sehr viel weniger Information auskommen und sich dennoch ein Bild von der Welt machen. Die vielfältigen Differenzierungen und Relativierungen bleiben ihm, wenn es nicht selbst immer wieder fragt, teilweise verschlossen. So muß es mit einer weit geringeren Zahl von Regeln operieren, deren Geltungsbereich es leicht überschätzt. Ein weiteres tut die Sprache. In der Gebärdensprache werden viele Sachverhalte durch eine ihnen zugesprochene Eigenschaft oder Verhaltensweise bezeichnet, z. B. die Höflichkeit durch die Gebärde der Verbeugung, die Klugheit durch die Gebärde Hohe Stirn. Diese Eigenschaften, die wir als mögliche Ausdrucksformen des Begriffs betrachten, gewinnen so für Hörgeschädigte leicht Ist- und damit Normcharakter: So ist es und so soll es sein. Damit mag das Bemühen, sich möglichst normgerecht zu verhalten, im Einzelfall durchaus ins Gegenteil umschlagen. Ein gehörloser Mann, dessen Frau bei einem Ladendiebstahl erwischt worden war und der nun auf der Wache seine eigene Entrüstung über ihr Handeln ausdrücken wollte, indem er sie in aller Öffentlichkeit verprügelte, bekam große Schwierigkeiten mit der Ordnungsmacht; der Vorfall machte ihm noch Jahre später zu schaffen.

Einige Autoren (z. B. Basilier, 1965) sind der Auffassung, Gehörlose hätten ein schwach ausgebildetes Über-Ich. Als Belege führen sie u. a. an, daß Gehörlose besonders lebendig und farbig träumen, was auf einen schwach entwickelten Traumzensor schließen lasse, und daß ihnen die Begegnung mit Sprache, d. h. speziell mit sprachlichen Verboten, in den für die Über-Ich-Entwicklung entscheidenden ersten fünf Lebensjahren fehle. Dies korrespondiert mit der mehrfach erwähnten Beobachtung einer schwach ausgebildeten Impulskontrolle bei Gehörlosen (Altshuler und Rainer, 1958; Altshuler, 1971, 1978). Gegenüber dieser Annahme muß allerdings bedacht werden: Soweit solche Beobachtungen aus der psychiatrischen Klinik stammen, beruhen sie auf der Begegnung zwischen Experten und neurotischen oder psychotischen Patienten oder gerichtlich zu begutachtenden Verdächtigen und sind nicht repräsentativ für alle Hörgeschädigten. Vielmehr kommt es im Zuge der Begegnung des Hörgeschädigten mit der Institution zu einer Psychiatrisierung und Pathologisierung der ganzen Gruppe, während Kontakt und Erfahrung sich doch nur auf erkrankte und delinquente Mitglieder derselben erstreckt (Heese, 1961).

Nichtbeachtung von Zwischentönen: Manche Menschen, die mit Hörgeschädigten zu tun haben, beklagen, man müsse alles so direkt sagen; wenn man etwas nur andeute, so reagierten die Hörgeschädigten nicht darauf. – Als ich selbst einmal ein Gespräch mit einem gehörlosen Kollegen beenden wollte, sagte ich durch die Blume: „So, jetzt beginnt meine Sprechstunde für die Studenten. Draußen stehen schon einige vor der Tür." Da antwortete er unbekümmert: „Sollen warten. Studenten jeden Tag, ich nur heute!" – An diesem Beispiel erkennt man besonders deutlich die Perspektivengebundenheit solcher Aussagen. Ein Hörgeschädigter würde sich in der gleichen Situation vielleicht beklagen, daß Hörende um den heißen Brei herumreden und es an der Fähigkeit missen lassen, ihre Wünsche klar auszudrücken.

Mißtrauen: Viele Hörgeschädigte werden von ihrer hörenden Umwelt als mißtrauisch empfunden. Was ist dazu zu sagen? Tatsächlich sind Hörgeschädigte in der Regel schlecht informierte Menschen. Wenn sie nach einer längeren Unterhaltung Hörender fragen, worüber gesprochen worden ist, werden sie vielleicht mit einem Satz abgespeist (z. B.: „Ach, nichts besonderes. Wir haben nur über Geld gesprochen."). Sehen Hörgeschädigte, daß die Runde, in der sie sitzen, plötzlich in Lachen ausbricht, und fragen nach dem Anlaß, so mag es wirklich schwer sein, den Witz, das Wortspiel oder die Pointe zu gebärden. Die Antwort wird dann kurz oder ausweichend ausfallen, und der Hörgeschädigte plagt sich in der Folgezeit vielleicht mit dem Gedanken, ob über ihn gelacht worden sei. – Der Eindruck des Mißtrauens kommt manchmal auch dadurch zustande, daß Hörgeschädigte angestrengt zuhören und dies physiognomisch wie Mißtrauen erscheint. – Ein Teil des bei Hörgeschädigten erlebten Mißtrauens wird wohl von Hörenden selbst erzeugt. Ein Beispiel dafür: Ich selbst fuhr in den Anfängen meines Kontakts mit Gehörlosen einmal aus Anlaß einer Begutachtung mit einem Dolmetscher zusammen zur Wohnung eines gehörlosen Mannes. Auf Rat des Dolmetschers ließ ich mein Auto etwa 200 Meter vom Hauseingang entfernt stehen. Ich befürchtete, der gehörlose Mann würde sich mein Autokennzeichen notieren, sich vielleicht meine Adresse beschaffen und mich dann mit Briefen und Besuchen beanspruchen. Nach dem Gespräch begleitete uns der Mann freundlich zur Tür; da kam mein Mißtrauen an den Tag, als er sah, daß mein Auto nicht vor der Tür stand. Er fragte mich nun, was für einen Wagentyp ich führe, und ich antwortete wahrheitsgemäß: „Volkswagen Passat." Da antwortete er ärgerlich: „Sie halten mich wohl für blöd! Es gibt keinen Ford Passat!"

Zumindest in einer Hinsicht ist das grundlegende Mißtrauen **Gehörloser** gegen die Gesellschaft nur zu verständlich. Nach Erlaß des Gesetzes zur Verhütung erbkranken Nachwuchses von 1933 wurde 1936 systematisch damit begonnen, gehörlose Mitbürger zu sterilisieren. In dem Buch von Wallisfurth (1979) wird beschrieben, wie dies im Einzelfall vor sich ging: Die Hauptperson der Biographie, die gehörlose Mutter der hörenden Autorin, hat, so wie auch andere Gehörlose, die neue Regierung anfänglich begrüßt, weil diese Ordnung versprach. Nun wird sie nach vorangegangener postalischer Benachrichtigung vom Dorfpolizisten zum Zweck der Sterilisierung ins örtliche Krankenhaus gebracht. Er geht ein paar Schritte vor ihr, damit es nicht so auffällt.

Biesold (1988) hat N = 1215 Gehörlose über ihr Leben und ihr Verfolgtsein im Nationalsozialismus befragt. Dabei gaben nur 1,40 % an, ihre Sterilisation sei nicht unter Zwang erfolgt. Bei fast allen Gesprächspartnern bestanden seelische Folgeschäden. Die Dokumentation macht sichtbar, daß es hier zu einem beklemmenden Zusammenwirken von Gesetzgebung, Verwaltung, Rechtsprechung, Heimen, Kliniken und Gutachtern gekommen ist, die das auch heute noch bestehende Mißtrauen Gehörloser der hörenden Gesellschaft gegenüber nur zu gut verstehbar macht. Auch einige kirchliche Einrichtungen haben sich damals an diesen Maßnahmen zumindest ideell beteiligt, wie das folgende Dokument (aus Biesold, S. 30) erkennen läßt.

„Ein Wort an die erbkranken evangelischen Taubstummen.
Die Obrigkeit hat befohlen: Wer erbkrank ist, soll in Zukunft keine Kinder mehr bekommen. Denn unser deutsches Vaterland braucht gesunde und tüchtige Menschen. Viele Menschen haben von Geburt an ein schweres Gebrechen oder Leiden. Die einen haben keine gesunden Hände, Arme oder Füße. Die anderen sind am Geiste so schwach, daß sie die Schule nicht besuchen konnten. Wieder andere sind blind. – Und du selbst, lieber Freund, leidest an Taubheit. Wie schwer ist das doch! Du bist oft traurig darüber. Du hast wohl oft gefragt: ‚Warum muß ich taub sein?' Und wie traurig sind wohl auch Deine Eltern gewesen, als sie merkten, daß Du nicht hören konntest! Es gibt taubstumme Kinder, deren Vater oder Mutter auch taubstumm ist. Es gibt auch Taubstumme, deren Großeltern ebenfalls taubstumm waren. Sie haben das Gebrechen ererbt. Sie sind erbkrank. Zu diesen Menschen sagt die Obrigkeit: Du darfst Dein Gebrechen nicht noch weiter auf Kinder oder Großkinder vererben; Du mußt ohne Kinder bleiben. Wenn Du an ererbter Taubheit leidest, bekommst Du wohl eine Vorladung vor das Erbgesundheitsgericht. Da geht es um die Frage, ob Du auch niemals Kinder haben sollst. – Vor allem eins: Nicht wahr, Du wirst die Wahrheit sagen, wenn Du gefragt wirst. Denn so will es Gott von Dir! Du wirst die Wahrheit sagen auch dann, wenn das unangenehm ist. Vielleicht bestimmt das Erbgesundheitsgericht: Du sollst durch eine Operation unfruchtbar gemacht werden. Du wirst traurig. Du denkst: ‚Das möchte ich nicht. Ich möchte heiraten und Kinder haben. Denn ich habe Kinder lieb.' Aber nun überlege einmal: Möchtest Du schuld daran sein, daß die Taubheit noch weiter vererbt wird? Würdest Du nicht sehr traurig werden, wenn Du sehen müßtest, daß Deine Kinder oder Enkelkinder auch wieder taub sind? Müßtest Du Dir dann nicht selber schwere Vorwürfe machen? Nein, das möchtest Du doch wohl nicht. Die Verantwortung ist zu groß. Sieh, da will die Obrigkeit Dir helfen. Sie will Dich bewahren vor Vererbung Deines Gebrechens. Aber, sagst Du, unangenehm, sehr unangenehm ist das doch. Denn die Menschen klatschen darüber, wenn ich unfruchtbar gemacht bin. Sie verachten mich. – Nein, so mußt Du nicht denken. Die Obrigkeit hat befohlen: Niemand darf über die Unfruchtbarmachung sprechen. Du selbst auch nicht. Merke wohl: Du darfst zu keinem Menschen darüber sprechen! Auch Deine Angehörigen nicht! Und der Arzt, der Richter, sie alle müssen darüber schweigen! Gehorche der Obrigkeit! Gehorche ihr auch, wenn es Dir schwer wird! Denke an die Zukunft Deines Volkes und bringe ihr dieses Opfer, das von Dir gefordert wird! Vertraue auf Gott und vergiß nicht das Bibelwort: ‚Wir wissen, daß denen, die Gott lieben, alle Dinge zum Besten dienen.' Reichsverband der evang. Taubst.-Seelsorger Deutschlands."

Die heutige Taubstummenseelsorge (z. B. Luger, 1975) stellt demgegenüber ein wichtiges soziales Unterstützungssystem der Hörgeschädigten dar.
Gutgläubigkeit: Einige Hörgeschädigte wirken auf ihre Gesprächspartner arglos, gutgläubig, naiv oder vertrauensselig. Dieser der Mißtrauens-Vermutung entgegengesetzte Eindruck kann tatsächlich so wie jener in bestimmten Situationen entstehen. So wirken manche Überlegungen Hörgeschädigter, die die Komplexität einer Situation nicht berücksichtigen und dann zu originellen, aber manchmal falschen Schlußfolgerungen kommen, irgendwie rührend, naiv und beschützensbedürftig. Manche Hörgeschädigten halten Hörende für besonders kenntnisreich und erfahren und statten sie mit zahlreichen guten Eigenschaften aus, die diese natürlich nur teilweise haben können. Tatsächlich werden Hörgeschädigte von Hörenden nicht zu selten übervorteilt, sei es in mündlichen Absprachen oder in Verträgen, die Klauseln enthalten, die der Hörgeschädigte in ihrer Bedeutung und Tragweite nicht versteht. Ein gehörloser Mann erschien als Angeklagter zu einer Gerichtsverhandlung einmal in einem Indianerkostüm. Der Richter ordnete daraufhin eine psychiatrische Untersuchung des Mannes an. Es zeigte sich dann, daß

der Gehörlose keineswegs verrückt war; aber hörende Mithäftlinge hatten ihn in der Zeit der Untersuchungshaft überredet, zur Gerichtsverhandlung dieses Kostüm anzuziehen, indem sie behaupteten, auf diese Weise könne er den Richter sehr lächerlich machen.

Neben den vorgenannten Eigenschaften werden Hörgeschädigten u. a. auch Fleiß, Reiselust, Geselligkeit, Plauderlust, Undankbarkeit und manches andere nachgesagt. Dies wird gewiß für einige von ihnen zutreffen, für andere nicht. Manchmal kann man im Gespräch unter Hörenden beobachten, daß eine bestimmte Aussage auf spontane allseitige Zustimmung stößt, z. B. die folgende: „Erwarte von einem Hörgeschädigten niemals Dank!". Auf Nachfragen kann dann leicht jeder Teilnehmer der Runde eine Situation schildern, in der ihm sein Einsatz nicht gedankt worden ist; aber ebenso leicht fällt jedem ein Beispiel ein, das das Gegenteil belegt. Es scheint also, daß in solchen Augenblicken eine Einzelerfahrung sich als Vorurteil gegen die ganze Gruppe verdichtet, ohne zu einer Verfestigung zu führen. Auch wissenschaftliche Arbeiten sind nicht frei von solchen passageren Vorurteilen. So heißt es bei Arlow: „Contrary to what might be expected from studies of psychological profiles of the deaf, the deaf people whom my patient encountered were individuals with distinctive personalities and character traits" (1976, S. 158 f.) – da sind Arlows Patienten doch unter den Gehörlosen echte Persönlichkeiten begegnet!

So wie andere Minoritäten haben auch Hörgeschädigte ihre besonderen Empfindlichkeiten und reagieren allergisch, wenn Hörende ihnen Verletzungen zufügen. Dazu gehört:

- Hörende halten sie für dumm
- Hörende zeigen mit dem Finger auf sie und sagen: „Schau mal, Taubstumme!"
- Hörende sprechen ihnen die Fähigkeit ab, Kinder zu erziehen
- Hörende brechen das Gespräch mit ihnen ab, wenn andere Hörende hinzukommen, und wenden sich diesen zu
- Hörende lehnen es ab, ihnen zu sagen, worüber sie mit anderen Hörenden gesprochen haben
- Hörende geben ihnen falsche Auskünfte, von denen sie glauben, die Hörgeschädigten würden es nicht merken
- Hörende sprechen übermäßig artikulierend und mit Grimassen zu Hörgeschädigten oder behandeln sie, als seien sie Kinder oder nicht recht bei Trost
- Hörende drängen ihnen ihre Hilfe auf, ohne nach den Bedürfnissen und aktuellen Wünschen der Hörgeschädigten zu fragen.

Neben den häufigeren **Unter**schätzungen Hörgeschädigter durch Hörende kommt es manchmal auch zu **Über**schätzungen der Gruppe. Laien, die sonst von Hörschäden wenig wissen, haben oft jedenfalls etwas vom Leben der berühmten Amerikanerin Helen Keller (1880 bis 1968) gehört, die mit Unterstützung ihrer Lehrerin und Freundin Ann Sullivan Sprache lernte, studierte, promovierte und mehrere Bücher schrieb. Sie wird heute in vielfältigen Zusammenhängen erwähnt: als große Frau; als talentierte Behinderte; als Beispiel für Beharrlichkeit, die zum Ziel führt; als Schülerin, die unter besonders erschwerten Bedingungen Sprache erlernte; als Hoffnungsträgerin für die Behinderten; als Heldin; als Wunder. Unsere eigene Literaturrecherche erbrachte 43 (!) Titel, die sich auf Helen Keller selbst, ihr Wirken oder Nachwirken bezogen. Dabei muß man sagen: Behinderte, die Bücher über ihre Behinderung schreiben, sind die Ausnahme, nicht die Regel. Sie entwickeln sich leicht zum Nimbus, sind aber in ihrem Werdegang keineswegs charakteristisch für die Zielgruppe, aus der sie stammen. So mögen sie einerseits Vorbild sein und Ansporn geben; zugleich muß aber Sorge getragen werden, daß nicht unrealistische Hoffnungen geweckt und Willensideologien entwickelt werden („Wenn du nur wolltest, könntest du das alles auch! Sie hat es ja auch gekonnt!"), denen das Gros der Behindertengruppe keinesfalls entsprechen kann. Meinungen mit Vorurteilscharakter über Hörgeschädigte sowie ungeschicktes und böswilliges Verhalten sind vermutlich unausrottbar. Sie richten sich am ausgeprägtesten gegen Gehörlose; Schwerhörige und Ertaubte sind in abgeschwächter Form von ihnen betroffen. Man kann solchen Vorkommnissen vermutlich nur durch Information, Begegnung und natürlichen Umgang und auch stets nur für eine Weile beikommen. Von Kontakten Hörgeschädigter mit Hörenden in verschiedenen Lebensbereichen handelt das nun folgende Kapitel.

9. Lebensbereiche erwachsener Hörgeschädigter

Dieses Kapitel soll von der alltäglichen Lebensgestaltung Hörgeschädigter sowie ihrer Begegnung mit Hörenden und Hörgeschädigten handeln: Akzeptanz der Hörgeräte, Partnerschaft und Familie, Beruf, Behörden, Krankheitsfälle, Selbsthilfe. Dabei wird erneut sichtbar, daß die Hörschädigung in allen Lebensbereichen Sondermaßnahmen erforderlich macht.

9.1 Begegnung von Hörgeschädigten und Hörenden

Wir beginnen mit einer Art kleinem Grundkurs für Begegnungen zwischen Hörgeschädigten und Hörenden: Was tut man, wenn man als Hörender einem Hörgeschädigten begegnet? Worauf hat man als Hörgeschädigter zu achten? Mit welchen Verständigungsproblemen ist zu rechnen? Welche davon sind behebbar und wie kann dies geschehen? Für den hörenden Gesprächspartner besteht der erste Schritt vermutlich oft darin, in der ungewohnten Situation den anfänglichen kleinen Schrecken zu überwinden, den Impuls zu Abwendung und Flucht zu meistern und eine bejahende Einstellung zu dem Gespräch zu entwickeln.

1. Behandeln Sie Ihren hörgeschädigten Gesprächspartner wie jeden anderen Erwachsenen, nicht, als sei er ein Kind oder entmündigt.
2. Bleiben Sie geduldig, wenn Sie einen Satz wiederholen müssen. Bitten Sie Ihrerseits um Wiederholung, wenn Sie nicht verstanden haben.
3. Lachen Sie den Hörgeschädigten nicht aus, wenn er etwas falsch verstanden hat oder eine falsche Antwort gibt.
4. Sagen Sie nie zu einem Hörgeschädigten, er solle doch froh sein, daß er nicht blind ist, und daß das noch viel schlimmer sei.
5. Sprechen Sie stets **zu** dem Hörgeschädigten, nicht **über** ihn. Sagen Sie nichts in seiner Gegenwart, was er nicht hören soll, und sagen Sie nie: „Er/Sie kann hören, wenn er/sie es nur will!". Die Hörfähigkeit kann variieren, abhängig von Wetter, Tageszeit, Stimmungen, Ermüdungszustand und vielen anderen Faktoren.
6. Wenn der Hörgeschädigte müde wird und dem Gespräch nicht mehr folgen kann, zeigen Sie dafür Verständnis. Hören und Absehen vom Mund strengen ihn mehr an als das normale Hören den Hörenden. Von einem Rollstuhlfahrer verlangt man auch nicht, daß er sich an stundenlangen Märschen beteiligt.

Außer einer interessierten und aktiven Einstellung dem Gespräch und dem Gesprächspartner gegenüber gibt es auch eine Reihe ganz praktischer Empfehlungen, die zum Gelingen der Begegnung beitragen:

1. Ihr Gesicht als Hörender muß gut beleuchtet sein. Sprechen Sie also nicht aus einer dunklen Ecke des Raumes heraus oder so, daß der Hörgeschädigte gegen Licht sehen muß. Sie sollten nicht weiter als maximal vier Meter von dem Hörgeschädigten entfernt sein, am besten auf gleicher Augenhöhe mit ihm. Sprechen Sie nicht aus einem anderen Zimmer mit ihm.

2. Sprechen Sie ruhig. Sprechen Sie nicht mit Zigarette, Pfeife oder Zigarre im Mund. Halten Sie nicht die Hand vor den Mund. Sprechen Sie nicht, während Sie zugleich essen oder Kaugummi kauen.
3. Artikulieren Sie deutlich, aber nicht grimassierend. Sprechen Sie etwas langsamer, aber nicht zu langsam, weil dann für den Hörgeschädigten das Wortbild zerfällt bzw. undeutlich wird. Bewahren Sie dabei Rhythmus und Dynamik des Sprechens.
4. Schreien Sie den Hörgeschädigten nicht an. Dies verzerrt den Ton und kann wegen des Hörgeräts schmerzhaft für ihn sein.
5. Unterstreichen Sie Ihr Sprechen durch sparsame Gebärden, aber fuchteln Sie dem Hörgeschädigten nicht vor dem Gesicht herum.
6. Falls Sie das Sprachniveau des Gegenüber nicht kennen, fahren Sie besser, wenn Sie zunächst möglichst wenig Sprachkompetenz voraussetzen (vgl. dazu die Gallaudet-Hörskala in Kap. 9.7). Dies bedeutet nicht, den hörgeschädigten Gesprächspartner herablassend zu behandeln.
7. Benutzen Sie gebräuchliche Wörter. Bilden Sie kurze Sätze und Hauptsätze, aber sprechen Sie nicht so, als sei der Hörgeschädigte blöd („Taub? Nix verstehen? Schade!“ usw.). Andererseits: Bei Relativsätzen sowie konditionalen und temporalen Verschränkungen verliert mancher Hörgeschädigte den Überblick. Dies gilt auch für die schriftliche Verständigung.
8. Wiederholen Sie in aufeinanderfolgenden Sätzen die Substantive, statt sie durch Pronomina zu ersetzen.
9. Wiederholen Sie wichtige Informationen und vergewissern Sie sich, daß Sie korrekt verstanden wurden.
10. Geben Sie ein Zeichen, ob die folgende Mitteilung als Frage, als Aussage oder als Aufforderung gemeint ist. Nur vom Mundbild her ist dies schwer zu unterscheiden, da der Stimmklang fehlt. Mögliche Signale sind, wenn Sie einen Satz beginnen: „Ich frage ...“, „Ich erzähle ...“ oder „Bitte ...“. Teilen Sie dem Hörgeschädigten mit, wenn im Gespräch ein Themenwechsel vorkommt.
11. Liefern Sie bei dem, was Sie sagen, Erklärungen mit, nicht nur „X hat gesagt ...“, sondern auch: Was meint er damit, welche Gründe hat er vermutlich?
12. Wenn der Hörgeschädigte etwas nicht verstanden hat, hilft es normalerweise nicht, es im gleichen Wortlaut noch einmal zu sagen. Am besten ist es, es mit etwas anderen Worten zu wiederholen.

Immer kommt es darauf an, daß beide Gesprächspartner sich für das Gelingen des Gesprächs verantwortlich fühlen. Auf seiten des Hörenden ist, wenn er häufiger Kontakte mit Hörgeschädigten pflegt, folgendes dienlich:

1. Üben Sie sich im genauen Zuhören und Absehen – man hört sich doch relativ schnell in die Sprache Hörgeschädigter ein, wenn man sich bemüht. Gesteigerte Aufmerksamkeit, Einstellung auf den Sprecher und Gewöhnung sind erforderlich, weil die Aussprache der Hörgeschädigten oft artikulatorische, sprachmelodische u. a. Besonderheiten und Beeinträchtigungen aufweist.
2. Haben Sie ein kleines Notizbuch griffbereit, in das Sie und Ihr Gesprächspartner im Notfall schreiben können, um sich zu verständigen. Namen von Orten und Personen sind sehr schwer zu verstehen, weil sie nicht aus dem Zusammenhang erschlossen werden können. Aufschreiben kann dann helfen. Verfahren Sie auf jeden Fall so, wenn Sie einem Hörgeschädigten Ihren Namen und Ihre Adresse geben wollen.

3. Besuchen Sie möglichst bald einen Gebärdenkurs, wie er in vielen Volkshochschulen angeboten wird.
4. Überwinden Sie Ihre Hemmungen zu gebärden. Bedenken Sie, jede Gebärde, die Sie gebrauchen, ist ein Wort mehr, das ein Hörgeschädigter sicher verstehen kann.
5. Wenn Sie im Gebrauch von Gebärden unsicher sind, so unterstreichen Sie das, was Sie sagen wollen, durch Ihre Mimik. Denken Sie sich allgemeinverständliche Gesten aus.
6. Flexible Einstellung dem Gesprächspartner gegenüber und Entgegenkommen in der Wahl der Kommunikationsmittel sind Hilfen.
7. Es kann sein, daß der Hörgeschädigte zu laut oder zu leise spricht. Das liegt daran, daß es für ihn sehr schwer ist, seine eigene Lautstärke abzuschätzen. Der Hörende bringt den Hörgeschädigten nicht in Verlegenheit, wenn er ihm dies sagt. Vielmehr hilft er ihm dadurch, das Gespräch angenehm zu gestalten.
8. Fragen Sie Ihr hörgeschädigtes Gegenüber, wie Sie ihm oder ihr helfen können, das Gespräch zu einem Erfolg zu machen.

Hörgeschädigte bevorzugen in der Regel das Gespräch zu zweit, während sie sich in Gruppen weniger leicht zurechtfinden (vgl. dazu Kap. 6.5 und 7.4). Deshalb ist es im größeren Kreis von besonderer Bedeutung, diesbezügliche Vorkehrungen zu treffen:

1. Gespräche im größeren Kreis sind für Hörgeschädigte immer eine besondere Belastung, Gespräche zu zweit immer eine Erleichterung.
2. Die Angst mancher Hörgeschädigter vor Versammlungen ist keine krankhafte Erscheinung. Um der eigenen seelischen Gesundheit willen ist es für sie manchmal notwendig, sich aus einem nervenaufreibenden Stimmengewirr, das sie nicht verstehen, zurückzuziehen.
3. Achten Sie in Gruppen, in denen Hörgeschädigte dabei sind, darauf, daß nicht mehrere Personen gleichzeitig sprechen. Ein Hörgeschädigter kann in jedem Moment nur eine Person im Auge behalten.
4. Sprechen Sie Hörgeschädigte nicht von hinten oder von der Seite an. Es kann notwendig sein, einen Hörgeschädigten vorsichtig zu berühren, ein Handzeichen zu geben oder mit dem Fuß auf dem Boden zu stampfen, um seine Aufmerksamkeit zu erregen.
5. Sprechen Sie in Gesellschaft zum Hörgeschädigten hin, damit er von Ihrem Mund absehen kann.
6. Sorgen Sie dafür, daß der Hörgeschädigte in Gesellschaft mitsprechen und mitlachen kann. Lassen Sie ihn am Thema teilnehmen. Machen Sie ihn von Zeit zu Zeit mit dem Thema des Gesprächs bekannt.
7. Stellen Sie Radio, Fernsehgerät und Plattenspieler ab, wenn Sie mit einem Hörgeschädigten sprechen wollen. Die laute Umgebung irritiert ihn, und er kann Sie dann nicht verstehen. Bei größeren Menschenansammlungen, z. B. bei Parties oder Vereinstreffen wird dies allerdings nicht immer möglich sein.
8. Bei Vorträgen und in Unterrichtsräumen mit Sitzreihen können Hörgeschädigte u. U. nicht verstehen, was vor ihnen und hinter ihnen gesagt wird. Es kann dann passieren, daß sie etwas zur Diskussion beitragen, was zuvor schon ein anderer gesagt hat. Gehen Sie darauf mit Takt und Geschick ein.

Der hörgeschädigte Gesprächspartner kann seinerseits viel zum Gelingen des Gespächs beitragen, wenn er die folgenden Hinweise beachtet:

1. Versuchen Sie nicht, Ihre Hörschädigung zu verheimlichen.

2. Tragen Sie Ihr Hörgerät sichtbar! Tragen Sie es immer! Verstecken Sie es nicht!
3. Setzen Sie sich immer so, daß Sie ihr Gegenüber deutlich im Licht sehen können, wenn Sie vom Mund absehen wollen.
4. Sagen Sie dem Gesprächspartner, daß Sie hörgeschädigt sind. Bitten Sie ihn, etwas langsamer und deutlicher zu sprechen. Weisen Sie ihn darauf hin, daß er nicht zu schreien braucht. Menschen reagieren meist bereitwillig, wenn Sie ihnen mitteilen, wie sie sich verhalten sollen.
5. Achten Sie auf optische Reize wie Gesichtsausdruck, Gesten und Körpersprache genauso wie auf das Mundbild des Partners.
6. Bleiben Sie geduldig. Bitten Sie den Gesprächspartner freundlich um Wiederholung, wenn Sie etwas nicht verstanden haben.
7. Geben Sie Ihrem Gesprächspartner Rückmeldung, wie gut Sie mit seinem Bemühen zurechtkommen. Drücken Sie sich dabei positiv aus. Auch dem hörenden Gesprächspartner macht es Freude, wenn er merkt, daß er in der Verständigung mit Ihnen Fortschritte macht.
8. Bitten Sie darum, Dinge aufzuschreiben, wenn die Verständigung auf andere Weise nicht möglich ist. Manchmal reichen schon ein bis zwei geschriebene Worte aus, damit sie klarkommen.
9. Nicht bluffen! Sagen Sie Ihrem Gesprächspartner, ggfs. auch mehrmals, daß Sie etwas nicht verstanden haben.
10. Genieren Sie sich nicht, etwas Falsches zu verstehen. Tragen Sie es mit Humor. Sagen sie Ihrem Gesprächspartner, was Sie verstanden haben.
11. Wenn Sie zu müde sind, bitten Sie um eine Fortsetzung des Gesprächs zu einem anderen Zeitpunkt.
12. Sprechen Sie selbst ruhig und deutlich. Sie geben damit dem anderen ein Vorbild.

Auch Hörgeschädigte wissen, daß Gespräche im größeren Kreis oder in fremder Umgebung sie in ganz anderer Weise beanspruchen als Gespräche zu zweit. Sie können hier in vielfältiger Weise selbst für günstige Gesprächsbedingungen sorgen.

1. Bitten Sie Ihren Gastgeber, Radio, Stereoanlage und Fernseher leiser zu stellen oder besser auszumachen. Erklären Sie, daß Sie ohne Hintergrundgeräusche besser hören.
2. Versuchen Sie sich in Gesellschaft neben jemanden zu setzen, der deutlich spricht und Sie über das Thema auf dem laufenden hält.
3. Wenn Sie merken, daß Sie nicht genug hören, kontrollieren Sie zuerst, ob Ihr Hörgerät richtig eingestellt ist oder ob eine neue Batterie eingesetzt werden muß. Die richtige Benutzung des Hörgeräts hilft Ihnen, Mißverständnisse, Ärger und Auseinandersetzungen mit dem Gesprächspartner zu vermeiden.
4. Sehen Sie schwierige Situationen voraus und überlegen Sie, wie Sie die Probleme verringern können. Erklären Sie z. B. die Schwierigkeiten, jemanden zu verstehen, der von einem anderen Raum aus spricht.
5. Versuchen Sie, Ihre gute Laune zu behalten, auch wenn Sie eine Zeitlang nicht mitreden können. Demonstrierte Mißlaunigkeit erzeugt Mißlaunigkeit beim Gesprächspartner.
6. Wenn Sie sich bedrückt fühlen, sei es durch Anstrengung, Ermüdung oder durch das Gefühl, ausgeschlossen zu sein, machen Sie Ihren Partner freundlich darauf aufmerksam. Gehen Sie nicht einfach weg. Das schafft Irritation und bessert nichts.

7. Wenn Sie an Geburtstagsfeiern oder anderen geselligen Veranstaltungen nicht teilnehmen wollen, sagen Sie es vorher. Keiner wird Ihnen das übelnehmen.
8. Bedienen Sie sich technischer Höreinrichtungen, wann und wo immer sie können.
9. Falls Sie handelsübliche Türklingeln nicht hören, lassen Sie diese durch tieffrequente laute Summer ersetzen, vielleicht auch in Verbindung mit einem Lichtsignal. Falls Sie das Hörgerät zum Telefonieren nicht benutzen, besteht eine einfache Möglichkeit zum Einbau von Verstärkern in Fernsprechgeräte. Wenn es in der Familie Schwierigkeiten bezüglich der Lautstärkeeinstellung von Rundfunk- und Fernsehgeräten gibt, kann für die Beschaffung von Kopfhörern mit Lautstärkereglern für bereits vorhandene Geräte gesorgt werden.
10. Nehmen Sie an Absehkursen teil. Machen Sie ein Selbstsicherheitstraining. Das kann Wunder wirken und gibt auch die Möglichkeit, neue Freunde zu finden.
11. Bitten Sie im Restaurant um einen Eckplatz an der Wand.
12. Halten sie sich auf dem neuesten Informationsstand über Hörgeräte und Hilfsgeräte, Gesetze für Hörgeschädigte u. a.

Bei der Beherzigung dieser Empfehlungen ist zu bedenken, daß sie bei Gehörlosen, Schwerhörigen und Ertaubten teilweise in unterschiedlicher Weise gelten und situativ abgestimmt werden müssen.

In amerikanischen Darstellungen wird immer wieder dazu aufgefordert, sich über alle einschlägigen Ansprechpartner für Hörgeschädigte aus den Gelben Seiten des Telefonbuchs zu informieren. Der gleiche Rat kann für deutsche Verhältnisse nicht ausgesprochen werden. Im örtlichen Telefonbuch gibt es keine entsprechenden Angaben. Man muß also unter den einzelnen Einrichtungen nachschlagen, was voraussetzt, daß man ihre genaue Bezeichnung kennt (z. B. nicht „Gehörlosenzentrale“, sondern „Zentrale für Gehörlose“). Im Branchenfernsprechbuch (z. B. von Köln) gibt es keine Eintragung „Sozialdienste“, wohl aber eingeheftet ein „Magazin der Stadt Köln“ mit Telefonnummern für Kultur, Sport, Messen, Gesundheit, Soziales u. a. Forscht man hier weiter, so werden eine Beratungs- und Fürsorgestelle für Körperbehinderte und Sinnesgeschädigte im Gesundheitsamt, eine zentrale Beratungsstelle für Behinderte bei der Fürsorgestelle der Stadt Köln, ein Verein der Schwerhörigen und Ertaubten, ein Verein der Eltern und Förderer schwerhöriger Kinder und die Zentrale für Gehörlose angegeben. In einem kleingedruckten Hinweis erfährt man, daß man weitere Adressen im „Ratgeber für Behinderte“ finden werde. Dieser ist in der Stadtverwaltung erhältlich und wird auf Wunsch kostenlos zugesandt.

Im Alltag wird oft – und nicht nur von Laien – gegen die einfachsten Regeln verstoßen, die für die Verständigung zwischen Hörgeschädigten und Hörenden gelten:

- Eine Sozialarbeiterin begleitet gehörlose Eltern zum Besuch bei ihren hörenden Kindern, die in einer Pflegefamilie leben. Sie breitet an einem gesonderten Tisch Schulhefte der Kinder aus und sagt, ohne aufzublicken: „Schauen Sie mal, was Ihre Kinder im letzten halben Jahr gemacht haben.“ Als die Eltern darauf nicht reagieren, hält sie dies für Desinteresse.
- Ein gehörloser Vater schließt nach längerer Trennung seinen Sohn weinend vor Glück und Rührung in die Arme. Ein Richter, der dieses Zusammentreffen beobachtet, es aber als Verstoß gegen eine frühere Gerichtsanordnung betrach-

tet, faßt den Vater von hinten an die Schulter und schreit ihm ins Ohr: „Sehen Sie, das ist gerade das, was Sie nicht tun sollen!"

- In dem Film „Gottes vergessene Kinder" (vgl. Kap. 9.2) ruft der neue Lehrer James seiner gehörlosen Geliebten, Sarah, als diese nach einer Auseinandersetzung davonstürzt, hinterher, sie solle stehenbleiben, natürlich ohne Erfolg.
- Ein Verkäufer auf dem Markt, der den Wunsch des gehörlosen Kindes, bei ihm ein Eis zu kaufen, nicht versteht, sagt: „Was meinst du? Kannst du nicht hören? Aha, du kannst nicht hören. Ja, dann mußt du deine Mutter schicken, damit sie mir sagt, was du willst. Deine Mutter!! Verstehst du??" Dann wendet er sich unwillig weg und murmelt: „Unglaublich, daß man solche Kinder hier ohne Aufsicht rumlaufen läßt!"
- Ein Tischlermeister hatte es sich angewöhnt, seinem gehörlosen Lehrling jedesmal, wenn dieser auf seinen Anruf nicht reagierte, ein Stück Holz in den Rücken zu werfen.
- In unserem Kölner Arbeitskreis, in dem Hörende und Hörgeschädigte gemeinsam über Fragen der Hörschädigung sprechen, passiert es immer wieder, daß die Hörenden in schnelle Dispute verfallen oder in mehreren kleinen Grüppchen über Projekte und Termine sprechen, ohne für die anwesenden gehörlosen Experten zu dolmetschen oder sie einzubeziehen.

Hörgeschädigte klagen oft, daß sie mit ihrer Behinderung von der Öffentlichkeit nicht verstanden werden; zugleich tragen sie durch ihr Verhalten manchmal selbst dazu bei, daß Mißverständnisse entstehen bzw. nicht ausgeräumt werden. So kommt es oft zu Fehleinschätzungen des Behinderungsgrades. Der Hörende kann das Ausmaß der Belastung nicht abschätzen, und der Hörgeschädigte selbst läßt ihn, z. B. indem er an der falschen Stelle Verstehen vortäuscht, darüber im unklaren. Sich in den Hörgeschädigten hineinzuversetzen ist für den Hörenden sehr schwer; aber gerade nach diesem Verstehen sehnen sich Hörgeschädigte besonders.
Oft erwähnen Hörende, daß ihr hörgeschädigter Gesprächspartner den Eindruck erwecke, er habe verstanden, während dies tatsächlich nicht der Fall war. Hörende sagen dann vorwitzig: „Dann soll er doch fragen!" – aber so leicht ist es nicht, immer wieder nachzufragen. Eine ertaubte Kollegin sagt: „Ich weiß, ich weiß! Ich sollte eigentlich immer sofort nachfragen. Aber manchmal bin ich auch zu müde zum Nachfragen, oder ich hab keine Lust, und dann denke ich, vielleicht ist es ja nicht so wichtig gewesen, lächle einfach und versuche, den Anschluß wiederzufinden." Tatsächlich sind Hörgeschädigte im Kontakt zu Hörenden in einer ähnlichen Situation wie Hörende bei der Begegnung mit Ausländern, deren Sprache sie einigermaßen, aber nicht gut beherrschen: Manches verstehen sie, anderes erschließen sie aus dem Kontext, drittes ahnen sie; der Rest rauscht vorüber. Aber auch wir fragen im Ausland nicht bei jeder Bemerkung nach, sondern lächeln uns manchmal, ohne zu verstehen, über die Situation hinweg. Trychin (1987) hat einen solchen Fall geschildert:

„Mary Lou blufft. Wenn sie nicht versteht, was jemand zu ihr sagt, nickt sie zustimmend, lächelt süß und tut so, als sei sie ganz von dem, was der andere sagt, in Anspruch genommen. Dabei krampft ihr Magen, sie schwitzt; ihre Nackenmuskeln sind angespannt und schmerzen. Je länger sie blufft, desto stärker wird das und desto mehr Angst bekommt sie. Sie denkt: ‚Wenn ich nicht verstehe, was er sagt, denkt er, ich sei dumm. Es ist furchtbar, wenn Leute denken, ich sei dumm. Das muß ich auf jeden Fall vermeiden. Ich lasse sie nicht wissen, daß ich nichts verstehe. Auf diese Weise vermeide ich, daß sie mich für dumm halten. Außerdem sind sie dann auch nicht gereizt. Ich kann es nicht aushalten, wenn Menschen meinetwegen gereizt sind.' Mary Lou denkt an Verletzungen ihrer Selbstachtung. Sie erwartet Geringschätzung und Ablehnung. Diese Gedanken führen zu Angstgefühlen und Bluffverhalten."

In allen Lebensbereichen könnte Hörgeschädigten mit Dolmetscher-Leistungen sehr geholfen werden. Prillwitz hat in einem Interview einmal ein Rechenexempel dazu vorgeführt, aus dem hervorging, daß eine diesbezügliche Minimalversorgung Hörgeschädigter in der Bundesrepublik Arbeit für etwa 30 000 Dolmetscher bringen würde. Vorerst wird das Dolmetschen oft von Angehörigen Hörgeschädigter übernommen, während die Zahl der ausgebildeten Dolmetscher noch gering ist.
Zwischen Dolmetschern und Beratern von Hörgeschädigten kommt es manchmal zu Konflikten bezüglich der Aufgaben, die beide haben. Die Berater möchten Übersetzungsleistung der Dolmetscher in Anspruch nehmen, die Beratung aber selbst in der Hand behalten. Die Dolmetscher sind damit prinzipiell auch einverstanden, übernehmen aber faktisch doch oft selbst die Regie im Beratungsprozeß und legitimieren dies aus ihrer langjährigen Erfahrung mit Hörgeschädigten. Im Dolmetscherkodex der Gehörlosen wird, gerade um Autonomie und Selbstverantwortlichkeit der Hörgeschädigten zu unterstreichen, betont, der Dolmetscher solle weder Anwalt noch Berater sein und auch nicht seine eigene Meinung einbringen. Dies ist im Prinzip zu bejahen, jedoch wird es nicht in jedem Fall zu verwirklichen sein und ist u. U. auch nicht immer zum Besten des Beratenen. Zugleich wird, ebenfalls zu Recht, gefordert, nur solche Personen sollten als Gebärdendolmetscher zugelassen werden, die das Vertrauen der Hörgeschädigten besäßen und in deren Kultur zu Hause seien. Vermutlich ist die Gegensatzspannung zwischen Berater und Dolmetscher nur durch ein Arbeitsbündnis zu überwinden, in dem Gleichberechtigung, Gleichrangigkeit und Arbeitsteilung herrschen.

9.2 Hörgeräte-Akzeptanz

Zu den wichtigsten Gesprächspartnern hörgeschädigter Menschen zählen HNO-Arzt, Hörgeräteakustiker, Psychologe, Lehrer und andere psychosoziale Berater – jedenfalls sollte es so sein. Mittlerweile weiß man nämlich, daß Diagnose der Hörschädigung und Anpassung der Geräte bei weitem nicht ausreichen, die Hörschädigung zu mildern. Vielmehr bedarf die Akzeptanz, die der Klient dem Hörgerät entgegenbringt, einer ständigen Pflege und Förderung. Diese Akzeptanz, als deren sichtbarstes Anzeichen man meist die Tragegewohnheiten betrachtet, scheint eine komplexe Urteilsleistung zu sein, in der zahlreiche physiologische, psychologische und soziologische Gesichtspunkte zusammenkommen. An erster Stelle werden vermutlich stets die erlebten Nachteile ohne Gerät und die Vorteile beim Tragen des Gerätes stehen.
In einem Fragebogen mit offen endenden Items gaben N = 250 Erwachsene, die sich für ein Hörgerät interessierten, signifikant häufiger als erfahrene Träger von Hörgeräten Hörprobleme beim Verstehen von Sprache mit und ohne Möglichkeit zum Absehen an. Die beiden Gruppen unterschieden sich nicht in der Zahl seelischer und gesundheitlicher Probleme und in der Mühe mit Umgebungsgeräuschen

(Tyler et al., 1983). – Unter N = 456 schwerhörigen Studenten einer Technischen Hochschule erwiesen sich diejenigen im Absehen und Sprechen überlegen, die bereits seit mehr als 10 Jahren ein Hörgerät trugen, im Vergleich zu solchen Studenten, die entweder kein Hörgerät benutzten oder sich dessen erst seit kürzerer Zeit bedienten (Walter und Sims, 1978). – In einer australischen Untersuchung an N = 63 000 (!) Erwachsenen zeigte sich, daß die Hörgeräte häufiger getragen wurden, wenn die Hörminderung ausgeprägter, die Zahl der bisher getragenen Geräte größer und die Zeitspanne seit der Anschaffung des neuen Geräts kürzer war. Dagegen unterschied sich die Nutzung der Geräte nicht in Beziehung zu Alter, Geschlecht, Anschaffungspreis und Gerätetyp (Upfold und Wilson, 1983). – Bei einer telefonischen Befragung von N = 155 Klienten einer audiologischen Beratungsstelle zeigte sich, daß nur die anfängliche Haltung dem Hörgerät gegenüber und die Fähigkeit, es selbst richtig einzustellen, mit der Häufigkeit des Tragens in Verbindung stand (Hickson et al., 1986). – In einer deutschen Untersuchung an N = 550 Patienten zeigte sich, daß nur 45 % der Befragten ihre Hörgeräte ständig benutzten (Schultz-Coulon und Schultz, 1980). Unter den Ablehnungsgründen wurden am häufigsten Nebengeräusche und unzulängliche Leistungsfähigkeit der Geräte genannt. Besonders häufig wurden die Geräte u. a. von Kindern bei größerem Hörverlust und bei Betroffenheit beider Ohren getragen. Selten wurden die Geräte bei geringer Schwerhörigkeit getragen, ferner von Personen, die über 60 Jahre alt waren, bei Versorgung des schlechteren Ohrs allein und von Handwerkern. – In einer Untersuchung über den erlebten Nutzen des eigenen Hörgeräts gaben N = 83 Berufstätige und N = 86 Rentner recht ähnliche Antworten: Möglichkeit zum Gespräch, Fernseh- und Radioempfang, Verabredungen, Einkaufen, Kirchenbesuch und Benutzung öffentlicher Verkehrsmittel (Golabek et al., 1988).
Man sieht an diesen Merkmalssammlungen, daß eine einheitliche Erklärung oder gar Theorie der Hörgeräte-Akzeptanz nicht in Sicht ist. Vielmehr müssen die Einzelergebnisse in Beratungsgesprächen zu einer je individuellen Hypothesenbildung verwendet werden. In einer englischen Einrichtung hat man gute Erfolge mit einer Beratung vor der Hörgeräte-Anpassung gemacht, der dann nach dem Erwerb des Geräts Hausbesuche und ein weiteres Gespräch mit dem Hörtherapeuten folgten (Brooks und Johnson, 1981).

Der Hörgeräteakustiker ist in der Praxis für den Hörgeschädigten oft einer der wenigen Ansprechpartner für die verschiedensten Schwierigkeiten, die im Zusammenhang mit seiner Hörschädigung stehen. Gründe hierfür liegen zum einen sicherlich im allgemeinen mangelnden Problembewußtsein der Betroffenen, ihres direkten Umfeldes und der Öffentlichkeit und zum anderen in der insgesamt defizitären Situation der psychosozialen und pädagogischen Hilfen für Hörgeschädigte. Zwischen Hörgeräteakustikern und Betroffenem bildet sich oft über Jahre eine Vertrauensbeziehung aus. So schildern Hörgeräteakustiker z. B., daß Hörgeschädigte häufig darauf bestehen, nur von „ihrem“ Hörgeräteakustiker beraten und bedient zu werden. Eine besondere Rolle ist hierbei dem speziellen Setting zuzuschreiben. Hörgeräteakustiker und Hörgeschädigte befinden sich während der Prozedur der Hörgeräteanpassung über einen längeren Zeitraum allein in einem Raum. Beim Einsetzen und Abnehmen des Hörgerätes ist durch den direkten Kontakt die sonst übliche Distanz nicht mehr vorhanden. Dies schafft von den äußeren Bedingungen her eine vertrauliche Situation, die zum Gespräch auch über

Sorgen und Nöte, die nur am Rande im Zusammenhang mit der Hörschädigung stehen, einlädt.
Hierdurch wird deutlich, daß neben der eigentlichen Hörgeräteanpassung ein hoher Informations- und Beratungsbedarf auf den unterschiedlichsten Ebenen besteht, der durch die abrechenbaren Leistungen der Krankenkassen nicht abgedeckt wird. Der Hörgeräteakustiker steht in einem Spannungsfeld kaufmännischer Interessen einerseits und der sich aus der konkreten alltäglichen Lebenssituation der Betroffenen ergebende Bedürfnisse nach Information und Beratung andererseits. Während sich die verschiedenen Interessen bei der Zufriedenheit und Akzeptanz des Hörgerätes noch weitgehend überschneiden, trifft dies bei Beratung zu psychosozialen und auch kommunikativen Aspekten der Hörschädigung weniger zu. Die folgenden Hinweise sind als Anregungen für die Informations- und Beratungsarbeit durch den Hörgeräteakustiker gedacht.
Aus der Sicht des Hörgeschädigten ist zur Befriedigung seiner Bedürfnisse ein weitgefächertes Informations- und Beratungsangebot notwendig. Dabei erscheinen folgende Punkte für den Hörgeschädigten hilfreich und unterstützend:

- Den Hörgeschädigten ermutigen, sich mit den Auswirkungen der Hörschädigung auseinanderzusetzen und sich an das Hörgerät zu gewöhnen.
- Den Hörgeschädigten unterstützen zu akzeptieren, daß ein Hörgerät das Hörvermögen nicht vollkommen zurückgeben kann.
- Familienangehörige zur Unterstützung für den Hörgeschädigten in den Anpassungsprozeß mit einbeziehen.
- Bewußtsein dafür wecken, wie durch aktives Handeln (z. B. Hörtaktik) die Folgen der Hörschädigung gemindert werden können.
- Informationen über weitergehende Hilfen durch Volkshochschulkurse (z. B. Absehtraining) oder den Deutschen Schwerhörigen-Bund zur Verfügung stellen.
- Familienangehörige informieren, wie durch ihr Verhalten die Auswirkungen der Hörschädigung gemindert werden können.
- Impulse für die Lösung individueller Probleme geben.
- Geduld und Zeit insbesondere bei älteren Menschen, da diese erfahrungsgemäß eine längere Zeit der Gewöhnung an die veränderten Bedingungen durch das Hörgerät brauchen.

Als Intervention und Haltung sind hierbei Elemente aus den Ansätzen der klientenzentrierten Gesprächsführung und der Verhaltensmodifikation hilfreich, wie z. B.
- dem Hörgeschädigten zuhören können,
- den Hörgeschädigten in seiner Problematik als Mensch annehmen und wertschätzen,
- dem Hörgeschädigten als Gesprächs**partner** begegnen,
- positive Verstärkung durch Ermutigung geben,
- menschliche Schwächen, wie Ungeduld und Ärger tolerieren, aber auch Grenzen bei Aggressionen und übertriebenen Erwartungsansprüchen verdeutlichen.
- Beratungsgespräche zu Problemlösungsansätzen entsprechend strukturieren

Von großer Bedeutung wird bei der weiteren Arbeit der Helfer in diesem Bereich sein, wie sich die Hörgeräte-Industrie in Forschung und Geräte-Entwicklung zukünftig orientieren wird. Bei einem Kolloquium (Kießling und von Wedel, 1988) wurden diesbezüglich folgende Wünsche genannt:

1. Technische Weiterentwicklung der Hörgeräte, die auch durch den Markt und durch die Forderungen der Hörgeräte-Träger und der sie betreuenden Ärzte, Audiologen etc. begründet sind.
2. Verbesserung und Weiterentwicklung von Störschallunterdrückungssystemen.
3. Verminderung des Eigenrauschens von Hörgeräten.
4. Fortsetzung der Miniaturisierungsbestrebungen sowohl bei Im-Ohr-Geräten als auch bei Hinter-dem-Ohr-Geräten.
5. Verbesserung der Bedienbarkeit, wie z. B. im Rahmen der Fernbedienung angestrebt.
6. Einheitlicher Euro-Eingang zum Anschluß diverser kommunikations-unterstützender Systeme.
7. Verbesserung der Haltbarkeit und der Reparaturfreundlichkeit.
8. Entwicklung von Spezialgeräten wie Mehrkanalgeräten bei extremer Dynamikeinschränkung.
9. Abführung von 5 Mark pro Hörgerät zur Unterstützung von Forschungsvorhaben im Bereich der Hörgeräte und Sonderhörhilfen (S. 88).

9.3 Partnerschaft und Familie

Hörgeschädigte finden den meisten Kontakt unter Personen mit der gleichen Behinderung. So heiraten Gehörlose in etwa 90 % der Fälle Gehörlose (Seifert, 1961; Arana et al., 1978). Wenige Gehörlose heiraten Schwerhörige, noch weniger normal Hörende. Schwerhörige heiraten manchmal Hörende; häufiger tritt im Laufe des Zusammenlebens bei einem Partner eine Minderung des Hörvermögens ein. In einem Berufsbildungswerk (Schnug, 1988) wurde die Beobachtung gemacht, daß hörende junge Männer zum Teil gehörlose Freundinnen hatten, nicht aber hörende junge Frauen mit gehörlosen Männern befreundet waren. Korrespondierend damit strebten hörgeschädigte Mädchen im Projektunterricht aus Hörenden und Hörgeschädigten gemischte Gruppen an, während die hörgeschädigten Jungen es vorzogen, sich von den Hörenden abzugrenzen. Anscheinend folgten beide Geschlechter dabei einem Partnerschaftsideal, in dem der Mann die Frau beschützt; dies wird offenbar hörenden Männern eher zugetraut als hörgeschädigten. In einer Untersuchung von Seifert (1961) an 50 Frauen gehörloser berufstätiger Männer, von denen 47 ebenfalls hörgeschädigt waren, zeigte sich, daß die Ehen dieser Stichprobe in Leitbildern, Zeit- und Rollenverteilung sowie Freizeitbeschäftigungen den Ehen Hörender ähnlich waren. Kontakt bestand überwiegend zu anderen Hörgeschädigten und unmittelbaren Verwandten, kaum zu hörenden Nachbarn.

Bei alleinlebenden Hörgeschädigten und wenn beide Partner hörgeschädigt sind, können folgende Hinweise die Gestaltung des Alltags erleichtern:

1. Informieren Sie den Hausverwalter und die unmittelbaren Nachbarn über Ihren Hörschaden, ebenso die örtliche Polizei und Feuerwehr.
2. Wenn Sie gehörlos sind, beschaffen Sie sich ein Schreibtelefon und sorgen Sie dafür, daß nahe Verwandte ebenfalls über ein Schreibtelefon verfügen.
3. Wenn Sie schwerhörig sind, üben Sie, am Telefon klar zu sprechen und gut verstehbare Fragen zu stellen. Schreiben Sie sich vorher auf, was Sie besprechen wollen.

4. Stellen Sie sicher, daß Sie die Antworten Ihres Gesprächspartners verstehen. Wiederholen Sie, was Sie verstanden haben.
5. Bitten Sie Ihren Partner z. B., das Ja dreimal auszusprechen: „Ja, ja, ja“, das Nein nur einmal.
6. Bitten Sie jemanden in der Nachbarschaft, wichtige Telefonate für Sie entgegenzunehmen und zu führen. Nennen Sie seine Telefonnummer Ihren Bekannten und Verwandten (nachdem er sich damit einverstanden erklärt hat).
7. Stellen Sie Telefon, Türklingel, Feueralarmsignal und Einbruchsicherung auf optische Signale um (z. B. Blinklichter in allen Räumen).
8. Achten Sie besonders auf alle Haushaltsgeräte. Es drohen sonst Lärmbelästigung für die Nachbarschaft, Überschwemmungen, Überhitzung, Kurzschluß, Brand u. a.

Wenn die Hörminderung im Laufe einer langjährigen Partnerschaft eintritt, stehen teilweise andere Fragen im Vordergrund. Bei Männern stellen sich in solchen Fällen manchmal u. a. Probleme der Selbstsicherheit und sexuellen Potenz ein; Frauen machen sich Sorgen um ihre Attraktivität (SHHH, 1987 c). Viele entwikkeln das Gefühl, sie seien nicht mehr intakt und vollständig. Nuancen in Annäherung und Werbung werden nicht mehr wahrgenommen, Zärtlichkeit und Erotik mögen leiden (vgl. dazu Kap. 8.3). Eine solche neu auftretende Behinderung führt dazu, daß viele Rollen in der Familie neu verteilt werden und alle Familienmitglieder sich neu miteinander einrichten müssen. Es mag bei dieser Umstrukturierung eine Hilfe sein,

- ... wenn alle sich über die Hörschädigung kundig machen.
- ... wenn der Hörgeschädigte so viel Verantwortung für sein Leben übernimmt wie irgend möglich.
- ... wenn die Familienmitglieder sich gut leiden können und jeder die Freiheit hat, seine Gefühle klar auszudrücken.
- ... wenn die Familienmitglieder realistische Vorstellungen von sich selbst, voneinander und von ihrer Beziehung haben.
- ... wenn Unabhängigkeit gepflegt und wechselseitige Abhängigkeit aller von allen erkannt wird.
- ... wenn die Familie die Freiheit und Kraft hat, ihre Probleme mit Humor zu betrachten (Gilmore, 1982).

Nach einer originellen Definition Sternbergs (z. n. SHHH, 1987 c) ist eine Partnerschaft nicht etwa dann glücklich, wenn man den Partner liebt; ausschlaggebend ist vielmehr der Unterschied zwischen der Weise, wie wir vom Partner gern gesehen werden würden, und seiner wirklichen Art, uns zu sehen. Dieser Gedanke liefert für den Fall der Hörminderung reiches Material. Der Mensch, dem dies widerfährt, muß feststellen, daß sein Partner ihn immer weniger so wahrnimmt, wie er gern von ihm gesehen werden würde: nicht mehr attraktiv, frisch und im Leben stehend, sondern ängstlich, hinfällig und eingeschüchtert. Dies mag beim Partner Enttäuschung und Rückzug hervorrufen. Gerade jetzt also, wo der Mensch mit dem Hörverlust ein besonderes Quantum an Zuwendung und Ermutigung braucht, bleiben diese aus, gewiß kein Vorgang, der das Selbstvertrauen des Betreffenden stärkt. So mag sich leicht ein Teufelskreis entwickeln, der zur inneren und äußeren Auflösung der Partnerschaft führt.

Partnerschaften zwischen Hörenden und stark Hörgeschädigten sind, wie bereits erwähnt, selten. Von Fachleuten, mit denen ich in dieser Frage sprach, wurden die Chancen einer solchen Verbindung überwiegend skeptisch beurteilt. Als besondere Belastung wurde dabei herausgestellt, daß die Möglichkeiten zur Teilhabe an der Lebenskultur des Partners für beide begrenzt und stets mit besonderer Anstrengung verbunden ist und daß beide ständig Übersetzungsfunktion füreinander übernehmen müssen, wenn sie es dann wirklich schaffen, in beiden Kulturen zu leben. Es kann aber sein, daß der hörende Partner etwa als Kind gehörloser Eltern sehr gut gebärden oder der hörgeschädigte sehr gut vom Mund absehen kann. Wenn also jeder von beiden sich im primären Verständigungsmodus des anderen zurechtfindet, so mag dies eine Erleichterung sein. Der Film **„Gottes vergessene Kinder"** zeigt einige Aspekte aus der Dynamik einer solchen Partnerschaft auf.

Fall 28: James und Sarah

Ein junger Lehrer tritt seinen Dienst an der Gehörlosenschule an. Er lernt eine junge gehörlose Frau kennen, die in der Schule als Putzfrau arbeitet. Sie spricht nicht; er möchte es ihr beibringen und sich ihr dabei zugleich persönlich nähern – auf beide Angebote reagiert sie zunächst reserviert. Sie verständigen sich mit Gebärden. Er besucht ihre Mutter, um hinter das Geheimnis ihres Schweigens zu kommen. Darüber ist die junge Frau empört. Sie erklärt ihm, warum sie nicht spricht: Ihre Sprache ist so unartikuliert, und sie ist als Kind und Jugendliche so sehr ausgelacht und von Jungen sexuell ausgebeutet worden, daß sie sich jetzt vom Sprechen und vom Kontakt mit Männern ganz zurückgezogen hat. Die beiden beginnen dann doch eine Liebesbeziehung. Sie gibt ihre Stelle auf und zieht zu ihm. Er bringt ihr das Pokern bei. Andererseits scheitert sein Versuch, ihr die Schönheit der Musik zu vermitteln. Als sie sich bei einem Fest einen ganzen Abend lang mit einer gehörlosen Akademikerin unterhält, langweilt er sich und drängt zum baldigen Aufbruch. In einer erotischen Begegnung zwingt er sie, seinen Namen zu sagen. Sie schreit ihn schrill und völlig unartikuliert. Sie wirft ihm vor, er lasse sie nicht ihr Leben leben, nehme sie nicht ernst, bestimme sie und versuche, sie in sein Leben hineinzuzwingen. Sie verläßt ihn. Nach längerer Zeit, in der sie sich beruflich selbständig gemacht hat, treffen sie sich – zufällig – beim Schulfest. Er beharrt im Gespräch darauf, es müsse für Hörende und Gehörlose einen Weg geben, gemeinsam zu leben.

Diskussion. Der Film kommt seinem Wesen gemäß an manchen Vereinfachungen nicht vorbei. So sind beide Protagonisten jung und attraktiv und nehmen den Zuschauer für sich ein. Der Schluß des Films weckt Hoffnung, vielleicht über das realistische Maß hinaus ("Es muß doch einen Weg geben ...!"). Immerhin wird in der Darstellung gut sichtbar, von welcher Anmut das Gebärden sein kann und an welchen Stellen es zwischen hörenden und gehörlosen Partnern vermutlich immer wieder zu Auseinandersetzungen kommen wird. Der Film macht auch sichtbar, daß Begegnung bedeutet, den Partner mit der eigenen Identität zu bereichern und zu belasten; Begegnung bringt es auch mit sich, etwas zu erhalten und auf Eigenes zu verzichten. Dies ist im Zusammentreffen von Hörenden und Gehörlosen gewiß noch nicht allgemein bekannt. – Es ist vielleicht erwähnenswert, daß der Film bei Gehörlosen auf breite Anerkennung und Zustimmung gestoßen ist (vgl. dazu aber auch die Rezension von Ebbinghaus und Heßmann [1987], in der kritisiert wird, daß der Film einer Individualisierung der Verständigungsprobleme Vorschub leiste und den gesellschaftlichen Minoritäten-Status der Gehörlosen nicht genügend herausstelle).

Vielleicht ist das fürsorgliche Bedenken der Hörenden, ob eine solche Ehe gutgehen könne, auch gänzlich fehl am Platze. Es mag sich darin u. U. ein Rest der Neigung verraten, Hörgeschädigte in vielen Lebensbereichen zu bevormunden und ihnen Entscheidungen nach Möglichkeit abzunehmen.

Wie unter Hörenden, so gibt es auch unter Hörgeschädigten Personen mit homosexueller Partnerwahl. Einer Darstellung von Zakarewsky (1979) zufolge sind sie einer doppelten Isolierung ausgesetzt, da sie einerseits keine Verbindung zur

hörenden Welt haben, aber auch unter den Hörgeschädigten nicht akzeptiert, sondern mit eher konservativen Werturteilen belegt werden. Im Umkehrschluß besteht die Aufgabe einer psychosozialen Beratung darin, diese Personengruppe institutionell und familiär zu stützen und ihre Einbindung in Subkultur und Solidarität der hörgeschädigten Homosexuellen zu fördern.
Man sagt von Hörgeschädigten, sie seien ein reiselustiges Völkchen. Dem Außenstehenden mag dies wie ein Stereotyp klingen; aber von Hörgeschädigten selbst und ihnen nahestehenden Personen wird es oft bestätigt. Offenbar bildet das Reisen für viele Hörgeschädigte einen Zugang zu einer Lebensqualität, die sie im Alltag eher vermissen. Andererseits stellen Reisen Hörgeschädigte vor eine große Zahl von Problemen, zusätzlich zu denen, die auch Hörende in einer neuen Umgebung erleben. Entsprechend lohnt es sich für sie, den Fragen von Sicherheit, Bequemlichkeit, Genuß, Essen und Kultur besondere Aufmerksamkeit zu widmen, da sie auf allen diesen Gebieten besondere Vorkehrungen zu treffen genötigt sind. Die folgenden Hinweise machen sichtbar, daß die Hörschädigung sie auf Schritt und Tritt begleitet.

1. Buchen Sie Ihre Reise bei einem Reisebüro, wo bei Ihrem Gegenüber das Absehen vom Munde möglich ist.
2. Bitten Sie, daß Ihre Hörschädigung in der Computerbuchung vermerkt wird.
3. Lassen Sie sich, wenn Sie beim Fliegen früher Druckprobleme mit den Ohren gehabt haben, von einem HNO-Arzt beraten.
4. Bitten Sie an der Flughafenabfertigung und später im Flugzeug bei der Stewardeß, daß Ihnen Durchsagen gesondert mitgeteilt werden.
5. Vergewissern Sie sich beim Personal, daß Sie wirklich das richtige Flugzeug besteigen.
6. Erinnern Sie Angehörige und Freunde daran, daß es keinen Zweck hat, Sie auf Flughäfen, Bahnhöfen, in Kongreß- und Messehallen oder im Theater ausrufen zu lassen. Vereinbaren Sie statt dessen einen Ort, an dem in Notfällen eine Nachricht für Sie hinterlegt werden kann, und steuern Sie diesen selbst an.
7. Nehmen Sie für Ihr Hörgerät Ersatzbatterien mit.
8. Lassen Sie sich im Hotel Zwischenstecker und Verbindungsschalter für Radio- und Fernsehempfang aushändigen (in Deutschland noch nicht üblich).
9. Stellen Sie sicher, daß Sie im Brandfalle persönlich alarmiert werden (ein optisches Alarmsignal ist in Hotels in der Regel nicht vorhanden).
10. Wenn Sondereinrichtungen für Hörgeschädigte fehlen, ist es richtig, die Verantwortlichen darauf hinzuweisen, was diesbezüglich getan werden kann.
11. Helfen Sie dem Hotel, Ihre Reise zu einem Erfolg zu machen. Dies ist der größte Wunsch der Hotellerie (SHHH, 1987 d).

Der letzte Rat ist eine kleine psychologische Kapriole, gleichsam eine Umdefinition der Behindertenrolle mit viel Hintersinn: Der Hörgeschädigte soll sich nicht als lästiger Bittsteller fühlen, dem man etwas gewährt oder abschlägt; vielmehr soll er sich selbst als Förderer des auf ihn angewiesenen Beherbergungsgewerbes betrachten – gewiß ein Gedanke, der seiner Selbstsicherheit zugute kommt. Darüber hinaus ist zu empfehlen, bei Führungen generell um einen Gebärdendolmetscher zu bitten. Das kann bei Gruppenreisen vorbereitet werden. Einzelreisende werden diesbezüglich in der Regel keinen sofortigen Erfolg haben. Aber die Frage selbst wird, wenn sie nur oft genug vorgetragen wird, nach der Regel „Steter Tropfen höhlt den Stein" vielleicht in 10 oder 20 Jahren zu entsprechenden Angeboten führen.

Allgemein haben hörbehinderte Menschen weniger Möglichkeiten zur Freizeitgestaltung als gut hörende. Theater, Konzerte, Kino, Radio, Fernsehen und viele gesellige Veranstaltungen stellen sie vor oft unüberwindbare Schwierigkeiten. Zudem ist durch den häufig geringeren Wortschatz von Gehörlosen für sie auch die Informationsaufnahme durch Zeitungen und Bücher eingeschränkt. Hilfreich sind hier die Videotext-Untertitel, die von ARD und ZDF bei Nachrichtensendungen, Sport, Wetterbericht, Kultur, Umwelt- und Verbraucherinformationen eingeblendet werden. Analog zu der schon länger existierenden Hörbücherei für Blinde baut die Münchener Arbeitsgemeinschaft „Behinderte in den Medien" eine „Videothek für Hörgeschädigte" auf. Hörbehinderte Menschen können hier kostenlos untertitelte Videofilme sowohl zu behindertenspezifischen Fragen als auch über Kultur, Sport, Reisen, Politik und Unterhaltung ausleihen.

9.4 Eltern und Kinder

Das Thema **„Hörgeschädigte Eltern und ihre Kinder"** hat in den vergangenen Jahren ein reges wissenschaftliches Interesse gefunden. 90,7 % dieser Kinder sind nach Angaben von Rainer und Deming (1969) hörend. So beziehen sich die meisten Angaben der Forschung auch auf die Beziehung zwischen hörgeschädigten Eltern und hörenden Kindern. Einerseits ist dies tatsächlich eine besonders interessante Konstellation, weil sie als Variation der üblichen kindlichen Entwicklung nicht experimentell erzeugt werden muß, sondern im natürlichen Lebensfeld Aufschlüsse über Spracherwerb und andere Fragen der Sozialisation unter Sonderbedingungen liefert. Andererseits mag in den vermehrten Forschungsanstrengungen insgeheim noch immer die Frage nisten, ob hörgeschädigte Eltern überhaupt imstande seien, Kinder zu erziehen und versorgen, oder ob letztere in dieser Umgebung nicht generell als benachteiligt gelten müßten – ein anscheinend unausrottbares Vorurteil fürsorglicher Hörender.

In diesem Abschnitt sollen zum Thema Eltern und Kind empirische Untersuchungen und reflektierte persönliche Erfahrungen zur Sprache kommen, die u. a. zu diesen Fragen alters- und merkmalspezifische Antworten geben.

Duc (1975) erwähnt als Besonderheiten, denen Kinder gehörloser Eltern in den ersten Lebensjahren ausgesetzt sind:

1. Die Stimme, die das Kind in den ersten Jahren am meisten hört, ist melodielos; sie kann Zärtlichkeit schlecht, Zorn gut ausdrücken.
2. Das Lallen des Kindes bleibt oft unbemerkt. Versuche der Sprachnachahmung werden oft nicht beantwortet und folglich nicht ermutigt.
3. Die ersten Sprachmuster, die das Kind hört, sind nicht klar, z. T. auch falsch oder verkürzt.
4. Die Verständigung gelingt immer nur im Sehbereich. Gleichzeitiges Tun und Sprechen, wie es unter Hörenden die Regel ist, sind nicht möglich.
5. Später, beim eigenen Kinderwunsch der jungen Erwachsenen, stellt sich vielleicht die Frage der Erblichkeit des Hörschadens.

Man könnte daraus schlußfolgern, daß hörende Kinder hörgeschädigter Eltern in ihrer emotionalen, sozialen, intellektuellen und sprachlichen Entwicklung generell gefährdet seien. Ganz auf dieser Linie liegt ein etwa 15 Jahre zurückliegendes Projekt, in dem solchen Kindern im Alter von 1–3 Jahren Gelegenheit zum täglichen durch eine Kindergärtnerin angeleiteten Spiel außerhalb des Elternhauses gegeben wurde. Tatsächlich besteht, wie im folgenden zu zeigen sein wird, die Möglichkeit einer vorübergehenden Leistungsminderung. Eine generelle Benachteiligung oder Fehlentwicklung der Gruppe dagegen, etwa noch eine solche, die es legitimieren könnte, das Erziehungsrecht der hörgeschädigten Eltern einzuschränken, besteht nicht.

Bei N = 5 hörenden Kindern gehörloser Eltern im Alter von zwei Jahren stellte Schiff (1979) die gleichen Sprechleistungen fest wie bei Kindern hörender Eltern und folgerte daraus, daß für die Sprachentwicklung in diesem Alter eher der kognitive Reifegrad als die Eigenart der Umgebungsreize verantwortlich sei. In einer späteren Darstellung derselben Kinder berichtete die Autorin, daß die Kinder sich vorwiegend der Lautsprache bedienten, und die Gebärde eher begleitend einsetzten (Schiff-Myers, 1982). Auch die phonologische Entwicklung dieser Kinder verlief altersgemäß (Schiff-Myers und Klein, 1985). Bei zwei 4jährigen Kindern gehörloser Eltern war der Wortschatz genauso groß wie bei zwei gleichaltrigen Kindern mit hörenden Eltern (Howell, 1984). N = 6 hörende Vorschulkinder gehörloser Eltern wurden in ihrem Sprechverhalten untersucht. Dabei wurde sichtbar, daß ihre kognitive Entwicklung ihrer Sprachentwicklung voraneilte. Viele Sätze, die sie bildeten, waren syntaktisch falsch, im Vokabular setzten sie oft statt genauerer Bezeichnungen Wörter wie Dingsda u. a. ein. Die kognitive und semantische Entwicklung dieser Kinder war besser, wenn sie in Kindergarten, Spielgruppe, Verwandtschaft und Nachbarschaft Unterstützung fanden (Murphy und Slorach, 1983).

Bonvillian et al. (1983) untersuchten die Entwicklung von Sprache und Motorik bei N = 11 ganz kleinen Kindern gehörloser Eltern über 16 Monate hinweg. Diese Kinder zeigten im Durchschnitt mit 8,5 Monaten die erste Gebärde, die zehnte mit 13,2 Monaten. Die erste Verbindung von zwei Zeichen (man könnte auch sagen: der erste gebärdete Zwei-Wort-Satz) trat mit 17,0 Monaten auf, nach Auffassung der Autoren also zwei bis drei Monate früher als bei hörenden Kindern. Struktur und Inhalt ihres Vokabulars der ersten 15 Gebärden entsprach dem üblichen Bestand von Sprache bei Kindern hörender Eltern.

Während in anderen Untersuchungen manchmal berichtet wird, daß Kinder in bestimmten Phasen der motorischen Entwicklung sprachlich stagnieren oder Rückschritte machen, wurde dies bei dieser Gruppe von Kindern nicht beobachtet. Bei N = 8 hörenden Kindern gehörloser Eltern im Alter von 3 bis 8 Jahren wurden Sprache, Gebärde und Eltern-Kind-Interaktion untersucht. Die Sprachentwicklung dieser Kinder war normal, die Gebärdenleistung fiel uneinheitlich aus. Über manche Begriffe verfügten die Kinder nur in der Lautsprache, über andere nur in der Gebärde. Insgesamt war die lautsprachliche Kompetenz der Kinder weder von Lautsprache noch von Gebärde der Eltern abhängig, wohl aber gebärdeten die Kinder um so besser, je weniger die Eltern die Lautsprache benutzten (Mayberry, 1976). Bei der Untersuchung von N = 52 hörenden Kindern hörgeschädigter Eltern im Alter von 6 Monaten bis 12 Jahren stellten Schiff und Ventry (1976) gehäuft Sprachprobleme fest, die auch bei Schuleintritt nicht verschwanden. Dies war besonders dann der Fall, wenn die Sprache der Eltern unterentwikkelt war oder ältere Geschwister einen Sprachfehler aufwiesen. Andererseits traten die sprachlichen Minderleistungen unter diesen Bedingungen nicht immer auf. Manche der Kinder entwickelten sich sprachlich sogar ausgesprochen gut. Es gab keinen Hinweis darauf, daß die Gebärdensprache die Lautsprachentwicklung behinderte.

Bei N = 8 gehörlosen Ehepaaren mit je einem hörenden Kind fand Rienzi (1984) in standardisierten Problemlösesituationen, daß in diesen Familien den Kindern ein vergleichsweise großer Einfluß auf Entscheidungen eingeräumt wurde und mehr von ihren Ideen in Problemlösungen eingehen als in hörenden Familien, ohne daß es darüber zu Auseinandersetzungen kam. In der Selbstdarstellung einer Betroffenen kommen diese Aspekte sehr anschaulich zum Ausdruck.

„Ich wurde 1963 als Tochter prälingual gehörloser Eltern geboren. Ich habe einen vier Jahre jüngeren Bruder. Den Zeitpunkt, wann mir klar wurde, daß meine Eltern nicht hören können, kann ich heute nicht bestimmen, aber ich wußte als Kind sehr früh, daß ich sie am Bein zupfen oder aufstampfen mußte, um mich bemerkbar zu machen. Unsere Sprachentwicklung war in unserer Familie überhaupt kein Problem, da meine Mutter sehr gut verständlich spricht und eine recht hohe Sprachkompetenz besitzt. Mein Vater bildet kurze, grammatikalisch und syntaktisch fehlerhafte Sätze. Trotzdem hat auch er mit uns nur lautsprachlich kommuniziert, weil wir ihn immer verstehen konnten. Als Kind war ich sehr viel bei den Großeltern und einigen Tanten, die alle unterstützend bei der Sprach- und Wissensvermittlung wirkten. Dort wurde ich an Bücher und Musik herangeführt, was bei uns zuhause fehlte.
In der Schule hatte ich keine Schwierigkeiten. Daher fiel es auch nicht ins Gewicht, daß meine Eltern meine Schullaufbahn nur in Form der Kontrolle meiner Zeugnisse verfolgt haben. Sie haben nie Elternabende oder -sprechtage besucht, da sie der Meinung waren, sowieso nichts mitkriegen zu können. Die Mutter einer Schulkameradin hat sie ab und zu informiert. Was die Lehrer betrifft, wußte meist nur der Klassenlehrer, daß meine Eltern gehörlos sind, da ich sie zu den Elternabenden entschuldigen mußte. Ansonsten hielt ich es nicht für nötig, meine Lehrer/innen davon in Kenntnis zu setzen. Was den Freundeskreis angeht, so war es für mich normal, darüber zu reden, d. h. auf Fragen zu antworten und davon zu erzählen. Ich konnte Freunde und Freundinnen auch immer mit nach Hause bringen. Genervt hat mich höchstens, wenn Leute gesagt haben: ‚Du hast doch taubstumme Eltern, ist das nicht sehr schwer??' In solchen Fällen habe ich denjenigen klargemacht, daß meine Eltern **gehörlos** sind und nicht taubstumm, denn schließlich könnten sie reden. Schwer hätte ich es auch nicht, denn ich hätte überaus liebevolle Eltern und mir ginge es zuhause gut.
Mit engen Freunden habe ich natürlich auch Probleme, die ich mit den Eltern hatte, bereden und auch mal über sie herziehen können, wenn ich Ärger hatte. Im allgemeinen habe ich keinen Hehl daraus gemacht, daß ich gehörlose Eltern habe. Es war etwas Normales für mich.
Vielleicht wäre meine Kindheit durch die Gehörlosigkeit meiner Eltern nicht so stark beeinflußt gewesen, wenn nicht mein Vater 1965 die Sondererlaubnis der Handwerkskammer zur Führung eines Malerbetriebes erhalten hätte, nachdem er vorher als Maler und Lackierer im Angestelltenverhältnis gearbeitet hatte. Mir als hörendem Kind wurde später eine besondere Rolle zugeschrieben. Zunächst haben meine Großeltern und mein Onkel Kundentelefonate über ihr eigenes Telefon entgegengenommen, damit das Geschäft überhaupt existieren konnte. Die Vermittlung der Informationen und Absprachen waren natürlich aufwendig und mühsam. Als ich acht Jahre alt wurde, ließen meine Eltern ein Telefon anschließen, weil sie der Ansicht waren, ich sei nun alt genug, um die Telefonate zu übernehmen. Von da an habe ich täglich durchschnittlich eine Stunde geschäftlich telefoniert, nach der Vorgabe meines Vaters Termine abgesprochen und Aufträge abgewickelt. Gelegentlich mußte ich ihn auch zu Kunden begleiten, bei denen er aufgrund ihres schlechten Mundbildes auf Verständigungsschwierigkeiten stieß. Prinzipiell hat er diese Dinge aber alleine geregelt. Einerseits war ich stolz, für meine Eltern eine solch wichtige Funktion zu haben, andererseits war es mir oft lästig und hat mich überfordert, und zwar immer dann, wenn ich am Telefon in Situationen geriet, die ich altersmäßig eigentlich nicht bewältigen konnte oder die mir einfach peinlich waren, z. B. Kundenreklamationen, das Dolmetschen in Vertretergesprächen, die Klärung von Mißverständnissen und das Eintreiben von Außenständen. Letzteres war mir besonders unangenehm. Ein zehnjähriges Mädchen ist wohl kaum imstande, den Ärger des Chefs über Zahlungsverzögerungen von Kunden an diese angemessen weiterzugeben, um diese zur Zahlung zu veranlassen. In diesem Zusammenhang beklagte sich mein Vater oft darüber, daß

manche Kunden versuchten, ihn ‚übers Ohr zu hauen‘, weil er gehörlos ist. Dies bedeutete eine zusätzliche Belastung, weil ich meinen Vater in solchen Momenten als völlig hilflos empfand und er mir schrecklich leid tat.
Die Tatsache, daß meine Eltern mich in all ihre Probleme einbezogen, daß ich über alles Bescheid wußte und auch um Rat gefragt wurde, war psychisch eine große Überforderung. – Es ist in Malerbetrieben nicht unüblich, daß in manchen Wintern die Aufträge knapp werden oder ausbleiben. In solchen Fällen bekam ich die Geldsorgen meiner Eltern natürlich hautnah mit, und ich verspüre noch heute die materielle Unsicherheit, wenn ich mal ‚Ebbe in der Kasse‘ habe. – Als ich älter wurde und als Jugendliche mit vielen Kontakten auch mal nachmittags oder abends wegging, wurde mir die Schuld an mancher miesen Auftragslage zugeschrieben, da ich ja ‚ständig weg war‘ und das Telefon ins Leere klingelte. Dieses Problem wurde später durch den Erwerb eines Anrufbeantworters halbwegs kompensiert. – Im Alter von 14 Jahren übernahm ich auch die geschäftliche Korrespondenz wie Rechnungen schreiben, Briefe inhaltlich erklären und beantworten.
Die Kommunikation zu Hause lief immer sehr gut. Da meine Mutter nicht berufstätig war, war sie für uns immer ansprechbar. Sie war auch immer ein wichtiger Gesprächspartner für mich. Trotzdem gab es viele Dinge, vor allem in der Pubertät, die ich mit ihr nicht besprechen konnte, weil ich der Meinung war, sie begreift nicht und kann vieles nicht nachvollziehen. Dies sind im besonderen seelische Zusammenhänge, das Austragen von Konflikten und In-Frage-Stellen konventioneller Erziehungsvorstellungen. Wenn meine Eltern sich untereinander unterhielten, habe ich nichts verstanden, weil ich erst mit 15 Jahren Gebärden gelernt habe (vorher hat es mich einfach nicht interessiert), als ich begann, mich für den Beruf der Gehörlosenlehrerin zu interessieren (als Kind war es mir immer peinlich gewesen, wenn meine Eltern mit ihren Freunden sich in der Öffentlichkeit in der Gebärdensprache unterhielten und die Leute starrten).
Nach meinem Auszug von zu Hause fühlte ich mich um die Last der Verantwortung erleichtert – die hatte nun mein Bruder. Die Abhängigkeit meiner Eltern von mir und umgekehrt das Verantwortungsgefühl meinen Eltern gegenüber schafften eine enge Bindung. Es hat sehr lange gedauert, bis ich eine gesunde Distanz zu meinen Eltern aufgebaut hatte, d. h. mich nicht mehr für sie verantwortlich zu fühlen (besonders für den Weiterbestand des Betriebes), mir keine Sorgen zu machen und auch einmal Hilfe zu verweigern, wenn ich merkte, sie fordern sie nur aus Bequemlichkeit. Als positiv empfinde ich, daß ich durch die Verantwortung, für das Geschäft und nicht zuletzt für mich selbst entscheiden zu müssen, zu früherer und größerer Selbständigkeit gelangt bin und in den lebenspraktischen Dingen wesentlich führer unabhängig war als meine Altersgenossen, auch wenn ich heute meine Kindheit in vielen Aspekten als verloren betrachte. Es mangelte einfach an Unbeschwertheit und Freiheit, weil meine Zeit zu oft verplant worden ist und auf meine Bedürfnisse oft keine Rücksicht genommen wurde. Daß ich trotz allem sehr positive Erinnerungen an diese Zeit habe, liegt daran, daß das Verhältnis zu meinen Eltern immer sehr innig war und ich sie als ausgesprochen zärtlich, warmherzig, großzügig und zugewandt empfunden habe.
Nachdem wir Kinder unser Elternhaus verlassen haben, stellen sich meinen Eltern einige Probleme. Es ist zu überlegen, wie sie sich unabhängiger von uns machen und mehr Selbständigkeit erlangen können und das Geschäft auch ohne uns erhalten können. Inzwischen hängen immerhin fünf Arbeitsplätze an dem Betrieb, und es ist notwendig, diese mit staatlicher Unterstützung zu erhalten, d. h. es wird notwendig, einen vom Arbeitsamt bezahlten Dolmetscher für täglich zwei Stunden Telefonabwicklung zu engagieren, um gehörlose Arbeitgeber nicht in der Abhängigkeit ihrer hörenden Familienmitglieder zu halten, sondern ihre Autonomie zu gewährleisten“ (Claudia Madei, Gehörlosenpädagogin).

Generell nimmt man an, daß die Kommunikation sich zufriedenstellender gestaltet, wenn Eltern **und** Kinder hörgeschädigt sind, weil sie sich dann selbstverständlich des gleichen Kommunikationsmodus bedienen, den sie auch beherrschen. Dabei muß betont werden, daß die Verständigung zwischen Eltern und Kind offenbar auf sehr vielfältige Weise erfolgt, nicht nur über die Sprache. So berichtete eine gehörlose Frau, daß sie die vier Bedeutungen, die nach Winnicott das

Weinen haben kann, also Befriedigung, Schmerz, Wut und Kummer, an ihren drei Kindern sicher zu unterscheiden vermochte (Duc, 1975). Sanders (1984) fand, als er 26 hörende Kinder gehörloser Eltern mit 26 Kindern hörender Eltern verglich, weder in Intelligenz noch in Sozialverhalten oder in der Lehrer-Einschätzung Unterschiede zwischen den beiden Gruppen.

Madei (1987 a) befragte N = 15 gehörlose Elternpaare und ihre hörenden Kinder. Dabei erfuhr sie u. a., daß für die Lebensbewältigung meist die Großeltern eine wichtige Rolle spielten. Fast alle Eltern verständigten sich mit ihren Kindern lautsprachlich und waren stolz darauf, daß diese hören konnten. Von den (erwachsenen) Kindern gaben einige an, daß sie vorübergehend Sprachentwicklungsstörungen gehabt hätten. Mehrfach wurde von den Kindern erwähnt, daß sie sich in ihrer Kindheit durch die Dolmetschaufgaben, die sie für die Eltern übernahmen, überfordert fühlten und den Eindruck hatten, ihre Eltern wußten über ihre Probleme nicht Bescheid. Für die Gegenwart wurden überwiegend positive vertrauensvolle Beziehungen zu den Eltern angegeben, z. B. konkretisiert in der Angabe, daß sie den Eltern jederzeit ihr eigenes kleines Kind zur Beaufsichtigung anvertrauen würden. – Von einem Workshop zu dieser Thematik berichtet die gleiche Autorin (Madei, 1987 b), daß von Kindern gehörloser Eltern mehrfach eine früh erworbene Dominanz als eigener Wesenszug angegeben wurde und eine Zeitlang alle Kinder sich wünschten, hörende Eltern zu haben. – Ford (1984) empfiehlt, Elternberatung stets mit Kinderberatung zu verbinden, damit nicht nur die hörgeschädigten Eltern familiären Problemsituationen besser gewachsen sind, sondern auch die Kinder eine Klärung diesbezüglicher Konflikte erfahren.

Die hörenden Kinder hörgeschädigter Eltern sind in der Regel einer hochkomplexen Rollenanforderung ausgesetzt. Bei der Geburt werden sie besonders begrüßt, weil sie innerhalb der Gehörlosenkultur ein Statussymbol hohen Ranges sind und den Eltern später einmal den Kontakt zur hörenden Welt erleichtern können. Aber sie sind auch Fremde, wenn die Eltern nicht wissen, was Hören ist. Ob sie später den Ansprüchen der Gehörlosengemeinschaft gerecht zu werden vermögen, bleibt ungewiß. Eltern sagen dann voller Stolz: „Mein Kind hört, aber es kann ausgezeichnet plaudern" (also gebärden). Das hörende Kind übernimmt früh Beraterfunktion für seine Eltern. Es gehört als Vollmitglied zur Gesellschaft der Hörenden; aber in der eigenen gehörlosen Familie empfindet es sich vielleicht als behindert, wenn es beim Gebärden nicht mitkommt. Es soll Erwachsenen- und Elternrollen von den eigenen Eltern lernen, aber die kritischen Situationen müssen vielleicht von den hörenden Großeltern gemeistert werden. Jedoch scheint diese Mehrfachbelastung einen nennenswerten Teil der betroffenen Kinder zu besonderen Leistungen und Lebensgestaltungen zu veranlassen. Viele wählen später einen Beruf im Bereich der Hörgeschädigtenhilfe und bringen so ihre familiären Erfahrungen in sublimierter Form produktiv zur Geltung, wie die folgende Selbstdarstellung zeigt.

„Ich sehe mich in drei verschiedenen Rollen, die nicht immer so scharf zu trennen sind:

1. als Tochter, die auf zwei Seiten steht, bei den Hörenden und bei den Gehörlosen, z. B. als Dolmetscherin und Vermittlerin;
2. als hörende Tochter gehörloser Eltern, die einen Gehörlosenverein besuchen. Ich bin daher nicht nur der ‚Mittelpunkt' bei meinen Eltern, sondern auch bei vielen Gehörlosen;
3. als Tochter, die sowohl privat als auch beruflich ihre eigenen Wünsche verwirklichen will.

Bevor ich mich näher beschreibe, möchte ich sagen, daß wir (meine Eltern, meine Schwester und ich) eine ‚normale' Familie sind. Manche Probleme, die bei uns auftreten, haben nicht unbedingt mit der Gehörlosigkeit meiner Eltern zu tun. Ich kann manche Aussagen nicht bestätigen, als Kind gehörloser Eltern habe man es besonders schwer (‚Kinder erfahren keine wahre Liebe‘) und sei Belastungen ausgesetzt (‚übernehmen die Verantwortung für ihre Eltern‘).

Da ich die Gebärdensprache gelernt habe, muß ich sowohl von seiten meiner Eltern als auch von seiten der Hörenden die Erwartung erfüllen, zu dolmetschen. Diese Fähigkeit nutzen viele Hörende aus, ohne sich um eine direkte Verständigung mit meinen Eltern zu bemühen. Die Dolmetschertätigkeit habe ich noch nie als Belastung angesehen. Sie ist für mich zur Selbstverständlichkeit geworden. Da mein Vater selbständig ist und Kundenbesuche machen muß, habe ich ihn seit ungefähr meinem fünften Lebensjahr begleitet. Die Bewunderung, die mir gegenüber ausgesprochen wird, daß ich mich mit meinen Eltern so unterhalten kann, nehme ich gerne an; sie erhöht mein Selbstwertgefühl. In vielen Fällen muß ich dann auf die Frage, wie ich sprechen gelernt habe, antworten: „Von meinen Eltern". Ich leiste somit nebenbei auch Aufklärungsarbeit, wenn ich das Mißverständnis, Gehörlosigkeit sei (Taub-)Stummheit, beseitige.

Ich verdanke meinen Eltern viel: Sie bemühten sich um einen früheren Kindergartenbesuch (mit drei Jahren), gingen mit mir zu einem Nachmittagstreffpunkt, an dem spezielle Förderprogramme für Kinder gehörloser Eltern durchgeführt wurden, und sorgten auf Empfehlung der Kindergärtnerin für meine Einschulung mit fünf Jahren. Ich bin überzeugt, daß mein früher Einsatz als Dolmetscherin und der frühe Umgang mit Menschen mir zu meiner heutigen Selbständigkeit und -sicherheit verhalfen. – Meine Eltern können auch ohne mich (und meine Schwester) Alltagssituationen bewältigen und müssen es seit meinem Studium in Köln wieder. Der Loslösungsprozeß war zwar mit Schwierigkeiten verbunden, aber man erfährt auch gleichzeitig, daß man gebraucht wird. Ich weiß, daß ich jederzeit auch von meinen Eltern Hilfe erwarten kann. Der Erwartung meiner Eltern, **sofort** für sie da zu sein, versuche ich entgegenzuwirken, indem ich manchmal bewußt meine Hilfeleistung zeitlich verzögere oder ihnen erkläre, daß ich auch ein Privatleben habe (z. B. die Erwartung, den ganzen Tag auf einen Telefonanruf zu warten, nur weil meine Mutter gesehen hat, daß das Telefon geklingelt hat – unser Telefon ist an eine Lichtklingel angeschlossen –, während meine Schwester oder ich nicht zu Hause waren). Meine Mutter belasten zeitweise die Situationen, in denen ihr ihre Gehörlosigkeit bewußt wird; dann tadelt sie unser Verhalten, indem sie sagt: ‚Wenn Du gehörlos durch Schicksal, dann wirst Du sehen ...‘. Ein weiteres Problem war bei uns, daß meine Eltern mich meiner vier Jahre jüngeren Schwester vorzogen. Sie wurde stets mit mir verglichen. Meine Eltern meinten, meine Schwester sei nicht so geduldig wie ich; aber ich vermute, daß meine Eltern gewohnt waren, mich um Hilfe zu bitten, und daß meine Schwester sich auf diese Art dafür rächte, daß sie nicht als Dolmetscherin und für andere Aufgaben herangezogen wurde. Nach mehreren klärenden Gesprächen zwischen uns bemühen sich meine Eltern, die Aufgaben an uns beide zu verteilen.

Seit meinem Studium hat sich mein Verhalten als Dolmetscherin verändert. Während ich früher Gespräche, die zwischen Hörenden geführt und an denen ich und meine Eltern (oder andere Gehörlose) beteiligt waren, erst am Ende zusammenfassend erzählt habe, versuche ich heute, simultan zu dolmetschen. Meine Eltern verlangen von mir nicht, daß ich jedes Gespräch, das sich auf der Straße ereignet, dolmetsche, sondern überlassen die Entscheidung mir, wann ich es für wichtig halte oder Lust habe, ihnen den Inhalt zu berichten. Außerdem hat insbesondere meine Mutter das ‚Gespür‘ für interessante Situationen, die ihre Neugier erwecken, und fragt dann bei mir nach. Es beruht auf einer stillen Vereinbarung, daß sie nicht alles erklärt bekommen, vielleicht in dem Wissen, daß sie andererseits auch die Möglichkeit haben, sich in Gebärdensprache mit mir zu unterhalten, so daß die Hörenden auch nicht verstehen, was sie zu sagen haben. Diese Fähigkeit nutze ich oft aus, da sie eine schnelle Verständigung ermöglicht und auf diesem Weg leicht ‚kleine Geheimnisse‘ ausgetauscht werden können, obwohl ich weiß, daß dieses Verhalten ein falsches Bild bei den Hörenden vom Gehörlosen erzeugt. Andererseits bemerke ich bei anwesenden hörenden Gesprächteilnehmern eine Ungeduld, zu verstehen, was die Gehörlosen und ich uns gesagt haben, und gebe den Hörenden kurzzeitig das Gefühl des Ausgeschlossenseins, wie es Gehörlose so oft haben. Die Rolle als Vermittlerin und nicht nur als Dolmetscherin zwischen meinen Eltern und anderen hörenden Menschen stellt mich vor die Aufgabe, vorschnelle Entscheidungen oder Überlegungen und ehrliche, aber nicht angemessene Aussagen meiner Eltern und solche, die sie oder mich in Schwierigkeiten bringen würden, so zu ändern, daß nicht nur

beide Parteien zufriedengestellt sind, sondern auch ich es bin. Vielleicht liegt hierin auch der Grund dafür, daß ich in Diskussionen meistens Kompromisse eingehe, auch wenn ich mir meines Anspruches sicher bin.
Ich rede selten mit meinen Eltern über tiefere Lebensfragen oder intimere persönliche Probleme, obwohl ich ein schönes Verhältnis zu ihnen habe. Mir ist aufgefallen, daß ich viele meiner Verhaltensweisen, die im Alltag in unserer Familie auftreten, verstärkt seit dem Studium in die Richtung verändert habe, daß ich ein Auftreten von mißtrauischem Verhalten bei meinen Eltern verhindern kann (Beispiel: Damit meine Eltern nicht denken, ich schleiche mich abends in ihre Wohnung und habe etwas zu verheimlichen, schalte ich im Flur das Licht an).
Da meine Eltern mich stets (zweimal im Monat) zum Gehörlosenverein mitnahmen, kennen mich viele andere Gehörlose von Kindesalter an und haben mich zum Teil auch mit erzogen. Heute besuche ich den Verein etwa fünfmal im Jahr. Die Gehörlosen erkundigen sich bei jedem Wiedersehen mit großem Interesse und ohne Scheu nach meinem Privatleben und der Ausbildung. Die Gehörlosen fragen mich manchmal um Rat, und ich freue mich über ihr Vertrauen. Den Gehörlosen verdanke ich meine Berufswahl. Ursprünglich wollte ich Lehrerin an einer Normalschule werden, aber viele Gehörlosen rieten mir zur Gehörlosenlehrerin oder -dolmetscherin, da ich die Gebärdensprache kann und verstehe. Das Studium verunsicherte zeitweise mein Sprachverhalten gegenüber den Gehörlosen. Manche Erkenntnisse versuchte ich bei meinen Eltern anzuwenden (z. B. in ganzen Sätzen zu sprechen), weil ich erhoffte, das Sprachverhalten meiner Eltern bessern zu können. Dies führte zwar zu viel Gelächter, erschwerte aber den flüssigen Informationsaustausch.
Als Tochter gehörloser Eltern, die den Umgang mit erwachsenen Gehörlosen gewohnt ist, habe ich natürlich Vorteile gegenüber anderen zukünftigen Gehörlosenlehrern, was das Verhältnis zu den Schülern betrifft, aber ich denke, daß es für mich schwieriger ist, ein Unterrichtskonzept zu finden, da mir mehr Möglichkeiten zur Verfügung stehen. Ich möchte einen guten Weg finden, der es den gehörlosen Schülern ermöglicht, ihr Leben (wie viele andere erwachsene Gehörlose) zu leben. Viele Kommiliton(inn)en wissen nicht, daß ich gehörlose Eltern habe, da ich vermeiden will, daß sie von mir außergewöhnliche Fähigkeiten und Ratschläge erwarten. Die Gebärdensprache zu können, ist nicht der Weg zum Ziel.
Abschließend möchte ich diesen Bericht mit meiner Einstellung, daß ich nicht zwischen zwei Welten, sondern in und mit ihnen lebe (den Hörenden und Gehörlosen), und daß ich Probleme, die sich ergeben, als Aufgabe ansehe. Ich sehe Gehörlose nicht als ‚Menschen minus Gehör', aber so dramatisch wie manche Gehörlosenpädagogen oder -psychologen die Gehörlosen sehen, ist es in Wirklichkeit nicht. Warum soll man den Gehörlosen nicht auch das Recht auf ungewöhnliche Verhaltensweisen zubilligen, die bei Hörenden nicht so auffallen?" (Sabine Fischer, Gehörlosenpädagogin).

Aus therapeutischer Perspektive fand das weitere Leben von Menschen, deren Eltern gehörlos oder stark schwerhörig waren, u. a. in Verbindung mit der Frage Beachtung, ob diese spezielle Sozialisationsbedingung Besonderheiten in der Persönlichkeitsentwicklung nach sich ziehen oder zu spezifischen seelischen Störungen führen werde. Pecora et al. (1986) untersuchten N = 68 hörende Erwachsene im Durchschnittsalter von 31 Jahren, deren Eltern gehörlos gewesen waren, mit versandten Fragebögen. Dabei zeigten sich keine klinischen Besonderheiten im Vergleich zu anderen Gruppen; allerdings wurde häufig die Erfahrung der zu frühen Reifung und die Notwendigkeit, für die Eltern zu dolmetschen, erwähnt. Bene (1977) nahm einen 12jährigen Jungen in eine psychoanalytische Behandlung, dessen Eltern gehörlos waren. Seine eigene Sprache war voll ausgebildet; dagegen hatte er mit Zahlen und im abstrakten Denken Mühe, und seine Selbsteinschätzung war labil. Der Therapeut führte diese Mängel auf die relative Unerreichbarkeit der Eltern zurück. Während der siebeneinhalbjährigen (!) Analyse konnten diese Probleme teilweise behoben werden. Der Junge war auch in seiner Fähigkeit, zufriedenstellende Beziehungen mit anderen Personen einzugehen, beeinträchtigt. Dies führte der Therapeut darauf zurück, daß der Junge wider besserer Einsicht insgeheim überzeugt war, alle anderen Menschen seien – so wie seine Eltern – gehörlos und gedanklich nicht zugänglich. Erst durch die Begegnung mit dem Therapeuten, auf den er diese Annahmen übertrug und nicht bestätigt erhielt, lokkerten sie sich bei dem mittlerweile jungen Mann. – Wagenheim (1985) stellte bei der psychoanalytischen Behandlung eines 40jährigen Mannes mit gehörlosen Eltern fest, daß seine Verzweiflung über die Eltern, die ihn in den ersten Lebensjahren nicht hörten, im Erwachsenenalter noch fortbestand, durch deren ungewöhnliche Einfühlung und Zuwendung aber einen Ausgleich erfuhr.

Fall 29: Geschäftsmann

Der Klient war ein verheirateter Geschäftsmann von Mitte Dreißig, der an verschiedenen Symptomen wie Klaustrophobie, Angstanfällen, Schmerzen im Rumpf und gelegentlichen Depersonalisationen litt (Arlow, 1976). Während der psychoanalytischen Behandlung wurden folgende Dinge sichtbar: Er war zusammen mit drei ebenfalls hörenden Geschwistern als Kind gehörloser Eltern aufgewachsen. Seine Eltern waren in ihrer Jugend als jüdische Emigranten aus Osteuropa nach Amerika gekommen. Der Vater war ein fleißiger, zuverlässiger, intellektuell wenig beweglicher Mann, bei dem der Sohn den Eindruck hatte, daß er ihn seelisch nicht erreichen konnte. Die Mutter war eine selbstsichere, temperamentvolle, sinnliche, sexuell aggressive Frau, die auch zu ihren Kindern ein gewissermaßen erotisches Verhältnis hatte und ihre Gehörlosigkeit stets leugnete. Zwischen den Eltern kam es manchmal zu Gewalttätigkeiten, nicht jedoch den Kindern gegenüber. Im Gegensatz zum Vater mied die Mutter den Kontakt mit Gehörlosen. Während der Vater nur wenige Wörter undeutlich hervorbrachte, sprach sie gern und viel, jedoch ebenfalls unverständlich. Manche Menschen hielten dies für einen portugiesischen oder ungarischen Dialekt. Die erste Erinnerung des Klienten ging dahin zurück, daß er und sein Zwillingsbruder weinend am Fenster saßen und auf die Rückkehr der Mutter warteten.
Die Gehörlosigkeit der Eltern nahm er zunächst vage wahr – z. B. wenn sie auf Klopfen an der Tür nicht reagierten – versuchte aber, sie nicht zur Kenntnis zu nehmen. Bezüglich deren unverständlicher Sprache sagte er sich, daß die Eltern sehr wohl imstande seien zu sprechen, dies aber nicht wollten. In der Therapie konnte er Schweigen nicht aushalten und unterbrach es stets durch eigenes Reden. Längere Zeit über versuchte er, seinen Eltern den Satz »Ich liebe Dich« beizubringen, weil er ihn sehnlichst gern von ihnen hören wollte. Als sein eigenes erstes Kind geboren wurde, war er bei dessen erstem Schrei überglücklich, daß es hören könne, obwohl er genau wußte, daß auch gehörlose Kinder zu diesem Zeitpunkt schreien. Daß seine Eltern nicht sprechen konnten, wurde dem Patienten nur langsam klar. Im Alter von drei bis vier Jahren genügte ihm die Verständigung über Gesten, Grunzen und einige verwaschene Laute vollauf zur Klärung aller seiner Bedürfnisse im Elternhaus. Die Entdeckung der elterlichen Sprachlosigkeit war für ihn dann ein Schock. Er besuchte das Elternhaus eines Freundes, in dem normal gesprochen wurde, und war vollständig verwirrt. Er wußte nicht, ob er wachte oder träumte, empfand die Situation als irreal und fühlte sich fremd. Sprechende Mitmenschen wurden in diesem Alter für ihn zu Gegnern, und er begann, sich von einer feindseligen Umwelt umgeben zu fühlen. Gleichzeitig verachtete er seine Eltern und entwickelte deshalb Schuldgefühle. Er empfand sie wie Tiere, zumal er manchmal miterleben mußte, welche Geräusche sie beim Geschlechtsverkehr machten. Als seine Mutter einmal mit großem Lärm in eine Theateraufführung hineinplatzte, an der er als Siebenjähriger mitwirkte, mußte diese vorzeitig abgebrochen werden. Seitdem mied er jegliches Sprechen im größeren Kreis. Zugleich identifizierte er sich sehr mit Personen, denen gute öffentliche Auftritte gelangen. Später sprach er in Gesellschaft die Gehörlosigkeit seiner Eltern stets von selbst an, wurde ein adretter Pfadfinder und verurteilte die Ungeschliffenheit, die er seinen Eltern verziehen hatte, bei anderen Personen um so strenger. In der Übertragung begannen Mitteilungen in Form von Gebärde und Geste eine immer größere Rolle zu spielen. Oft sagte er etwas mit Worten, seine Gebärden aber machten den unbewußten Teil der Mitteilung sichtbar.

Als Kind empfand er stark die Rollenumkehrung zwischen sich und seinen Eltern, die ihm in vielen Lebensbereichen Verantwortung aufbürdeten. In gewisser Weise fühlte er sich dadurch auch in der Konkurrenz um die Mutter dem Vater überlegen. Sprache wurde für ihn so zu einem Zeichen von Potenz. Sein gleichgeschlechtliches Ideal waren imponierende Männer mit brillanter Ausdrucksfähigkeit; als Freundinnen wählte er Mädchen, deren Haut eine ähnliche Farbtönung hatte wie die seiner Mutter. In seinen Träumen sprachen seine Eltern oft sehr schön und klar mit ihm. Von einem Leben nach dem Tode hatte er keine Vorstellung außer der einen, daß dort alle Menschen sprechen konnten. Dem Therapeuten zeigte er seine Zuneigung oft, indem er ihn umarmte, ihn an sich drückte und streichelte.

Diskussion. Durch diese ganze Analyse zieht sich die Gehörlosigkeit der Klienteneltern wie ein roter Faden hindurch. Entsprechend hat auch die Übertragung Ähnlichkeit mit der Reaktion des Klienten auf die Behinderung der Eltern. Es ist in solchen Fällen vermutlich stets notwendig, die kindliche Theorie der Elternbehinderung aufzuspüren und zu prüfen, ob sie im Erwachsenenalter noch fortbesteht und korrigiert werden muß, oder ob sie von einer erwachsenen, reifen Theorie der Behinderung abgelöst worden ist, die den Eltern ihr Sosein zugesteht. Daß die gesprochene Sprache dem Bewußtsein, die Gebärde dem Unbewußten nahesteht, ist nicht weiter verwunderlich. Immer enthält die früh erworbene Sprache ja die stärkeren Affekte. Ich beobachte selbst oft, daß Klienten sich zunächst in gewähltem Hochdeutsch ausdrücken, aber bei Themen, die sie stark bewegen, in ihren Heimatdialekt verfallen, ohne den Übergang selbst wahrzunehmen. – Es werden keine Angaben darüber gemacht, wieviele Sitzungen die Analyse umfaßte, und an welchem Punkt sie beendet wurde. Jedoch wird vermerkt, daß bei einer Kontaktaufnahme mit dem Klienten 20 Jahre später dieser einen gesunden und erfolgreichen Eindruck machte. Problematisch und allzu pauschal erscheint das Resümee des Therapeuten: »Eine schwere Psychopathologie ist zweifellos die unausweichliche Konsequenz der ungünstigen frühen Lebensbedingungen.« (S. 162).

Methodisch ist zu bedenken, daß solchen ex-post-facto-Untersuchungen immer eine gewisse Problematik innewohnt. Sie kommen dem Bedürfnis nach einer sog. »Rekonstruktion der Biographie« entgegen, können diese infolge der Länge der betrachteten Zeiträume aber in der Regel nicht zweifelsfrei und lückenlos zustande bringen. Der Hörschädigung der Eltern wird dann vielleicht eine größere Bedeutung beigemessen, als sie sie faktisch verdient. Auch bedeutet die Verbindung, die zwischen elterlicher Hörschädigung und Lebensentwicklung des Kindes im Einzelfall gefunden wurde, nicht, daß dies bei dieser Familienkonstellation regelhaft so sein muß. Immerhin weisen besonders die Therapien in jedem Fall darauf hin, daß die Hörschädigung der Eltern Weltbild und Lebengestaltung des Kindes entscheidend beeinflussen.

9.5 Beruf und Weiterbildung

Wir knüpfen hier an Kap. 7 an, in dem Ausbildung und Berufsbeginn dargestellt wurden. Das Berufsleben stellt wie für Hörende neben Familie, Freundeskreis und Freizeit das wichtigste soziale Unterstützungssystem des Hörgeschädigten dar. Entsprechend ist u. U. die ganze Existenz bedroht, wenn es zu gravierenden Problemen am Arbeitsplatz oder zu einem Arbeitsplatzverlust kommt. Eine Volkszählung der Hörgeschädigten in den USA von 1971/72 machte sichtbar, daß sie in technischen Berufen unproportional seltener anzutreffen waren als der Durchschnitt der Bevölkerung, ebenso in Verwaltungs- und Verkaufsberufen mit hohen sprachlichen Anforderungen sowie im Dienstleistungsgewerbe. In Handwerk und Maschinenbedienung dagegen waren sie überrepräsentiert. Das bedeutet, daß sie in expandierenden Arbeitsfeldern selten Beschäftigung fanden, in von Arbeitslosigkeit bedrohten Bereichen in zu großer Zahl. Hörgeschädigte verdienten etwa 25 Prozent weniger als der Durchschnitt der Bevölkerung. Für ihren beruflichen Werdegang waren u. a. Ausmaß der Hörschädigung, Zeitpunkt der Hörminderung, Intelligenz, Alter, Geschlecht, Arbeitsplatz u. a. ausschlaggebend (Schein, 1987).

Hétu et al. (1987) untersuchten N = 54 hörgeschädigte und N = 44 normal hörende Arbeiter mit einem Fragebogen an ihrem durch Lärm belasteten Arbeitsplatz. Dabei zeigte sich, daß berufliche Lärmbelastung und Hörminderung auf die Familien ausstrahlten und daß deren spontane Reaktion auf die Hörminderung (Unterschätzung ihrer Bedeutung und Kommunikationsverlust) zur weiteren Belastung des Betreffenden beitrugen. Kyle und Wood (1985) interviewten N = 105 Erwachsene mit langsamem Hörverlust und fanden relativ hohe Arbeitszufriedenheit, aber auch erhöhte Ängstlichkeit, die in erster Linie mit der Erwartung verringerter Aufstiegschancen in Verbindung stand.

Ausschlaggebend dafür, daß hörgeschädigte Arbeitnehmer zu befriedigenden Arbeitsbedingungen kommen, ist vermutlich zunächst, daß sie ihre Rechte kennen und beharrlich wie auch flexibel darauf bestehen. Schein (1987) hat dazu einige Argumentationshilfen formuliert.

1. Firmen, die es hörbehinderten Arbeitern ermöglichen, ihre Stelle zu behalten, nützen allen Arbeitnehmern.
2. Manchmal wird die Hörbehinderung von der Firma als Vorwand genommen, einen Angestellten loszuwerden.
3. Eine Umgestaltung des Arbeitsplatzes kann Hindernisse bei der dauerhaften Beschäftigung hörgeschädigter Mitarbeiter überwinden.
4. Beschäftigte machen sich bisher noch nicht die Vorteile klar, die durch die Senkung des Hörpegels für hörende **und** hörgeschädigte Arbeitnehmer entstehen.
5. Eine Rehabilitation kann ohne Akzeptanz der Behinderung nicht erfolgen.
6. Ständige Wachsamkeit und eine gewisse Streitbarkeit sind notwendig, um das Recht hörgeschädigter Menschen auf Arbeit zu verwirklichen.

Welche Probleme auftreten und was zu ihrer Lösung getan werden kann, hängt u. a. immer von der Art der Hörschädigung und der Einstellung der Betroffenen ab (vgl. Kap. 7.1), wie die folgenden Beispiele zeigen.

„Bernardine ist selbständige promovierte Psychotherapeutin. In den letzten Jahren verschlechterte sich ihr Gehör ständig. Vor einem Jahr wurde ihr Hörverlust so groß, daß sie sich überlegte, ihre Praxis aufzugeben. Sie fand es wegen des Lärms, den Kinder im Spieltherapiezimmer machten, schwer, deren Äußerungen zu folgen. Die lauten Geräusche blockierten ihr Hörgerät. In der Einzeltherapie mit Erwachsenen wurde es immer anstrengender für sie, die Klienten zu verstehen, vor allem, wenn schnell oder leise gesprochen wurde. Bernardine konsultierte einen Audiologen, der bestätigte, daß ihr Hörgerät optimal funktionierte. Er empfahl, das Spielzimmer mit einer Schalldämmung zu versehen und im Büro ein Infrarot-Hörsystem zu installieren. Sie befolgte beide Ratschläge und äußert nun: ‚Mein Berufsleben hat sich verlängert. Ich denke nicht mehr daran, meine Praxis aufzugeben.‘ Dämmplatten und Gardinen im Spielzimmer ermöglichen es ihr, mehr Geräusche als früher auszuschalten. In der Einzeltherapie erregt das neuinstallierte Mikrofon höchstens einen Moment lang Aufmerksamkeit. Die Klienten vergessen es schnell, weil sie mit ihren persönlichen Problemen beschäftigt sind. Als Ergebnis kann Bernardine besser verstehen, was sie sagen. Ebenso wichtig ist, daß sie selbst viel weniger angespannt ist“ (Schein, 1987, S. 10).

Während Kinder bezüglich der Maßnahmen, die für ihre Hörschädigung ergriffen werden, noch weitgehend den Entscheidungen ihrer Eltern folgen, kommt es bei Erwachsenen offenbar in erster Linie darauf an, daß sie sich selbst der Tatsache ihrer Hörschädigung stellen. Es scheint, daß weder Alter noch Geschlecht oder Bildungsgrad dabei davor schützen, sich dieser Wahrheit gänzlich zu verschließen.

„Alice wurde mitten in ihrer Karriere von einer – wahrscheinlich genetischen – Störung befallen, die zu einem vollständigen Hörverlust führte. Sie ist Professorin für Ökonomie. Ihre Unfähigkeit, Seminardiskussionen und Fakultätssitzungen zu folgen und Einzelgespräche mit Studenten zu führen, die in ihre Sprechstunde kommen, verletzt sie. Trotzdem trägt sie das ihr verschriebene Hörgerät nur sporadisch und hält es für unmöglich, Zeit dafür zu finden, an einem Hörtraining in der örtlichen Beratungsstelle teilzunehmen. Es wird deutlich, daß Alice ihre Hörbehinderung nicht akzeptiert; sie sucht nach einer ‚magischen Lösung'. Sie bleibt so lange bei einem Fachmann, bis der versucht, sie dazu zu bringen, ernsthaft an ihren Problemen zu arbeiten und sie zu korrigieren. Dann nimmt sie sich einen anderen Fachmann und fängt wieder von vorne an. Ihr Mann, mit dem sie seit 15 Jahren verheiratet ist, ist durch das Fehlen eines realistischen Angangs ihrer Probleme entmutigt. Es besteht die Gefahr, daß er sich scheiden läßt" (Schein, 1987, S. 10f.).

Insgesamt scheint bei einer Minderung der Hörleistung im Verlauf des Arbeitslebens die Anpassung an die neue Realität doch erstaunlich gut zu gelingen. Jedenfalls gibt es entsprechende Eigenberichte von Sozialarbeitern, Lehrern, Psychologen, Bibliothekaren, Ärzten, Verkäufern und aus vielen anderen Berufen. Andererseits wird oft von Kündigungen berichtet, wenn der Betreffende die Hörschädigung sich selbst **nicht** eingestand, sie dem Arbeitgeber **nicht** mitteilte, in den Leistungen nachließ, von den Kollegen keine Hilfe in Anspruch nahm und am Ende den Anforderungen nicht mehr gerecht zu werden vermochte.
Manchmal scheitert die Einstellung eines hörgeschädigten Mitarbeiters daran, daß er keinen Führerschein hat. Entgegen wiederkehrenden Vorstellungen Hörender sind Hörgeschädigte befugt und auch befähigt, die Führerscheinprüfung abzulegen und Kraftfahrzeuge zu führen (vgl. Kap. 7.2). Jedoch bedürfen sie während der Vorbereitung auf die Prüfung besonderer Beratung. Dies beginnt schon bei Verständnisfragen zu Texten aus dem Verkehrswesen. Magdalene Wendt aus Minden, selbst Tochter gehörloser Eltern, hat hier einen Schwerpunkt ihrer Arbeit gesetzt. Sie hilft Gehörlosen u. a., indem sie schwerverständliche Begriffe, die in der theoretischen Fahrprüfung auftreten können, in einfache Worte übersetzt (Tab. 7).
Eine der schwierigsten Situationen ist für Schwerhörige das Telefonieren, zumal dann, wenn sie von Unbekannten angerufen werden, deren Anliegen sie nicht kennen. Es hat sich bewährt, daß Schwerhörige dann gleich auf ihre Hörschädigung hinweisen. In manchen Firmen ist es möglich, Telefonate über ein Sekretariat laufen zu lassen, in dem zunächst Name und Wunsch des Anrufers erfragt und intern an den Schwerhörigen weitergeleitet werden. Manche Themen kann man besser bei einem Geschäftsessen besprechen als am Telefon. Im Privatleben hat sich der Automatische Anrufbeantworter bewährt, auf dem man eingegangene Telefonate bei Bedarf mehrmals abhören kann. Die folgende Selbstdarstellung gibt ein Beispiel für eine erfolgreiche Lösung dieses Problems.

„Lassen Sie mich ein persönliches Erlebnis beschreiben, das zeigt, was geschehen kann, wenn ein Mangel an Verstehen vorliegt. Ich hatte eine Aufsichtsposition in einer öffentlichen Bibliothek

Tab. 7: Begriffe aus dem Verkehrswesen

Verwaltungssprache	**Übersetzung**
Verschuldenhaftung	= Ich muß haften, wenn ich einen Unfall mache
veräußern	= verkaufen
Betriebserlaubnis	= Erlaubnis zum Fahren des Mofas, des Motorrads, des Anhängers, des Autos
unvermittelt	= plötzlich, unerwartet
unvermindert	= er hat seine Geschwindigkeit nicht geändert, er fährt genau so schnell wie vorher
niemand	= kein Mensch
Verunreinigung	= macht schmutzig, ist schmutzig, schlecht, verdirbt
horchen	= genau hören
Züge	= Fahrzeuge mit Anhänger
Auslauf der Kurve	= kurz vor Ende der Kurve
unterschritten	= weniger, bei z. B. Geschwindigkeit, weniger Gas geben, weniger schnell fahren
überschreiten	= mehr Geschwindigkeit, mehr Gas geben, schneller fahren als erlaubt
Mofa	= Fahrrad mit Motor, Motorfahrrad
Moped	= Motorfahrrad mit Pedale, oder Kleinstmotorrad bis 40 km/h
Sog	= die Luft zwischen 2 Autos
derjenige	= der hat es getan – derjenige hat es getan; der hat das gesagt – derjenige hat das gesagt
Griffigkeit	= glatte oder nasse Straßen sind für die Reifen nicht zu greifen, nicht zu fassen, nicht griffig
Vereisung	= es ist Eis da, am Fenster, am Autoschloß, auf der Straße

(von M. Wendt aus Minden zur Verfügung gestellt)

und glaubte, ich hätte alle notwendigen Schritte unternommen. Tatsächlich arbeitete ich dort über ein Jahr, ohne daß irgendetwas passierte. Ich hatte Erklärungen über meine Hörhilfe und über meine Probleme am Telefon abgegeben. Manchmal, wenn ich die Person am andern Ende der Leitung absolut nicht verstehen konnte, bat ich jemand anderen, das Gespräch zu führen. Dies geschah nur zweimal. Solche Situationen waren sehr schwierig für mich, weil mein Unabhängigkeitsstreben es mir schwer machte, meinen Stolz hintan zu stellen. Ich mußte mich fragen, was wichtiger war: das Risiko einer falschen Antwort oder die Bitte um Unterstützung. Heute erscheint diese Entscheidung eindeutig. Zu der damaligen Zeit arbeitete ich auf einem lebhaften Flur der Bibliothek, und dies bedeutete, daß ich häufig Leute bitten mußte, ihre Fragen langsam und deutlich zu wiederholen. Ich bemerkte bald, daß ich den Besuchern besser helfen konnte, wenn ich genau verstand, was sie wollten. So wurde rasch klar: Ich wollte meine gute Arbeit nicht durch meinen Stolz gefährden. Bei einer anderen Gelegenheit hatte ich vergessen, einem Kollegen zu erklären, daß der Telefonschalter an meinem Hörgerät beim Telefonieren andere Geräusche ausblendete. Der Kollege erzählte dem Direktor, daß ich Menschen, die beim Telefonieren vor mir ständen, ignoriere. Als dies mir gegenüber erwähnt wurde, war ich bestürzt. Der Direktor bot mir an, dem Personal meine Situation beim Telefonieren zu erklären, aber ich wollte ihnen selbst gegenübertreten, um sicherzugehen, daß sie zutreffend informiert wurden. Ich erklärte ihnen die

Tatsachen und zeigte ihnen genau, wie mein Hörgerät arbeitet. Ich bat sie, in Zukunft mich anzusprechen, wenn sie etwas an meinem Verhalten nicht verstünden. Ich bat sie auch um Hilfe, wenn ich telefonierte. Jeder bemühte sich seitdem, Besucher zu übernehmen, wenn ich telefonierte. Später vermochte ich auch beim Telefonieren Menschen, die auf mich warteten, wahrzunehmen. Ich erlebte Kooperation und Verständnis, nachdem alle wußten, wie meine Situation aufgrund des Hörverlustes war. Sie können sich vorstellen, daß ich bei meiner nächsten Stelle den Kollegen früher die Situation erklärte – dort gab es dann keine Probleme" (Biehl, 1988).

Generell können für die Gestaltung des Berufslebens folgende Empfehlungen ausgesprochen werden:

1. Alle Kollegen früh und umfassend über die Hörschädigung informieren
2. Den Hintergrundlärm am Arbeitsplatz so weit wie möglich verringern
3. Besprechungen möglichst nur zu zweit führen
4. Anweisungen nie im Vorübergehen geben oder annehmen
5. bei Unklarheiten eine schriftliche Notiz übergeben bzw. erbitten
6. Möglichst oft eine Mitteilung über die Arbeitsleistung geben bzw. einholen (Lorette, 1985).

Der Landschaftsverband Westfalen-Lippe (o. J.) hat zu diesen Fragen eine einladende, gut verständliche, informative Broschüre herausgebracht, in der zahlreiche Probleme Hörgeschädigter im Kontakt mit Vorgesetzten und Kollegen in einprägsamer Form dargestellt werden. In den USA werden bereits Videokassetten vertrieben, in denen Vorgesetzte den angemessenen Umgang mit hörgeschädigten Mitarbeitern lernen können.

Wenn Hörgeschädigte einen Arbeitsplatz haben, sind damit noch nicht alle ihre Probleme gelöst. Vielmehr müssen sie u. a. weiter fortlaufend dafür sorgen, daß sie qualifiziert bleiben. Günter Panzlaff hat für diese Monographie dargestellt, was dies speziell für Gehörlose bedeutet.

„Die Situation gehörloser Menschen ist gegenüber Situationen anderer Gruppen völlig anders: Sie sind nicht als Gruppe bekannt, und sie schließen sich als Schicksalsgemeinschaft zusammen. Die Bedeutung von Gesellschaft ist gehörlosen Menschen in der landläufigen Bedeutung weitgehend fremd und im tieferen Sinnzusammenhang unverständlich. Sie haben dazu keine reflektierbaren Erfahrungszusammenhänge, weil diese Gesellschaft ihre wesentlichsten Informationen im gesprochenen Wort weitergibt, verschlüsselt, austauscht, beurteilt. Das geschriebene Wort ist in der Gesellschaft Hörender nur durch ständiges im Kontext gesprochenes Wort voll interpretierbar. Wer hörend ist, trifft Entscheidungen, wo immer er kann, aufgrund von Gesprächen, Erörterungen, Anhörungen, nur im Ausnahmefall aufgrund der Aktenlage. Die Lebenswirklichkeit gehörloser Bürger entzieht sich dadurch dem Zugang durch hörende Bürger. So gesehen ist der Hörende zunächst dem Gehörlosen gegenüber behindert. Gehörlose beklagen, daß Hörende die ihnen ohne weiteres möglichen Differenzierungen der gesprochenen Sprache (Mundbild, Mimik, Körpersprache) nicht benutzen. Sie drücken ihre Klage allerdings anders aus: Hörende hätten nur begrenzt Wissen und Erfahrungen im Umgang mit gehörlosen Erwachsenen.

Damit ist die nachschulische Situation Gehörloser angesprochen. Der Bereich, nachdem die Schule durchlaufen ist und der gehörlose Erwachsene sich in der Welt der Hörenden eine Existenz schaffen will und muß, ist weitgehend unbekannt. So erscheint den gehörlosen Erwachsenen die schulische Ausbildung (‚Vorbereitung auf's Leben') oft als unzureichend. Die nachschulische Situation ist geprägt von einem für hörende Menschen unvorstellbaren Defizit an Informationen und Verfahren zur Informationsgewinnung und -speicherung. Das Berufsleben ist die existenzerhaltende Form, mit der gehörlose Erwachsene in unserer Gesellschaft überleben können. Sich ausbilden und fortzubilden, wäre die wichtigste Funktion, der sich gehörlose Erwachsene ständig stellen müßten. Unter den vorgenannten Bedingungen gibt es keine Weiterbildungsbedürfnisse bei gehörlosen Erwachsenen – sie können den Zweck dieser Angebote als eine

Dienstleistung unserer Gesellschaft an die Bürger nicht erfassen. Ähnlich verhält es sich mit der Aus- und Fortbildung. Aus- und Fortbildung ist nur dann sinnvoll, wenn das System in Struktur und Wirkung bekannt ist, wonach die Erwerbstätigkeit den Lebensunterhalt des Einzelnen sichert. Dieses System bleibt gehörlosen Erwachsenen jedoch weitgehend verborgen. U. a. dadurch sind Konflikte und Probleme vorherbestimmt. Sobald die technische und organisatorische Entwicklung das einmal in der Ausbildung erworbene Wissen des Gehörlosen überholt hat, steht trotz aller schützenden Vorschriften für Behinderte die Kündigung und damit die Entlassung aus der Arbeitswelt für den gehörlosen Erwachsenen an. Dramatisch ist es, daß der gehörlose Erwachsene die Veränderungen bis zur Kündigungsandrohung nicht (ja, wirklich nicht) erkennt. Ihn trifft es überraschend und plötzlich.
Die Informationsflut in Ausbildung und Fortbildung wird von gehörlosen Erwachsenen nicht bewältigt. Daher werden häufig didaktische Reduzierungen vorgenommen und Methoden entwickelt, um einen Mindestkenntnisstand an fachlichem Wissen zu erreichen. Überall da, wo mit den Augen gelernt werden kann, sind die Informationen zur beruflichen Qualifikation in ausreichender Menge zu vermitteln. Was schon nicht mehr geleistet werden kann, ist die kritische Einschätzung des eben Gelernten in bezug auf die Qualität der damit zu erreichenden Leistung und in bezug auf die Gültigkeitsdauer des eben erworbenen Wissens. Damit wäre die Motivation zur Fortbildung begründet. Die Anpassungsfortbildung ist dabei der Teilbereich, der vom gehörlosen Erwachsenen permanent beobachtet und bearbeitet werden müßte. Die Aufstiegsfortbildung könnte auf Anregungen in der betrieblichen Umwelt erfolgen. Hierzu kommt es selten, da die erforderlichen Kommunikationsströme, aus denen der gehörlose Erwachsene entsprechende Informationen empfangen oder aktiv darauf reagieren könnte, im Betriebsalltag vollständig an ihm vorbeigehen. Die Fortbildung durch Umschulung ist häufiger, da in unserem Arbeits- und Sozialsystem Behinderten der Schutz der Gesellschaft zugesichert wird, allerdings hauptsächlich bei drohender oder erfolgter Kündigung. Bei den Formen der Ausbildung wie der Fortbildung (Anpassungen, Aufstieg oder Umschulung) verlangen die Gehörlosen selbst, daß mehr Informationen zur Qualifizierung gegeben werden sollten.
Im Bereich der Weiterbildung besteht für den gehörlosen Erwachsenen eine Angebotsstruktur. Zwar hat jeder Bürger nach dem Weiterbildungsgesetz ein Recht auf Weiterbildung. Wie weit dieses Recht auch eine dem Bürger angemessene Vermittlungsform enthält, ist noch nie juristisch geprüft worden. Weiterbildungsangebote sollen jedem Bürger in gleicher Weise erreichbar sein; das sagt das Prinzip der **Flächendeckung.** Sie sollen den Wünschen der Bürger entsprechen; dafür stehen die Prinzipien der **Bedarfsdeckung** und des Mindestangebots durch kommunal getragene Weiterbildungseinrichtungen. Es ist bisher nicht juristisch ausgefochten worden, wie der Gehörlosendolmetscher bereitgestellt und finanziert wird, wenn gehörlose Bürger im Rahmen des Mindestangebots ein ihren Bedürfnissen entsprechendes Weiterbildungsangebot wahrnehmen wollten. Das Prinzip der **Freiheit der Weiterbildungseinrichtung,** ein bestimmtes Lehrangebot zu machen und es methodisch entsprechend zu gestalten, könnte sich als Konfliktpotential erweisen, wenn gehörlose Erwachsene fordern sollten, die Informationen in Sprachbildern vermittelt zu bekommen.
Im westfälisch-lippischen Landesteil von Nordrhein-Westfalen hat man im Bereich der Weiterbildung einen besonderen Standpunkt eingenommen und seit 1983 umgesetzt: Die ständige Aufforderung zur Integration gehörloser Bürger läßt sich nur erreichen, wenn Weiterbildung angeboten und Verständnisprobleme minimiert werden und eine Beratung zur Weiterbildung, Verständigung und Integration erfolgt. Es sind in dieser Darstellung Probleme und Voraussetzungen geschildert worden, die vor einer Aus-, Fort- und Weiterbildung gehörloser Bürger bedacht und geklärt sein müssen. Die Struktur von nachschulischen Bildungsmöglichkeiten braucht sich dann nicht von der zu unterscheiden, die jeder hörende Bürger nach seinen Fähigkeiten und Schulabschlüssen auch wahrnehmen kann. Insofern ist die besondere Beschulung gehörloser Heranwachsender der logisch richtige Weg in die Gesellschaft – wenn die Sprache nicht zu kurz kommt.« (Günter Panzlaff, Regierungsschuldirektor im Landesinstitut für Schule und Weiterbildung, Soest).

Zur Durchführung der Weiterbildung hat Bauschen (1983) folgende Empfehlungen ausgesprochen:

1. Weiterbildung der Hörgeschädigten muß sich primär an den Gehörlosen orientieren, da diese besonders leicht unterversorgt bleiben.
2. Sie muß in gehörlosenspezifischen Verfahren erfolgen.
3. Jedenfalls ist es erforderlich, dabei die Gebärde sprachbegleitend einzusetzen.
4. Der Unterrichtende muß über die Unterrichtszeit hinaus für die Teilnehmer erreichbar sein.
5. Die Themen sollen an die Bedürfnisse der Teilnehmer anknüpfen, aber zugleich einen Förderimpuls enthalten.
6. In Zweifelsfällen wird **Augenthemen** der Vorzug zu geben sein.
7. Der Lernende muß im Lernprozeß erfahren, daß er lernfähig ist und etwas zum Lernprozeß der Gruppe beizutragen vermag.
8. Der Lernende muß das Lernen als lustbetonte Tätigkeit erfahren.

Dazu gehören insbesondere Wochenendseminare, Studienfahrten, Exkursionen, Besichtigungen, Austauschprogramme sowie Abendveranstaltungen, in denen die Teilnehmer sich tatkräftig an einer gemeinsamen Arbeit beteiligen können (Bauschen, 1982). Eine wichtige Funktion nehmen innerhalb der Weiterbildung neben Berufsbildungswerken, Kirchen, Einrichtungen der Landschaftsverbände u. a. die Volkshochschulen ein. So weist z. B. die Volkshochschule Köln in einem eigenen Prospekt für das 1. Halbjahr 1989 33 Angebote für Behinderte, Angehörige und weitere Interessenten aus, von denen 9 mit Fragen der Hörschädigung zu tun haben oder sich an diese Gruppe richten.
In einer Untersuchung über arbeitslose Gehörlose kommen Hanning und Panzlaff (1986) zu dem Schluß, daß eine Wiedereingliederung ins Arbeitsleben nur durch Fortbildung und Umschulung und nur bei koordiniertem Einsatz von Kontaktpersonen, Arbeitsämtern, Rehabilitations-Beratung, Psychologischen Diensten, Gehörlosenvereinen, Dolmetschern und Fürsorgestellen Aussicht auf Erfolg bietet. Auf seiten der Gehörlosen selbst sind, außer der Bereitschaft zu erneutem Lernen, vor allem die Fragen zu klären, über welche Fähigkeiten sie gegenwärtig verfügen, wie weit diese mit den beruflichen Anforderungen übereinstimmen, und welche Maßnahmen ergriffen werden können, um die berufliche Qualifikation zu verbessern oder auch nur zu halten. – Unter Federführung von Jussen (Köln) und Bungart (Mannheim) wird seit 1988 die Effizienz von Beratungsstellen im Rheinland evaluiert, in denen Gehörlose bei Berufsproblemen Rat suchen (Projekt GIA = Gehörlose im Arbeitsleben). Ich selbst habe in diesem Projekt die Supervision der Berater übernommen.

9.6 Kontakt mit Behörden

Kontakte mit Behörden sind schon für hörende Menschen in der Regel keine reine Freude. Für Hörgeschädigte scheinen sie ernsthafte Hindernisse bei der Teilhabe an der Gesellschaft darzustellen: Warten vor der richtigen Tür, Vortragen des Anliegens, Ausfüllen von Formularen, Zusammenstellen von Unterlagen, Einhalten von Fristen u. a. übersteigen oft Fähigkeiten und Frustrationstoleranz der Betroffenen.
Manche Verwaltungen bemühen sich in neuerer Zeit, von sich aus auf hörgeschä-

digte Bürger zuzugehen und ihnen Lebensgestaltung und Kontaktaufnahme zu erleichtern. So erfährt man in einer Broschüre der Stadt Witten für gehörlose Bürger in leicht faßlicher Form, wie man sich als Gehörloser bei Einbruch, Unfall, Smog, Schlägerei, Großveranstaltung, Feuer und anderen Notfällen zu verhalten hat und an wen man sich wenden kann – ein gutes Beispiel für umsichtige, bürgernahe Arbeit der Verwaltung. Die Deutsche Gesellschaft zur Förderung der Hör-Sprach-Geschädigten e.V. wiederum informiert in einer eigenen Broschüre Gerichte und Polizeidienststellen und eine Reihe weiterer Zielgruppen über die Besonderheiten in der Verständigung mit Hörgeschädigten. Der Landschaftsverband Westfalen-Lippe hat eine Broschüre herausgegeben, in der er die Ergebnisse einer eigenen Umfrage über die Situation der Gehörlosen dieser Region in leicht faßlicher Form darstellt und einen Maßnahmenkatalog vorstellt, der zugleich als öffentliche Selbstverpflichtung zu betrachten ist. Eine Liste von Kontaktpersonen in allen größeren Städten Westfalen-Lippes erleichtert es Hörgeschädigten, rasch die richtigen Ansprechpartner zu finden und bestehende Dolmetscherangebote zu nutzen.

Die amerikanische Selbsthilfe-Bewegung der Hörgeschädigten hat u. a. Leitfäden für Schriftsätze entwickelt, denen gemäß Hörgeschädigte sich bei Behörden formal korrekt gegen Mißstände und Benachteiligungen zur Wehr setzen können, von denen sie sich betroffen fühlen. Sie empfiehlt, bei Beschwerden über Unzulänglichkeiten in öffentlichen Einrichtungen folgende Angaben zu machen:

1. Name, Adresse, Telefonnummer, unter der Sie tagsüber zu erreichen sind
2. Kurze präzise Darstellung der für Hörgeschädigte unzumutbaren Tatsache
3. Name und Adresse des Gebäudes oder der Einrichtung, in der der Mißstand besteht
4. Name und Telefonnummer der betreffenden Dienststelle oder Behörde innerhalb des Gebäudes
5. Name und Telefonnummer der für das Gebäude oder die Einrichtung zuständigen Person
6. Name des Gebäudeeigners
7. Name der Behörde, der das Gebäude gehört oder die die Mittel für Pacht, Bau und Umbau verwaltet.

Die SHHH verpflichtet sich, der Sache auf der Grundlage dieser Angaben nachzugehen, auch wenn der Beschwerdeführer sie gleichzeitig selbst in die Hand nimmt (SHHH, 1987 e).

Besonders folgenreich sind oft Gerichtsverhandlungen, in denen Hörgeschädigte als Angeklagte oder Zeugen aufzutreten haben. Hier wie in vielen anderen Bereichen sind vermutlich die Gehörlosen Mißverständnissen am stärksten ausgesetzt, Ertaubte und Schwerhörige in geringerem Maße. Generell hat Klinghammer (1959) nach Sichtung zahlreicher Fälle festgestellt, daß die Kriminalitätsrate Gehörloser nicht höher ist als die von Vollsinnigen, sondern eher geringer, und daß es keine gehörlosen-spezifische Kriminalitätsstruktur gibt (vgl. auch Klinghammer, 1960). Ein Beispiel mag die besondere Problematik der Zeugenaussagen Gehörloser belegen:

„Ein schwachbegabtes 12jähriges taubstummes Mädchen sagte in der polizeilichen Vernehmung aus, es sei auf dem Sportplatz von einem jungen Mann angesprochen und dort hinter einem **Baum** unsittlich berührt worden, wobei ihm von dem Beschuldigten die Bluse ausgezogen worden sei. Nun stand aber auf dem Sportplatz nur eine einzige schmale junge Pappel, noch dazu in unmittelbarer Nähe des Fußballtores. Da die angebliche Straftat sich während eines Fußballspiels zugetragen haben sollte, schien das dem vernehmenden Polizeibeamten nicht glaubwürdig. Es stellte sich dann aber durch den hinzugezogenen Sachverständigen (einem Gehörlosenlehrer) heraus, daß es mit ‚Baum' einen **Busch** meinte, hinter dem sich der Vorgang auch wirklich abgespielt hatte" (Klinghammer, 1959, S. 89).

Klinghammer leitet aus dieser und anderen Erfahrungen fünf Forderungen ab:

1. Schon die erste Vernehmung sollte nicht durch die Polizei, sondern durch den Sachverständigen erfolgen. Zumindest muß ein Sachverständiger bereits zu der polizeilichen Vernehmung hinzugezogen werden.
2. Noch mehr als bei hörenden Kindern und Jugendlichen ist zu fordern, daß der sprachliche Teil der Aussage wörtlich protokolliert wird. Aussageinhalte, die sich durch andere Verständigungsmittel ergeben (Schrift, Gebärde, Zeichnung, nachahmendes Handeln, Darstellung des Sachverhalts mit Puppen usw.), müssen gesondert aufgeführt werden. Immer muß ein anderer Gutachter oder der Richter die Möglichkeit haben zu erfahren, durch welches Verständigungsmittel der jeweilige Aussageteil zustande kam.
3. Die Begutachtung einer Aussage von Taubstummen darf sich nicht auf den sprachlich formulierten Teil beschränken.
4. Eine Lokalinspektion des Gutachters zusammen mit dem aussagenden taubstummen Kind ist fast immer notwendig und darf nicht ohne triftigen Grund unterbleiben.
5. Der Gutachter muß sich mit dem Zeugen durch alle Verständigungsmittel, also auch durch die Gebärdensprache verständigen können (Klinghammer 1958, S. 89 f.).

Nicht weniger problematisch ist die Situation des Hörgeschädigten, der einer Straftat verdächtigt wird. Es ist vorgekommen, daß verdächtigte Gehörlose bei der Polizei Geständnisse unterschrieben haben, ohne ein Wort von dem zu verstehen, was in dem Dokument stand. Aber sie konnten in dem Moment sich und den anderen Anwesenden nicht eingestehen, daß sie den ihnen vorgelegten Text gar nicht begriffen hatten (Basilier, 1965).

9.7 Arzt und Krankenhaus

Die ärztliche Versorgung Hörgeschädigter ist in besonderer Weise erschwert. Wo schon der Normalhörende sich oft nur ungenau auszudrücken weiß, z. B. wenn es um die genaue Qualität und Lokalisation einer Empfindung geht, ist ein hörgeschädigter Patient oft regelrecht überfordert. Auch das Verstehen der ärztlichen Auskünfte und Empfehlungen unterliegt dieser Verstehenserschwernis. Ein Kölner Arzt hat diese Situation aus eigener Anschauung für diese Monographie geschildert:

„Redewendungen, mit denen nach dem Wohlergehen des Patienten, seinen Angehörigen und gemeinsamen Bekannten gefragt wird, vermitteln dem Gehörlosen das Gefühl, verstanden und geachtet zu sein. Der Aufbau einer Beziehung des Vertrauens zwischen Arzt und gehörlosem Patient ist zudem wichtige Voraussetzung für eine Anamnese. **Erst auf einer Vertrauensbasis werden oft ‚seelische Probleme' als Ursache für beklagte körperliche Beschwerden von Hörgeschädigten erwähnt.** Diese Hinweise müssen vom Arzt aufgenommen und verfolgt werden. Gelingt es dem Patienten, sein Herz auszuschütten, so bedeutet dies oft schon eine Entlastung und Erleichterung, auch wenn häufig an den ursächlichen Problemen (Partnerschaft, Berufskolle-

gen, Streit mit anderen Gehörlosen) wenig geändert werden kann. Die Gruppe der gehörlosen Patienten scheint ein höheres Informationsdefizit bezüglich Krankheitsbezeichnung, Krankheitsursachen, Krankheitsvorbeugung und Behandlung zu haben als der durchschnittliche hörende Patient. Als Arzt bin ich hier gefordert, aufzuklären, ohne zu ängstigen. Entscheidend ist eine kontinuierliche Betreuung, bei der der Patient spürt, daß seine Krankheit behandlungsbedürftig ist oder er sich nicht zu ängstigen braucht.
Von großer Wichtigkeit bei der Betreuung gehörloser Menschen ist die Umfeldinformation. Viele Dinge lassen sich nur richtig interpretieren, wenn ich das Umfeld meines gehörlosen Patienten kenne. Wo wohnt er? Mit wem wohnt er zusammen? Zu welcher Gruppe fühlt er sich zugehörig? Welche Menschen beeinflussen ihn? Welche Erfahrung hat der Gehörlose in der Schule, in der Lehre oder im Krieg gemacht? Wie ist das Verhältnis zu Arbeitskollegen und Hausbewohnern? Diese Umfeldinformationen sind beim gehörlosen Patienten oft noch wichtiger als beim hörenden Patienten. Der hörende Patient ist oft mitteilsamer, gibt im Gespräch von sich aus mehr Informationen, und ich kann als Hörender mir leichter ein Bild von der Situation meines Patienten machen. Die Lebenssituation des gehörlosen Patienten unterscheidet sich stärker von meinem eigenen Erlebnis- und Erfahrungsbereich, ist oft geprägt von kommunikativer und sozialer Isolation.
Die Interaktion in einer Arzt-Patient-Beziehung ist eine wichtige Einflußgröße für den Erfahrungsbereich des Gehörlosen. Beim Hörenden ist die Arzt-Patient-Beziehung meines Erachtens deshalb etwas weniger bedeutsam, weil ihm wesentlich mehr Informationen zur Verfügung stehen, weil er meist wesentlich mehr soziale Kontakte besitzt, und der Arzt ein Ratgeber von vielen ist. Für den Gehörlosen stellt der Arzt oft neben dem Seelsorger oder Sozialarbeiter den einzigen hörenden Gesprächspartner dar“ (Dr. Thomas Stichnoth, Praktischer Arzt).

Für Ärzte können bezüglich des Umgangs mit Hörgeschädigten folgende Empfehlungen ausgesprochen werden:

1. Notieren Sie auf der Kartei des Patienten mit Rotstift gut lesbar **schwerhörig** oder **gehörlos**.
2. Bitten Sie die Sprechstundenhilfe, den Patienten nicht aufzurufen, sondern persönlich aus dem Wartezimmer abzuholen.
3. Planen Sie für den hörgeschädigten Patienten mehr Zeit ein als sonst üblich.
4. Sprechen Sie den Patienten während der Untersuchung stets von vorn und mit Blickkontakt an, nicht mit abgewandtem Gesicht, von hinten, bei schlechter Beleuchtung oder aus dem Dunkeln. Achten Sie auch darauf, wenn Sie ihn berühren wollen, weil er sonst vielleicht erschrickt.
5. Versuchen Sie, Nebengeräusche während des Gesprächs zu verringern, auch den Lärm von der Straße und das Summen laufender Geräte.
6. Wenn Sie nach der Krankheit fragen, so machen Sie vorher klar, daß dies jetzt das Thema ist. Fragen Sie später nicht: „Haben Sie alles verstanden?“ – das werden Hörgeschädigte meist bejahen, auch wenn es nicht stimmt. Stellen Sie statt dessen nach einiger Zeit behutsam und taktvoll eine Rückfrage, um sich zu vergewissern.
7. Manche Routineuntersuchungen können Sie rasch und auch wortlos durchführen. Erklären Sie dem Patienten aber stets, warum Sie etwas tun und was Sie tun, und auch, ob etwas schmerzen wird oder wieviel Zeit der Patient stillhalten soll, z. B. bei einer Röntgen-Untersuchung. Manche Hörgeschädigte fühlen sich sonst falsch, schlecht oder ungerecht behandelt, tun das Falsche oder setzen sich zur Wehr.
8. Wichtige Patienteninformationen (z. B. Gegenanzeigen und Anwendungsbeschränkungen von Medikamenten) sollten Sie stets schriftlich und in einfachen klaren Worten geben (nach Richtberg, 1986 b).

Nicht einfacher liegen die Dinge, wenn Klinikaufenthalte erforderlich sind. Ein Patient etwa, dem man in den rechten Arm eine Infusion gibt und dessen Brille man außer Reichweite im Nachttischchen verräumt, kann weder gebärden noch etwas aufschreiben oder vom Mund absehen. In dieser Situation besteht die Gefahr, daß Krankheiten nicht entdeckt werden, Mitteilungen, die für die Einschätzung des Krankheitsverlaufs von Bedeutung sind, unterbleiben und für eine gewünschte Linderung nicht gesorgt wird. Die Anwesenheit eines Angehörigen oder Dolmetschers ist somit nahezu unverzichtbar. Jedoch wird das Dolmetschen durch Angehörige bei Fragen, die Krankheiten betreffen, von ärztlicher Seite oft abgelehnt. Wer sich als Gesprächspartner eines Hörgeschädigten in ärztlicher Praxis, Klinik oder in anderen Kontexten einen raschen Eindruck von dem Hörvermögen des Gegenüber verschaffen will, mag ihm die Gallaudet-Hör-Skala vorlegen und ihn bitten, seinen Hörstatus zu markieren (Tab. 8).

Tab. 8: Gaullaudet-Hör-Skala

1. Ich kann laute Geräusche hören.
2. Ich kann meist ein Geräusch von einem andern unterscheiden.
3. Ich kann meist Sprache von anderen Geräuschen unterscheiden.
4. Ich kann meist einige Wörter hören und verstehen, wenn ich Gesicht und Lippen des Sprechers sehe.
5. Ich kann meist einige Wörter hören und verstehen, ohne Gesicht und Lippen des Sprechers zu sehen.
6. Ich kann gewöhnlich das meiste von dem verstehen, was jemand sagt, wenn ich sein Gesicht und seine Lippen sehe.
7. Ich kann gewöhnlich das meiste von dem verstehen, was jemand sagt, ohne sein Gesicht und seine Lippen zu sehen.
8. Ich kann meist eine Diskussion zwischen mehreren Personen hören und verstehen, ohne ihre Gesichter und ihre Lippen zu sehen.
9. Ich kann gewöhnlich Telefonate führen, wenn ein Verstärker eingebaut ist.
10. Ich kann gewöhnlich von jedem Telefon aus Gespräche führen (aus Davenport, 1977).

Auch wenn eine solche Selbsteinschätzung vielleicht etwas zu wohlwollend ausfällt, gibt sie einen Hinweis darauf, welchen Bereich der gesprochenen Sprache der Betreffende unter welchen Bedingungen zu verstehen vermag. – Eine schwerhörige Patientin teilte mit, sie habe in der Klinik neben ihrem Bett ein vorbereitetes Schildchen mit folgendem gut leserlichem Text angebracht und jeden, der das Zimmer betrat, veranlaßt, es als erstes zu lesen:
„Ich bin hörbehindert. Bitte helfen Sie mir beim Hören! Bitte sprechen Sie deutlich, langsam und laut, aber nicht zu laut! Bitte sehen Sie mich beim Sprechen an! Ich danke Ihnen für Ihr Verständnis."
Die Zahl der Lebensbereiche, in denen Hörgeschädigte für spezielle Vorkehrungen zu sorgen haben und auf eine besondere Aufmerksamkeit ihrer Mitmenschen angewiesen sind, ist unendlich groß – ebenso vielfältig wie das Leben selbst. Eine Beschränkung, wie sie hier vorgenommen wurde, ist aber aus Raumgründen unerläßlich. Es ist zu hoffen, daß Leser die hier und in den früheren Kapiteln genannten Gesichtspunkte eigenständig auf andere Lebensbereiche zu übertragen vermögen.
Wir wenden uns am Ende dieses Kapitels den Verbänden der Hörgeschädigten zu. Vieles, was heute in ihrer Versorgung als selbstverständlich gilt, ist Resultat zäher

Auseinandersetzungen, die ihre Selbsthilfe-Einrichtungen über viele Jahre hinweg mit Regierungen, Firmen, Gewerkschaften, Kirchen und Kommunen geführt haben. So stellt die Selbsthilfe, auch in Form ihrer Verbände, ein weiteres zentrales soziales Unterstützungssystem der Hörgeschädigten dar.

9.8 Verbände und Vereine

Die drei wichtigsten deutschen Selbsthilfe-Einrichtungen für Hörgeschädigte, die auch eigene Zeitschriften herausgeben, sind der Deutsche Gehörlosenbund, der Deutsche Schwerhörigenbund und die Deutsche Tinnitus-Liga. An der Existenz dieser verschiedenen Verbände erkennt man: Eine **Gemeinschaft aller Hörgeschädigten** gibt es entgegen anderslautenden Auffassungen nicht. Vielmehr gruppieren sich die Interessen und Aktivitäten um die spezifische Behinderung und Belastung. So sind in den letzten 20 Jahren verschiedene Konzeptionen zur Entwicklung einer eigenständigen Gehörlosenkultur vorgelegt worden (z. B. Feuchte, 1975). Dennoch wird eine verbandsübergreifende Zusammenarbeit von allen Organisationen bejaht und gefördert.

Der 1950 gegründete **Deutsche Gehörlosen-Bund** bildet die Dachorganisation der Gehörlosenverbände. Der Bund versteht sich als Interessenvertretung der Gehörlosen in wirtschaftlichen, sozialpolitischen, kulturellen und beruflichen Belangen auf Bundesebene. Ihm gehören 11 Landesverbände mit rund 25 000 Mitgliedern an. Die regionale Ebene bilden die Gehörlosenortsvereine. Hier findet die tatsächliche Begegnung der Betroffenen statt; hier können sie sich im Sinne der Selbsthilfe stützen und informieren. Welche wichtige Rolle sie spielen, wird aus einem Ausspruch von Prillwitz in einer Fernsehdiskussion deutlich, nach dem andere Behinderte auch in der Gemeinschaft weiterhin behindert sind; Gehörlose, die zusammen sind, sind es nicht mehr. Die Ortsvereine bieten die Möglichkeit zu entspannter Kommunikation. Der vielzitierte Spruch „Die Heimat des Gehörlosen ist sein Verein“ ist auch heute noch in vollem Umfange gültig.

Dem Deutschen Gehörlosenbund ist als Sonderverband der 1910 gegründete **Deutsche Gehörlosen-Sportverband** angeschlossen. Gehörlosensport ist der älteste organisierte Behindertensport überhaupt. Sport spielt bei den verminderten Möglichkeiten zu Freizeitaktivitäten eine ganz besondere Rolle. Nahezu ein Drittel der Gehörlosen aller Altersgruppen betätigten sich sportlich gegenüber 18 % der Gesamtbevölkerung (Gehörlosen-Sportverband Nordrhein-Westfalen, 1988). Auch der Gehörlosen-Sportverband ist untergliedert in Landesverbände; ihnen gehören die einzelnen Sportvereine an. In 17 Sportarten werden jährlich Mannschafts- und Einzelmeisterschaften durchgeführt. Begegnungsmöglichkeiten bieten sich auch durch Länderwettkämpfe mit ausländischen Gehörlosen und die Gehörlosen-Weltspiele.

1901 wurde der **Deutsche Schwerhörigenbund** gegründet; er ist damit eine der ältesten Behindertenorganisationen Deutschlands. Er ist in neun Landesverbände gegliedert, denen 60 örtliche Vereine angeschlossen sind. Der DSB sieht seine Aufgabe darin, in erster Linie die Interessen seiner Mitglieder, also der örtlichen Vereine zu vertreten. Hier hat er bundesweite Kompetenz, wirkt auf gesetzliche Vorhaben hin, startet Aktionen mit Schwerpunktthemen und gibt schriftliches Material heraus, um die Arbeit vor Ort zu unterstützen. Breiten Raum nimmt die

Öffentlichkeitsarbeit ein. Die unmittelbare Arbeit für die Betroffenen leistet der jeweilige Ortsverein. Er bietet Versammlungen und informative Veranstaltungen zu einzelnen Themen an. In den Ortsvereinen finden die Betroffenen Schutz, Geborgenheit und Hilfe. Auch auf spezifische Gruppeninteressen wird eingegangen. So gibt es Angebote für Jugendliche, Sportler, Ertaubte und ältere Menschen. Die Ortsvereine beraten die Mitglieder in fast allen Bereichen. Professionelle Beratungsstellen gibt es in Berlin (1987 neu eröffnetes Hörbehindertenninformationszentrum HörBIZ), Hamburg, Kassel, Nürnberg und München. Den Ortsvereinen eng verbunden oder sogar angeschlossen sind die sogenannten Selbthilfegruppen. Diese haben eine bessere Verständigung zum Ziel. Der DSB unterstützt diese Gruppen, ohne sich jedoch auf eine Kommunikationsform festzulegen; das alleinige Postulat der Totalen Kommunkation lehnt er ab. Notwendig ist neuerdings auch die Nachsorge der Cochlea-Implantierten. Dieser Personenkreis hat 1987 einen eigenständigen Verein gegründet, dem der DSB seine Unterstützung zusagte" (Dr. Claus Harmsen, Vorsitzender des DSB).
Die **Deutsche Tinnitus-Liga** (Sitz: Wuppertal) wurde nach dem Vorbild schon länger arbeitender amerikanischer und englischer Organisationen 1986 gegründet. Obwohl die Liga noch im Aufbau begriffen ist, sind schon ca. 2500 Betroffene Mitglieder. Die Basis bilden auch hier Selbsthilfegruppen auf örtlicher Ebene; sie unterliegen allerdings nicht der Verantwortung des Bundesverbandes. Die Liga strebt die Entwicklung örtlicher Initiativkreise als Vorläufer von regulären Orts- und Landesverbänden sowie Beratungsstellen an. Die Selbsthilfegruppen sollen den Tinnitus-Betroffenen die Gewißheit vermitteln, nicht mehr allein dazustehen und ihrem Leiden nicht mehr ganz hoffnungslos ausgeliefert zu sein. Sie können Hilfen geben, mit der Behinderung besser zu leben, Erfahrungen über den Umgang mit der Krankheit und über die Bewältigung der Begleitprobleme austauschen. Einen weiteren Schwerpunkt sieht die Tinnitus-Liga in der Öffentlichkeitsarbeit, der Aufklärung über Tinnitus und seine Ursachen und der Sorge dafür, daß die Betroffenen mit ihrer Krankheit ernstgenommen werden. Bei der unzureichenden Forschungslage in der Bundesrepublik ist es zudem notwendig, Forschungsvorhaben sowohl zur Epidemiologie, zur Feststellung der Befindlichkeit Kranker wie zu medizinischen und psychotherapeutischen Behandlungsverfahren zu fördern und die Ergebnisse wieder in die Praxis einmünden zu lassen.
In allen Verbänden geht viel Vitalität und Aktivität von den örtlichen Gruppen aus, wie auch die folgende Selbstdarstellung zeigt:

"Die Selbsthilfegruppe steht seit 1987 im Dienste der Hörgeschädigten. Sie hat sich zum Ziel gesetzt, die allgemeine Situation der Hörgeschädigten im Aachener Raum zu verbessern. Wir stellen uns in der Beratungsstelle als Ansprechpartner für Hörgeschädigte, deren Angehörige und Bekannte sowie deren Arbeitskollegen und allen Interessierten zur Verfügung. Wir bieten Hilfestellung zur Selbsthilfe an. Diese Hilfestellung umfaßt alle Bereiche, wie z. B. die Information über medizinische und technische Hilfen, Weiterbildungsmöglichkeiten für Hörgeschädigte usw.... Auch bieten wir Hilfestellung im Umgang mit den Behörden und anderen öffentlichen Einrichtungen. – Ein eigener Schwerpunkt ist die allgemeine und gezielte Öffentlichkeitsarbeit, welche im umfangreichen Maße durchgeführt wird und werden muß. Das größte Problem der Hörgeschädigten ist die Unsichtbarkeit der Behinderung und die Kommunikationsprobleme. Um Kommunikatonsprobleme zu verringern, bieten wir z. B. in der Volkshochschule Gebärdenkurse an. Die Gebärdensprache ist die Sprache der Gehörlosen. Auch arbeiten wir gezielt in den Vereinen und bei den Einrichtungen, die mit Hörgeschädigten arbeiten. Dort führen wir Informationsveranstaltungen durch, die unbedingt notwendig sind. Grundsätzlich bieten wir den Hörgeschädigten unsere Dienste ehrenamtlich und kostenfrei an" (Rundschreiben der Selbsthilfegruppe Hörgeschädigter in Aachen und Umgebung).

Auch in Fachzeitschriften, in denen früher überwiegend Hörende für und über Hörgeschädigte schrieben, findet der Selbsthilfegedanke zunehmend Darstellung durch die Betroffenen selbst.
Freilich ist der Weg der Selbsthilfe dornig. Der Begründer der amerikanischen Self Help of the Hard of Hearing People (SHHH), Rocky Stone, hat sieben Erfahrungen genannt, die er in den ersten Jahren der Verbandsgeschichte gemacht hat:

1. Verlassen Sie sich nicht auf staatliche Unterstützung – schaffen Sie sich ein eigenes Fundament.
2. Erwarten Sie weder Dank noch Gratifikation für das, was Sie tun.
3. Zahlen Sie nicht für Werbung, wenn Sie eine gute Darstellung kostenlos bekommen können.
4. Erwarten Sie nicht, daß die Medien ein erstes, zweites oder drittes Mal auf Sie reagieren, bevor Sie ihnen nicht etwas gegeben haben, was sie interessiert.
5. Fürchten Sie sich nicht vor Risiken, aber riskieren Sie nichts, nur um zu zeigen, daß Sie sich nicht fürchten.
6. Ob Sie es wollen oder nicht, Freiwillige können nicht behandelt werden wie bezahlte Angestellte. Richtlinien können vorgegeben werden, aber für Freiwillige benötigen Sie eine besondere Sensibilität. (Bezahlte Angestellte sollten übrigens ebenfalls besser behandelt werden!)
7. Seien Sie darauf vorbereitet, aus der eigenen Tasche zuzuzahlen (Stone, 1984).

Es wird in dieser Monographie immer wieder die Notwendigkeit erwähnt, bei Maßnahmen für Hörgeschädigte die Unterstützung ihrer Verbände und Ortsvereine zu gewinnen. Tatsächlich übernehmen diese Institutionen eine Filterfunktion i. S. einer Zwei-Schritt-Kommunikation, so daß, wer als Hörender von ihnen kein grünes Licht erhält, nur schwer einen Zugang zu Hörgeschädigten gewinnt. In einer amerikanischen Untersuchung über Alkoholprobleme bei Hörgeschädigten (Ferrel und George, 1984) wird die Zusammenarbeit zwischen Verein und hörenden Alkoholexperten als ganz besondere Errungenschaft hervorgehoben.
Außer den Verbänden der Hörgeschädigten sind es u. a. stets auch Einzelpersonen, die den Kontakt zwischen den verschiedenen Welten und Kulturen herstellen. Dies sind einerseits Menschen, die von der Behinderung selbst betroffen sind, aber mit Hörenden und Hörgeschädigten gut kommunizieren können und dies zum Hauptthema ihres Lebens machen, also Schwerhörige, Ertaubte, Gehörlose und Personen mit Tinnitus. Daneben treten Menschen als Vermittler in Erscheinung, die die Behinderung in der eigenen Familie erlebt haben, z. B. als hörende Kinder in Familien mit hörgeschädigten Eltern und Geschwistern oder als Eltern hörgeschädigter Kinder. Drittens nehmen Personen, die sich beruflich mit einem Aspekt der Hörschädigung befasssen, eine wichtige Kontakt- und Brückenfunktion wahr: Lehrer, Wissenschaftler, Journalisten, Redakteure u. a.. Darüber hinaus fällt, wie in der Einleitung erwähnt, auf, daß manche Menschen, ohne zunächst einen besonderen Bezug zur Hörschädigung zu haben, irgendwann im Laufe ihrer beruflichen Laufbahn einigen hörgeschädigten Personen begegnen und dann in dieser Arbeit ihren festen Platz finden.
Die Darstellung der allgemeinen Lebensbereiche Hörgeschädigter kommt hier zum Abschluß. Das folgende Kapitel handelt von den besonderen Fragen, die sich in Beratung und Therapie mit erwachsenen Hörgeschädigten ergeben.

10. Beratung und Therapie mit erwachsenen Hörgeschädigten

Wir haben dieses Kapitel bewußt von den beiden vorangegangenen abgegrenzt. Dort ging es darum, die Lebensbereiche erwachsener Hörgeschädigter zu sichten sowie zu prüfen, in welchen Feldern Probleme auftreten können. Hier soll es nun um Rahmenbedingungen und Verläufe von Beratung und Therapie gehen.

10.1 Beratung

Wir beginnen mit Überlegungen zu der Frage, wie gewährleistet werden kann, daß Hörgeschädigte ein Beratungsangebot annehmen. Sofern es von Hörenden stammt, werden sie es vermutlich zunächst mit einer gewissen Mischung aus Skepsis und Neugier betrachten und versuchen, sich Informationen über seine Qualität zu beschaffen. Neben vielen anderen Gründen, die dafür sprechen, solche Einrichtungen in Zusammenarbeit von Hörenden und Hörgeschädigten einzurichten und zu führen, ist dies ein weiterer: daß das Beratungsangebot von den prospektiven Klienten natürlich besser angenommen wird, wenn sie wissen, daß darin Hörgeschädigte mitarbeiten.

Beratungsstellen für Hörgeschädigte sollen ihre Räumlichkeiten da haben, wo Hörgeschädigte sich ohnehin treffen – sonst werden sie vermutlich nicht aufgesucht. Dabei muß man sich von der Vorstellung einer besonderen Intimität des Gesprächs freimachen. Bekannte und unbekannte andere Hörgeschädigte werden in das Gespräch hineinplatzen, um irgendetwas zu fragen. Man wird sich vielleicht ohne Scheu erkundigen, warum der hörgeschädigte Gesprächspartner zur Beratung gekommen ist, oder man wird dem Berater mit einer Geste andeuten, bei diesem Gesprächspartner lohne sich das Gespräch nicht, der sei schlecht oder faul. Diese Unbekümmertheit ist für den hörenden Berater nicht leicht zu akzeptieren, gehört aber zum Lebensstil mancher Hörgeschädigter. Beratungstermine dürfen nicht zu fest vereinbart werden. Manche Hörgeschädigte nehmen zugesagte Termine nicht wahr; andere verstehen es, ein kurzes Gespräch auf drei Stunden auszudehnen, so daß die nächsten Ratsuchenden nach Hause geschickt werden müssen. Eine Mischung aus termingebundener Beratung und offener Sprechstunde bewährt sich in der Regel. Ein Teil des Beratungsangebots muß jedenfalls auf die Abendstunden gelegt werden.

Im Laufe meiner eigenen Arbeit als Supervisor von Helfern Hörgeschädigter wurden mir von Supervisanden u. a. folgende Probleme vorgetragen, die in Beratungsprozessen mit Hörgeschädigten auftraten:

- Eine junge gehörlose Frau hat das Sorgerecht für ihre hörende Tochter an ihren geschiedenen Mann verloren. Mit Hinweis auf ihre Gehörlosigkeit soll ihr kein Besuchsrecht eingeräumt werden.
- Ein schwerhöriger junger Mann wünscht sich, Modeschöpfer zu werden. Von seinen schulischen und handwerklichen Fähigkeiten her käme zunächst eine

Ausbildung zum Schneider in Frage; aber seit seiner Schulentlassung vor acht Jahren ist er arbeitslos.

- Ein gehörloser geistigbehinderter Mann hat in dem Heim, in dem er lebt, einige Freunde zu seinem Geburtstag eingeladen. Nachdem aber niemand seiner Einladung gefolgt ist, wirft er das ganze Geschirr auf den Boden, stürzt selbst hin und schlägt immer wieder mit der eigenen Stirn auf die Schwelle.
- Eine schwerhörige junge Frau, die der Chef ihrer Firma bei frühern Personalkürzungen stets geschützt hat, steht jetzt vor der Alternative, ihre Arbeit künftig EDV-gesteuert zu machen oder ihren Arbeitsplatz zu verlieren. Die Kollegin, die sie einarbeiten soll, hat aber etwas gegen sie und erklärt die Dinge nicht so, daß sie sie versteht.
- Ein Sozialarbeiter wird zur Betreuung eines mit der Diagnose Schizophrenie eingelieferten Patienten ins Landeskrankenhaus gerufen. Es handelt sich um einen gehörlosen Spätaussiedler aus Polen, der weder auf Sprechen, noch auf Gebärden, noch auf Fingern oder Schreiben reagiert und nur stumm und steif dasitzt.
- Hörgeschädigte, die regional eine gewisse Prominenz haben, beanspruchen bei der Terminvergabe für Beratungen eine Sonderregelung für sich.
- Eine gehörlose jugoslawische Gastarbeiterin, die hohe Schulden gemacht hat und für die mit ihrer Zustimmung eine Vermögenspflegschaft eingerichtet worden ist, protestiert ein paar Wochen später, weil sie den Eindruck hat, es werde unrechtmäßig Geld von ihrem Konto abgehoben.
- Der gehörlose Mitarbeiter einer Schneiderei wird von seinem Vorgesetzten gebeten, saisonal einige Überstunden zu leisten, was er ablehnt. Zu anderen Zeiten des Jahres hat er weit über den Urlaubsanspruch hinaus frei bekommen. Der Berater rät ihm zu einer konzilianten Haltung. Da sagt er: „Ihr Hörenden haltet immer zusammen!"
- Eine gehörlose Frau, die auf Bitten des Pfarrers andere Gehörlose im Krankenhaus besucht, erzählt hinterher im Verein Einzelheiten aus diesen vertraulichen Gesprächen weiter.
- Der Berater hat den dringenden Wunsch, einem 40jährigen schwerhörigen Mann, der immer noch bei seinen Eltern lebt, zu einer eigenen Wohnung zu verhelfen.
- Eine junge gehörlose Frau berichtet, daß am Arbeitsplatz mehrere ihrer Kollegen sexuelle Annäherungen bei ihr versuchen. Sie lacht dazu und sagt: „Ach, nicht schlimm, nette Leute. Nur streicheln." Der Berater dagegen ist der Meinung, ihre Arglosigkeit werde von den hörenden Kollegen ausgenutzt.
- In einer Familie mit gehörlosen Eltern und hörenden Kindern gerät die Mutter aufgrund der Verständigungsschwierigkeiten immer mehr in eine Außenseiterrolle.
- Ein schwerhöriger Mann spricht wegen einer familiären Frage bei einer Beratungsstelle vor, wird aber an eine andere Beratungsstelle verwiesen, die seinem Wohnort näher liegt. Mit deren Auskünften und Empfehlungen ist er nicht zufrieden; deshalb meldet er sich erneut bei der ersten Einrichtung, die ihm aber auch nichts anderes raten kann und ihn zurückverweist.

An dieser Liste wird sichtbar, daß Berater auf alle Lebensbereiche der hörgeschädigten Klientel eingerichtet sein müssen. In den letzten Jahren ist eine größere Zahl von Verfahren entwickelt worden, um die Problembelastung Hörgeschädigter in verschiedenen Lebensbereichen repräsentativ und ökonomisch zu erfragen (z. B. Demorest und Erdman, 1987). Jedoch kann kein Interesse daran bestehen, auf diese Weise das Gespräch zu ersetzen. Vielmehr sollte der Einsatz solcher Fragebögen den Helfer rasch ins Bild setzen und ihm mehr Raum für das Gespräch geben. Die Beratungskonzepte sind bei der Arbeit mit Hörgeschädigten die gleichen wie mit Hörenden. Die Beratungsverläufe mögen aber eine größere Vielfalt aufweisen. Jedenfalls kann es dem Berater passieren, daß er Fehler macht, die bei dieser Zielgruppe besonders ins Gewicht fallen, und er ist nie vor Überraschungen sicher. Die folgenden Empfehlungen nehmen darauf Bezug:

1. Der Berater muß sich mit dem Klienten in dessen Ausdrucksmedium verständigen können, d. h. in Gebärde, Alphabetisieren, Sprache, nonverbalem Ausdruck, Pantomime u. a.. Er muß auch Privatsprachen von Klienten als gegeben annehmen können und zu ihrer Entschlüsselung bereit und imstande sein.
2. Er muß – notfalls – Beratungen mit einem Dolmetscher durchführen können.
3. Er muß sich in den wichtigsten hörgeschädigtenspezifischen Themen auskennen (Audiologie, Erziehung, Sprachentwicklung, Kultur, Diagnostik, Behandlung, psychosoziale Entwicklung, Spätertaubung u. a.).
4. Er muß die Besonderheiten, die sich aus der Verständigung mit Hörgeschädigten ergeben, bei Untersuchung, Diagnose und Therapie berücksichtigen.
5. Er muß über ein breites klinisches Interventionsrepertoire verfügen.
6. Die Beratung muß sich den Bedürfnissen des Hörgeschädigten anpassen. Sie soll in kontrollierter Weise eklektisch sein.
7. Es sollte Raum für sofortige Krisenintervention und langfristige Beratung und Therapie bestehen.
8. Er soll leicht erreichbar sein, u. U. in mobilen Beratungseinrichtungen, die von Ort zu Ort fahren. Große zentrale Einrichtungen mit vielen Angeboten erzeugen für manche Hörgeschädigte besondere Hemmschwellen.
9. Die Beratung soll die Möglichkeiten des größeren regionalen Netzwerkes von Beratungsangeboten nutzen und deren Ressourcen heranziehen, z. B. Einrichtungen der beruflichen Rehabilitation, Vorsitzende der Gehörlosen- und der Schwerhörigenvereine, Familienberatungsstellen u. a..
10. Enge Kontakte mit anderen Einrichtungen der Beratung werden dazu beitragen, daß diese in gleichbleibend hoher Qualität ihre Aufgaben ausführen. Dies setzt voraus, daß der Berater sich zunächst über das bestehende Netzwerk informiert oder dazu beiträgt, es aufzubauen.
11. Er muß Beratungsprozesse mit Hörgeschädigten dazu nutzen, seine diesbezüglichen Kompetenzen zu erweitern und seine bestehenden Konzepte zu überprüfen.
12. Alle Maßnahmen sollen darauf abzielen, die Unabhängigkeit des Klienten zu fördern.

Sofern ein Ratsuchender aufgrund von Fragen und Problemen kommt, die ihm unmittelbar aus seiner Hörschädigung erwachsen sind, so kann man folgende allgemeine Hinweise in der Regel als dienlich betrachten:

1. Die Teilnahme an Abseh-, Artikulations- und Gebärdenkursen sowie anderen kommunikationserhaltenden und -fördernden Maßnahmen kann stets empfohlen werden.
2. Informationen über die Erblichkeit von Hörschädigungen und die konkrete Wahrscheinlichkeit einer Vererbung auf die eigenen Kinder werden von Nutzen sein, da diesbezüglich viele falsche Vorstellungen bestehen.
3. Die Mitgliedschaft in dem für ihn geeigneten Hörgeschädigten-Verein kann stets nahegelegt werden.
4. Eine Warnung vor Zeitungsmeldungen, in denen von revolutionären neuen

Heilmethoden für Hörschädigungen berichtet wird, mag vor unerfüllbaren Hoffnungen schützen.
5. Für Laien verständliche Schriften können genannt werden (vgl. dazu die Auswahl in Anhang 2).
6. Natürlich gehören zur Beratung erwachsener Hörgeschädigter Hinweise über Möglichkeiten der Funktionsprüfung, der Hörmittelberatung und der Hörgeräteanpassung.

Beratung, d. h. Klärung von Fragen, Wünschen und Problemen des Klienten sowie Anleitung zur Selbsthilfe in einem einzigen Gespräch oder innerhalb einer begrenzten Zahl von Sitzungen ist die häufigste Form der psychosozialen Hilfestellung für Hörgeschädigte.

10.2 Einzelpsychotherapie

An Therapeuten, die mit Hörgeschädigten arbeiten wollen, sind die gleichen Anforderungen zu richten wie an Berater. Darüber hinaus muß von ihnen die Entwicklung einer längerfristigen Strategie des Einwirkens auf der Grundlage einer psychologischen Theorie und eine erweiterte Möglichkeit gefordert werden, Fortschritte und Fehlentwicklungen zu erkennen und darauf therapeutisch zu antworten. In einer multidisziplinären Konferenz von 1979 wurde zusammengestellt, welche Kompetenzen man sich von Psychologen in Einrichtungen für Hörgeschädigte wünschte. Dies sind einerseits Grundfertigkeiten für die Verständigung. Darüber hinaus werden aber zu Recht weitere Fähigkeiten gefordert, die ein vertieftes Verständnis des Einzelfalles ermöglichen:

1. Fähigkeit zum Empfangen und Senden von Mitteilungen auf allen möglichen Kanälen
2. Fähigkeit, aus Tests und Lebensgeschichte signifikante diagnostische Schlüsse zu ziehen
3. Fähigkeit, aus hörgeschädigten-angepaßten Tests je nach Person und Fragestellung eine geeignete Testbatterie zusammenzustellen und die Tests behindertengerecht durchzuführen
4. Fähigkeit zur Testinterpretation aufgrund der Ergebnisse und auf dem Hintergrund der besonderen Biographie und Lebenssituation des Probanden
5. Fähigkeit, sich in die gedankliche Welt von Personen hineinzuversetzen, die aufgrund ihrer Lebensgeschichte und Erziehung ein Bild von der Welt haben, das teilweise nur aus unzusammenhängenden Bruchstücken besteht
6. Fähigkeit, abweichendes und pathologisches Verhalten im Kontext der Hörschädigung zu identifizieren und Differentialdiagnosen zu formulieren
7. Fähigkeit, im Team mit Fachleuten anderer Disziplinen zu arbeiten, zu dem auch die Eltern gehören, und deren besonderen Beitrag zu würdigen
8. Fähigkeit, Berichte so abzufassen, daß ein lebendiges Bild der Person entsteht, nicht nur ein Katalog seiner Schwächen und Unzulänglichkeiten
9. Fähigkeit, gern und gelassen mit Hörgeschädigten zu arbeiten und ein Klima von Respekt und Vertrauen zu schaffen
10. Fähigkeit, alle diese Fähigkeiten in eine umsichtige Förderung zu integrieren, die dem Hörgeschädigten die Möglichkeit gibt, seinen Weg und seine Art zu finden (Levine, 1979).

Als Voraussetzung zur Entfaltung dieser Fähigkeiten betrachtete es die Konferenz, daß der Psychologe

1. über Hörschädigung und Hörgeschädigte Bescheid weiß
2. den Einfluß der Hörschädigung auf Familie und Kind kennt
3. die wichtigsten Erziehungsmethoden kennt, die für Hörgeschädigte zur Verfügung stehen
4. neuere Reformideen und -bewegungen kennt, die besondere Bedeutung für die seelische Gesundheit Hörgeschädigter zu gewinnen versprechen (z. B. Multikomm)
5. weiß, wie man hörgeschädigt denkt und hörgeschädigt spricht (**think deaf** und **speak deaf**).

Zwei Beispiele mögen sichtbar machen, wie Therapeuten in diesem Bereich gefordert sind.

Ein sehr intelligenter gehörloser Mann mit großem Wortschatz unterzog sich wegen einer sensitiv-paranoiden Reaktion einer regulären Psychotherapie. Er sorgte sich darum, daß andere Menschen ihn sprechen hörten, während er selbst sich nicht hörte. Obwohl er wußte, über welche Entfernung seine Stimme zu hören war, war es ihm unerträglich, daß der Therapeut manchmal auf sein Pult schaute. In solchen Momenten legte er ihm die Hand auf den Arm, um ihn zu veranlassen, wieder sein Gesicht anzusehen. Zu Beginn der Therapie kam der Patient mit einer schriftlichen Mitteilung über die große Bedeutung der schriftlichen Kommunikation zur Vermeidung von Mißverständnissen. Als ihm aber in Sprache, Gebärde und Fingeralphabet geantwortet wurde, war er sehr erleichtert und äußerte, diese Methode sei am besten: „Mit Worten spricht man zum Intellekt, aber mit Gebärden zum Herzen." Dies unterstreicht die Bedeutung des Blickkontakts und der Gebärde für den Gefühlskontakt zwischen Patient und Therapeut (Basilier, 1965).
Ein junger Mann, der mit elf Jahren ertaubt war, aber noch in seinem Dialekt sprach, wurde in einer Klinik angemeldet. Er war zusätzlich sehbehindert und wurde wegen Alkoholproblemen zur Psychotherapie überwiesen. Er trug sein Hörgerät als Symbol seiner Behinderung und stach mit seinem Charme die anderen Patienten eine Zeitlang aus. Als diese die Therapeuten beschuldigten, seinetwegen Hausregeln zu verletzen, stellten diese bei der nächsten Versammlung seine Hörschädigung heraus und äußerten, sie könnten ihm gegenüber nicht so hart sein. Sie betonten auch seine doppelte Behinderung als besonderen Nachteil. Solange der Patient nur zur Beobachtung in der Klinik war, ging in der Therapeut-Klient-Beziehung alles gut; aber nachdem eine korrigierende Verhaltenstherapie begann, wurde der Umgang mit ihm immer schwieriger. In den Gesprächen verstand er alle stützenden Worte gut; aber sobald analysierende Fragen gestellt wurden, schien es, daß er nicht mehr vom Mund absehen konnte. Manchmal schaute er demonstrativ aus dem Fenster und brach so den Kontakt ab (Basilier, 1965).

Statt der gesprochenen Sprache muß in Therapie und Beratung eine andere Form der Verständigung gefunden werden: Übersetzen, Fingeralphabet, Gebärdensprache, lautsprachbegleitende Gebärde, geschriebene Sprache, kommunikatives Malen und Zeichnen oder eine Kombination mehrerer dieser Formen. Der Hörgeschädigte will oft wissen, was einen Hörenden veranlaßt, sich das Verständigungsmittel der Hörgeschädigten anzueignen. Therapeuten, die in Verwandtschaft oder Freundeskreis selbst einen Hörgeschädigten aufzuweisen haben, werden hier eher akzeptiert als andere. Die therapeutische Arbeit mit Hörgeschädigten ist seelisch und körperlich eine unglaubliche Beanspruchung. Der Therapeut hat nicht nur mit Verständigungsproblemen zu rechnen; er muß auch wissen, daß er dem Blick eines sehr geschulten Beobachters ausgesetzt ist. Er hat keine Möglichkeit, sich während der Sitzungen Notizen zu machen, weil dann der ohnehin erschwerte Gesprächsfluß leicht abreißt. Auch für den Klienten sind Therapie und Beratung

mit großer Anstrengung verbunden. Für Einzelgespräche mit erwachsenen Gehörlosen werden von einigen Praktikern Zeitspannen von nicht mehr als 20, für Gruppengespräche max. 40 Minuten empfohlen.
Manchmal wird berichtet, die Träume Gehörloser seien besonders farbig. Einige Gehörlose haben angegeben, daß sie in Träumen hören konnten (Strunz, 1986). Sarlin (1984) untersuchte bei heranwachsenden und erwachsenen Klienten einer Beratungsstelle die Träume, die sie berichteten, und stellte fünf Erfahrungen heraus:

1. Gehörlose Klienten konnten trainiert werden, ihre Fähigkeit zu Selbstbeobachtung und Selbstmitteilung zu steigern.
2. Ihre kognitiven Fähigkeiten waren von einer Art, daß unbewußtes Material interpretiert werden konnte.
3. Diese Technik erleichterte die Einsicht in unbewußte intrapsychische Konflikte.
4. Die Klärung der Konflikte führte zu einer besseren Integration der Person, größerer Autonomie und Objektkonstanz.
5. Die emotionalen Störungen der Gehörlosen, zu denen u. a. Depressionen gehörten, entsprachen denen hörender Klienten.

Bei der Befragung von N = 10 Therapeuten und Supervisoren, die mit Hörgeschädigten arbeiteten, wurden auch einige besondere Stärken dieser Klientengruppe in der Therapie erwähnt. So haben viele einen ungemein lebendigen mimischen und pantomimischen Ausdruck und können sehr lebendig erzählen. Ihre Unkenntnis bezüglich Psychotherapie und anderer Fragen der seelischen Gesundheit läßt sie in der Behandlung besonders offen und unbefangen sein. Manche haben aufgrund ihrer Behinderung eine außergewöhnliche Festigkeit gegen Schicksalsschläge entwickelt. Weil sie nicht so viel Gelegenheit wie Hörende haben, über ihre seelischen Probleme zu sprechen, bringen sie in der Therapie eine besondere Aufmerksamkeit auf (Hoyt et al., 1981).
In jedem Fall wird der hörende Helfer, wenn er nicht gerade selbst aus dem Lebensmilieu Gehörloser stammt, erhebliche Anstrengung aufwenden müssen, der inneren Welt der Hörgeschädigten nahezukommen (Feuchte, 1987).

10.3 Rollenspiel und Psychodrama

Auch Rollenspiel und Psychodrama haben sich als therapeutische Verfahren für hörgeschädigte Erwachsene bewährt (vgl. dazu Kap. 3.3, 5.4, 6.5 sowie 10.5). Da sie weniger ausschließlich mit Sprache operieren als die meisten anderen Therapien, bietet sich hier eine besondere Möglichkeit zum spontanen Gefühlsausdruck und zur Erprobung neuen Verhaltens. Meist beginnt die Arbeit mit einem gemeinsamen **warming up**, also einer Aufwärmphase, in der die Überwindung der anfänglichen Scheu angestrebt wird.

„Man kann bei der Arbeit mit Gehörlosen mit einer Begegnungsgruppe und mit nonverbalen Kommunikationsübungen beginnen. Wir bilden zwei Kreise, die gegenläufig reihum gehen, dann fassen sich je zwei Gegenüberstehende an den Händen, blicken einander an und gehen dann weiter zum nächsten. Jeder betrachtet so einmal jeden anderen. Es geht darum, sich durch Blicke zu verständigen und sich an die Stelle des anderen zu versetzen, ohne den Blickkontakt abzubrechen. Diese Gehörlosen-Übung dient dazu, sich den Raum und das Territorium vertraut zu machen, die

Schwingungen in der Gruppe zu spüren, sich freier und sicherer zu fühlen. Dies wird durch eine Reihe anderer Übungen ergänzt mit Bewegungen, Geräuschen und Berührungen (jeder berührt die Schulter oder die Hand seines Nachbarn). ... Die Erklärungen werden in der Fingerzeichensprache der Taubstummen gegeben; Sichkennen und Sichberühren werden in dieser Sprache durch dasselbe Zeichen ausgedrückt, im Französischen wie im Schwedischen" (Schützenberger, 1976, S. 86f.).

Danach kann entweder gefragt werden, wer eine eigene Erfahrung behandeln möchte; oder es ergibt sich aus dem Gruppenprozeß ein Thema, das offensichtlich Vorrang hat. Wenn ein hörgeschädigter Klient mit der Darstellung eines eigenen oder eines Gruppenproblems beginnt, werden die anderen Klienten mit einbezogen, indem sie unterstützende Rollen übernehmen. Dies kann sprachlich oder ohne Worte geschehen. Der Spielverlauf regt oft andere Klienten an, anschließend von eigenen problematischen Erfahrungen zu berichten.

„Ein Beispiel für ein ‚rückspiegelndes' Rollenspiel in einer Gruppe von Gehörlosen: Eine Teilnehmerin kommt nicht zu einer Sitzung, und die anderen machen sich Sorgen. Als sie schließlich doch kommt, wird in einem improvisierten Sketch die Besorgnis der Gruppe dargestellt. Jemand ruft die Unfalldienststelle der Polizei und verschiedene Krankenhäuser an, um zu fragen, ob sie dort sei, wobei er die Schwierigkeiten der Gehörlosen darstellt, sich verständlich zu machen und einen Übersetzer zu finden. Die zu spät Gekommene gibt daraufhin ein Zeichen, man habe schlecht gespielt und die Vorgänge mißdeutet, wenn man geglaubt habe, sie sei im Krankenhaus. Sie sei nicht krank gewesen, so erklärt sie in der Zeichensprache, sondern sie habe sich in dieser Gruppe unerwünscht und nicht anerkannt gefühlt; deshalb sei sie nicht zu der Sitzung gekommen. Das Rollenspiel gibt ihr Gelegenheit, ihre Gefühle mitzuteilen. Von nun an fühlt sie sich von der Gruppe geschätzt und geachtet und entwickelt sich gut weiter" (Schützenberger, 1976, S. 87).

Zahlreichen Berichten zufolge sind viele gehörlose Klienten, auch solche mit langjährigem Aufenthalt in psychiatrischen Einrichtungen, gut imstande, die nonverbalen, verbalen und interaktionellen Anteile der Rolle zu gestalten und dabei den Als-ob-Charakter der Darstellung doch zugleich im Blick zu behalten. Ein Beispiel mag dies erläutern.

Fall 30: Lucy

„Als ich in der Klinik ankam, drückte Lucy schon durch Grimassen ihren Ärger aus. Der Dolmetscher und die Schwester ermutigten sie, an der Gruppe teilzunehmen, die aus 18 Patienten und Therapeuten bestand. Zu Beginn der Sitzung wurde mitgeteilt, daß zwei Patienten mit einer beruflichen Rehabilitation begonnen hatten. Jane sollte aus der allgemeinen Klinik in diese Abteilung zurückkehren. Es wurde daran erinnert, daß eine Konfrontation in einer früheren Sitzung auf dieser Station sie wütend gemacht hatte. Lucy wurde beschuldigt, sie habe Puzzles gestohlen. Sie sagte, sie habe keine Lust, schmutzige Kleidung aus Spenden zu sortieren. Sie werde an der Arbeitstherapie nicht mehr weiter teilnehmen. Sie wolle endlich eine gute Stellung mit angemessener Bezahlung. Als sie zu sprechen begann, wurde sie noch wütender und stampfte auf den Boden. An dieser Stelle wurde eine Psychodrama-Technik eingesetzt, die der Kanalisierung und Zentrierung des Ärgers diente. Ein leerer Stuhl mit einem Kissen darauf wurde in die Mitte der Gruppe gestellt. Die Gruppenmitglieder drückten ihre Gefühle gegenüber Personen aus, auf die sie wütend waren, indem sie auf das Kissen schlugen. Lucy wurde dabei zum Mittelpunkt des Ärgers. Sie selbst benutzte ebenfalls den Stuhl, um ihren zunehmenden Ärger auszudrücken, und wurde angeleitet, ihre Wut nur in dieser Form auszudrücken. Schrittweise verschwand der Ärger in der Gruppe. Einige Teilnehmer begannen, anders als bisher mit Lucy zu sprechen. Zwei sagten, sie wären gern mit ihr befreundet. Einer äußerte den Wunsch, freundlich und mütterlich zu sein. Wieder ein anderer, der sich noch gestört fühlte, sagte ihr: ‚Hör auf damit, du langweilst uns.' In diesem Moment explodierte Lucy ein zweites Mal und schlug auf das Kissen, um ihre Wut auszudrücken. Sie wurde dann angewiesen, Stuhl und Kissen wieder hinzulegen und auf diese Weise ihre Gefühle wieder unter Kontrolle zu bringen. Einige Gruppenmitglieder sagten, sie hätten Lucy nur zum Spaß als Puzzle-Diebin bezeichnet, weil sie oft mit Puzzles spielte. Sie begannen einzusehen, daß sie selbst es waren, die sie immer reizten, wenn sie sich bizarr verhielt, weil es sie an ihr eigenes Kranksein erinnerte. Die Änderung in ihrer Wahrnehmung von Lucys Verhalten änderte auch den Fokus des Gruppeninteresses, der sich jetzt auf die Frage konzentrierte: Was bedeuten Krankheit und Gesundheit? Das Psychodrama brachte die Gruppe auf ein zentrales Thema ihrer gemeinsamen Situation (Clayton und Robinson, 1971).

Diskussion. An diesem Fall wird besonders schön sichtbar, daß das Psychodrama stets ein völlig offener Prozeß ist, in dem keiner der Beteiligten einschließlich des Therapeuten vorab wissen kann und darf, welchen Verlauf und welches Ende er nehmen wird. So ist weder die Ursache von Lucys Ärger bekannt, noch läßt sich übersehen, wie die Gruppe darauf reagieren wird. In der verdichteten Atmosphäre der Therapiesitzung ist ein schneller Wechsel der Gefühle geradezu die Regel. Wut und Freundschaft kommen und gehen in rascher Folge. Dies bedeutet nicht, daß sie nicht echt wären. Vielmehr ist es Aufgabe des Therapeuten, ihnen nebeneinander und nacheinander Raum zu geben, weil sie erst gemeinsam und in Verbindung mit vielen anderen Gefühlen, Gedanken und Handlungen den vollständigen Menschen ausmachen. Als besonders gelungen kann der Abschluß der Sitzung betrachtet werden: Es zeigt sich, daß Lucys persönlicher Ärger zugleich der Ausdruck einer Gruppenstimmung war. So arbeitet sie nicht nur an ihrer eigenen Problematik, sondern bereitet für alle das gegenwärtig zentrale Gruppenthema vor.

Swink (1983) hat fünf Varianten des Psychodramas mit Hörgeschädigten dargestellt: die psychodramatische Einzel- und Gruppentherapie, die soziale Lerngruppe, die pychodramatische Familientherapie und die Video-Rückblende auf vergangene Therapiesitzungen. Tebo (1984) hat überzeugend beschrieben, daß Vortragsveranstaltungen für Hörgeschädigte durch Dramatisierung und Gruppendiskussion an Lebendigkeit, Beteiligung und Informationswert gewinnen können.

10.4 Paar- und Familientherapie

Wie auch schon früher erwähnt (z.B. in Kap. 3.1 und 6.6) ist es in vielen Fällen angezeigt, mehrere Familienmitglieder in eine Behandlung einzubeziehen.

Der Psychotherapeut hatte gerade das zweihändige Fingeralphabet gelernt, als ein 28jähriger Mann eingeliefert wurde, der sich aus Verzweiflung über die Aussicht, zusätzlich zu seiner Gehörlosigkeit blind zu werden, die Pulsader an der rechten Hand aufgeschnitten hatte. Seine Aussprache war so schlecht, daß er sich sprachlich nicht verständlich machen konnte. Er benutzte seine freie Hand, wenn er mit Hilfe des Fingeralphabets etwas mitteilen wollte. Der Psychotherapeut fingerte seinerseits mit der rechten Hand in die linke Hand des Patienten. Der Patient verstand auf Anhieb, welches Wortsymbol von ihm erwartet wurde, und formte die andere Hälfte des Symbols mit seiner linken Hand, um so zu bestätigen, was ihm mitgeteilt wurde. Bisher hatte niemand es gewagt, ihm mitzuteilen, daß seine Erblindung fortschreiten und irreversibel sein werde. Nach dem ersten Kontakt, der in einer Reihe von Gesprächen hergestellt wurde, wurde er über seine Situation aufgeklärt. Danach kam eine neue depressive Krise. Der Patient war zusätzlich in einen Familienkonflikt verwickelt, weil seine gehörlose Verlobte von seiner Mutter nicht akzeptiert wurde. Duch Gespräche zu dritt und zu viert mit ihm, seiner Verlobten, seiner Mutter sowie weiteren wichtigen Bezugspersonen, in denen die Verständigung stets über die linke Hand des Patienten verlief, wie oben beschrieben, konnte der Familienkonflikt geklärt werden (Basilier, 1965).

Eine als schwerhörig bezeichnete, faktisch aber gehörlose Frau wurde nach ihrer dritten Schwangerschaft wegen einer Wochenbettdepression in die Klinik eingeliefert. Sie konnte nicht hören, ob das Baby schrie, und mußte zwischen der Wiege und ihrer Hausarbeit hin- und herlaufen, um sich vom Wohlergehen des Kindes zu überzeugen. Sie lehnte die Benutzung von Gebärden in der Klinik ab, weil sie beanspruchte, schwerhörig und nicht gehörlos zu sein. Im Interview zu dritt benutzten jedoch sie und ihr Mann so undifferenzierte Gebärden, daß ein reguläres Gebärden, wie unter Gehörlosen üblich, für beide ein großer Gewinn gewesen wäre. Der Mann hatte bald auch keine Lust mehr, seiner jungen Frau als wandelndes Lexikon zu dienen. Sie hatte ihn als Partner gewählt, weil er ein stattlicher hörender Mann mit sicherem sozialen Status war. Er hatte andererseits, schon lange bevor er seine spätere Frau kennenlernte, schwere seelische Probleme, und seine Motive, gerade dieses gehörlose Mädchen zu wählen, wurden Schritt für Schritt deutlicher. Die negativen Reaktionen, die der jungen Frau jetzt von ihrem Mann entgegenschlugen, hatte sie in ihrer Kindheit schon sehr oft erlebt. Bis zum Beginn der Schulzeit verfügte sie nahezu über keine sprachliche Kompetenz, und als sie lernte, immerhin Fragen zu stellen, erhielt sie häufig die Antwort: „Was? Das weißt du nicht?" Ihr Elternhaus wollte, daß sie als Schwerhörige erzogen wurde, und sie hatte sich immer sehr darum bemüht, mit dem Schritt zu halten, was um sie herum passierte. Sie hatte nie eine sichere Beziehung mit Gehörlosen aufnehmen können, noch hatte sie das Gemeinschaftsleben der Gehörlosen jemals erlebt. In der hörenden Welt wurde sie nicht akzeptiert. Die Lebenssituation dieser jungen 32jährigen Frau hätte anders sein können, wenn sie mit gehörlosen Gleichaltrigen erzogen worden wäre und sich mehr für ihre eigene psychosoziale Situation als Gehörlose interessiert hätte als für ihren im Grunde nur theoretisch bestehenden Hörrest (Basilier, 1965).

Robinson und Weathers (1974) berichten von einer Familientherapie in einem Fall, in dem die Eltern gehörlos waren und die drei Kinder hören konnten. Die Kinder vermochten nach der Behandlung, einzelne Verhaltensauffälligkeiten abzulegen; die Eltern übernahmen ihre Erzieherrolle mit Gewähren und Verbieten deutlicher als früher; die Kommunikation in der Familie wurde lebendiger; Durchlässigkeit und Grenzen zwischen den Personen traten klarer hervor.

Erfahrungen von Familientherapeuten (u. a. Frankenberg et al., 1985) führen zu folgenden Empfehlungen:

1. Es ist erforderlich, die Einstellung in Erfahrung zu bringen, die in der Herkunftsfamilie der Eltern bzgl. Hörschädigung und Kommunikation herrschte.
2. Manche hörgeschädigten Eltern haben Mühe, sich in das eigene Kind einzufühlen. Darauf muß der Therapeut gefaßt sein.
3. Hörende Kinder aus solchen Familien werden oft Loyalitätskonflikten zwischen Eltern und hörender Gesellschaft ausgesetzt sein.
4. Oft ist mit einer Geschwisterrivalität in der Frage zu rechnen, an welches Kind sich die Eltern hilfesuchend wenden und welches Kind sich andererseits erfolgreich drücken kann.
5. Der Therapeut muß klären, wie er die Kommunikationsbarrieren zu überwinden gedenkt.
6. Die Hinzuziehung eines Dolmetschers wird einige dieser Probleme mildern. Zugleich kommt damit aber auch eine neue Person mit einer eigenen Dynamik ins System, die therapiedienlich oder -hinderlich sein kann. Der Therapeut als Person verliert durch die Einschaltung eines Dolmetschers jedenfalls an unmittelbarer Wirkung.
7. Eine Hörschädigung der Eltern stellt jedenfalls kein Hindernis für eine Familientherapie dar.

10.5 Psychotherapeutisch-psychiatrische Behandlung

Wenn Hörgeschädigte psychiatrisch behandelt werden sollen, so nimmt die Zahl der Probleme für Helfer und Patienten sprunghaft zu. Wie bereits erwähnt, mag es aufgrund der Verständigungsprobleme zu Fehldiagnosen kommen. Der Patient ist u. U. über Zeit, Raum und Umstände seines Aufenthalts desorientiert und kann über seine Befindlichkeit nur ungenaue Auskünfte geben. Das Personal ist meist über die Besonderheiten nicht informiert, derer die Kommunikation mit ihnen bedarf.

Bei der psychiatrischen Versorgung Hörgeschädigter gelten folgende Voraussetzungen als vorteilhaft:

1. Psychiater, die die besonderen Probleme der Gehörlosen kennen und flüssig mit ihnen kommunizieren können
2. Personal, das aufgrund seiner Kenntnis der Psychologie der Gehörlosen und seiner Fähigkeit, mit Gehörlosen zu kommunizieren, den Behandlungsplan ausführen kann
3. Ein stützendes Umfeld, d. h. die Möglichkeit der Patienten, mit anderen Gehörlosen ebenso wie mit allen Betreuern einschließlich des Haus- und Küchenpersonals mühelos kommunizieren zu können
4. Guter Kontakt der Patienten mit ihrer Familie (Feuchte, 1986).

Solche Verhältnisse sind in der Bundesrepublik jedoch noch kaum gegeben. Es existieren nur wenige psychiatrische Kliniken, die auf die Behandlung hörgeschädigter Menschen eingerichtet sind. Das Deutsche Gehörlosen-Taschenbuch (Gehörlosen-Verlag, 1989) weist ein therapeutisches Kleinstheim mit 10 Plätzen in München, eine Offene Abteilung für psychisch kranke Gehörlose in Lengerich mit einer Anschlußbehandlungsmöglichkeit in Greven und die geplante Eröffnung einer Spezialabteilung in Erlangen aus. Neben zwei Suchtkrankenhäusern, die sich ebenfalls auf Hörbehinderte spezialisiert haben, stehen damit nur drei psychiatrische Kliniken im gesamten Bundesgebiet zur Verfügung, bei denen umfangreichere Erfahrungen mit hörgeschädigten Menschen vorausgesetzt werden können.

Wie wesentlich solche Erfahrungen jedoch sind, zeigt sich in einer von Feuchte (1986) referierten englischen Untersuchung, in der N = 28 gehörlose Psychiatrie-Patienten eine erneute Diagnose durch Fachleute erhielten, die mit Fragen der Hörschädigung vertraut waren. Dabei zeigte sich, daß bei 21 Patienten nur in sieben Fällen Erst- und Zweitdiagnose übereinstimmten. Häufiger als ursprünglich wurde in der Wiederholungsuntersuchung Schizophrenie diagnostiziert, keinmal dagegen ‚Subnormalität', offenbar eine Restkategorie, deren sich die Erstuntersucher bedienten, wenn keine andere Diagnose greifbar war. Andererseits nahmen sich die Zweituntersucher zwölfmal die Freiheit, keine Diagnose zu stellen, wenn kein klares Störungsbild vorlag. Dies geschah in der Erstuntersuchung nur dreimal. Feuchte nimmt an, daß in der Erstuntersuchung manche gehörlosenspezifischen Verhaltensweisen für Psychoseanzeichen gehalten, dagegen psychosebedingte Auffälligkeiten auf die Gehörlosigkeit zurückgeführt wurden (vgl. dazu auch Rainer und Altshuler, 1968; Wendt-Nobbe, 1979).

Bei zwei schwerhörigen Patientinnen der Psychiatrie im Alter von 56 bzw. 60 Jahren erwies sich eine dem notwendigen chirurgischen Eingriff vorausgehende mehrwöchige stationär durchgeführte Psychotherapie als notwendig und hilfreich (Stone, 1969). Der Autor nimmt an, daß dies generell dann angezeigt ist, wenn dem Betreffenden selbst sogenannte **Kompensationsmechanismen** fehlen, die ihm als Hörgeschädigtem in der Welt der Hörenden bei der Orientierung helfen.

Fall 31: Peter

Peter ist ein Patient der Psychiatrie. Er hat eine Privatsprache. Diese Sprache bleibt verborgen, solange er sich in seine eigene Welt zurückzieht. Wenn andere Gruppenmitglieder ihm im Psychodrama helfen, in seiner Welt von Bäumen, Bällen und Tieren zu agieren, fängt er nicht nur an, diese Symbole in seiner Sprache mitzuteilen und andere Personen in seinen Innenraum einzubeziehen. Vielmehr können andere Personen auf seine Sprache Einfluß nehmen und sie auf die tatsächliche Welt beziehen. Als im Psychodrama damit begonnen wurde, Bäume zu spielen, wurde sichtbar, daß er verschiedene Geschichten über sie immer wieder erzählte. Manchmal wurden die Bäume alt und stürzten um; manche wurden vom Sturm zu Boden gerissen; manchmal wurden Bäume von Holzfällern geschlagen und stürzten in den Fluß. In einigen Sitzungen fertigte er Zeichnungen an, in denen Gliedmaßen von Körpern abgeschnitten wurden. Die Therapeuten bezogen diese Geschichten auf Personen und sprachen über den Vorgang, daß Menschen wachsen, alt werden und sterben, daß Menschen sich hilflos fühlen und daß um sie her Dinge geschehen, auf die sie keinen Einfluß haben; daß Personen verletzt werden und daß dies Ärger und Wut erzeugt. Das Psychodrama begann mit seiner Sprache und half ihm, mehr über sich mitzuteilen, verstanden zu werden und am Ende einige Brücken zwischen seiner Sprache und der Sprache seiner Mitpatienten zu errichten.
Peter war ein gutes Beispiel für das Leben in einer Phantasiewelt, während die Beziehungen zur Außenwelt nicht gelangen. Peter war von anderen Menschen isoliert und bezog sich selbst mehr auf Dinge als auf Personen. Seine Sicht von der Welt war sehr eng, so als schaue er durch eine beschlagene Scheibe. Als die Therapeuten anfingen, in der Gruppe seine Welt zu spielen, entdeckten sie, daß er manchmal nicht Personen um sich herum wahrnahm, sondern monströse Gebilde, die ihn verletzten und bedrohten. Seine plötzlichen explosiven Wutanfälle rührten aus dieser intensiven Furcht her. Mit Hilfe des Psychodramas gelang es, sein verzerrtes Bild von der Welt in Frage zu stellen. Verschiedentlich sagte er: „Ihr bringt mich durcheinander." Mehrmals wollte er die Gruppe verlassen. Jedoch fühlte er sich nach einiger Zeit wohler, als die Gruppe die Mitteilungen aus seiner Phantasiewelt als gegeben akzeptierte. Mittlerweile hat er zu einigen Gruppenmitgliedern engere Beziehungen aufgenommen. Er zieht sich immer noch oft in seine Phantasiewelt zurück und sitzt dann uninteressiert abseits. Daneben bezieht er sich aber in seinen Gedanken häufig auf Erfahrungen, die in der Gruppe geschehen; dies bereichert das Gruppenleben, wenn diese Phantasien mitgeteilt werden. Er wartet immer noch überwiegend darauf, daß andere den Kontakt mit ihm beginnen, ist aber selbst mitteilungsfreudiger geworden (Meier, 1981).

Diskussion. In diesem Fall wird sichtbar, daß das Psychodrama sich besonders gut eignet, Personen mit ausgeprägten Idiosynkrasien und einer chronifizierten Neigung zum Rückzug anzusprechen. Peter kann nur in seiner Sprache erreicht werden, nicht im Sprachcode der Gruppe. Es bestätigt sich auch ein Gedanke, der sich durch alle Therapieschulen und -bemühungen zieht: Der Klient muß stets da abgeholt werden, wo er ist, und nicht dahinbefohlen werden, wo sich der Therapeut aufhält. Die Darstellung zeigt auch, daß die Therapie sich manchmal mit wenig zufriedengeben muß: Daß Peter seltener Wutausbrüche hat, weniger ängstlich ist und mit einigen Mitpatienten spricht, ist schon ein großer Erfolg.

Insgesamt ist es gut möglich, hörgeschädigte Patienten in der regulären Psychiatrie zu behandeln. Leichter fällt es jedoch, wenn mehrere von ihnen sich gleichzeitig in Behandlung befinden (Basilier, 1965).
Manche Hörgeschädigte, die früher in psychiatrische Kliniken eingewiesen wur-

den und dort mangels hinreichender Betreuung ihre verbliebene Fähigkeit zur Lebensbewältigung vollends einbüßten, haben heute Gelegenheit, nach einem zeitlich befristeten Klinik- oder Heimaufenthalt oder einer Reihe von Beratungsgesprächen wieder in den Alltag zurückzukehren (Denmark und Warren, 1972).
Die Deutsche Gesellschaft zur Förderung der Hör-Sprach-Geschädigten e.V. hat unter Federführung von Barow eine Rahmenkonzeption entwickelt, in der die Notwendigkeit betont wird, ambulante psycho-soziale Dienste, stationäre Einrichtungen, therapeutische Wohngemeinschaften und Heime für erwachsene Gehörlose und hochgradig Schwerhörige einzurichten (Feuchte, 1986).

11. Hörgeschädigte im höheren Lebensalter

Wann Menschen anfangen, sich **älter** zu fühlen, ist natürlich von Person zu Person verschieden. Auch der Alterungsprozeß des Gewebes korrespondiert mit dem numerischen Alter nur begrenzt. Die Konvention sieht den Beginn des höheren Lebensalters etwa beim 60. Lebensjahr. Jedoch ist dies auch wesentlich vom Alter des Betrachters abhängig. Berufliche Positionen werden in diesem Alter nicht mehr so leicht aufgegeben wie früher; bei Stellenverlust droht vermehrt dauerhafte Arbeitslosigkeit. Das Ende des Arbeitslebens kommt in Sicht. Viele Menschen empfinden sich selbst in einem neuen Lebensabschnitt, der Einschränkung oder Erweiterung, jedenfalls aber qualitative Verwandlung mit sich bringt. Manche denken vermehrt an Lebenssinn, Loslassen und Tod. Von seiten der Umgebung erfolgt oft eine Neudefinition hinsichtlich der Rolle älterer Menschen, in denen Hinfälligkeit, Rückzug, Bedürfnisreduktion u. a. nahegelegt werden. Andererseits sind für ältere Menschen heute aufgrund verbesserter Gesundheitsfürsorge und eines gesellschaftlichen Rollenwandels Vitalitätsverlust und Rückzug nicht mehr festgeschrieben. Vielmehr können sie neue Erlebnis- und Tätigkeitsfelder erschließen; viele verfügen über die materiellen Mittel, sich dies zu erleichtern. Jedenfalls gibt es eine große Variationsbreite von Erfahrungen und Erscheinungen, und eine Darstellung dieser Altersspanne muß sich davor hüten, in die bestehenden Stereotypen und Klischees über das Alter einzustimmen. Wie sieht nun das Altern für hörgeschädigte Personen aus?

11.1 Beschreibung der Altersgruppe

In der Regel wird im Alter das Gehör schwächer. Bei einer ambulanten Untersuchung an N = 3.225 repräsentativ aus der Bevölkerung ausgewählten Personen (Ziegler, 1986) zeigte sich u. a eine Zunahme der subjektiven Hörprobleme im höheren Lebensalter (Tab. 9), die mit den auf Hörmessungen beruhenden Angaben in Kap. 8.1 recht gut übereinstimmt.

Tab. 9: Lebensalter und Hörprobleme

Altersgruppe in Jahren	hören schlechter als früher
15 – 19	6 %
20 – 29	8 %
30 – 39	14 %
40 – 49	29 %
50 – 59	36 %
60 – 69	41 %
70 – 75	46 %

Ebenfalls entspricht dem eine Angabe der SHHH (1987 a), daß mit 65 Jahren ein Drittel der Menschen schwerhörig sei; jedoch bestehen vermutlich starke Unterschiede im Auftreten der Behinderung je nach Geschlecht, Beruf, Schicht u. a.

Diese Hörminderung im höheren Lebensalter wird meist als Altersschwerhörigkeit bezeichnet. Wie Heese es einmal lakonisch ausgedrückt hat, ist sie unser aller Schicksal – wenn wir nur alt genug werden (1961). Die Minderung der Hörleistung im Alter ist durch einige charakteristische Eigenheiten gekennzeichnet, die dem Betroffenen u. U. nur langsam bewußt werden:

- Es muß lauter gesprochen werden, damit der ältere Mensch noch versteht.
- Hohe Töne werden nicht mehr so gut gehört – dadurch geht leicht der Sinn des ganzen Satzes verloren.
- Sprache wird insgesamt nicht mehr so klar wie früher verstanden.
- Es erfolgt eine besondere Beeinträchtigung des Hörens durch Hintergrundgeräusche.
- Es treten Hörprobleme in Räumen mit schlechter Akustik auf.
- Ist nur ein Ohr intakt, so wird Sprache schlechter verstanden als früher.
- Veränderte Sprache wird nicht mehr so gut verstanden wie früher, z. B. Dialektsprache, Kleinkindersprache, schnelles Sprechen, Sprechen durch ein Fenster wie in Büros und am Bankschalter, Sprache über größere Entfernung und aus einem anderen Raum.
- Der ältere Mensch versteht nur noch, wenn er sich sehr konzentriert.
- Sprache in Radio und Fernsehen, die von Musik und anderen Hintergrundgeräuschen begleitet sind, werden weniger gut verstanden, auch aufgrund der schnellen Schnittfolge und der vielen unbekannten Mundbilder und besonders bei synchronisierten Filmen.

Von einigen Autoren wird eine Tinnitus-Symptomatik als häufiger Bestandteil der Altersschwerhörigkeit erwähnt.

Rosenhall et al. (1987) befragten N = 386 Personen im Alter von 70 Jahren und die gleiche Stichprobe fünf bis zehn Jahre später über ihren Hörstatus. Dabei zeigte sich, daß mit zunehmendem Alter vermehrt Hörprobleme auftraten, und zwar bei Männern ausgeprägter als bei Frauen. Der Anteil der von Tinnitus Betroffenen blieb konstant.

Salomon et al. (1988) befragten N = 71 Hörgeräte-Träger zwischen 70 und 75 Jahren. Dabei zeigte sich, daß ziemlich genau zwei Drittel von ihnen die Geräte regelmäßig trugen und zufrieden mit ihnen waren, während der Rest wenig von deren Leistung hielt und sie seltener als einmal wöchentlich trug.

In einer Untersuchung an N = 80 schwerhörigen Männern im Alter von 65 Jahren oder älter wurde deutlich, daß das Ausmaß der Hörschädigung mit dem subjektiven Eindruck von Isolation höher korrelierte als mit objektiven Parametern für Isolation. Wer also schlechter hörte, fühlte sich stärker isoliert (Weinstein und Ventry, 1982). Vesterager et al. (1988) untersuchten N = 71 Hörgeschädigte im Alter von 71 bis 75 Jahren. Sie fanden heraus, daß soziale Aktivität sowie Intelligenz für diese Gruppe nicht mit dem Grad der Hörminderung korrelierten, wohl aber untereinander. Die meisten der Probanden empfanden sich selbst als aktiv, ohne daß dies mit objektiven Kriterien für Aktivität korrespondierte. Selbst eine schon längere Zeit bestehende Hörminderung kann im Alter eine subjektiv andere Färbung erhalten. So fragt sich Grete Weil (1986) in einem autobiographischen Roman, ob für sie – weil sie vieles nicht versteht – die Zeit vorbei sei, die sie mit anderen Menschen habe leben können. Obwohl ihre Schwerhörigkeit im mittleren Lebensalter eine Quelle der Angst vor einer endgültigen Ertaubung darstellte, war sie durch Hörgeräte soweit zu mildern, daß die Autorin sie kaum als Kommunikationshindernis empfand. Im Alter jedoch gewinnt sie eine andere Qualität;

Forderungen an Hörende werden nicht mehr mit derselben Selbstverständlichkeit gestellt, Ungeduld eher als Kränkung erlebt; ohne weitere Verschlechterung wird die Schwerhörigkeit jetzt zum Anzeichen des Nicht-mehr-dazu-Gehörens.
Diese unterschiedlichen Ergebnisse lassen vermuten, daß die gleiche nachweisbare Hörstörung von verschiedenen Personen dieses Alters ganz unterschiedlich bewertet und beantwortet wird.

11.2 Besondere Belastungen

Heese (1961) nimmt an, wie in Kap. 8.3 bereits erwähnt, daß eine Hörminderung im höheren Lebensalter leichter zu verkraften sei als während der aktiven Berufsjahre. Dagegen wird im Schrifttum der amerikanischen Selbsthilfebewegung SHHH immer wieder darauf hingewiesen, daß die Beeinträchtigung im Pensionsalter besondere Belastungen mit sich bringt, weil durch sie ein Schatten auf den Lebensabend fällt und die Neuorientierung in diesem Alter besonders schwerfällt. Manche Erfahrungen sprechen dafür, daß ein unmerkliches Älterwerden mit guter seelischer Gesundheit einhergeht. Demgegenüber stellt das Schwächerwerden des Gehörs einen deutlichen Eingriff in die Kontinuität der Lebensabläufe dar und zwingt den Betroffenen, einen Teil seines täglichen Tuns diesen Besonderheiten anzupassen.
Marcus-Bernstein (1986) untersuchte an N = 100 farbigen Amerikanern, die älter als 65 Jahre waren, was an der Hörschädigung im einzelnen belastend war. Die Befragten nannten dabei außer den Hörproblemen selbst Abhängigkeit, Lethargie und Neigung zu paranoiden Gedanken. Wach (o.J.) vermutet, daß die Merkmalskombination hörgeschädigt – Frau – alt – einer ethnischen Minderheit zugehörig zu einer multiplen gesellschaftlichen Diskriminierung führt. In der amerikanischen Literatur werden dementsprechend neben **racism** und **sexism** bereits gelegentlich die neuen Wortprägungen **ageism** und **audism** benutzt. Dieses Vorurteil scheint jedoch nur für einige Lebensbereiche zu bestehen und hauptsächlich von jüngeren Mitbürgern auszugehen. In einigen Bereichen (z. B. Kontakt in der Familie) werden im höheren Lebensalter Hörgeschädigte und Normalhörende eher ähnlich eingeschätzt und behandelt.
Die Liste der Hörprobleme bei älteren Menschen ist zugleich eine Übersicht über ihre tägliche Frustration. Sie verstehen Filme in Kino und Fernsehen nur noch halb; Telefonieren und Autofahren gelingen nicht mehr mit der gleichen Selbstverständlichkeit wie früher; der Kontakt mit den Enkeln verliert an Herzlichkeit und Spontaneität; das gesellige Beisammensein wird zu einer Tortur; beim gemeinsamen Essen machen das Klappern des Bestecks und der volle Mund des Gesprächspartners das Verstehen unmöglich; eine selbst ursprünglich wohlwollende Umgebung mag nach einiger Zeit auf Sonderwünsche mit Ungeduld und Zurückweisung reagieren. Es kann auf diese Weise leicht zum Verlust der bisherigen Bezugsgruppe kommen. Ältere Menschen sind oft nicht so selbstsicher wie jüngere und weniger als jene imstande, Forderungen zu stellen; wenn noch eine Minderung der Sehfähigkeit dazukommt, wird die Verständigung schnell schwieriger. Entsprechend ist die Beratung von Menschen mit einer Altersschwerhörigkeit, die von Hörgeräten und Hörhilfen oft nichts wissen wollen („Technischer Firlefanz!"), an erster Stelle Motivationsberatung und Ermutigung.

Darüber hinaus begegnen älteren Hörgeschädigten alle Probleme, die in Kap. 8 und 9 beschrieben wurden, viele davon in schwerer zu bewältigender Weise. In einigen Fällen mag zwar eine gewisse Entlastung eintreten: Bei älteren Menschen erwartet man eine Minderleistung eher und bringt eine gewisse Nachsicht dafür auf. Jedoch ist die Geduld Hörender bei solchen Vorkommnissen gering. Davon kann man sich leicht am Fahrkartenschalter überzeugen: Wenn ein älterer Mensch sich etwas umständlich beraten läßt und nicht zügig seine Karte kauft, beginnen die Wartenden nach wenigen Minuten unruhig zu werden.

11.3 Beratung

Während man früher die Hörminderung älterer Menschen als ein gleichsam naturgegebenes Schicksal und auch nicht als Behinderung im engeren Sinn betrachtete („Uns Oppa, dä hört nit mehr so joot!"), erkennt man heute die Notwendigkeit und Möglichkeit zur Intervention. Eine maßgebliche Rolle spielen hierbei Angehörige und Hörgeschädigtenverbände

Oft fällt zunächst Angehörigen auf, daß ein Familienmitglied nicht mehr so gut hört wie früher, während der Betreffende sich selbst darauf hinausredet, die anderen nuschelten in letzter Zeit so. Ein paar kleine Tests können dem Angehörigen hier rasch Klarheit verschaffen. So mag er den schlecht Hörenden ein paarmal von hinten ansprechen und seine Reaktion im Vergleich zu einer Ansprache von vorne beobachten. Auch neu auftretende Verhaltensauffälligkeiten älterer Menschen, die man früher als Zeichen von Senilität betrachtet hat, verdienen Beachtung, da sie oft auf eine Hörminderung hinweisen. Wenn der Anfangsverdacht in der weiteren Beobachtung Nahrung erhält, so sind Takt und Umsicht geboten. Laut SHHH (1987b) vergehen im Durchschnitt sieben Jahre zwischen dem Eintreten der Hörminderung im Erwachsenenalter und dem Aufsuchen von Hilfe. 75% derjenigen Erwachsenen, bei denen eine Hörminderung vorliegt, haben, zu einem beliebigen Zeitpunkt erfaßt, noch keine Diagnose erstellen lassen. Für viele von ihnen ist offenbar bereits das Aufsuchen des Audiologen ein dem aufrechterhaltenen Selbstbild, gesund zu sein, abträgliches Zugeständnis, so wie viele Menschen auch die Krebsvorsorge-Untersuchung vor sich herschieben. Es kommt also zunächst darauf an, den Betreffenden zu einer vorläufigen Prüfung seines Hörstatus zu veranlassen.

Die SHHH beschäftigt sich in ihrer Zeitschrift nicht nur mit politischen, rechtlichen und hörtechnischen Problemen, vielmehr geht sie detailliert auf ganz konkrete Fragen und Hindernisse ein, denen Hörgeschädigte und ihre Angehörigen begegnen. Eine kleine Leseprobe mag dies illustrieren. Es geht darum, wie Angehörige die Ertaubung eines Familienmitglieds zugleich schonend und nachdrücklich, eben wirkungsvoll ansprechen können:

„John, wir haben dich alle sehr lieb und möchten mit dir daran arbeiten, daß wir mit den neuen Kommunikationsbedingungen klarkommen. Dazu müssen wir wissen, wie das Problem genau aussieht, damit wir es besser angehen können. Es ist nicht allein dein Problem, es ist unser Problem. Wir wollen dich nicht anschreien. Wir wollen auch nicht, daß du unsere Gesellschaft verläßt und allein bist, weil du uns nicht hören kannst. Wir möchten lernen, wie wir dir helfen können, aber du mußt uns beim Lernen helfen. Das bedeutet, daß du herausfinden mußt, was die neue Situation erfordert. Millionen von Menschen haben dieses Problem, es ist nichts Neues. Es ist nichts, dessen man sich schämen muß. Wir müssen nur einfach eine Regelung finden, wie wir damit umgehen können" (SHHH, 1987b).

Externe Berater älterer Menschen müssen sich zunächst vorsehen, daß sie nicht den in der Gesellschaft ohnehin verbreiteten Vorurteilen aufsitzen, bei Älteren lohnten sich allenfalls noch Betreuung und Verwaltung der Behinderung, und für Lernen und aktive Auseinandersetzung sei es zu spät. In einer Untersuchung von Nemon et al. (1985) zeigte sich, daß solche Helfer mit älteren Hörgeschädigten am besten umgehen konnten, die einen hohen Sozialstatus hatten, über eine gute Selbstaktzeptierung verfügten und schon länger mit Hörgeschädigten arbeiteten. Die externe Beratung von altersschwerhörigen Menschen weist einige Besonderheiten auf. Zunächst sind die jeweiligen Probleme und Bedürfnisse des Ratsuchenden zu klären, die im beruflichen Sektor und im größer werdenden Freizeitbereich liegen. Dabei ist der Rückgriff auf Lebensgeschichte und Hörgeschichte von großem Nutzen. Für solche Sitzungen muß oft mehr Zeit veranschlagt werden als bei jüngeren Ratsuchenden. Der typische Tageslauf muß eruiert werden, ebenso die Hörfähigkeit in Verbindung mit Sehfähigkeit und Feinmotorik, die zur Einstellung des Hörgeräts benötigt werden. Maßnahmen zur Neuorientierung des älteren schwerhörigen Menschen müssen in überschaubare Schritte aufgeteilt werden – immer mit einem Erfolgserlebnis am Ende. Wenn es zu einer Entscheidung gekommen ist, so erweist es sich als dienlich, einige Wochen später nachzufragen, ob dem Konsens auch Taten gefolgt sind. Die Einbeziehung der Angehörigen spielt bei der Beratung eine wichtige Rolle, weil der hörgeschädigte Mensch ihnen oft eher glaubt als dem Berater: Ältere Menschen sind oft anfällig für angebliche Wunderheilungen, über die in der Regenbogenpresse berichtet wird. Hier ist vorbeugende und aktuelle Beratung vonnöten. In besonderem Maße sind auf seiten des Beraters Geduld, Zuneigung sowie die Haltung von Zuversicht und Ermutigung erforderlich.
Oft gehört zur Beratung älterer Hörgeschädigter die Einweisung in die Bedienung der erstmalig benötigten Hörgeräte. Ward und Gowers (1981b) konnten zeigen, daß eine Gruppe von über 65jährigen, die sich einem diesbezüglichen Training unterzog, hinterher wesentlich besser über ihre Geräte Bescheid wußte als eine Kontrollgruppe. Auch sechs Monate später bestand dieser Informationsvorsprung noch, und die trainierte Gruppe trug ihre Hörgeräte regelmäßiger (1981a).
In vielen Arbeiten wird betont, daß die Beratung zu **handlungsbezogenen Bewältigungsstrategien** hinführen solle. Bewältigungsstrategien sind Vorgehensweisen, mit einer bestimmten Belastung fertigzuwerden. Trychin (1987) unterscheidet emotionale Strategien, die der Verringerung unangenehmer Gefühle dienen, und problemlösende Strategien. Bei den letzteren sieht er auf Dauer einen größeren Nutzen, da sie dem Problem abhelfen und damit auch die Unzufriedenheit des Akteurs beheben.

Fall 32: Jack

Jack ist Anfang Sechzig. Er lebt im Ruhestand und ist alleinstehend. Sein Hörverlust ist stark. Er trägt zwei Hörgeräte, die nur in eng umgrenzten Situationen ein wenig helfen. Monatlich besucht er das Treffen einer Gruppe hörgeschädigter Menschen, um Gesellschaft zu haben und Informationen zu erhalten, die ihm helfen können. Weil sein Hörgerät zu einfach ist, kann er sich nicht wie die anderen Gruppenmitglieder an die zentrale Höranlage anschließen. Deshalb sitzt er in der ersten Reihe, so nah wie möglich beim Diskussionsleiter. Dies hilft ihm, solange ein Sprecher genau vor ihm steht und langsam und deutlich spricht. Wenn ein Sprecher aber umhergeht, schnell redet oder murmelt, versteht Jack ihn nicht. Seine Konzentration auf den Sprecher ist so intensiv, daß er nichts von dem mitbekommt, was seitlich oder hinter ihm gesagt wird. Im Verlauf des Treffens wird Jack immer frustrierter. Er verspannt sich und ist deshalb immer weniger in der Lage zu verstehen, was abläuft. Seine Ängste und Irritationen wachsen. Wenn sein Ärger einen bestimmten Punkt erreicht, springt er häufig auf und stürmt davon. Auf dem Heimweg schwört er sich dann, dort nie wieder hinzugehen. Während des nächsten Monats aber wächst seine Einsamkeit, und er geht zu dem nächsten Treffen, nur um den gleichen Verlauf wieder zu erleben (Trychin, 1987).

Diskussion. Es gibt viele hörbehinderte Menschen, die soziale Situationen meiden, kein Telefon benutzen, bluffen, Alkohol- oder Beruhigungsmittelmißbrauch betreiben oder Flucht- und Vermeidungsstrategien praktizieren. Letztere helfen momentan, unangenehme Gefühle zu verringern. Gleichzeitig verhindern sie aber auch die Erreichung größerer Lebensziele: dabei zu sein, teilzunehmen, zu verstehen, dazuzugehören, zu arbeiten u. a. Ein Mensch kann nicht alleine zu Hause sitzen und gleichzeitig Freunde gewinnen, so wie Jack nicht das Treffen verlassen und gleichzeitig sein Problem lösen kann, daß er dort nichts versteht. Wenn er sich entschließen würde, über den momentanen Affekt hinaus eine Problemlösungsstrategie zu wählen, könnte er sich z. B. ein anderes Hörgerät anschaffen, sich an einen anderen Platz setzen, dem Sprechenden sagen, daß er ihn nicht versteht, die Gruppenmitglieder um Unterstützung bitten, mit seiner Wut konstruktiv umgehen und Entspannungsverfahren lernen. Wenn er damit Erfolg hat, d. h. also besser versteht, was während der Treffen besprochen wird, wird er vermutlich weniger angespannt, irritiert und frustriert sein (nach Trychin, 1987). Emotionale Strategien führen oft zu einer sofortigen Erleichterung. Man spricht aus, was einen bedrückt, nun ist einem besser. Problemlösende Strategien erfordern in der ersten Zeit oft Konzentration, Nachdenken und umsichtiges Handeln; aber längerfristig zahlt sich dies aus, weil sich vielleicht ein generalisierbares Handlungsmuster daraus entwickelt.

Für sinnvolle Korrekturen in der Lebensführung und für die Einführung wirksamer Bewältigungsstrategien gibt es keine Altersgrenze, wie das folgende Beispiel zeigt.

„Agnes ist eine charmante 83jährige Dame. Sie lebt alleine in einer Senioren-Residenz und kommt gut zurecht. Ihre Tochter kauft für sie ein. Agnes ist manchmal unsicher auf den Beinen und sehr schwerhörig. Von dem Sozialarbeiter des Heimes wurde sie an eine Beratungsstelle für berufliche Rehabilitation (!) verwiesen, weil ihre Tochter daran dachte, die Mutter in ein Pflegeheim zu geben. Das Problem bestand darin, daß die Tochter jeden Tag anrief, um sicher zu sein, daß es ihrer Mutter gut ging. Agnes kann aber außer im Schlafzimmer, in dem das Telefon steht, das Läuten nicht hören, obwohl sie ein Hörgerät trägt. Wenn Agnes nicht ans Telefon geht, fürchtete ihre Tochter das Schlimmste, läßt alles stehen und liegen und fährt zur Residenz. Aber Agnes kann auch die Frequenz der Türklingel nicht hören. Die Tochter fürchtet diese Situation so sehr, daß sie bereit ist, ihre Mutter in ein Heim zu geben. Erschwerend kommt hinzu, daß Agnes, so wie die meisten älteren Menschen, die allein leben, das Hörgerät nur benutzt, wenn sie hören will. Das Gerät bleibt oft unbenutzt, bis Besuch kommt. Dies liegt daran, daß die Batterien teuer sind und die Geräusche teilweise unangenehm laut werden. Die Abhilfe erwies sich in diesem Fall als sehr einfach. Die Beratungsstelle empfahl die Anschaffung eines Sensors für Telefon und Türglocke. Der Sensor gibt einen Impuls ab, mit dem Lampen eingeschaltet werden. So leuchten z. B., wenn die Türklingel ertönt, die Lichter im Wohnzimmer, der Küche, dem Badezimmer und dem Schlafzimmer langsam auf; wenn das Telefon klingelt, gehen dieselben Lichter schneller an. Agnes kann nun überall in ihrer Wohnung feststellen, wann Türglocke und Telefon läuten. Ihre Tochter ist beruhigt, und dank der Beratung kann Agnes unabhängig leben. Der Sensor erlaubt ihr die Haushaltsführung, ein Ziel, das aus der Sicht der Beratungsstelle ein Berufsziel darstellt" (Greenstein, 1987).

Es ist wünschenswert, daß älteren Hörgeschädigten auch Bildungsangebote, Fortbildungsmaßnahmen, begleitete Gruppenreisen und Seminare zur Verbesserung der Kommunikation bekanntgemacht werden. Diese müssen natürlich auf Art und Grad der Hörschädigung und den Zeitpunkt ihres Eintretens Rücksicht nehmen.

12. Schlußbemerkung

Zum Abschluß dieser Arbeit sollen einige übergreifende Gesichtspunkte bedacht werden. Beratung, Therapie und Selbsthilfe der Hörgeschädigten werfen ja nicht nur technische Fragen auf. Vielmehr ist zu bedenken, in welchem größeren Rahmen die einzelnen Maßnahmen ihren Platz finden. Ich will also vier Orientierungspunkte nennen, auf die sich Hörgeschädigte, Angehörige und Helfer bei Fragen der psychosozialen Arbeit und Zusammenarbeit beziehen können.

Erlebnisverarbeitung und Identitätsentwicklung. Vermutlich fragt sich im Laufe seines Lebens fast jeder Mensch manchmal, wer er ist, und zwar so nachdrücklich, daß die Nennung äußerer Lebensdaten als Antwort bei weitem nicht ausreicht. Diese Erfahrung machen Hörgeschädigte wie Hörende. Stets wird die Antwort, die dabei gefunden wird, nur für einige Zeit befriedigend sein und dann in eine neue Frage einmünden. Für Hörgeschädigte mag sich hier die besondere Aufgabe ergeben, der Behinderung innerhalb ihres Lebens immer wieder neu den richtigen Stellenwert zuzuweisen. Die Hörbehinderung mag zu verschiedenen Zeiten von geringer, mittlerer oder zentraler Bedeutung sein, je nachdem, wie sehr das Leben durch sie bestimmt wird. Vermutlich werden Personen mit gleichem Hörverlust zu sehr unterschiedlichen Antworten kommen und andere mit sehr verschiedener Hörminderung zu gleichen. Den Maßstab trägt allein der Betreffende in sich; Berater können dabei eine begleitende Funktion übernehmen. Einerseits ist einer Entmutigung entgegenzuwirken, die die tatsächlichen Handlungsspielräume verkennt. Andererseits mag es notwendig sein, ein Ressentiment zu korrigieren, das dem Betroffenen alle Schuld ausschließlich bei der Umgebung suchen, sich selbst allein als Opfer der Umstände sehen läßt. („Wenn ich nicht die Hörschädigung erlitten hätte, dann ...“). Drittens mag einer Überkompensation zu begegnen sein, die den, der sie gewählt hat, zwingt, sich immer wieder in hohen Leistungen zu beweisen, u. U. auch auf Kosten der eigenen seelischen und körperlichen Gesundheit. Entscheidend ist, ob die Erlebnisverarbeitung gelingt. Der Mensch kann entgangenen Chancen nachtrauern oder versuchen, sie trotz der Behinderung herbeizuzwingen. Er hat aber auch Gelegenheit, seine jetzigen Fähigkeiten zur Geltung zu bringen und seine gegenwärtigen Möglichkeiten auszuschöpfen. Zu letzterem gehört auch, das eigene Leben nicht als Minusvariante einer möglichen anderen Existenz zu betrachten, sondern es in seinen wesentlichen Zügen zu bejahen und zu gestalten.

Gilmore (1982) hat die Verarbeitung der Hörschädigung als Prozeß in den drei Schritten **Verleugnung, Depression, Annahme** dargestellt. Richtberg (1986 a) deutet als realistische Form der Erlebnisverarbeitung die **angemessene Resignation** an. Ich selbst bevorzuge den Begriff **Selbstbegrenzung:** Der Hörgeschädigte hat die Aufgabe, die Grenzen, aber auch die Möglichkeiten seines Erlebens, Handelns und Begegnens neu auszuloten. Problematisch sind am Ende vermutlich die Lebensläufe der Personen, die so tun, als habe sich gar nichts geändert. Die Versöhnung mit sich selbst, also die Gewinnung einer Stimmigkeit in der inneren Gleichung, ist gewiß das zentrale Ziel – um sie bemühen sich auch alle therapeutischen Schulen und Maßnahmen.

Leben als Prozeß. Viele chronische Probleme gehen darauf zurück, daß Menschen in der Krise den Prozeßcharakter des seelischen Geschehens nicht mehr sehen. Statt dessen sind sie von der Vorstellung besetzt, es gebe in ihrer desolaten Lage weder Vor noch Zurück. Hörgeschädigte machen darin keine Ausnahme. So sagt ein älterer gehörloser Mann: „Früher Kinder klein, Leben gut. Jetzt Kinder weg, Heirat, Leben schlecht." Aber manchmal gelingt es, sichtbar zu machen, daß im Leben nichts stillsteht, es sei denn, der Betreffende verschließt sich selbst dem, was an Entwicklung stattfindet. Zu einer solchen Klärung gehört auch, den Verlaufscharakter des Hörens zu vermitteln. Hören und Hörschädigung sind, wie mehrfach erwähnt, keine Zustände, sondern Prozesse der Aneignung und des Verlernens, des Unterscheidens, Verlierens und Wiederfindens. Sie sind von zahlreichen äußeren und inneren Bedingungen abhängig und in unterschiedlichem Maß durch die Person selbst beeinflußbar. Manche Menschen betrachten sich global als Opfer ihrer Hörschädigung, andere vermögen es, sich ihr gegenüberzustellen, sie als Begleiter zu betrachten und mit ihr ins Gespräch zu kommen, wie dies z. B. von manchen Personen mit Tinnitus berichtet wird (vgl. Kap. 8.4).

Teilhabe an gesellschaftlichen Prozessen. Hörgeschädigten muß die Möglichkeit gegeben werden, alle gesellschaftlich vorgesehenen und verfügbaren Rechte, Angebote und Einrichtungen in gleicher Weise zu nutzen wie Hörende. Darunter fallen z. B. gesetzliche Regelungen, im technischen Bereich akustische Sonderausstattungen, im pädagogischen Feld Fortbildungsmaßnahmen mit hörgeschädigtenspezifischer Methodik und Didaktik; ferner Dolmetscherdienste, der Zugang zu Begegnungsstätten u. v. a. m. Für Personen mit anderen Behinderungen ist hier in den letzten Jahren vieles in Bewegung gebracht worden. So gehören Sonderparkplätze für Rollstuhlfahrer mittlerweile zu den Selbstverständlichkeiten des Straßenbildes, und daß es Blinden-Bibliotheken gibt, ist zumindest bekannt. Hörgeschädigte selbst und ihre Verbände sind in dieser Hinsicht in den letzten Jahren aktiver geworden und tragen ihre Forderungen beherzter vor als früher. Ein gewisser Druck scheint jedenfalls unabdingbar, wenn bei solchen Fragen staatliche Entschlußkraft gefordert oder gar Geld bewilligt werden soll.

Integration und Gruppenbildung. Fragen der Integration werden oft in sehr pauschaler Weise abgehandelt. Normative Gesichtspunkte herrschen vor, so daß man leicht in den Verdacht gerät, unkritisch und über die Köpfe der Betroffenen hinweg Integration zu verordnen oder sie andererseits behindertenfeindlich abzulehnen. Wir müssen also versuchen, bei solchen Überlegungen die besondere Polarität von Hörgeschädigten und Hörenden zu berücksichtigen, und uns bewußt machen, daß die Antwort für verschiedene Lebensalter und Lebensbereiche unterschiedlich ausfallen wird. Wir können zudem versuchen, Integration erfahrungsbezogen und prozeßorientiert zu betrachten, das will heißen, daß Integration nicht ein Zustand ist, sondern sich entwickelt, Rückschläge erleidet, Fehlentscheidungen erfährt, erneut angestrebt wird und so in einem stets neu auszutarierenden Fließgleichgewicht vielleicht schrittweise den beteiligten Personen angemessener wird.

Dabei verlaufen die Fronten der Diskussion keineswegs eindeutig, etwa so, daß Hörgeschädigte Integration generell anstreben und Hörende sie ihnen verweigern. Vielmehr fallen die Stellungnahmen sehr facettenreich aus. Im Vorschulalter werden hörgeschädigte Kinder meist in Sonderkindergärten betreut – dies wird von manchen Hörenden und manchen Hörgeschädigten befürwortet, von anderen kritisiert. In der Schule setzt sich die Separierung fort. Immerhin gibt es mittlerweile eine Reihe von Schulversuchen (z. B. Berlin, Bonn, Hamburg), in denen

Klassen aus nichtbehinderten und behinderten Kindern (darunter auch hörgeschädigte) zusammengesetzt und teils gemeinsam, teils getrennt, teils einzeln unterrichtet und gefördert werden. Hörgeschädigtenspezifische Einrichtungen der Aus- und Weiterbildung wurden bisher meist als Errungenschaften betrachtet; in neuerer Zeit werden sie manchmal der gesellschaftlichen Ausgrenzung Hörgeschädigter bezichtigt. Erwachsene Hörgeschädigte wählen für Privatleben und Freizeit gewiß Personen, mit denen die Kommunikation gut gelingt; im Berufsleben ist ihre vollständige Integration eine unverzichtbare Forderung.
Integration ist also die eine Bewegungsrichtung, die dazu beiträgt, daß Hörgeschädigte ein gleichberechtigtes Leben führen können. Daneben muß es aber offenbar Raum für den entgegengesetzten Impuls geben, nämlich für den Zusammenschluß der von der gleichen Behinderung Betroffenen in Abgrenzung von allen anderen Personen. Aus der Gruppendynamik ist bekannt, daß Gruppen, die eine gewisse Kohäsion, Kontinuität und Synergie gewinnen wollen, beide Bewegungen benötigen: die Öffnung für Außeneinflüsse gegen Vereinsamung und Erstarrung und die Abgrenzung von jenen zur Entwicklung von Homogenität, Identität und Zielentwicklung (Däumling et al., 1974). Interessanterweise gibt es für dieses Zusammenrücken nach innen keinen punktgenauen Begriff, sondern nur Umschreibungen, denen oft etwas Tadelndes anhaftet: Schulterschluß, Abschottung, Dichtmachen u. a., wogegen Integration eindeutig positiv konnotiert ist. Mir selbst erscheint das Begriffspaar **Autonomie und Interaktion** dabei für Individuen und Gruppen aussagekräftig: Wünschenswert sind einerseits autonome Willensbildung und interne Begegnung der Hörgeschädigten, und andererseits ist es notwendig, die eigenen Wünsche u. a. in Begegnung und Verhandlung mit Hörenden darzustellen und zu realisieren – ein dialektischer Prozeß.

Anhang 1: Verfasserinnen und Verfasser von Eigenberichten

Dombrowski, Ulla und Ernst: Lehrerin und Diplom-Psychologe, Eltern einer gehörlosen Tochter
Fischer, Sabine: Gehörlosen-Pädagogin, Tochter gehörloser Eltern
Harmsen, Klaus, Dr.: Vorsitzender des Deutschen Schwerhörigen-Bundes
Heidler, Horst, Dr.: Rektor der Rheinischen Schule für Gehörlose, Köln
Madei, Claudia: Gehörlosen-Pädagogin, Tochter gehörloser Eltern
Obholzer, Jürgen: Diplom-Psychologe
Panzlaff, Günter: Regierungsschuldirektor im Landesinstitut für Schule und Weiterbildung, Soest
Piel, Petra: Ertaubte Sozialarbeiterin
Selbsthilfegruppe für Hörgeschädigte in Aachen und Umgebung
Stichnoth, Thomas, Dr.: Praktischer Arzt, Köln
Wendt, Magdalene: Leiterin eines Heims für Hörgeschädigte, Minden

sowie eine Diplom-Psychologin, eine Diplom-Volkswirtin und eine Studentin der Schwerhörigen-Pädagogik, die ihe Beiträge ohne Namensnennung zur Verfügung gestellt haben.

Anhang 2: Leseempfehlungen (Sachbücher und Belletristik)

Diercks, E. A. (1982): Schwerhörigkeit. Informationen, Ratschläge, Anschriften. Hrsg. v. d. Fördergemeinschaft Gutes Hören. Heidelberg: Median.
Die Broschüre gibt in knapper und gut verständlicher Form Informationen über die wichtigsten Bereiche, über die ein Schwerhöriger und seine Angehörigen Bescheid wissen sollten: Was sind Hören und Hörstörung? Wie gehen Hörprüfungen vor sich? Welche Arten von Hörgeräten gibt es? Wann sind sie angezeigt, und wie geht man mit ihnen um? Welche weiteren technischen Hilfsmittel existieren? Besonderes Gewicht wird auf die sozialen Auswirkungen der Schwerhörigkeit gelegt: Hier werden Ratschläge gegeben, wie man als Schwerhöriger besser mit seiner Umwelt zurechtkommen kann. Hinweise auf Förder- und Umschulungsmaßnahmen und sozialrechtliche Hilfen für Schwerhörige geben Einblick darin, welche Hilfen Schwerhörigen staatlicherseits zustehen können.

Ganz, F.-J. (1989): Ohrgeräusche: Tinnitussprechstunde. Stuttgart: Thieme.
Über Tinnitus gibt es in der Bundesrepublik wenig Literatur, obwohl die Zahl der Menschen mit Ohrensausen rapide zunimmt. Das Buch von Hans-Josef Ganz, einem HNO-Arzt, der selbst unter Tinnitus litt, bildet hier die Ausnahme. Ganz stellt die Funktionsweise des Ohres dar, beschreibt Formen von Tinnitus, gibt einen Überblick über verschiedene medizinische Therapieansätze und diskutiert mögliche Ursachen der Ohrgeräusche. Ein besonderer Schwerpunkt liegt dabei auf dem engen Zusammenhang zwischen Tinnitus und Streß. Ein streßreiches Leben scheint nicht nur eine wichtige Rolle bei der Entstehung zu spielen; auch die Verschlimmerung bei Verspannungen und bei Lenkung der Aufmerksamkeit auf die störenden Geräusche spricht dafür, daß Menschen mit Tinnitus durch Psychotherapie und hier vor allem Entspannungsverfahren geholfen werden kann, mit ihrem Leiden zumindest besser zu leben. Entsprechend versteht Ganz Ohrgeräusche als Mahnung, das Leben zu ändern, Streß abbauen und bewältigen zu lernen und das gestörte persönliche Gleichgewicht wiederzufinden. Das Buch kann Tinnitus-Kranken Mut machen, einen eigenen Weg mit der Krankheit zu finden und sich ihr nicht hilflos auszuliefern.

Gehörlosen-Verlag (Hrsg.), (1989): Deutsches Gehörlosen-Taschenbuch 1989/90. Essen: Deutscher Gehörlosen-Verlag.
Das Deutsche Gehörlosen-Taschenbuch, das in unregelmäßigen Abständen in überarbeiteten und verbesserten Auflagen erscheint, bietet einen Überblick über Einrichtungen und Möglichkeiten für hörgeschädigte Menschen. Es stellt Selbsthilfeorganisationen vor, berichtet über psychologische, soziale und religiöse Angebote, enthält die Adressen von Freizeitverbänden, Schulen und anderen Einrichtungen für Hörgeschädigte. Alle Bundes- und ein Teil der Landesvereinigungen – soweit dem Herausgeber bekannt –, die für Hörbehinderte wichtig sind, sind aufgeführt. Der Schwerpunkt liegt zwar auf Angaben für Gehörlose; Hilfen für Schwerhörige sind jedoch ebenfalls aufgenommen. Aber auch normal Hörende, die sich ein Bild von den Gemeinschaften der Hörgeschädigten machen wollen, profitieren von diesem Buch. Für jeden, der in diesem Bereich Informationen sucht, ist es eine wirkliche Notwendigkeit und eine Quelle für Kontakte zu Initiativen jeglicher Art.

Green, Hannah (1987): Mit diesem Zeichen. Reinbek: Rowohlt.
Ein junges gehörloses Paar versucht – wie hörende Menschen – ein glückliches Leben zu führen. Durch das Leben im Gehörloseninternat sind sie nicht auf die Welt der Hörenden vorbereitet. Sie scheitern an Regeln, die sie nicht verstehen, leben in größter Armut und verlieren mehr und mehr

die Fröhlichkeit, mit der sie in die Welt hineingingen. Einfühlsam wird geschildert, wie Demütigungen und Nichtverstehen die Entmutigung vor allem der Frau fördern und wie daraus Mißtrauen gegenüber allen Hörenden und Isolation erwachsen. Aber auch die andere Seite wird dargestellt, die Zähigkeit, der Fleiß und der Wille, trotz aller Rückschläge zu überleben und ein wenig Glück zu finden. – Hannah Green arbeitete in einem Rehabilitationsprogramm mit erwachsenen Hörgeschädigten. In ihrem Roman stellt sie die Welt der Gehörlosen einer vergangenen Zeit sehr plastisch dar. Obwohl die Geschichte in weiten Teilen deprimiert, ist sie doch sehr wichtig; sie kann zum Verständnis für Menschen führen, die anders sind und deshalb anderes erleben und erfahren.

Lane, Harlan (1988): Mit der Seele hören. Die Geschichte der Taubheit. München: Hanser.
Der Autor beschreibt, wie die Gehörlosigkeit im 18. und 19. Jahrhundert in Europa verstanden und behandelt wurde und auch wie die fruchtbarsten Impulse aus der Pädagogik der Gehörlosen nach Amerika kamen und im Laufe der Jahre dort und weltweit blockiert wurden. Dabei geht es immer wieder um die Frage, was den Gehörlosen gemäß ist und wie ihre eigenen klugen Auffassungen darüber in Gesetzgebung und Pädagogik Raum und Geltung finden können. Das Buch ist spannend, detailreich und informativ. Es fordert auch dazu auf, in der heutigen Kontroverse um Lautsprache und Gebärde eine klare Position zu beziehen.

Niemeyer, Wolfhart (1972): abc für Hörbehinderte. Ein Ratgeber. Stuttgart: Thieme.
Das Buch von W. Niemeyer versucht in gut verständlicher Sprache, Hörgeschädigten Informationen über ihre Krankheit zu geben. Dabei wird erklärt, wie das Ohr funktioniert, welche Bedeutung der Hörsinn für den Menschen hat und welche Ursachen es für Schwerhörigkeit gibt. Besonderer Wert wird auf die Darstellung der ärztlichen Untersuchungen und vor allem der Behandlungs- und Hilfsmöglichkeiten gelegt. Niemeyer beschreibt auch die sozialen Auswirkungen, die die Schwerhörigkeit in verschiedenen Lebensbereichen nach sich zieht. Das Buch ist besonders geeignet für Menschen, die ihr nachlassendes Hörvermögen unsicher macht. Es kann ihnen helfen, ihr Leiden zu verstehen und besser damit zu leben. Aber auch normal Hörende können von dem Ratgeber profitieren; sie können lernen, verständnisvoller mit Hörbehinderten umzugehen.

Rosen, Lilian (1987): Greller Blitz und stummer Donner. München: dtv.
Die 16jährige Jenny verliert bei einem Unfall das Hörvermögen. Beschrieben wird in diesem Jugendbuch, wie sie über die verschiedenen Phasen des Nicht-Wahrhaben-Wollens, der Verzweiflung und schließlich der Annahme mit Hilfe anderer Menschen lernt, mit ihrer Gehörlosigkeit zu leben. Die selbst ertaubte Autorin zeigt aber auch, welche Probleme Hörgeschädigte in einer Gesellschaft haben, die nicht darauf eingerichtet ist, mit ihnen umzugehen. Das Buch ist nicht nur für Jugendliche geeignet; auch Erwachsene können hier in einer sehr eindringlichen Form etwas über das Leben ertaubter Jugendlicher erfahren.

Waite, Helen E. (1986): Öffne mir das Tor zur Welt – Das Leben der taubblinden Helen Keller und ihrer Lehrerin Anne Sullivan. Stuttgart: Verlag Freies Geistesleben.
Der Name Helen Keller ist allgemein bekannt. Sie ist das Beispiel, das jedem einfällt, wenn es um Gehörlosigkeit geht. So gibt es für Jugendliche und für Erwachsene eine Reihe von Beschreibungen ihres Lebens. Die meisten dieser Biographien sind jedoch nicht frei von Übertreibungen und Idealisierungen. Das Buch von Helen Waite dagegen beschreibt nüchtern und dennoch sehr gut lesbar die Erziehung Helen Kellers und ihren Weg in die Welt aus der Sicht ihrer Lehrerin und Freundin Anne Sullivan. Es stützt sich auf die Autobiographie Helen Kellers, Aufzeichnungen von Anne Sullivan und den Briefwechsel der beiden Frauen mit Bekannten. Nicht nur das Schicksal Helen Kellers wird behandelt, auch Anne Sullivans Weg von einer verwahrlosten Blinden, die erst mit 15 Jahren durch zwei Operationen sehend wurde, zu der Frau, die mit ihrem Einfühlungsvermögen in die Welt der Taubblinden die Entwicklung ermöglichte, die Helen Keller nahm, wird dargestellt. Besonderes Gewicht wird in dem Roman auf die Methoden gelegt, mit

deren Hilfe es gelang, Helen Keller Begriffe und im weiteren Verlauf Lesen, Schreiben, ja sogar Fremdsprachen beizubringen. Es werden aber auch die Schwierigkeiten nicht ausgespart, mit denen beide Frauen ihr Leben lang zu kämpfen hatten: die Überforderung Anne Sullivans, finanzielle Engpässe, die Vorurteile, die beiden entgegenschlugen, sowie Versuche anderer Menschen, Helen Keller als Kultfigur zu vereinnahmen.

Wallisfurth, Maria (1979): Sie hat es mir erzählt. Freiburg: Herder.
Die hörende Tochter gehörloser Eltern beschreibt in diesem Buch das Leben ihrer Mutter, die 1897 in einem Dorf in der Eifel geboren wurde. Es bietet einen Einblick in die bäuerliche Welt dieser Zeit und in die damaligen schulischen Verhältnisse und Lebensmöglichkeiten von Gehörlosen. Faszinierend wird dargestellt, wie selbstverständlich das Zusammenleben der gehörlosen und der hörenden Menschen in dem Dorf vor sich geht, weil die harte Arbeit der Existenzsicherung im Vordergrund steht. Die Biographie, die die Autorin nach Erzählungen ihrer Mutter verfaßte, ist unsentimental geschrieben, bietet aber gerade dadurch die Möglichkeit, die speziellen Schwierigkeiten Gehörloser und ihre Gefühlswelt nachzuvollziehen und einen Teil der Affekte zu verstehen, die sie, nicht zuletzt aufgrund ihrer Erfahrungen im Nationalsozialismus, heute Hörenden gegenüber haben.

Watson, David, Tharp, Roland (1975): Einübung in Selbstkontrolle. Grundlagen und Methoden der Verhaltensänderung. München: Pfeiffer.
Es gibt viele Bücher, in denen Ratschläge gegeben werden, wie man mit seinem Leben besser zurechtkommen kann. Folgt man diesen Ratgebern, so hat das meistens nicht mehr Konsequenzen als übliche Neujahrsvorsätze: Es gelingt nicht, sie durchzuhalten. Anders ist es bei „Einübung in Selbstkontrolle" von Watson und Tharp. Hier wird auf der Grundlage verhaltenstherapeutischer Techniken schrittweise ein Programm vorgestellt, mit dem man eigene störende Verhaltensweisen abbauen und neues gewünschtes Verhalten lernen kann. Allerdings bedeutet das Arbeit. Das Buch muß sorgfältig gelesen werden, und man muß die praktischen Schritte, die vorgeschlagen werden, auch ausführen. Ist man bereit, sich dieser Mühe zu unterziehen, so sind Verhaltensänderungen anhand dieser Anleitung praktizierbar. Die vielen Beispiele machen das Buch gut lesbar; sie sind allerdings sehr auf amerikanische Verhältnisse zugeschnitten. Die Selbstanwendung der dargestellten Prinzipien hat Grenzen; bei schweren psychischen Störungen ist die Hilfe von Fachleuten unumgänglich. Diesbezügliche Auskünfte geben städtische und konfessionelle Beratungsstellen, schulpsychologische Dienste, Universitätsinstitute für Hörgeschädigte sowie die Hörgeschädigten-Vereine.

Wellm, Alfred (o.J.): Das Mädchen mit der Katze. Berlin: V. Kloeden.
Das Mädchen mit der Katze sitzt jeden Tag vor einem Haus, das am Weg zum See liegt, auf seiner Bank. Die vorbeikommenden Kinder fordern es auf, mit zum Schwimmen zu kommen, aber das Mädchen hört sie nicht; es ist gehörlos. Manchmal geht das Mädchen zum See hinunter, beobachtet dort die Menschen und stellt ihnen Fragen. Aber sie bekommt kaum Antworten, und die Kinder lachen über ihre Erzählungen. Nur ein Mann – von ihr „Rote Jacke" genannt – unterhält sich manchmal mit ihr. Schöner ist das Leben des Mädchens in ihren Phantasien: Hier zieht sie auf einem Elefanten, gefolgt von vier Leoparden, ins Siebenland, befreit dort den Schmetterling aus der Uhr, rettet den Schneider, hilft dem Polizisten und besiegt sieben Riesen. Als „Rote Jacke" ihr erklären soll, was die Welt ist, über die er nur aus Zeitungen liest, stellen beide fest, daß Welt mehr ist als Schrift auf Papier. Das Mädchen mit der Katze zeigt ihm ihre Welt: den Wald, die Steine. Bei dem Elefantenstein erzählt sie ihm und allen Badegästen, die ihnen gefolgt sind, die Geschichte aus dem Siebenland.
Ein gehörloses Kind wird selten als Hauptperson eines Kinderbuches gewählt. Diese Geschichte ist ansprechend erzählt und bebildert. Reale Schwierigkeiten, auf die gehörlos geborene Kinder stoßen, werden jedoch nur angedeutet. Weder erfahren die lesenden Kinder etwas über den geringeren Wortschatz noch über die Schwierigkeit, ohne akustische Rückmeldung zu artikulieren, und über die sich daraus entwickelnde schwer verständliche Sprache. Das Mädchen mit der Katze

wird so beschrieben, als sei ein gehörloses Kind nur ein Kind, das nicht hören kann, ohne weitere Einschränkungen. Der Versuch, versöhnlich zu sein, indem dem Kind als Ausgleich für seine Behinderung besonderer Phantasiereichtum zugeschrieben wird, der dazu führt, daß es in der hörenden Welt nicht nur Beachtung findet, sondern sogar zur Führerin der Hörenden wird, ist gut gemeint, entspricht aber nicht der Realität. Es ist fraglich, ob diese Mängel des Buchs dadurch aufgewogen werden, daß das Thema Gehörlosigkieit aufgegriffen wird.

Wright, David (o.J.): Mein Lebensweg vom hörenden Knaben zum gehörlosen Mann. Ein Ertaubter schreibt über sein Leben, Selbstverlag.
Der Schriftsteller David Wright wurde im Jahr 1927 als Siebenjähriger aufgrund einer Scharlacherkrankung gehörlos. Anschaulich beschreibt er in seiner Biographie, wie er sich – bedingt durch seine Jugend – an die Hörschädigung anpassen konnte, aber in seiner Persönlichkeitsentwicklung auch durch die Verwöhnung seiner Eltern beeinflußt wurde. Wright hatte in diesem Alter eine Wortschatzgrundlage, die leicht durch Lesen zu erweitern war. Bücher wurden sein Hobby; früh begann er auch selbst zu schreiben. Seine Selbstdarstellung ist vor allem historisch interessant: medizinische Versorgung, Schulbildung, Privatunterricht, Besuch einer Schule für Hörende, Eintritt in eine Privatschule für Gehörlose, Vorbereitung auf die Universität. Besonders anschaulich ist die Beschreibung des Schulalltags. Zeichensprache war verboten; die Schüler entwickelten entsprechend untereinander einen Gebärden-Slang. Er bildete nicht nur die Grundlage entspannter Kommunikation, sondern ermöglichte auch die Überlieferung der Schüler-Geschichte über die Schulgenerationen hinweg. Trotz des starren schulischen Reglements und der elterlichen Überbehütung schaffte es Wright, sich seine Selbständigkeit zu erkämpfen; er absolvierte ein Universitätsstudium in Oxford und fand trotz seiner Ängste seinen Platz in der Welt der Hörenden. – Zielgruppen des Buches sind Gehörlose und ihre Bezugspersonen. Zur Verbesserung der Lesbarkeit ist es in sehr kurze Kapitel eingeteilt; die ausführlichen Überschriften geben das jeweilige Thema an. Leider ist es in der Übersetzung sehr gekürzt, gerade an Stellen, an denen man mehr erfahren möchte. Eingestreut in die Biographie sind Überlegungen Wrights zur Erziehung gehörloser Kinder, zur Gebärdensprache, zu Unterschieden zwischen Taubgeborenen und Ertaubten und zur Integration Gehörloser.

Literatur

Affolter, F. & Bischofsberger, W. (1982) Psychologische Aspekte der Gehörlosigkeit. In: H. Jussen & O. Kröhnert (Hrsg.), Pädagogik der Gehörlosen und Schwerhörigen (S. 605–630). Berlin: Marhold.

Alich, G. (1960) Zur Erkennbarkeit von Sprachgestalten beim Ablesen vom Munde. Unveröff. Diss., Rheinische Friedrich-Wilhelms-Universität Bonn.

Alich, G. (1977) Sprachperzeption über das Absehen vom Munde. In: Sprache – Stimme – Gehör, 1, 90–96.

Althoff, L. & Eggert, D. (1975) Untersuchungen zur Motorik schwerhöriger Kinder. In: G. Heese (Hrsg.), Rehabilitation Behinderter durch Förderung der Motorik (S. 38–53). Berlin: Marhold.

Altman, K., Haavik, S. & Cook, J. W. (1978) Punishment of self-injurious behavior on natural settings using contingent aromatic ammonia. In: Behaviour Research & Therapy, 16, 85–96.

Altshuler, K. Z. (1971) Studies of the deaf: Relevance to Psychiatric theory. In: American Journal of Psychiatry, 127, 1521–1526.

Altshuler, K. Z. (1978) Toward a psychology of deafness? In: Journal of Communication Disorders, 11, 159–169.

Altshuler, K. Z. & Rainer, J. D. (1958) Patterns and course of schizophrenia in the deaf. In: Journal of Nervous & Mental Disease, 127, 77–83.

Ammann, H. (1968) Der Taubstumme und die Sprache. In: H. v. Bracken (Hrsg.), Erziehung und Unterricht behinderter Kinder (S. 384–412). Frankfurt: Akademische Verlagsgesellschaft.

Anderson, G. B. (1979) Counseling techniques for the hearing impaired adult. In: Hearing Rehabilitation Quarterly, 4 (1), 5–8.

Arana, J. D., Harbin, H. T. & Wilberger, M. S. (1978) Clinical and theoretical issues in the treatment of the deaf. In: Psychiatric Opinion, 15 (9), 5, 34–38.

Arlow, J. A. (1976) Communication and character. A clinical study of a man raised by deaf-mute parents. In: Psychoanalytic Study of the Child, 31, 139–163.

Aronson, E., Pines, A. M. & Kafry, D. (1983) Ausgebrannt. Vom Überdruß zur Selbstentfaltung. Stuttgart: Klett-Cotta.

Bachmann, S. (1987) Entwicklung gehörloser Kinder unter Einfluß oder Fehlen der Gebärdenverständigung. Unveröff. Schriftliche Hausarbeit, Universität zu Köln.

Backenroth, G. (1984) Counselling in families with a deaf or hearing impaired child. In: International Journal for the Advancement of Counselling, 7, 267–274.

Balow, I. H. & Brill, R. G. (1975) An evaluation of reading and academic achievement levels of 16 graduating classes of the California school for the deaf, Riverside. In: Volta Review, 77, 255–266.

Barr, B., Stensland, K. & Svärd, M. (1978) Early discovery of hearing impairment: a critical evaluation of the BOEL Test. In: Audiology, 17, 62–67.

Barton, E. J. & Osborne, J. G. (1978) The development of classroom sharing by a teacher using positive practice. In: Behavior Modification, 2, 231–250.

Basilier, T. (1965) Surdophrenia. The psychic consequences of congenital or early acquired deafness. Some theoretical and clinical considerations. In: Acta Psychiatrica Scandinavica (Suppl.), 180, 363–372.

Bauschen, R. (1982) Weiterbildung für Gehörlose – Chancen und Möglichkeiten. In: International Congress on Education of the Deaf. Proceedings of the International Congress on Education of the Deaf: Hamburg 1980, Vol. III (S. 229–232). Heidelberg: Julius Groos.

Bauschen, R. (1983) Bericht über die Volkshochschularbeit mit gehörlosen Teilnehmern in Leverkusen. In: D. Maaßen & H. Schmidt (Hrsg.), Weiterbildung mit Behinderten an Volkshochschulen. Berichte, Materialien, Planungshilfen (S. 81–86). Bonn: Deutscher Volkshochschulverband.

Beattie, J. A. (1984) Social aspects of acquired hearing loss in adults. In: International Journal of Rehabilitation Research, 7, 215–216.

Becker, H. (1984) Musik für gehörlose Kinder. In: Musiktherapeutische Umschau, 5, 131–136.

Becker, S. (1976) Initial concern and action in the detection and diagnosis of hearing impairment in the child. In: Volta Review, 78, 105–115.

Belcastro, F. P. (1979) Use of behavior modification with hearing-impaired subjects. In: American Annals of the Deaf, 124, 820–824.

Benassi, B. & Benassi, V. (1973) Behavioral strategies for a deaf and cerebral palsied child. In: Journal of Communication Disorders, 6, 165–174.

Bene, A. (1977): The influence of deaf and dumb parents on a child's development. In: Psychoanalytic Study of the Child, 32, 175–194.

Berger-Schermer, M. (1973) Sozialisationsbedingungen gehörloser Kinder in der Familie. In: Hörgeschädigten Pädagogik, 27, 13–22.

Bernard, H. W. (1966) Human Development in Western Culture. Boston: Allyn and Bacon.

Beste, E. (1988) Formen informeller und institutioneller Beratung und Begleitung in Ausbildung und Beruf des Gehörlosenlehrers. Unveröff. Schriftliche Hausarbeit, Universität zu Köln.

Beylich, C. (1988) Förderung des Arbeitsverhaltens eines gehörlosen Jungen mit autistischen Verhaltensweisen. Unveröff. Schriftliche Hausarbeit, Universität zu Köln.

Biehl, J. (1988) Success in the workplace. In: SHHH Publications, November/December, 12–14.

Biesold, H. (1988) Klagende Hände. Betroffenheit und Spätfolgen in bezug auf das Gesetz zur Verhütung erbkranken Nachwuchses, dargestellt am Beispiel der „Taubstummheit". Solms-Oberbiel: Jarick Oberbiel.

Blair, J. C., Wright, K. & Pollard, G. (1981) Parental knowlegde and understanding of hearing loss and hearing aids. In: Volta Review, 83, 375–382.

Blay Neto, B. (1972) Analysis of a deaf-mute. In: American Journal of Psychotherapy, 26 (1), 123–128.

Bleuler, E. (1955) Lehrbuch der Psychiatrie, 9. Aufl., Berlin: Springer.

Bodenheimer, A. R. (1968 a) Doris. Die Entwicklung einer Beziehungsstörung und die Geschichte ihrer Behebung bei einem entstellten, taubstummen Mädchen. Basel: Schwabe & Co.

Bodenheimer, A. R. (1968 b) Die psychotherapeutische Beziehung mit dem gehörlosen Kinde. In: Praxis der Kinderpsychologie & Kinderpsychiatrie, 17, 87–97.

Böckler, R., Wein, B., Neumann, H., Huber, W., Klajmann, S. (1988) Zungensonographische Unterstützung der Anbahnung des „k"-Lautes bei einem gehörlosen Kind. In: Hörgeschädigten-Pädagogik, 42, 6.

Böhme, G. (1980) Das hörgeschädigte Kind. Stuttgart: Gustav-Fischer.

Böhme, G. & Welzl-Müller (1988) Audiometrie. Hörprüfungen im Erwachsenen- und Kindesalter. Bern: Huber.

Bokelmann, H. (1984) Zur Theorie und Praxis der analytischen Psychotherapie bei Hörgeschädigten. In: Hörgeschädigten-Pädagogik, 38, 345–350.

Bonham, H. E., Armstrong, T. D. & Bonham, G. M. (1981) Group psychotherapy with deaf adolescents. In: American Annals of the Deaf, 126, 806–809.

Bonvillian, J. D., Orlansky, M. D. & Novack, L. L. (1983) Developmental milestones: Sign language acquisition and motor development. In: Child Development, 54, 1435–1445.

Borel-Maisonny, S. (1972) Comportement familial en presence d'une surdite de l'enfance. In: Revue de Neuropsychiatrie infantile, 20 (1), 39–43.

Bragman, R. (1982) Review of research on test instructions for deaf children. In: American Annals of the Deaf, 127, 337–346.

Breiner, H. L. (1985) Absage an die Gebärdensprache zugunsten der Gemik. In: Hörgeschädigten-Pädagogik, 39, 251–259.

Breitinger, M. (1978) Früherziehung, Bericht über die Arbeitstagung des Bundes Deutscher Taubstummenlehrer Friedberg Heidelberg; Julius Groos Verlag.

Bronfenbrenner, U. (1978) Ansätze zu einer experimentellen Ökologie menschlicher Entwicklung. In: R. Oerter (Hrsg.), Entwicklung als lebenslanger Prozeß (S. 33–65). Hamburg: Hoffmann & Campe.

Brooks, D. N. & Johnson, D. I. (1981) Pre-issue assessment and counselling as a component of hearing-aid provision. In: British Journal of Audiology, 15, 13–19.
Busse, D. G. et al. (1985) Employment of deaf-blind rubella students in a subsidized work program. In: Journal of Visual Impairment & Blindness, 79, 59–64.
Charrow, V. R. & Fletcher, J. D. (1974) English as the second language of deaf children. In: Developmental Psychology, 10, 463–470.
Clayton, L. & Robinson, L. D. (1971) Psychodrama with deaf people. In: American Annals of the Deaf, 116, 415–419.
Clements, A. H. & Prickett, H. T. (1986) American sign language in education of the deaf. In: American Annals of the Deaf, 131, 218–219.
Cohen, B. K. (1980) Emotionally disturbed hearing-impaired children: A review of the literature. In: American Annals of the Deaf, 125, 1040–1048.
Craig, H. B. (1970) Reinforcing appropriate visual attending behavior in classes of deaf children. In: American Annals of the Deaf, 115, 481–491.
Crittenden, P. M. & Bonvillian, J. D. (1984) The relationship between maternal risk status and maternal sensitivity. In: American Journal of Orthopsychiatry, 54 (2), 250–262.
Däumling, A. M. et al. (1974) Angewandte Gruppendynamik. Selbsterfahrung – Forschungsergebnisse – Trainingsmodelle. Stuttgart: Klett.
Davenport, S. L. H. (1977) Improving communication with the deaf patient. In: Journal of Family Practice, 4, 1065–1068.
Demorest, M. E. & Erdman, S. A. (1987) Development of the communication profile for the hearing impaired. In: Journal of Speech & Hearing Disorders, 52, 129–143.
Denmark, J. C. & Warren, F. (1972) A psychiatric unit for the deaf. In: British Journal of Psychiatry, 120, 423–428.
Deutsches Grünes Kreuz (Hrsg.), (1986, 20. 6.): Deutsche – ein Volk von Schwerhörigen?, In: Deutsche Gesundheits-Korrespondenz, Sonderausgabe, 1–3.
Dierig, J. (1980) Psychagogik bei Hörgeschädigten. Ansätze zur Rehabilitation hörgeschädigter Kinder und Jugendlicher. Heidelberg: Groos.
Diller, G. (1988) Zur Notwendigkeit einer auditiv-oralen Erziehung gehörloser Kinder. In: Sprache-Stimme-Gehör, 12, 124–127.
Ding, H. (1988) Mit der Hörschädigung leben. Heidelberg: Heidelberger Verlagsanstalt und Druckerei GmbH.
Ding, H., Horsch, U. (1986 a) Materialien zur Früherziehung hörgeschädigter Kinder, Grundkurs. Heidelberg: Julius Groos Verlag.
Ding, H., Horsch, U. (1986 b) Materialien zur Früherziehung hörgeschädigter Kinder, Folgekurs. Heidelberg: Julius Groos Verlag.
Doyle, P. J. et al. (1987) Management of tinnitus: a practical approach. In: Journal of Otolaryngology, 16, 127–132.
Duc, D. (1974) Die gehörlosen Eltern und ihre Erziehungsprobleme. In: F. W. Luger (Hrsg.), S. 133–138.
Duden (1963). Band 7. Etymologie. Herkunftswörterbuch der deutschen Sprache. Mannheim: Duden.
Dyke, L. V. (1982) An inservice training model for using the classroom FM system. In: Volta Review, 84, 344–351.
Eachus, T. (1971) Modification of sentence writing by deaf children. In: American Annals of the Deaf, 116, 29–43.
Ebbinghaus, H. & Heßmann, J. (1987) Gottes vergessene Kinder – die andere Seite des Schweigens. In: Das Zeichen, H. 1, 28–31.
Egan, I., Fredericks, H. D. B. & Hendrickson, K. (1985) Teaching associated work skills to adolescents with severe handicaps. In: Education & Treatment of Children, 8 (3), 239–250.
Evans, J. & Taylor, R. E. (1980) Use of videotapes in parent education. In: American Annals of the Deaf, 125, 710–713.
Ewing, I. & Ewing, A. (1937) The Handicap of Deafness. New York: Longsmans Green.

Fabert, J. M. W. & Weber, A. A. (1986) Soziale Integration. Eine orientierende soziologische Untersuchung an einer Gruppe von Hörgeschädigten aus Sint Michielsgestel. Internationale Arbeiten zur Gebärdensprache und Kommunikation Gehörloser, Bd. 1, Hamburg: o.V.

Fellendorf, G. W. (1969/70) If I had it to do over ... In: Exceptional Children, 36, 43–44.

Fellendorf, G. W. & Harrow, I. (1970) Parent counseling 1961–1968. In: The Volta Review, 72, 51–57.

Fengler, J. (1977) Gruppenpsychotherapie. In: T. Hermann et al. (Hrsg.), Handbuch psychologischer Grundbegriffe (S. 196–202). München: Kösel.

Fengler, J. (1980) Selbstkontrolle in Gruppen. Stuttgart: Kohlhammer.

Fengler, J. (1983) Psychohygiene. In: Gruppenpsychotherapie und Gruppendynamik, 19, 166–173.

Fengler, J. (1986 a) Psychotherapie mit Hörgeschädigten. In: Die Rehabilitation, 25, 166–172.

Fengler, J. (1986 b) Supervision. Eine allgemeine Einführung. In: Geistige Behinderung, 25, 252–265.

Fengler, J. (1987) Pädagogische Verhaltensmodifikation. In: J. Fengler & G. Jansen (Hrsg.), S. 229–258.

Fengler, J. (1988 a) Das Helfen und der Helfer – Besonderheiten im Bereich der Suchtkrankenhilfe. In: Deutsche Hauptstelle gegen die Suchtgefahren (Hrsg.), Mitarbeit in der Suchthilfe. Motive, Konflikte, Impulse (S. 43–57). Hamm: Hoheneck.

Fengler, J. (1988 b) Die Persönlichkeit des Mitarbeiters in der Suchtkrankenhilfe. Helfen, Burnout und Psychohygiene – Besonderheiten des Helfens in der Suchtkrankenhilfe. In: Jugend und Süchte. Berichtsband der Fachtagung der Niedersächsischen Landesstelle gegen die Suchtgefahren vom 26. bis 28. März 1987 (S. 61–119). Hamburg: Neuland.

Fengler, J. & Jansen, G. (Hrsg.), (1987) Handbuch der Heilpädagogischen Psychologie. Stuttgart: Kohlhammer.

Ferrell, R. & George, J. D. (1984) One community's response to alcohol problems among the deaf community. In: Journal of Rehabilitation of the Deaf, 18 (2), 15–18.

Feuchte, H. (1975) Das Kultur- und Freizeitzentrum für Hamburger Gehörlose. In: Hörgeschädigte Kinder, 12, 208–211.

Feuchte, H. (1986) Ein Beitrag zur psychiatrischen Versorgung Gehörloser in der Bundesrepublik Deutschland. In: Hörgeschädigten-Pädagogik, 40, 120–149.

Feuchte, H. (1987) Einleitung zur Tagung der Arbeitsgemeinschaft der Sondereinrichtungen für mehrfachbehinderte hörgeschädigte und hör-sehgeschädigte Erwachsene am 14. 11. 1987 in Bad Godesberg. Unveröff. Manuskript, Hamburg.

Fischer, B. (1983) Schulpädagogisch-sozialpädagogische Argumente zum Gehörlosenunterricht. In: Hörgeschädigten-Pädagogik, 37, 191–199.

Fischer, K. (1988) Integrierte Sprach- und Bewegungsförderung in der Schule – Fallstudie über die Arbeit mit einem 8jährigen Mädchen –. Unveröff. Schriftliche Hausarbeit, Universität zu Köln.

Fitch, J. L., Williams, T. F. & Etienne, J. E. (1982) A community based high risk register for hearing loss. In: Journal of Speech & Hearing Disorders, 47, 373–375.

Flexer, C.; Wray, D. & Black, T. (1986) Support group for moderately hearing-impaired college students: An expanding awareness. In: The Volta Review, 88, 223–229.

Ford, N. M. (1984) Parent-education services for deaf adults. In: Journal of Rehabilitation of the Deaf, 17 (4), 1–3.

Forehand, R., Cheney, T. & Yoder, P. (1974) Parent behavior training: Effects on the noncompliance of a deaf child. In: Journal of Behavior Therapy & Experimental Psychiatry, 5, 281–283.

Frankenburg, F. R., Sloman, L. & Perry, A. (1985) Issues in the therapy of hearing children with deaf parents. In: Canadian Journal of Psychiatry, 30, 98–102.

Freedman, D. A. (1976) Angeborene Defekte. Die Auswirkungen kongenitalen und perinatalen Sinnesverlustes auf die Entwicklung der Persönlichkeit. In: D. Eicke (Hrsg.), Die Psychologie des 20. Jahrhunderts. Band II. Freud und die Folgen (I) (S. 933–959). Zürich: Kindler.

Freud, S. (1973) Die psychogene Sehstörung in psychoanalytischer Auffassung. In: Gesammelte Werke, Bd. 8, Werke aus den Jahren 1909–1913 (S. 93–102) Frankfurt: Fischer.

Galkowski, T. (1978) Neuroticism, anxiety level and attitudes of deaf children parents. In: Polish Psychological Bulletin, 9 (2), 77–81.
Ganster, M. (1983) Probleme in der Beratung der Eltern hörgeschädigter Kleinkinder. In: Hörgeschädigten-Pädagogik, 37, 132–140.
Garrard K. R. & Saxon, S. A. (1973) Preparation of a disturbed deaf child for therapy: A case description in behavior shaping. In: Journal of Speech & Hearing Disorders, 38, 502–509.
Garretson, M. D. (1976) Total communication. In: R. Frisina (Ed.), A Bicentennial Monograph on Hearing Impairment: Trends in the USA (p 88–95). Washington, D. C.: The Alexander Bell Association for the Deaf.
Gehörlosen-Sportverband Nordrhein-Westfalen e.V. (1988) Selbstdarstellung. Unveröff. Manuskript, Essen.
Gehörlosen-Verlag (Hrsg.), (1989) Deutsches Gehörlosen-Taschenbuch 1989/90. Essen: Gehörlosen-Verlag.
Gilbert, J. G. & Levee, R. F. (1967) Performances of deaf and normally-hearing children on the Bender-Gestalt and the Archimedes Spiral Tests. In: Perceptual & Motor Skills, 24, 1059–1066.
Gilmore, J. (1982) Interpersonal relations and hearing loss. In: SHHH Publications, March/April, 9–10.
Golabek, W. et al. (1988) Self-reported benefits of hearing aids by the hearing impaired. In: British Journal of Audiology, 22, 183–186.
Goodwin, H. B. (1985) Preparing an employer for the hearing-impaired job candidate. In: Hearing Rehabilitation Quaterly, 10 (1), 15–16.
Green, H. (1987) Mit diesem Zeichen. Reinbek: Rowohlt.
Green, R. R. (1978) Counselling techniques for working with the family of the hearing impaired child. In: Hearing Rehabilitation Quarterly, 3 (4), 17–20.
Greenberg, M. T. (1983) Family stress and child competence: The effects of early intervention for families with deaf infants. In: American Annals of the Deaf, 128, 407–417.
Greenberg, M. T. & Calderon, R. (1984) Early intervention: Outcomes and issues. In: Topics in Early Childhood Special Education, 3 (4), 1–9.
Greenberg, M. T., Calderon, R. & Kusché, C. (1984) Early intervention using simultaneous communication with deaf infants: The effect on communication development. In: Child Development, 55, 607–616.
Greenstein, D. (1987) Hearing loss – help for the elderly. In: SHHH Publications, July/August, 14–15.
Grimm, J. & Grimm, W. (1935) Deutsches Wörterbuch. Elfter Band, 1. Abteilung, 1. Teil (S. 161–182). Leipzig: S. Hirzel.
Grohnfeldt, M. (1977) Persönlichkeitsvariablen bei hörgeschädigten Kindern im Vorschulalter. In: Hörgeschädigten-Pädagogik, 31, 35–42.
Günther, K. B., Strauß, H.-C. & Schulte, K. (1984) Soziale und personale Merkmale gehörloser und schwerhöriger Jugendlicher. Villingen-Schwenningen: Neckar-Verlag.
Hall, R. V. et al. (1971) The effective use of punishment to modify behavior in the classroom. In: Educational Technology, XXX (April), 24–26.
Hanke, B., Huber, G. L. & Mandl, H. (1976) Aggressiv und unaufmerksam. Die Aufgaben des Lehrers bei Schulschwierigkeiten. München: Urban & Schwarzenberg.
Hanning, W. & Panzlaff, G. (1986) Arbeitslosigkeit bei Gehörlosen. Probleme der beruflichen Weiterbildung gehörloser Erwachsener. Unveröff. Manuskript, Münster.
Hartmann, H. (1983) Der Gehörlose und Schwerhörige im Umgang mit sich selbst und mit anderen aus der Sicht der Familie. In: Berufsverband Bayerischer Taubstummenlehrer & Bund Deutscher Taubstummenlehrer (Hrsg.), Hörgeschädigte in Leben und Beruf. Daten – Fakten – Erfahrungen (S. 33–42). Heidelberg: Groos.
Hartmann, H. (1988) Wünsche zum Ablauf einer Hörgeräteanpassung bei Kindern. In: Hörgeschädigte Kinder, 25, 182–183.
Harvey, M. A. (1982) The influence and utilization of an interpreter for deaf persons in family therapy. In: American Annals of the Deaf, 127, 821–827.

Harvey, M. A. (1985) Between two worlds. One psychologist's view of the hard of hearing person's experience. In: SHHH Publications, July/August.
Harvey, M. A. & Dym, B. (1988) An ecological perspective on deafness. In: Journal of Rehabilitation of the Deaf, 21 (3), 12–20.
Heaton, R. K. & Berberich, J. P. (1973) Systematic desensitization adapted for a deaf client. In: Journal of Behavior Therapy & Experimental Psychiatry, 4, 63–65.
Heese, G. (1961) Die Rehabilitation der Gehörlosen. München: E. Reinhardt.
Heese, G. (1962) Die Rehabilitation der Schwerhörigen. München: E. Reinhardt.
Heese, G. (1987) Pädagogische Hilfen für hörgeschädigte Kinder in Regelschulen. Eine Handreichung für Eltern und Lehrer gehörloser und schwerhöriger Regelschüler. Heidelberg: Schindele-Verlag.
Heidler, H. A. (1976) Akustische Untersuchungen über die Vokalbildung gehörloser Sprecher. Hamburg: Buske.
Hendrickson, B. (1979) Teacher burn-out: How to recognize it; what to do about it. In: Learning, 7, 37–39.
Hennig, W. (1976) Familie – Freizeit – Verein. In: Hörgeschädigten-Pädagogik, 30, 164–169.
Hétu, R., Lalonde, M. & Getty, L. (1987) Psychosocial disadvantages associated with occupational hearing loss as experienced in the family. In: Audiology, 26, 141–152.
Heuveldop, A. (1986) Analyse der Psychotherapie mit einem gehörlosen Jungen. Unveröff. Schriftliche Hausarbeit, Universität zu Köln.
Hickson, L.; Hamilton, L. & Orange, S. P. (1986) Factors associated with hearing aid use. In: Australian Journal of Audiology, 8 (2), 37–41.
Hoffmann, H. (o.J.) Der Struwwelpeter oder lustige Geschichten und drollige Bilder für Kinder von 3 bis 6 Jahren. Frankfurt: Loewes.
Hoffmann, U. (1978) Therapie eines 12jährigen, hörgeschädigten Mädchens unter Verwendung des Kommunizierenden Zeichnens und Malens (KZM). In: A. R. Bodenheimer, Taubheit – Die Barriere als Brücke (S. 200–224). Villingen: Neckar-Verlag.
Horsch, U. & Ding, H. (1981) Sensomotorisches Vorschulprogramm für behinderte Kinder. Übungsprogramm und Begleitheft. Heidelberg: Groos.
Howell, R. F. (1984) Maternal reports of vocabulary development in four-year-old deaf children. In: American Annals of the Deaf, 129, 459–465.
Hoyt, M. F., Siegelman, E. Y. & Schlesinger, H. S. (1981) Special issues regarding psychotherapy with the deaf. In: American Journal of Psychiatry, 138, 807–811.
Hundert, J. (1982) Training teachers in generalized writing of behavior modification programs for multihandicapped deaf children. In: Journal of Applied Behavior Analysis, 15, 111–122.
Ince, L. P. et al. (1987) A matching-to-sample feedback technique for training self-control of tinnitus. In: Health Psychology, 6, (2), 173–182.
Jansen, G. (1987) Prozesse der Ausgliederung und der Integration. In: J. Fengler & G. Jansen (Hrsg.), S. 259–276.
Johnson, C. M. & Kaye, J. H. (1976) Acquisition of lipreading in a deaf multihandicapped child. In: Journal of Speech & Hearing Disorders, 41, 226–232.
Johnson, C. M. & Kaye, J. H. (1979) Behavioral contrast during the acquisition of speechreading. In: Perceptual and Motor Skills, 49, 171–180.
Jussen, H. (1967) Persönlichkeitserziehung durch Sprachbildung? In: Neue Blätter für Taubstummenbildung, 21, 162–176.
Jussen, H. (1981) Kommunikative Beziehungsstörungen bei Gehörlosen und Wege zu ihrer Überwindung. In: G. Peuser & S. Winter (Hrsg.), Angewandte Sprachwissenschaft. Grundfragen – Bereiche – Methoden (S. 307–322). Bonn: Bouvier.
Jussen, H. (1986) Strukturen der familiären Interaktion mit gehörlosen Kindern. In: A. Bächtold, B. Jeltsch-Schudel & I. Schlienger (Hrsg.), Sonderpädagogik. Handlung. Forschung. Wissenschaft. Festschrift zum 60. Geburtstag von Gerhard Heese (S. 187–208). Berlin: Marhold.
Jussen, H. (1987) Medial unterstützter interaktionaler Spracherwerb bei Hörgeschädigten. In: Sprache – Stimme– Gehör, 11, 48–53.

Jussen, H. & Kröhnert, O. (Hrsg.), (1982) Handbuch der Sonderpädagogik, Bd. 3, Pädagogik der Gehörlosen und Schwerhörigen. Berlin: Marhold.

Jussen, H. & Krüger, M. (1975) Manuelle Kommunikationshilfen bei Gehörlosen. Das Fingeralphabet. Berlin: Marhold.

Jussen, H. & Neumann, H. (1985) Gesprächssituationen im Alltag. Berlin: Marhold.

Jussen, H., Neumann, H. & Holdau, K. R. (1988) Kölner Sprachlernspiele. Aachen: Holdau.

Jussen, H. et al. (1985) Textbausteine. Heidelberg: Groos.

Kammerer, E. & Göbel, D. (1982) Zur Selbstwahrnehmung der Kommunikationsbehinderung bei gehörlosen Kindern und Jugendlichen. In: Zeitschrift für Kinder- und Jugendpsychiatrie, 10, 14–31.

Kießling, J. & Wedel, H. v. (1988) Die Zukunft der Hörgeräte-Versorgung. In: Audiologische Akustik, XXX, (3?), 82–91.

Kiphart, E. J. (1977) Wie weit ist ein Kind entwickelt? Dortmund: Verlag modernes Leben.

Klajmann, S., Huber, W., Neumann, H., Wein, B., Böckler, R. (1988) Ultrasonographische Unterstützung der Artikulationsanbahnung bei gehörlosen Kindern. In: Sprache-Stimme-Gehör, 12, 117–129.

Klinghammer, D. (1958) Zur Begutachtung der Aussage taubstummer Kinder und Jugendlicher, besonders in Sittlichkeitsprozessen. In: Monatszeitschrift für Kriminologie und Strafrechtsreform, 41, 76–92.

Klinghammer, H. D. (1959) Der taubstumme Täter und die Beurteilung seiner Zurechnungsfähigkeit. In: Monatszeitschrift für Kriminologie und Strafrechtsreform, 42, 68–106.

Klinghammer, H. D. (1960) Der Entwurf des Allgemeinen Teils eines Strafgesetzbuchs aus der Sicht des Sachverständigen für Taubstumme. In: Neue Blätter für Taubstummenbildung, 14, 120–126.

Köble, J. (1969) Zur Psyche des tauben Kleinkindes. In: Neue Blätter für Taubstummenbildung, 23, 153–161.

Kraepelin, E. (1915) Psychiatrie. Ein Lehrbuch für Studierende und Ärzte. 4. Band, Klinische Psychiatrie, 3. Teil, Leipzig: Barth.

Kraepelin, E. (1920) Psychiatrie. Ein Lehrbuch für Studierende und Ärzte. 1. Band, Allgemeine Psychiatrie, Leipzig: Barth.

Kröhnert, O. (1983) Zur schulischen Integration Gehörloser und Schwerhöriger in den USA. In: Hörgeschädigten-Pädagogik, 37, 3–11.

Krüger, M. (1982 a) Häufigkeit (Statistik). In: H. Jussen & O. Kröhnert (Hrsg.), S. 37–43.

Krüger, M. (1982 b) Der Personenkreis. In: H. Jussen & O. Kröhnert (Hrsg.), S. 3–26.

Krüger, M. (1987) Psychologie der Gehörlosen und Schwerhörigen. In: J. Fengler & G. Jansen (Hrsg.), S. 43–73.

Kyle, J. G. & Wood, P. L. (1985) Vocational aspects of acquired hearing loss. In: International Journal of Rehabilitation Research, 8, 425–434.

Laitmon, E. (1979) Group counseling: Sexuality and the hearing impaired adolescent. In: Sexuality & Disability, 2 (3), 169–177.

Landschaftsverband Westfalen-Lippe (Hrsg.), (o.J.) Der Neue hört nicht! Mißverständnisse in Serie. Münster: o.V.

Lane, H. (1988) Mit der Seele hören. Die Geschichte der Taubheit. München: Hanser.

Langer, I., Schulz v. Thun, F. & Tausch, R. (1981) Sich verständlich ausdrücken. München: E. Reinhardt.

Leboeuf, A. & Boeverts, M. (1981) Automatic detection and modification of aberrant behaviors: Two case studies. In: Journal of Behavior Therapy and Experimental Psychiatry, 12, 153–157.

Lempp, R. (1972) Psychopathologie der Hirnschädigungen im Kindesalter. In: K. P. Kisker et al. (Hrsg.), Klinische Psychiatrie I (S. 921–976), Springer: Berlin.

Lennan, R. K. (1970) Report on a program for emotionally disturbed deaf boys. In: American Annals of the Deaf, 115, 469–473.

Levine, E. S. (1974) Psychological tests and practices with the deaf: A Survey of the state of the art. In: Volta Review, 76, 298–319.

Levine, E. S. (1979) Psychologists to the deaf: Special problems and competencies. In: Hearing Rehabilitation Quaterly, 4 (2/3), 13–15.
Liebsch, R. & Mandt, E. (1983) Gebärdenmärchen – Die Bremer Stadtmusikanten. Hamburg: Verlag hörgeschädigte Kinder GmbH.
Liebsch, R. & Mandt, E (1984) Gebärdenmärchen – Der Hase und der Igel. Hamburg: Verlag hörgeschädigte Kinder GmbH.
Lindsley, O. R. (o.J.): Training Parents and Teachers to Precisely Manage Children's Behavior. Mimeographed Report, University of Kansas: Bureas of Child Research.
Linz, P. (1985) Die kognitive Leistungsfähigkeit und die berufliche Integration hörgeschädigter Jugendlicher. In: W. F. Kugemann, S. Preiser & K. A. Schneewind (Hrsg.), Psychologie und komplexe Lebenswirklichkeit (S. 309–320), Göttingen: Hogrefe.
List, G. (1988) Sprache als Bewegung: Über die gemeinsame innere Seite der Laut- und Gebärdensprache. In: Sprache – Stimme – Gehör, 12, 65–69.
Löwe, A. (1976) Früherfassung, Früherkennung, Frühbetreuung hörgeschädigter Kinder. Berlin: Marhold.
Löwe, A. (1985), Hörmessungen bei Kindern. Heidelberg: Heidelberger Verlagsanstalt und Drukkerei GmbH.
Lorette, C. E. (1985) "Sorry, you're just not working out ..." In: SHHH Publications, May/June, 4–7.
Luger, F. W. (Hrsg.), (1975) Mit den Augen hören. Ökumenisches Handbuch für die Taubstummenseelsorge. Neukirchen-Vluyn: Neukirchener.
Mackie, R. P. (1956) Teachers of Children who are Deaf (Bulletin No. 6). Washington DC.: U.S. Department of Health, Education, and Welfare.
Madei, C. (1987 a) Problemfelder in Familien mit gehörlosen Eltern und hörenden Kindern. Unveröff. Schriftliche Hausarbeit, Universität zu Köln.
Madei, C. (1987 b) „... und wo hast du das Sprechen gelernt?" Unveröff. Manuskript, Köln.
Maisch, G. & Wisch, F.-H. (1988 a) Gebärdenlexikon. 1. Grundgebärden. Hamburg: Verlag hörgeschädigte Kinder.
Maisch, G. & Wisch, F.-H. (1988 b) Gebärdenlexikon. 2. Mensch. Hamburg: Verlag hörgeschädigte Kinder.
Marcus-Bernstein, C. (1986) Audiologic and nonaudiologic correlates of hearing handicap in black elderly. In: Journal of Speech & Hearing Research, 29, 301–312.
Markowicz, H. & Woodward, J. (1978) Language and the maintenance of ethnic boundaries in the deaf community. In: Communication & Cognition, 11, 29–38.
Martin, J. A. M. (1982 a) Aetiological factors relating to childhood deafness in the European Community. In: Audiology, 21, 149–158.
Martin, J. A. M. (1982 b) Diagnosis and communicative ability in deaf children in the European Community. In: Audiology, 21, 185–196.
Mayberry, R. (1976) As assessment of some oral and manual-language skills of hearing children of deaf parents. In: American Annals of the Deaf, 121, 507–512.
McGinnity, B. L. (1985) Community-Based Training. A Component of career education for deafblind youth. In: Journal of Visual Impairment & Blindness, 79, 466–467.
Meadow, K. P. (1980) Support for Parents and Professionals: A Key Issue for the Field of Deaf Education in the 1980's. Washington: Gallaudet College Press.
Meadow, K. P. (1981) Burnout in professionals working with deaf children. In: American Annals of the Deaf, 126, 13–22.
Meadow, K. P., Greenberg, M. T. & Erting, C. (1984) Attachment Behavior of deaf children with deaf parents. In: Annual Progress in Child Psychiatry & Child Development, 17, 176–187.
Meadow, K. P. & Schlesinger, H. S. (1971) The prevalence of behavioral problems in a population of deaf school children. In: American Annals of the Deaf, 116, 346–348.
Meadow, K. P. & Trybus, R. J. (1979) Behavioral and emotional problems of deaf children: An overview. In: L. J. Bradford & W. G. Hardy (Eds.), Hearing and Hearing Impairment (395–403). New York: Grune & Stratton.

Mennekes, H. (1983) Therapeutische Möglichkeiten durch Sport und Bewegungserziehung unter besonderer Berücksichtigung der Gehörlosen. Unveröff. Schriftliche Hausarbeit, Universität Bonn.
Merkt, U. (1985) Kunsttherapie bei hörgeschädigten Kindern. In: Hörgeschädigten-Pädagogik, 39, 102–115.
Merkt, U. (1987) Welche eigenwertigen, spezifischen Wesenszüge haben Hörgeschädigte und wie kann man sich in ihrer Welt einfühlen? In: Hörgeschädigten-Pädagogik, 41, 285–291.
Mindel, E. D. & Vernon, M. (Eds.), (1987) They Grow in Silence. Boston: College Hill Publ.
Mira, M. (1972/73) Behavior modification applied to training young deaf children. In: Exceptional Children, 39, 225–229.
Moores, D. F. (1978) Educating the Deaf. Psychology, Principles, and Practices. Boston: Houghton Mifflin Company.
Murphy, J. & Sloarch, N. (1983) The language development of pre-preschool hearing children of deaf parents. In: British Journal of Disorders of Communication, 18, 118–127.
Myklebust, H. R. (1964) The Psychology of Deafness. Sensory Deprivation, Learning, and Adjustment. New York: Greene & Stratton.
National Center for Health Statistics (1982) Unpublished Data from the 1980 National Health Interview Survey.
Nemon, A. & Chope, R. (1985) Characteristics of trainees preparing for independent living work with deaf persons. In: Journal of Rehabilitation of the Deaf, 18 (4), 21–24.
Neuhaus, M. (1968/69) Parental attitudes and the emotional adjustment of deaf children. In: Exceptional Children, 35, 721–727.
Neumann, H. (1982) Erfassung und diagnostische Abgrenzung. In: Handbuch der Sonderpädagogik Bd. 3.
Neumann, H. (1984) Ansätze zur Entwicklung sozialen Verhaltens in der Früherziehung hörgeschädigter Kinder. In: Festschrift zum 60. Geburtstag von Prof. Dr. Heribert Jussen, hrsg. von Krüger, M., Gunst, G., Marhold.
Neumann, H. (1987) Integration gehörloser Schüler – Ein Kommentar zur Arbeit von Prof. Dr. Muth aus anderer Sicht. In: Sprache-Stimme-Gehör, 11, 145–147
Nickel, H. (1976) Entwicklungspsychologie des Kindes- und Jugendalters. Bd. II. Bern: Huber.
Niedrig, E. (1979) Zur Problematik einer nicht-verbalen Testanweisung bei Gehörlosen. In: Sprache – Stimme – Gehör, 3, 114–120.
Ohlmeier, G. (1983) Frühförderung behinderter Kinder. Dortmund: Verlag modernes Leben.
Ozawa, I., Kato, N. & Takagi, R. (1967) The personality of children who are hard of hearing. In: Japanese Journal of Child Psychiatry, 8, 342–352.
Pankratz, L.; Fausti, S. A. & Peed, S. (1975) A forced-choice technique to evaluate deafness in the hysterical or malingering patient. In: Journal of Consulting and Clinical Psychology, 43, 421–422.
Pawelsky, C. E. & Groveman, A. B. (1982) The community based model for life skills training. In: The Pointer, 26 (4), 21–25.
Pecora, P. J., Despain, C. L. & Loveland, E. J. (1986) Adult children of deaf parents: A psychosocial perspective. In: Social Casework: The Journal of Contemporary Social Work, 67, 12–19.
Piel, P. (1984) Zur Studiensituation hörbehinderter Studenten in der Bundesrepublik Deutschland. Düsseldorf: Rektor der Fachhochschule. Informations- & Pressestelle.
Pirnke, L. (1987) Psychotherapie mit gehörlosen Kindern und Jugendlichen. Unveröff. Schriftliche Hausarbeit, Universität zu Köln.
Pirreca, M. S. & Fitch, J. L. (1973) Increasing mean length of response by application of reinforcement principles. In: Journal of Communication Disorders, 6, 175–183.
Plath, P. (1981) Das Hörorgan und seine Funktion. Berlin: Carl Marhold Verlag.
Prillwitz, S. (1985) Zum Einfluß der Gebärde auf den Spracherwerb gehörloser Kinder. In: Hörgeschädigten-Pädagogik, 39, 82–89.
Prillwitz, S. (1986) Informationsbrief zum Thema: Die Deutsche Gebärdensprache und die Verwendung von Gebärden in der Erziehung Gehörloser. In: Ders. (Hrsg.), Die Gebärde in Erziehung und Bildung Gehörloser (S. 17–29). Hamburg: Verlag hörgeschädigte kinder.

Prillwitz, S., Schulmeister, R. & Wudtke, H. (1977) Kommunikation ohne Sprache. Weinheim: Beltz.
Prillwitz, S., Wisch, F.-H. & Wudtke, H. (1984) Zeig mir deine Sprache. Elternbuch Teil I. Zur Früherziehung gehörloser Kinder unter Einbeziehung der Gebärde. Hamburg: Verlag hörgeschädigte Kinder.
Prinz, P. M. & Prinz, E. A. (1985) If only you could hear what I see: Discourse development in sign language. In: Discourse Processes, 8, 1–19.
Proctor, A. (1983) Early home intervention for hearing-impaired infants and their parents. In: Volta Review, 85, 150–158.
Radford, P. (1973) Changing techniques in the analysis of a deaf latency boy. In: Psychoanalytic Study of the Child, 28, 225–248.
Rainer, J. D. & Altshuler, K. Z. (Eds.), (1968) Psychiatry and the Deaf. Washington D.C.: U.S. Government Printing Office.
Rainer, J. D. & Deming, W. E. (1969) Demographic aspects: Number, distribution, marriage and fertility statistics. In: J. D. Rainer, K. Z. Altshuler, & F. J. Kallmann (Eds.), Family and Mental Health Problems in a Deaf Population (p. 13–27).
Rammel, G. (1977) Grundsätzliche Gedanken über die Gebärdensprache als „Forschungsgegenstand“ – aus der Sicht der Gehörlosenpädagogik. In: Hörgeschädigten-Pädagogik, 31, 9–13.
Reivich, R. S. & Rothrock, I. A. (1972) Behavior problems of deaf children and adolescents: A factor-analytic study. In: Journal of Speech & Hearing Research, 15, 93–104.
Richtberg, W. (1986 a) Die psychosoziale Situation Hörgeschädigter. Vortrag am 24. Mai 1986 in der Theologischen Hochschule Vallendar/Rheinland. Unveröff. Manuskript: Frankfurt.
Richtberg, W. (1986 b) Schwerhörige und Ertaubte. In: Therapiewoche, 36, 5258–5264.
Rienzi, B. (1984) The deaf parent/hearing child family: Family adaptability and the influencical power of the child. In: Dissertation Abstracts, 45 (1-B), 364.
Riper, C. v. (1982): Sprech-Stunde in der Praxis eines Sprachtherapeuten. München: E. Reinhardt.
Ritter, D. R. (1976) Intellectual estimates of hearing-impaired children: A comparison of three measures. In: Psychology in the Schools, 13 (4), 397–399.
Robbins, N. L. (1983) The effects on signed text on the reading comprehension of hearing-impaired children. In: American Annals of the Deaf. 128, 40–44.
Robinson, L. D. & Weathers, O. D. (1974) Familiy therapy of deaf parents and hearing children: A new dimension in psychotherapeutic intervention. In: American Annals of the Deaf, 119, 325–330.
Rodda, M. (1984) Behavioral disturbance in deaf adolescents and adults – A clinical perspective. In: Journal of Rehabilitation of the Deaf, 18, (2), 1–6.
Rosenhall, U., Pedersen, K. & Møller, M. B. (1987) Self-assessment of hearing problems in an elderly population. In: Scandinavian Audiology, 16, 211–217.
Rosenthal, R. & Jacobson, L. (1976) Pygmalion im Unterricht. Lehrerwartung und Intelligenzentwicklung der Schüler. Weinheim: Beltz.
Ross, B. M. & Hoemann, H. (1975) The attainment of formal operations: A comparison of probability concepts in deaf and hearing adolescents. In: Genetic Psychology Monographs, 91, 61–119.
Rost, D. H., Grunow, P. & Oechsle, D. (Hrsg.), (1975) Pädagogische Verhaltensmodifikation. Weinheim: Beltz.
Rotter, P. (1974) Working with parents of young deaf children. In: R. E. Hardy & J. G. Cull (Eds.), Educational and Psychosocial Aspects of Deafness (p 24–37). Springfield Ill.: Charles G. Thomas.
Rudner, L. M. (1978) Using standard tests with the hearing impaired: The problem of item bias. In: Volta Review, 80, 31–40.
Sachs, B. B. (1976) Some views of a deaf Rorschacher on the personality of deaf individuals. In: Hearing Rehabilitation Quarterly, 2 (1), 13–14.
Salomon, G., Vesterager, V. & Jagd, M. (1988) Age related hearing difficulties. I. Hearing impairment, disability, and handicap – A controlled study. In: Audiology, 27, 164–178.

Salz, W., Breitinger, M. (1985) Neue Aspekte in der Frühförderung gehörloser und hörgeschädigter Kinder. Hörgeschädigten-Pädagogik Beiheft 17. Heidelberg: Julius Groos Verlag.
Salzinger, K. (1970) Behavior theory and problems of the deaf. In: American Annals of the Deaf, 115, 459–468.
Sanders, M. W. (1984) An examination of the academic achievement and social/emotional adjustment of normally hearing children reared by deaf parents. In: Dissertation Abstracts International, 45, 1923-B.
Sarlin, M. B. (1984) The use of dreams in psychotherapy with deaf patients. In: Journal of the American Academy of Psychoanalysis, 12, 75–88.
Sarlin, M. B. & Altshuler, K. Z. (1968) Group psychotherapy with deaf adolescents in a school setting. In: International Journal of Group Psychotherapy, 18, 337–344.
Schein, J. D. (1987) Hearing impaired people in the workplace. In: SHHH Publications, May/June, 8–12.
Schiff, N. B. (1979) The influence of deviant maternal input on the development of language during the preschool years. In: Journal of Speech & Hearing Research, 22, 581–603.
Schiff, N. B. & Ventry, I. M. (1976) Communication problems in hearing children of deaf parents. In: Journal of Speech & Hearing Disorders, 41, 348–358.
Schiff-Myers, N. B. (1982) Sign and oral language development of preschool hearing children of deaf parents in comparison with their mothers' communication system. In: American Annals of the Deaf. 127, 322–330.
Schiff-Myers, N. B. & Klein, H. B. (1985) Some phonological characteristics of the speech of normal-hearing children of deaf parents. In: Journal of Speech & Hearing Research, 28, 466–474.
Schlesinger, H. S. & Meadow, K. P. (1972) Sound and Sign. Childhood Deafness and Mental Health. Berkeley: University of California Press.
Schmid-Giovannini, S. (1980) Sprich mit mir. Eine ganzheitliche Lautsprachmethode für Kleinkinder von 0-7 Jahren für Eltern und Erzieher hörgeschädigter Kleinkinder. Berlin: Marhold.
Schmidtbauer, W. (1985) Die hilflosen Helfer. Über die seelische Problematik der helfenden Berufe. Reinbek: Rowohlt.
Schnug, U. (1988) Integrationsversuche von Hörgeschädigten im Berufsbildungswerk Neuwied. Unveröff. Manuskript, Neuwied.
Schützenberger, A. (1976) Einführung in das Rollenspiel: Anwendungen in Sozialarbeit, Wirtschaft, Erziehung und Psychotherapie. Stuttgart: Klett.
Schulmeister, R. & Prillwitz, S. (1980) Einstellungen von Gehörlosenlehrern zur Gebärdensprache. In: Hörgeschädigten-Pädagogik, 34, 179–188.
Schulte, K. (1971) Thesen zur Verbesserung der Kommunikationsfähigkeit Gehörloser. In: Hörgeschädigten-Pädagogik, 25, 17–27.
Schulte, K.; Günther, K.-B. & Strauß, H.-C. (1983) Daten zur beruflichen Bildung Hörgeschädigter. – Untersuchungsergebnisse. In: Berufsverband Bayerischer Taubstummenlehrer und Bund deutscher Taubstummenlehrer (Hrsg.), Hörgeschädigte in Leben und Beruf. Daten – Fakten – Erfahrungen (S. 141–179). Heidelberg: Groos.
Schulte, K., Schlenker-Schulte, C. & Günther, K. B. (1988) Fortentwicklung berufspraktischer Fähigkeiten Hörgeschädigter. Forschungsbericht Hrsg. vom Bundesminister für Arbeit und Sozialordnung. Heidelberg: o.V.
Schulte, K., Strauß, H.-C. & Günther, K. B. (1985) Berufsbildung gehörloser und schwerhöriger Jugendlicher. Villingen: Neckar-Verlag.
Schultz-Coulon, H.-J. & Schultz, H. (1980) Zur Effektivität der Hörgeräteversorgung. In: Laryngologie, Rhinologie, Otologie, 59, 369–377.
Schulz v. Thun, F. (1981) Miteinander reden: Störungen und Klärungen. Psychologie der zwischenmenschlichen Kommunikation. Reinbek: Rowohlt.
Scott, P. L. (1983/84) Have competencies needed by teachers of the hearing impaired changed in 25 years? In: Exceptional Children, 50, 48–53.
Seifert, K.-H. (1961) Beiträge zum Sozialleben taubstummer Familien. In: Kölner Zeitschrift für Soziologie und Sozialpsychologie, 13, 464–496.

Seifert, K.-H. (1972) Das Problem der Sozialisation des gehörlosen Menchen. In: W. Thimm (Hrsg.), Soziologie der Behinderten (S. 202–221), Neuburgweier/Karlsruhe: G. Schindele.
Shapiro, R. J. & Harris, R. I. (1976) Family therapy in treatment of the deaf: A case report. In: Family Process, 15, 83–96.
SHHH (1982) Hearing loss and mental health. In: SHHH Publications, November/December, 3–11.
SHHH (1986) I think I have a hearing problem! What should I do? A step by step guide to help you help yourself. Bethesda: SHHH.
SHHH (1987 a) Living alone with a hearing loss. In: SHHH Information Series # 201.
SHHH (1987 b) Persuading your spouse/relative/friend to acknowledge a hearing loss and seek help. Bethesda: SHHH Information Series # 202.
SHHH (1987 c) Sexuality and intimacy with hearing loss. Bethesda: SHHH Information Series # 152.
SHHH (1987 d) Travel for hard of hearing people. Bethesda: SHHH Information Series # 351.
SHHH (1987 e) Your legal rights as a person who is hard of hearing. Bethesda: SHHH Information Series # 451.
Shontz, F. C. (1965) Reactions to crisis. In: Volta Review, 67, 364–370.
Simmons-Martin, A. (1980) Modell einer häuslichen Therapiemethode für hörgeschädigte Kinder. In: E. J. Webster (Hrsg.), Entwicklungsgestörte Kinder. Was können Eltern zur Therapie beitragen (S. 98–115). Stuttgart: Hippokrates.
Simmons-Martin, A. (1983) Salient features from the literature, with implications for parent-infant programming. In: American Annals of the Deaf, 128, 107–117.
Simon, S. J., Ayllon, T. & Milan, M. A. (1982): Behavior compensation. Contrastlike effects in the classroom. In: Behavior Modification, 6, 407–420.
Sisco, F. H. & Anderson, R. J. (1978) Current findings regarding the performance of deaf children on the WISC-R. In: American Annals of the Deaf, 123, 115–121.
Sisco, F. H. et al. (1979) Developmental and compensatory play: A means of facilitating social, emotional, cognitive, and linguistic growth in deaf children. In: American Annals of the Deaf, 124, 850–857.
Stabenow, I. (1979) Hals-Nasen-Ohren-Heilkunde einschließlich Phoniatrie. In: P. Hahn (Hrsg.), Die Psychologie des 20. Jahrhunderts, Bd. IX. Ergebnisse für die Medizin (1). Psychosomatik (S. 720–743), Zürich: Kindler.
Statistisches Bundesamt (Hrsg.), (1983) Statistisches Jahrbuch 1983 für die Bundesrepublik Deutschland. Stuttgart: Kohlhammer.
Statistisches Bundesamt (Hrsg.), (1988) Statistisches Jahrbuch 1988 für die Bundesrepublik Deutschland. Stuttgart: Kohlhammer.
Stedt, J. D. & Palermo, D. S. (1983) The morale of teachers of multihandicapped and nonhandicapped children in a residential school for the deaf. In: American Annals of the Deaf, 128, 383–387.
Stewart, D. A. (1983) The use of sign by deaf children: The opinions of a deaf community. In: American Annals of the Deaf, 128, 878–883.
Stinson, M. (1971) Group communication for the deaf. In: Journal of Rehabilitation, 37 (1), 42–44.
Stinson, M. S. (1974) Relations between maternal reinforcement and help and the achievement motive in normal-hearing and hearing-impaired sons. In: Developmental Psychology, 10, 348–353.
Stone, C. B. (1969) Deaf psychiatric patients who avoid stapedectomy. In: Psychosomatics, 10 (5), 314–317.
Stone, H. E. (1984) The development of a self help organization for hard of hearing people. Bethesda: SHHH.
Strunz, F. (1986) Die Traumwelt der Gehörlosen. In: Hörgeschädigten-Pädagogik, 40, 251–255.
Sullivan, P. M. (1982) Administration modifications of the WISC-R Performance Scale with different categories of deaf children. In: American Annals of the Deaf, 127, 780–788.
Swink, D. F. (1983) The use of psychodrama with deaf people. In: Journal of Group Psychotherapy, Psychodrama & Sociometry, 36, 23–29.

Swink, D. F. (1985) Psychodramatic treatment for deaf people. In: American Annals of the Deaf, 130, 272–277.
Tebo, G. (1984) Using a dramatization/discussion model in educating deaf adults. In: Journal of Rehabilitation of the Deaf, 18 (2), 25–26.
Thomas, A. J. (1988) Rehabilitation of adults with acquired hearing loss: The psychological dimension. In: British Journal of Audiology, 22, 81–83.
Treesberg, J. (1988, 5. April) Let the deaf be deaf. In: Washington Post Health, 6.
Trychin, S. (1987) Stress management. In: SHHH Information Series # 203.
Tyler, R. S. & Baker, L. J. (1983) Difficulties experienced by tinnitus sufferers. In: Journal of Speech & Hearing Disorders, 48, 150–154.
Uden, A. v. (1987) Das gehörlose Kind – Fragen seiner Entwicklung und Förderung. Heidelberg: Groos.
Upford, L. J. & Wilson, D. A. (1983) Factors associated with hearing aid use. In: Australian Journal of Audiology, 5, 20-26.
Veniar, F. A. & Salston, R. S. (1983) An approach to the treatment of Pseudohypacusis in children. In: American Journal of Diseases of Children, 137, 34–36.
Vernon, M. (1969) Sociological and psychological factors associated with hearing loss. In: Journal of Speech & Hearing Research, 12, 541–563.
Vernon, M. (1972) Psychodynamics surrounding the diagnosis of a child's deafness. In: Rehabilitation Psychology, 19, 127–134.
Vernon, M. (1980) Perspectives on deafness and mental health. In: Journal of Rehabilitation of the Deaf, 13 (4), 8–14.
Vernon, M. (1984) Psychological stress and hearing loss. In: SHHH Publications, July/August, 3–6.
Vernon, M., Griffin, D. H. & Yoken, C. (1982) Hearing loss. Problems in family practice. In: SHHH Publications, March/April, 3–6.
Vesterager, V., Salomon, G. & Jagd, M. (1988) Age-related hearing difficulties. II. Psychological and sociological consequences of hearing problems – A controlled study. In: Audiology, 27, 179–192.
Voit, H. (1986 a) Die Ansprüche von Hörbehinderten an Untertiteln bei Fernsehsendungen (Adressatengerechte Texte). In Hörgeschädigten-Pädagogik, 40, 219–226.
Voit, H. (1986 b) Brauchen hörgeschädigte Kinder eine spezielle Gemütserziehung? In: Hörgeschädigte Kinder, 23, 182–187.
Wagenheim, H. S. (1985) Aspects of the analysis of an adult son of deaf-mute parents. In: American Journal of Psychoanalytic Association, 33 (2), 413–435.
Wallisfurth, M. (1979) Sie hat es mir erzählt. Freiburg: Herder.
Walter, G. G. & Sims, D. G. (1978) The effect of prolonged hearing aid use on the communicatice skills of young, deaf adults. In: American Annals of the Deaf, 123, 548–554.
Ward, P. R. & Gowers, J. I. (1981 a) Hearing tactics: The longterm effects of instruction. In: British Journal of Audiology, 15, 261–262.
Ward, P. R. & Gowers, J. I. (1981 b) Teaching hearing-aid skills to elderly people: Hearing tactics. In: British Journal of Audiology, 15, 257–259.
Ward, W. D. (1983) The American Medical Association/American Academy of Otolaryngology formula for determination of hearing handicap. In: Audiology, 22, 313–324.
Wax, T. (o.J.) The hearing impaired aged: Double jeopardy or double challenge? Mimeographed Report: Gallaudet-College.
Weber, H. U. (1983) Warum es besonders schwierig ist, Gebärdensprache in der Gehörlosenbildung einzuführen. In: Hörgeschädigten-Pädagogik, 37, 243–254.
Webster, M. & Green, W. B. (1973) Behavior modification in the deaf classroom: Current applications and suggested alternatives. In: American Annals of the Deaf, 118, 511–518.
Weil, G. (1986) Generationen. Frankfurt: Fischer.
Weinstein, B. E. & Ventry, I. M. (1982) Hearing impairment and social isolation in the elderly. In: Journal of Speech & Hearing Research, 25, 593–599.

Wendt-Nobbe, G. (1979) Psychotherapie bei gehörlosen Menschen. Eine Bestandsaufnahme zu ihrer Notwendigkeit und den methodischen Möglichkeiten. Unveröff. Diplomarbeit: Universität zu Köln.

White, A. J. R. (1982) Outpatient treatment of oppositional non-eating in a deaf retarded by. In: Journal of Behavior Therapy & Experimental Psychiatry, 13, 251–255.

Wiechmann, W. (1971) Die Wechselgruppe. Eine Form stationärer Untersuchung und Erziehung hörgeschädigter Kleinkinder. Berlin: Marhold.

Williams, D. M. L. & Darbyshire, J. O. (1982) Diagnosis of Deafness: A study of familiy responses and needs. In: Volta Review, 84, 24–30.

Wilson, B. & Moore, P. (1979) A chaining procedure to teach a retarded deaf girl to wear her hearing aid. In: British Journal of Mental Subnormality, 25 (49), 88–90.

Wilson, G. (1981) Guided observation: A new program for parents of hearing-impaired children. In: Volta Review, 83, 236–239.

Wilson, H. M. & Holbrook, A. (1974) An instrumental approach to oral-nasal speech balance with a preschool hearing impaired child. In: Volta Review, 76, 361–367.

Winnewisser, A. (1978) Die Einfache Sprache der Gehörlosen und ihrer Betreuer. In: Hörgeschädigten-Pädagogik, 32, 288–304.

Wisch, F.-H. (1985) Gebärden in der Früherziehung gehörloser Kinder. In: Hörgeschädigte Kinder, 22, 43–44.

Wisotzki, K. H. (1980) Zur Entwicklung des Wortschatzes bei Hörenden und Gehörlosen. In: Hörgeschädigten-Pädagogik, 34, 91–97.

Wygodskaja, G. L. (1982) Ausbildung gehörloser Vorschulkinder im Rollenspiel. In: Sonderschule (Beiheft 2), 27, 1–64.

Zarkarewsky, G. T. (1979) Patterns of support among gay lesbian deaf persons. In Sexuality and Disability, 2, 178–191.

Ziegler, R. (1986 b) Ergebnisse der mündlichen Befragung der Probanden im Haushalt. Hörtest 1985. Unveröff. Manus.: Deutsches Grünes Kreuz, Marburg.

Zimbardo, P. G., Andersen, S. M. & Kabat, L. G. (1981) Induced hearing deficit generates experimental paranoia. In: SHHH Publications, September/October, 4–6.

Sachregister

(Alle Seitenangaben beziehen sich auf die angegebenen sowie die fortfolgenden Seiten)

Kohlhammer

R. Kretschmann/S. Lindner-Achenbach
A. Puffarth u.a.

Analphabetismus bei Jugendlichen

Ursachen, Erscheinungsformen, Hilfen
1990. 156 Seiten mit zahlreichen Abbildungen. Kart. DM 32,-
ISBN 3-17-010554-X

Gibt es für Jugendliche überhaupt eine Chance, die im 8. Schuljahr noch nicht lesen oder die in der Berufsausbildung als „funktionale Analphabeten" kaum mehr als ihren Namen schreiben können? Die Antwort der Autoren – nach langjähriger gemeinsamer Arbeit in der Praxis – lautet eindeutig: „Ja".

Die Autoren beschreiben zunächst die Ursachen dieses Defizits und danach die Situation der betroffenen Jugendlichen. Sie geben Lernanregungen, Unterrichtsbeispiele und zeigen praktische Vorgehensweisen auf. Das Werk bleibt nicht bei der theoretischen Analyse stehen, sondern besticht durch seinen konkreten Bezug zur Praxis.

Marga Rothe

Sozialpädagogische Familien- und Erziehungshilfe

Eine Handlungsanleitung
1990. 112 Seiten mit 10 Grafiken
Kart. DM 19,80
ISBN 3-17-010787-9

Diese praxisbezogene Handlungsanleitung bietet ein konkretes Konzept, das eine vertrauensvolle Zusammenarbeit zwischen Familienhelfer, Familie und Jugendamt ermöglicht. Eine Fülle von Übungen, die mit den Familien gemeinsam oder von der Familie alleine durchgeführt werden können, erleichtern eine praxisnahe Umsetzung. Berichtsraster, Selbsthilfepläne und Übungen wurden von vielen Familienhelfern in langen Jahren praktischer Arbeit erprobt und ausgewählt.

Die Anforderungen an die Qualifikation des Familienhelfers sind ebenso dargestellt wie die Inhalte der angebotenen Fort- und Weiterbildung.

Kohlhammer

Verlag W. Kohlhammer
Postfach 80 04 30
7000 Stuttgart 80

119-9002-afc